創刊號新編

1940's-1980's

連民安編著

中華書局

初版序

收藏家都有特殊偏愛，若從個人志趣出發，蒐集文化刊物是一種不計損益的雅趣，一堆故紙，蘊藏着多少編輯人和筆耕者的心血，如非鍾愛文字，怎知道字裏行間展示的社會變遷和潮流興替；百無一用的書生，有的就是這番心事。

連民安先生的收藏，從無意到有意，二十多年來累積豐碩，這些精神寶藏並不能使他富起來，因此我必須代表許許多多的文化人，向他說句由衷的多謝！好些我曾經擁有又丟棄的，竟在他手上保存了下來，中國文化的某些面貌就不致被淡忘，某些歷史也由此得以拼湊起來。

上世紀的中國經歷戰爭和政治的大災難，社會重整，民生變革，翻天覆地之後，香港人在這南海一隅落地生根。本書輯錄四十年代初至八十年代末的創刊刊物，從這半個世紀的出版物可見，那個年代的香港人生活並不富足，但重視生活文化，報紙稱為人類的精神食糧，可見港人奮發生活的同時也追求精神的滿足。

自七十年代中入行至今數十年，曾從事多個不同媒體工作，親歷了香港傳播事業的成長過程，也見證了各種出版刊物的消長興衰。歲月無情，總要帶走一些好日子，最是不能釋懷的，是上世紀文化人的那股創作熱誠和社會責任感，於今已不復見；想起多位我尊敬的前輩和一同共事的故友，更添幾分唏噓！

文人辦報辦雜誌都有自己的理想，總編輯原是報刊的靈魂，刊物內容和編輯取向反映出總編輯的個性和處事作風。《明報》之查良鏞、潘粵生，《星島日報》之周鼎，《星島晚報》之唐碧川，《成報》之韓中旋，《快報》之酈蔭泉，《華僑日報》之岑才生，《香港時報》的金達凱，《文匯報》的李子誦，《信報》的張寬義，《中報》的傅朝樞，《明周》之雷波，《百姓》之胡菊人，《香港文學》之劉以鬯，以及做過至少十家報刊總編輯的梁小中，都是報界名人，當年人才鼎盛，文化事業成果輝煌。可是到了現在，出色的編輯真是鳳毛麟角，堪嗟人才凋零，知音難覓了。

本書提供的資料止於八十年代，在此作少許補充。香港經濟突飛猛進的八十年代，亦是報紙雜誌出版最興旺的時期，隨着生活條件提升，讀者對生活資訊的需求日高，電視娛樂事業發達，八卦周刊應運而生，報紙面臨前所未有的挑戰，為抗衡競爭，副刊紛紛走向雜誌化；這是個百花齊放的年代，儘管競爭激烈，各大報依然保持其嚴謹的報刊風格。

九〇年《壹週刊》出版、九五年《蘋果日報》創刊，以經濟掛帥的商業手法衝擊市場，壹傳媒與東方報業鬥爭白熱化，九十年代的出版物成為企業集團的商品，不擇手段投向變態的市場環境中，雜誌、周刊爭相效尤，在適者生存的大前提下，不少刊物自動淘汰，市場狀態反映出多數人追求的已不是精神而是物質生活，市場主導出版事業，文化生態完全變質了。

九〇年代後期到二千年間，幾度金融風暴經濟蕭條；互聯網鋪天蓋地覆沒全球，電子資訊發達導致出版業萎縮，免費報紙入侵市場，刊物的正常生存空間愈來愈狹窄；更嚴重的是，年輕一代都不愛讀書識字了。連自己的文字都不愛，怎懂得珍愛一份文化出版物。

於此文化低潮之際，連民安先生用心編寫的這本資料豐富的書刊，就更加難能可貴了。遵囑為本書寫序，不期然回顧刊物出版數十年境況，環視當今文化事業的黯淡前景，心中不免戚然。

廖妙薇

二〇一二年六月二十九日

前言

「創刊號」，顧名思義是指一本刊物創刊第一期，任何刊物，只要出版不是一次性的，不管是日刊、隔日刊、周刊、旬刊、雙周刊或半月刊、月刊、雙月刊、季刊甚至年刊，為資識別，都會在書上加上期號，而每一本刊物的第一期，正代表一個新開始，同時亦肩負着一個新使命待去完成體現。雖然有時候讀者對這初生兒未盡滿意，但無論如何，這一本創刊號畢竟是刊物的原型，其後的發展改變，都應與創刊號一起作對照，才能見出真貌。因此創刊號對了解一本刊物的歷史發展種種，實在起着莫大的作用。

香港過去出版的期刊雜誌，由於缺乏官方的詳細紀錄，至今仍難以理出一個大概的輪廓，例如政府出版的一九六二年《香港年報》，附錄當中僅列出從她角度決定一些較有代表性的期刊雜誌：隔日刊《天文台》；周刊《周末報》、《東風》、《公教報》、《青年學園》、《中國學生周報》等七份；旬刊《家庭生活》；半月刊《現代評論》、《兒童樂園》；月刊《亞洲》、《新中華》、《星島畫報》等六份，合共十七份刊物，實難體現到當時中文雜誌的概貌，僅是一些電影雜誌和綜合大型畫報，數量便遠超此數。而且雜誌刊物一般都是供人消閒娛樂，看完即棄，較少人會刻意保留，至於公私營圖書館也不會作長久存放，並會定時註銷，加上香港寸金尺土，就是有人想加保存也欠缺地方，所以造成這些雜誌期刊散佚嚴重。

香港中文大學榮休教授盧瑋鑾老師是有心人，一生致力搜集研究香港文學資料，由她與中文大學合辦的「香港文學資料庫」，裏面藏有不少香港的文學期刊，並加詳細編目，為文學這片土地保存了珍貴的資料；另學者胡從經在《香港近現代文學書目》附錄了〈香港近現代文學期刊簡目〉，當中收集了一九五〇年以前的香港文學期刊和綜合性暨屬有文學的刊物約一百七十多種；已故香港電影史家余慕雲先生畢生研究香港電影史，所藏關於電影的資料無數，他在《香港電影八十年》一書附錄中，列出八十一種電影雜誌，以他一人之力，這已是一個了不起的成績。但除了文學和電影雜誌外，似乎還未見有人着力去為其他刊物做工夫。

筆者自少愛閱書報雜誌，而且盡量加以保存，有時基於不同原因，萬不得已要棄掉時總極力爭取留下一本創刊號作紀念，日積月累之下，加上多年來的着意搜尋和朋友相贈，不同的雜誌創刊號到今天已有近二百之數，但當中已包括本港和國內，年期由上世紀三十年代至二千年所出版的雜誌了，這數字如果放在任何一個年代去看，實在微不足道。過去筆者將這種收藏作為個人一種生活趣味，閒時跟一些志同道合的朋友交流分享，從不曾嘗試作有系統的整理，後來得到好友翟浩然兄引薦，《明報周刊》願意把收藏付梓出版，也就不揣淺陋，揀選了數十本較有特色的雜誌，利用公餘時間為每本創刊號寫點文字補充說明，再加上一些個人感想，野人獻曝，以就教於各位讀者。六年過去，筆者的收藏略有增添，加上本書在市面絕版已久，故把全書重新編寫，再補充達四分一新的篇章，作增訂出版。

在結束本文前，有幾點補充需要向各位讀者交代的：

一、本書所列載的雜誌期刊，全部是在香港出版並可購買者，至於集中於一九四〇至八〇年代，並非基於甚麼特別原因，純粹是筆者收藏所限，早過四十年代的只有零星一二，未足成編，其次考慮到近二三十年的書刊讀者所知甚多，實不用多作介紹之故；

二、書中所寫的主要是該雜誌的創刊號，但如上文所言，創刊號一期的內容形式並不能作準，在刊物的各期出版過程中，內容風格或有一些改變，因此在介紹時會利用到創刊號以外的期數作補充；

三、書中所選的創刊號不少是關於電影戲劇，主要是筆者這類的收藏數量較多，而且考慮到這類刊物會較受歡迎，所以有此安排；

四、本書所選各種刊物僅為筆者所知所見，故實存在很大的局限，由是有些更具代表性和歷史意義的書刊未能出現書內，請讀者原諒；

五、本書不是嚴謹的學術論著，筆者限於學力識見，只能隨筆所寫，故對部分刊物並沒有作深入考證追查，而旨在與讀者分享一些閱讀和搜集舊書刊的經驗，因此錯漏失誤難免，請讀者不吝指正是盼。

連民安謹識

二〇一二年六月二日

二〇一八年七月八日修訂

目錄

四十年代

五十年代

六十年代

七十年代

八十年代

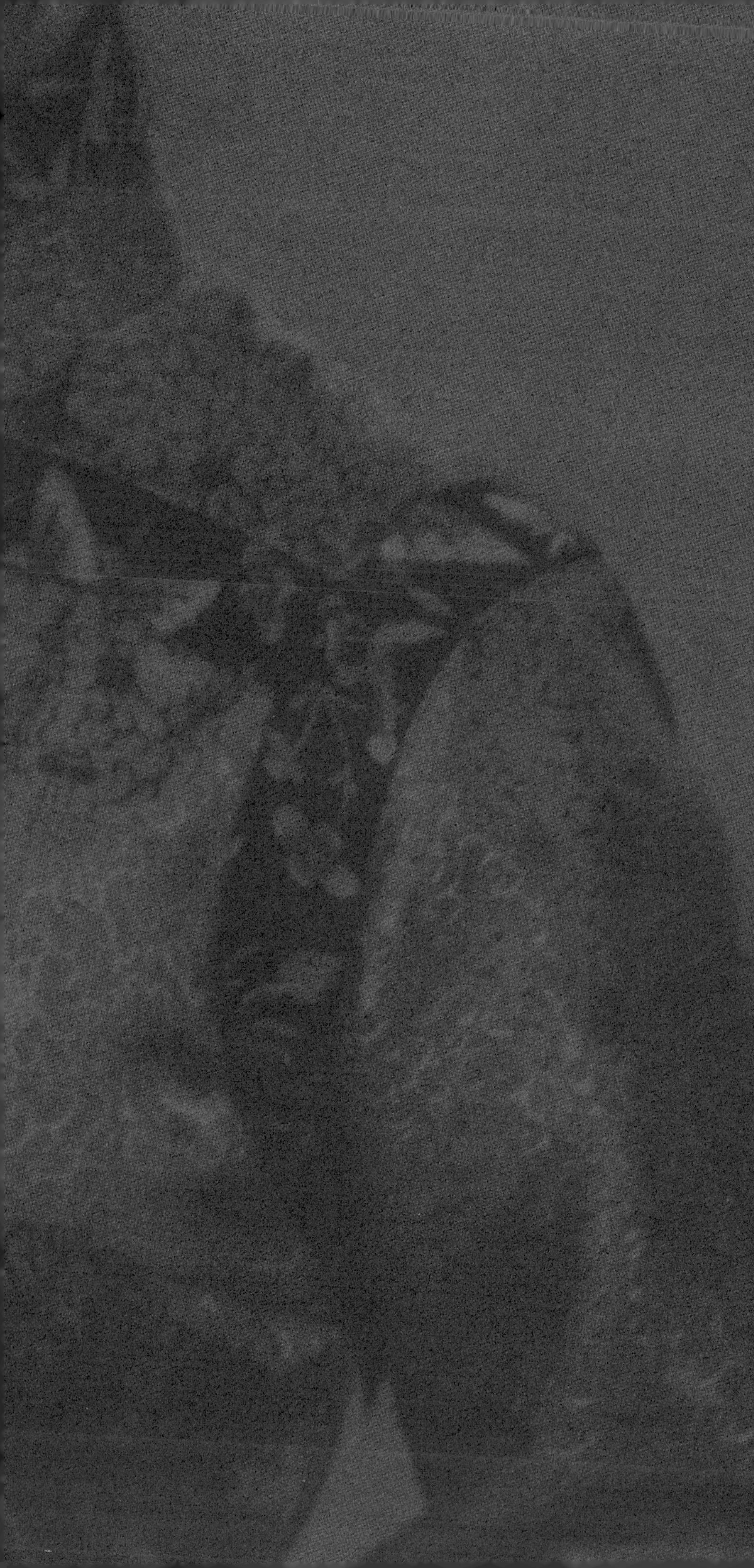

四十年代

大觀電影與大觀畫報
大眾周報
香島月報
伶星
風流
東風

大觀電影與大觀畫報

《大觀電影》是上世紀四十年代初由大觀影片公司出版的一本電影刊物，創刊於一九四〇年，編輯是李楓、鄺修一，十六開二十頁，以雙色印刷。

大觀影片公司是美國華僑趙樹燊於一九三〇年在美國創辦的電影公司，一九三五年在港開設大觀聲片有限公司，以後十多年，製作了不少名片，其中如《佳偶天成》、《蝴蝶夫人》、《火燒連環船》等都是很受歡迎的電影。

作為公司的電影刊物，《大觀電影》的編者在創刊詞中指出，本書基本上不在於宣傳「大觀」的影片，而是推動華南電影的發展。以創刊號這一期而言，除了主要介紹由望雲小說改編成的《人海淚痕》（封面人物也是這部電影的主角張瑛和黃曼梨），主題文章包括趙樹燊的〈紀念國慶與電影界的任務〉和鐵木的〈論新電影〉，亦有介紹公司基本演員施威和梅綺，導演則介紹羅志雄，此外還報道國際影壇和國內重慶、上海等市的電影消息，並不局限於香港一地。

《大觀電影》果如編者的話所言，不限報道公司電影，這一期書內可以見到「聯安」、「藝華」、「合眾」等公司的影片介紹。現存的戰前電影刊物已屬鳳毛麟角，這一本《大觀電影》記錄了四十年代初的香港電影面貌，對研究早期香港電影史的人而言，實是一本不可多得的刊物。

大觀公司戰後很快便投入電影製作，四十年代後期製作了不少精彩電影。一九五四年，趙樹燊成立大觀畫報社，出版《大觀畫報》，第一期封面人物是大觀台柱麗兒，她是趙樹燊的妻子，不少大觀出品都由她擔綱演出。趙氏在創刊詞中指出，出版本刊是想全面報道有關影藝的消息，除影星生活外，還會觸及影藝理論和技術，可見這本刊物並不單純報道影壇消息。

戰前的《大觀電影》，全為粵語片的報道，至於《大觀畫報》，則由於公司多了製作國語電影，自然加強刊登這方面的消息，反而粵語片的報道較少。筆者見過的大觀電影畫報，無論是戰前或戰後的都不多，《大觀電影》可能就只有創刊號這一期，《大觀畫報》亦只有六期而已，如要做大觀電影事業的研究，這些書刊是很珍貴的資料，大家如有發現，當然不可錯過。

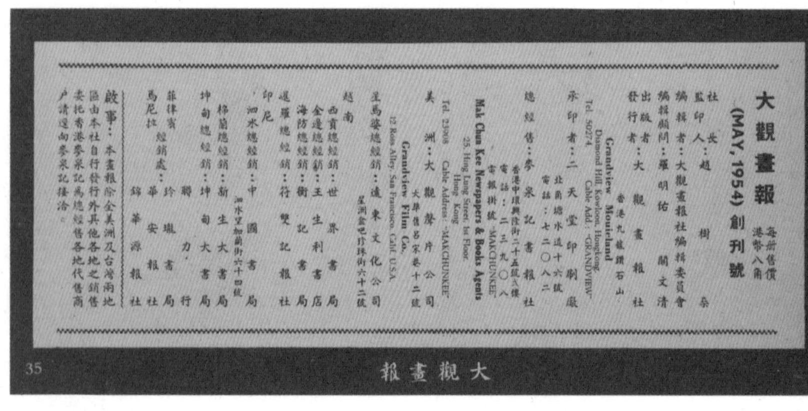

大觀畫報 (MAY, 1954) 創刊號 每册售價港幣八角

社長 監印人：趙樹燊
編輯者：大觀畫報社編輯委員會
編輯顧問：羅明佑 關文清
出版者 發行者：大觀畫報社 香港九龍鑽石山
Grandview Mouieland
Diamond Hill, Kowloon, Hongkong.
Tel. 50274 Cable Add.: "GRANDVIEW"
承印者：二天堂印刷廠 北角糖水道十六號 電話：七二〇八二
總經售：麥泉記書報社 香港中環興隆街二十五號六樓 電話：二三九〇八 電報掛號"MAKCHUNKEE"
Mak Chun Kee Newspapers & Books Agents
25, Hing Lung Street, 1st Floor. Hong Kong
Tel. 23908 Cable Address: "MAKCHUNKEE"
美洲：大觀聲片公司 大埠舊呂宋巷十二號
Grandview Film Co.
12 Ross Alley, San Francisco, Calif. U.S.A.
星馬婆總經銷：遠東文化公司 星洲奎吧珍珠街六十二號
越南 西貢總經銷：世界書局
金邊總經銷：王生利書店
海防總經銷：衛記書局
暹羅總經銷：符雙記報社
印尼 泗水總經銷：中國書局 泗水望加蘭街六十四號
棉蘭總經銷：新生大書局
坤甸總經銷：坤甸大書局
菲律賓 馬尼拉 經銷處：聯力行、玲瓏書局、華安報社、錦華源報社

啟事：本畫報除全美洲及台灣兩地區由本社自行發行外其他各地之銷售委托香港麥泉記為總經售各地代售商戶請逕向麥泉記接洽。

35 大觀畫報

版權資料

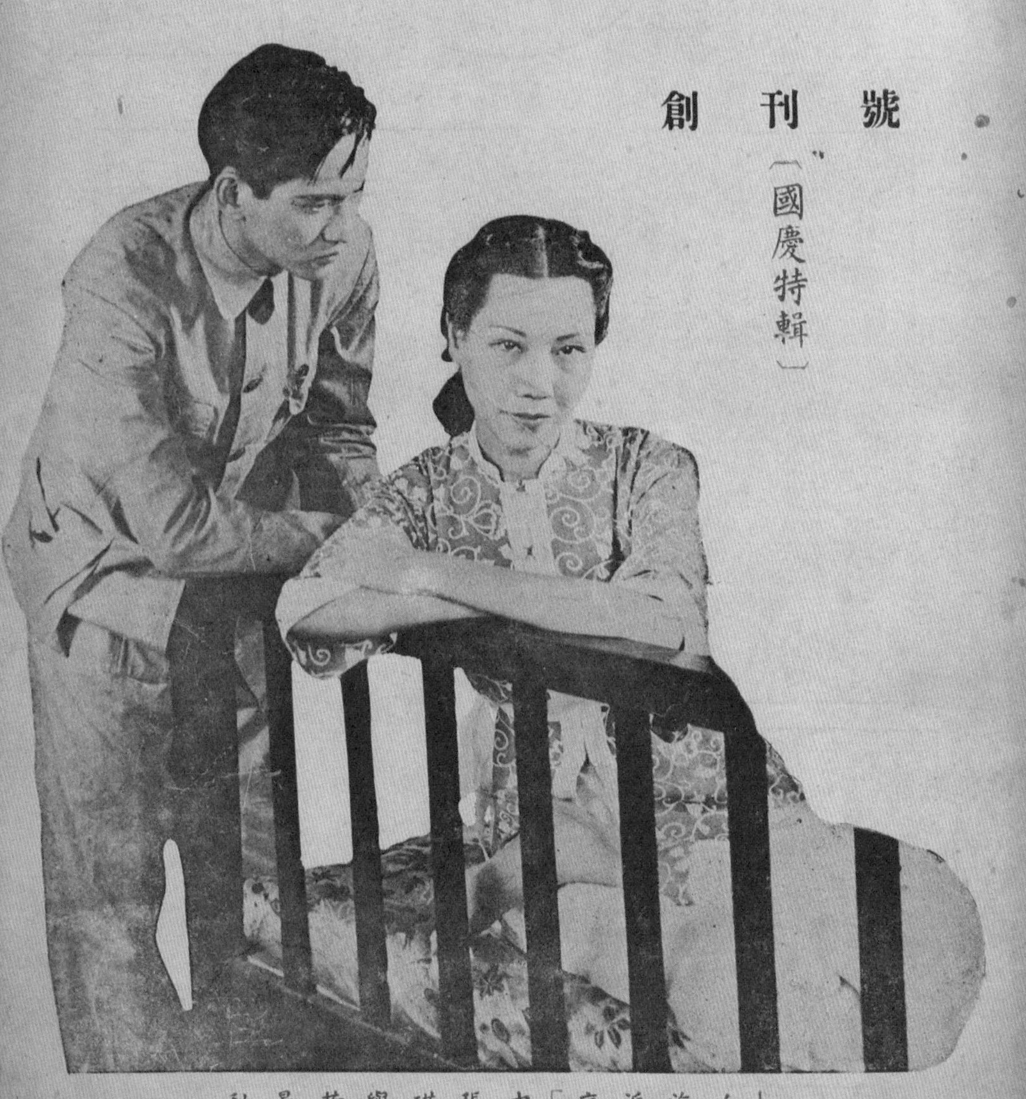
大觀電影
創刊號
（國慶特輯）
「人海淚痕」中張瑛與黃曼梨

《大觀電影》封面

1　大觀電影

創刊詞

當讀者們看到「大觀」這個名字，不可避免地會把本刊認爲是大觀影片公司的宣傳專刊。這樣的看法，雖然不至於錯誤，不過未免太簡單，太樸素一點吧！

把有毒的內容裝上一套糖衣，把粗製濫造誇張爲精心製作，這就是別的電影刊物的立場，但無論如何不會成爲本刊的立場。

我們的立場，基本不在於宣傳本公司的影片，而是在於推動華南電影向新途徑發展。因此，根據於新電影運動的觀點，凡值得我們推薦介紹的影片，無論是那一個公司的出品，都予以推薦介紹。不值得推薦介紹的影片，即使是本公司的出品，也不加以誇張，文飾。

本刊的工作是困難的，不過我們要爲新電影而奮鬥，決不在困難面前屈服。我們深深地攷慮到，解決困難的關鍵是在於確定本公司的製片方針，過去的方針不去談它吧，今後的方針，我們敢相信是與新電影運動相一致的。因此，我們就敢相信，本刊的發展必然會一期一期地克服困難，一期一期地健全起來。我們敢用良心來向讀者們作担保。

本刊的出版，對於電影從業員，對於電影觀衆會有什麼幫助嗎？如果沒有，我們決不願意編這樣的刊物。我們要用本刊團結他們到新電影運動上來。要創造新中國的新電影，是要依靠於電影從業員，電影觀衆的聯合努力的，本刊的出版，不過是澎湃運動中的一支涓涓細流吧了。但一個巨潮的形成，我們能忽略那涓涓細流的因素嗎？

我們衷心地希望一切文化工作者，電影工作者，讀者以及電影觀衆，都不吝指教和幫助，合力地從烏煙瘴氣中打出新電影的光明前途。

大觀電影

創刊號

中華民國廿九年十月十日出版

督印：趙樹桑

編輯：李楓　鄺修一

大觀聲片有限公司出版

如蒙索閱，請付港郵一角五分。

創刊詞、版權資料

《大觀畫報》創刊於一九五四年，督印人趙樹燊，十六開，封面人物是影星麗兒。

《大觀電影》內頁《人海淚痕》電影介紹

創刊詞

趙樹燊

「大觀畫報」終於今天和社會人士相見了，假如每一本刊物的出版都要說幾句「創刊詞」的話，就讓我跟讀者諸君說出我對「大觀畫報」的幾點希望：

一、我希望「大觀畫報」是一個健康活潑的孩子，在廣大讀者愛護培育之下長大起來，而成為社會每個階層人士親切而不能一日分離的朋友。

二、我們是從事電影藝術的人，大家都知道，電影是綜合的藝術，是具有促進文化，提高教育的巨力，我們出版「大觀畫報」，一方面是輔助電影事業的推進，以達到世界影藝的水準，另一方面則是希望引起社會人士對電影教育的重視。

三、如上所述，我們出版「大觀畫報」是輔助影藝的推進及引起社會人士對電影教育的重視，所以，「大觀畫報」所報導有關影藝的消息，是廣泛的，多方面的，它包括了我國和世界的製片情形及影星生活，影藝理論和技術，希望我們的電影從業人員和文化界朋友們，多多提供珍貴的資料和意見，協助我們把「大觀畫報」成為一本完美而丰富的電影刊物，不勝感謝！

《大觀畫報》創刊詞

大觀畫報

本期封面 麗兒小姐

·愛美攝·

本期目錄

目錄

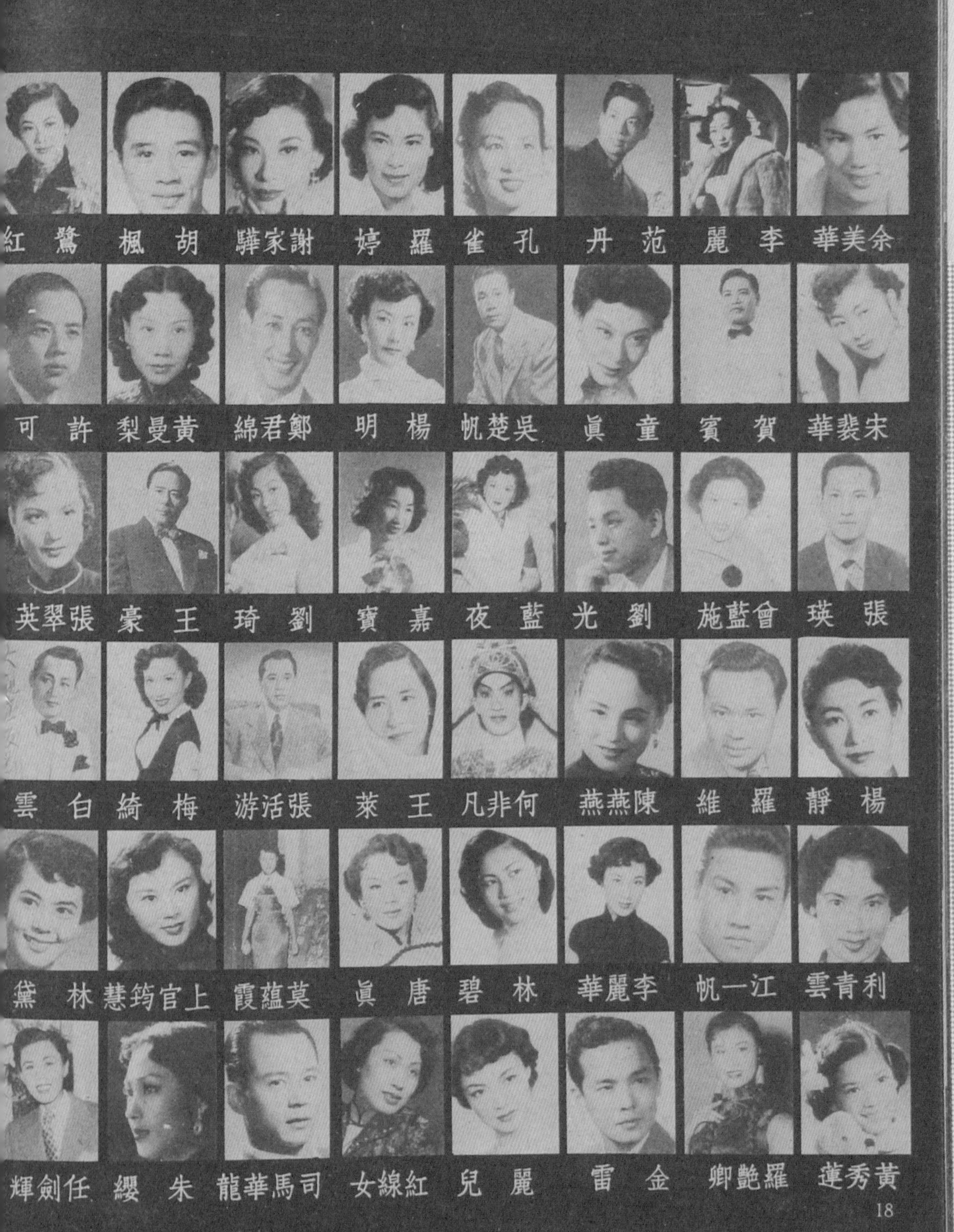
大觀畫報
恭祝大觀畫報創刊
余美華 李麗 范丹 孔雀 羅婷 謝家驊 胡楓 鷺紅
宋裴華 賀賓 童眞 吳楚帆 楊明 鄭君綿 黃曼梨 許可
張瑛 曾藍施 劉光 藍夜 嘉寶 劉琦 王豪 張翠英
楊靜 羅維 陳燕燕 何非凡 王萊 張活游 梅綺 白雲
利青雲 江一帆 李麗華 林碧 唐眞 莫蘊霞 上官筠慧 林黛
黃秀蓮 羅艷卿 金雷 麗兒 紅線女 司馬華龍 朱纓 任劍輝
18

周曼華 馬力 吳丹鳳 秦琪 梅珍 江帆 鍾偉明

王元龍 羅娜 芳艷芬 陳清華 容遠菁 陳厚 東方明珠 李芳菲

高峯 于素秋 嚴俊 朱丹 高山 鍾情 陳雲裳 林妹妹

紫羅蓮 邵鐵鴻 鄭碧影 蔡梅蘭 陳雲華 歐陽莎菲 薛覺先 劉亮華

司徒華 黃超武 上官清華 尤敏 淑子 李香蘭 黃河 韓菁清

洪波 白雪仙 白燕 畢寶瓊 李湄 張英才 林翠 小燕飛

藍鶯鶯 岳麟 伊秋水 陳榴霞 小雯 白碧 吳家驤 夏春秋

大眾周報

香港淪陷期間，日軍政府為對言論加強控制，除把各報章作出編修統整外，另於一九四二年六月成立大同圖書印務局，出版《大同畫報》和《新東亞》月刊等具有政治宣傳意味的「文化」刊物。前者筆者未有機會接觸，後者則要感謝著名書話家黃俊東先生的相贈，他知道筆者對淪陷時期的雜誌刊物很感興趣，不遠千里從澳洲寄來一冊。這本約十六開、厚百多頁的雜誌，內容主要宣揚所謂「大東亞共榮」和「中日友好」的意識。當然亦有不少日本文化藝術的介紹。

上述兩份刊物出版不足一年便告停刊，取而代之是無論印刷和頁數都比前者遜色的《大眾周報》。她創刊於一九四三年四月，是一本比十六開略小、底面共十六頁的刊物，主編是葉靈鳳。在創刊辭中，編者表示他們是一群文化人，「讓長期受盡英美思想的僑胞認識現實，認識祖國，乃至認識日本」，是他們這群留港的中國文化人應盡的責任，過往做過這類工作，但因「目標太高，脫離現實」，故失敗而回，這裏所指應是《大同畫報》和《新東亞》月刊，因此《大眾周報》會一如其名，走大眾路線。

這一期除了一些較政治性的時事話題，較多的是文藝消閒性的作品，例如周作人、柳亞子的詩作；也有跟戰前香港小報相類的通俗作品，分別有長篇連載靈簫生和崆峒的小說，前者以專寫艷情文藝小說享譽於時，後者則以擅寫少林南派武俠技擊小說為人熟悉。不可不提的是「雨巷詩人」戴望舒在書中化名「達士」撰寫「廣東俗語圖解」，詩人雖非廣府地道人士，但考據俗語源流出處甚詳，也見趣味；葉靈鳳主編之餘署名「白門秋生」編寫「書淫艷異錄」，縱談中外古今風俗奇聞異事，亦看到作者的見識廣博。筆者過去借閱過小部分《大眾周報》，除「白門秋生」外，也多在頁首見到一篇署名「豐」的評論小品，葉靈鳳有一個常用筆名「葉林豐」，過去多用來寫史地掌故式的隨筆，故可知他每期都有不少文章亮相。

《大眾周報》走的通俗路線無疑頗受歡迎，就如當時稍後出版的小報《廣東人報》和《香城》一樣，能讓戰時百姓寄情於這些刊物上，暫時忘卻現實的煩憂。

香港淪陷時期文獻資料散佚嚴重，尤其報刊方面，現在要找尋這類刊物只能看彩數，《新東亞》近年曾在一些舊書拍賣會出現，但很快便被人拍去。筆者擁有的《香島月報》和《大眾周報》創刊號，有緣得兩位好友轉讓，多年來視如拱璧，這次因緣際會得以與讀者分享，亦不失為一件美事。

大衆周報

第一卷 第一期

編輯者：大衆週報社　發行者：南方出版社
社址：香港必打街畢打行六樓（電話二四五〇六）

每逢星期六出版・每册零售軍票拾錢
預定全年五十二期軍票五圓（郵費另加）

社論

創刊辭

編者

香港新生已經有一年半了。在這一年半的過程中，民衆生活和各種施設，可說已漸漸走上軌道，而且不是僅僅恢復舊觀，是走上嶄新的軌道。在舉世干戈擾攘之中，能有這樣一塊安居樂業的地方，即使是小小的也罷，反省起來確是任何人都應該感激的。

可是，僅是感激還不夠，我們應該更進一步，使自己所身受的令旁人也能享受，使已經安定的能愈加安定，使已經走上軌道的能加速的猛晉。要實現這種理想，方法並不難，就是各就本位工作，同時更互相協力，不妨礙他人，時時以大衆的幸福爲念，這就是所謂「共存共榮，各得其所」。

我們這一羣人都是從事文化工作的，根據這樣的理念，所以在大家「還鄉的還鄉，改行的改行」聲中，我們始終站在我們的本位不動。有人說，這年頭兒還幹「文化工作」，眞是傻子。是的，這年頭兒不去做生意撈錢，還要掏腰包出刊物，確實有點傻。不過傻子也有傻子的理想和信仰。我們認爲身居香港，沐受當局的愛護，香港市民百份之九十九是僑胞，怎樣使過去受盡英美思想的僑胞認識現實，認識祖國，乃至認識日本，正是留在香港的中國文化人所應盡的責任。根據這一點信念，我們認爲我們若也去改行做生意，混水撈魚，拋棄自己的崗位，不但對不起國家和社會，對不起本港當局，也對不起自己的良心。當然，我們的能力是否能擔負我們理想中的工作，我們的努力是否有收穫，是否爲僑胞所接受，則非我們所敢顧及，我們祇知盡我們應盡的責任而已。

以上是說明我們創辦本刊的動機，其次要說的便是方法。在過去的一年中，這類的工作是嘗試過的，可是因爲目標過高，和大衆脫了節，結果全部努力幾乎都浪費了，這是說起來很心痛的事。可是雖然心痛，却並不灰心，更不氣餒。想到工作的艱鉅，祇有更激發我們的責任心。根據過去失敗的教訓和經驗，這一次想脚踏實地的來做，我們的工作就是大衆的工作，大衆的痛癢就是我們的痛癢。

這一次本刊的創刊，並不是甚麼「捲土重來」，我們並沒有這樣的聲勢，而祇是基於不自量力的一點工作熱忱和責任感，有的祇是悲壯的決意而已。這一切，希望讀者們予以鑒諒和指教。

至於本刊的內容，我們的編輯方針是以一般讀者爲對象，尋求大衆的趣味核心所在，值得提倡的便加以保留和鼓勵，有害的或 曲的便加以淨化或糾正。內容力求通俗化，但保持相當的水準，決不爲迎合大衆之低級口味而流於庸俗。這一點，我們敢向讀者們保證。

爲了實現我們的理想，這一次承本港許多優秀的執筆者，拋除新舊畛域的成見，通力與我們合作，這是我們應該特別提出來道謝的。

本期要目

《大眾周報》封面及目錄

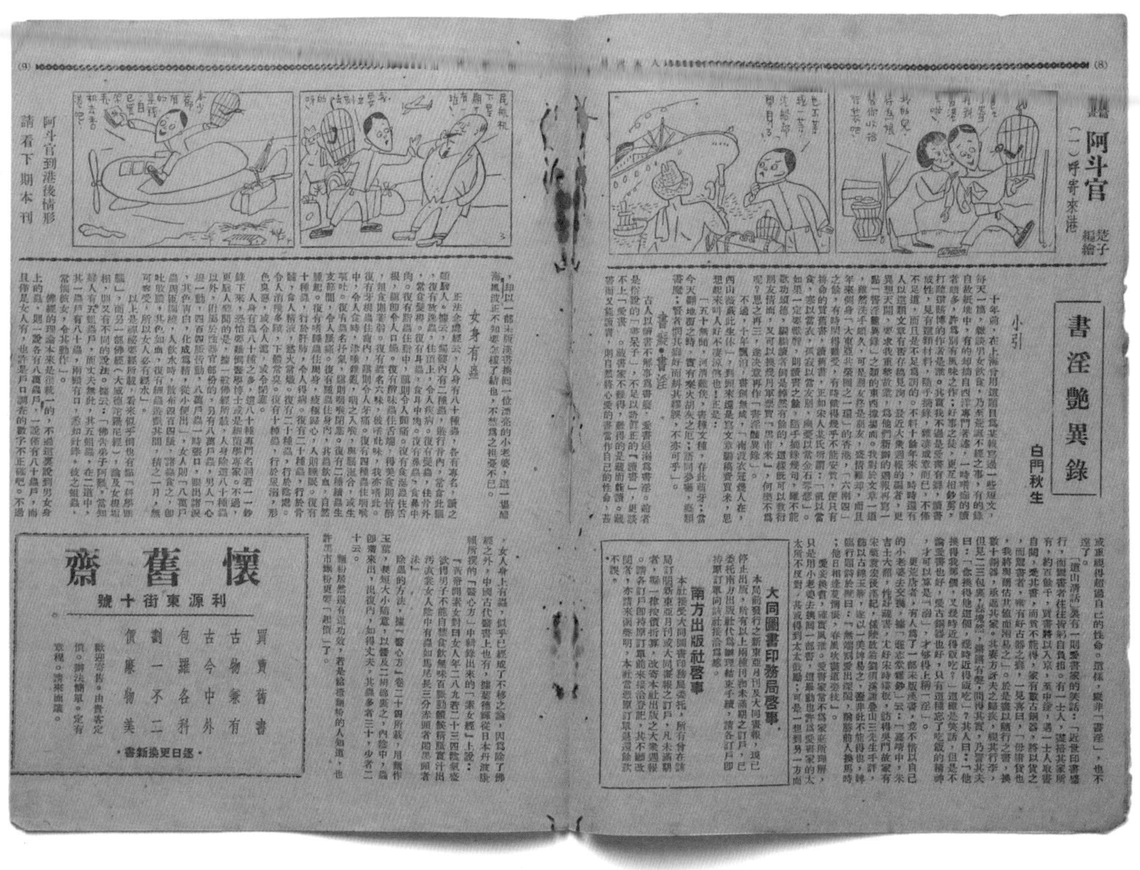

書淫艷異錄

白門秋生

小引

女身有蟲

大同圖書印務局啓事

本局前發行之新東亞月刊及大同畫報，現已停止出版，所有以上兩種刊物未滿期之訂戶，已委托南方出版社代爲辦理結束手續，請各訂戶即持原訂單向該社接洽爲盼。

南方出版社啓事

本社接受大同圖書印務局委托，所有留存該局訂閱新東亞月刊或大同畫報之訂戶，凡未滿期者，概一律按價折算，改寄本社出版之大衆週報。請各訂戶即持原訂單前來接洽登記，其不願改閱者，亦請來函聲明，本社當憑原訂單懸還餘款不誤。

上：「阿斗官」漫畫，楚子（鄭家鎮）繪。下：〈書淫艷異錄〉，白門秋生（葉靈鳳）撰。

日佔刊物《亞洲商報》二十六期

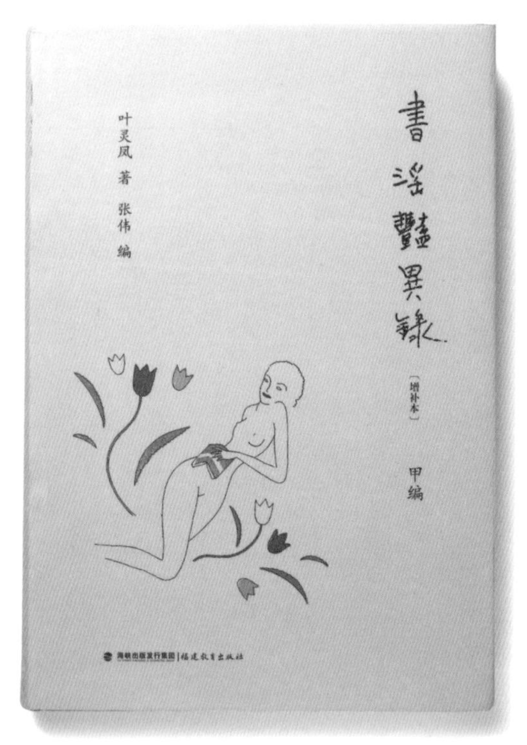

《書淫艷異錄》，葉靈鳳著，福建教育出版社，二〇一六年。

廣東俗語圖解

（一）竹織鴨

達士

宋莊綽雞肋編云：「浙人以鴨兒爲大諱。北人但知鴨作羹雖甚熱無氣，亥至南方，乃知鴨若只一雄，則雖合而無卵，須二三始有子。其以爲諱者蓋爲是耳。」所以水滸傳上鄆哥激武大郎去捉潘金蓮的奸，就嘲他是鴨子，猶之我們現在罵人烏龜。廣東俗語有句話叫「竹織鴨」，雖則也用到鴨字，可是和那頂綠頭巾沒有關係，如果有人叫你一聲「竹織鴨」，你大可不必疑心到自己帷薄不修。「竹織鴨」原來是一件小玩具，地道國產，用竹編成，像鴨之形，是一種「民間藝術」。當舶來玩具還沒有流行的時候，這個小玩具便是細蚊仔們的「恩物」之一，價廉物美，一個銅仙可買幾隻，因此，當時街頭巷尾，無不有「春江水暖」之勢了。

宋錢易南部新書略云：「陸龜蒙門鴨一欄，有驛使挾彈斃其尤者，龜蒙曰：「此鴨能人語，待附蘇州上進，使者斃之何也？」使人恐，盡與囊中金，俟其稍悅，方請其人語之由。曰，能自呼其名。」竹織鴨不是天造地化，不但不能像陸龜蒙的鬥鴨那樣，能自呼其名，而且還能在死後替主人發一筆小財。這個手工做出來的小東西，雖則形狀有幾分像那蹺足的家禽，而且裝扮得五顏六色，可是到底和陽貨貌似孔子差得遠。是否是「須二三始有子」的問題還談不到，最重要的是牠內中空空如也。既然內中是空空洞洞，那麼沒有心肝是不用說了。我們廣東人就抓住了牠的這個大錯處，把「竹織鴨」這三個字作爲「有心肝」的代名詞。

「竹織鴨」雖則是指有心肝，但語氣却並不怎樣嚴重，與泯昧天良無人心大有不同。牠雖則男女二件皆得而用之，而出於女性之口更爲相宜，所謂打情罵俏是也。罵者於心未必有怨恨之心，而受者却又渾身舒適，如飲芳醪。所以如果你聽到你的膩友輕啓朱唇微露皓齒嬌聲的地罵你一聲「竹織鴨」的時候，你不但決無生氣的理由，却反而像得了玉皇大帝的聖旨一樣，會心兒澎湃起來。因爲既然她罵你「竹織鴨」，那末她自己一定是有心肝的了，她是對你有情的了。有了這個把握，你就堆下笑臉，憑着三寸不爛之舌，說盟說誓，從此一帆風順了。

擊斃一個敵兵的費用

根據過去每次戰爭的費用和死亡士兵數的統計，要擊斃一個敵兵，沒有一次不是耗費了極大的代價的，如普法戰爭、俄土戰爭、日俄戰爭和上次歐洲大戰等，平均每擊斃一個敵兵的費用都在三萬元以上。茲杳那些數字是：

普法戰爭	四萬三千元
俄土戰爭	三萬一千元
日俄戰爭	四萬一千元
上次歐戰	四萬五千元

至於這次歐戰和大東亞戰爭，消耗的戰費想來一定更大了。（之）

廣東俗語圖解，達士（戴望舒）撰。

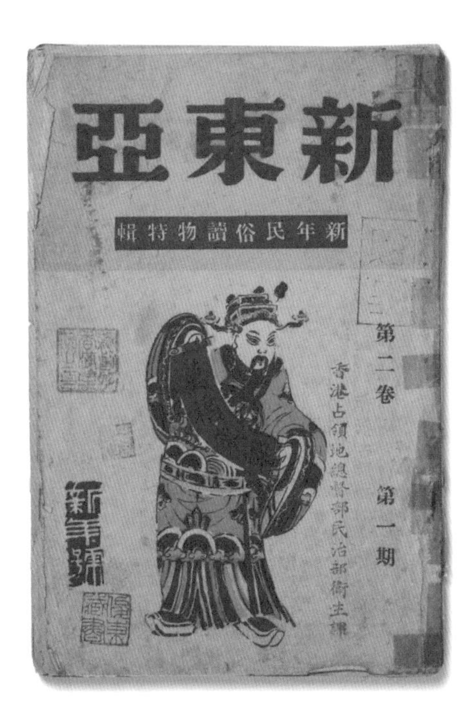

日佔期間另一本刊物《新東亞》第二卷第一期，此刊蒙黃俊東先生相贈。

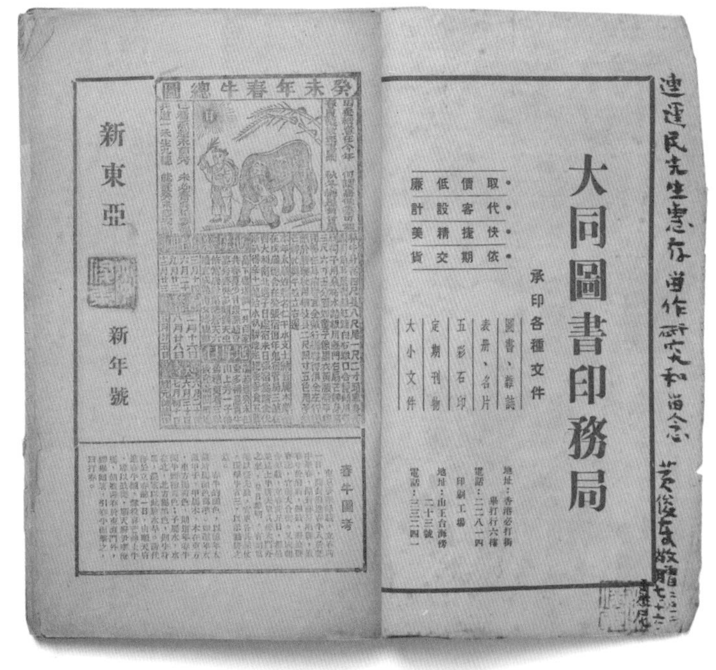

大同圖書印務局是日佔時期香港的主要印刷機關

香島月報

二次大戰期間日本於一九四一年十二月佔領香港，開始了港人三年零八個月的淪陷生活。其時香港不少報章紛告停刊，很多報人不肯受日本人統治均逃返內地，留下來的報人多為稻粱謀而不得不與日方虛與委蛇。當時仍然出版的報章，除了親日的《天演日報》和《南華日報》，只有《星島》、《華僑》等大報繼續出版。一九四二年六月一日，日軍政府為方便管治、統一言論，就把當時幾份主要報紙合併，例如《大眾日報》併入《華僑日報》；《循環日報》與《大光報晚刊》合組成《東亞晚報》；《華字日報》收入《星島日報》，更名為《香島日報》，連同上述提及的報章和日方的《香港日報》，就是戰時香港報業的概貌。

寫了一大段文字，目的其實就是帶出本文所要介紹的《香島月報》，這是《香島日報》出版的刊物，創刊於一九四五年七月，其時戰爭已近尾聲，出版人是同為《香島日報》主持的胡山，主編是盧夢殊。盧夢殊戰前已在上海編輯電影刊物，來港後又以筆名「羅拔高」寫作，作品有《山城雨景》。這份月報十六開，連圖片廣告共一百頁，編者在發刊詞指出月報的宗旨是為市民提供文化食糧，以解戰時的精神上的饑饉。話雖如此，事實不然，綜觀創刊號的內容，佔了頗多篇幅分析東亞政局和戰局，亦有「歐戰後的世界動向」專文，就是社會文化欄也是用作政治宣傳之術，這份刊物的立意不問可知。

《香島月報》雖作為政治宣傳刊物，但書中的文藝學術內容也不無可觀，例如詩人戴望舒的〈李卓吾評本水滸傳真偽考辨〉、葉靈鳳的長篇小說《南荒泣天錄》等。無巧不成話，兩位新文學作家也在《大眾周報》夥拍無間。此外還有一些文人為了生活而化名投稿，相信不在少數。

展讀這本日佔時期的刊物，你會發現有不少廣告，當中以醫藥酒類為主，也夾雜食肆娛樂的宣傳，其中有部分至今仍在經營。看似平常，但如果不清楚此刊的來龍去脈，相信很難想像這是出版於日本鐵蹄統治下的社會。

《香島月報》只出版兩期，因此知者不多，第二期才出版未幾，八月中旬日本便宣告投降，月報也因此結束，同時也結束了港人三年多的黑暗日子。

中華民國三十四年七月五日出版
香島月報 創刊號
（定價每冊二十元）
出版者：胡山
編輯者：盧夢殊
發行者：香島日報社
印刷者：香島日報社
總發行所：香島日報社 灣仔道壹七七號 電話三一二〇一號
分銷：各地各大書店

版權資料

《香島月報》封面

《香島月報》內的廣告，左上角的「明治劇場」即皇后戲院；下方的飯店地址「中明治通」即皇后大道中。淪陷時期香港不少街道和建築名稱均被日方改動。

發刊詞

發刊詞

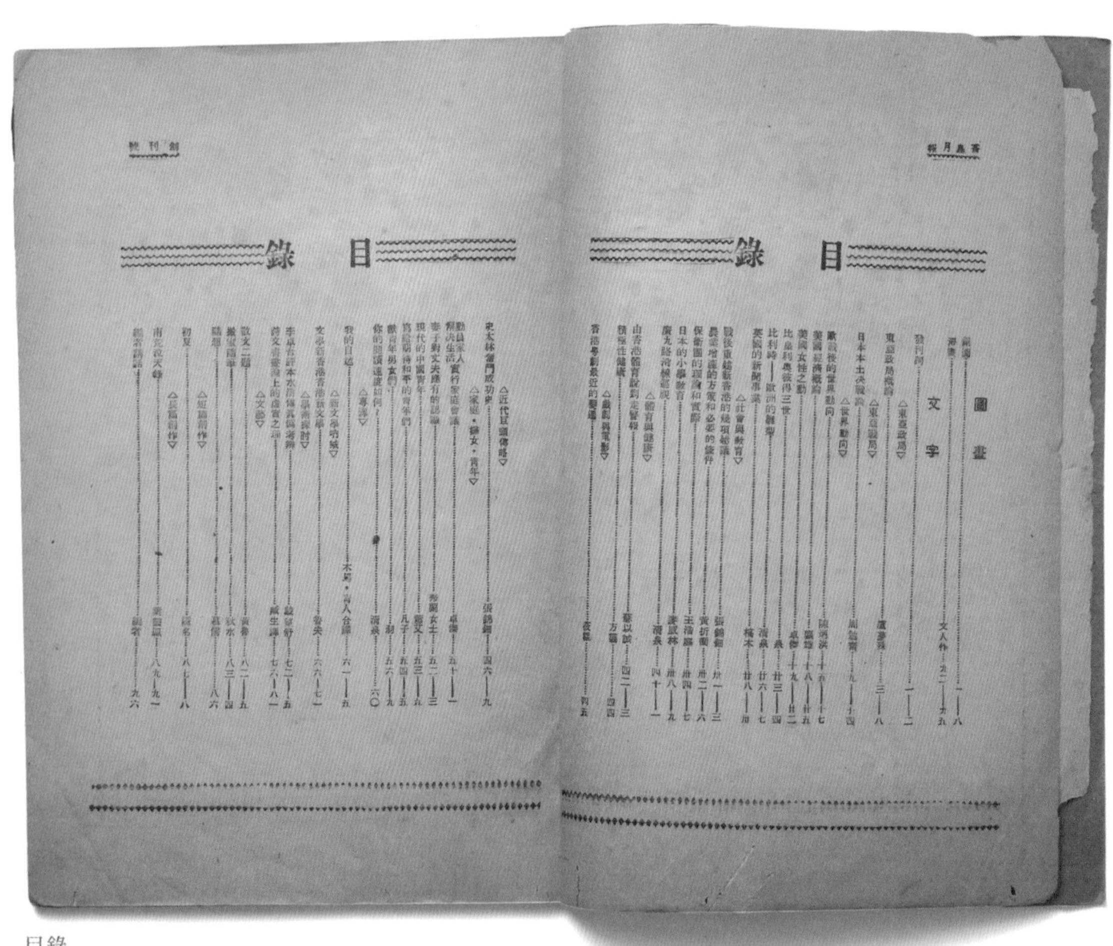

目錄

目錄

目錄

《香島月報》第二期於一九四五年八月出版，未幾日本向盟軍投降，故這一期也是最後一期。

香島日報

同盟世界電訊

冲繩激戰有加無已
敵軍滲入首里市一部
日軍迎擊兩方刻作殊死戰

冲繩附近敵艦船
損失達五六六艘

三頭會議不久舉行
傳將商討三國同盟

鑑於現目情勢
日政會要求召開議會

印督華威爾首途歸印
英對印新方針決定

日民意志毫未動搖

敵機空襲大阪
擊毀敵機確數
共一百三十餘架

敘、黎事件趨和緩
法軍奉令停止炮轟

已入寸土必爭階段

東京巡禮

《香島日報》與《香島月報》同為香島日報社出版刊物

《伶星》是香港戰後最早復刊的電影戲劇雜誌，要細說其由來，當由上世紀一九三一年說起。這本雜誌由張作康、黃素民、黃花節三人在廣州創辦，出版至一九五四年結束，中間除因抗日戰爭關係曾經停辦外，基本上可算出版不輟，惟其間曾幾歷演變：最先是廣州時代的《伶星》，一九三九年日本攻陷廣州，報刊人員輾轉遷到澳門，期間曾經停辦一段時間；香港光復之後，便在翌年出版《伶星》（香港版）。最後在四十年代後期改以報紙形式出版，至一九五四年停刊。

現呈於讀者眼前的《伶星》光復版第一期，一九四六年二月出版，十六開，十六頁，主編仍為張作康，封面人物是影星馬金娘。這一期的編後語對《伶星》在廣州陷落前後的變化有頗詳的記述。戰後餘生，不少伶人在這一期訴說戰時的各種遭遇經歷，包括靚少鳳、梅綺、關德興、曹綺文等，從他們口中所述，我們可以想到戰爭期間這些藝人的生計是如何困頓。

要了解復員初期粵劇藝壇的概況，《伶星》實在可提供相當豐富的資料。這一期有報道八和會館（一個粵劇界別的同人組織）的復會運動，也有省港劇壇新一年活動展望，此外還有馬師曾和譚蘭卿這對長期粵劇壇拍檔最後拆夥的原因探討。眾所周知，三四十年代是粵劇最輝煌的時期，人人對劇壇消息求之若渴，《伶星》復刊可謂適逢其時。

為了爭取更多讀者，《伶星》於一九四八年改為報紙出版，與稍後大眾熟知的《真欄》分庭抗禮。《伶星》由一九三一年創刊，至一九五四年結束，前後經歷二十三年，她保留了上世紀三四十年代省港戲劇娛樂事業的重要紀錄，尤其粵劇班事方面，當時戲班的演出詳情、伶人消息動態，都一一縷述無遺，是研究香港早期戲劇娛樂的一本重要刊物。

伶星
戲劇電影雜誌
LING SING
創辦人
張作康・黃素民
・香港版・
社長兼督印人
張作康
總經理
羅徵明
光復版・第一期
民國卅五年二月九日
每逢星期六出版
定價：港幣五角
社址：
香港：大道中何東行三樓 電話：二二七〇九號
廣州：一德路二二五號 電話：一四三七四號
出版：伶星雜誌社
印刷：四強印刷所
發行：香港梅亨記、廣州伶星總社
伶星創刊於民國二十年十二月一日
南國不倒戲劇電影雜誌

版權資料

編後語

回憶八年前的秋天，廣州將近淪陷的時候，伶星的第二百三十一期還在印務局趕印中，及至釘裝妥當，正待先把寄來香港的書付寄落東安省港輪，估不到船還沒有開行，而敵人的鐵蹄已踏進廣州市，我們的第二百三十一期伶星，也就這樣的犧牲在東安輪裡。

我們逃到香港，在苦難中出盡了九牛二虎之力在香港出版了一期香港版，這是特為告別讀者而刊行的一期，此後，我們便停刊了，不久，我們也離別了香港而投進祖國的懷抱，繼續着我們的文化工作了。那時，我們曾在這最後的一期中這樣的說過，希望終有一天，我們重與親愛的讀者在和平勝利的愉快氛圍中再相見。

敵人屈膝，省港相繼克復了將近五個月，欣幸地我們終底如願以償，現在，伶星光復版的第一期呈現在萬千親愛讀者的前面了。但很慚愧，因為我們此次歸來復版，籌備的時間非常倉猝，同時因為物價的影響，使我們一切復版的計劃未能遂如理想，這是很慚愧的事而要請讀者原諒的。

伶星是讀者們所共有的，很希望今後我們能夠得有多和讀者聯絡的機會，伶星很願意取讀者們提供寶貴的意見，使我們能夠逐漸改善，逐漸達到我們的理想，能夠切實地為娛樂而服務。

很多謝不少伶星的老友，此次幫助我們的復刊，如果這一期的內容，讀者認為滿意的話，卻並非我們的功勞而是伶星的老友們熱情勸助所得到的成績。

伶星的辦事處設在大道中何東行三樓，電話二二七〇九，如果伶星的老友和讀者們肯裏惠光臨賜教的話，我們當然是倒屣歡迎了。

還有，是期因篇幅關係，未能盡量容納老友們的大作，真是抱歉，當在第二期陸續發表。

編後語

《伶星》封面

廣州時期的《伶星》第七十八期，一九三一年二月出版。

香港版《伶星》第四期，封面為著名花旦陳艷儂。

同是廣州時期的《伶星》第一百七十二期

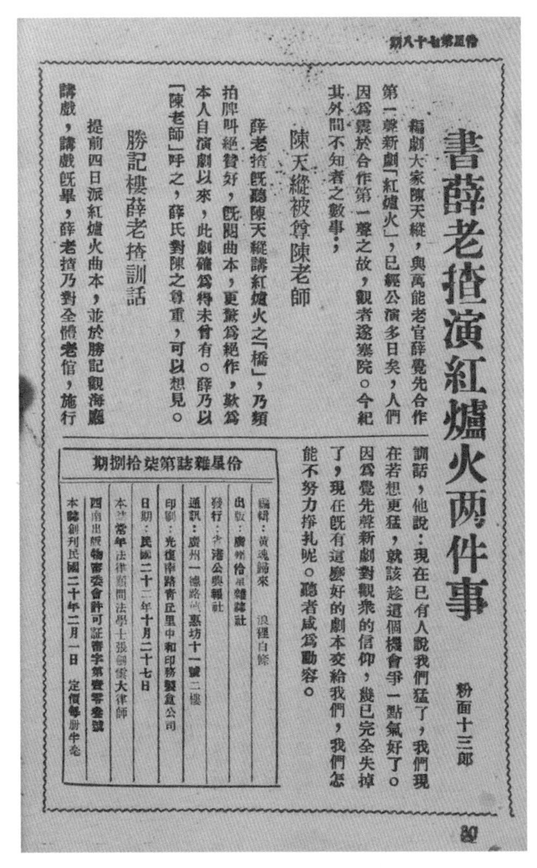

伶星第七十八期

書薛老揸演紅爐火兩件事

粉面十三郎

編劇大家陳天縱，與萬能老倌薛覺先合作第一聲新劇「紅爐火」，已經公演多日矣，人們因爲震於合作第一聲之故，觀者遂塞院。今紀其外間不知者之數事；

陳天縱被尊陳老師

薛老揸既聽陳天縱講紅爐火之「橋」，乃頻拍牌叫絕贊好，既閱曲本，更驚爲絕作，歎爲本人自演劇以來，此劇確爲得未曾有。薛乃以「陳老師」呼之，薛氏對陳之尊重，可以想見。

勝記樓薛老揸訓話

提前四日派紅爐火曲本，並於勝記觀海廳講戲，講戲既畢，薛老揸乃對全體老倌，施行訓話，他說：現在已有人說我們猛了，我們現在若想更猛，就該趁這個機會爭一點氣好了。因爲覺先聲新劇對觀衆的信仰，幾已完全失掉了，現在既有這麼好的劇本交給我們，我們怎能不努力掙扎呢。聽者咸爲動容。

伶星雜誌第柒拾捌期

編輯：黃魂歸來 浪裡白條
出版：廣州伶星雜誌社
發行：香港公興報社
通訊：廣州一德路[illegible]惠坊十一號二樓
印刷：光復南路青症里中和印務製盒公司
日期：民國二十二年十月二十七日
本社常年法律顧問法學士張劍雲大律師
西南出版物審委會許可證審字第壹零叁號
本雜誌創刊民國二十年二月一日 定價每冊半毫

80

廣州《伶星》第七十八期版權頁

伶星日報

星期五 第一版

公開潘永輝一封來信

不與黃金愛合作

潘有聲大談因果

凡事應如泥水佬開門口熱火棒南頭揸

戲班佬無宿怨或可再合作或永無聚頭

芳艷芬對星報記者承認

計劃在星製片

但十一月底須回港登台

余麗珍安步當車

任劍輝名劇贈妹

石燕子密斟

李海泉征越

此次亦可能合作赴越

石神暢談越南

鳳凰女路路亨通

每份壹毫

《伶星》後期改以日報形式出版，一九五四年停刊。

風流

上世紀三四十年代香港報壇出現過不少「小報」。所謂「小報」乃相對當時一般版面對開、動輒出紙三四張的「大報」而言，無論篇幅或內容，都與同期的《華字》、《工商》、《華僑》、《星島》等大不相同，若從出紙張數來看，小報只有對開紙的一半，即今日所見免費報紙的大小，一紙四頁；內容上既沒有大報的國際電訊，也沒有本地時事新聞，有的只是一些奇談搜秘或小說連載，而這些作品多是香艷短作，也有武俠技擊和歷史新編，都是滿足普羅大眾的消閒趣味。當中廣為人知的有《春秋》、《香報》、《居然》、《開心》、《風流》等，而後者僅筆者所見，便有以小報形式面世，也有以書刊小冊出售的，但觀出版月份和各欄內容，似乎並無關係。本篇介紹的是印成書刊式的《風流》。

說了一大堆話，似乎跟本文主題無大關係，但筆者想指出的是，《風流》表面上以書冊行世，但其實內容跟當時一般小報並無二致；再觀其三十二開十六版的頁數，正好就是一張小報的篇幅，因此說她只是一份改了裝幀的小報也無不可。

《風流》創刊於一九四六年十月九日，跟同時期的小報一樣是三日刊，但售價則比之貴了一倍——每冊二角。翻檢全書前後，既看不到有編者話或發刊辭，更找不到主編名字或出版機構，在當時而言其實並非罕見，特別是這類書刊小報，出版者純粹從賺錢角度出發，並無必要把身份公開，只要找到代理便可出版。當時最著名的代理商是「梅亭記」，幾乎包攬當時的小報發行。

《風流》第一期內容顧名思義多為香艷之作，如寫唐明皇與楊貴妃艷史的〈貴妃〉、寫庵堂男女艷事的〈風流妙姑〉、香艷短篇〈風流眼〉等；也有政壇逸聞如〈國民政府主席林森大鬧勷勤廁所〉、〈風流總統曹琨綽號由來〉等。以上各篇作者皆無可稽考，但書中也有些是當時頗受歡迎的作者，例如專寫少林武俠技擊的「崆峒」（楊大名），便在此有《洪熙官正傳》連載；念佛山人（許凱如）的《蘇黑虎黨傳》，還有粵曲名家王心帆的「歌情畫意」等。對四十年代小報有認識的讀者，相信會同意《風流》根本就是一份改換形式的小報。

當時的小報在排版上有一個特色，就是盡量利用每一分寸的空間去登載文字，務求令讀者覺得物有所值；而《風流》因開度小，為物盡其用，編排上不以單頁為限，基本上是兩頁打通（二三頁、四五頁等，可參考第三十四頁下方圖片），如此一來版面闊落了，編排上也較靈活，同時也可「塞入」更多文字。

無論是書刊式的《風流》或是小報的《風流》，今日已是一紙難求的物事，原因除了是年代久遠之外，更主要是長期以來遭人忽視，公家政府不納之餘，只能想到民間私人收藏。筆者收集報紙多年，最難求的就是這類小報，偏偏又是她們最能反映當時一般大眾的喜好趣味；此外也想多提一點，當時的小報並非全屬此類，《探海燈》、《掃蕩》等除了一般消閒娛樂之作，更對政治現狀有所披露或揭示，針砭時弊精到，故不能僅以消閒娛樂一類視之。

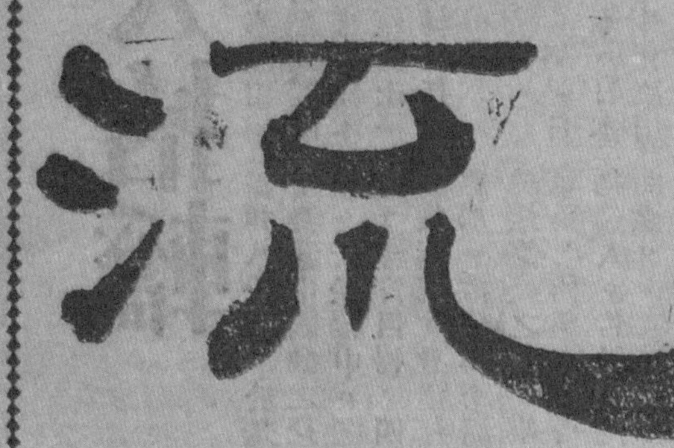

趣味副刊第壹期

民國三十五年十月九日出版

每三日出版一冊　每本港幣二角

青年男女幾大都要睇

唔睇就走大鷄

風流伯父搏命都要睇

唔睇就唔開胃

自認君子的

千祈勿看

不解風流的

千祈勿看

《風流》封面

風流

風流小說篇篇艷
瀟灑文章字字香

趣味副刊第五期
民國三十五年十月廿一日出版
每三日出版一冊每本港幣二角

（本期爆出）
賽金花救北平人
汪孟晉輸錢攞番
男僮女婢做秘戲
半開芍藥嫁鞋佬
吳稚暉之怪脾氣

（下期推出）
「一零一夜」
由風流小姐執筆
「烈鈎艷史」
由百厭書生執筆

《風流》第五期書影

交際花的秘密
她是都市社會的神秘東西

追人上樹
惡殭屍

溜冰緣

（九）

（八）

版頁編排相當「環保」，利用每一分空間刊登各專欄。

名撰曲家 吳一嘯 王心帆 合編 繡像廣東曲 枝枝有圖 篇篇有畫 就快出版

風流

第十一號

期期睇風流！包你冇憂愁！

香港梅亨記報局啓事

仗義救人 巧得嬌妻

如花美女 改扮男裝

花甲老母 輪姦至死

淪為乞丐 為車撞傷

少年愛之 初作姊妹 移娶為妻

大膽龍

十一：痛還未過色心又起

黃蜂嬉阿鸞

十一 大舊遠扮騷蝦仔

風流妙姑

十九：摟着她便強吻

以小報形式出版的《風流》報影

東風

二次大戰結束，日本宣告投降，香港也結束三年零八個月的苦難日子。戰後香港百廢待興，出版業卻很快便重上軌道，除一般大報外，更多的是一些《開心》、《紅綠》、《掃蕩》等小報如雨後春筍般湧現，至於大型畫報應以《東風》出版較早。

《東風》是一份八開的大型刊物，一九四七年創刊，最初每期十六頁，稍後增至二十四頁，由著名報人鄭郁郎督印兼主編，他曾長期在「工商」和「星島」主持編務工作。《東風》早期對各地風物多有介紹，亦有轉載國際重要事件；作為一份綜合刊物，《東風》有不少篇幅作消閒娛樂報道，電影戲劇播音足球等一般大眾趣味一應俱全，亦有刊載家事常識和通俗小說作品，堪稱老幼咸宜。後期刊物較貼近時事報道，例如一周國際大事、本港時事綜覽等，雖然未能像日報般掌握最新訊息，卻能把事件作綜合歸納處理，令讀者對事件來龍去脈更加清楚；此外又加強對粵劇班事、名伶影蹤的報道，深得家庭讀者喜愛。

回看創刊號的《東風》，這一期封面人物是上海音樂神童魏喬治，內文分別介紹「中國海軍」、「宋子文主政下的廣東」、「中英外交」和一些中國風光面貌等。

《東風》可算是香港報刊史上的長壽刊物，由一九四七年起，出版至一九七〇年代中合共千多期，五十年代更曾出版以漫畫娛樂為主的《東風日報》，以求爭取更多讀者。

已故香港掌故專家吳昊曾於報章專欄憶述一段舊事，約在一九九〇年代後期，他在旺角街頭無意中看見搬運工人推着一整木頭車的早期《東風》，這些塵封已久的書刊，幸好讓吳昊遇上救回一命，否則難逃送往堆填區的命運。《東風》即使到今日亦不難買到，但能夠一次得到數百本，這種機會實不容易碰上，而他手上這批刊物，對了解五六十年代的香港社會變遷有很高的參考價值。

東風畫報 第一期
每星期出版一次
卅六年十月十九日
督印人兼總編輯：鄭郁郎
承印人：胡瑋榮
東風有限公司出版
香港德忌笠街四十四號
電話：三三四〇五
永泰祥印刷公司印
香港莊士頓道三十一號
電話：三二一九一
每冊港幣弍角．全年拾圓
外埠郵費另加
廣告價目．每方寸普通位拾圓
保留版權．禁止轉載

要目

封面：神童魏喬治
在搖籃中的中國海軍……三—四
廣東新希望……五
東方大事……六
中英邦交……七
秋之新裝……八
幸運者……九
今日之武昌……十
神童音樂家……十一
一代歌王……十二
攝影佳作……十三
漫畫……十四
香港小姐與小姐香港……十五
富士秋色……十六
馬票與我……十六
福田大佐的幸遇……十七
南海情潮……十八

THE "EAST" PICTORIAL MAGAZINE
Edited & Published Weekly by
KENNETH CHENG YU-LONG
Printed by
ROTHMAN WU CHEUNG-WING
for and on behalf of
THE EAST LIMITED (In Formation).
44 D'Aguilar Street, Central, Hongkong.
Registered at the General Post Office
as Second-class Mail Matter.
Cable Address: "EASTIST", Hongkong
Telephone: 33405.
Subscription Rates: HK$10 per year.
Postage for Outports Exclusive.
Advertising Rates: HK$10 per Sq. in.
per insertion, ordinery position.
All Rights Reserved.
Printed by WING TAI CHEUNG PRINTING CO. 31-33 Johnston Rd.

版權資料、目錄

東風
1
號刊創
Hong Kong..........H.K. 20 Cents
China..........CNC $3,000
Burma..........1/2 Rupee
India..........1/2 Rupee
Malaya..........Straits 10 Cents
Phillipines..........30 Centavos
Siam..........1 Bath
Britain..........4 Pence
Canada..........10 Cents
U.S.A..........10 Cents
SEE PAGE 11
EAST
PRESENT THE EAST TO THE WORLD

《東風》封面

兩個不同時期的《東風》封面

《東風》出版年期很長，橫跨四十至七十年代，圖為第一千期書影，封面人物是影星蕭芳芳。

編者話

有話則長，無話則短，編者縱然無話，也得短短的說幾句。本來是說來話長的，對於一本綜合性的雜誌需要的很多，非得各方幫忙，沒有辦法弄下去。可是，這裏可以把它簡化的，現在謹以雛型的「東風」呈獻給讀者們，倘若它能够引起你們的興趣，你們自然會給它指導和協助，我們底歡迎的手是永遠張開的，我們底園地是永遠公開的，除了刊登我們底特約的作者們底圖片和文章之外，我們更歡迎各方大雅惠稿。圖以張算，字以千計，盡我們的微薄，奉酬圖片每張港幣十元，文字每千十元。每週不出版一次。「東風」能够出版，得各界友好鼓勵，指導至多，謹此致謝。今後更希望不斷賜教！

編者話

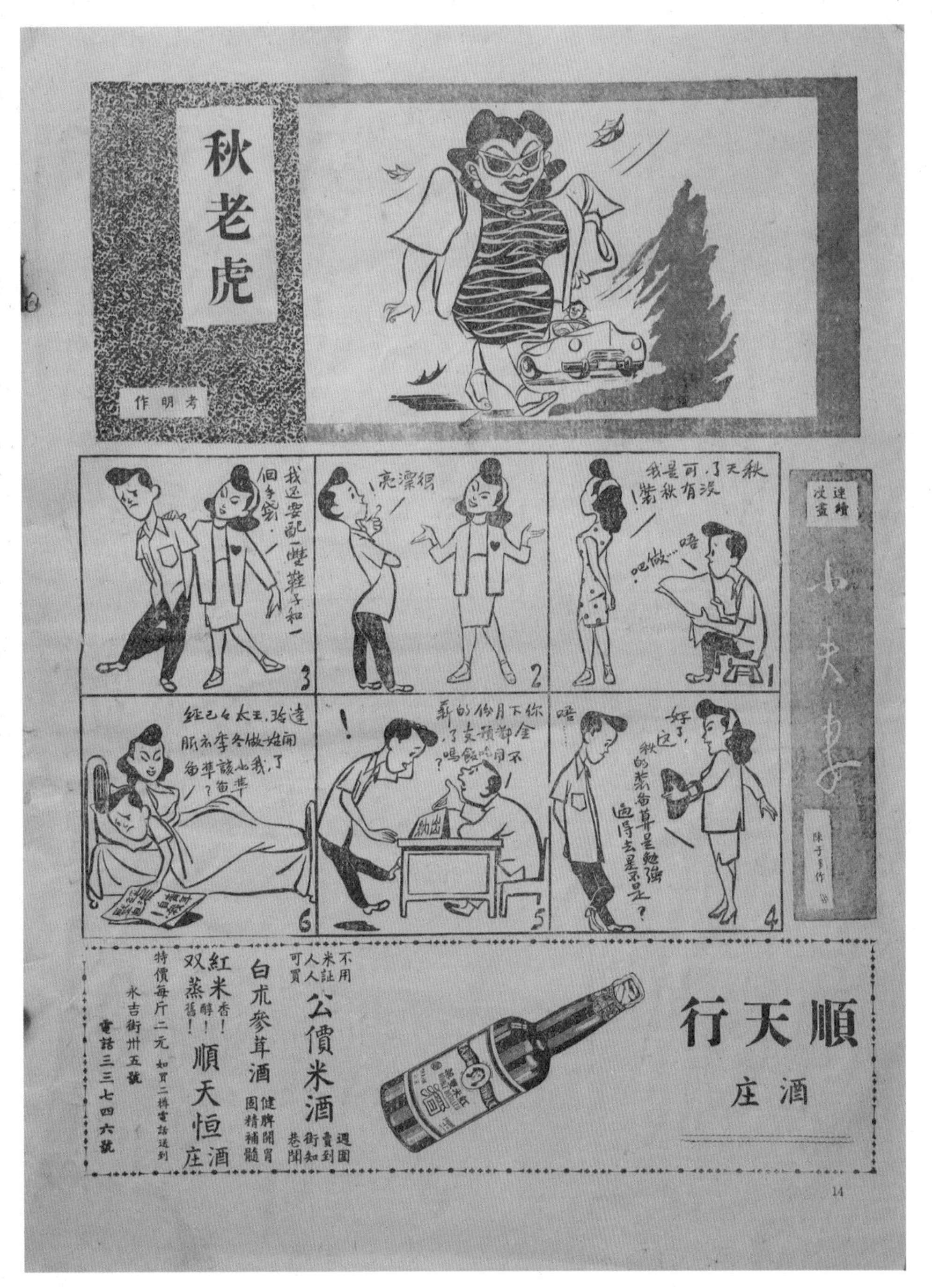

廣受歡迎的漫畫版

五十年代

七彩
長城畫報
星島週報
小說世界
四海
新中華畫報
電影圈
南國電影
邵氏影友俱樂部

香港影畫
兒童樂園
天下
亞洲
今日世界
良友
文學世界
中聯畫報
國際電影

香檳
幸福
新畫報
漫畫世界
鄉土
銀河畫報
環球電影
金鎖匙
武俠世界

137

七彩

讀者請勿被這本雜誌的名稱誤導，以為她是一本彩色印製的刊物；相反，她連封面也僅作套色處理，因此「七彩」也者，應指其內容多樣豐富而言。

《七彩》週報創刊於一九五〇年七月，是一本十六開、二十八頁的文藝娛樂消閒綜合刊物，封面人物是粵語片明星紫羅蓮。至於雜誌督印人陸雁豪，後來長期出任新系機構《藍皮書》的主編，他同時是四五十年代著名言情小說家碧侶，創作的小說可謂風行一時，是省港早期通俗文藝小說作家的表表者。碧侶所編的《七彩》，可想而知主要以小說吸引讀者，第一期的「小說版」作者便有平可、俊人、許德、紫莉和碧侶本人，後者的著名小說《藍薔薇》最初就是在此連載。「七彩版」報道的是電影和粵劇演員的生活，這在當時一般的綜合刊物都是不可或缺的項目。而這本雜誌的另一個賣點是香港夜生活的報道，例如港九舞廳總檢閱、當紅舞星的介紹、「火山孝子」上舞廳要注意的事情等。未知是否因爭取家庭讀者的關係，雜誌後期已少用大量篇幅報道舞場消息，就以二十九期停刊一期為例，除已有的小說、電影娛樂報道外，增加了家庭婦女專欄和讀友俱樂部，此外還有外國風光、科學小品的文章，由此可見《七彩》的讀者對象有較明顯的改變，同時也更容易進入家庭。

《七彩》創刊初期每本印二十八頁，售價三角，但僅半年頁數減至二十四頁，售價卻加至五角，價錢不減反加，可見出版事業經營不易。《七彩》停刊後，由編輯部及幾位基本作者原班人馬籌辦另一本刊物《彩虹》，所走路線和內容與前者大致相同。

七彩週報 第一期
一九五零年七月八日出版
督印人 陸雁豪
總經理 區錦洤
主 編 關 宇
地址：香港荷里活道長興街五號
電話：三〇八一六
總代理：麥泉記報局
地址：香港興隆街廿五號二樓
承印者：啓明印刷公司
地址：洛克道五十七號
零沽每册港幣三角
長期定閱另訂優待價目

版權資料

第一期創刊號要目
本期封面小姐影星紫羅蓮
小說
夏威夷襯衣
逝去了的愛(中篇連載)
失車記
週末記遊泳
藍薔薇(長篇連載)
芳艷芬的私生活
白燕的幽默感
曾藍施愛書
銀壇漫步
七彩版
週末何處去？
——電影・粵劇・舞場・娛樂綜合介紹
電台玫瑰
愛與慾(都市病)
亂世傳奇(連圖故事)
梅娜信箱
半島艷窟風情
自己文章
泡叔(每期完漫畫)
華音訪問記
每週流行
王文蘭奪愛記
舞
跳舞門檻
舞海浮沉話舞娘
港九舞廳總檢閱
港九旅行泳游嚮導

目錄

七彩週報
TECHNIC COLOR
WEEKLY
文藝娛樂消閒綜合刊
逢星期六出版
1
每册定價港幣叁角

《七彩》封面

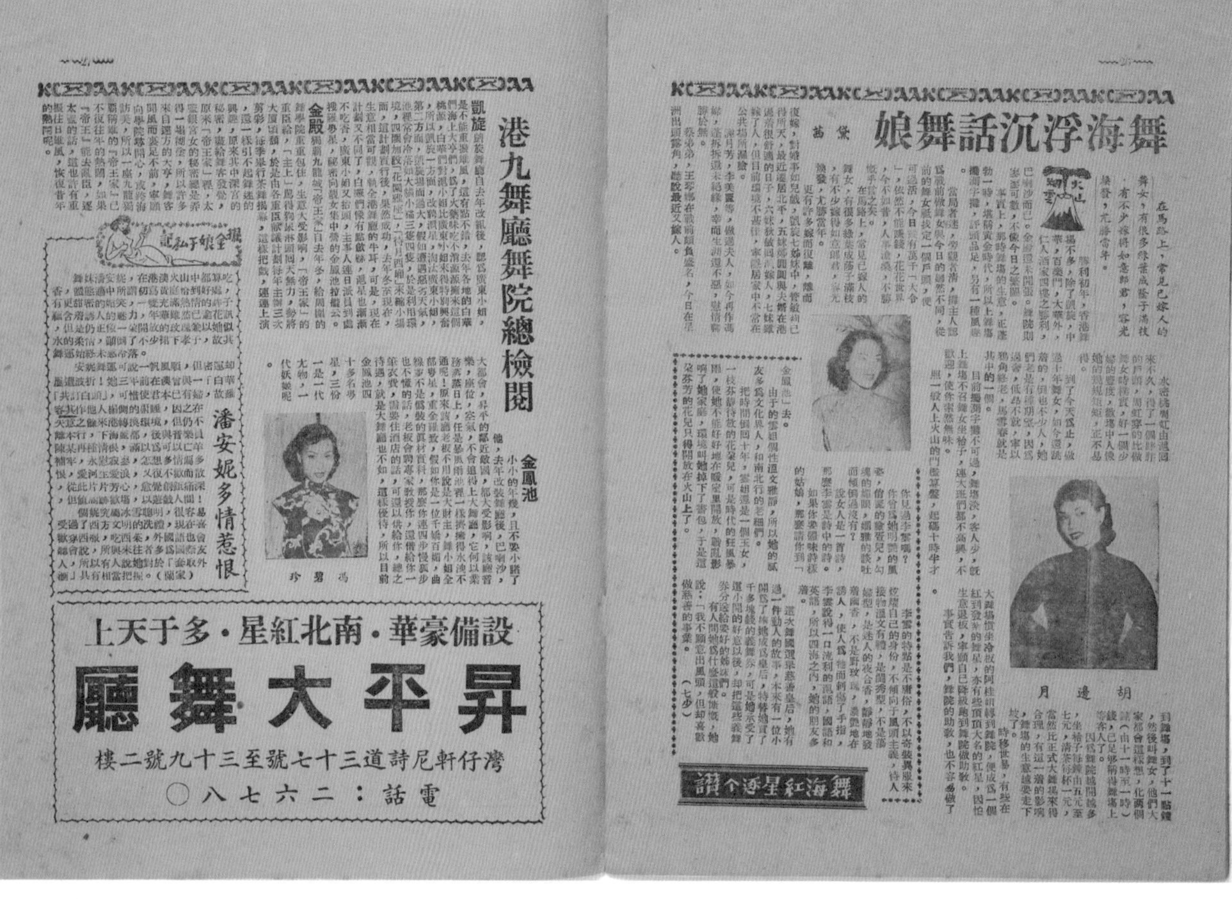

舞海浮沉話舞娘

港九舞廳舞院總檢閱

潘安妮多情惹恨

金鳳池

馮碧玲

胡邊月

舞海紅星逐个讚

設備豪華・南北紅星・多于天上

昇平大舞廳

灣仔軒尼詩道三十七號至三十九號二樓

電話：二六七八〇

內頁刊登舞廳和伴舞小姐的消息報道

碧侶名作〈藍薔薇〉首載於《七彩》創刊號

最後一期的《七彩》，隨即改名《彩虹》出版。

《彩虹》第三卷第五期封面

長城畫報

一九四〇年代後期，不少上海電影從業員南來香港，繼續發展電影事業，《長城畫報》就是長城電影製片有限公司出版的官方電影宣傳刊物。

長城電影製片有限公司前身是長城影業公司，創辦人張善琨，曾製作《蕩婦心》、《血染海棠紅》等名片。一九五〇年公司改組，由袁仰安接手，並出版《長城畫報》，是五十年代與《中聯畫報》、《國際電影》、《南國電影》同為最重要也最具代表性的電影刊物。

《長城畫報》創刊號於一九五〇年八月出版，十六開，共三十二頁，第一期封面人物是著名影星李麗華。在創刊詞中，編者提出雜誌的立意在「介紹電影知識，研究電影技巧，報道電影界動向，批評電影的內容與形式，與觀眾共同追尋新生」。

《長城畫報》是一份辦得相當嚴肅認真的電影畫報，撇開其政治立場不談，每期內容都能做到知識理論與娛樂並重的目標。以第一期為例，就有創辦人袁仰安〈談電影的製作〉和筆名「翠堯」〈香港的電影〉的專論；電影知識「古今中外：電影佈景設計種種」，由著名畫師萬籟鳴萬古蟾兄弟繪製；還有「專題攝影」、「人物特寫」、「新片介紹」等欄目，內容相當充實。

名小說家金庸未創辦《明報》前，就曾在五十年代初進入「長城」擔任編劇，後期更執過導演筒，並長時間（約三十期至九十期之間）在畫報上以筆名「林歡」撰寫影評和有關電影知識的文章；對研究「金庸與電影」這個課題的人而言，《長城畫報》是一份很具參考價值的刊物。

《長城畫報》出版至一九六一年第一百一十九期，報道介紹的主要都是自己公司和凰凰、新聯影業公司的製作，五六十年代「長鳳新」是左派電影公司代表，《長城畫報》十年的出版史也正好記下三間公司的發展歷程。

長城畫報

第一期

一九五〇年八月一日出版

・每月出版一期・

每冊港幣五角

定閱全年十二冊港幣六元

・外埠另加郵費・

編輯督印者：長城畫報社 九龍侯王廟五七七號 電話：五七〇七二

發行所：長城畫報營業部 香港軒鯉詩道六十號 電話：三五四〇九

承印者：中華書局香港印刷廠 九龍北帝街四十號 電話：五九一五一

The GREAT WALL Pictorial

No.1 August 1, 1950.

50 cents [HK] each

The Great Wall pictorial is Published Monthly by The Great Wall Pictorial Publishers. Editorial department: 577 Hau Wong Temple, Kowloon, Tel. 57072. Business department: 60 Hennessy Road, Hongkong, Tel. 35409. Printed by Chung Hwa Book Co., Ltd., Hongkong Printing Works, 40 Pak Tai St. Kowloon, Hongkong.

PRINTED IN HONGKONG

版權資料

《長城畫報》封面

長城畫報

第一期 目錄

創刊詞	編者
★彩色版	
李麗華（封面）	高櫓梅攝
★專論	
談電影的製作	袁仰安
香港的電影	翠亮
★專題攝影	
攝影場參觀記	高退齡攝
在石澳之濱	劉福員攝
王丹鳳曼谷遊蹤	羅君雄攝
★人物特寫	
嚴俊	劉福員攝
孫景路	美國際攝
陳娟娟	金門攝
劉瓊	沙龍攝
顧而已畫像	黃永玉作
★特稿	
為說謊而坦白	吳鐵翼
給上海朋友們的信	嚴俊
『海外尋夫』在還京	羅君雄
★新片介紹	
無形的戰綫	東影出品
說謊世界	長城新片
豪門孽債	長城新片
小二黑結婚	大光明片
★新聞報道	
國內影訊	二十則
長城影事錄	十則
『血海仇』開拍	長城新片
★藝術與漫畫	
古今中外（居室的設計）	萬籟鳴 萬古蟾作
電影風（漫畫）	萬籟鳴作

創刊詞

電影的製作是少數人的事，而電影的欣賞則有無數人的份兒。電影事業的進步是少數人的職責，而促進電影事業的進步者，是無數人的力量——包括所有的電影觀衆。本刊便是一座橋樑，奉獻給電影工作者，同時也屬所有的電影觀衆。

「第八藝術」是綜合的藝術，同時是人民大衆的藝術。從象牙之塔走到十字街頭，在建設的高潮中，電影當然不甘落後。因此，這樣一本合于攝影場，銀幕，與觀衆之間的刊物是需要的。

這本冊子將經常介紹電影知識，研究電影技巧、報導電影界動向，批評電影的內容與形式，與電影工作者共同求取進步，與觀衆共同追尋新生。在電影領域上，「築起我們新的長城」！套用這句光榮的句子，本刊願在艱鉅的工程中，担任一名搬運伕；願在藝術的隊伍中，担任一名傳令兵；願在無止境的進步中，担任一名鼓手。

編者

目錄、創刊詞

談「阿Q正傳」的得獎

林歡

特稿

長城與新新兩家公司合作拍攝的影片「阿Q正傳」，在瑞士羅加諾電影節中受到了很大的注意，也得到了很大的榮譽。對於香港的電影工作者，這自然是一個很大的鼓勵。

許多報紙在報導這消息時，已對這部影片作了不少獎飾。但在我們，應該强調的决不是自己的成績，而是着重指出造成這事件的兩個重要客觀原因。

近八九年來，我國許多優秀的影片愈來愈多地取得國際聲譽。「白毛女」、「梁山伯與祝英台」、「鷄毛信」、「女籃五號」、「祝福」……這些影片中的形象，已不單使廣大的中國觀衆感動，同樣的也激動了千千萬萬之外國觀衆的心。在捷克卡羅維發利舉行的電影節中，在我國舉行的亞洲電影週中……我國電影工作者的努力與成就得到了國際電影藝術家們一致的讚揚。

應該這樣說，「阿Q正傳」之所以能够得獎，與中國藝術、中國影片近年來的聲譽日隆是分不開的。西方批評家們對於我國的文化藝術，在很大的程度上修正了從前的觀點。我國京戲在巴黎、倫敦各地的盛大演出，使西方國家的文藝批評家們，對於中國的藝術從輕視轉變為欽佩。西歐每一家報紙在評論京戲時，用的都是最高度的讚揚字眼。正由於這些轉變，西方國家的藝術批評家們在評論一部我國的戲劇或影片時，才能够採取一種比較公正的看法。如果是在十年以前，我想情况不會是這樣。

「阿Q正傳」是根據魯迅先生不朽的傑作改編的。在這部名著之中，魯迅先生深刻地描寫了一個感人的人物，刻劃了中國某個歷史階段中一個典型。阿Q這個人物，是當中國處在半封建半殖民地社會時代的一個悲劇角色。一個深刻的典型是具有世界意義的。莎士比亞的哈姆萊特，塞萬提斯的唐吉訶德，歌德的浮士德，戈果理的「欽差大臣」，岡察洛夫的奥勃洛摩夫……是多麼永久而普遍的激動了世界各國讀者的心。魯迅先生筆底下的阿Q，正是這些不朽的典型中的一個。他是一個苦難的社會中還沒有覺醒的苦難人物。人們的心當接觸到這個典型時，不能不受到震撼。

我們不敢認為，這部影片能很好的傳達了魯迅先生的天才與偉大。然而那的確是他的天才與偉大，使這部影片有了光榮與價值。

值得我們努力的事還很多很多，而其中一件十分重要的事，我想是應當使外國千千萬萬的電影觀衆們認識到：阿Q的時代是已經過去了，永遠不會再回來了；不但是阿Q這個人物，而且是他所代表的精神，在他的國土上是消滅了。希望通過一些優秀的影片，使外國廣大的觀衆們認識到中國人的勤勞、勇敢，對正義的堅持，對和平的愛好，認識到中國人的誠懇與尊嚴。正因為新的人的產生，才使阿Q成為一個「歷史上」的典型。

《長城畫報》八十九期中金庸以另一筆名「林歡」撰寫電影評論

豪門孽債

劉瓊導演

一部名著改編的偉大文藝巨片

THE INSULTED AND INJURED

第一期內頁《豪門孽債》電影介紹

百期紀念特大號，封面人物是毛妹。

星島週報

「星島報業」是香港歷史悠久的報業集團，早在一九三八年便出版《星島日報》。在全盛時期，一天內你可以在書報攤上見到同系的《星島晨報》、《星島日報》和《星島晚報》，六七十年代還有同報系的《快報》和《星島體育》；長期成為學生英文讀物的《英文虎報》（*The Standard*）也是報業集團的產物。

星島報業出版報紙之外，早期亦有出版其他刊物，不計一些周年特刊，還有隨報附贈刊物，例如《星島書刊》，是報紙對開的一半，另在一九五一年出版的《星島週報》，則是該報用心經營的一本雜誌，出版時日較長，也多為人所知。

《星島週報》初期是一本十六開、二十四頁的綜合型刊物，編輯委員陣容頗盛，邀得李輝英、易君左、徐訏、曹聚仁、葉靈鳳、劉以鬯、鄺蔭泉、梁永泰、陳良光等助陣，而執行工作則主要落在後四者身上。周報第一期封面頗為古色典雅，以線裝書形貌設計封面，配以內容項目介紹，相對當時一般以人物作封面的書刊而言，她可謂別闢蹊徑。內容方面，這本刊物走的是綜合路線，以第一期為例，就有時事述評、人物通訊、詩歌小說漫畫、電影戲劇和雜文體育等，內容頗豐，而編輯委員大多有在刊中撰文，他們都是著名的學者作家，因此甚得讀者歡迎。

在一九五三年週報一百期紀念號上，李輝英以過來人身份撰文，除一般恭賀說話外，並縷述當年週報出版源起，又指出雜誌如尚有改進空間的話，應在迎合一般讀者口味外，增加一些專題文章和純文學作品，才能顯示出雜誌的「雜」（兼容並包）和符合出版的宗旨，相信對進一步提升讀者品味和週報形象均有很大幫助。

《星島週報》出版年期頗長，期間曾作了不少改動，其中轉變較大的是在三百六十期以後改為八開形式，內容上文藝作品少了，多了本地和國際時事報道，大抵是順應潮流所作的改變。

星島週報
新一卷・第一期
一九五一年十一月十五日
△零售港幣六角▽
出版者：
星島週報社
灣仔道一七七號
督印及承印：
星島日報有限公司
社長：林靄民
編輯委員：李輝英・易君左
徐訏 梁永泰
陳良光 曹聚仁
程柳桑 賈訥夫
葉靈鳳 鄺蔭泉
劉以鬯 鍾鑒裕
執行編輯：鄺蔭泉 梁永泰
陳良光 劉以鬯
港九總代理：張輝記
香港中環利源東街五號
澳門總代理：鄒桐記
南灣卑第閣三號
馬來亞總代理：星洲日報社
星洲羅敏申律一二八號
暹羅總代理：星暹日報社
曼谷三城門一七七號
緬甸總代理：中國日報社
仰光百尺路
△本港及海外各大書店報攤均有代售

版權資料

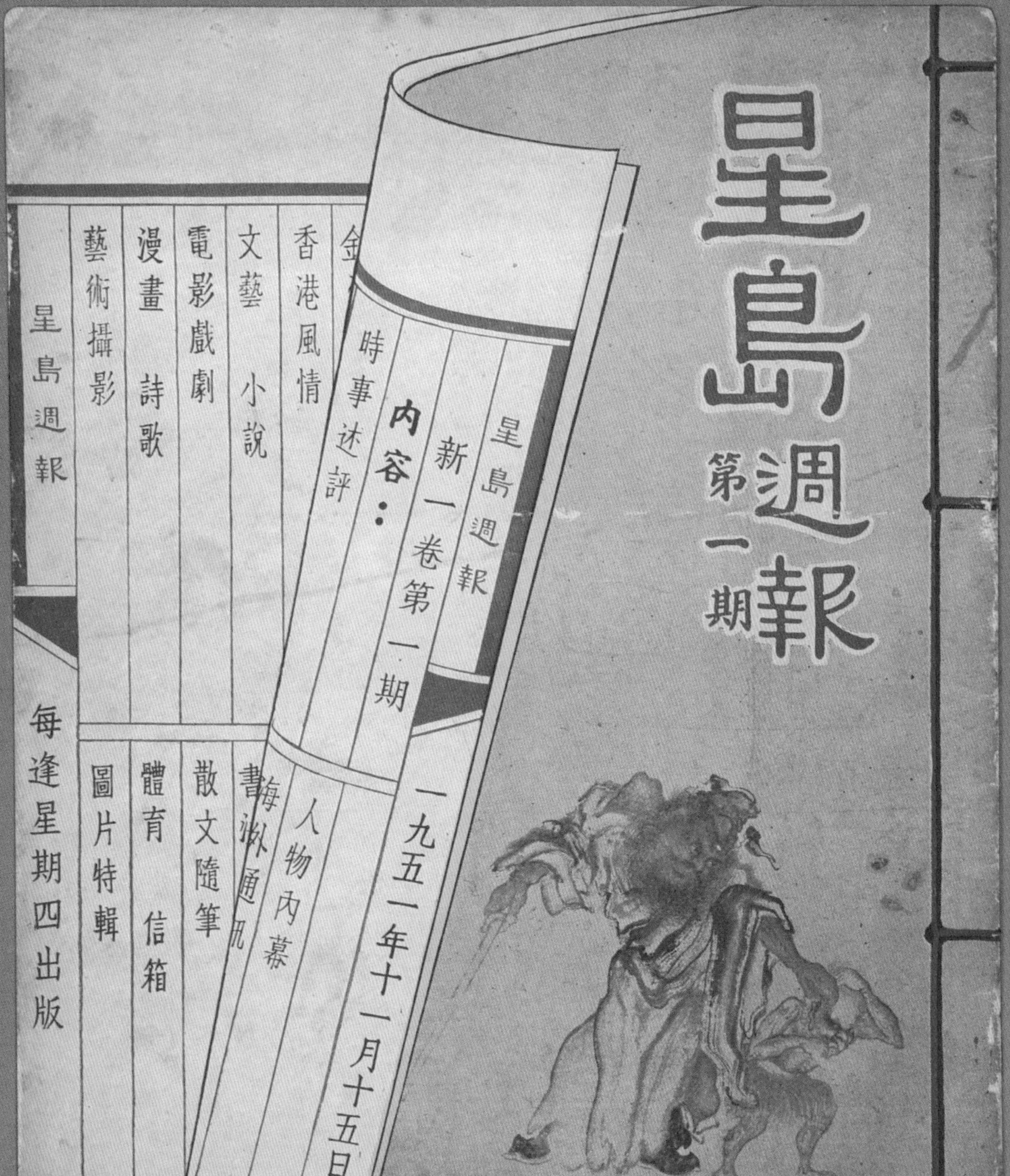

星島週報

第一期

星島週報

新一卷第一期

內容：

時事述評

人物內幕

海外通訊

一九五一年十一月十五日

香港風情

文藝　小說

電影戲劇

漫畫　詩歌

藝術攝影

散文隨筆

體育　信箱

圖片特輯

星島週報

每逢星期四出版

《星島週報》封面

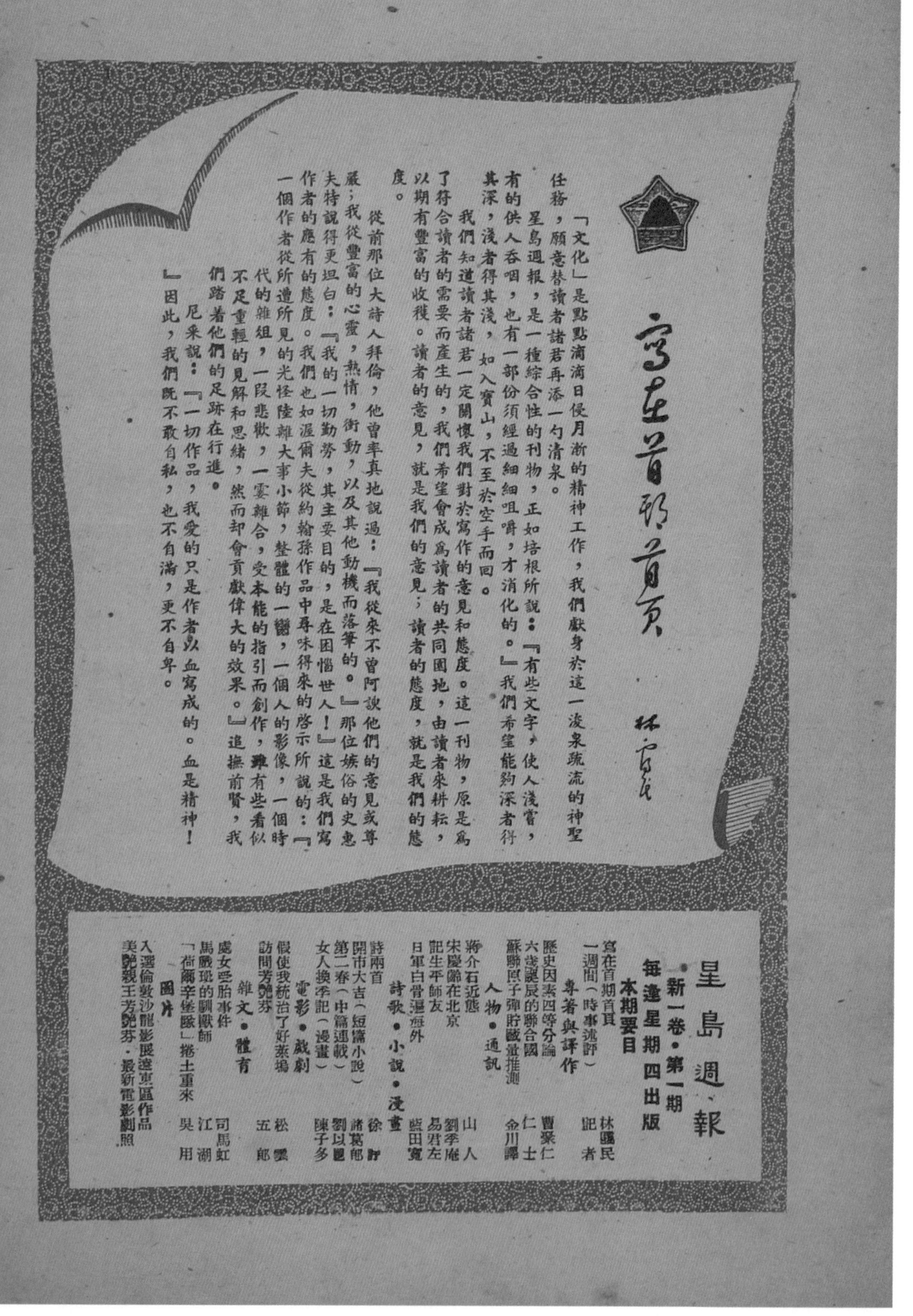

寫在首期首頁

林靄民

「文化」是點點滴滴日侵月漸的精神工作，我們獻身於這一淺泉疏流的神聖任務，願意替讀者諸君再添一勺清泉。

星島週報，是一種綜合性的刊物，正如培根所說：『有些文字，使人淺嘗，有的供人吞咽，也有一部份須經過細細咀嚼，才消化的。』我們希望能夠深者得其深，淺者得其淺，如入寶山，不至於空手而回。

我們知道讀者諸君一定關懷我們對於寫作的意見和態度。這一刊物，原是爲了符合讀者的需要而產生的，我們希望會成爲讀者的共同園地，由讀者來耕耘，以期有豐富的收穫。讀者的意見，就是我們的意見；讀者的態度，就是我們的態度。

從前那位大詩人拜倫，他曾率真地說過：『我從來不曾阿諛他們的意見或尊嚴；我從豐富的心靈，熱情，衝動，以及其他動機而落筆的。』那位嫉俗的史惠夫特說得更坦白：『我的一切勤勞，其主要目的，是在困惱世人！』這是我們寫作者的應有的態度。我們也如渥爾夫從約翰孫作品中尋味得來的啓示所說的：『一個作者從所遭所見的光怪陸離大事小節，整體的一斷，一個人的影像，一個時代的雜俎，一段悲歡，一霎離合，受本能的指引而創作，雖有些看似不足重輕的見解和思緒，然而卻會貢獻偉大的效果。』追撫前賢，我們踏着他們的足跡在行進。

尼采說：『一切作品，我愛的只是作者以血寫成的。血是精神！』因此，我們既不敢自私，也不自滿，更不自卑。

星島週報

新一卷・第一期　每逢星期四出版

本期要目

寫在首期首頁、目錄

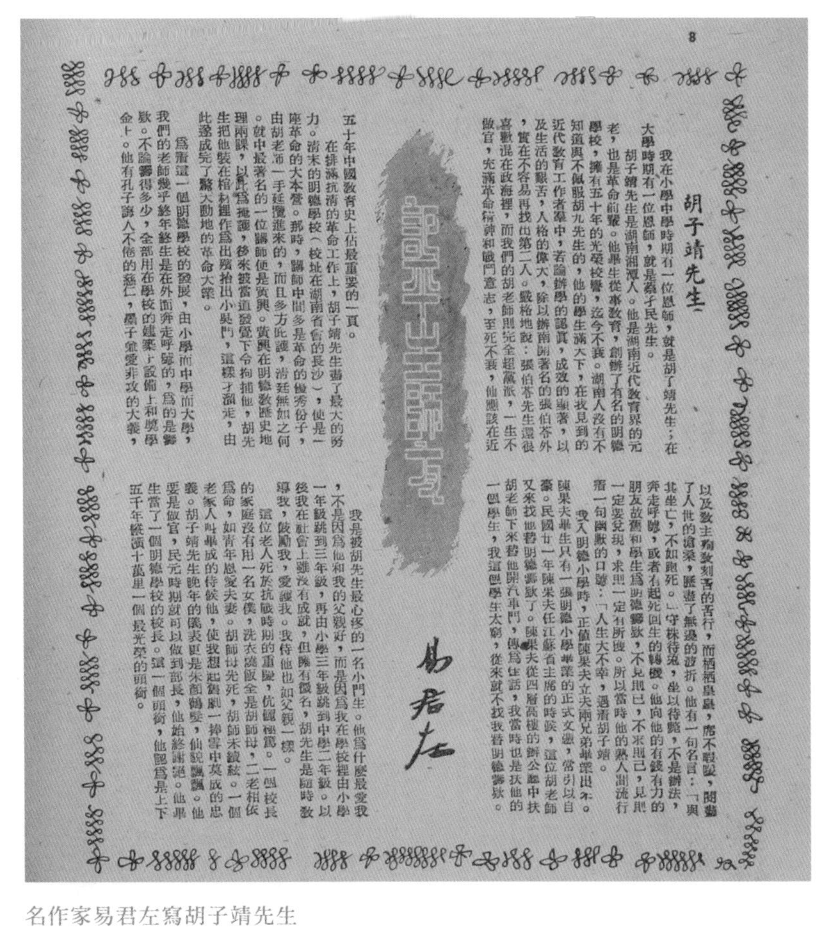

8

胡子靖先生

易君左

我在小學中學時期有一位恩師，就是胡子靖先生；在大學時期有一位恩師，就是蔡孑民先生。

胡子靖先生是湖南湘潭人。他是湖南近代教育界的元老，也是革命前輩。他畢生從事教育，創辦了有名的明德學校，擁有五十年的光榮校譽，迄今不衰。湖南人沒有不知道與不佩服胡九先生的，他的學生滿天下，在我見到的近代教育工作者羣中，若論辦學的誠實，成效的顯著，以及生活的艱苦，人格的偉大，除以辦南開著名的張伯苓先生外，實在不容易再找出第二人。嚴格地說：張伯苓先生還很喜歡混在政海裡，而我們的胡老師則完全超黨派，一生不做官，充滿革命精神和戰鬥意志，至死不衰，他應該在近五十年中國教育史上佔最重要的一頁。

在排滿抗清的革命工作上，胡子靖先生盡了最大的努力。清末的明德學校（校址在湖南省會的長沙），便是一座革命的大本營。那時，講師中間多是革命的優秀份子，由胡老師一手延攬進來的，而且多方庇護，清廷無如之何。就中最著名的一位講師便是黃興。黃興在明德教歷史地理兩課，以此爲掩護，後來被當道發覺下令拘捕他，胡先生把他裝在棺材裡作爲出殯抬出小吳門，這樣才溜走，由此遂成完了驚天動地的革命大業。

爲着這一個明德學校的發展，由小學而中學而大學，我們的老師幾乎終年終生是在外面奔走呼號的，爲的是籌款。不論籌得多少，全部用在學校的建築上設備上和獎學金上。他有孔子誨人不倦的慈仁，墨子兼愛非攻的大義，以及教主殉教刻苦的苦行，而栖栖皇皇，席不暇暖，閱盡了人世的滄桑，歷盡了無邊的波折。他有一句名言：「與其坐亡，不如跑死。」「守株待兔，坐以待斃，不是辦法，奔走呼號，或者有起死回生的轉機。」他向他的有力的朋友故舊和學生爲明德募款，不見則已，不求則已，見則一定要兌現，求則一定有所獲。所以當時他的熟人間流行着一句幽默的口號：「人生大不幸，遇着胡子靖。」

我入明德小學時，正值陳果夫立夫兩兄弟畢業出來。陳果夫畢生只有一張明德小學畢業的正式文憑，常引以自豪。民國廿一年陳果夫任江蘇省主席的時候，這位胡老師又來找他替明德募款了。陳果夫從四層高樓的辦公廳中扶胡老師下來替他開汽車門，傳爲佳話，我當時也是扶他的一個學生，我這個學生太窮，從來就不找我替明德募款。

我是被胡先生最心疼的一名小門生。他爲什麼最愛我，不是因爲他和我的父親好，而是因爲我在學校裡由小學一年級跳到三年級，再由小學三年級跳到中學二年級。以後我在社會上雖沒有成就，但薄有微名，胡先生是隨時教導我，鼓勵我，愛護我。我侍他也如父親一樣。

這位老人死於抗戰時期的重慶，伉儷極篤。一個校長的家庭沒有用一名女僕，洗衣燒飯全是胡師母，二老相依爲命，如青年恩愛夫妻。胡師母先死，胡師未續絃。一個老家人叫畢成的侍候他，使我想起崑劇一捧雪中莫成的忠義。胡子靖先生晚年的儀表更是朱顏鶴髮，仙貌飄飄。他如果要是做官，民元時期就可以做到部長，他始終謝絕。他畢生當了一個明德學校的校長。這一個頭銜，他認爲是上下五千年縱橫十萬里一個最光榮的頭銜。

名作家易君左寫胡子靖先生

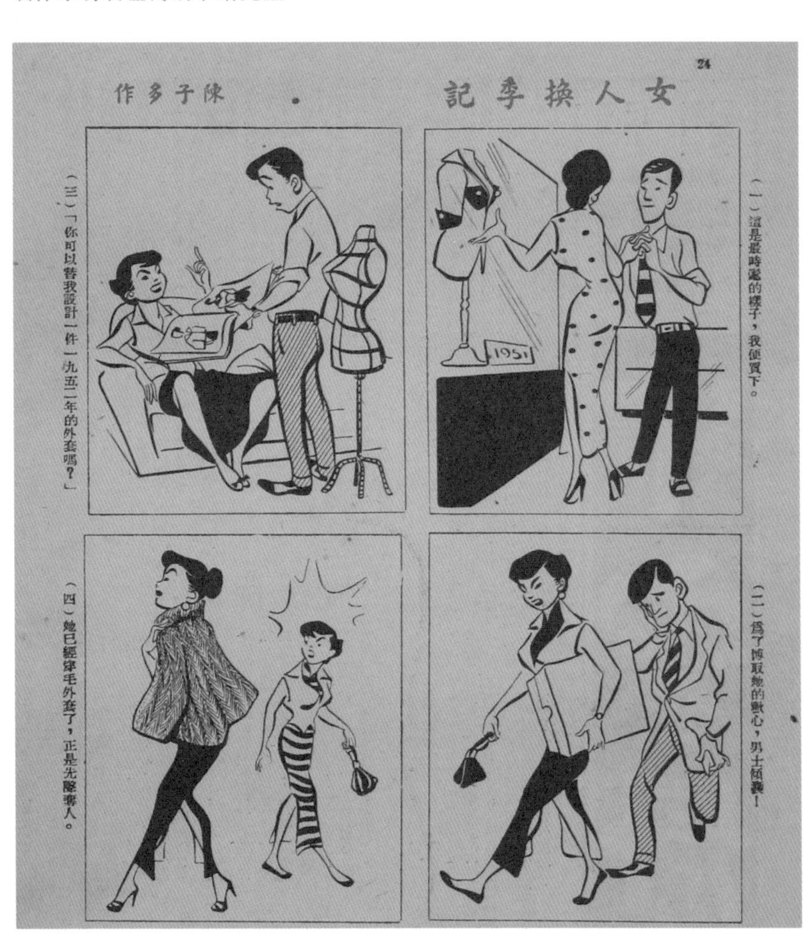

陳子多漫畫

《星島週報》第一期介紹粵劇花旦王芳艷芬

第三、第四期書影

以豐子愷漫畫作封面的第十一期，是筆者最鍾愛的一期封面設計。

《星島週報》第一百期書影，書內可重溫過去各期的封面。

小說世界

上世紀五十年代出版的純文學雜誌為數不少，對促進與提高文學水平助益甚大，著名的如《文壇》、《文學世界》、《華僑文藝》、《人人文學》、《文藝世紀》等，都是出版年期較長、影響力甚大的文學雜誌。但同一時期，也有一些通俗文學雜誌的出版，作者多為當時報章的著名作家，他們筆下所寫，都是迎合一般讀者的趣味，大抵可以視作當時流行的《開心》、《香報》、《紅綠》等小報的變調，舉凡武術技擊、言情香艷、奇情偵探等，內容可謂包羅萬有，深受讀者歡迎。

《小說世界》是這類雜誌中作家陣容較鼎盛的一本，第一期出版於一九五一年一月二十二日，主編是名報人丘香林，他是五十年代《國華報》的總編輯，同時亦有撰寫不少奇情小說作品。這本集合小說、小品、散文的綜合周刊，在第一期目錄下印有「香港有史以來名小說家空前大集會」的宣傳語句，是否空前或可再商榷，但無可否認為雜誌執筆者均是一時之選，小說有小陳的〈廣東偵緝膽〉、念佛山人的〈胡惠乾大鬧摩星嶺〉、靈簫生的長編連載〈紅粉鋼刀〉等；散文有鄺海量的〈鴛江風月談往〉、生白果的〈李我與鄧寄塵的來歷〉、阿佛的〈大埔山水有情致〉；此外還有李凡夫、袁步雲、吳化鵬等名家的漫畫創作。上述作者不少都屬舊派文人，因此仍多以文言撰寫，後生一輩或許未盡接受，但她仍有一定的捧場客。

雜誌封面以大紅為主調，配上傳統中國美術圖案襯底，中間是名插畫家綠雲的畫作《春到人間》，雖略感俗氣但頗具樸拙美感。而對看慣現在刊物編排整齊有序的讀者而言，恐怕一時會不習慣《小說世界》的版面設計；跟同期的刊物雜誌一樣，當時不少書刊為善加利用版頁，務求不浪費任何空白位，故此一篇作品往往會切割到不同版塊，以配合其他文章編排，所以雜誌雖只三十二頁，但分量十足，相當耐讀抵睇。

另一本小說雜誌《扭計小說胆》，澳門《市民日報》增刊，一九五一年出版。

・小說小品散文綜合週刊・
小說世界
THE NOVEL WORLD
WEEKLY
第一期
丘香林編
執筆盡屬名家・本刊特約撰述者・排名不分次序

《小說世界》封面

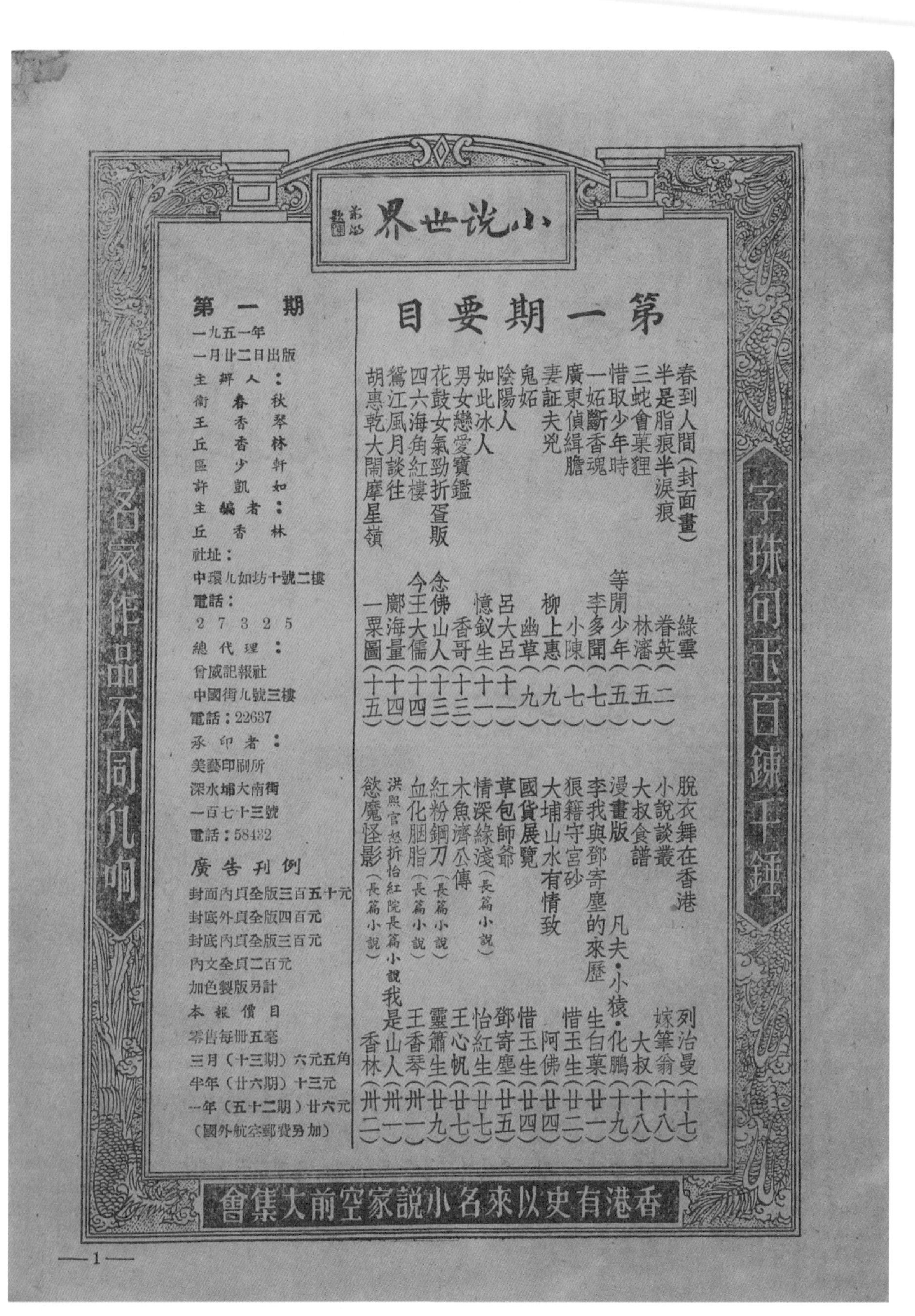

小說世界

第一期要目

第一期

一九五一年

一月廿二日出版

主辦人：

衛春秋

王香琴

丘香林

區少軒

許凱如

主編者：

丘香林

社址：

中環九如坊十號二樓

電話：

27325

總代理：

曾威記報社

中國街九號三樓

電話：22637

承印者：

美藝印刷所

深水埗大南街

一百七十三號

電話：58432

本報價目

零售每冊五毫

三月（十三期）六元五角

半年（廿六期）十三元

一年（五十二期）廿六元

（國外航空郵費另加）

字珠句玉百鍊千錘

名家作品不同凡响

香港有史以來名小說家空前大集會

—1—

《小說世界》第一期目錄、版權資料

小說精華

第一期

同時期的另一本小說雜誌《小說精華》

靈簫生之平生

非小說家

《小說精華》內頁詳細介紹當時的著名小說家靈簫生（衛春秋）

鄧寄塵的來歷

鄧寄塵

先後崛起 我與李我

香港播音事業發展 一日千里

兩個播音吃香人物·李我與

省港播音臺發展經過指掌談

往日廣州各電台播音員多已來港講述故事小說

廣東電台首先崛起

抗戰勝利後

—21—

—20—

《小說世界》內文介紹著名播音藝員李我和鄧寄塵

四海

五十年代眾多八開大型畫報中，《四海》是出版年期較早的一本。她創刊於一九五一年九月，以月刊形式出版。刊名「四海」，顧名思義是取「四海之內皆兄弟」的意思，據編輯者言，是讓四海之內的自由人民，特別是遠離祖國的華僑兒女，對國際大事和時局有所認識；其次是借此空間，給海外華僑知道海峽兩岸的現實情況，然後認清目標，知所取捨。其實當時很多報刊都有宣傳自由世界種種優勢的政治任務，不僅《四海》獨然。除此之外，刊物也對當時國際大事加以報道，如「朝鮮戰爭」和「泰國政變」等。

《四海》創刊號封面可謂先聲奪人，取跨頁式（即封面封底合為一幅）設計，封面女郎是當年香港「香車美人」選舉得獎者站在車旁的照像。作為一份綜合大型畫報，《四海》無疑過於側重政治時事議題，雖云立足香港，但整本刊物就僅有上述一則選舉報道與香港有關；可能正如編者言，該刊是放眼於四海，以海外華僑為對象吧。

另一個問題，其實也是因着重國際時事動態所引起的，即如第二期有讀者提出，月刊出版時間相隔一月，但國際局勢千變萬化，不少新聞待出版報道時已成舊聞。因此從以後數期可見，取材多無時間局限，同時增添一些知識趣味性強的內容，封面也選用「可觀」得多的影星造像，例如尤敏、葉楓、林黛、葛蘭等，筆者當年購入《四海》，主要也是因着封面吸引而已。

六十年代後期有另一份《四海週報》出版，但她是側重娛樂新聞的刊物，而且報道的多是本港時事，跟同期的《東風》相若。因此兩刊雖然同名，但只要稍加辨識，便不會產生誤會了。

編·輯·者·言

一月小談

四海 創刊號

FOUR SEAS PICTORIAL NO. 1

本期要目

①

編輯者言、版權資料、目錄

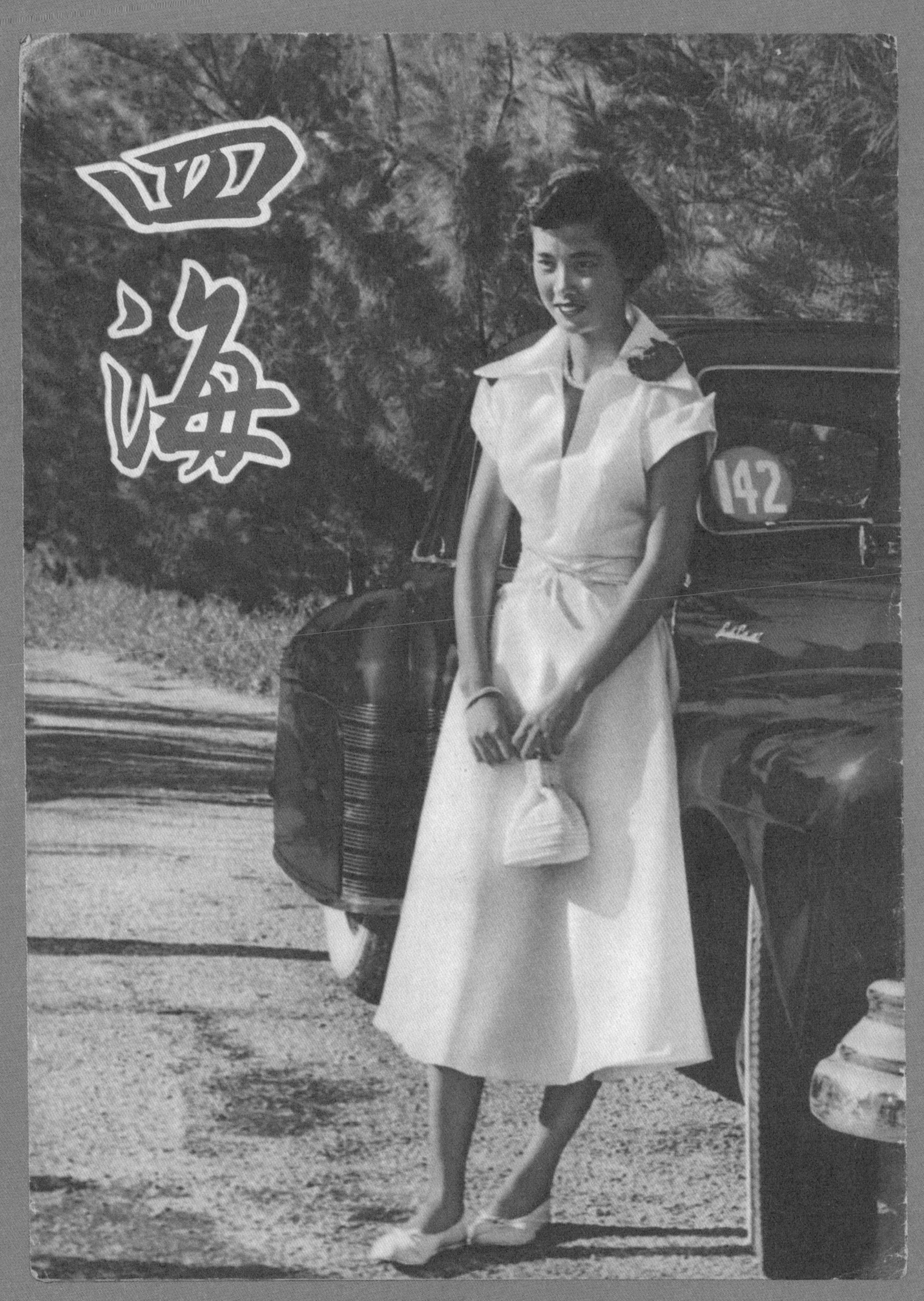

《四海》封面

《四海》封底，與封面構成跨頁式的設計。

以不同國粵語片女影星作封面的《四海》畫報書影，左起：林黛、紫羅蓮、尤敏。

中華民國五十六年(一九六七)一月十三日—十九日　星期五　·第一期·　No. 1　January 13—19, 1967.　·50 cents·

四海週報

FOUR SEAS WEEKLY

出版者：四海出版事業公司
督印人：梁通堅　社址：九龍亞皆老街一二二號B二樓　電話：889710
中區辦事處：香港中環娛樂行1206A室　電話：240515
承印者：大陸印務有限公司　九龍青山道醫局街1035號
·逢星期五出版·　·零售每份港幣伍毫·

陶鑄支持劉鄧反毛林

組赤衛隊圍剿紅衛兵

京滬大亂

五十萬赤衛隊佔南京

滬百萬工人進行破壞

六年十月十一夜毛、周與陶鑄(箭咀所指坐地看烟花)

本報特稿：綜合了這一週間來自蘇聯、捷克、南斯拉夫等共黨國家首都的報紙、通訊社發表他們駐在中國大陸記者所報道，和倫敦、東京的英、日駐北平記者的電訊，與及上海中共電台的廣播，作系統的「串連」，可以看到中共的權力鬥爭，正在到達尖銳化階段，導致南京、上海、廣州、崑山、福州、重慶、西安等大城市不斷發生大動亂。

要瞭解目前中共首要的分裂鬥爭形勢，得先回溯到一九五八年間毛澤東的「三面紅旗」運動失敗，翌年八月，中共首要廬山會議，毛澤東被迫把「國家主席」的職位讓給劉少奇，毛要鬥劉的計劃就在會議後暗裏進行。一直到事隔七年多，毛才在去年（一九六六）十月間的中共中委大會中親自清算劉少奇和共黨總書記鄧小平當年迫他下台的仇恨，痛罵劉鄧在過去七年多把他放在「冰箱」，說劉鄧當他「已死了」一樣，迫劉鄧「自我批判」。這是毛「忍辱」七年多以來首次向劉鄧作正面反攻。因爲，毛對劉鄧鬥爭的部署認爲已經成熟了。毛的部署的第一步，是拉攏了掌握軍權的林彪，認林做他的「親密戰友」。林彪就在一九六

·轉入第二頁·

同在藝壇　各有千秋　两個陳寶珠

這是瘋魔萬千影劇觀衆的一位，還有另一位呢？

請參閱本期第六、七頁

總代理：張輝記　——香港中環利源東街四號二樓　電話：二四〇九五五
越南代理：聯興書報社　——越南堤岸津衛街廿二號
星馬區總代理：遠東文化有限公司
泰國代理：僑友公司 —— 曼谷耀華力路二三三號

一九六七年出版的同名刊物《四海週報》，封面人物為影迷公主陳寶珠。

新中華畫報

隨着國共內戰結束，中共建國，國民黨遷到台灣，為爭取海外僑胞支持，彼此可謂各出謀策，其中報刊的宣傳攻勢自是不可或缺的一環。

五十年代的香港是左右政治勢力文宣工作做得最多的地方，其時不少刊物都在此間出版，擁護中華民國政府的有《祖國》、《亞洲》、《中外》、《四海》等；至於支持中共的有《周末報》、《鄉土》、《新中華畫報》等。而《新中華畫報》可算是後者中辦得較為出色的一份畫報。

畫報創刊於一九五一年十二月，是一份十二開的綜合性雜誌，編輯及督印人最初採集體領導制，稍後由中華書局香港分局總經理吳叔同負責。發刊詞中編者明言欲通過這畫報為海外僑胞略盡介紹文化、促進教育的責任。觀其創刊號目錄，除了主要報道華南土特產展覽交流大會，還有介紹一些祖國水利建設、農業生產等民生相關的重點項目，凡此種種都在呈現新中國進步美好的一面。既是一份綜合性畫報，內容自然是多方面的，例如有「科學小品」、「文物藝術」、「攝影美術」、「體育」、「文藝」、「日常生活談叢」等，執筆人的分量也不輕，比如當期「南洋掌故」所記的〈林道乾兄妹在南洋的傳說〉便是出自葉林豐（葉靈鳳）手筆，「文藝」版則刊載侶倫的短篇小說〈婚禮進行曲〉。

畫報初辦，一切尚未成型，稍後各欄目作出種種定制，日後便以「專題攝影」、「人物」、「藝術」、「影劇」、「科學」、「文物」、「遊記」等為雜誌的主體。另初期設有「年青人俱樂部」，與青少年分享成長經歷；而約三十期開始有頗長時期開設「攝影俱樂部」，明顯地《新中華畫報》長期以來都對攝影特別重視；到了約九十期前後改為「集郵天地」，可能是配合讀者需要而設。

《新中華畫報》內容並不見有政治性強的論見或評論，而是利用不同主題去展示祖國河山的偉大壯觀，藉此令海外人士加深對國家的認識，這與同期揭露中共管治下人民生活悲慘的刊物各有讀者捧場。

順筆一提，當時不少雜誌都以影劇明星作封面主角，初購得《新中華畫報》創刊號時，覺得封面女郎優雅嫻靜、秀慧動人，還道是哪間電影公司的新進演員，但就是想不出，以為翻看內頁目錄便可知道芳名，怎料編者卻跟讀者開了一個玩笑：原來封面的重點並不在人，而是那名女郎頭上的「鬢花」！

新中華畫報

第一期・十二月號

目錄

目錄

新中華

1

SIN CHUNG HWA
PICTORIAL

《新中華畫報》封面

發刊語

創刊伊始，願向社會人士一談我們的旨趣。

中國自有畫報，從點石齋畫報算起，至今已六十多年。其間由手描石印而至照相印刷，由簡而繁，由單色至彩色，出版過至少數十種。雖然此起彼伏，在社會人士中已獲得一深刻的印象，使人一目了然。昔日所謂秀才不出門，能知天下事，自有畫報，卽進而爲秀才不出門，能見天下事。因而它一直爲社會大衆所歡迎，也證明了它爲社會所需要。

正因爲社會的需求——今天來說，特別是海外僑胞的需求，我們創辦本刊。我們願通過這一畫報，爲海外僑胞竭盡棉薄，略盡介紹文化，促進教育的責任。定期畫報是有它的新聞性的，所以首先它一定要做到報導翔實；其次它是具有教育性的，所以內容必須活潑健康；第三因爲本身是靠圖片傳達的，所以在技術上要做到印刷清晰；第四爲了符合服務讀者的願望，定價必力求低廉，以期普及。我們一切的工作，都朝這目標努力。

但是一件工作，尤其像畫報這樣的工作能否成功，主要的力量還是靠社會人士的支持和協助。所謂支持和協助，包括不斷給我們惠賜豐富的材料，也包括不斷的給我們批評和提供意見。只有每一讀者都把本刊的成就看作和他息息相關時，這畫報方能發揮並不斷發揮它的文化教育的功效。

願從今天創刊始，讀者們都和我們密切地連結在一起。「新中華畫報」是我們大家所共有的畫報，我們一定要使它每期比一期好。

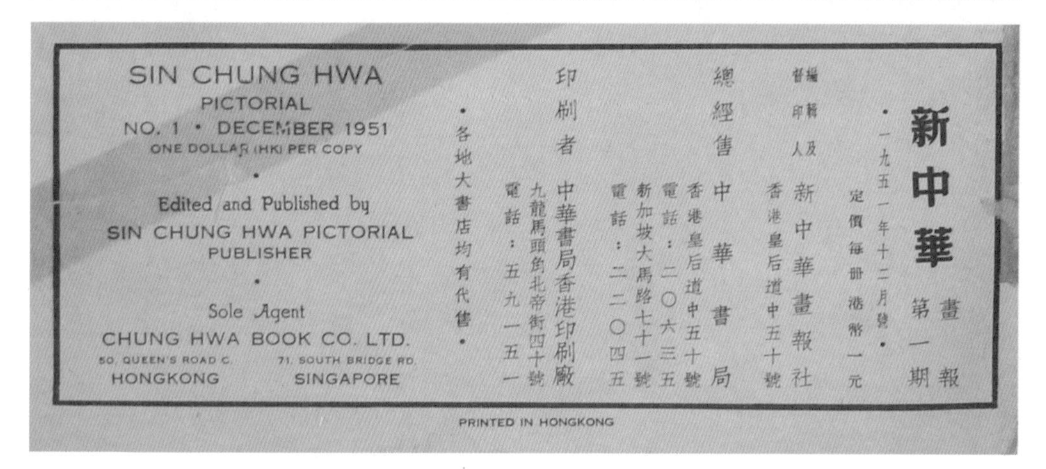

新中華畫報 第一期

一九五一年十二月號

定價每冊港幣一元

編輯及督印人 新中華畫報社 香港皇后道中五十號

總經售 中華書局 香港皇后道中五十號 電話：二〇六三五 新加坡大馬路七十一號 電話：二二〇四五

印刷者 中華書局香港印刷廠 九龍馬頭角北帝街四十號 電話：五九一五一

各地大書店均有代售

SIN CHUNG HWA PICTORIAL

NO. 1 • DECEMBER 1951

ONE DOLLAR (HK) PER COPY

Edited and Published by

SIN CHUNG HWA PICTORIAL PUBLISHER

Sole Agent

CHUNG HWA BOOK CO. LTD.

50, QUEEN'S ROAD C. HONGKONG

71, SOUTH BRIDGE RD. SINGAPORE

PRINTED IN HONGKONG

發刊語、版權資料

第二十六期書影，封面人物是中聯女星容小意。

第一百期書影

林道乾兄妹在南洋的傳說

泰國素描

葉靈鳳撰寫的南洋風俗傳說

足球的射門和守門

FOOTBALL TACTICS

門將撲地救球姿態

精彩的足球運動介紹

邵氏出版的電影刊物

「邵氏出品，必屬佳作」這個宣傳口號相信不少資深影迷記憶猶新，在上世紀六七十年代，邵氏公司出品電影的發行遍及東南亞以至歐美等地，廣受各地華僑歡迎。作為一間具規模的電影公司，宣傳工夫自不可少，其中印刷宣傳佔了很重要地位。綜觀邵氏歷年出版的電影刊物，最早的可追溯至上世紀三十年代在星加坡出版的《電影圈》，筆者並沒有該書的創刊號，最早的只有第四期，封面是香港影星李綺年，從這一期內容可見，她所報道介紹的範圍頗廣泛，當時上海是中國電影製作重鎮，自然較有偏重，但同時粵語片亦多有介紹，這部分更有香港專人負責編務工作。

歷來邵氏出版的電影刊物主要有《電影圈》、《南國電影》、《邵氏影友俱樂部》、《香港影畫》四種，以下一一介紹。

電影圈

邵氏隨着公司業務發展需要，為加強對香港的電影宣傳，旗下官方刊物《電影圈》於一九五二年改在香港出版，第一期封面是著名紅星李麗華。雖然是公司的宣傳刊物，但在編者的話中，明確指出雜誌的報道內容並不以邵氏公司為限，因此書中也有其他電影公司如藝華的紅星周曼華和相關影片介紹；林黛在永華公司初露頭角演出的《翠翠》，也有相當篇幅報道。其實五十年代不少公司的官方刊物，門戶之見並不明顯，既能豐富書刊內容，也能起到互惠互利的作用。

除幕前影星動態介紹外，《電影圈》亦頗多着墨於幕後，如佈景、攝影等，令讀者對電影的製作有多一點認識。

《電影圈》無論設計編排均與同期的電影雜誌如《世界電影畫報》、《影風》、《中國電影》等相近，因此其實形象並不突出，倒是公司稍後出版的《南國電影》推陳出新，開啟了電影畫報的新風尚。

編後語

本刊為邵氏製片廠出版及發行，但並無門戶之見，旨在幫助國產電影光大，為顧及讀者興趣起見，我們搜集了活的圖文，加上國產片的生產報導，電影常識，以及準確的片場消息，影人動態，不惜付最高代價，爭取讀者所需要的一切圖片與文字。

創刊號的籌備日期，似嫌稍稍倉促了些，雖然，編者與創刊號「紙櫝情深」，也不敢自己叫好，但相信此後它會強壯起來，自然，這更有賴于讀者的愛護，以及各片廠，諸大明星之賜予充份的食料。

第二期已在計劃中了，開始搜集名貴照片，及有趣味或有價值的文字，籌劃時間比較充裕多了，我們相信，第二期的本刊一定會比這期更善更美。

歡迎讀者善意的指正，盡可能採納讀者的意見，做到不苟且，不脫期，下月今日與讀者們再見。

電影圈

港版創刊號

•一九五二年七月出版•

每冊港幣八角

"SCREEN VOICE" PICTORIAL

80 CENTS EACH (H.K.)

督印人：邵氏製片廠 九龍北帝街四四號

編輯人：周世勳

發行所：邵氏製片廠 九龍北帝街四四號 電話：五九〇九〇

承印人：中華書局香港印刷廠 九龍北帝街四〇號 電話：五九一五一

本刊經售處

新嘉坡：中國出版有限公司 羅敏申律一一八至一二〇號 The Chinese Pictorial Review Limited 118-120 Robinson Road Singapore.

吉隆坡：港之出版公司 諧街中華戲院大廈 Madras Theatre Building High Stree, Kuala Lumpur.

怡保：港之出版公司 安德遜律京都戲院大廈 Capitol Theatre Building, Anderson Road, Ipoh.

檳城：港之出版公司 汕頭巷八號 8 Swatow Lane, Penang.

越南：港之出版公司 堤岸水兵街麗都戲院大廈 Lido Theatre Building, Rue Des Marins Cholon Indo-Chine.

暹羅：港之出版公司 曼谷：石龍軍路京都戲院大廈 Capitol Theatre Building 163, Charoen Krung, Bangkok, Thailand.

編後語、版權資料

版港 電影圈
號刊創

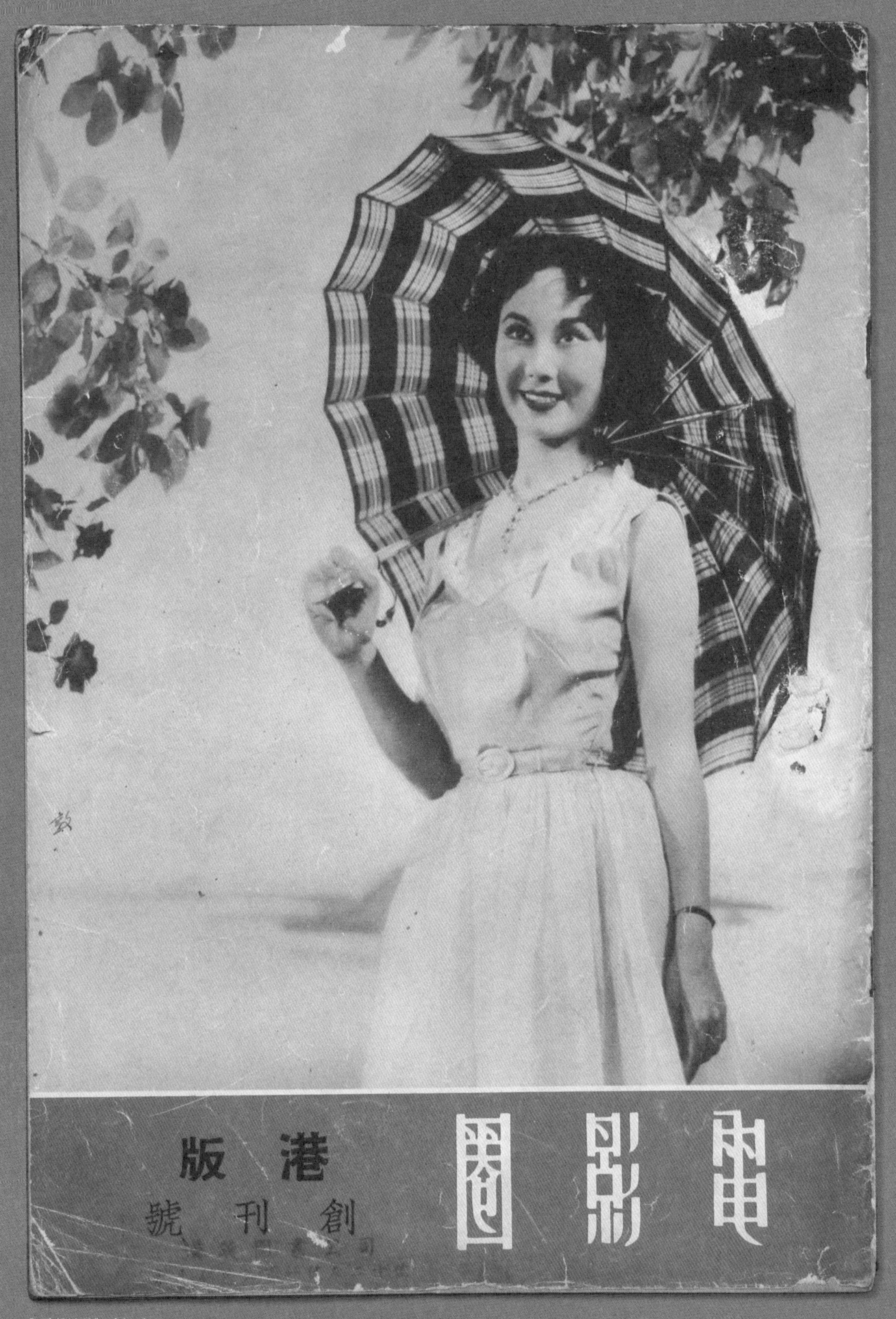

《電影圈》封面

翠翠

玫瑰玫瑰我愛你

第一期分別介紹林黛成名作《翠翠》和李麗華主演的《玫瑰玫瑰我愛你》

三期《電影圈》的書影，看得出是哪一位演員嗎？（答案在本頁左下角）

答案：尤敏

南國電影

《電影圈》對影迷讀者來說可能較陌生，畢竟年代久遠，而她不久亦為邵氏另一本刊物《南國電影》取代。如論知名度，相信後者更廣為人所認識，由一九五七年創刊至一九八四年結束，前後二十七年，共三百一十五期，與年前停刊的《電影雙周刊》同是跨越年代最廣的電影刊物。

《南國電影》可說是電影資料收藏家的恩物，出版者可謂不惜工本，畫報印刷精美，每期的彩頁頁數之多更是同類刊物之冠。以創刊號這一期而言，封面人物是亞洲影后林黛，內頁介紹的都是當時得令的演員，除報道演員動態外，不少電影拍攝進程都一一廣加報道。

《南國電影》編輯不時都有花心思給讀者一些驚喜，為配合新片宣傳，隨書多有附送電影歌集、電影特刊等。另由一九六一年一月第三十五期起，每年元旦均出版特大號，頁數倍增至一百五十頁，彩頁也有八頁之多，因此以後的元旦號，售價雖作調整，由八角增至一元五角，仍是物有所值。故此，讀者難免發現《南國電影》某些期數是較難搜集的，如三十五期、四十七期、五十九期、七十一期、八十三期、九十五期、一〇七期、一一九期、一三一期、一四三期、一五五期等；筆者追尋多年，就是欠了五十九期，年前終於遇上，可惜彩色畫頁已遭人撕去，因為這些跨頁明星彩圖，不少影迷會抽起用來包書，或張貼起來作裝飾，今天我們在舊物店購買《南國》時，尤需小心檢查是否缺頁，不少愛好者可能就是衝着這些彩頁而買的。

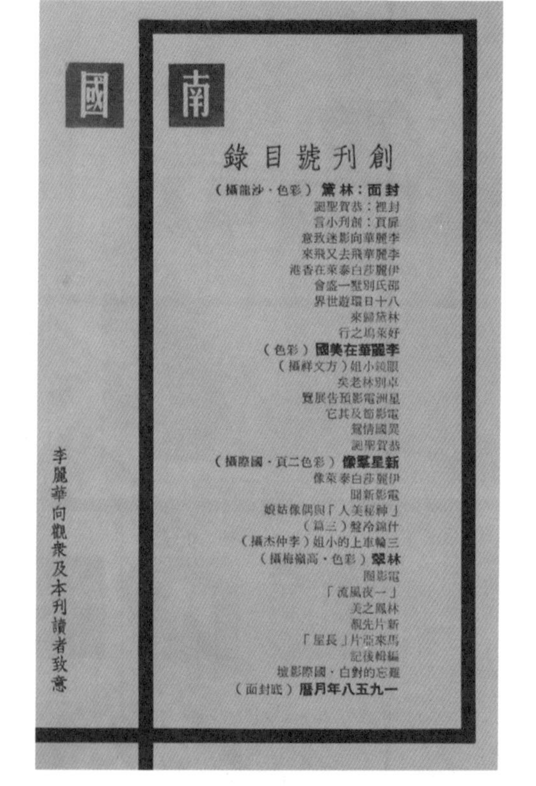
南國

創刊號目錄

封面：林黛（彩色・沙龍攝）
封裡：恭賀聖誕
扉頁：創刊小言
李麗華向影迷致意
李麗華飛去又飛來
伊麗莎白泰來在香港
邵氏別墅一盛會
八十日環遊世界
林黛歸來
好萊塢之行
李麗華在美國（彩色）
眼鏡小姐（方文祥攝）
卓別林老矣
星洲電影預告展覽
電影節及其它
異國情鴛
恭賀聖誕
新星群像（彩色二頁・國際攝）
伊麗莎白泰來像
電影新聞
「神秘美人」與偶像姑娘
什錦冷盤（三篇）
三輪車上的小姐（李仲杰攝）
林翠（彩色・高嶺梅攝）
電影圈
「一夜風流」
林鳳之美
新片先睹
馬來亞片「長屋」
編輯後記
難忘的對白・國際影壇
一九五八年月曆（底封面）

李麗華向觀衆及本刊讀者致意

目錄

南國
創刊號
一九五七年十二月
電影畫報
每月出版一冊
香港政府華民政務司署登記註冊

督印人：邵維鎮
出版與編輯：南國電影畫刊社
地址：香港九龍彌敦道邵氏大廈
承印者：香港大陸印務有限公司
地址：香港德輔道中七十六號
每冊港幣捌角・外埠酌加郵費

版權資料

創刊小言

我們的城市裡有太多的電影院，銀幕上有太多的影片，電影圈裡有太多的事情，一個普通的觀衆沒有辦法把它們全部吸收。其實，有些影片是不必看的，有些事情也是不必知道的，否則就未免浪費。因之我們想，在這方面，似乎還有些事情值得一做。首先是蒐集一切有關電影的材料，無論其為圖片或文字，然後加以判斷，選擇，剪裁與編輯，通過印刷，讓他們以書刊形式出現。——「南國電影」便是基於這樣一個意念而產生出來的。

這本雜誌是準備給觀衆在課餘公畢，觀影前後流覽閱讀的，告訴他們最近電影界已經發生或者可能發生些什麼事情，諸如重要的電影選舉結果如何，李麗華何時結婚，英格麗褒曼會不會來香港，以及某些影片可以看或者可以不看。

這是一本為觀衆服務的影刊，內容取材純以讀者需要與興趣為歸依，我們亟需電影界朋友與觀衆的合作，讀者的支持；此外我們也準備為觀衆解答一切有關電影的問題，只要讀者來信垂詢。

曾經有人說過：文化是生活的幫閑。推而廣之：電影當為文化的幫閑，電影刊物又為電影的幫閑。這樣說來，本刊自然也難免幫閑之嫌，其實，幫閑無所謂，對於讀者，祇要不是「越幫越忙」，那就好了！

——編者

創刊小言

《南國電影》封面

SEVEN NEW FACES

During the year 1957 Shaw's effort to pick and cultivate new stars has obtained fruitful result: the Seven New Faces serve an instance. Four of them have shown themselves in their films while the other three will also shortly make their appearance before the public. The picture on the page shows the Seven New Faces photographed at their natural beauty. From left to right they are Lum Feng, Mui Yuh-Hwa, Man Li-Hung, Ting Hung, Kuong Foong, Au Kai-Wei and Tong Tan.

新星羣像

28

彩色內頁鮮明奪目

這是《南國電影》第一本新年特大號，封面人物是影星李麗華。

五六十年代《南國電影》絕大多數都以女演員作封面人物，男演員可以榮登榜上可謂鳳毛麟角，陳厚算是少數的例外。

《南國電影》一九八三年六月號，封面人物是翁靜晶。

這一期內頁介紹《楊過與小龍女》，主角分別由張國榮和翁靜晶飾演。

邵氏影友俱樂部

《邵氏影友俱樂部》本來是邵氏公司在麗的呼聲電台的一個節目，藉此平台與影迷打成一片，成為演員與影迷的一道溝通橋樑。為增宣傳效果，稍後一九五九年更出版《南國電影》副刊《邵氏影友俱樂部》十日刊，第一期封面主角是古典美人樂蒂。

這本刊物與《南國電影》有所分工，她以旬刊形式出版，明顯要增加曝光機會，以便信息流通，內容側重明星與影迷的活動報道，當中似乎特別着重粵語片組演員的消息，例如林鳳、歐嘉慧、張英才、麥基等，這些演員都是在邵氏成名，開始受到影迷重視，林鳳這位第一代粵語片「玉女派掌門」，也是憑在邵氏演出的幾部「玉女」電影廣受矚目的。《邵氏影友俱樂部》雖與《南國電影》同是十六開，但頁數明顯較少，用紙較粗糙，編製也及不上《南國》般精美，不過由於售價較廉，故仍很受歡迎，也因當時的社會風氣保守，要見電影明星不如現在般容易，透過參加《邵氏影友俱樂部》組織的活動，便得以親炙偶像，並可合照及索取簽名，這種機會是很難得的。

早期的《邵氏影友俱樂部》封面只以雙色印刷（黑白以外再套一色），要到後期才用粉紙彩色印刷，但所用粉紙仍較《南國》的為薄。同是邵氏出版，《南國電影》與《邵氏影友俱樂部》主副地位一目了然。

我們共同的宣言

「邵氏影友俱樂部」是影友們和我們影星間的精神橋樑，也是影友們和影星們之間共同建立起來的一個大家庭；通過了這一座橋樑，我們才能更親切、更團結。在這個大家庭中，我們才能經常歡聚在一起，同歌唱，同遊戲，來促進我們的情感，來建立起我們的鞏固友誼。

我們熱烈地歡迎着親愛的影友們來參加「邵氏影友俱樂部」，我們也虔誠地感激着親愛的影友們來參加「邵氏影友俱樂部」，在大家齊心合力之下，來建立起我們共同的快樂園地。因此，讓我們先向親愛的影友們，伸出了熱情的手，發出誠摯的呼聲：第一：我們要全力支持「邵氏影友俱樂部」使它更活躍、更壯大！第二：我們要熱愛「邵氏影友俱樂部」的影友們，要如同我們自己的姊妹兄弟一樣，也如同熱愛我們的電影藝術工作一樣！第三：我們要踴躍參加「邵氏影友俱樂部」的各種活動，經常地、永遠地和親愛的影友們在一起！第四：我們要對親愛的影友們，盡力做到「有信必回，有問必答，有求必應」的原則。

親愛的影友們，握手吧！

丁紅 丁寧 尤敏 井淼 石英 江茵 呂奇 李敏 李麗華
杜娟 金銓 林鳳 林黛 林豔 洛奇 范麗 高亮 唐丹
夏慧 陳厚 麥基 張小鳳 張冲 張仲文 張克仁 張英才 彭鵬
游娟 楊志卿 趙明 趙雷 樂蒂 鍾情 歐嘉慧 龍剛 嚴俊

仝啓

2

我們共同的宣言

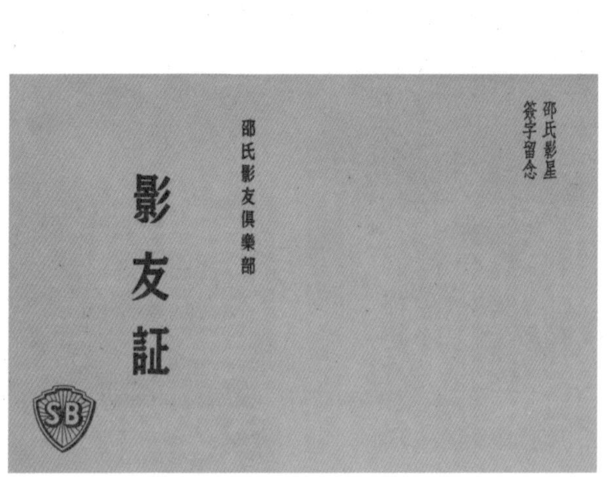

邵氏影友俱樂部影友證，憑證可參加各種聯誼活動。

邵氏影友俱樂部
邵氏影友俱樂部主辦
丁紅·陳厚
"丈夫的情人"
Shaw's MOVIE FAN CLUB
1

《邵氏影友俱樂部》封面

金銓喜愛畸人

黃婉芳妹妹：

我的新片是和樂蒂小姐合演的「畸人艷婦」，我是演一個相貌雖然很難看，但是內心卻是非常善良的一個「畸人」。這個角色，很像安東尼昆主演的「鐘樓駝俠」上的那個駝俠一樣，爲了他人的幸福，寧可自己多受些痛苦，這種偉大的犧牲精神，實在是人類的最高情操，所以我很喜愛這個角色，也是我拍電影以來，所最喜愛的一個角色。當我演到悲哀的時候，我也被戲裡的——他，所感動，而情不自禁地流下眼淚來！

金銓

學國語並不難

陳淑儀影友：

我拍的新片有「倩女幽魂」、「慾網」，和最近才開拍的「嬌嬌女」三部影片。

我的原籍是廣東，國語和上海話，我也學了好幾年，所以我也能夠講。你來信問我學國語難不難，我很誠懇地告訴你，學國語並不困難，但是要有恆心。多聽人家的發音，然後自己要多講，沒有人的時候，自己一個人也要像老太婆唸經般的，多唸多講，久而久之，不只會講國語，同時還可以講得字音很準確的。

洛奇

井淼解釋名字

金白薇影友：

你來信中說我「井淼」這個名字很古怪，還誤會我是日本影星。過去我新交的許多朋友中，也都和你對我的猜測相同，其實我的家鄉是在山東濟南，和孔子孟子還是同鄉呢！「井淼」是我的真實姓名，因爲我少年的時候，算命先生說我八字中缺水，於是我的父親就在這口井的下面，把渤海、黃海、東海裡的水都引來了，替我取了個「淼」的名字。因爲是我父親取的名字，爲了紀念他，我就一直用這個名字了。

井淼

邵氏影友俱樂部

十日刊

·第一期·

·南國畫報附刊·

Shaw's Movie Fan Club

一九五九年十月十五日出版

每册零售港幣三毫

督印及編輯：南國電影畫報社

出版者：南國電影畫報社

地址：香港九龍彌敦道邵氏大樓四樓

電話：五二〇七六

承印者：香港大陸印務有限公司

地址：灣仔軒里詩道三四五號二樓

電話：七七一七三一

總發行：參泉記

地址：香港興隆街廿五號地下

電話：二一八六六·二三九〇八

版權資料、演員信箱

早期的封面多以雙色印製，三十六期封面是影星丁紅，四十二期封面是影壇長青樹李麗華。

約七十期改作彩色印製封面，這一期以陳厚當封面男郎。

刊物其後改名《邵氏影友》，封面是古典美人樂蒂。

香港影畫

一九六六年，邵氏再出版一本新刊物《香港影畫》，大十六開，近似現時娛樂周刊的開本大小，這個開度在當時可算開風氣之先，繼後不少刊物都以此為藍本，如稍後面世的《環球電影》、《銀色世界》、《今日電影》、《嘉禾電影》、《中外影畫》等，相信是形勢所趨，大開本在書報攤較受矚目也未可料。《香港影畫》的開度大了，設計上也較靈活美觀，美工方面更為着重，除報道一般邵氏影訊外，更加入不少西方電影知識和評論，著名作家西西更是該刊早期的作者之一，除寫影話外，亦有書寫影星素描文章，雖不多見，但每篇都很可觀。《香港影畫》不定期組織電影座談會，邀請不同學者專家、行內從業員，甚至老師和學生出席研討，藉以提升觀眾讀者對電影的鑑賞水平，是同期電影刊物中辦得最認真出色的。

《香港影畫》跟《南國電影》一樣，每年一月份都會出版特大號，除增加彩頁篇幅外，也有畫家區晴所繪的影星群像漫畫，有時是一大幅跨頁傑作，有時是一格格人物肖像，輕輕幾筆人物形象即現紙上。

《香港影畫》出版到一九八〇年，共一百七十六期。如果問筆者四本邵氏刊物中最喜愛哪一本，無疑是《香港影畫》，但這書也有一個缺點，就是除創刊號以「騎馬釘」釘裝外，其餘各期均以膠水糊緊書脊，日子一久稍微屈曲便會脫頁，令愛書如命的筆者好生懊惱，故每次取閱都得小心翼翼，輕慢不得。

邵氏這四本雜誌創刊號，筆者可說是搜索經年，當中第一本購得的是《香港影畫》，時為一九九一年，其後陸續得到友人轉贈相讓《南國》和《邵氏影友俱樂部》，而最後一本《電影圈》則隔了多年才在舊物店遇到，亦以此書索價最昂，只因近年電影刊物以罕為貴，更何況是創刊號？

能集齊這四冊刊物並不容易，當中除了金錢和運氣，筆者相信亦需要有一點書緣才可擁有。

中華民國五十五年元旦
一九六六年一月一日出版
創刊號
每冊定價港幣一元二角
每月一日出版
出版者：香港電影出版社
九龍彌敦道94號A13樓四室
督印人：鄒文懷
總編輯：朱旭華
承印者：凸版印刷(香港)公司
香港英皇道六三三號
港澳總代理：張輝記書報社
香港利源東街五號
本刊已呈請：香港政府華民政務司署
中華民國僑務委員會
辦理登記註冊中

Hong Kong Movie News
ILLUSTRATED
No. 1, JANUARY, 1966.
Published by Raymond Chow
for The Hong Kong Movie News Publications
94, Nathan Road, 12th floor, A4,
Kowloon, Hong Kong.
Editor: Chu Shu Hwa

版權資料

《香港影畫》封面

親愛的讀者

——編者——

必須先告訴你，這個雜誌，是我們的，也是你的。

我們要辦這個雜誌，因為我們自己就是一羣十分愛好電影的電影工作者。

愛看，愛談，也愛研究。

如果你也喜歡看電影，談電影，我們就希望，你也喜歡這個雜誌。

在這個雜誌裏，我們預備貢獻給你的，有兩種不同的內容。

第一種內容，是要叫你開心，要你一翻開我們這本雜誌，就會樂得笑着直在那裏嚷：「真好看！真美！真有趣！真好玩！」

換句話說，我們要給你的第一種內容，就是娛樂性。

比如說，大張大張的七彩明星相片（大到三頁加起來要摺兩摺的，真够大了可不是？），名家執筆的大明星特別採訪，明星住宅區的圖解和特寫，最新款的明星時裝表演，最流行的明星髮型展覽，大明星化粧術，大明星私生活和大新聞，攝影場幕後工作情形，等等。

再換一句話說，就是要叫你賞心悅目，叫你樂。

（本來就是的，在這個世界上有誰會不喜歡看漂亮好看的女人？有誰會不注意美麗奪目、光芒四射的大明星？你當然喜歡的。我們也喜歡。）

我們要貢獻給你的第二種內容，和上面所講的第一種內容，又有些不同。詳細說來，是這樣：

我們除了要你開心之外，也同時希望，大家（就是你，和我們）在有空的時候也多動一下腦筋，多想想。想電影，想怎樣看電影，怎樣好好的看電影，怎樣看好好的電影，以至怎樣談，怎樣拍，好的電影。

所以，我們就是辛苦些，也設法拉來了好多對電影既有興趣又同時頗有研究的朋友，為我們，也為大家，每期都寫一些稿子。這些份量比較重的文章，就是我們的壓軸。我們深信在我們的讀者裏面，一定有許多肯思想、愛思想的電影愛好者，是會對這些文章發生興趣的。一定會有許多讀者覺得，前面的星光熠熠，固然好看，後面的理論縱橫，何嘗就不好看。壓軸的部份，未必，但咀嚼下來，那份甘香，炫目、奪目、耀目、悅目，也許便說是全書最賞心的地方，大概也絕不會是過份。

這就是我們的開場白。

但我們的話，其實還沒有講完。我們還有話，列在第七十六頁裏，詳詳細細的，把我們的立場，我們的態度，我們的目的，我們的希望，都講得清清楚楚。你如果現在就翻到那兒去，就會看見的。

致讀者

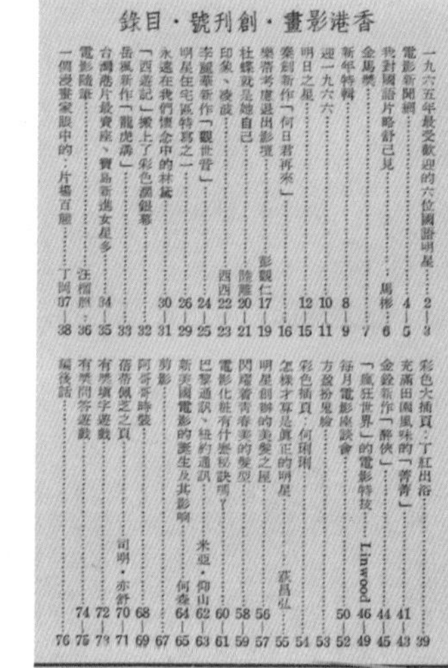

香港影畫・創刊號・目錄

目錄

每月電影座談會

「每月電影座談會」，定期每月由本刊主辦一次，專請電影、文化、藝術、教育各界知名人士及本港影評人輪流參加。希望能由討論引出問題，由問題引出討論，為中國電影找出一條最正確的路向。這裏列出的，是第一次座談會紀錄。

時間：一九六五年十一月二十日下午三時至六時。

地點：香港九龍總統酒店三國廳。

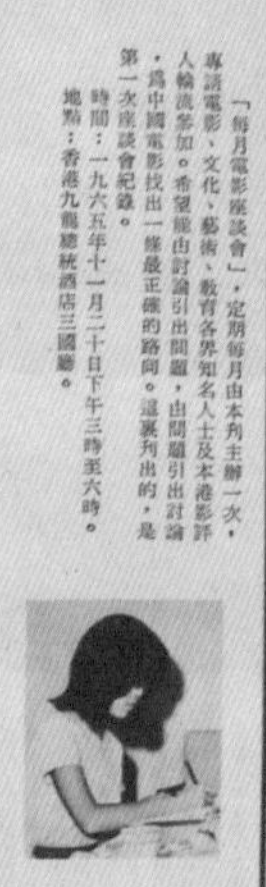

請兩位影評人提出問題

姚克建議多拍文藝片

羅卡的問題與張徹的回答

文藝片一詞的商討

關於國片劇本的問題

出席者

舉辦電影座談會，邀請專家學者出席討論。

為紀念亞洲影后林黛逝世兩周年，該期特別附送一版紀念票貼給讀者。

早期書影。第二期封面人物是武打明星鄭佩佩，第六期是丁紅。

兒童樂園

相信再沒有一本兒童刊物比得上《兒童樂園》更能勾起我輩的集體回憶了！成長於上世紀五十年代以後的朋友，不管你屬於甚麼世代，鮮有不曾閱讀過《兒童樂園》——除了教科書以外，唯一一本可以堂堂正正、在師長面前展讀細看的兒童書。

《兒童樂園》半月刊創辦於一九五三年，是友聯出版社出版的刊物，加上她旗下的《中國學生周報》、《大學生活》，正好提供予不同成長階段的兒童和青少年閱讀，由「友聯」哺育成長的讀者，大抵記憶猶新罷。

《兒童樂園》是一本約二十四開、共二十八頁、彩色印製的刊物，督印人楊望江（閻起白）。在創刊號一期，名畫家羅冠樵已參與其中，並以筆名「南芬」繪畫萬千小讀者心目中的寵兒「小圓圓」的故事，未有機會看過早期「小圓圓」的讀者，很難想像小時候的她是這個模樣：啡褐色頭髮，大頭圓臉，身型略胖，體型某程度上與小胖不相伯仲，這與後期活潑靈巧的形象頗為不同。除了「小圓圓」，原來長壽欄目「播音台」亦是第一期已經出現，介紹的都是一些未必屬實但有趣的各地珍聞。早期看「播音台」，筆者對其報道一直深信不疑，及長漸漸發覺與自己的生活和社會認知有頗大出入，才知道「播音台」多是編輯先生的個人創作，雖然被騙，卻未嘗感到不快。除了這兩個長期骨幹，《兒童樂園》還有童話故事、兒歌、科學知識、遊戲等項目，內容益智而充實，亦為日後刊物的發展模式奠下基礎。

筆者閱讀《兒童樂園》大概是七十年代初至七十年代尾，這也是刊物最多精彩內容的時期，「紅羽毛」、「外國童話故事」、「寶寶遊記」、「生活故事」、「中國神話傳說」，當然還有不能不提的「叮噹」長篇連載，每一個都曾經令筆者夢縈魂牽、印象難忘。

一九八三年《兒童樂園》六百期誌慶，其時筆者已不買久矣，為着這值得紀念的日子，特別購了一冊留念，但也是在這一期知道「小圓圓」的作者羅冠樵要退下來了，心中難過了好一陣子……

一九九四年《兒童樂園》慶祝刊物出版一千期，筆者又買了一本，當時已近而立之年的我，十一年來沒有再接觸過這本刊物，購買純粹是作為一種紀念，也沒有仔細認真閱讀內容。怎知道沒過多久就傳來《兒童樂園》停刊的消息，當時心情倒沒有太激動的感覺，就像有一位多年不通音訊的朋友，突然收到他離去的訃告一樣。我只是想世事無端，凡事總有終結的一天，而且友聯出版的不少刊物早於更早時候停刊，《兒童樂園》能風雨不改維持了四十二年，實在不易。而且書內編輯的「告小讀者」，寥寥幾筆簡單交代，寫得平靜如常，大概是不想把停刊弄得太傷感，讓讀者留下美好的回憶。筆者過去曾迷過連環圖、足球雜誌，但從來都與之保持距離，但《兒童樂園》停刊，不知怎的有一天竟走上編輯部，得到張浚華女士的熱情招待，不但給我簽名，還送我幾冊舊《兒童樂園》和報章對畫報停刊報道的剪報。

現在筆者收藏的《兒童樂園》，當中部分已陪伴我三十多年；當年喜歡的連環圖讀物大都已遭父母銷毀，《兒童樂園》卻安然無恙，亦可見她何其受家長重視。

《兒童樂園》封面

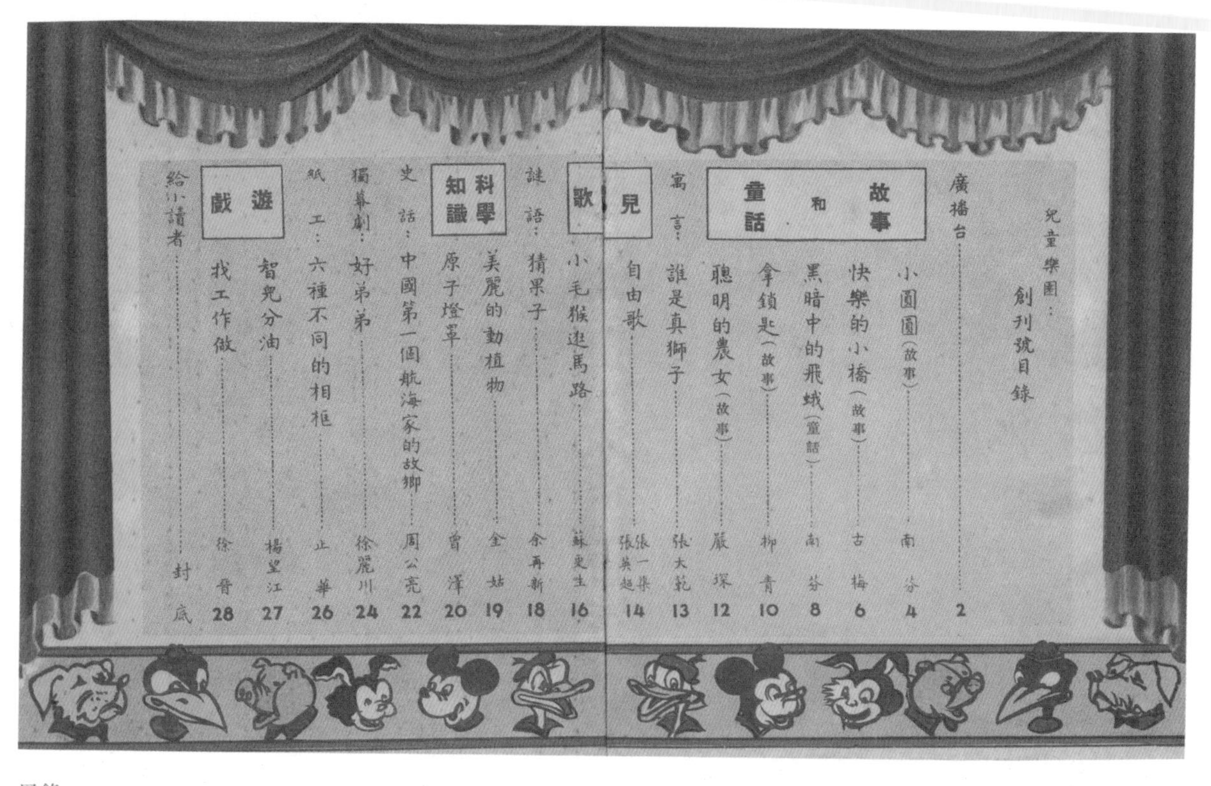

兒童樂園：創刊號目錄

目錄

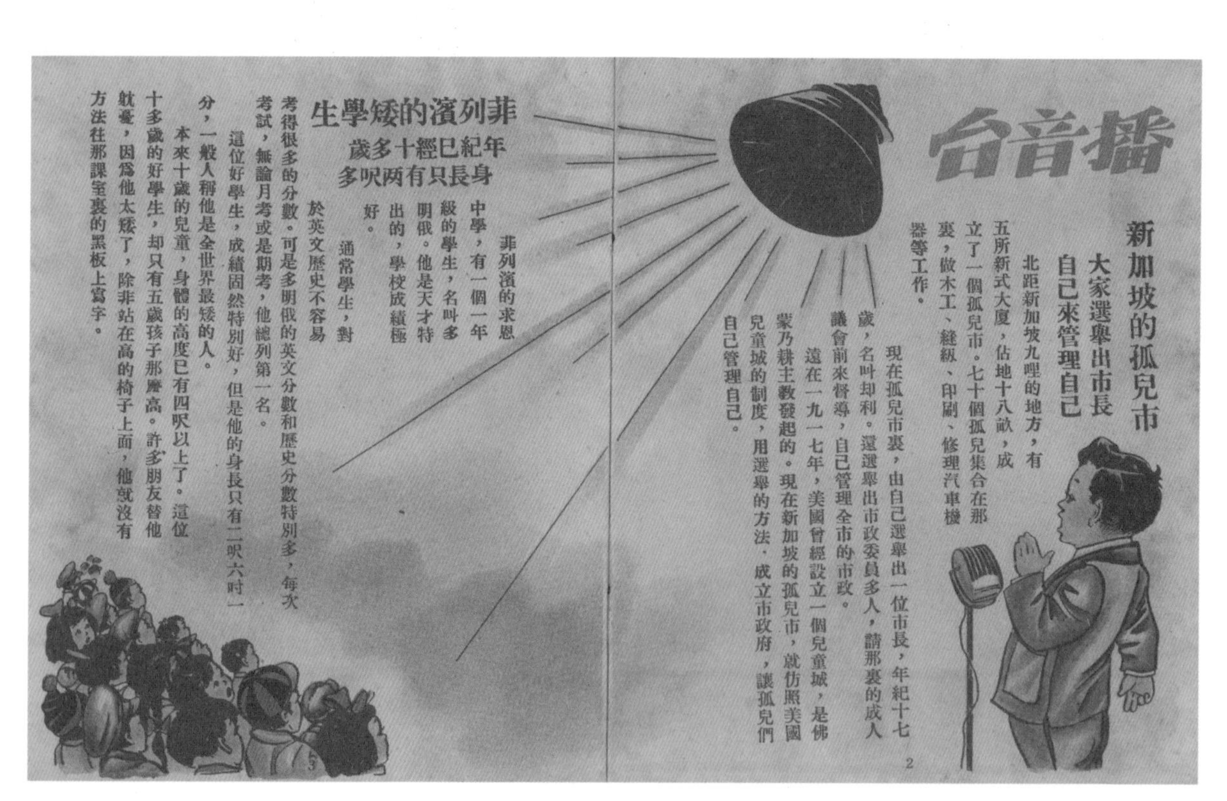

播音台

新加坡的孤兒市

大家選舉出市長自己來管理自己

北距新加坡九哩的地方，有五所新式大厦，佔地十八畝，成立了一個孤兒市。七十個孤兒集合在那裏，做木工、縫級、印刷、修理汽車機器等工作。

現在孤兒市裏，由自己選舉出一位市長，年紀十七歲，名叫却利。還選舉出市政委員多人，請那裏的成人議會前來督導，自己管理全市的市政。

遠在一九一七年，美國曾經設立一個兒童城，是佛蒙乃耕主教發起的。現在新加坡的孤兒市，就仿照美國兒童城的制度，用選舉的方法，成立市政府，讓孤兒們自己管理自己。

2

菲列濱的矮學生

年紀已經十多歲 身長只有两呎多

菲列濱的求恩中學，有一個一年級的學生，名叫多明俄。他是天才特出的，學校成績極好。

通常學生，對於英文歷史不容易考得很多的分數。可是多明俄的英文分數和歷史分數特別多，每次考試，無論月考或是期考，他總列第一名。

這位好學生，成績固然特別好，但是他的身長只有二呎六吋一分，一般人稱他是全世界最矮的人。

本來十歲的兒童，身體的高度已有四呎以上了。這位十多歲的好學生，却只有五歲孩子那麼高。許多朋友替他躭憂，因爲他太矮了，除非站在高的椅子上面，他就沒有方法往那課室裏的黑板上寫字。

3

創刊開始便有「播音台」

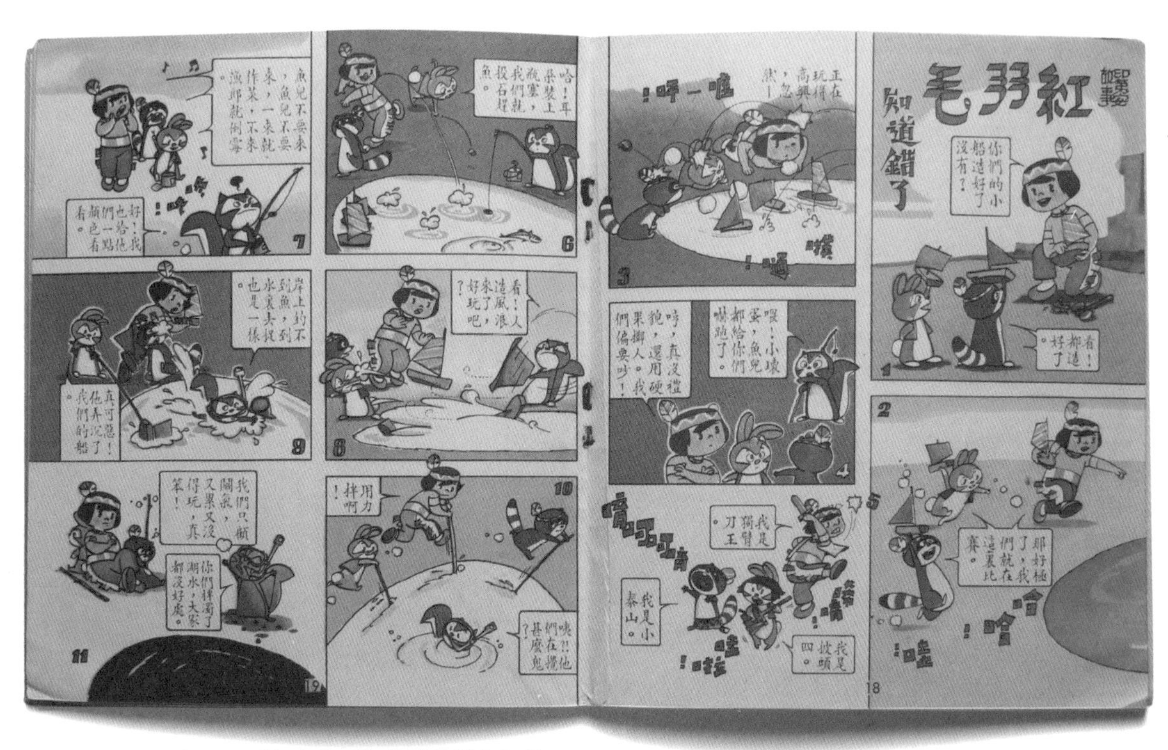

「紅羽毛」相信每一位《兒童樂園》的讀者都有印象

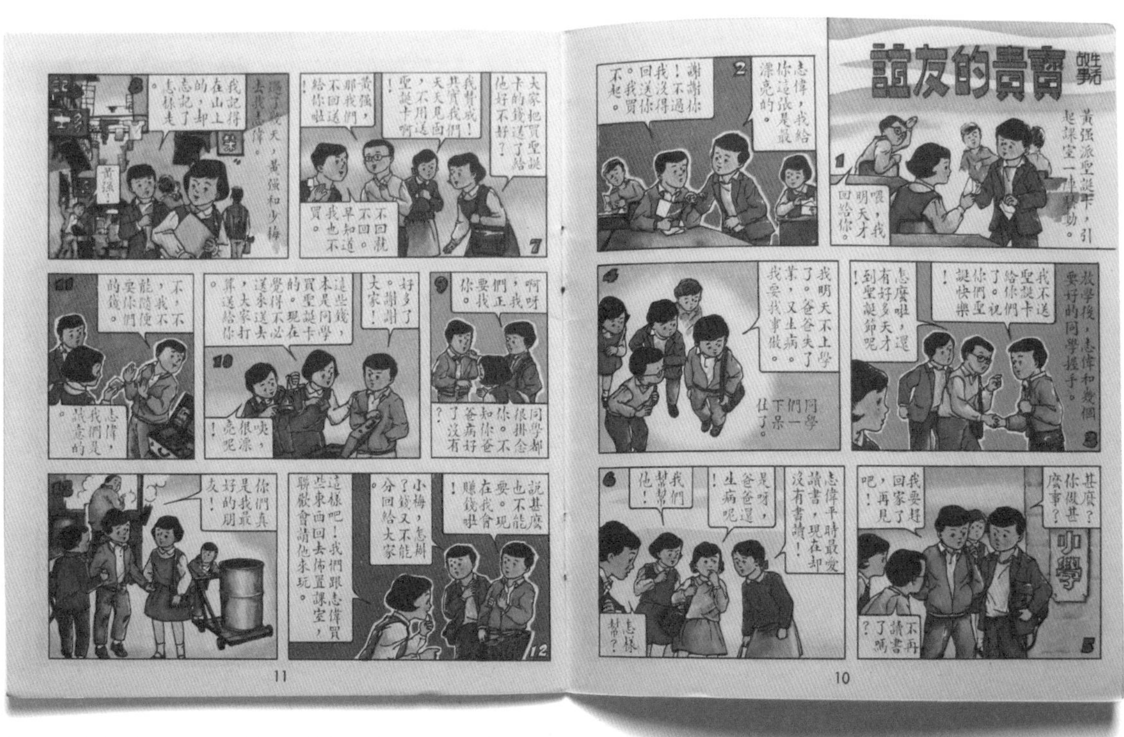

每期的「生活故事」都令筆者想起何紫先生的小說

早期的小圓圓造型和後期的有頗大差別

五十年代的《兒童樂園》書影

七十年代的《兒童樂園》書影

《兒童樂園》三十周年紀念號

《兒童樂園》第一千零六期休刊號。筆者請主編張浚華女士在內頁簽名留念。

今日廣為港人喜愛的日本漫畫卡通《多啦 A 夢》，原來最先是由《兒童樂園》引進香港，「叮噹」一名也是編輯先生的神來之筆所起。

《小朋友》畫報是《兒童樂園》以外最受小讀者喜愛的兒童刊物，「小強的故事」和「胡阿圖」的主角都是書中的主要故事角色。

天下

《天下》跟下一篇介紹的《亞洲》畫報同是創刊於一九五三年，但她比後者還早半年出版。與同期的大型畫報一樣，《天下》走的是綜合性路線，內容多樣。第一期封面人物是影星夏夢，至於出版人張有興，是六七十年代香港政界聞人，曾任市政局主席，亦是名媛張天愛之父。

《天下》在標準二十四頁的篇幅內，登載了專題攝影、體育、戲劇、電影、科學、時裝、歷史故事等不同欄目，可算是能兼顧不同讀者的興趣。這一期的壓卷之作是著名香港史專家葉林豐所撰之〈香港開埠第一年〉，這篇文章是作者譯述英國《廣州新聞》（*The Canton Press*）於一八四二年一月，英軍登陸香港一周年，對香港島各方面發展的報道，是一篇很珍貴而且富歷史意義的文獻資料。作者同時附登一些早期香港風貌的木刻板畫和油畫，讓讀者對香港開埠初期的面貌有所認識。體育方面，報道香港三位在亞洲乒乓賽的得勝者，他們是薛緒初、傅其芳和鍾展成，三人在比賽中為港取得單打、雙打和團體冠軍，風頭一時無兩，可見原來早在容國團之前，已有為港在國際爭光的乒乓球好手出現。

《天下》對文藝學術也頗重視，第一期刊載的短篇小說是侶倫的〈剩餘的人〉，另在第六期「英女皇伊利莎伯二世加冕」專號內，亦登載易文〈馬車夫戀歌〉短篇，同期還有著名漢學家柳存仁的專文〈屈原詩中的神和怪〉，文章雖短，但介紹屈原詩中各種神怪的來歷甚為扼要具體，並引錄明代畫家陳洪綬和蕭雲從所畫的「楚辭」圖，令讀者印象更加深刻。

五十年代出版的大型畫報，基本所見都辦得認真而且內容豐富，知識趣味並重，雖然索價不低，大部分售價八角，但仍吸引不少讀者購閱。

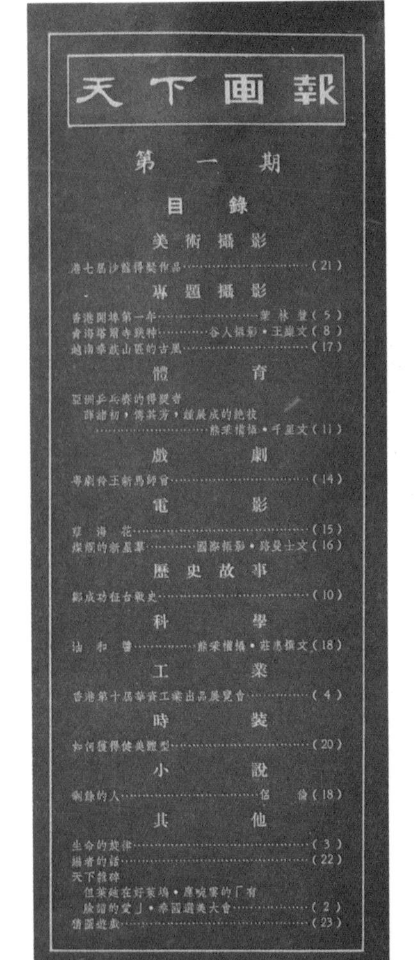
天下画報

第一期

目錄

美術攝影

港七屆沙龍得獎作品……（21）

專題攝影

香港開埠第一年……葉林豐（5）
青海塔爾寺跌神……谷人攝影・王蘋文（8）
越南秦族山區的古風……（17）

體育

亞洲乒乓賽的得獎者
薛緒初，傅其芳，鍾展成的絕技
……熊采擷攝・千里文（11）

戲劇

粵劇伶王新馬師曾……（14）

電影

草海花……（15）
燦爛的新星群……國際攝影・路曼士文（16）

歷史故事

鄭成功征台戰史……（10）

科學

油和醬……熊采擷攝・莊惠楨文（18）

工業

香港第十屆華資工業出品展覽會……（4）

時裝

如何獲得健美體型……（20）

小說

剩餘的人……侶倫（18）

其他

生命的旋律……（3）
編者的話……（22）
天下雜碎
但萊娃在好萊塢・塵晼寧的「有旅館的愛」・泰國選美大會……（2）
猜謎遊戲……（23）

目錄

天下畫報
一九五三年一月號
定價每冊港幣一元
督印人：張有興
編輯人：劉捷
出版者：盛華出版社
香港銅鑼灣怡和街八四號
印刷者：泰華印刷有限公司
香港洛克道三三二號

版權資料

《天下》封面

編者的話

天下畫報經過了相當時間的籌備，終於在新春出版了，在這裡，謹向讀者們說聲「恭賀新禧」。

本報的內容，注重於——科學、美術、風俗、人物、電影、戲劇、地理、文物，以及各種珍奇益智的圖片和文字。這一期的內容雖然不夠理想，然而也可以看出本報的目標所在。

本期之中，葉林豐先生的「香港開埠第一年」，臚列香港早期的情形，資料珍貴，內容充實。葉先生為海內外聞名的老作家，已經無庸介紹。名作家侶倫先生，想讀者早已熟知。青海塔爾寺跳神的圖片，係谷人先生所攝，谷人先生為海內外知名的名攝影家，配以王巢先生的文章，更見生色，王巢先生學貫中西，為當代有名的漢學大家。鄭成功征台戰史，詳述鄭成功的武功和軼事，作者為台灣問題專家，在百忙中為本報寫稿，並此致謝。

本期「亞洲乒乓賽得獎者薛緒初、傅其芳、鍾展成的絕技」，承薛、傅、鍾三位先生的合作，並得領隊鍾錦先先生，香港乒總主席黃耀坤先生的協助，特此致謝。

編者的話

〈香港開埠第一年〉，葉林豐（葉靈鳳）撰。

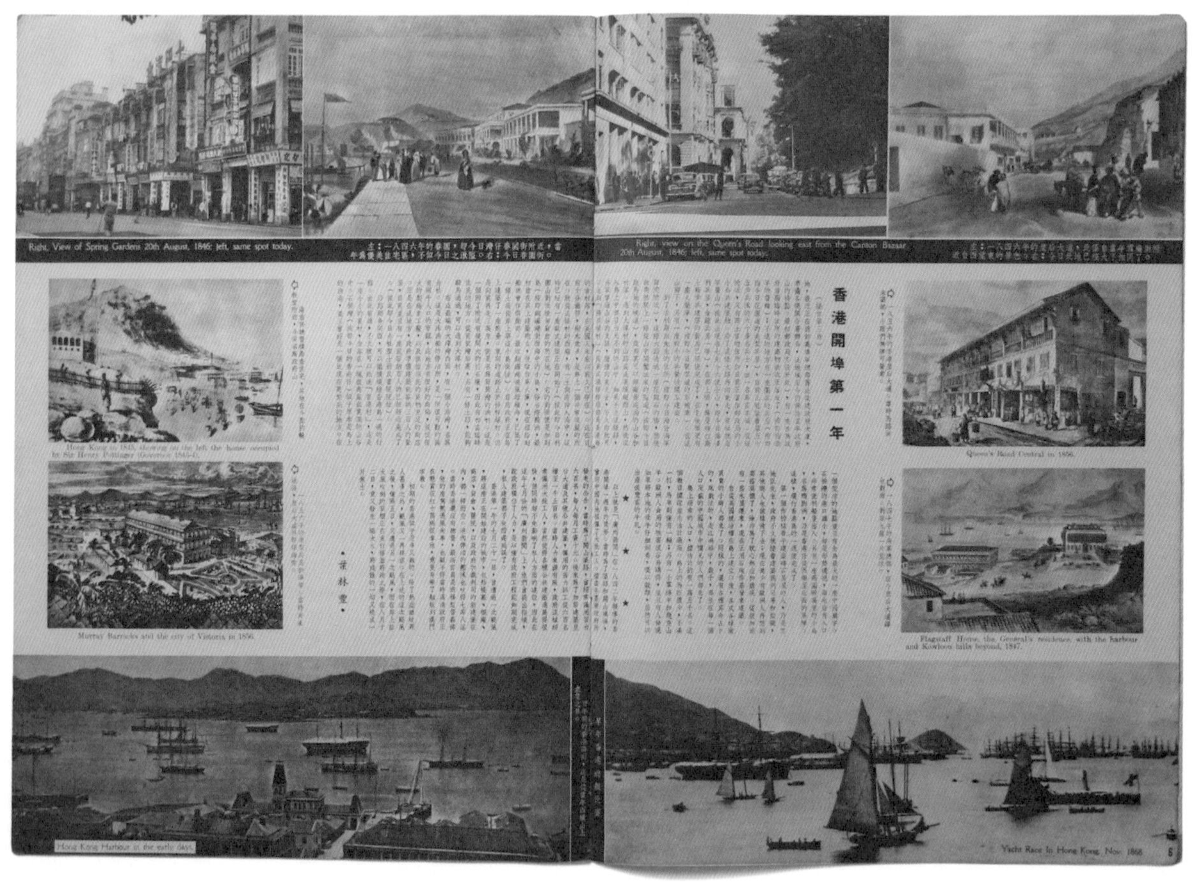

續〈香港開埠第一年〉全文

天下
2 天下画報
T'IEN-HSIA
PICTORIAL MONTHLY

天下
3 天下画報
T'IEN-HSIA
PICTORIAL MONTHLY

天下
4 天下画報
T'IEN-HSIA
PICTORIAL MONTHLY

天下
5 天下画報
T'IEN-HSIA
PICTORIAL MONTHLY

天下
6 天下画報
T'IEN-HSIA
PICTORIAL MONTHLY

天下
七月号
天下画報
T'IEN-HSIA

天下
八月号
天下画報
T'IEN-HSIA
ILLUSTRATED MAGAZINE

天下
九月号
天下画報
T'IEN-HSIA
ILLUSTRATED MAGAZINE

天下
十月号
天下画報
T'IEN-HSIA
ILLUSTRATED MAGAZINE

第二至第十期書影

亞洲

上世紀五十年代的八開大型畫報為數不少，有些像《良友》、《幸福》較偏重藝術生活趣味的，有些像《東風》、《東西》、《中外》較重時事的，也有重點推廣介紹電影業的，《亞洲》畫報就是其中之一。

說起《亞洲》畫報，實不能不提亞洲出版社，她成立於一九五二年，是一間有國民黨支持的出版機構。負責人張國興是資深新聞工作者，出版的書籍多與反映大陸政治有關，五十年代初雷雨田的烏龍王漫畫系列如《援越記》、《被俘記》等都是由「亞洲」出版，這時期的烏龍王故事內容大都以諷刺中共政權為主。不過在眾多出版書刊當中，相信最為人稱道的非趙滋蕃《半下流社會》莫屬，這本小說揭露的社會真實面和對人性的刻畫，道盡五十年代遷港難民掙扎求存的經歷。

《亞洲》畫報是亞洲出版社早期的一本綜合性大型畫報，創刊於一九五三年，主編蔡漢生，第一期封面人物是嶄露頭角的邵氏影星尤敏。編者在創刊詞中表明畫報將以介紹和批評中外電影作為主要工作，提升國片水準之餘亦不會忽視外國片的價值，以期得交流並濟的作用。除專門介紹電影外，畫報亦會廣泛取材，報道全球時事、生活趣聞。

綜觀這一期畫報內容，中外電影幾佔了一半篇幅，特別是外國電影方面，除荷李活消息外，日本、印度以至菲律賓電影都有兼及，人物特寫亦以影星為主要對象，可見畫報對電影的重視。此外，本期還有國際時事報道和世界珍聞，文藝方面則有蕭安宇（即南宮搏，見許定銘先生〈五十年代的星島周報〉一文）的短篇小說等，內容亦頗充實。

《亞洲》畫報除重視電影報道外，對文藝的推動亦頗着力，每年均舉辦「短篇小說創作比賽」，分普通組和學生組，從第一百期紀念號中可見，至一九六一年已舉辦至第七屆。

第一百期紀念號《亞洲》畫報的封面人物，找來了當年替創刊號拍攝封面的尤敏。相隔八年，尤敏早已轉投國際電影懋業公司，成為炙手可熱、紅透影圈的「銀壇玉女」，今天把兩期畫報封面作一對照，你會明白「美麗」原來可從多方面去演繹，同時也可解釋何以有些影迷會對時下的女明星有「千人一面」的無限感慨。

第一百期封面。為《亞洲》創刊號拍攝封面時尤敏才十八歲，稚氣未除；七年後為刊物百期紀念再登封面，明艷照人；兩個封面，各具美態。

《亞洲》封面

俯瞰港九　〔亞洲社〕

創刊詞

亞洲畫報從今天起開始問世，這頭一期創刊號的形式和內容，還不符我們理想，但是我們敢向讀者保証，本刊必將盡其所能力求進步，以期達到精美的標準。

本刊純粹是一個由報人所辦的畫報，不受何任黨派的約束，也不爲任何團體說話，我們祇有一個態度，絶對站在獨立而客觀的地位來觀察時代，宣揚藝術，提高藝術。

亞洲畫報將以介紹和批評中外的電影，作爲我們的主要工作，我們將本提高國片水準的精神，來促進國片的進步，同時將以嚴格的批判眼光，來鑑定外片的價值，以求中外電影的優秀品質，能夠交流。

本刊將運用最新的科學方法廣泛取材，報導全球時事，傍及中外的趣聞逸事，以供讀者參考消遣，特別對於遠東各國的情形，本刊今後將儘量多加介紹，一新耳目。

本刊竭誠希望讀者們多賜批評合作，對於讀者們的熱心指正，本刊必然虛心接受，作爲改進的張本，希望讀者們把這本畫報當做自己的刊物一樣看待，有話直說，不存客氣，亞洲畫報仝人隨時皆願向讀者請教。

亞洲出版社

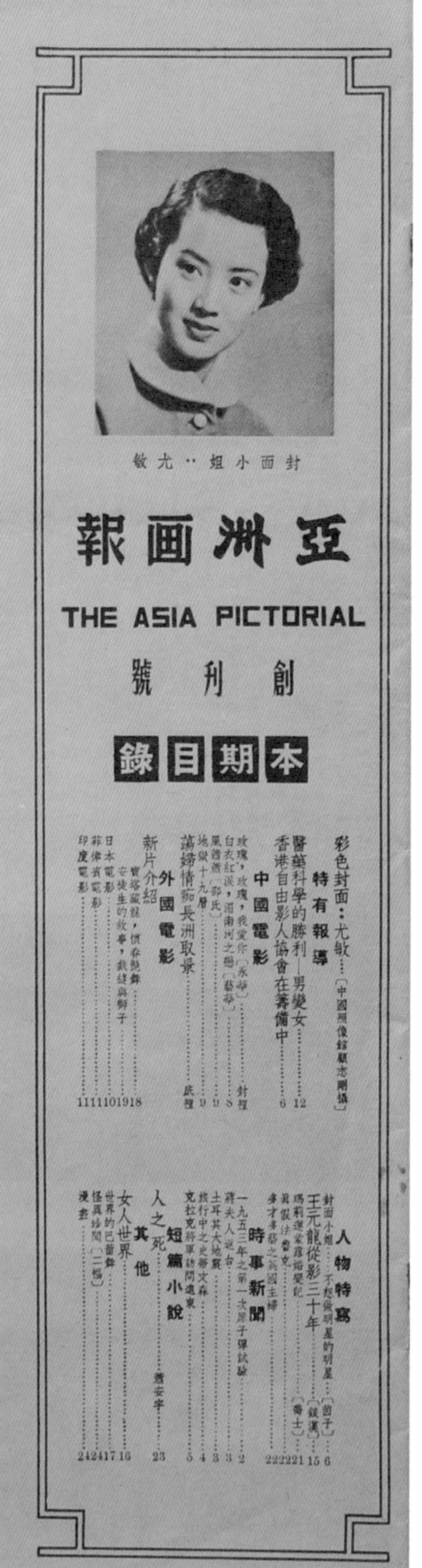

封面小姐：尤敏

亞洲画報
THE ASIA PICTORIAL
創刊號

本期目錄

創刊詞、目錄

亞洲畫報
創刊號

中華民國四十二年伍月出版

零售每冊港幣捌角

出版者：亞洲出版社
香港銅鑼灣怡和街八十八號

督印人：張國興

總經理：蘇源昌

總編輯：黃震遐

畫報主編：蔡漢生

總經售：亞洲出版社
香港銅鑼灣怡和街八十八號

印刷者：亞洲石印局
香港北角英皇道三九〇號

畫報定價

港澳區 半年（平郵）港幣四元伍角
全年（平郵）港幣八元

國外各地區 半年（平郵）港幣六元
全年（平郵）港幣十一元

廣告刊例

一、彩色底封面全版港幣弍千元
二、底封裡面全版港幣壹千元
三、正文中弍分之一港幣四百元
四分之一港幣弍百元
上述刊費包括製版費，美術設計費客自理，其他另議

Cable Address: "ASIAPRESS"　電報掛號：伍四三九

版權資料

《中外》創刊號，封面人物是影星丁瑩。

亞洲出版社出版《半下流社會》，趙滋蕃著。

今日世界

一九四九年中國內戰結束，國民黨退守台灣，從此形成國共長期對峙的局面，香港處身夾縫之中，雖然是英國的殖民地，但亦成為各政治勢力必爭之所。當時不少有政治背景的宣傳刊物在港出版，左右陣營壁壘分明，其中由美國新聞處出版的《今日世界》是一本很重要的宣傳刊物。

《今日世界》前身是《今日美國》，只因時勢發展，只着重介紹美國式生活及其他種種已未能配合現實需要，故改名出版以期更貼近世界現狀。《今日世界》出版於一九五三年，是一本十六開、三十二頁的刊物，編者在「寫在前面」清楚表明要在這個「黑暗與光明、奴役與自由、獨裁與民主、侵略與和平」從未曾有過如此判然劃分的世局中，去為改善人類生活幸福而努力。

這本雜誌第一期首篇文章是〈民主政治的發展〉，說明民主政治已是世界大勢所趨，指出它合乎普世價值，亦是人民追求美好生活的必然選擇；這篇文章，就是要唱好這種以美國為核心的思想價值觀。至於書中其他內容大多介紹西方的先進科技，從原子能到醫治肺病的特效藥都有報道。

在政治之外，《今日世界》亦有一些文藝的篇幅，例如有水建邦所寫的〈張大千和羅月支〉，介紹中西兩位著名山水畫大師，又有反映大陸鬥爭的政治小說〈清算〉；此外也有較輕鬆的影劇漫畫調和一下，免得內容太過嚴肅而令讀者卻步。

《今日世界》發展到後期主要立場宗旨雖然不變，但內容包裝上卻有很大改進，「硬文章」相對少了，多了一些時事生活報道和文化娛樂的內容，有很長的一段日子差不多每期皆以國片女明星作封面，令筆者經常錯認為電影雜誌，現在家中保留的部分《今日世界》，當時全因喜歡她的封面女主角才買下的。

寫在前面

湯勉

世局從未這樣混沌，時代從未這樣苦悶；可是生活在今日世界的人們却一點也不含糊，因爲：黑暗與光明，奴役與自由，獨裁與民主，侵略與和平，從未劃得這樣分明。在目前，正義正向暴力對抗，和平向侵略鬥爭，光明對黑暗照燿，自由對奴隸招手；因爲人類的共同理想永遠祇有一個——向和平與繁榮追求，爲改善人類生活而努力。

「今日美國」在兩年前創刊，最初，祇介紹美國的生活方式及其他種種給讀者。後來，時局瞬息萬變，世界其他各地的實況，亦在報導與分析之例。因此，「今日美國」這個名稱，已不太適合。在過去的數月中，迭接讀者來函，要求改名。爲順從讀者意旨，改名爲「今日世界」。

在反奴役、反獨裁、反侵略的大業中，本刊的使命，不在任何人之下，努力自亦不敢落於任何人之後。在讀者熱誠愛護下，希望這本小小的刊物，成爲支持「今日世界」的一個微小的力量和改善未來世界的一個幼年先鋒。

寫在前面

今日世界

第一期

一九五二年三月十五日出版

目錄

・美國新聞處編印・
香港售價每本港幣二毫

印尼	0.60荷盾	泰國	1.00銖
馬來亞	0.11叻幣	越南	1.40貢幣
台灣	1.00台幣	朝鮮	200圓
菲律賓	0.05披索	緬甸	0.60盧比

目錄

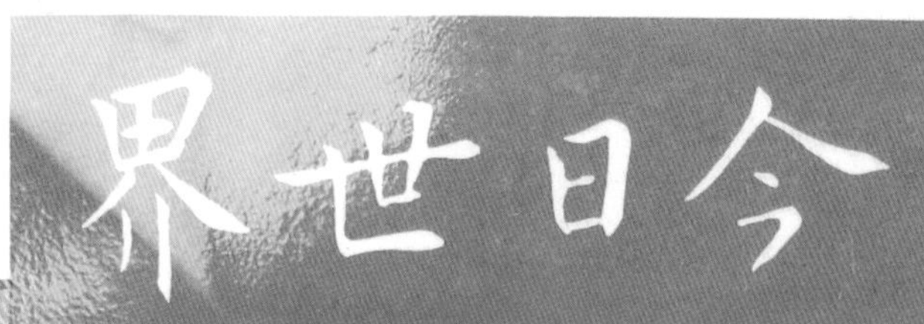

美國是資本家控制嗎？
依利莎白女皇素描
從五反運動看中共經濟
民主政治的發展・張大千與羅月支

《今日世界》封面

《今日世界》初期多介紹美國生活，這期便以美國農村少女作封面女郎。

《今日世界》也多以影星作封面人物，圖為穿上婚紗、下嫁著名演員嚴俊的李麗華。

同樣以女演員作封面主角，左起丁寧、林黛、白光、樂蒂。

這期封面是經過加工的攝影作品，反映香港地少樓多的情況。

歷史學者衛聚賢寫門神民間掌故

第一期依利莎白女皇即位後訪問美國的圖輯

良友

《良友》畫報是中國現代第一本大型綜合畫報，由伍聯德先生於一九二六年在上海創辦。

這本畫報印刷精美、內容豐富，尤其對國家時事動態多所報道，兼且圖片資料詳盡，適合各階層人士閱讀，因此出版後大受歡迎，並發行海外，可謂風行一時。但隨着日本侵華，戰事四起，《良友》被迫停刊。

一九五四年，伍聯德先生在港復辦《良友》海外版，八開、三十二頁，與上海時代的《良友》一樣大小，第一期封面人物是著名影星李麗華。為隆重其事，伍聯德先生特別從美國訂購一種自然發光紙用以製作封面，這種紙印刷不需加光油而有透明光彩的效果，較諸同時期的大型畫報更為奪目搶眼。

這一期內容較偏重藝術方面，包括有蔡雋明的油畫、盧世侯的水彩、盆景與庭園的生活趣味等，也有一些國內風光和影星介紹，時事方面則有「九龍仔大火」的災後報道。

《良友》創刊號格調高雅、取材精到，以後各期大抵沿襲這方向，其中刊有不少香港風貌的專題圖文，今天看來，不啻是一頁頁的本港社會發展史縮影；世界各地的風光名勝介紹也是她每期的重心項目，尤其是東南亞各發展中國家，頗具人文地理色彩；而中國傳統藝術無論是建築、繪畫、雕刻、書法等，更是每期不可或缺的畫頁。

《良友》由一九五四年創刊開始，其間除於一九六二至六三年初曾改作周刊出版外，其餘均以月刊形式與讀者見面，至一九六八年伍聯德先生年事已高，加上出版行業競爭日大，故宣佈停辦。

一九八四年，伍聯德先生哲嗣伍福強先生克紹箕裘，承繼先人事業，把《良友》復刊，「復刊號」內載有不少《良友》的舊路行人文章，縷述這本曾經影響文化出版業深遠的畫報面貌；筆者當年也是因此才開始搜集《良友》，三十四年瞬目消逝，其間筆者分別從波文書局和友人手上買得第一二代的《良友》，前者只有零星一二，第二代卻收獲最豐，頭一百期尚欠十多本便大致齊全。

筆者閒時翻閱《良友》，紙頁上呈現的是上世紀五六十年代的人文風貌、美好時光，當中尤其是香港風光、市巷人跡，都勾起不少人的種種回憶，人喜懷舊，也許就是這點情懷所致吧。

中華民國四十三年八月十五日出版
（海外版）創刊號
每冊定價港幣一元五毫
出版人 香港良友出版公司
督印人兼主編 伍聯德
發行人 香港良友出版公司
經理 王名燦
印刷人 二天堂有限公司印刷廠 北角塘水道十六號
香港良友出版公司 德利街九號 電話三八六一一 電報掛號一三八三
本刊已經呈准香港政府華民署註冊

版權資料

《良友》封面

上海時代的《良友》

第二十五期內頁〈今日之香港〉。《良友》不時登載香港風光面貌，全是一幅幅優美的人文風景，令人神往。

八十年代《良友》復刊號，封面人物為香港小姐鄭文雅。

第二十五期書影，封面人物是影星樂蒂。

《良友》第一百期特大號，封面人物為影星丁皓，內有過去多期《良友》的封面。

《良友》六十周年紀念特刊

文學世界

上世紀五十年代香港出版的雜誌刊物多以綜合性為主，以求爭取不同口味的讀者，就是一些有重點主題的刊物，大都是娛樂大眾，迎合讀者喜好而出版，例如一些戲劇、電影的畫報，而純文學的雜誌只能佔少數。在當時而言，文學總給人一種曲高和寡的感覺，於是一些文學雜誌也會在內容上作出調節，加入部分消閒輕鬆的小品專欄，以免顯得太過單調；不過也有一些文學雜誌堅持純文學的宗旨，《文學世界》就是其中之一。

《文學世界》創刊於一九五四年，十六開、二十四頁，主編黃天石，他以筆名「傑克」撰寫文藝言情小說，從二十年代起至六七十年代，一直筆耕不輟，不少作品曾經改編成電影，《紅巾誤》、《癡兒女》、《名女人別傳》等都廣受觀眾歡迎。黃天石除擅寫小說外，他早在二十年代便已編輯不少文藝刊物，僅筆者所知，便有《雙聲》小說集（與黃崑崙合編）、《滿月》雜誌，其時尚未用「傑克」這筆名撰寫小說。

說回這本刊物第一期，為體現「文學世界」這理想，她的內容不限於香港或中國，這一期刊載了紐西蘭、挪威、日本等國名家的短篇小說譯作，中國方面則重刊三十年代胡適改寫《西遊記》而成的〈八十一難〉。雜錄方面有招子庸的粵謳和美國第一任總統華盛頓就任前致妻子的書信。

《文學世界》出版了第一卷一十二期便停刊，維時不過一年，兩年後復刊，改成「香港中國筆會」的文學刊物，並以「春」、「夏」、「秋」、「冬」季刊形式出現，開度一樣，但頁數增至近九十頁，是同類型刊物中最具分量的一種，而內容更多一些學術文藝理論文章，而不以創作為主。

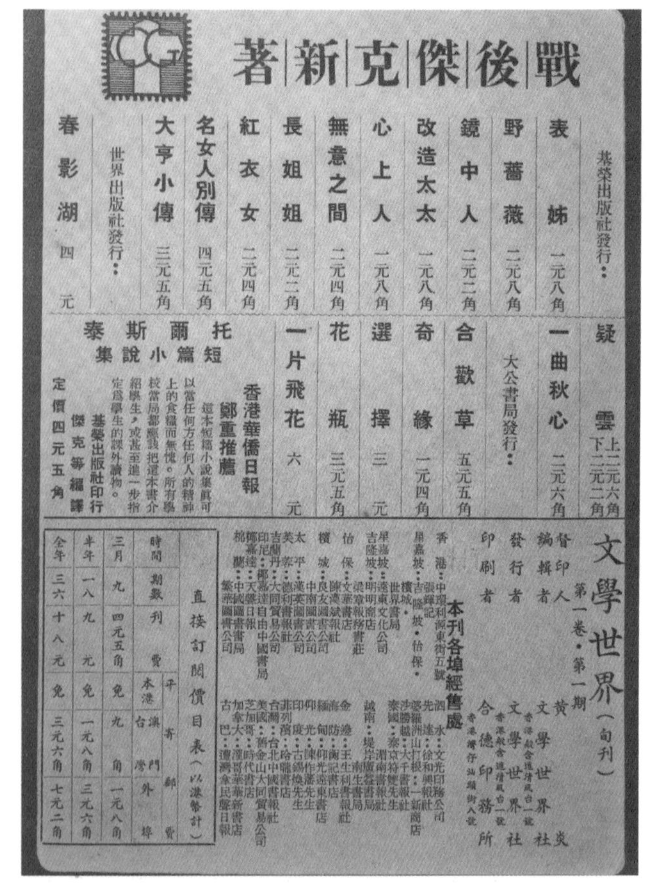

封底宣傳傑克的著作和刊載版權資料

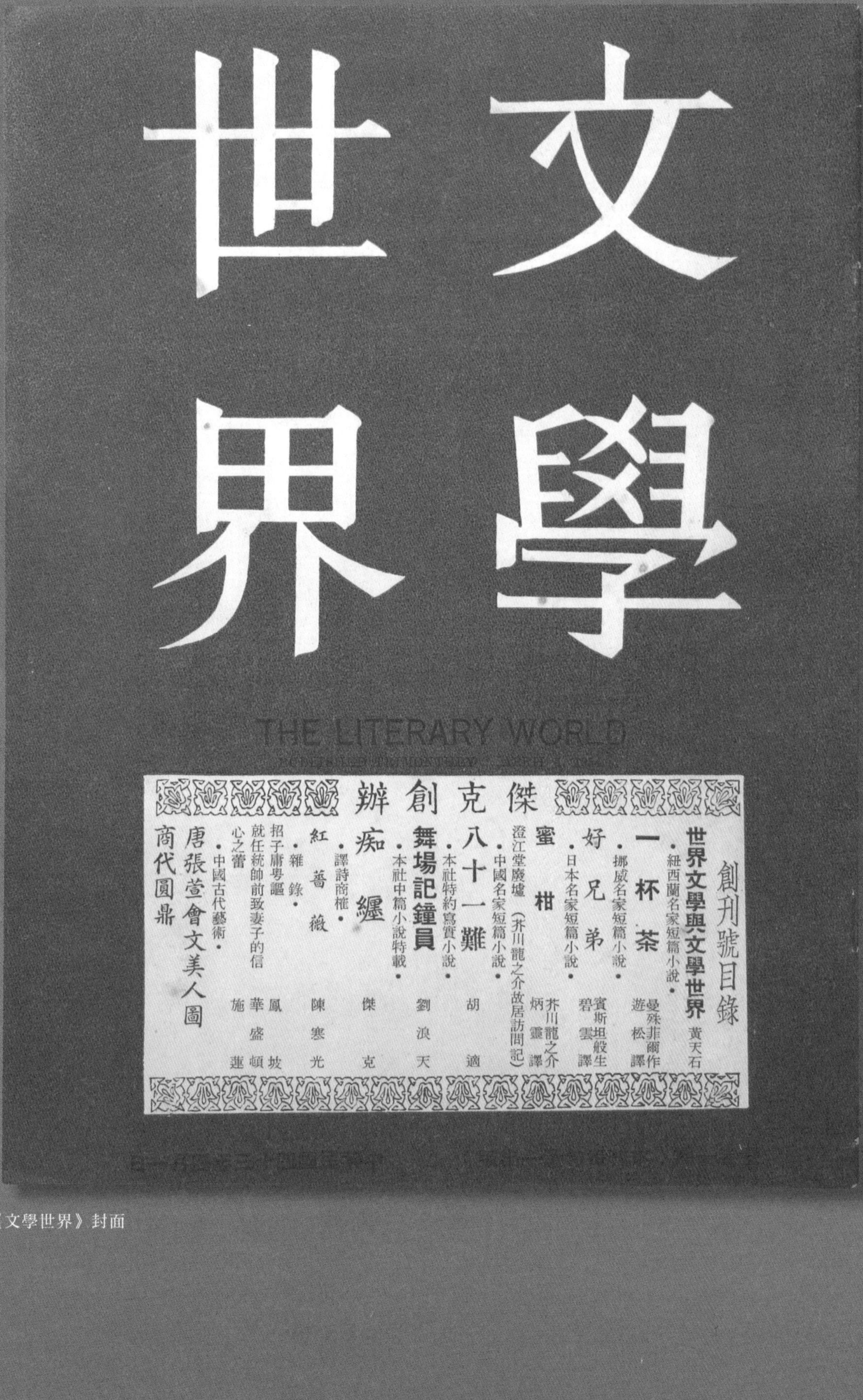

文學世界

THE LITERARY WORLD

傑克創辦

創刊號目錄

世界文學與文學世界 黃天石

・紐西蘭名家短篇小說・

一杯茶 曼殊菲爾作 遊松譯

・挪威名家短篇小說・

好兄弟 賓斯坦般生 碧雲譯

・日本名家短篇小說・

蜜柑 芥川龍之介 炳靈譯

澄江堂廢墟（芥川龍之介故居訪問記）

・中國名家短篇小說・

八十一難 胡適

・本社特約寫實小說・

舞場記鐘員 劉浪天

・本社中篇小說特載・

痴纏 傑克

・譯詩商榷・

紅薔薇 陳寒光

・雜錄・

招子庸粵謳 鳳坡

就任統帥前致妻子的信 華盛頓

心之蕾 施蓮

・中國古代藝術・

唐張萱會文美人圖

商代圓鼎

《文學世界》封面

本社中篇小說特載

癡纏

傑克

一 招魂

牛奶女剛滿兩年零四個月。

孩子像一枝花，生在富室，就像被養在花房裡一般，有適度的溫暖烘焙着，長得特別明艷。它的頭髮比同年的孩子濃密，皮膚柔嫩得像水葱兒，不，水葱兒泛綠，它的小圓臉兒可白裡泛紅，若把初開的蓮花比擬，却有六七分相似。

媽是個美人胎子，第一胎生的便是牛奶女，那時還不滿二十歲。東方型的美人，多數是纖弱的，因乳水不足，僱乳媽，又嫌髒，不得已而親自餵牛奶。一晚起床好幾次，除了餵，還得換尿布。少女的懶睡性兒，自從做了小母親，自然而然的晚上易醒。女人有一副天生本領，不學而能的，便是做媽媽。

爸爸一出娘胎，便做大少爺，活到三十多歲，依然做大少爺。靠本領不如靠命，命生得好，無愁無慮的過日子。日子不知道是怎樣過的，風流自在的混了三十幾年，才正式娶妻，年齡相差到幾乎一半，丈夫對於年青的妻子，當然分外體貼。財富加上恩愛，恩愛再加上這愛情的結晶，人間的福氣給這家庭佔盡了。

牛奶女牙牙學語，搖搖擺擺的學走路，看它一天天的懂得人意，做媽媽的從早到晚只有堆着一臉笑。她不斷的摟着小孩子接吻，不斷的在耳邊叫着小心肝，小寶貝。有時肉麻地緊緊摟抱着孩子問：

『你是誰？』

『牛奶女。』

『誰的牛奶女？』

『媽媽的？』

『你是誰的心肝？』

『媽媽的心肝？』

『媽媽是誰的心肝？』

『牛奶女的心肝。』

媽笑了，笑出眼淚來。她把胸部緊貼着牛奶女，把自己壓得透不過氣來才放手。牛奶女從她身上掙扎下地，檢起堆滿地上的玩具，獨自靜靜的玩，推動小火車，抛皮球，玩得疲乏了，張開小嘴打呵欠，媽又把它摟在懷裡，柔聲低唱着催眠曲哄它睡。

那時是仲春天氣，乍寒乍暖，天空一片灰白色，正下着濛濛粉雨。這小母親攬着孩子，臂膀酸了，還不忍把它放上床去。睡着的孩子血色分外鮮明，一雙鑲着淺酒渦的小腮兒，紅噴噴的，引誘着母親吻了又吻，孩子在睡夢中習慣了，任你怎樣把它搓或揑，也不會驚醒。她抱着它走近窗前，從三層樓上凝望，山半繚繞着烟霧，正向上和天際的雲氣滙合。小母親嗤的自己笑了起來，想起初婚時，最担心的是生孩子，不到一年，孩子出世了。那晚上，肚子痛得死去活來，不知淌了多少冷汗與熱淚。她緊握着丈夫的手，賭咒此後不再生孩子。但是經過了這番「母難」以後，正如俗語所說的，「生仔姑娘醉酒佬」，過了也就忘了。她俯視懷中的小天使，暗想，如果多添一位小弟弟，不更好玩嗎？

想到小弟弟，聯想到這未來小弟弟的爸爸，視線又移向遠處去了。雲烟聯合着隱蔽那一角暮山，同時湖面的綠波漸漸變成淺灰色，東風挾着晚寒俱來。她怕孩子受涼，才想退回去，忽見湖上一艘小汽艇拖曳着一道雪浪駛來。她辨認出這是小村子裡唯一的汽艇，只有他們一家才有，準是她丈夫回來了。

丈夫一早就穿着獵裝出去的，笑着喘着跑上樓，第一句話是：

『今天的運氣眞好！』

『打中了老虎？』

『一對野鷄，三隻兎兒，都是你最愛吃的。』

『在艇上嗎？叫阿三去提回來。』

『不！』

『怎的？』

『打野鷄有我的份兒，兎兒是別人打中的。現在同去打獵的朋友，都在城裡縣商會等你去一同享受。你知道，野鷄和兎兒都是最難烹調的，弄得不好，一股腥臊氣受不了。商會長那個私人

—19—

主編傑克的連載小說〈癡纏〉

文學世界

復刊號

本期要目

文學世界與世界文學（代復刊詞）……黃天石
唐詩新誦（文藝理論）……謝扶雅
逃　亡（小說）……姚拓
英國戲劇現代化（文藝理論）……楚雲譯
犧　牲（小說）……竿薇
菩薩的弟子（散文）……王是
短篇小說簡論（文藝理論）……黃思村
人性的呼籲（書簡）……齊桓譯
蕭伯納評傳（傳記）……流金
失去的婚禮（小說）……鍾梅音
詩的塑型（文藝理論）……鄭水心
無名氏外傳（傳記）……長青
詩與新詩（文藝理論）……黃天石

文學世界社出版

復刊號，此後以季刊形式出版。

第七卷第一期春季號書影

傑克的早期小說《翡翠環》，文華小說出版社，一九四一年。

中聯畫報

上世紀五十年代擁有自己官方宣傳刊物的電影公司，大多是以拍攝國語片為主，例如長城電影製片有限公司的《長城畫報》、電影懋業公司的《國際電影》、邵氏公司的《電影圈》和《南國電影》等，都是五十年代很有代表性的電影刊物。但主要報道粵語片的雜誌卻寥寥可數，其中最受矚目的是中聯電影企業有限公司出版的《中聯畫報》。

《中聯畫報》創刊於一九五五年，督印人是有「電影皇帝」美譽的吳楚帆，主編是著名製片劉芳，第一期封面人物是影星白燕。讀者如有留意，當發覺《中聯畫報》的封面設計與《長城畫報》頗為相似，雜誌名稱均以長形橫幅襯托，只是兩者擺放位置上下不同而已。其實《長城》和《中聯》背景頗為相似，兩間機構同走愛國進步路線，事實上兩間公司的工作人員或演員彼此往來密切，不少活動一起參與，並不因國粵語片的分野而生隔閡。

今天展讀各期《中聯畫報》，你可能會稍感她的設計較為保守，欠缺創新，彩頁也比其他雜誌為少，但她仍廣受讀者歡迎，原因是香港以廣東人為主，多數以粵語為母語，在「同聲同氣」的情況下，粵語片較國語片易為觀眾接受，而《中聯畫報》主要介紹時裝粵語片及任白、芳艷芬的戲曲電影，雖然當時有不少娛樂報章常作報道，但始終不及《中聯畫報》般深入詳盡；其次她每期製作認真，尤其人物專題，對所訪問演員均有深入介紹，令讀者對銀幕上本來遙不可及的偶像加深認識。

《中聯》除報道自己公司的消息外，也兼及一些同路人的電影製作，例如華僑、新聯、光藝、峨嵋等專拍粵語片的公司，以至出品國語電影的鳳凰、長城亦然。未知是否為照顧南洋一帶華僑的需要，其間更有印尼、馬來亞電影介紹。但總體而言，《中聯》還是以報道粵語片為主，因此成為五六十年代粵語電影刊物的代表。

《中聯畫報》除電影佔了很大篇幅外，其餘的版頁亦很精彩，比如每期均有鄭家鎮（司徒因）的影圈漫畫，而每期完的短篇小說作者更屬當時的著名作家：史得、侶倫、望雲、平可、紫莉等，相當可觀。

六十年代初中聯電影公司減少製作，畫報也宣佈停辦，出版共六十二期，最後一期內文並無提及停刊事宜，更有預告下期一些資訊，可見結束也是臨時的決定。

中聯電影企業有限公司歷年出品的電影共四十二部，絕大部分都富有教育意義而且製作嚴謹，如想研究中聯電影歷史行跡，《中聯畫報》是不可或缺的重要資料。

編者的話

「中聯畫報」是應廣大的愛護中聯的觀衆羣要求而出版的，這個刊物，無疑的就是影迷大衆的刊物。我們開始編這個畫報的時候，不免有點戰戰兢兢，既要不偏不倚，又要內容充實，要求旣高，幹起來便得特別留神。

這創始的一期，一切準備功夫都做得不夠，不能滿足讀者要求，是意中事。以後我們將不斷的改進，在印刷與內容各方面，力求盡善盡美。

這一期得到攝影名家汪石羊、周鈺宏二君百忙中爲我們拍照片，名漫畫家于多兄爲我們插圖，張鐵、林擒二兄供給我們以「後窓」的材料，各位電影明星和工作人員給我們間接直接的幫忙，都應該在此道謝。

我們希望讀者，影迷，影界朋友們給予批評和意見，使「中聯畫報」眞正的成爲大衆心愛的讀物。

編者的話

《中聯畫報》封面

創·刊·詞

「中聯畫報」今天創刊，與親愛的讀者和觀眾見面了，這個日子，在我們「中聯」同人來說，是值得紀念的。

我們為什麼要出版「中聯畫報」呢？在解答這問題之前，請允許我又趁這個機會，再交代一下我們為什麼要創辦「中聯公司」吧，因為沒有「中聯」的成立，根本就不會有畫報的出版。

「中聯」成立於一九五二年十一月，那個時期，粵語影片非常逢勃，在產量上，可以說是戰後的黃金時代，年產三百部以上，但是，儘管產量驚人，如果任其發展下去，則崩潰的危機，必然接踵而來，因為由於產量增加並不正常，供銷不平衡，相對的形成了市場的困難，就只好力求製作成本的減低，必然影響到產品質量上的粗糙和簡陋，因而就不能滿足一向對我們粵語片熱誠愛護與殷切期望的觀眾們的要求，於是營業上就必然遭遇困難了。

就在這樣的情況之下，眼看着粵語影片面臨危難，我們為了不辜負了觀眾們的愛護與期望，也由於自己藝術良心的驅使，為了羣固和提高粵片的藝術水平，在羣策羣力之下，在社會人士和親愛的觀眾們的鼓舞支持之下，「中聯」就組織成立了。

「中聯」成立從第一部出品「家」面世後，直到今天，將有三個年頭了，在這三年當中，我們遭遇到不少的困難，就是現在，甚至是將來，都可能遭遇到或大或小的困難，但是，我們決不會在困難面前低頭。這幾年來，由於得到社會人仕和觀眾們經常給我們鼓勵，愛護與督促；仝時我們「中聯」同人之間的精誠團結，整個華南影界仝業的互愛互助，使我們有足夠的信心和勇氣，不怕面對困難，而且一定能夠克服困難，我們一定能夠堅持下去，貫徹提高藝術，服務觀眾的初衷，庶無負所有愛護我們的社會人仕以及親愛的觀眾們的殷切的期望。

今天，我們出版這一本「中聯畫報」，也是抱着同樣的宗旨，因此，本刊的內容，主要有兩點：

一、站在觀眾的立場，去報導，介紹，和推荐優秀的國產影片，（以粵語影片為主）及好的外國影片。

二、作為「中聯」與觀眾的橋樑，使我們與愛護我們的觀眾更緊密的聯絡，藉此互通消息，增進我們間的友誼。

所以，本刊的園地是完全公開的，是從觀眾和讀者的立場出發，以觀眾和讀者的利益為依歸的，因而「中聯畫報」亦可以說是屬於觀眾和讀者們自己的！

本刊創辦伊始，各方面的缺點一定很多，好在本刊是屬於觀眾和讀者所共有的，請隨時提供寶貴的意見，我們絕對歡迎，接受逐步改善，務使本刊成為比較完美的研究電影藝術的刊物。

最後，我仍重複一句：「中聯」和「中聯畫刊」的宗旨是為了提高藝術，服務觀眾的，因此「中聯」的事業亦即是所有愛護我們的社會人士，親愛的觀眾和讀者們所共有的，那末，為了我們的共仝的事業，請繼續給我們更多的，更寶貴的批評和指示和給我們有關的圖片和文章，使我們的畫報更多姿多采。

敬祝

快樂健康。

一九五五年九月一日。

吳楚帆

創刊詞

中聯画報

第一期

一九五五年九月十五日出版

每冊港幣捌角

督印人：吳楚帆

主編：劉芳

發行所：中聯畫報營業部 香港九龍彌敦道樂宮大厦三〇七室 電話：六四四九一

承印者：亞洲石印局 香港英皇道三九〇號 電話：七〇七九三 七二二八九

馬來亞總代理：世界書局 新加坡大坡大馬路二〇五號 吉隆坡茨廠街六十四號 檳城杏田仔街二〇五號

印尼總代理：大成書局 椰加達班芝蘭街三三號；中國書局 泗水望嘉蘭街六十四號

暹羅總代理：南美有限公司 曼谷真君爺路九六一九八號

越南總代理：廣益書局

緬甸總代理：宇宙圖書公司

美國總代理：大同圖書供應社 Tai Tone Trading Co., 1141, Stockton Street, San Francisco, California, U.S.A.

金邊總代理：王生利書報社 Vuong-Sanh-Loi 高棉金邊赫沙干街七號 7, Rue Hassakan, Phnom-Penh, (Cambodge)

THE Union Pictorial

Pictorial

No. 1, September 1955.

80 cents each (H K)

Publisher: NG CHO FAN

Editor: LAU FONG

Published monthly by the Union Pictorial Publishers, 307 Princess Building, Nathan Road, Kowloon, Hongkong. (Tel: 64491). Printed by Asiatic Litho. Printing Press, 390 King's Road, Hongkong.

版權資料

《中聯畫報》報道的不限於自己公司製作，第三期便專文介紹光藝創業作《胭脂虎》。

第五十八期登載金庸〈談武俠電影〉專文，此文也轉載於《峨嵋影業公司三周年紀念特刊》內。

峨嵋出品

碧血劍

金庸原著
李化導演

"The Blood-Stained Sword"

As this unusual film, in classical costume, may turn out to be quite on sensation, "UP" takes pleasure in introducing more stills depicting the picture, which is produced by Ngo Mei Films Co.

《中聯》頗積極介紹峨嵋出品，第三十六期介紹金庸小說改編的《碧血劍》。

吳楚帆監製 伊士曼七彩片：

人海孤鴻

製片：蔣偉文
導演：李晨風

Although not yet quite finished, Ng Cho-fan's own colour production is said to have very satisfactory results, as reported by the J. A. Ranks Studios in London who are in charge of the developing and printing. Ng himself is highly encouraging to see her efforts yielding good results.

Learning the art of robbing/snatching women's handbags.

Ng and Pak decides to give the orphan education.

Ng Cho-fan's Colour Production "The Orphan"

Ng Cho-fan plays as the orphan's dad but he does not know it.

阿飛李小龍！

He is forced to go along playing their game.

第二十九期報道吳楚帆、白燕、李小龍主演的《人海孤鴻》。

幾期書影，南紅（左）、嘉玲（中）是光藝當家花旦，白茵（右）是新聯演員。

以伶星白雪仙作封面的第十五期

最後一期書影，封面人物是京劇名旦言慧珠。

國際電影

《國際電影》是星加坡國泰機構旗下國際影片發行公司的宣傳刊物，她和邵氏的《電影圈》一樣最早於星加坡創辦，後來才改遷香港出版。

國泰是上世紀名滿東南亞的大企業機構，經營的生意無數，主事人陸運濤對電影有濃厚興趣，故積極投資發展電影事業。五十至六十年代初，國泰與邵氏在國語片市場平分秋色，彼此都視對方為假想敵，每年的亞洲影展更成為兩者比拼的逐鹿場所，不少資深影迷相信對當年兩間公司的競爭印象猶新。

《國際電影》最初於一九五二年在星加坡創刊，三年後在港出版港版第一期，主編朱聖卉，封面人物是初露鋒芒的女星林黛。翻閱第一期，你會發現書中並沒有創刊詞或編者語一類的文字，因此未能從中探視這本刊物的創辦宗旨及源起，可能編者認為香港版不過是星加坡版的延續，故未有特別為此題上一筆。

跟其他官方刊物一樣，《國際電影》主要報道自己公司的製作，第一期即報道《蝴蝶夫人》、《菊子姑娘》等名片；她同時亦為旗下發行的電影宣傳，當時不少著名粵語片都是由這間公司發行，例如改編自巴金長篇小說的《愛情三部曲》、以情僧蘇曼殊為主角的《斷鴻零雁記》、由唐滌生初執導的《花都綺夢》等，都可以從這一期書中找到不少資料。

一九五六年國際影片發行公司擴大業務，改組為電影懋業公司，不少影星來投，林黛、尤敏、葛蘭、葉楓、林翠等皆成為電懋的中流砥柱，為公司拍出不少經典名片，如《四千金》、《星星月亮太陽》、《情場如戰場》等，後者更由名小說家張愛玲負責編劇；這些電影資料都一一詳載於《國際電影》中，而每期的彩頁總不離這些演員，亦是不少讀者樂於購買的原因。

《國際電影》出版至一九七〇年初，隨着國泰機構淡出電影業務而告停刊，結束其近三十年的電影使命。今日回顧，《國際電影》在內容或設計方面或許較《南國電影》、《香港影畫》稍見遜色，但在筆者而言，又覺得編輯簡淨俐落，頗予人一種清新之感。

筆者當初購買《國際電影》，原因正如在《號外》一文所言因尤敏而起，當時以她作封面主角的雜誌以《國際電影》最多，藉此也讓我認識到葛蘭、葉楓等影星。今日我的電影雜誌收藏中，除《南國電影》、《娛樂畫報》和《銀河畫報》外，《國際電影》也屬大宗。

國際電影

•十月號目錄•

•彩色之頁•

「蝴蝶夫人」中的李麗華

「歡樂年年」中林黛的舞姿

•圖片之頁•

東南亞影展一月頒獎錄

國際影壇第五次大會上銀幕的「蝴蝶夫人」

中國故事日本風情的「菊子姑娘」

巴金名作「愛情三部曲」搬上銀幕

南北影人拍攝蘇曼殊的「斷鴻零雁記」

介紹幾部粵語新片：

中日合作的「東京香港蜜月旅行」

白光會重上銀幕嗎？

「血染海棠紅」赴日攝製經過

「血染海棠紅」東京開鏡記

本刊主催第一次座談會（特載專稿）

國語電影今日面臨的困難

日本觀眾的獅子吼

觀眾需要什麼電影？

懸獎五萬元徵求電影故事

目錄

東南亞報導中國電影動態最具權威性的唯一定期刊物・一九五五年十月一日出版・

國際電影

INTERNATIONAL Screen

十月號

October

東南亞電影圈一月繽紛錄

在日本攝製中的四部國語影片

一片瓦礫場中回溯永華片廠

白光會重上銀幕嗎？

本報特載資料 國語電影今日面臨的困難

林黛小姐（國泰電影製片公司明星）

香港版 1

《國際電影》封面

亡魂谷

THE VALLEY OF LOST SOUL

專文報道國泰電影製片公司的《亡魂谷》

THE LONE SWAN

南北影人競攝蘇曼殊作品

斷鴻零雁記

介紹遠赴日本拍攝的《斷鴻零雁記》

第三至第八期書影。封面人物分別為白光、李湄、林黛、葛蘭、林翠、李麗華。

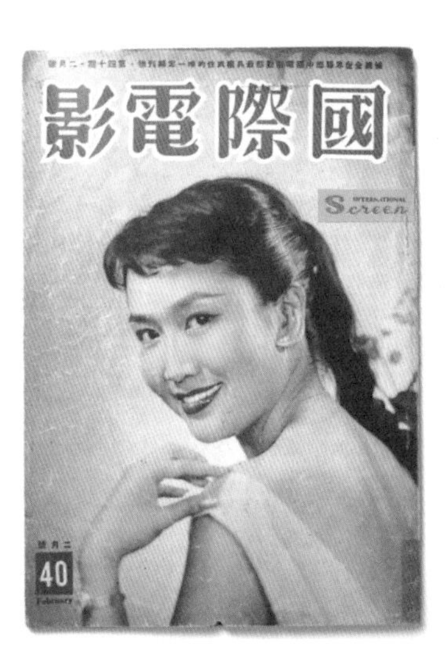

電懋《星星月亮太陽》一片的三名女主角尤敏、葛蘭、葉楓在不同期數的封面造像。

香檳

上世紀五六十年代出版的雜誌可謂五花八門，有設有特定主題的，也有綜合性的，以求爭取不同對象讀者，《香檳》在當時未必是一本很受人注意的刊物，但她的內容卻有一定的代表性，為迎合讀者所好，務求做到內容各式俱全，大抵是當時一般刊物的生存模式。

《香檳》創刊號於一九五五年四月十日出版，開度較為特別，六吋乘七吋大小，約九十頁。封面彩色印刷，人物是荷李活影星珍寶維露。雜誌以電影演員作為封面主角在當時是很普遍的現象，並不代表這本刊物特重電影的報道。就以這期創刊號為例，內文除了一篇珍寶維露再婚的報道，就沒有其他的銀色影訊了；至於雜誌內容，從部分特寫欄目，例如「從日本歌舞團過港談英美脫衣舞『脫』的尺度」、「變態性心理分析」、「日本的性馬戲班」，都可見其較重成人趣味；書中多是一些翻譯小說作品，本地創作佔較少數，此外還有一些家事常識、科學珍聞等，大多是取材外國雜誌，然後加以剪輯成篇。

嚴格而言，從設計、形式和內容上看，《香檳》跟由「環球」出版、當時十分受歡迎的《西點》很相似，而這類雜誌在當時為數不少；如從其內容而言，其實並不太值得保留，但要了解一個時代的社會風貌，她仍有可資參考的地方。

香檳雜誌（暫定每月十日二十五日出版）
編輯人：聃父　鄧少卿
發行人：黃維玉
出版者：世界聯合出版社　社址：香港太和街廿二號三樓
總代理：友聯書報發行公司　香港德輔道中二十六號A二樓　郵政信箱　五九七〇　電報掛號　四一五〇　電話　三三二一七
承印者：永泰祥印刷有限公司　灣仔莊士敦道三一至三三號　電話：七七〇五八〇

版權資料

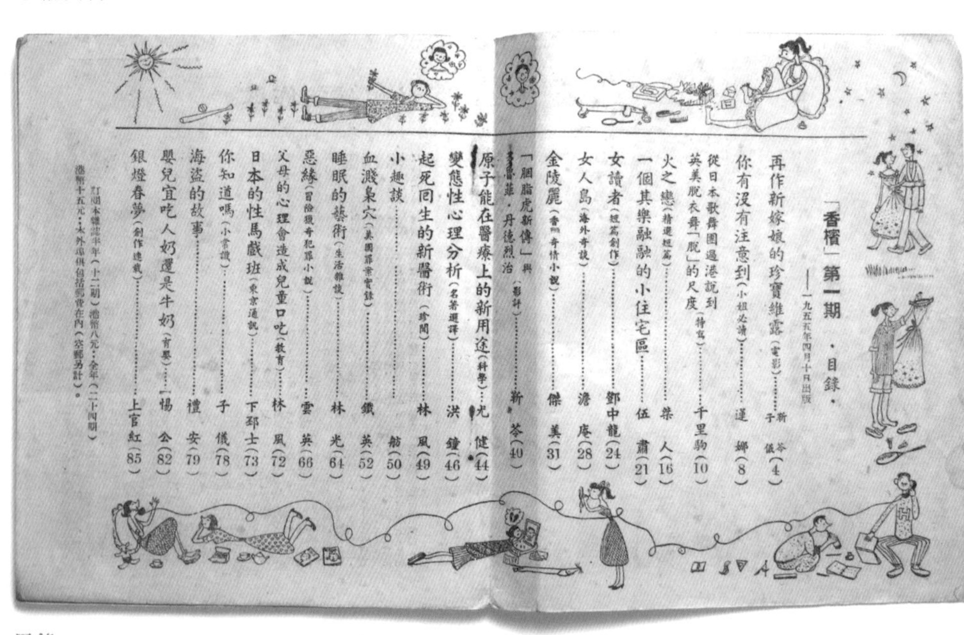

「香檳」第一期・目錄・
——一九五五年四月十日出版

訂閱本雜誌半年（十二期）港幣八元，全年（二十四期）港幣十五元，本外埠俱包括郵費在內（空郵另計）。

目錄

香檳

日本的性馬戲班 東京通訊

原子能在醫療上的新用途 科學報導

金陵麗 香艷奇情小說

變態性心理分析 名著選譯

起死回生的新醫術 醫學珍聞

1

封面：珍寶維露

· Jane Powell ·

《香檳》封面

香檳
心臟病的起因和預防
小姐私記
妳有勇氣着比基尼泳衣嗎
·服裝·
蒙古風情
·各地風光·
簡易有效的自衛術
·技擊淺釋·
5

兩期書影都以西方女演員作封面人物

環球圖書公司出版的《西點》是同類刊物中最受歡迎的一種

變態性心理分析

德國醫學教授嘉扶德愛賓・著　洪鍾・譯

第一章　性生活的歷史

前言

本文的原名「PSYCHOPATHIA SEXUALIS」，是德國名醫學家嘉扶德愛賓（R. V. KRAFFT EBING）的不朽名著。愛賓氏爲十九世紀中葉的精神病學者及神經病學專家，曾任德國國立精神病院院長，維恩大學醫科教授，專教精神病學及神經病學，歿於一八九〇年，享壽六十二歲，本文是他累積數十年的醫學經驗及從事考據的精心傑作，一紙風行，成爲世界醫壇的巨著，被譯成各國文字流傳於世；不只是性教育的理想資料，而且爲各國的法醫學家及性心理學家所器重，視爲參攷的珍本。筆者謹以忝篩，擷其精華，譯成中文刊出，謹獻給讀者們作爲保健攝身的寶鑑。

——譯者——

—46—　—47—

內頁一些搜奇式的譯介

1
2
3

香艷的日本歌舞團來港獻藝

幸福

上世紀五十年代香港出版界，不約而同地出現了不少八開的大型畫報，除了老牌畫報《良友》，粗略一算就有《四海》、《中外》、《遠東》、《亞洲》、《天下》、《大眾》等，當然更少不了的就是《幸福》。

筆者三十年搜集舊書報刊的經驗中，一個頗有趣的現象是無論《良友》或《幸福》，兩者均較少獨立存在，有《良友》便會同時發現《幸福》的蹤影，反之亦然。至於上述其他的畫報，相對較少遇見，或許跟發行量多少有關吧。

《幸福》創刊於一九五五年八月，剛好是《良友》出版一年後，第一期封面人物是影星丁荔。翻閱全書，並不見有創刊詞或發刊詞一類的話，只有主編林鏞在編後話中指出這是一本屬於讀者的綜合性畫報，內容上至天文地理，下至風俗習慣、藝術、人物、科學，都是畫報的報道對象。以這一期內容而言，她跟《良友》一樣較偏重藝術方面，四幅彩頁分別刊登張大千的《西蕃雙姝圖》、王老賞的「戲曲刻紙」、清代新羅山人的「花鳥」畫和中國傳統建築天花的龍鳳圖案。五十年代在書刊加彩色插頁工序較多，當時除了《良友》，似乎就只有《幸福》肯投放這麼多資源在畫報上。另外，本期尚有中國風光、香港生活剪影、文娛版等，內容多樣而紮實。

《幸福》跟《良友》同樣是長壽的畫報，一九六五年出版的一百期紀念特刊，更見證這本畫報的規模和氣魄是同類書刊中的表表者。這一期既有一幅彩色兩摺跨頁的「漢壽亭侯關公像」和跨頁的「泰山南天門」彩圖，還有多幅藝術畫頁，印製精美，令人不忍釋手，是筆者眾多畫報中特別珍愛的一本。

補充一點，《幸福》創刊翌年出版了《幸福電影》，專門報道影壇消息，主編同是林鏞，是《幸福》的姊妹刊物，前者今天尚容易得但後者難求，因此知道《幸福電影》的人並不多，據筆者了解，《幸福電影》僅出版了二十多期而已。

幸福畫報

創刊號目錄

丁荔小姐（彩色）　文毓明攝……封面
幸福的童年　張保羅攝……封面裡
龍與鳳（彩色）中國建築裝飾圖案……1
女人與馬　古代陶塑藝術……2．3
三寶龍——印尼風景　陳秀全攝……4
花卉（彩色）　新羅山人作……5
閩南風情畫　陳關任攝．何紉秋文……6．7
潮陽文光塔　鍾國攝……8
西蕃二姝（彩色）　張大千作……9
塞上風光好　陸光攝……10．11
泰國的古蹟　葉楓攝……12．13
日啖荔枝三百顆　陳浩明攝……14．15
陳三五娘　林息攝……16．17
娸　人（短篇創作小說）歐陽白水著　丁岡插圖……18．19
童星芳芳　蕭虹作文　長仁攝影……20．21
香港的棋風　魯績攝……22．23
棋國縱橫談　奕翁作……23
戲曲刻紙（彩色）　王老賞作……24
漫畫　鄭鎮作……25
幸福公園……26．27
編後話……28

目錄

幸福

THE HAPPINESS PICTORIAL AUGUST 1955 創刊號

《幸福》封面

反映基層勞苦大眾生活的〈都市邊緣的生活〉

這一幅跨頁天壇彩照，印製精美，載於第一百期特大號。

《幸福》不時登載名家畫作，這是張大千的《西蕃雙姝圖》。

第三十八期書影，封面人物是影星鍾情。

第八十五期書影，封面人物是亞洲影后林黛。

《幸福》畫報副刊《幸福電影》創刊號，封面人物是影星林黛。

《幸福》第一百期，這一期內容豐富，封面人物是邵氏影星邢慧。

新畫報

五十年代曾出現過一種四吋乘六吋，近似四十八開的小型畫報，這類雜誌比現時所見的「袋裝書」還要迷你，如非細心觀察，恐怕不容易在報刊紛陳的書報攤上發現。三十年代上海的《玲瓏》雜誌可算是此類刊物的鼻祖，設計者當初也許是想讓讀者便於攜帶，隨時隨地可以取閱，可是從日後的發展可見，這種迷你雜誌，並未能成為一種風氣。

這裏介紹的《新畫報》半月刊，一九五六年出版，全書五十八頁，創刊號封面人物是影星林黛。編者在創刊小言中指出，出版這種袖珍畫報，是要達到「精簡節約」的目的，但如果從其售價來看，則似乎未見對讀者有何節約作用，她每本售價六角，而當時一般的十六開三十二頁或頁數更多的雜誌亦只售八角而已。

回說畫報內容，雖然標榜走綜合路線，但第一期明顯偏重電影方面的報道，例如李湄、李麗華、林黛、夏厚蘭等著名女演員的生活剪影，其次有中國名勝風光介紹、連載小說、航空知識等。

《新畫報》並非同期第一本以這種形式出版的畫報，早前一年便有一本《小畫報》面世，兩書開度相同，封面題字同為國畫大師張大千，讀者稍欠細心，當會分不清這是兩本不同的刊物。順帶一提這本《小畫報》，她的內容相對《新畫報》要全面和豐富，每期都有專題特輯，又有社會、旅行、戲劇、藝術、音樂、體育、小說等欄目，堪稱名副其實的綜合小畫報。

新畫報

·創刊號·

一九五六年七月十五日

每冊港幣陸毫

編輯者：編輯委員會

總經銷：麥泉記

香港中環興隆街廿五號二樓

本報辦事處

九龍金馬倫道二十號五樓

4thFL. Cameron Rd
Kowloon Hongkong

廣告代理：

百樂門廣告裝飾公司

永安人壽大廈七〇五號

電話：三六二八七號

每半月出版一次

三個月港幣三元半

六個月港幣六元

全年港幣十一元

外埠訂閱另加郵費

創刊小言

為了適應這緊張的時代而要達到「精簡節約」這目的，我們的雜誌乃定此型；又為了內容的充實，我們決定用濃縮的方式。希望如魚肝油丸之視魚肝油，以質勝量，我們為這希望而努力。

無可否認，這是一朵小花，但它也要與豔陽爭輝，與萬紫千紅鬥妍，負起增添春光的使命。它還希望能夠抵抗偶然的暴雨與突如其來的狂風。

並且這是一朵堅強的小花，獨立地生長，無視于一切的誘惑。如有人善意的投其一瞥它也認為功同灌溉，將表示它真摯的感謝。

編者

FOREWARD.

To answer the call of Time, we have to make concentrated. It will be like petit blossom tlfis publication most abhreviated but highly standing aloft among the various purples and pinks, always striving to win an admirable look from an appreciative connoisseur.

創刊小言、版權資料

《新畫報》封面

編後話

出版這本袖珍雜誌底目的，發行人頗有符合「麻雀雖小，五臟俱全」這要求底雄心，因此編者戰戰兢兢，如履薄冰，若臨深淵的做去，但我們純粹民營，一無背景，二無政治色彩。在此時此地，爲讀者着想，可能是他們比較歡迎的立塲，在我們却感到缺少了一些先天的出版條件。

創刊號在慘澹經營中問世，我們自己並不滿意。我們等于開一家館子，爲吃客服務是我們的宗旨，我們可以估計吃客所好，但不一定能估計得正確，因此希望吃客提供意見：太鹹呢還是太淡？甚至我們希望吃客自己點菜，我們當盡可能迎合你們。開館子的人不是爲了自己吃，出版雜誌的人不是爲了自己看，正像館子屬于你們，雜誌也是你們的東西。

館子裏常見到的標語是：

「吃來好告訴你們的朋友，吃來不好告訴我們。」

我們所希望於讀者的也是如此：看來好告訴你們的朋友，那是公諸同好，看來不好，告訴我們，那是爲了改進。我們接受批評，更歡迎貢獻，親愛的讀者！這是你們自己的刊物，自己的園地，今後相信這本雜誌將因你們的愛護而有進步。

創刊號的得以順利出版，也由于文壇與藝壇俊彥的合作，祇以地位有限，所賜佳作未能全部刊出，要留在一二三期裏發表。

我們除特約名家撰述以外，也歡迎外稿，任何有趣味性與益智性的文與圖我們都予刊登，致酬從豐。但我們避免政治上的左右袒，試舉一例，譬如我們提到梅蘭芳與張大千，祇及其藝術與軼事，不說他們的政治觀點，也竭力避免敘述他們的「官方」如何如何。

我們出版這本袖珍雜誌，並無偉大的計劃與虛無的夢，「卑之無甚高論」，我們祇是供給讀者以一點精神的飲料，還不敢算是食糧，恰似一杯凍水一般可供暑天在太陽下冒汗回來的人解渴，我們已覺得是種貢獻了。我們的宗旨偏重趣味，但決不流于低級，希望讀者能根據這標準而提出意見，也希望作者根據這標準而惠稿。

最後，希望讀者和我們緊緊的握手，先在這裏致謝：敬禮！

編者

編後話

中間彩頁女星夏厚蘭

這類「迷你」雜誌，早在三十年代初的上海便見出版，圖為著名的《玲瓏》圖畫雜誌第五十期，出版人林澤蒼，美術編輯是著名漫畫家葉淺予，攝影主任宗惟賡。這期封面人物是王愛美女士。

同類刊物《小畫報》的兩冊書影，左為國語片影星林黛，右為粵語片影星周坤玲。

漫畫世界

五十年代香港的漫畫至今仍令不少資深畫迷津津樂道，舉其大者有李凡夫的「何老大」、雷雨田的「烏龍王」、袁步雲的「細路祥」等，這些作品很有「廣府」味道，本地色彩並不濃厚；隨着一九五六年《漫畫世界》面世，一本以本地漫畫家為骨幹的同人刊物，令香港漫畫的身份得以確立定位。

《漫畫世界》創刊於一九五六年十二月一日，十六開，以半月刊形式出版。督印人是鄭家鎮，並由他和陳子多、李凡夫、李凌翰、丁岡聯合主編。在〈開場白〉中，編者希望藉此「使人察覺到人生社會的某些缺陷」，此外也盼望讀者可以從中得到一點快樂。漫畫的功能其實也可以很崇高的，只是後來不少唯利是圖者忘卻前人初心。

揭開《漫畫世界》第一期，真可說佳作紛呈，當中刊載的是香港最出色的漫畫家的作品，長篇漫畫有李凡夫的〈何老大與朱老師〉和〈大官〉、李克瑩（李凌翰）的〈吉叔外傳〉、鄭家鎮的〈新西遊記〉等。另有「每期畫題」，以當年時尚的賽馬和足球及其他如亞飛舞等為題設畫，深得諷刺時弊之旨。在名家如雲下本書也有讓新秀一展所長的空間，日後不少畫壇名家如香山亞黃、王司馬、王澤等都曾在這園地發表過不少畫作。

雖說這是一本漫畫刊物，但也有文字欄目，例如《水滸傳》故事新編〈潘巧雲〉、幽默短篇小品〈發財記〉、武俠小說〈大刀王五〉、孟君小說〈露露的情人〉、紫莉〈我是這樣的一個女人〉等，都是可讀性甚高的消閒之作。順筆一提，紫莉稍後有一段時期連載的〈青春的足跡〉，是本書漫畫以外很受讀者歡迎的日記體小說。

《漫畫世界》每一期封面都由不同名家繪畫，第一期是陳子多，其他經常執筆者有鄭家鎮（他也以筆名司徒因和楚子繪畫）、李凌翰、李凡夫，後期有鮑衛爾、關山美等，每一個封面今天看來，都是一幅不可多得的漫畫藝術作品。

其實在《漫畫世界》出版前後都曾出現與其同名的漫畫集，但論影響力和受歡迎程度則非她莫屬。而她的派生品《小漫畫》，以及如《小樂園》、《漫畫周刊》和其他漫畫報等，都是由她開風氣之先而繼往開來。

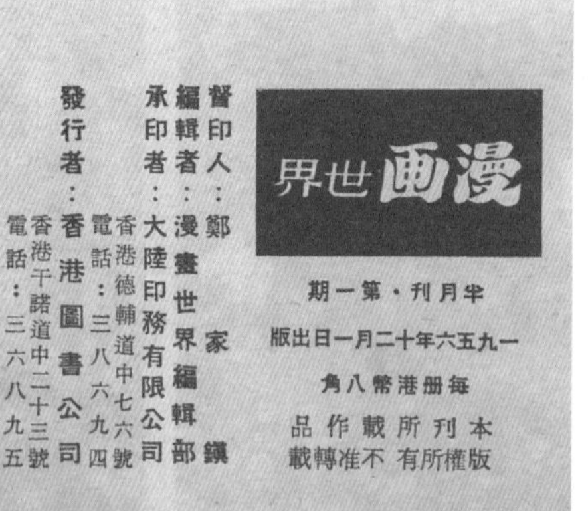

漫畫世界
半月刊・第一期
一九五六年十二月一日出版
每册港幣八角
本刊所載作品 版權所有不准轉載

督印人：鄭家鎮
編輯者：漫畫世界編輯部
承印者：大陸印務有限公司 香港德輔道中七六號 電話：三八六九四
發行者：香港圖書公司 香港干諾道中二十三號 電話：三六八九五

THE CARTOON & COMIC
(Biweekly)
80 Cents (HK) Per Copy
No. 1
December 1, 1956
Publisher: Cheng Kar Chun
Published by
THE HONGKONG PUBLISHING CO.
23, Connaught Rd., C., 3rd flr.
HONG KONG.
Printed by
THE CONTINENTAL PRINTING CO., LTD.
76, Des Voeux Rd., C., Hong Kong.

徵求各地代理啟事
本公司徵求全世界各埠代理，經銷漫畫世界及本公司出版發行的圖書雜誌，如荷賜教，請來函接洽。
香港圖書公司營業部啓
香港干諾道中廿三號四樓

版權資料

《漫畫世界》封面

漫画世界

第一期目錄

漫画世界

封面　陳子多

開場白

我們是一群職業漫畫家。很久以來，我們都感覺到缺少一個和所有相識或不相識的同道們共同切磋漫畫藝術的地盤，我們就是在同人這個基礎上籌備這樣的一本純漫畫刊物的。

我們每天在人生舞台上找尋題材，也每天為讀者們送出若干作品；我們希望通過自己的作品使人察覺到人生社會的某些缺陷，但更大的意圖還是希望讀者在我們的作品中得到一點快樂。「漫畫世界」的作品當然也是這一宗旨的產物，只是我們必須強調：我們將用更大的熱情來對待人生社會上的某些缺陷，我們更要求每幅作品都能給予讀者以歡樂。我們的人生社會可能很緊張，但我們願意在緊張的生活中給一份可發一笑的漫畫給你們欣賞，讓你大笑一場，讓你輕鬆一下，如果你在這裡面能領悟到一點人生的真正意義，在我們來說就是很大的滿足了。

「漫畫世界」雖是幾個志趣相投的同人所辦，但我們無意規定它的作品只限于同人；我們了解要辦好一本刊物必須倚靠廣大讀者的支持，又何況我們的同人在整個漫畫界當中只是很少的一部份而已，因此，我們歡迎來稿——不論老漫畫家、年青的漫畫家和業餘的漫畫愛好者們，我們誠懇的等待着你們的協助。「漫畫世界」是一個純粹漫畫的園地，大家的合力灌溉是它繁榮的保証，它需要用各種形式和從各個角度去表現我們這人生社會的漫畫。

現在，「漫畫世界」放在讀者諸君面前了，也許你覺得還滿意，因為一個漫畫愛好者可以在這裡看到許多喜歡看的漫畫家的作品，但更大的可能是你並不滿意，怎樣不滿意呢？這就是我們希望知道的意見了。

開場白、目錄

編輯後記

經過了多月的籌劃，我們的漫畫世界創刊號出版了，為了這是香港有史以來第一本定期漫畫刊物，創辦伊始，當然有許多連自己也不愜意的地方，比如材料方面，我們要求大滿漢席，而今只得是四熱葷鮑參翅肚而已，或者連魚翅也夠不上水準。

我們必定要做到一期比一期印得好，內容也一期比一期豐富。

為了篇幅或者來稿較遲的關係，有若干篇精品是留待下期發表的。有思瑤文鴦秋風畫的譚艷說怪室筆記，林擒的影人漫像，還有許多名家的創作，都是趣味雋永的作品，我們謹向作者致歉，和向讀者預告。

我們的計劃是每一期都有一個以上的專題漫畫，由畫家們集體創作，這一期是「馬與波」下期是：「人與車」，第三期是：「人生快事」，從畫家們各種不同的角度去描寫他認為最愉快不過的經歷，內容亦莊亦諧，風趣之至，比如在大庭廣衆中，背脊人脫了襪子撻香港脚也是人生快事囉。

我們歡迎來稿，以趣味為主，更歡迎各地通訊，風光素描，稿費每幅十元起碼，這是很微不足道的數目，我們會逐漸提高的。

我們感激十多位畫家的秀才人情送給我們的創刊禮物，封面裏那一幅大作。

編輯後記

四大長篇漫畫・同時連載・精華薈萃・唯本刊有此聲威！

新西遊記

•鄭家鎮作•

現代唐三藏，往取西經是坐輪船，搭飛機，不用過火燄山了。師徒一行，不幸路經香港，孫悟空巧遇新牛魔王，朱八戒被困摩登蜘蛛精，搞到一塌胡塗，滿天神佛。

何老大與朱老師

•李凡夫作•

何老大問世數十年，雖然江湖傳頌，四海揚名，到如今還是光棍一條，並未『得庇』。這次結交朱老師，大有作為，要看他怎樣打江山，創世界，請長期定閱本刊。

吉叔外傳

•李克瑩作•

吉叔以大鄉里一名，馳譽港澳，忠忠直直，到處碰壁。現李克瑩有心提拔，為他另寫外傳。或者老天不負善心人，從此吉叔轉交好運，不再嘆『好人都激壞』了。

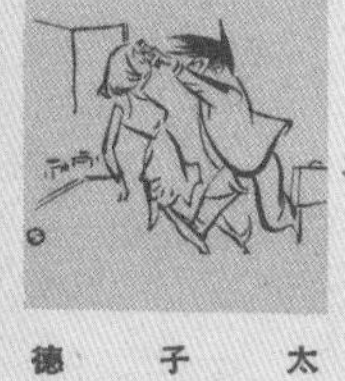

太子德

•白尼作•

這位洋場闊少，有夾萬而失匙，讀書不成，傍身又無一技。今番在白尼筆下，太子德發奮做人。雖或玩世不恭，劣性尚有未改，難得他肯做學，終有一日出頭也。

每期專題・集體創作

（全港名家會串）

第一題『馬與波』寫綠茵場上，笑料連篇，由楚子，陳子多，丁岡，六叔等執筆。

故事新編：潘巧雲

（綠雲畫・王夢霞編）

綠雲之工筆，稱畫壇一絕，繪得美人如玉，公子多情，令你展卷遐思，如眞似幻。

都市人物情趣

（陳子多畫）

子多以生花妙筆，寫盡了世態人情，其中有愛、有恨、有笑；有你、有我、有他。

武俠小說：大刀王五

（彈劍樓主寫・任遜畫）

長篇連載古代英雄事蹟。沙場喋血，劍影刀光，繡像家任遜插畫，堪稱錦上添花。

新流行：阿飛舞

（李凌翰漫畫）

這種舞，瘋狂了全世界的男女青年。愛找刺激，務請參觀。新流行每期有好資料。

圖畫故事：我是女人

（縈莉文・魯歷畫）

縈莉所寫都市場景，早已膾炙人口，今後替本刊每期撰故事一篇，由陳魯歷插畫。

文藝小說：露露的情人

（孟君作・丁岡畫）

孟君小姐的愛情小說，是男女青年的金科玉律。這一篇兩期完，又有陸續新作。

人間詩畫新集

（酩酊兵丁詩・半醉居士畫）

海水詩人酩酊兵丁，其作品雅俗共賞，由半醉居士揮筆，相得益彰。每期一集。

豐子新裝

（李凌翰設計）

有肉彈女飛古裝，每期四幅精怪設計，是藝術，只供欣賞，不供剪裁。

野獸派畫

（王牛作）

畫中牛鬼蛇神，禽獸一家，好像人生社會光怪陸離，是牛哥的諷刺又幽默的作品。

情歌畫意

（關山美畫）

關山美畫筆，筆有感情，富于描寫，男美女裝飾，戀愛刻劃女兒心事，特別到家。

影人漫像

（凡夫・林擒畫）

是我們畫家的習作，本中精華出於水銀燈下，香衣鬢影，寫盡影圈中電光旖旎。

張張有趣・篇篇精彩・手此一卷・人生之樂樂何如！

《漫畫世界》宣傳單張

同期另一本漫畫雜誌《小樂園》的創刊號，主編鄧積健，出版年份不詳。

一九六〇年出版的《漫畫周刊》，主編李凌翰。

《漫畫世界》副刊《小漫畫》第一期，主編李凌翰，一九六〇年出版。

第二十六期書影，迎接一九六〇年的來臨。

第二十四期書影，封面有主編鄭家鎮的簽名。

鄉土

五十年代的香港，是左右派陣營的角力場，如友聯出版的《祖國》半月刊和稍後的《鄉土》半月刊，分別從兩個不同角度去展示新中國的面貌，前者自然以揭示中共政權下百姓的艱苦生活為主，後者則以國家最新發展和種種建設為重點，突出祖國河山的美麗新姿。

《鄉土》半月刊創刊於一九五七年，是一本十六開、厚三十二頁的綜合刊物。主編吳其敏是香港著名報刊主編，曾為《新中華》畫報、《新語》半月刊等刊物主持編務；他是一位多面手，除當電影編劇外，又為明星寫傳記，吳楚帆和黃曼梨的自傳都是他的手筆。此外他在報刊上撰寫不少文史掌故，是一位學識深厚的作家。編者在引言中說辦這雜誌目的是讓海外僑胞對鄉情里訊有所了解，並把祖國山川風貌、社會建設一一向讀者報道。

展讀第一期的《鄉土》，內容除報道國家建設外，更多是山水遊蹤和民間藝術的介紹。這期的作者陣容頗為可觀，其中不少是成名已久的作家學者，包括靳以、張恨水、楊朔、劉白羽、周瘦鵑、沈尹默等，他們或寫名勝山水，或寫盆景藝術，都是優美可觀的散文小品。

這一期有頗多篇幅關於影劇方面知識，例如〈中國最初的有聲電影〉、〈我國銀幕上最早的名演員〉、〈豐富多彩的福建戲劇〉等知識性強的文章，這些作品雖然簡短，但可讀性高，能提升讀者對戲劇的認識。

筆者當初購買這本刊物的原因，全是被她的封底所吸引。《鄉土》第一期封底全是電影廣告，當年我正沉迷於搜求電影刊物之中，一切「疑似」的書刊例不放過，翻閱才知她是一本介紹鄉土風物的雜誌，展讀之下覺得內容頗吸引，故此便買下來，至今已有二十多年光景了。

本期目次

目錄

鄉土半月刊 第一卷・第一期
督印人：吳其敏
編輯人：陸無涯
發行者：新地出版社
承印者：中央印務館
西營盤水街荔安里19—21號
每月一日及十六日出版每册零售港幣陸角
定閱處：九龍尖沙咀康和里十一號三樓

版權資料

《鄉土》封面

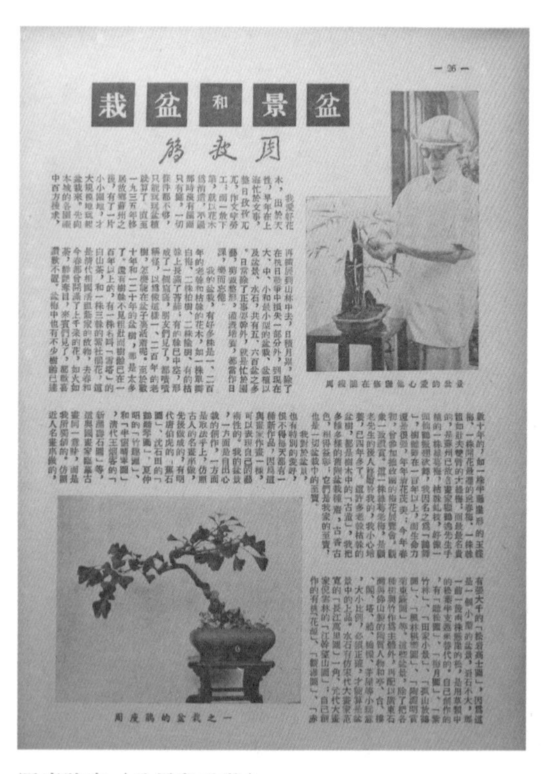

周瘦鵑寫〈盆景和盆栽〉

鄉土

·綜合性半月刊·

香港 新地出版社 發行

主要內容

建設實況	生活面貌
城鄉新事	歷史文物
名勝山水	風土人情
科學技術	影劇文娛

基本特點

內容豐富樸實	風格新穎鮮明
情味雋永濃郁	編印活潑精美

定閱處

香港九龍尖沙咀康和里十一號三樓本社

親愛的讀者：

如果您遠客海外，久別了家鄉，相信您一定十分渴望多知道一些鄉情里訊，樂意與親戚朋友聲欬相聞，情感相通；如果您居住港澳，爲了業務羈身，不克經常回國省親，那麼，對着這睽違咫尺的美麗的鄉土，一定亦會撩起深刻的懷思。我們爲了滿足海外僑胞和港澳同胞的想望，特創辦了鄉土半月刊，綜合報道鄉土上一切爲您所關懷眷念的事物。舉凡祖國的諸般建設、同胞生活、城鄉新事、名勝山水、科學技術、影劇文娛等等，都希望做到巨細畢備，圖文皆新。我們抱持的態度是：忠實、負責，準確快捷、明確、多式多樣地按期把鄉土上一切美麗的圖景帶到您的眼前來。

相信您一定能够鼓勵和支持我們，給予我們以指導和幫助。爲此，我們把價目表、訂閱單、寄來給您，希望您今天就成爲我們的基本訂戶，同時多向貴親友們介紹推薦，因爲訂戶越多，我們就越有條件使內容更加精采充實。

謝謝您。

祝您

健康和進步！

新地出版社
鄉土半月刊 謹啓

宣傳單張

創刊號的封底與一般電影雜誌無異

封底內頁也是電影宣傳廣告

吳其敏不僅是編輯，也是著名作家，圖為他的作品《閒墨篇》，上海書局出版，一九七一年。

一九五三年創刊的《祖國》周刊

銀河畫報

《銀河畫報》創刊於一九五八年，是一本報道國語電影為主的雜誌，十六開，四十八頁，主編常友石，封面人物是有「最美麗的動物」之稱的台灣影星張仲文。過去所見一般封面人物總會正望鏡頭，與讀者「四目交投」，張仲文卻雙眼微向上望，似有期盼，未知是否攝影師刻意安排，寄寓刊物前途無限？

《銀河》是一本獨立營辦的雜誌，五十年代不少電影刊物都有電影公司背景，如前面曾提到的《電影圈》、《南國電影》、《中聯畫報》、《長城畫報》等，雖然當時這些刊物大部分「自我保護」色彩並不太濃，但總會側重自己公司的報道，也屬無可厚非，而《銀河畫報》這類無官方背景的雜誌，有時從她的內容也許可看出當時的公司優勢強弱的分別。

如上所言，《銀河》集中報道國語電影消息，試看第一期的內容，她用了頗多篇幅介紹台灣中國聯合影業公司和自由影業公司的出品。至於本地方面，從目錄去看，你會發現《銀河》集中報道當時兩間主要影業公司電懋和邵氏，五十年代後期，這兩間公司競爭激烈，互爭朝夕，只要看新片介紹，不計台片，絕大部分均為兩大公司的出品；其次這一期演員介紹如李湄、葛蘭、葉楓、丁皓均為電懋影星，至於邵氏則有丁紅、李麗華、尤敏等，林黛和張仲文則遊走於兩間公司工作，可見當時國語影壇實在是邵氏和電懋的天下。

《銀河》是一本辦得認真，報道深入，而且內容豐富的雜誌，後期她在封面上登有「暢銷東南亞圖文並茂報道影壇秘辛唯一獨立性正統電影刊物」口號，可見其辦刊宗旨。以獨立經營的刊物而言，《銀河》可算是最長壽的電影雜誌了，她橫跨五十至八十年代，中間雖有易手，但招牌始終如一，不過隨着本港影業衰落，最後也和另一本長壽畫報《銀色世界》一同沒入歷史中。

筆者收藏的香港畫報雜誌，關於影視娛樂的佔了大部分，不計電視和廣播書刊，第一個收藏的電影畫報項目，就是《銀河畫報》，因此對這本刊物有一種難以言喻的感情，附圖何莉莉手持利是的封面的第一百零七期，正是我第一本擁有的電影雜誌。

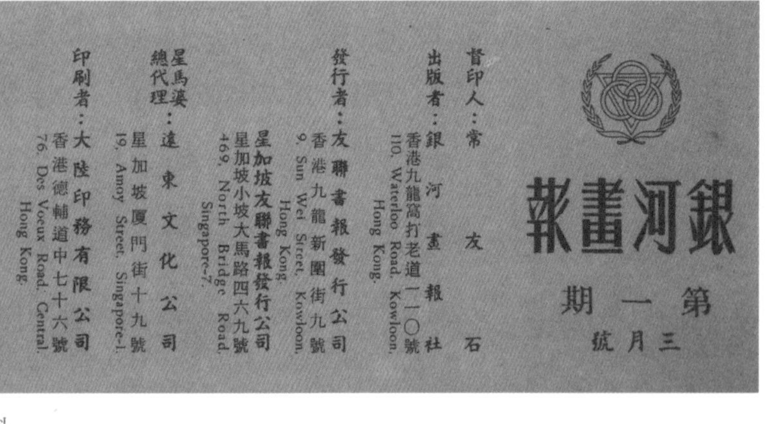
銀河畫報
第一期
三月號
督印人：常友石
出版者：銀河畫報社
香港九龍窩打老道一一〇號
110, Waterloo Road, Kowloon, Hong Kong.
發行者：友聯書報發行公司
香港九龍新圍街九號
9, Sun Wei Street, Kowloon, Hong Kong.
星加坡友聯書報發行公司
星加坡小坡大馬路四六九號
469, North Bridge Road, Singapore-7.
星馬漢總代理：遠東文化公司
星加坡廈門街十九號
19, Amoy Street, Singapore-1.
印刷者：大陸印務有限公司
香港德輔道中七十六號
76, Des Voeux Road, Central, Hong Kong.
每冊定價港幣捌角外埠酌加郵費
優待直接訂戶全年港幣八元六角

版權資料

《銀河畫報》封面

銀河畫報

創刊號

內容

目錄

內頁介紹封面人物——有「最美麗動物」之譽的影星張仲文

第二期封面人物是影星尤敏

第四十一期封面人物是影星李湄

第五十六期封面人物是李麗華和尤敏，圖為兩人在《梁山伯與祝英台》一片的造型。

筆者收藏的第一本電影畫報《銀河畫報》第一百零七期，距今已有三十年。封面人物為影星何莉莉。

第一百期封面是凌波和金漢的結婚照

環球電影

環球圖書出版社是上世紀五六十年代香港出版界的奇葩，創辦人羅斌是一位精明能幹的出版人，既掌握潮流脈搏，也了解讀者口味，記憶所及，出版過的刊物有《藍皮書》、《西點》、《黑白》、《環球電影》、《武俠世界》、《21世紀》、《新知》、《新電視》、《新文摘》、《迷你》等，報紙則有《新報》、《新星日報》、《新夜報》。另外，「環球文庫」叢書更是膾炙人口，造就了不少年青作家，我輩熟悉的小說家鄭慧、依達、亦舒、嚴沁等都在這裏成名。

在「環球」旗下眾多刊物中，《環球電影》過去可能較少為人提及，其實這本雜誌頗具特色，她跟其他雜誌同為十六開、六十八頁，但書中佔四分三篇幅用粉紙印刷，無論彩圖或黑白照都顯得分外清晰耀目，比起其他刊物用書紙甚至報紙可謂更勝一籌。創刊號出版於一九五八年，封面人物是影后林黛，內容方面跟一般電影雜誌無大分別，例如明星追縱、影壇快訊、電影介紹等，其中由才女潘柳黛主持的「影迷俱樂部」，徵求基本會員，成為會員可參加雜誌主辦的各種活動，還可得到明星親筆簽名照和桌曆。此外潘柳黛以其廣闊的人脈網絡，邀請演員撰文，這一期題目是「為甚麼女演員個個都美如天仙」，由女演員現身說法，縷述她們的美容之道，亦令雜誌生色不少。

《環球電影》出版期數不多，現所掌握的應不過十期。

一九六一年羅斌成立電影公司，銳意向電影界發展，創業作是金童（臥龍生）武俠名著《仙鶴神針》，這部小說首先在《武俠世界》連載，由於電影賣座空前，曾為此開拍《仙鶴神針新傳》，他的電影公司「仙鶴港聯」也由此而得名。

仙鶴港聯所拍的大部分是武俠電影，但一些改編楊天成小說的都市電影也別具特色，漫畫《老夫子》也是由仙鶴港聯搬上大銀幕。一九六八年，環球出版社再出版《環球電影》，藉以加強電影宣傳，復刊號大十六開，厚八十頁，其中有十五頁是彩色印製，圖文設計亦有心思，這自然是得力於主編董培新的構思，雜誌另一位主編是資深記者林冰。《環球電影》重點介紹的自然是仙鶴港聯的電影作品，該期報道的有《藍色酒店》、《漁港恩仇》和《天劍絕刀》三部名片。雖然是公司宣傳刊物，但她並不以此為限，對其他電影公司的演員動態也有報道，從這一期女作家鄭慧評論的兩部邵氏電影《船》和《垂死天鵝》，都不是仙鶴港聯的作品可見一斑。除了鄭慧，西西也有為本書撰寫一篇〈認識電影〉，介紹一些電影拍攝設備和技術。值得一提的是在本期創刊號中，有一篇專文報道已身處美國多年的李小龍近況，當時他在美國拍攝《青蜂俠》，擔演青蜂俠的助手加藤一角，相信沒有太多人會想到，這位「加藤」先生，幾年後回港發展的成就如此驚人，成為蜚聲國際的電影巨星，更令中國功夫揚威海外。

《環球電影》復刊號內容豐富，設計美觀大方，是一本質素很高的電影雜誌，但隨着粵語片的衰落，以拍攝粵語電影為主的仙鶴港聯也無以為繼。就筆者所知，《環球電影》就只有附圖所見的兩期而已。

《環球電影》封面

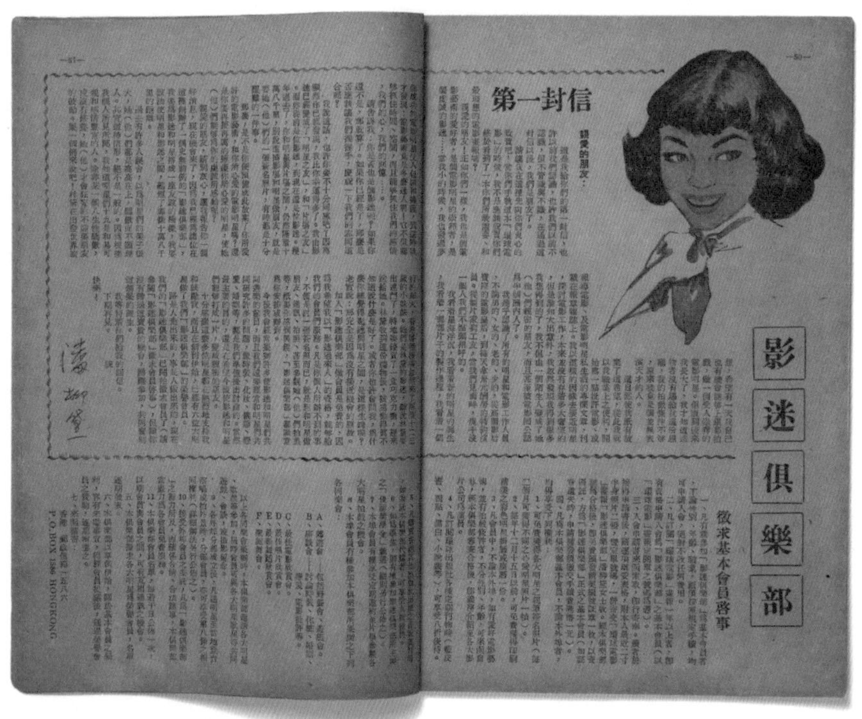

主編潘柳黛主持的「影迷俱樂部」

第二期封面人物是影星張仲文

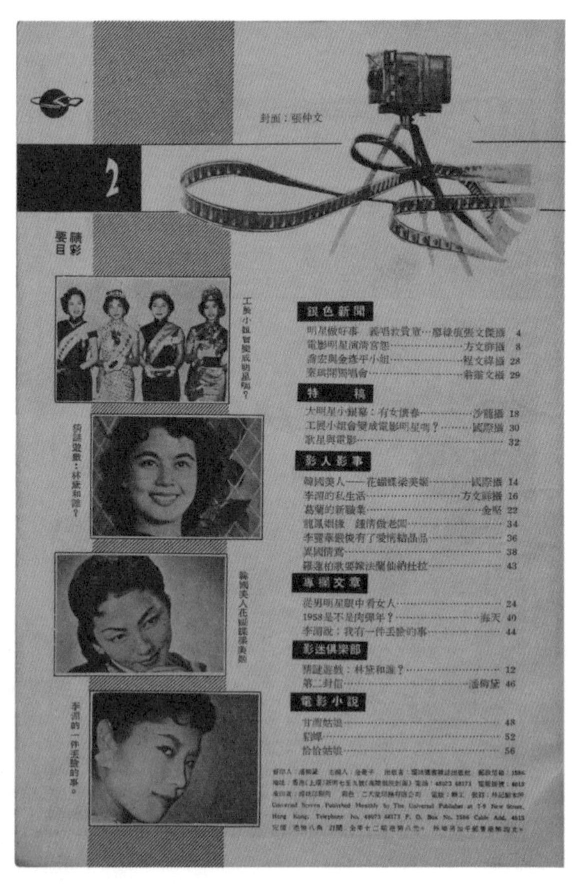

第二期目錄、版權資料

一九六八年《環球電影》第一期，封面人物是影迷公主陳寶珠。

第六期封面人物是影星夏厚蘭

環球電影第一期

封面陳寶珠
封面攝影陳浩然

彩色頁

督印人：何　麗　荔
主編：董培新　林　冰
出版者：環球出版社
香港上環新街七至十三號
電　話：四五六一二三
電報掛號：四〇一三
印刷者：香港彩印公司
出版日期一九六八年一月
每冊一元二角　HK$ 1.20

UNIVERSAL SCREEN
Published by Universal Publisher
at 7-13 New Steet, Hongkong
Printed by Hong Kong Art Co.
Tel. 456123 Cable Add. 4013
No. 1 January. 1968.

目錄、版權資料

一九六八年出版的《環球電影》創刊號中，已有專文報道李小龍在美國的演藝發展。

第一期彩頁介紹仙鶴港聯新派武俠電影《天劍絕刀》

第二期封面人物是當時冒起的新星雪妮

《環球電影》美術設計新穎出色，從第二期這兩版雪妮的彩頁可見一斑。

金鎖匙

五十年代的小說雜誌當以環球圖書雜誌出版社的《藍皮書》最廣為人熟悉，盛名之下不少跟風而起的書刊湧現，例如《紅皮書》、《黑皮書》等，這類以偵探奇情懸疑香艷作招徠的流行刊物，在當時深受一般大眾歡迎。《金鎖匙》也是這類雜誌其中之一。

《金鎖匙》創刊於一九五八年，以十六開、半月刊形式出版，督印人藍茵，編輯殷正中，讀者可能跟筆者一樣對兩位負責人並不熟悉，但本期的作者大部分都是著名的流行小說作家，觀其創刊號目錄，掛頭牌的是方龍驤所寫、與雜誌同名的〈金鎖匙〉奇情小說，偵探有裘琳的〈兔腳謎〉，言情的有劉以鬯的〈傳奇〉和馮蘅的〈醉鄉艷乘〉，武俠小說有踣風的《密勒池劍客傳》的連載。觀此作者陣容，亦可算是一時之選。此外名作家徐訏雖未有小說在本期登場，但卻寫了兩篇書評：《美國散文選》上集（夏濟安選，夏濟安、張愛玲譯）和《竊聽者》（林太乙著），除對兩書作了詳細分析評價外，也在翻譯方面提出意見。

一般而言，很少雜誌刊物會以一篇小說的名稱作為刊名，由於筆者只見到本書的第一期，未知下期在沒有了〈金鎖匙〉下會否仍沿用此名？但從編者的預告可見，下期續有名家登場，分別有史得（高雄）的〈狹路〉和司徒明的〈復仇〉，加上原有的作者陣容，實在頗為可觀。

過去一般人覺得流行小說雜誌只是消閒讀物，隨便看過便算，但其實頗多重要的作家，他們都有不少作品曾經在這類刊物發表，可惜這些書刊多年來未曾得到官方機構或大專學府青睞，民間私藏的也未多見，就此湮沒無聞，無疑十分可惜。早前本地某大學在拍賣會上搶拍到一批為數頗多的「三毫子」小說，裏面便有不少名家作品，總算是做得及時。

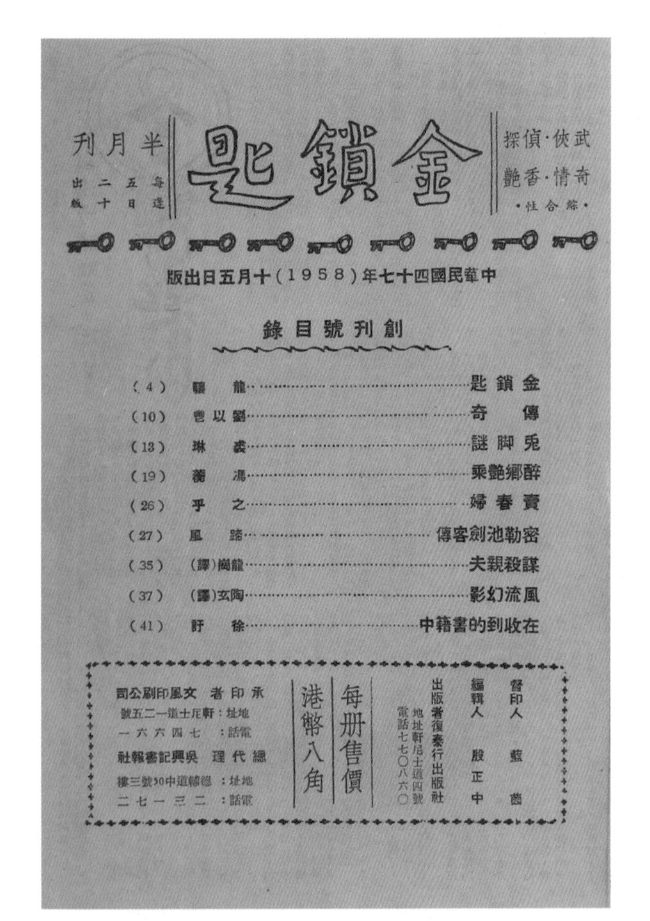
金鎖匙

半月刊

武俠·偵探 奇情·香艷 綜合性

每逢五日二十日出版

中華民國四十七年（1958）十月五日出版

創刊號目錄

督印人 藍茵
編輯人 殷正中
出版者 復泰行出版社 地址軒尼士道四號 電話七七〇八六〇
每冊售價 港幣八角
承印者 文風印刷公司 地址：軒尼士道一二五號 電話：七四六六一
總代理 吳興記書報社 地址：德輔道中30號三樓 電話：二三一七二

目錄、版權資料

《金鎖匙》封面

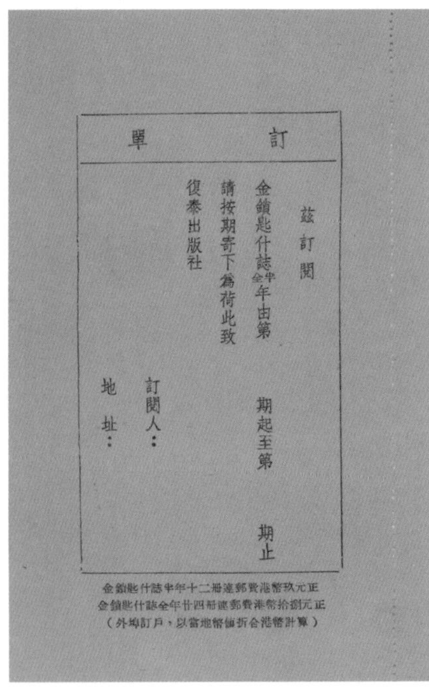

訂單

茲訂閱

金鎖匙什誌半年/全年由第　期起至第　期止

請按期寄下為荷此致

復泰出版社

訂閱人：

地址：

金鎖匙什誌半年十二冊連郵費港幣玖元正

金鎖匙什誌全年廿四冊連郵費港幣拾捌元正

（外埠訂戶，以當地幣值折合港幣計算）

讀者訂閱單

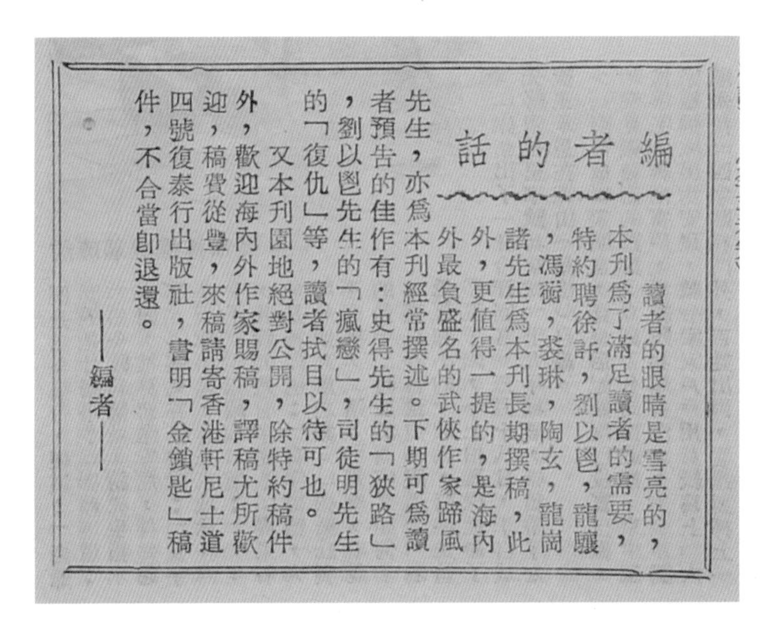

編者的話

讀者的眼睛是雪亮的，本刊為了滿足讀者的需要，特約聘徐訏，劉以鬯，龍驤，馮蘅，裘琳，陶玄，龍崗諸先生為本刊長期撰稿，此外，更值得一提的，是海內外最負盛名的武俠作家蹄風先生，亦為本刊經常撰述。下期可為讀者預告的佳作有：史得先生的「狹路」，劉以鬯先生的「瘋戀」，司徒明先生的「復仇」等，讀者拭目以待可也。

又本刊園地絕對公開，除特約稿件外，歡迎海內外作家賜稿，譯稿尤所歡迎，稿費從豐，來稿請寄香港軒尼士道四號復泰行出版社，書明「金鎖匙」稿件，不合當即退還。

——編者

編者的話

劉以鬯的短篇小說〈傳奇〉

同期的相類小說雜誌《現代偵探》，世界電影畫報副刊，出版年份不詳。

《藍皮書》是五十年代環球圖書公司很受歡迎的綜合性文字刊物，不少雜誌都以其為參考藍本，《金鎖匙》也不例外。

武俠世界

《武俠世界》相信是現時香港出版歷史最悠久的雜誌，創刊於一九五九年四月，至今將近六十年仍出版不輟。最早期是半月刊，稍後改為旬刊，到三十五期因應讀者要求再改為周刊逢周六出版。出版人羅斌是環球圖書雜誌出版社負責人，同期間出版多種雜誌刊物，包括《西點》、《黑白》、《藍皮書》、「環球小說叢」等，其時他創辦的《新報》仍未出版，要到同年十月五日才面世。

武俠小說其實由來已久，民初以來還珠樓主、白羽、王度盧的作品最為人熟悉，而掀起本地武俠小說熱潮當要追溯一九五四年的「吳陳比武」，因此觸發《新晚報》主編羅孚商梁羽生撰寫武俠小說《龍虎鬥京華》，繼之金庸也開始他的武俠小說之路，初寫《書劍恩仇錄》即深受讀者歡迎，隨後的作品更把武俠小說熱潮推上高峰。當時以武俠打頭牌的雜誌為數不少，但能夠長期保持銷路的就只有《武俠與歷史》、《武俠世界》等刊物。

《武俠世界》創刊號主編是著名武俠小說家蹄風，原名周叔華，他也是五六十年代名馬評人「叔子」，長期主編《新報》馬經版。作為雜誌主編，蹄風也有中篇《鐵掌雄風》登場，同期的武俠小說還有金鋒的《虎俠擒龍》和馬雄的《三傑屠龍傳》。其實細看這期內容，武俠小說就只三篇，其他是一些名家秘笈、武林實錄、江湖軼事和翻譯西方拳擊爭霸等文字，以後十多期仍維持這種內容形式，繼後才增加武俠小說的分量。

不少人喜愛收藏環球出版書籍刊物，其中一個原因是喜歡董培新繪畫的封面或插圖。《武俠世界》無疑是畫迷收集的重點，但原來最早期的《武俠世界》封面和插圖繪畫者另有其人，創刊號封面是名家黃鳳簫的手筆，內頁插圖多是丁岡（區晴），再加上高寶，就是早期雜誌的畫圖班底。董培新到三十多期起才參與書內插圖工作，至於繪畫封面則更要到過百期以後。

多年來在《武俠世界》成名的作家不少，以倪匡為例，他自一百期後加盟，而成大名的「女黑俠木蘭花」更是在《武俠世界》首次登場；他的著名小說《六指琴魔》、《玉女英魂》等都是在此連載。六十年代不少深受觀眾歡迎的武俠電影如《仙鶴神針》、《碧血金釵》、《雪花神劍》等，都是《武俠世界》長期作者金童（臥龍生）所著，同是在《武俠世界》連載，繼而成為仙鶴港聯的武俠電影招牌作。

吾生也晚，追看《武俠世界》是七十年代後期的事，其時家兄每期必購，錯過了的便帶筆者到聯合道九龍書店買回，當時最愛看的是龍乘風的「雪刀浪子」系列和黃鷹「大俠沈勝衣」系列，後者更曾改編為電視劇和廣播劇；此外，馬雲的「鐵拐俠盜」（也曾在佳藝電視上播映）、上官庸的「小鬼子」故事和馮嘉的「奇俠司馬洛」，都是筆者常追看的作品。

隨着年紀漸長，學業也較繁重，筆者在閱讀方面難免有所取捨。《武俠世界》的小說多屬連載，較耗費時間，大約在一千期以後便漸疏遠。三十多年過去，今天回顧，也得感謝《武俠世界》曾帶給我無限的閱讀趣味。

《武俠世界》封面

第一百期紀念號

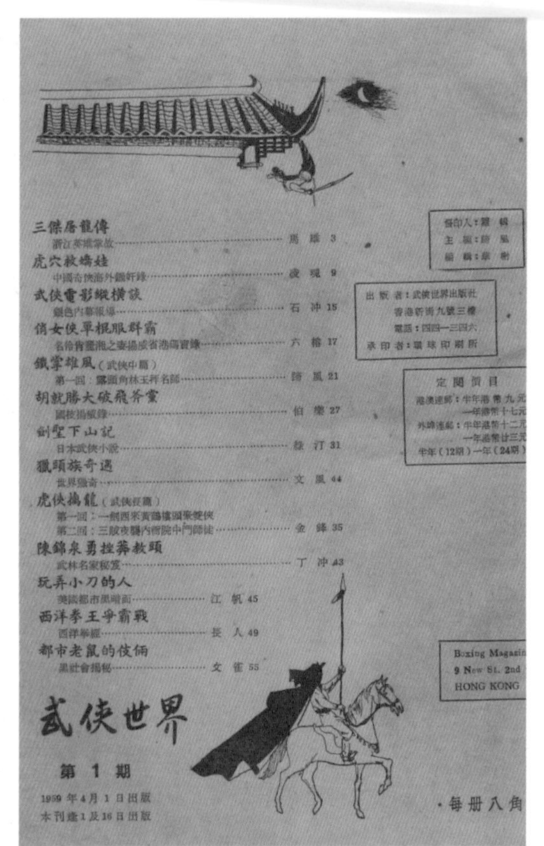

出版者：武俠世界出版社
香港新街九號三樓
電話：四四一三四六
承印者：環球印刷所

定閱價目

Boxing Magazin
9 New St. 2nd
HONG KONG

武俠世界
第1期
1959年4月1日出版
本刊逢1及16日出版
・每冊八角

第一期目錄、版權資料

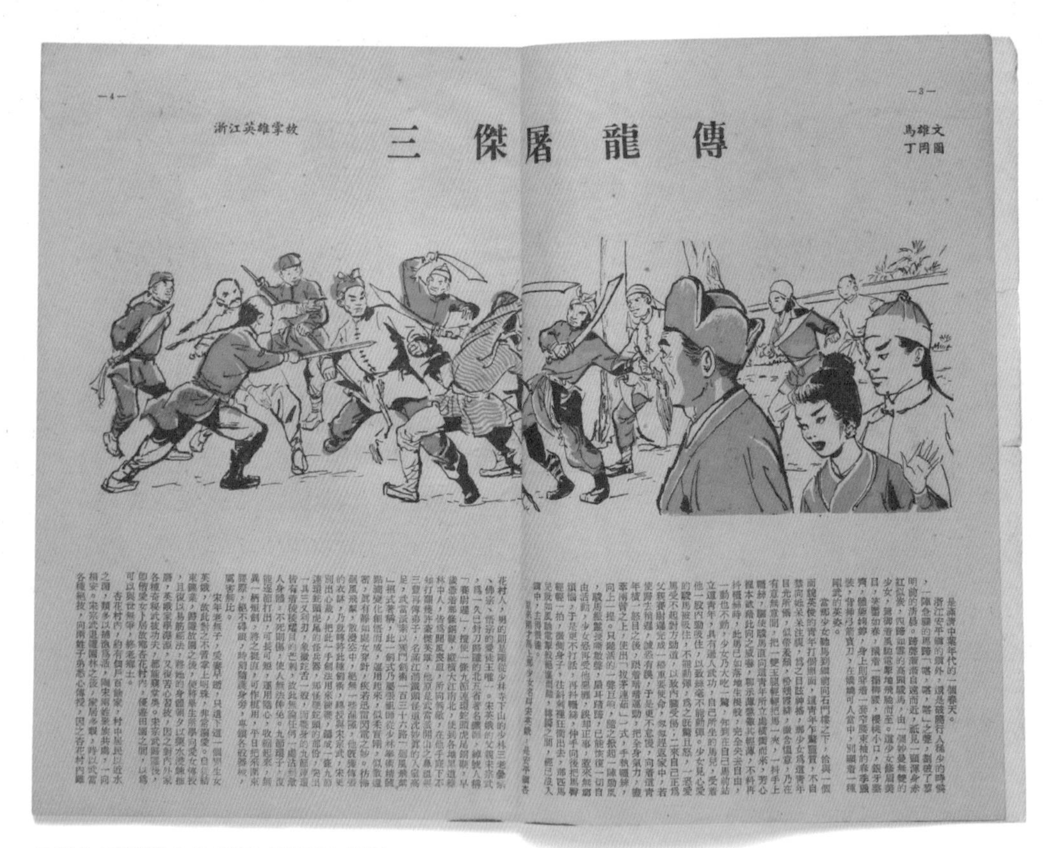

早期內頁插圖多是丁冈（區晴）所繪

—4—

二月完俠義奇情鬥智小說

文·魏力
圖·董培新

—3—

女黑俠木蘭花

巧奪死光錶

强中還有强中手

魏力（倪匡）名作「女黑俠蘭花」故事，初載於《武俠世界》第三百期。

第三百期紀念特大號，封面繪圖出自董培新。

蹄風的《武林十三劍》是其中一本在《武俠世界》連載的小說單行本

譽滿東南亞武俠雜誌之王

招牌最老
創刊於1959年3月

武俠世界

作家最多
網羅東南亞港台名家

週末最佳精神食糧！

插圖生動，印刷精美，內容豐富，質量優厚！

以下爲本社部份名作家及其名作品

（排名不分先後）

秦紅先生
撰著：過關刀

高庸先生
撰著：禍水雙侶

諸葛青雲先生
撰著：十二神龍十二釵

臥龍生先生
撰著：鏢旗

蕭逸先生
撰著：鏢客行

曹若冰先生
撰著：魔中俠

東方英先生
撰著：風塵怒俠

慕容美先生
撰著：天殺星

孫玉鑫先生
撰著：無毒丈夫

東方玉先生
撰著：勝字旗

喬奇先生
撰著：國際警探網

柳殘陽先生
撰著：神手無相

難得一見多位著名武俠小說作家的廬山真面目，刊於《武俠世界》第六百一十期。

武俠世界
2

武俠世界
3
遇麗姝香帕擒英俠
會四老王府救壯士
羅漢拳太陰掌剛柔異妙
武當劍少林刀各有千秋

武俠世界
4
魔窟浴血戰
鄭泰一棍霸南天
奇花樓兩雄初角技

武俠世界
5

武俠世界
6

武俠世界
7

武俠世界
8

武俠世界
9

武俠世界
10

第二至第十期書影

六十年代

婦女與家庭
娛樂畫報
東南亞周刊
觀察
南華晚報星期增刊
少年報
影劇
當代文藝

文藝伴侶
明報月刊
萬人雜誌
純文學
香港電視
明報周刊
今日香港

婦女與家庭

婦女「頭頂半邊天」，過去如是，今天更然，可是過去女性長期不能得到社會的肯定和重視，因此專為婦女而設的刊物並不多，記得五十年代有一本較為人熟悉的是《家庭良友》，但六十年代初《婦女與家庭》的誕生，為這類家庭雜誌揭開嶄新的一頁。

《婦女與家庭》創刊於一九六〇年，是一本十六開、厚五十六頁的綜合婦女雜誌。主編是著名編輯關懷先生，封面主角是麗的呼聲電視藝員龐碧雲。當時香港的電視媒體剛起步，電視節目是富裕家庭婦女不出戶的最佳消遣娛樂，龐碧雲是當時很受歡迎的藝員，自然可以吸引不少人購買雜誌。

展讀創刊號，內容自然以女性話題為主，包括時裝、美容、流行用品、家庭裝飾、住家食譜，都是女性最留意的項目，但家庭主婦更關心的可能是子女的教育，故雜誌邀得兒童教育專家劉惠瓊撰文〈教育孩子，捷徑是行不通的〉，提出管教子女的正確方法；又找來著名專欄作家孟君主持「少男少女」信箱，指導青少年男女正確認識自己和與人相處的態度，這都是相當富啟發性的文章。

一本女性刊物，自然少不了影視娛樂報道，這一期就有一篇龐碧雲的專訪，也有出爐香港小姐張慧雲的介紹；電影介紹除了國粵語片，亦介紹榮獲奧斯卡十一項金像獎的《賓墟》。文藝方面有岑樓的偵探小說和俊人的言情短篇。由上述可見《婦女與家庭》是一本內容豐富充實的家庭雜誌。

《婦女與家庭》自一九六〇年起，一直出版至八十年代，相信是十六開的家庭刊物中出版年期最長的一本。隨着此書日漸風行，不少同類的刊物相繼出現，例如《女性與家庭》、《今日婦女》、《婦女生活》、《現代婦女》等，可見她實帶動了一個婦女雜誌潮流。

另要一提的是主編關懷先生，他是一位多才多藝的編採人才，在主編《婦女與家庭》之前，就負責過《世界兒童》、《快樂兒童》的編務。他曾向筆者透露，最忙的時候同時身兼日報、周刊、月刊等不同報刊的編輯工作，還不計其他特刊的編務，因此就連他自己也不清楚究竟編寫過多少書刊。筆者有幸在他晚年得以結交，從他口中知道不少往日的出版界與娛樂圈舊事。年前關先生下世，筆者未及在他去前加以探問，至今引為憾事，亦藉此文，表達對先生的一點懷念。

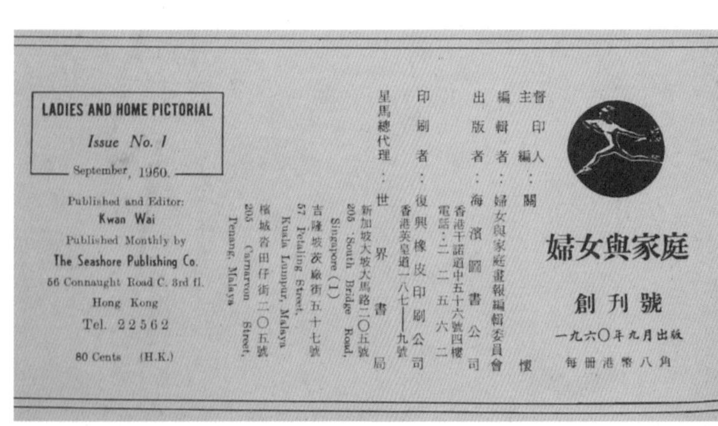
婦女與家庭
創刊號
一九六〇年九月出版
每冊港幣八角
督印人主編：關懷
編輯者：婦女與家庭畫報編輯委員會
出版者：海濱圖書公司
香港干諾道中五十六號四樓
電話：二二五六二
印刷者：復興橡皮印刷公司
香港英皇道一八七——九號
星馬總代理：世界書局
新加坡大坡大馬路二〇五號
205 South Bridge Road, Singapore (1)
吉隆坡茨廠街五十七號
57 Petaling Street, Kuala Lumpur, Malaya
檳城咨田仔街二〇五號
205 Carnarvon Street, Penang, Malaya

LADIES AND HOME PICTORIAL
Issue No. 1
September, 1960.
Published and Editor:
Kwan Wai
Published Monthly by
The Seashore Publishing Co.
56 Connaught Road C. 3rd fl.
Hong Kong
Tel. 22562
80 Cents (H.K.)

版權資料

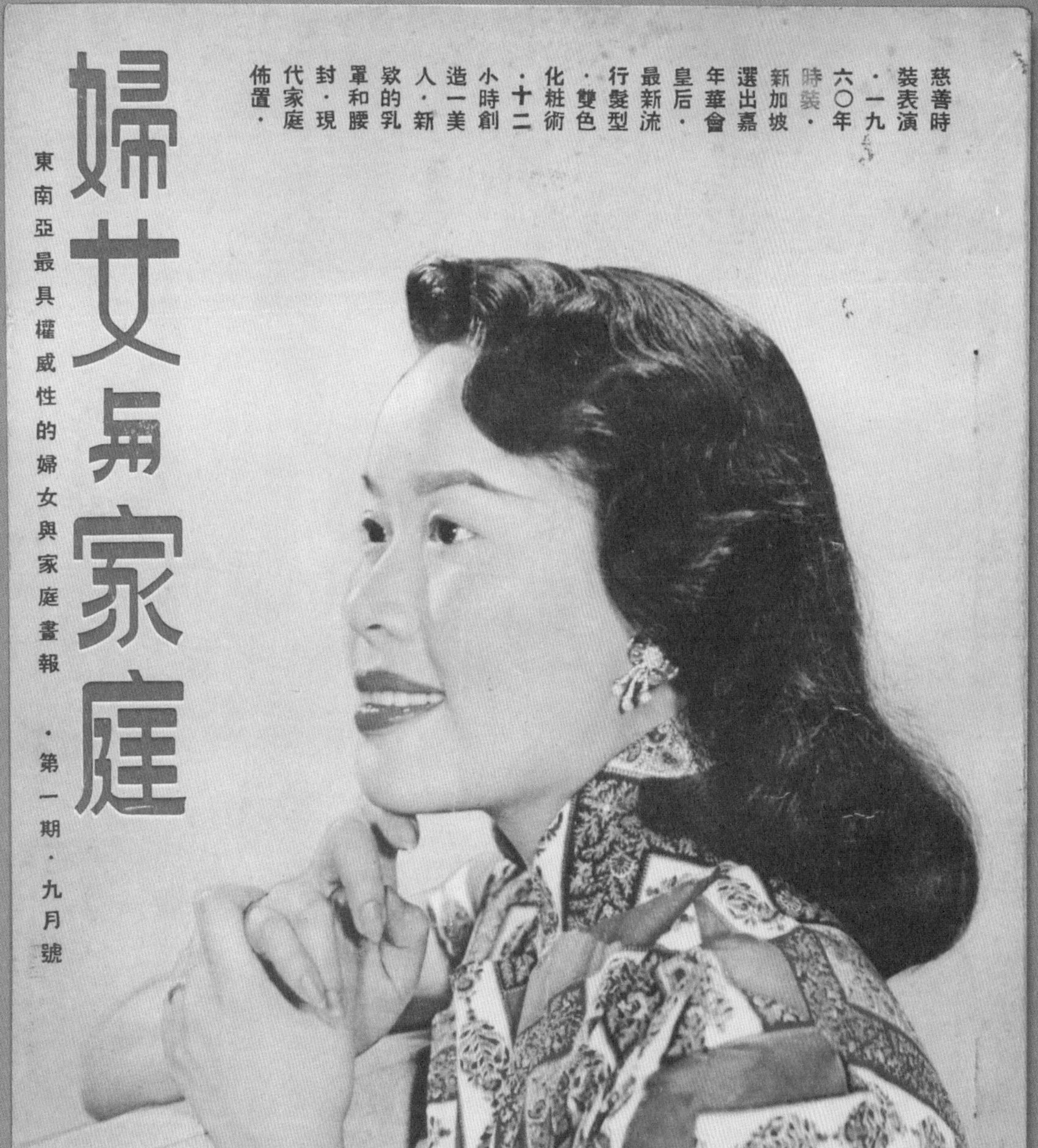

婦女與家庭

東南亞最具權威性的婦女與家庭畫報

・第一期・九月號

慈善時裝表演・一九六〇年時裝・新加坡選出嘉年華會皇后・最新流行髮型・雙色化粧術・十二小時創造一美人・新欵的乳罩和腰封・現代家庭佈置・

1

Ladies and Home Pictorial Sept. 1960

《婦女與家庭》封面

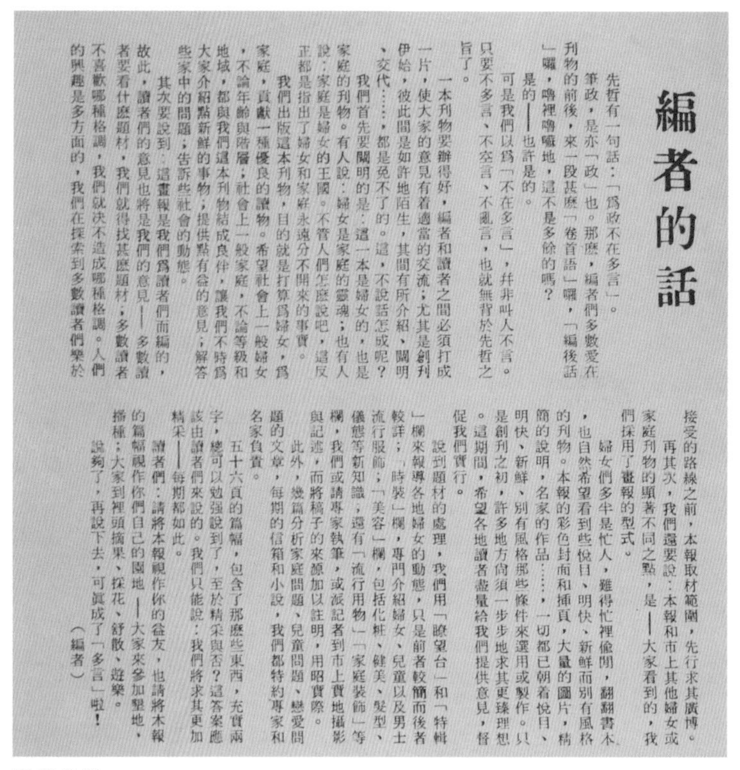

編者的話

先哲有一句話：「爲政不在多言」。筆政，是亦「政」也。那麼，編者們多數愛在刊物的前後，來一段甚麼「卷首語」囉，「編後話」囉，嚕裡嚕囌地，這不是多餘的嗎？

是的——也許是的。

可是我們以爲「不在多言」，并非叫人不言。只要不多言、不空言、不亂言，也就無背於先哲之旨了。

一本刊物要辦得好，編者和讀者之間必須打成一片，使大家的意見有着適當的交流；尤其是創刊伊始，彼此間是如許地陌生，其間有所介紹、闡明、交代……，都是免不了的。這，不說話怎成呢？

我們首先要闡明的是：這一本是婦女的，也是家庭的刊物。有人說：婦女是家庭的靈魂；也有人說：家庭是婦女的王國。不管人們怎麼說吧，這反正都是指出了婦女和家庭永遠分不開來的事實。

我們出版這本刊物，目的就是打算爲婦女，爲家庭，貢獻一種優良的讀物。希望社會上一般婦女，不論年齡與階層；社會上一般家庭，不論等級和地域，都與我們這本刊物結成良伴，讓我們不時爲大家介紹點新鮮的事物；提供點有益的意見；解答些家中的問題；告訴些社會的動態。

其次要說到：這畫報是我們爲讀者們而編的，故此，讀者們的意見也將是我們的意見——多數讀者要看什麼題材，我們就得找甚麼題材；多數讀者不喜歡哪種格調，我們就決不造成哪種格調。人們的興趣是多方面的，我們在探索到多數讀者們樂於接受的路綫之前，本報取材範圍，先行求其廣博。

再其次，我們還要說：本報和市上其他婦女或家庭刊物的顯著不同之點，是——大家看到的，我們採用了畫報的型式。

婦女們多半是忙人，難得忙裡偷閒，翻翻書本，也自然希望看到些悅目、明快、新鮮而別有風格的刊物。本報的彩色封面和插頁，大量的圖片，精簡的說明，名家的作品……，一切都已朝着悅目、明快、新鮮、別有風格那些條件來選用或製作。只是創刊之初，許多地方尚須一步步地求其更臻理想。這期間，希望各地讀者盡量給我們提供意見，督促我們實行。

說到題材的處理，我們用「瞭望台」和「特輯」一欄來報導各地婦女的動態，只是前者較簡而後者較詳；「時裝」一欄，專門介紹婦女、兒童以及男士流行服飾；「美容」一欄，包括化粧、健美、髮型、儀態等新知識；還有「流行用物」「家庭裝飾」等欄，我們或請專家執筆，或派記者到市上實地攝影與記述，而將稿子的來源加以註明，用昭實際。

此外，幾篇分析家庭問題、兒童問題、戀愛問題的文章，每期的信箱和小說，我們都特約專家和名家負責。

五十六頁的篇幅，包含了那麼些東西，充實兩字，總可以勉強說到了，至於精采與否？這答案應該由讀者們來說的。我們只能說：我們將求其更加精采——每期都如此。

讀者們：請將本報視作你的益友，也請將本報的篇幅視作你們自己的園地——大家來參加墾地，播種；大家到裡頭摘果、採花、舒散、遊樂。

說夠了，再說下去，可眞成了「多言」啦！

（編者）

編者的話

宣傳單張

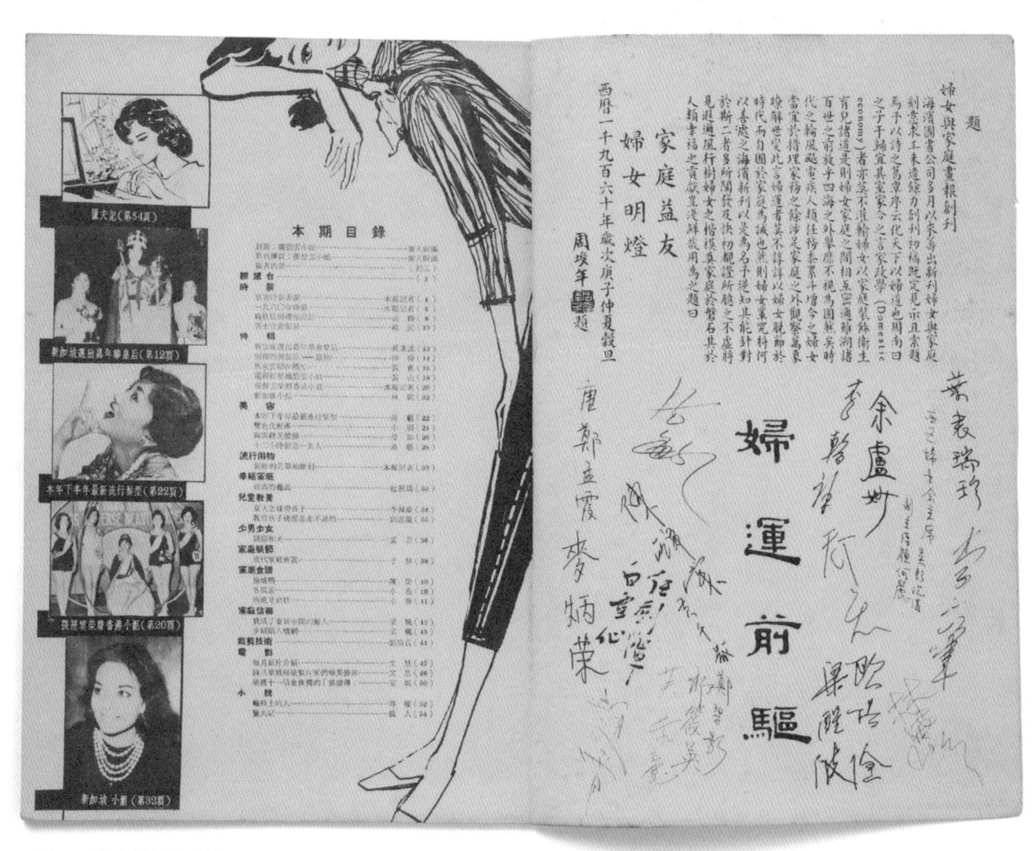

本期目錄

題

婦女與家庭畫報創刊

海濱圖書公司多月以來籌出新刊婦女與家庭刻意求工未遺餘力創刊初稿既定見示且索題焉予以詩之葛覃序云化天下以婦道也周南曰之子于歸宜其室家今之言家政學（Domestic economy）者亦莫不灌輸婦女以家庭裝飾衛生育兒諸道是則婦女家庭之間相互密邇雖溯諸百世之前放乎四海之外舉靡不視為固然矣時代之輪風馳電疾人類任務紛累十增今之婦女當宜於措理家務之餘涉足家庭之外觀察萬象瞭解世變此言婦運者莫不諄諄以婦女脫節於時代而自囿於家庭為誡也然則婦女業究將何以善處之海濱新刊以是為名予遂知其能針對於斯二者多所闡發及快初觀證所聽之不虛將見遐邇風行樹婦女之楷模奠家庭於磐石其於人類幸福之貢獻豈淺鮮哉用為之題曰

家庭益友

婦女明燈

西曆一千九百六十年歲次庚子仲夏穀旦

周埈年 題

婦運前驅

目錄、名人簽名祝賀

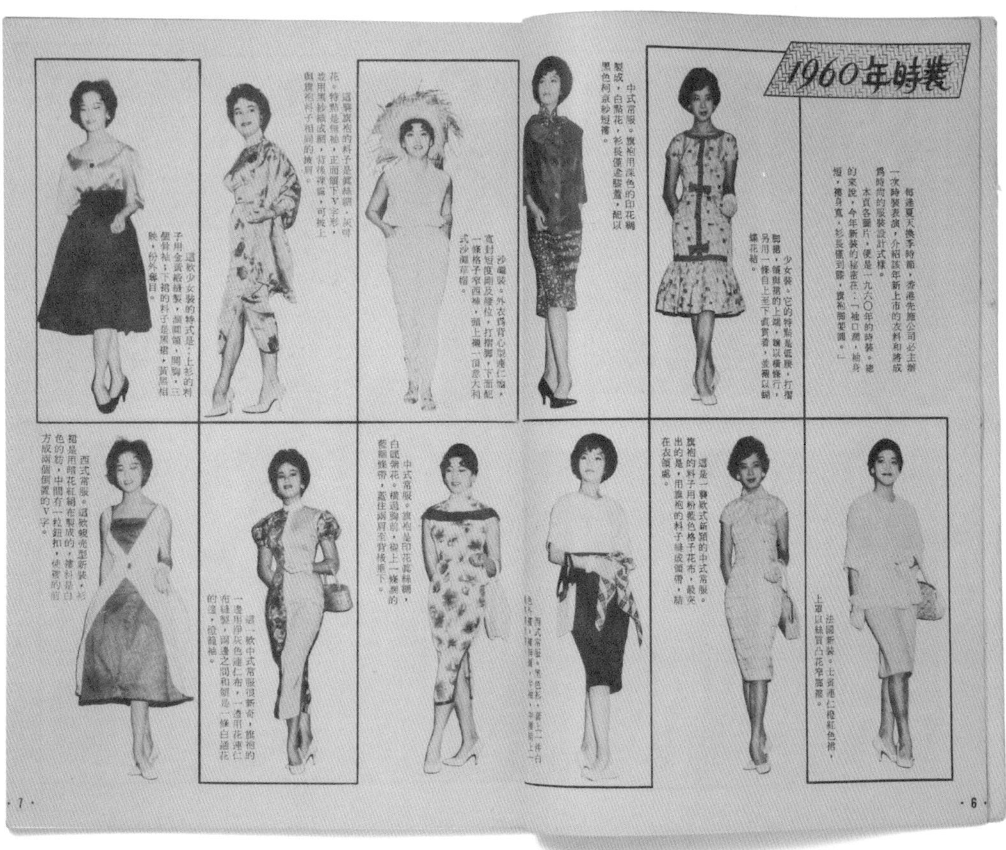

1960年時裝

每逢夏天換季時節，香港先施公司必主辦一次時裝表演，介紹該年新上市的衣料和將成為時尚的服裝設計式樣。

本頁各圖片，便是一九六〇年的時裝。總的來說，今年新裝的秘密在：「袖口闊，袖身短，腰身寬，衫長僅到膝，旗袍開叉圓。」

內頁介紹流行時裝

婦女
家庭
MISS INTERNATIONAL
BEAUTY OF
2
Ladies and Home Pictorial

婦女
家庭
暢銷東南亞最具權威性的婦女與家庭畫報·第三期
3
Ladies and Home Pictorial

婦女
家庭
4
Ladies and Home Pictorial Dec. 1960

婦女
家庭
本期舉辦有獎遊戲
100
Pictorial Fortnightly

前後期幾幅書影

幾本當時流行的家庭婦女刊物。《家》封面是影星鍾情，《女性與家庭》封面是學生情人蕭芳芳，《婦女生活》封面是影星葉青。

娛樂畫報

過往香港出版的電影雜誌，多以報道國語影片演員為主，不計《長城》、《南國》、《國際》、《藝華》、《新華》等專門拍攝國語片的公司的宣傳刊物，就是《影風》、《銀河》、《水銀燈》、《東方電影》等獨立出版刊物，也是偏重國語片，介紹粵語電影或演員消息的明顯較少，六十年代的《娛樂畫報》算是繼《中聯畫報》以後其中一本較重視粵語電影的刊物。

《娛樂畫報》創刊於一九六一年，十六開，厚四十八頁，出版人黃慶章，封面人物是影后林黛。在創刊前言中，編者表明這是一本電影戲劇並重的娛樂刊物，第一期除刊登國粵語影星近況外，電影介紹方面側重峨嵋、光藝、兄弟等粵語電影公司的出品。這期有一篇〈香港電影製片廠巡禮〉，全面介紹本港七間片廠，分別是「邵氏」、「華達」、「香港」、「永華」、「亞洲」、「國家」和「清水灣」，圖文並茂，今天上述片廠幾全結業，《娛樂畫報》不啻為香港電影史記下重要一筆。

《娛樂畫報》很重視粵劇的介紹，綜觀前數十期的《娛樂畫報》，由創刊號開始即有「舞台繽紛錄」專頁，其中先後登載「台前幕後」——每月戲班動態、「舞台掠影」——刊登戲班上演的精彩劇照、「粵劇後台」——拍攝老倌在後台的種種神態。除此之外，較值得一提的是由禮記撰寫的「大戲漫談」和楊古的「老倌逐個講」兩個專欄。

「大戲漫談」作者禮記原名羅澧銘，是早期香港名報人，戰前專門報道塘西風月的小報《骨子》就是他與孫壽康合辦。禮記與粵劇淵源甚深，跟不少伶人過從甚密，對梨園生活可謂瞭如指掌。他每期或記伶人，或談曲藝，或論行當工架，都很有卓識見解；他另一本關於粵劇的專著《顧曲談》，也是當時不少「票友」人手一本的讀物。至於楊古的專欄，則對各老倌的出身、成名經過等皆有詳細介紹，可讀性頗高。

《娛樂畫報》後期偏向一些左派電影公司，例如長城、鳳凰、新聯的製作和演員介紹，香港自經歷「六七暴動」後，很多電影刊物都沒有登載上述公司的消息，似乎就只有《娛樂畫報》特別着重「長鳳新」的報道；至於「舞台繽紛錄」，亦因主要作者羅澧銘去世變得聊備一格，這亦反映了粵劇衰微的現實情況。

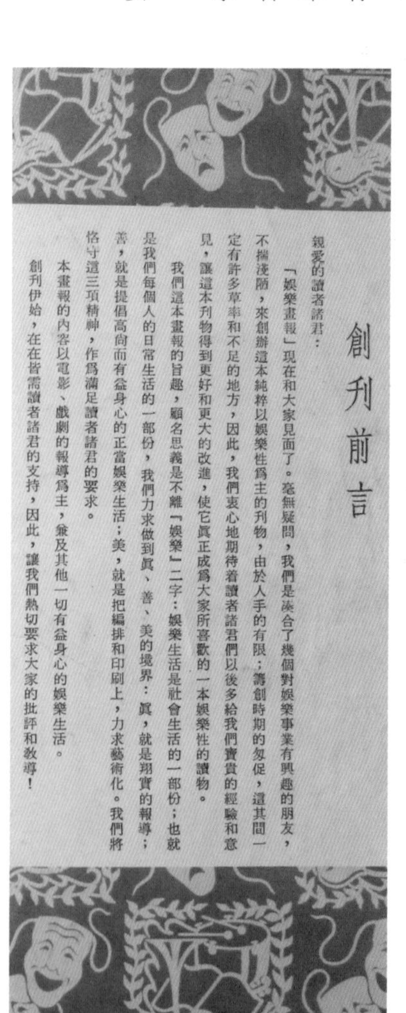

創刊前言

親愛的讀者諸君：

「娛樂畫報」現在和大家見面了。毫無疑問，我們是湊合了幾個對娛樂事業有興趣的朋友，不揣淺陋，來創辦這本純粹以娛樂性爲主的刋物，由於人手的有限；籌創時期的匆促，這其間一定有許多草率和不足的地方，因此，我們衷心地期待着讀者諸君們以後多給我們寶貴的經驗和意見，讓這本刋物得到更好和更大的改進，使它眞正成爲大家所喜歡的一本娛樂性的讀物。

我們這本畫報的旨趣，顧名思義是不離「娛樂」二字：娛樂生活是社會生活的一部份；也就是我們每個人的日常生活的一部份，我們力求做到眞、善、美的境界：眞，就是翔實的報導；善，就是提倡高尙而有益身心的正當娛樂生活；美，就是把編排和印刷上，力求藝術化。我們將恪守這三項精神，作爲滿足讀者諸君的要求。

本畫報的內容以電影、戲劇的報導爲主，兼及其他一切有益身心的娛樂生活。

創刊伊始，在在皆需讀者諸君的支持，因此，讓我們熱切要求大家的批評和教導！

創刊前言

娛樂
畫報
The Screen & Stage Pictorial
半年來的國粵語片
星與海專輯
的娛樂生活
1961
1
JULY

《娛樂畫報》封面

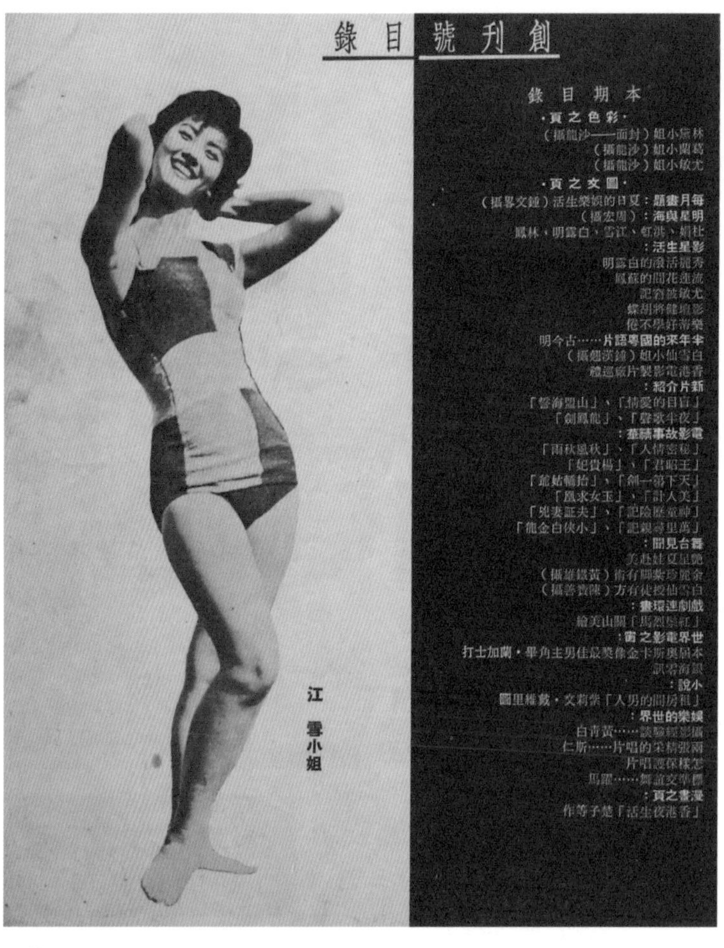

創刊號目錄

本期目錄

·彩色之頁·

林黛小姐（封面——沙龍攝）

葛蘭小姐（沙龍攝）

尤敏小姐（沙龍攝）

·圖文之頁·

每月畫題：夏日的娛樂生活（鍾文略攝）

明星與海：（周宏攝）

杜娟、洪虹、江雪、白露明、林鳳

影星生活：

秀麗活潑的白露明

流連花間的蘇鳳

尤敏談容記

影壇健將胡蝶

樂蒂好學不倦

半年來的國粵語片……古今明

白雪仙小姐（錢漢魁攝）

香港電影製片廠巡禮

新片介紹：

「盲目的愛情」、「山盟海誓」

「夜半歌聲」、「龍鳳劍」

電影故事精華：

「秘密情人」、「秋風秋雨」

「王昭君」、「楊貴妃」

「天下第一劍」、「抬轎姑爺」

「美人計」、「玉女求凰」

「神童歷險記」、「夫証妻兇」

「萬里尋親記」、「小俠白金龍」

舞台見聞：

艷星夏娃赴美

余麗珍[illegible]腳有術（黃鐵維攝）

白雪仙授徒有方（陳寶善攝）

戲劇連環畫：

「紅鬃烈馬」關山美繪

世界電影之窗：

本屆奧斯卡金像獎最佳男主角·蘭加士打

銀海零訊

小說：

「租房間的男人」紫莉文·戴維里圖

娛樂的世界：

攝影機談……黃青白

爾張精采的唱片……斯仁

怎樣保護唱片

標準交誼舞……羅馬

漫畫之頁：

「香港夜生活」楚子等作

目錄

VISITS TO THE FILM STUDIOS OF HONG KONG

香港製片廠巡禮

Panorama of the Shaws Brothers Studio.

The movie art of South China traces its origin in Hongkong. It was thirty years ago when the first film studio was established in Hongkong. Owing to the difficult conditions the film products were not up to the standard at that time. Film productions became prosperous after the War, for motion pictures were in great demand in the South eastern Asian countries. Many film companies have been opened. The ten-odd studios have become the cradle of the movie art of South-East Asia.

介紹香港的製片廠

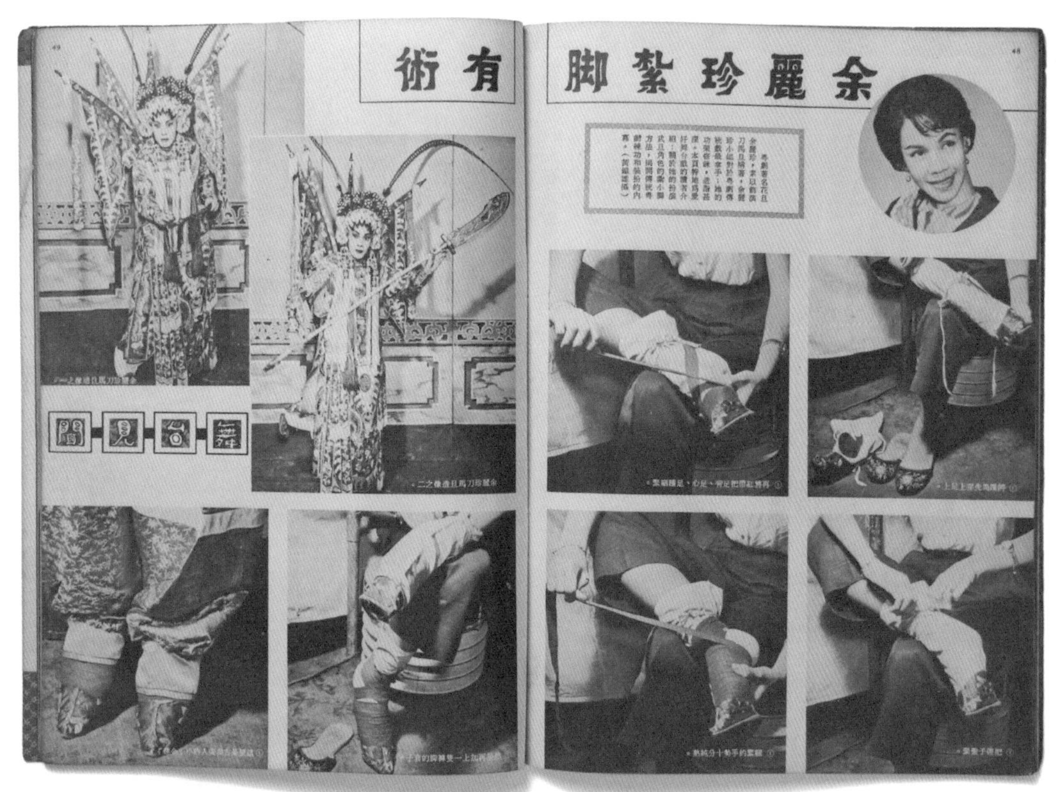

《娛樂畫報》特別重視戲曲藝術，圖為介紹粵劇名旦，以擅演紮腳戲著名的余麗珍。

WELL-KNOWN STARS OF THE SWATOW-CHIAO-CHOW OPERA

Miss Chen Cho-Sze, who is a "Sheng" in the Chiaochow Opera, i.e., portraying male characters, and Miss Tseng Sheng-fung, a "Tan", i.e., portraying female characters, are both well-known for their stage art. Miss Tseng is an actress who acts in Thailand, and is now invited to Hongkong.

除粵劇外，潮劇是本港較多觀眾喜愛的戲劇，圖為著名潮劇演員陳楚惠和曾珊鳳，前者擅演男角，有「潮劇任劍輝」之譽。

第二至第十期書影。其中第二期的嘉玲和第五期的尤敏分別是筆者最喜愛的粵語片、國語片女演員。

第一百期書影，封面人物是蕭芳芳。

由六十年代後期開始，《娛樂畫報》較偏重介紹和報道長城、鳳凰、新聯的電影和演員，這一期封面人物是影星石慧。

東南亞周刊

《東南亞周刊》是早期《明報》隨報附贈的刊物。

說起報紙的附刊，早在戰前已經出現，例如《大光報》的星期增刊《大光》，戰後《星島日報》的《星島畫報》、《中聲晚報》的《香港畫刊》、《大公報》的《大公畫刊》等，都是人所熟知的刊物，但她們多以一張附頁出版，而《東南亞周刊》則以書冊形式問世，大十六開，共十六頁。第一期封面人物是粵語片明星江雪。

細閱《東南亞周刊》的說明，知道她是《明報》與馬來西亞《南洋商報》聯合出版的一份刊物，由金庸任總編輯，他在發刊詞表明這是兩報聯合出版的一份周刊，逢周日隨報附送（在南洋則售二角，封面左下角有所顯示），作為給讀者的一份小禮物。雖然是合作出版，但觀每期內容都以圖文報道香港社會活動為主，間中才有一些東南亞風光名勝介紹，此外尚有音樂、漫畫及一些知識性文章，內容相當豐富，作為一本免費刊物，可讀性相當高。然而書中最可觀的，莫如創刊開始即有金庸的《素心劍》（《連城訣》）連載，每周兩大版，比起每日在《明報》上連載的一小段小說，金庸迷自然看得較起勁。除此以外，出版初期金庸還有一個專欄「每周漫談」，內容多為讀史隨筆，也有一些時事評論，可見金庸對《東南亞》甚為重視。

一般刊物都會清楚註明出版日期，可惜綜覽手上各期《東南亞周刊》均沒有發現，只能從發刊詞中「《明報》歷史只有四年半」這句話，加上書中所報道的時事內容，推想它大概在一九六三年底至六四年一月間出版。

根據文友鄺啟東先生所述，香港版《東南亞周刊》約二十期便改以四開小報形式出版，每期出紙一張（南洋版則仍以書刊形式出版至六十九期），內容基本上跟原來的大同小異，部分專欄仍然保留，較突出的是第一頁多刊登明星彩色照片，而《素心劍》也在第六十期連載完畢，接着連載的是金庸與岳川聯名發表的《天涯斬劍錄》。最遲至七十六期，《東南亞周刊》更名為《明報星期畫刊》。原因可能是不再與《南洋商報》合作，為顯示她是《明報》的刊物，故有改名之舉。

對比《東南亞》，《明報星期畫刊》更多刊載本港與外國娛樂圈和時尚服飾圖片，文字相對較少；另外，細心的讀者如有留意，《東南亞周刊》的報頭多用黃色，《明報星期畫刊》則以紅色為主，可能是為了讓讀者容易識別之故。她繼續出版了兩年多，直到一九六八年十一月《明報周刊》誕生。

東南亞 周刊
South-east Asia Weekly Volume 1 No. 1
世紀出版有限公司出版
總編輯：金庸　執行編輯：潘君儀
督印人：沈寶新
地　址：香港謝斐道三九九號
399 Jaffe Road, Hong Kong.
電　話：七七二七一七　Tel. 772717
電報掛號：三三四一
承印者：良友印刷有限公司

版權資料

馬來西亞：南洋商報 香港：明報 星期增刊
東南亞銷數最多之中文期刊

東南亞周刊

二角

《東南亞周刊》封面

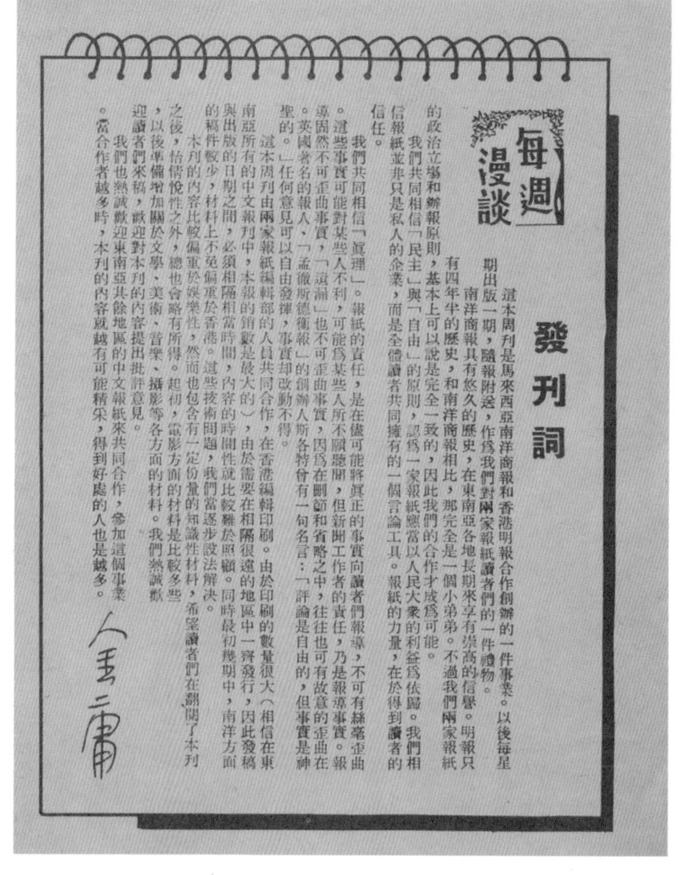

每週漫談

發刊詞

這本周刊是馬來西亞南洋商報和香港明報合作創辦的一件事業。以後每星期出版一期，隨報附送，作爲我們對兩家報紙讀者們的一件禮物。

南洋商報具有悠久的歷史，在東南亞各地長期來享有崇高的信譽。明報只有四年半的歷史，和南洋商報相比，那完全是一個小弟弟。不過我們兩家報紙的政治立場和辦報原則，基本上可以說是完全一致的，因此我們的合作才成爲可能。

我們共同相信「民主」與「自由」的原則，認爲一家報紙應當以人民大衆的利益爲依歸。我們相信報紙並非只是私人的企業，而是全體讀者共同擁有的一個言論工具。報紙的力量，在於得到讀者的信任。

我們共同相信「眞理」。報紙的責任，是在儘可能將眞正的事實向讀者們報導，不可有絲毫歪曲。這些事實可能對某些人不利，可能爲某些人所不願聽聞，但新聞工作者的責任，乃是報導事實。報導固然不可歪曲事實，「遺漏」也不可歪曲事實，因爲在刪節和省略之中，往往也可有故意的歪曲在。英國著名的報人、「孟徹斯德衞報」的創辦人斯各特曾有一句名言：「評論是自由的，但事實是神聖的。」任何意見可以自由發揮，事實却改動不得。

這本周刊由兩家報紙編輯部的人員共同合作，在香港編輯印刷。由於印刷的數量很大（相信在東南亞所有的中文報刊中，本報的銷數是最大的），由於需要在相隔很遠的地區中一齊發行，因此發稿與出版的日期之間，必須相隔相當時間，內容的時間性就比較難於照顧。同時最初幾期中，南洋方面的稿件較少，材料上不免偏重於香港。這些技術問題，我們當逐步設法解決。

本刊的內容比較偏重於娛樂性，然而也包含有一定份量的知識性材料，希望讀者們在翻閱了本刊之後，怡情悅性之外，總也會略有所得。起初，電影方面的材料是比較多些，以後準備增加關於文學、美術、音樂、攝影等各方面的材料。我們熱誠歡迎讀者們來稿，歡迎對本刊的內容提出批評意見。

我們也熱誠歡迎東南亞其餘地區的中文報紙來共同合作，參加這個事業。當合作者越多時，本刊的內容就越有可能精采，得到好處的人也是越多。

金庸

發刊詞

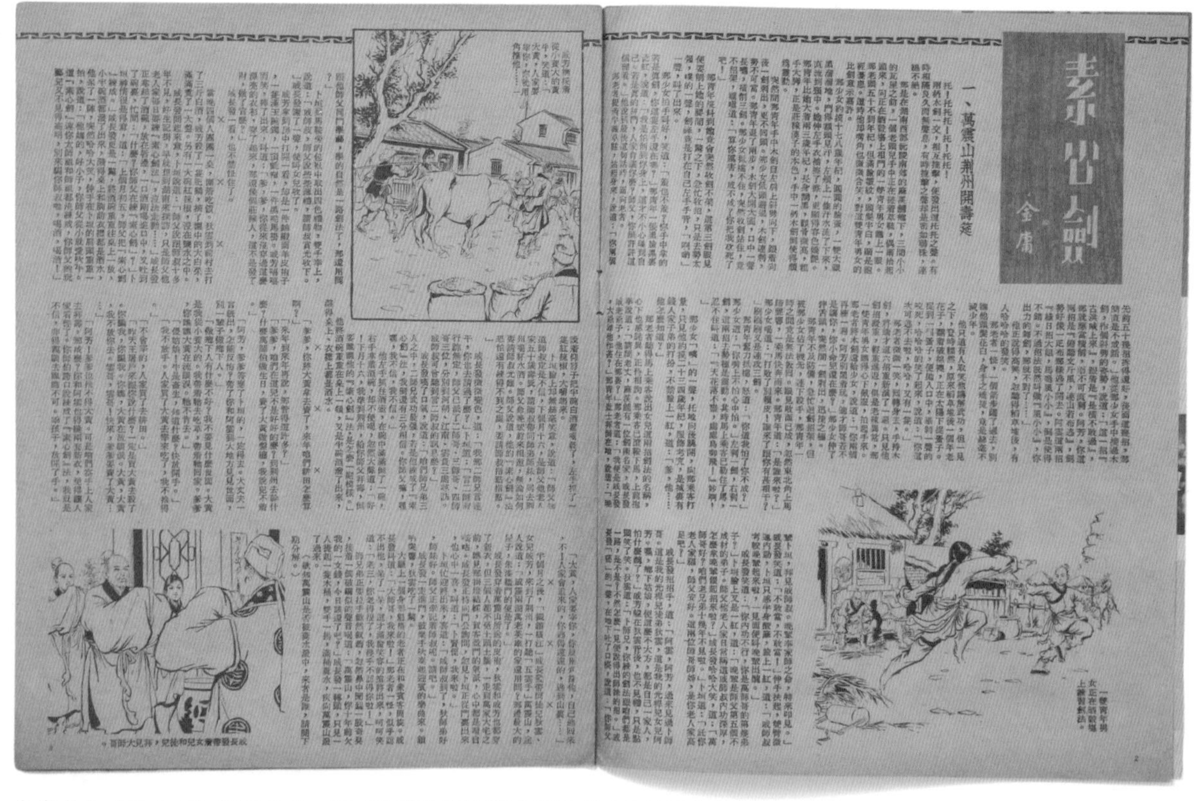

金庸名著《素心劍》初載於第一期（後期出版修訂本時改名《連城訣》）

東南亞周刊

電懋三女星
工展會中擺姿勢

世界各國女人

法國記者
大陸印象

李麗華義演楊排風

世界新知

《東南亞周刊》後期改以報紙形式出版

明報星期畫刊

of
HONG KONG

精工表
唯有品質高貴的精工表
始能配上妳雅麗的手姿

《明報星期畫刊》以登載圖片為主

第二至第十一期書影，第六期見左頁。

《東南亞周刊》第六期。梁醒波作封面人物的雜誌難求，當年筆者就以李小龍的專刊與友人交換而得。

觀察

「觀察」一詞過去用作雜誌名稱不在少數，粗略記憶香港便曾出現過《觀察》、《新觀察》、《觀察家》等刊物，本文介紹是一九六四年出版的《觀察》半月刊，主編是五十年代擅寫歷史小說和思想文化評論的作家于肇怡，刊行於世的作品有《秋瑾》、《賽金花傳奇》、《人物與神話》等。

就筆者所見，一些以「觀察」作刊物名稱的雜誌多屬政經評論，但《觀察》半月刊卻是一本記述近代人物掌故的雜誌，創刊號封面標示「人物山水　近代史乘」，另有一幅對聯，上書「閒談古今靜玩山水　不言是非勿論官事」，由此可見其創刊立意。

從創刊號目錄可見，各篇章均涉及近代人事，如譯作〈外國人筆下的傀儡皇帝溥儀〉、齊如山〈賽金花與聯軍統帥瓦德西之謎〉、胡憨珠的〈哈同花園裏別有天地〉、外史氏〈狗肉將軍張宗昌外傳〉等，都屬掌故憶述，稍後更載有〈溥儀在故宮時的生活〉、〈廣州十三行憶舊〉各篇，對筆者而言更屬可觀。

同時期內容風格像《觀察》的雜誌不少，除較之更早的《春秋》外，南宮搏主編的《新雜誌》或較後由高伯雨出版的《大華》半月刊，都是上世紀六十年代著名的文史雜誌，她們都是設計簡約、不求花巧，以文章質素去吸引讀者的刊物，繼之七十年代出版的《大人》、《大成》月刊，近年成為讀者追捧對象更不在話下了。

·2·

本期目錄

開宗明義說觀察（本刊同人）
外國人筆下的傀儡皇帝溥儀……咸爾士原作 顧千家主譯
曾國藩怎樣替幹部看相……劉兆賓
留日士官系雄踞民國政壇……東瀛舊侶
陳光甫十萬元開辦銀行……于西堂
孤軍大戰左聯的回憶……胡秋原
陶一珊鬪倒戚再玉……朱禮安
賽金花與聯軍統帥瓦德西之謎……齊如山遺作
黃楚九的起家與失敗……尤飄棠
哈同花園裏別有天地……胡憨珠
狗肉將軍張宗昌外傳……外史氏

目錄

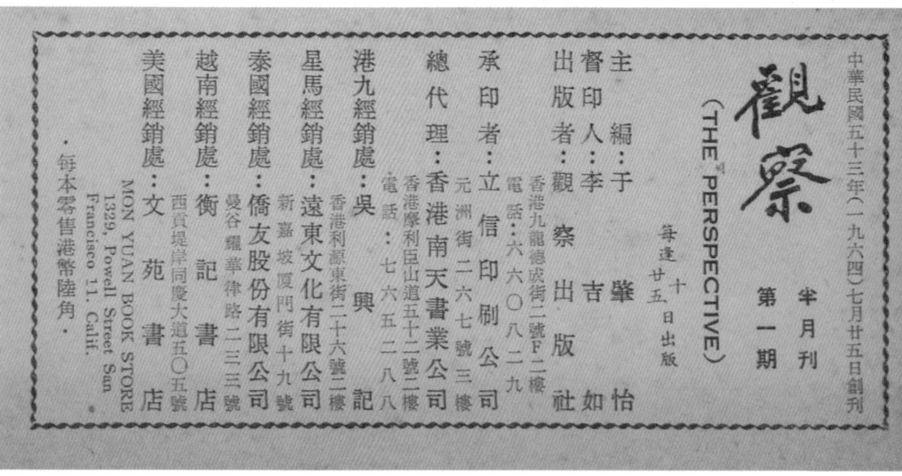
中華民國五十三年（一九六四）七月廿五日創刊

觀察（THE PERSPECTIVE）

半月刊 第一期

每逢十、廿五日出版

主　編：于肇怡
督印人：李吉如
出版者：觀察出版社
香港九龍德成街二號F二樓
電話：六六〇八二九
承印者：立信印刷公司
元洲街二六七號三樓
總代理：香港南天書業公司
香港摩利臣山道五十二號二樓
電話：七六五二八八
港九經銷處：吳興記
香港利源東街二十六號二樓
星馬經銷處：遠東文化有限公司
新嘉坡廈門街十九號
泰國經銷處：僑友股份有限公司
曼谷耀華律路二三三號
越南經銷處：衡記書店
西貢堤岸同慶大道五〇五號
美國經銷處：文苑書店
MON YUAN BOOK STORE
1329, Powell Street San Francisco 11. Calif.

·每本零售港幣陸角·

版權資料

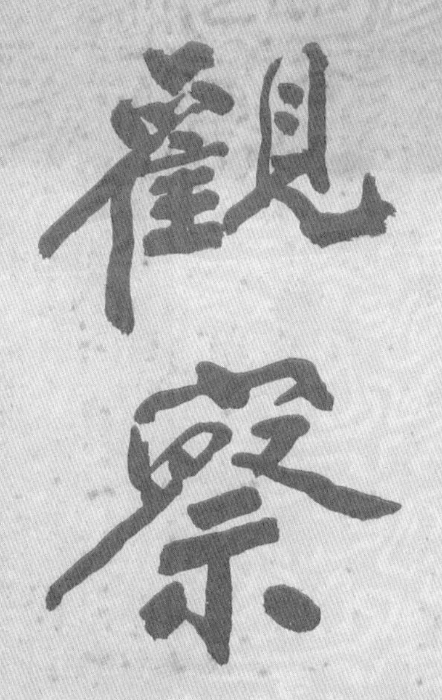

外國人筆下的溥儀
曾國藩替幹部看相
陳光甫多少錢辦銀行
哈同花園裏別有天地
出身鬍匪的張宗昌

閒談古今靜玩山水
不言是非勿論官事

人物山水
近代史乘

半月刊
創刊號

《觀察》封面

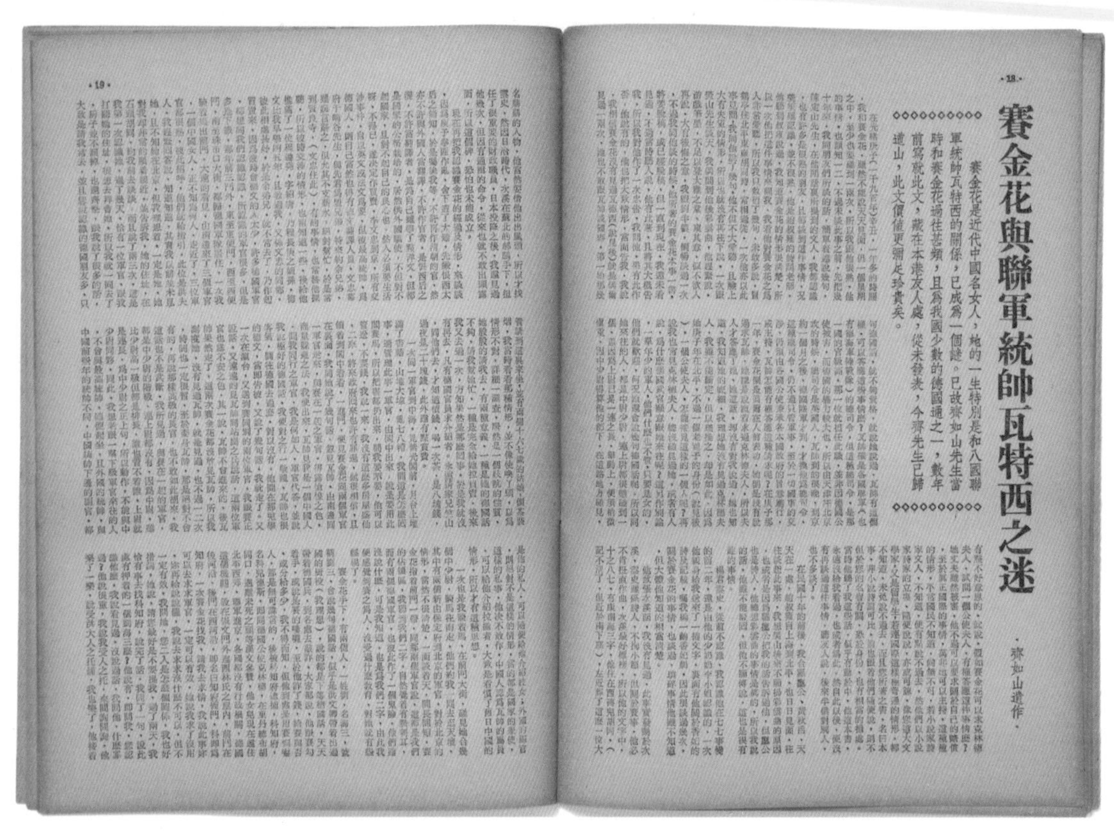

·18·

賽金花與聯軍統帥瓦特西之迷

·齊如山遺作·

賽金花是近代中國名女人，她的一生特別是和八國聯軍統帥瓦特西的關係，已成爲一個謎。已故齊如山先生當時和賽金花過往甚頻，且爲我國少數的德國通之一，數年前寫就此文，藏在本港友人處，從未發表，今齊先生已歸道山，此文價值更彌足珍貴矣。

齊如山寫近代奇女子賽金花

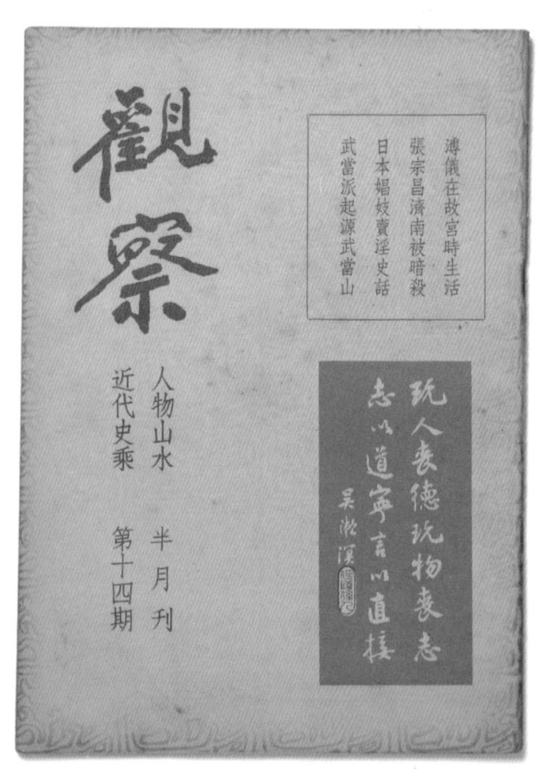

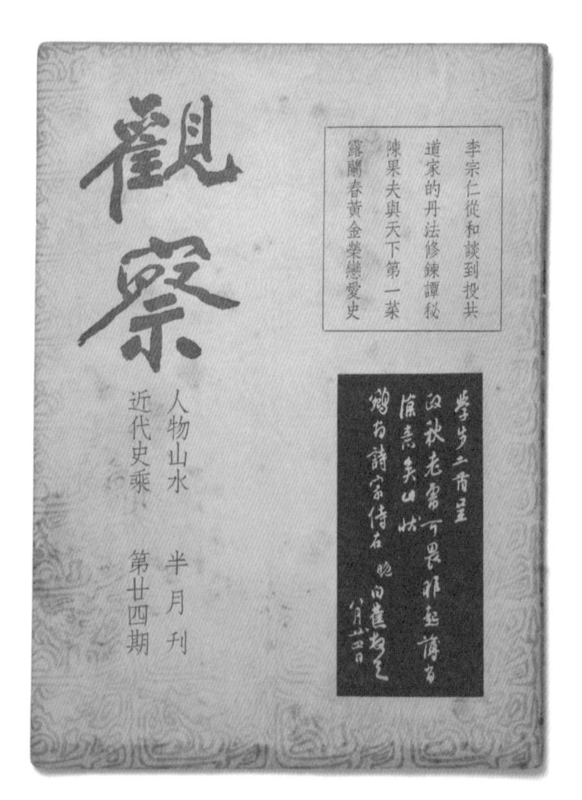

第十四期和第二十四期書影，基本上設計大同小異。

《春秋》從一九五七年出版至今已逾千期，在香港出版界可算異數。

南華晚報星期增刊

六十年代報章除《明報》附送《東南亞周刊》和《天天日報》附贈《天天周刊》外，另一份報紙《南華晚報》亦作出此舉。《南華晚報》創辦於一九六三年，是一份後起的綜合式的晚報，出紙張半，相比已出版有年的《星島晚報》、《工商晚報》、《華僑晚報》、《新晚報》，甚至《大晚報》而言，要佔一席位並不容易，故翌年五月出版《南華周刊》，逢星期日隨報附送，大抵希望爭取更多讀者支持。

這是一本十六開，共十六頁的刊物，封面人物是電懋新星容蓉。編者在創刊詞中指出，出版《南華周刊》是答謝讀者對晚報的支持，同時亦為「報紙雜誌化」作初步嘗試。所謂「報紙雜誌化」，是指盡量迎合讀者需要，登載讀者喜看的東西，除豐富圖片外，亦注意多樣性的取材，包括社會時事、文化藝術、娛樂體育、科學新知等，務求達到「麻雀雖小，五臟俱全」的目的。以創刊號這一期為例，內容包括「世界博覽會」、「港日拳擊大賽」、「荷李活影訊」、「英法海底隧道的建設」、「身歷聲的收音機介紹」等，從中可見有不少知識性的趣味文章。

報紙附贈周刊之舉在七十年代續有來者，而且較六十年代猶有過之，例如《文匯》、《大公》、《新晚》、《星島》、《工商》等，實在令人目不暇給。

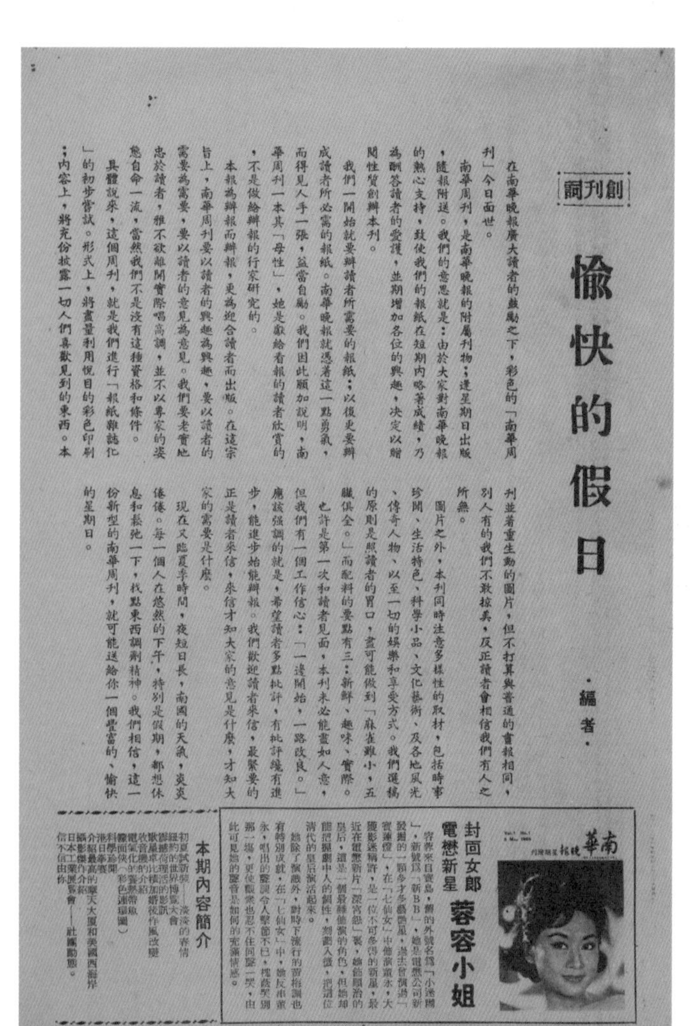

創刊詞

愉快的假日

·編者·

在南華晚報廣大讀者的鼓勵之下，彩色的「南華周刊」今日面世。

南華周刊，是南華晚報的附屬刊物；逢星期日出版，隨報附送。我們的意思就是：由於大家對南華晚報的熱心支持，致使我們的報紙在短期內略著成績，乃為酬答讀者的愛護，並期增加各位的興趣，決定以贈閱性質創辦本刊。

我們一開始就要辦讀者所需要的報紙；以後更要辦成讀者所必需的報紙。南華晚報就憑著這一點勇氣，而得見人手一張，益當自勵。我們因此願加說明，南華周刊一本其「母性」，她是獻給看報的讀者欣賞的，不是做給辦報的行家研究的。

本報為辦報而辦報，更為迎合讀者而出版。在這宗旨上，南華周刊要以讀者的興趣為興趣，要以讀者的需要為需要，要以讀者的意見為意見。我們要老實地忠於讀者，雖不欲離開實際唱高調，並不以專家的姿態自命一流，當然我們不是沒有這種資格和條件。

具體說來，這個周刊，就是我們進行「報紙雜誌化」的初步嘗試。形式上，將盡量利用悅目的彩色印刷；內容上，將充份披露一切人們喜歡見到的東西。本刊並着重生動的圖片，但不打算與普通的畫報相同，別人有的我們不敢掠美，反正讀者會相信我們有人之所無。

圖片之外，本刊同時注意多樣性的取材，包括時事珍聞、生活特色、科學小品、文化藝術、及各地風光、傳奇人物、以至一切的娛樂和享受方式。我們選稿的原則是照讀者的胃口，盡可能做到「麻雀雖小，五臟俱全。」而配料的要點有三：新鮮、趣味、實際。

也許是第一次和讀者見面，本刊未必能盡如人意，但我們有一個工作信心：「一邊開始，一路改良。」應該強調的就是，希望讀者多點批評，有批評纔有進步，能進步始能辦報。我們歡迎讀者來信，最緊要的正是讀者來信，來信才知大家的意見是什麼，才知大家的需要是什麼。

現在又臨夏季時間，夜短日長，南國的天氣，炎炎倦倦。每一個人在悠然的下午，特別是假期，都想休息和鬆弛一下，找點東西調劑精神。我們相信，這一份新型的南華周刊，就可能送給你一個豐富的、愉快的星期日。

南華晚報星期增刊

封面女郎　電懋新星　蓉容小姐

容蓉來自寶島，舊的外號名為「小迷糊」，新號為「新BB」，她是電懋公司新發掘的一顆多才多藝艷星，過去曾演過「寶蓮燈」，在「七仙女」中飾演董永，大獲影迷稱許，是一位不可多得的新星，最近在電懋新片「深宮怨」裏，她飾順治的皇后，這是一個最難飾演的角色，但她卻能把握劇中人的個性，刻劃入微，把這位清代的皇后演活起來。

她除了演戲外，對時下流行的黃梅調也有特別成就，在「七仙女」中，她反串董永，唱出的聲調令人擊節不已，槐蔭哭別那一場，更使觀衆也忍不住同聲一哭，由此可見她的聲音是如何的充滿情感。

本期內容簡介

初夏試新裝——淡淡的春情

紐約的世界博覽大會

蒙面俠（彩色連環圖）

信不信由你——社團動態。

創刊詞、本期內容簡介

Vol.1 No.1
3 May 1964

南華晚報星期增刊

第一期第一卷
一九六四年五月三日

星期日出版隨報附送不另收費

《南華晚報星期增刊》封面

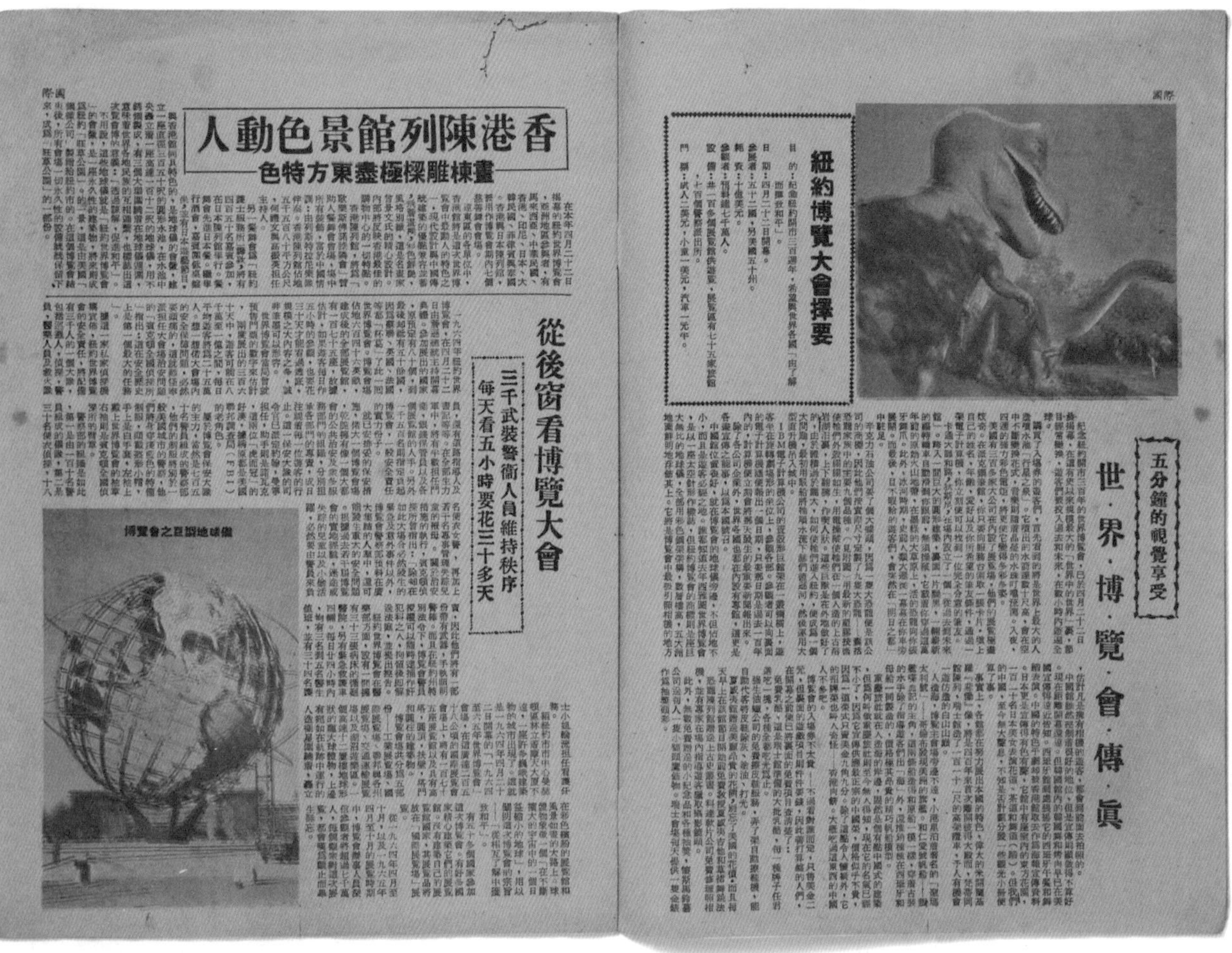

香港陳列館景色動人
畫棟樑雕極盡東方特色

從後窗看博覽大會
三千武裝警衛人員維持秩序
每天看五小時要花三十多天

紐約博覽大會擇要

目的：紀念紐約開市三百週年，希望與世界各國「由了解而歸致和平」。

日期：四月二十二日開幕。

參展者：五十二國，另美國五十州。

耗資：十億美元。

參觀者：預料逾七千萬人。

設備：共一百多個展覽館供遊覽，展覽區有七十五家旅館，七百個餐館派出所。

門票：成人二美元，小童一美元，汽車一元半。

五分鐘的視覺享受
世界博覽會傳眞

介紹在美國紐約舉辦的世界博覽會

六十年代《天天日報》隨報附送的《天天周刊》

後期名稱簡化，改為《南華晚報》，封面人物是影星苗金鳳。

NAM WAH MAN PAO

南華晚報

今天出紙兩大張 明天賽馬擴大馬經

水翼船碼頭浮女屍
頭有傷痕疑遭殺害
高五呎二吋年約卅五身世未明

旺角新填地街嚴重車禍
弟弟搶救不及
哥哥慘死輪下
三父子同過馬路遭慘變

拒載記者往目的地採訪
的士司機被控
法官往現場實地視察後始判案

青年暴力行刧
判入獄兩年
另一名押候定罪

今午天氣預測

富家兄弟攜首飾失踪
人歸金飾未歸
據云已變賣交給某舞廳一男子

開片未成警探已掩至
十八飛仔解庭
五木棍七鐵枝作為證物

下月底變為無效

換身份證

外出返工
被人毆傷

幫辦食餐無空檢查
一批歐洲商人
呆立羅湖橋頭
點半鐘後始行放人入境

建築工人
高處跌斃

《南華晚報》報影

少年報

兒童刊物在港出版為數甚多，除已成為港人集體回憶的《兒童樂園》外，還有一些我們熟知的，如《小朋友》、《少年良友》、《樂鋒報》、《好兒童》等，數目實在不少。其中有一份《兒童報》，也是曾經滋潤很多小朋友心靈，為他們提供健康精神食糧的畫報。

《兒童報》創刊於一九六〇年，創辦人劉惠瓊曾擔任電台兒童節目主持，也出版兒童刊物，是一位很受歡迎的兒童文學作家。《兒童報》早期是一份八開的周報，每期出紙八頁，彩色印刷，內容包括兒童故事、生活常識、科學新知，以及小朋友最愛的有獎遊戲比賽等。二百零一期起改以雙周十六開書冊形式出版，至一九六六年出版至二百七十二期為止。

劉惠瓊在經營《兒童報》的七年歲月中，曾經出版一本《少年報》，創刊於一九六四年，同是十六開二十四頁，在創刊詞中劉惠瓊指出這本刊物專為那些長大了的小讀者而辦，隨着年紀增長，小讀者需要一些與其成長配合程度較高的讀物，《少年報》就是在此情況下誕生。

兩書比較，《少年報》比《兒童報》的文字明顯多了，也增加一些現實小說和名作欣賞，著名作家李輝英也在此撰寫民間故事，「知識之窗」欄有一篇署名何柏寫的〈吉卜賽人的故事〉，這位何柏就是後來的著名兒童小說家何紫先生，他同時也是畫報編輯。另外，這期刊載了看圖作文比賽高級組的優勝作品，當中有一篇是本港劇作家陳鈞潤的少作，當年他就讀皇仁書院中二級。

《少年報》跟《兒童報》一樣，每一頁都充滿編作者對孩子們的關懷與愛心。成長於那年代的人生活是艱難的，但精神上是充實的，相比今日，物質的豐裕是否就能抵銷心靈的空虛，識者自不難找到答案。

第一期目錄

目錄

《少年報》封面

創刊詞

劉惠瓊

我想多辦一份專供長大了的兒童閱讀的刊物，已非一朝一夕的事。終於在朋友的鼓勵下，在同事的協助中，我這個願望得以完成，「少年報」就在今天誕生了。

記得早在兩年多前，我們接觸到一些兒童報的讀者，他們都覺得年齡漸長，單只閱讀兒童報，已漸感不足，希望我們能有一份程度較深的刊物，來滿足他們的需要。這樣，我便播下了一顆願望的種子。

我們都知道，從兒童時期悄悄地踏進了一個新的階段——少年時期，其間距離很近，也像相去很遠。在少年時期，心理和智慧的發展，都是異常迅速。少年是充滿了好奇心和求知慾的，除了在學校所得的知識外，他們須要更多的精神糧食。可是在目前，純粹供給他們閱讀的刊物爲數不多。爲了少年們，我那顆願望的種子便漸漸萌芽了，生根了。

今天，我們以萬二分歡忭的心情來迎接少年報的誕生。他誕生在人們的笑臉中，誕生在春風的浩蕩裏。春，是象徵新年，也是象徵萬物生長，因此，我們以虔誠的心情，爲少年報祝福，願他像春一樣充滿生機，充滿活力。

親愛的少年的朋友們啊！請張開友誼的手，來歡迎這位新朋友，也可說是舊朋友，因爲你們早已認識他的兄弟——兒童報了。他將和兒童報一樣，願意衷心地和你們做朋友，並且忠誠地永遠爲你們服務。

創刊詞

相思樹（民間故事）

李輝英

春秋時代宋國的韓憑，是一個窮苦的之人，生活過得並不怎麽如意。幸虧他的妻子息氏善於處理家務，雖然收入不多，倒也將將就就過得有板有眼，並未現出捉襟見肘的窘狀。那位息氏長得花容月貌，就不用提了，男人一見，不消說驚爲天人；就是女人們見了，也全不願邁動脚步，但得能多看一眼，似乎就是世間難得的好享受了。

息氏夫人每天到桑林裏採桑，做起活兒來，手脚十分靈巧，一塊兒採桑的娘子們，全都打心裏稱讚她的能幹。息氏這時就笑着答道：

「別客氣了，看我這笨手笨脚，哪裏做得好活兒。」

「你呀，活兒做得好，還不算數，看你長的那副模樣兒，美得天仙也不能比呀。」說這話的人，可沒有一絲一毫的虛假。

「得了，看看我這一身寒傖相就夠受了，從來不曾穿過一件漂亮的衣裳。」

息氏說的也是老實話，她的服飾正和別些採桑娘子一樣，全是樸素無華的一類。

這樸素無華的衣飾，在一般人的眼目中，確乎顯得有點兒寒傖。但是你可想也想不到，就在桑林旁邊新築就的「青陵台」上，宋王偃竟然看上了她。他覺得後宮的佳麗，都不足以和息氏的美麗相比。國王的權勢是大的，任何小民難得反抗，所以當國王派人通知韓憑快把他的妻子息氏送入宮中的時候，韓憑便知道是噩運來臨了。他問息氏願不願入宮，享受宮中的富貴榮華？說不定妻子喜愛宮中的富貴榮華，不甘於窮困的生活，那也大有可能呢；果然如此，他也只有聽其自然了。息氏先是低頭不語，後來唱出一首歌道：

南山飛來一隻鳥，北山張起一面羅，
鳥兒只向天空飛，不給兇惡獵人捉。

韓憑一聽這話，知道妻子表明了心跡，就決定雙雙逃亡，投奔他

名作家李輝英所撰的民間故事

金色原野

看圖作文比賽 高級組第三名

魚雁

F2 皇仁 陳鈞潤

親愛的白蘋、青桐和紫薇：

自從我跟舅父到了英國後，已經有四個月沒有聽到您們歡樂的笑聲了。您們也許不相信，我很掛念您們哩！

我承認，以往我是很憎恨您們的，那令我憎恨您們的一天，仍深深烙在我腦中：

那一天，我在我的臥房中的小實驗室中，試驗用三氧化硫和水化合來製硫酸。當我得意地捧着我的心血結晶品時，您們三個淘氣鬼就推着一排椅子闖進來，要我坐火車，硬把椅子撞到我的腿上，我立刻向後一仰，瓶中的硫酸液就濺了幾滴在眼中了……

從昏迷中醒過來，發覺我的靈魂之窗已被您們的愚魯造成的黑帘永遠封着時，我眞想殺了您們！您們毀滅了我做一個女科學家的志願，毀滅了我的前途！您們眞該死！

失去了眼睛，我變得孤僻、自卑、乖戾，整日在黑暗中摸索着。我痛恨您們，時常借故打您們、罵您們。但您們却從不還手或答嘴；我知道您們在內疚和懊悔，可是一想到我前途的可悲，我又把您們恨得牙癢癢的！但，雖然我日間兇惡得像雌老虎一樣，每晚我却偷偷地伏枕痛哭哩！

有一件事是您們不知道的：半年前的一個暴風雨之夜，我睡不着，起來想喝一杯茶，不料摸着了鋒利的果刀，割傷了手掌。這使我又想起了因您們弄瞎了我的眼睛才會這樣！我心頭的怒火狂燒起來，執着果刀，摸到您們房中，要把您們殺光！

家裏每一寸地方都是我熟悉的，我摸到了紫薇的牀前，一伸手正摸着紫薇的胖胖的、滑滑的、嫩嫩的小臉兒。這時我又想起了你們的天眞可愛，從前我們一起在屋外打野戰、捉蜻蜓、攀望夫山、爬黃梨樹、在小丘上看日落、在池塘畔唬鴨子的時光，……。於是，拿着刀的手不由自主地垂下來了！我終於打消了殺害您們來報復的念頭，默默摸索回到房中。

接着，我又嘗試過自殺。可是，當我正要把那纏着手的，去了膠皮的電線的插頭插到電掣上時，母親彌留時的話又在耳邊響起來了：

「你爸爸到底是男人，又要出外工作，你應該代替他照顧弟妹，管教他們，否則以你爸爸一人，怎能管理那三個淘氣的小孩呢？」

對！我要替父親管教您們，我不能死！於是，我把縛好在手上的電線又解開了。

直到四個月前，舅父提議帶我到英國接受眼球移殖手術時，我才又重新看到您們美麗的靈魂：因爲爸爸沒有足夠的錢送我赴英，白蘋拿出了她儲來買小狗的錢，青桐犧牲了他的獎學金，紫薇也打破了儲蓄了多年的撲滿，湊足了旅費給我，使我才有機會到來這兒接受手術。在碼頭臨別時，我擁抱着您們，流出了眞摯的感激之淚！

現在，手術已經順利完成了，我再次看到了和煦的陽光在照耀着的美麗的世界！當我從黑暗中重見光明的一剎那，看到了戴着口罩的醫生的臉時，我快樂得顫抖起來！我早已經寬恕了您們，而且還衷心的感謝您們！請您們也寬恕我吧！

明天，我就要和舅父乘船回來了。我將重臨那望夫山下的故居，又和您們在一起攀山、觀日、打野戰、捉鴨子了！等待我吧！親愛的弟妹們！祝您們生活愉快！

您們的姊姊 紅菱 七月六日

著名劇作家陳鈞潤學生時代參加寫作比賽的作品

學生時代
The Student Times
1
綜合性半月刊
創刊號
NGr.

同期的另一本少年刊物《學生時代》，主編方亮，一九六一年出版。

兒童報
·適合少年及兒童閱讀的佳作刊物·
262

《兒童報》書影

影劇

初見《影劇》，封面照例是女影星的造像，但感平平無奇，跟一般電影雜誌並無兩樣，當年購買的原因就只為這是一本「創刊號」而已，及後細閱之下，發現她內容相當精彩，並不時在友儕之間加以推介。

《影劇》顧名思義是一本報道電影與戲劇的刊物，創刊於一九六五年，十六開，共七十二頁，主編是香港著名戲劇作家黎覺奔，他的作品《趙氏孤兒》是本港中學中國語文科的選用教材，相信不少讀者對他並不會感到陌生。

編者在創刊號「致讀者」中述說本刊的出版宗旨，是提供有關電影和戲劇的資料給讀者參考。第一期的內容十分豐富，電影方面除了國粵新片介紹和演員近況報道，還有一篇專文〈香港片場滄桑錄〉，記述本港電影製片廠的歷史發展，是一篇研究香港影業很重要的文獻。

六十年代香港影圈結拜成風，當時有所謂「八牡丹」、「九大姐」和「十兄弟」的結誼組織，對其來龍去脈和成員組成情況，過去讀者可能不甚了了，這期對此有詳細介紹。至於戲劇方面，報道當時中英學會演出的《趙氏孤兒》和電懋公司響應《華僑日報》救童助學運動，演出國語話劇《孽債》；人物素描則介紹當時的話劇演員李馨游、粵劇新人筱菊紅，同時亦有一篇記述林家聲師事薛覺先的伶人傳記，還有新春粵劇班事的消息。過去較少人報道的潮劇，本期也有一篇作圖文介紹，對潮劇不熟悉的讀者，大概可從這篇文章略識一二。

翻閱《影劇》創刊號，你會覺得編者想把最多的內容呈現於讀者眼前，但因篇幅所限，在編排上給人一種略為雜亂之感，但仍無損其內容的可觀。

目錄

《影劇》封面

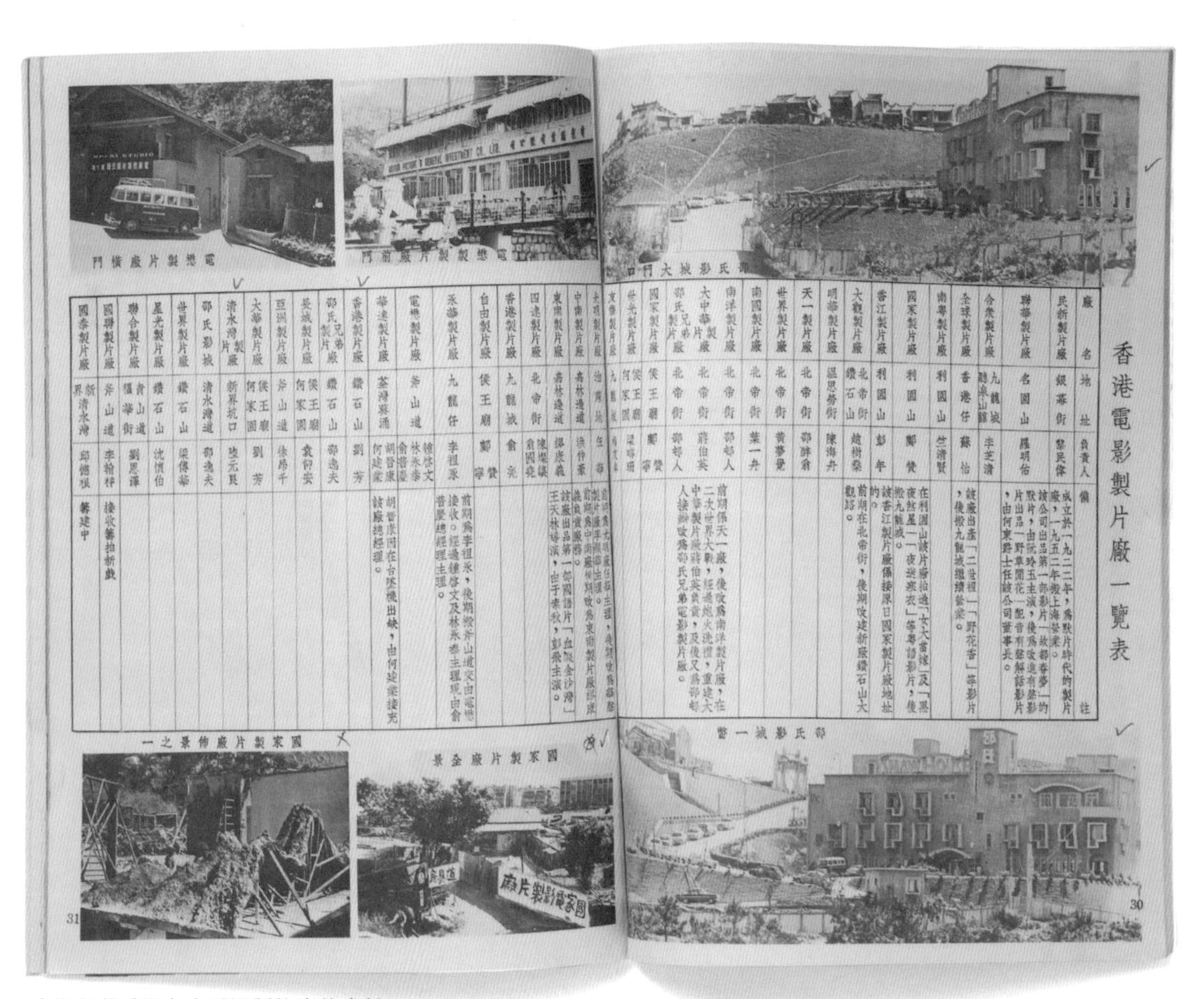

香港電影製片廠一覽表

廠名	地址	負責人	備註
民新製片廠	銀幕街	黎民偉	成立於一九二二年，為默片時代的製片廠，一九五二年搬上海營業。
聯華製片廠	名園山	羅明佑	該公司出品第一部影片「故都春夢」的默片，由阮玲玉主演，後為改進有聲影片出品「野草閒花」配音有聲解話影片，由何東爵士任該公司董事長。
合眾製片廠	九龍城鶴泉山館	李芝清	
全球製片廠	香港仔	蘇怡	該廠出產「二世祖」「野花香」等影片，後搬九龍城繼續營業。
南粵製片廠	利園山	竺清賢	
國家製片廠	利園山	鄺贊	在利園山該片廠拍過「女大當嫁」及「黑夜無星」「一夜選寒衣」等粵語影片，後搬九龍城。
香江製片廠	利園山	彭年	該香江製片廠係接原日國家製片廠地址的。
大觀製片廠	北帝街 鑽石山	趙樹燊	前期在北帝街，後期改建新廠鑽石山大觀路。
明華製片廠	溫思勞街	陳海舟	
天一製片廠	北帝街	邵醉翁	
世界製片廠	北帝街	黃夢覺	
南國製片廠	北帝街	葉一舟	
南洋製片廠	北帝街	邵邨人	前期係天一廠，後改為南洋製片廠，在二次世界大戰，經過炮火洗禮，重建大中華製片廠，蔣伯英負責，及後又為邵邨人接辦改為邵氏兄弟電影製片廠。
大中華製片廠	北帝街	蔣伯英	
邵氏兄弟製片廠	北帝街	邵邨人	
國家製片廠	侯王廟	鄺贊 寧	
世光製片廠	侯王廟 何家園	梁瑞珊	
友僑製片廠	九龍城	[illegible]	
光明製片廠	油麻地	任蓓	前期為光明廠任蓓主理，後期改為[illegible]製片廠李[illegible]主理。
中南製片廠	嘉林邊道	洪仲豪	前期為中南廠後期改為東南製片廠繆康義負責廠務。
東南製片廠	嘉林邊道	繆康義	該廠出品第一部國語片「血濺金沙灣」王天林導演，由于素秋，彭飛主演。
四達製片廠	北帝街	陳燦謨 袁國堯	
香港製片廠	九龍城	俞亮	
自由製片廠	侯王廟	鄺贊 寧	
永華製片廠	九龍仔	李祖永	前期為李祖永，後期搬斧山道交由電懋接收。經過鍾啟文及林永泰主理現由俞普慶總經理主理。
電懋製片廠	斧山道	鍾啟文 林永泰 俞普慶	
華達製片廠	荃灣葵涌	胡晉康 何建業	胡晉康因在台墜機出缺，由何建業接充該廠總經理。
香港製片廠	鑽石山	劉芳	
邵氏兄弟製片廠	鑽石山	邵逸夫	
長城製片廠	侯王廟 何家園	袁仰安	
亞洲製片廠	斧山道	徐昂千	
大華製片廠	侯王廟 何家園	劉芳	
清水灣片製廠	新界坑口	陸元亮	
邵氏影城	清水灣道	邵逸夫	
世界製片廠	鑽石山	梁傳華	
星光製片廠	鑽石山	沈慎伯	
聯合製片廠	青山道 福華街	劉恩澤	
國聯製片廠	斧山道	李翰祥	接收籌拍新戲
國泰製片廠	新界清水灣	邱德根	籌建中

本期記載香港各大電影製片廠的資料

內頁報道新成立的電影製片商會

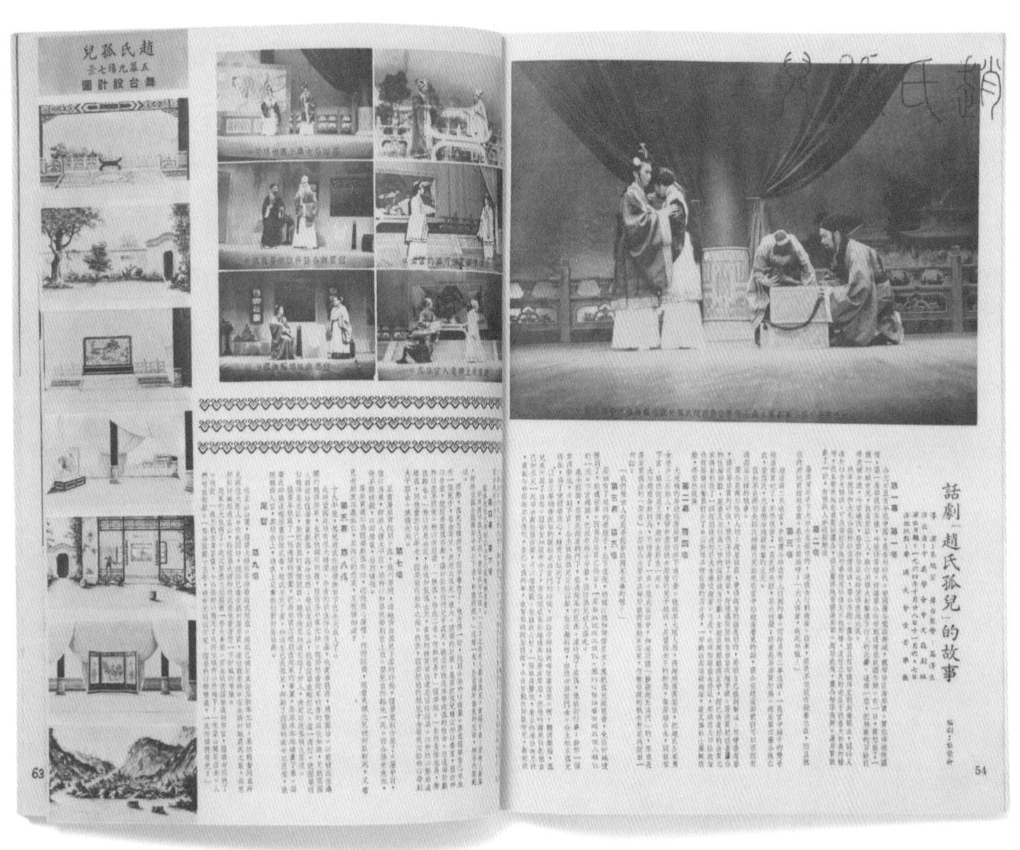

黎覺奔編《趙氏孤兒》話劇

創刊號內頁，報道《華僑晚報》十大明星選舉。

《影劇》第二期書影，封面人物為影星丁紅。

致讀者

各位親愛的讀友：我們的「影劇」創刊號，今天和大家相見了！首先，讓我們向各位恭喜！敬祝各位新年健康快樂！一九六五年萬事順利！（象徵地一串十數丈的爆竹，乒乒班班地燃着響起來了。

「影劇」的出版，顧名思義，本畫刊內容，是提供有關電影和戲劇的參考資料給各位閱讀，同時也可以說是我們將帶各位欣賞好片和好戲。畫刊既名影劇，所包括的材料自然很廣泛的。電影方面，有中國片，有外國片有國語片，有粵語片；有古裝片，有時裝片。戲劇方面，有粵劇；有京劇；有潮劇；有各種地方劇和有話劇。我們就多式多樣的影片和戲劇演出中，選擇值得介紹的作品，刊載出來。我們的希望，就是在一本七十多頁的畫冊裡，把一個月的影片出品和戲劇演出的情況，作有系統的整理給大家作一同報導。有一些屬於預告放映或將要演出的戲劇節目，也不放鬆地作提前的介紹，讀者們一定也很歡迎的。

我們本畫刊同人的力量還很有限，但我們盡力去做，期使到這畫刊盡善盡美，作為讀者優良的精神食糧的一部份。我們希望讀者們多多地不吝賜教，使「影劇」今後無論在內容方面或形式方面都有進步，「影劇」應該屬於讀者大家的，願我們的手熱烈地拉着吧！

影劇 創刊號

一九六五年二月號出版

定價：每冊港幣一元

出版者：星聯電影企業公司
影劇畫刊出版社
香港九龍亞皆老街利單大廈六樓E座
電話：八五三式〇一

社長兼督印人：莫　忠

主編：黎　覺　奔

總代理：麥　泉　記　書　報　社
香港興隆街式十五號
電話：四四八五九六

承印：新新美術印刷製造廠
九龍官塘鴻圖道五十九號
電話：八九一一五一

致讀者、版權資料

當代文藝

五六十後曾經是「文藝青年」的朋友，相信對高原出版社的「中國當代文藝叢書」不會陌生，無論是徐速的《星星月亮太陽》、《櫻子姑娘》；李輝英的《苦果》、《鄉村牧歌》；以及司馬長風、思果、黃思騁等名家的作品，不少都曾滋潤過我輩年青時的心靈。筆者少年時代正式接觸的第一位香港作家，就是徐速，直到今天，他的一本本小說、散文及評論集，仍在我書櫃內佔一席位。

叢書主編徐速為進一步推動文學發展，於一九六五年出版《當代文藝》，一本純文學雜誌，為香港這片文學園地多添一支生力軍。

這本三十二開的《當代文藝》月刊，創刊號厚一百六十八頁，目錄上出現的都是當時的名家作品，例如有徐訏的〈旅印雜詩〉、思果的〈論幽默〉、司馬長風的〈咖啡館的世界〉、李輝英的〈香港婚姻的悲喜劇〉、易君左的〈元劇的演出〉演講辭文稿等，當然少不了的是徐速的短篇小說〈殺妻記〉，此外還有李素、黃思騁、黃崖等作家助陣，內容相當充實。雜誌為推動青少年文學創作，曾舉辦過不少徵文比賽，記憶所及就有「初戀」和「苦與樂」兩個主題，而且曾把得獎作品結集成書。

《當代文藝》跟其他文學雜誌一樣，都是靠同人努力，艱苦經營，利用出版叢書所得補貼開支，但最後只能維持到七十年代尾便告停刊；主編徐速更不幸於八十年代初病逝。有一班當年旗下作家在得到徐速太太張慧貞女士同意下，於一九八二年復刊，可惜維持不久便告停辦。直至一九九九年，一位《當代文藝》早期作者黃南翔向藝術發展局申請撥款，實行東山再起，這次把雜誌改為雙月刊，但同樣地經營一段短時間便無以為繼。畢竟文學雜誌要在這個社會環境下生存並不容易，《當代文藝》也不能例外。

當代文藝
創刊號
一九六五年十二月一日出版
目錄
當代名作
文藝長城

目錄

《當代文藝》封面

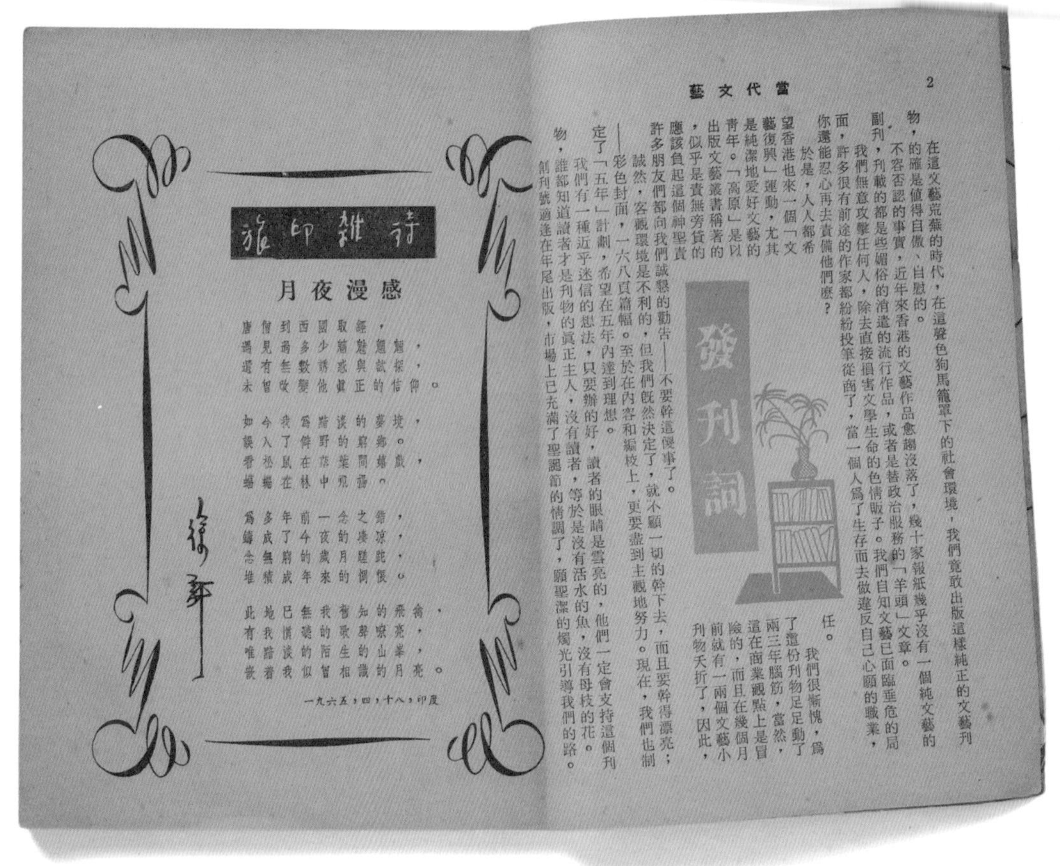

當代文藝　2

在這文藝荒蕪的時代，在這聲色狗馬籠罩下的社會環境，我們竟敢出版這樣純正的文藝刊物，的確是值得自傲、自慰的。

不容否認的事實，近年來香港的文藝作品愈趨沒落了，幾十家報紙幾乎沒有一個純文藝的副刊，刊載的都是些媚俗的消遣的流行作品，或者是替政治服務的「羊頭」文章。我們無意攻擊任何人，除去直接損害文學生命的色情販子。我們自知文藝已面臨垂危的局面，許多很有前途的作家都紛紛投筆從商了，當一個人爲了生存而去做違反自己心願的職業，你還能忍心再去責備他們麼？

於是，人人都希望香港也來一個「文藝復興」運動，尤其是純潔地愛好文藝的青年。「高原」是以出版文藝叢書稱著的，似乎是責無旁貸的應該負起這個神聖責任。

發刊詞

我們很慚愧，爲了這份刊物足足動了兩三年腦筋，當然，這在商業觀點上是冒險的，而且在幾個月前就有一兩個文藝小刊物夭折了，因此，許多朋友們都向我們誠懇的勸告——不要幹這傻事了。

誠然，客觀環境是不利的，但我們既然決定了，就不顧一切的幹下去，而且要幹得漂亮；——彩色封面，一六八頁篇幅。至於在內容和編校上，更要盡到主觀地努力。現在，我們也制定了「五年」計劃，希望在五年內達到理想。

我們有一種近乎迷信的想法，只要辦的好，讀者的眼睛是雪亮的，他們一定會支持這個刊物，誰都知道讀者才是刊物的眞正主人，沒有讀者，等於是沒有活水的魚，沒有母枝的花。

創刊號適逢在年尾出版，市場上已充滿了聖誕節的情調了，願聖潔的燭光引導我們的路。

旅印雜詩

月夜漫感

徐訏

唐僧到西國取經，
遇見爲多少魑魅魍魎，
還有無數誘惑與試探，
未曾改變他眞正的信仰。

如今我爲黯淡的夢境，
誤入了僻野的窮鄉。
看松鼠在落葉間嬉戲，
蝙蝠在林中飛翔。

爲多年前一念之錯，
鑄成了今夜的淒涼，
念無窮的歲月蹉跎，
堆積成年來的惆悵。

此地已無我舊知的飛禽，
有我慣聽的歌聲嘹亮，
唯黯淡的陌生的山峯，
嵌着我似曾相識的月亮。

一九六五，四，十八，印度

發刊詞、徐訏的〈旅印雜詩〉

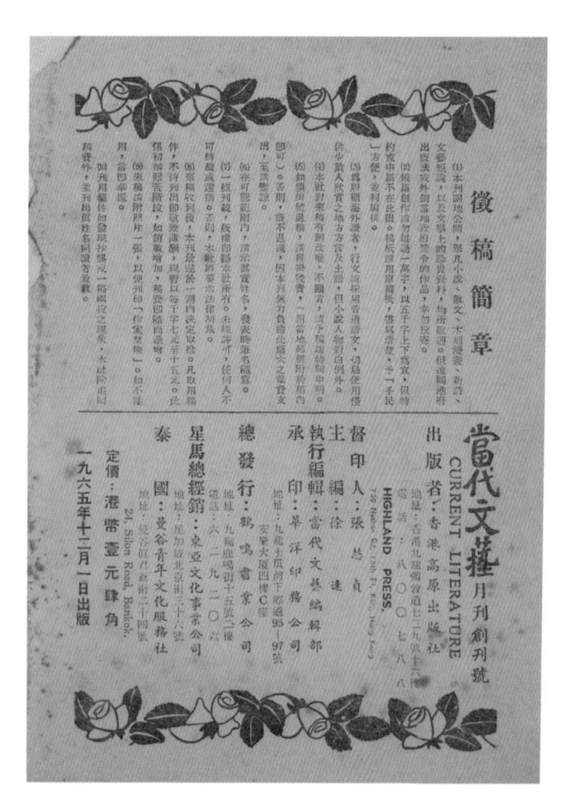

徵稿簡章

(1)本刊園地公開，舉凡小說、散文、木刻漫畫、新詩、文藝短論，以及文學上的珍貴資料，均所歡迎。但違觸港府出版法或外銷當地政府禁令的作品，幸勿投寄。

(2)短篇創作請勿超過一萬字，以五千字上下爲宜，但特約或中篇不在此限。稿紙請用原稿紙，書寫清楚，予「手民」方便，並利編排。

(3)爲照顧海外讀者，行文須採用普通語文，切忌使用僅供少數人欣賞之地方方言及土語，但小說人物對白例外。

(4)本社對來稿有刪改權，不願者，請予稿端特別申明。

(5)如須掛號退稿，請將掛號費，（用當地郵票附於稿內即可）。否則，概不退還，因本刊無力負擔此龐大之雜費支出，至請鑒諒。

(6)在可能範圍內，請示眞實姓名，發表時筆名隨意。

(7)一經刊載，版權即歸本社所有。未經許可，任何人不可轉載或選編。否則，本社將要求法律制裁。

(8)來稿收到後，本刊最遲於一週內決定取捨。凡取用稿件，不待刊出即致送薄酬，現暫以每千字七元至十五元。此係初辦艱苦階段，如銷數增加，稿費即隨而遞增。

(9)來稿請附照片一張，以便刊印「作家[illegible]」。如不獲用，當即奉還。

如刊用稿件如發現抄襲或一稿兩投之現象，本社除追回稿費外，並刊出眞姓名向讀者致歉。

當代文藝　月刊創刊號
CURRENT LITERATURE

出版者：香港高原出版社
地址：香港九龍彌敦道七三九號十六樓
電話：八〇〇七八八
HIGHLAND PRESS, 739 Nathan Rd, 16th Fl, Kln, Hong Kong
督印人：張慧貞
主編：徐速
執行編輯：當代文藝編輯部
承印：華洋印務公司
地址：九龍土瓜灣下鄉道95－97號安樂大廈四樓C座
總發行：鶴鳴書業公司
地址：九龍鹿鳴街十五號二樓
電話：六二一九二〇六
星馬總經銷：東亞文化事業公司
地址：星加坡北京街三十六號
泰國：曼谷青年文化服務社
地址：曼谷[illegible]二十四號
24, Silon Road, Bankok.
定價：港幣壹元肆角
一九六五年十二月一日出版

徵稿簡章、版權資料

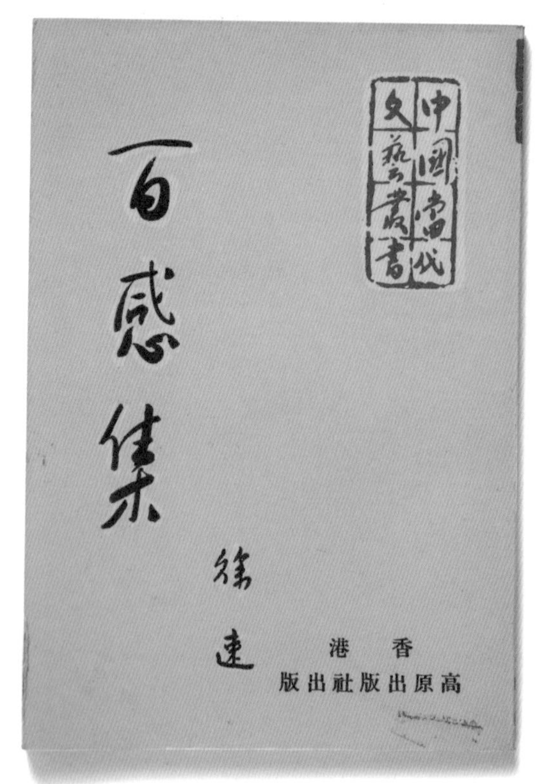

徐速的《百感集》，高原出版社，一九七四年。

一九八二年復刊特大號

一九九九年新一期書影

文藝伴侶

《文藝伴侶》是《伴侶》半月刊的姊妹刊。

《伴侶》是六十年代一本很受歡迎的青年讀物，創刊於一九六三年。創辦者是吳羊璧和李怡等人，後來為了加強文藝氣息，於是另外籌辦一本純文藝刊物，即《文藝伴侶》。觀其封面刊有「伴侶雜誌副刊」即可知曉。

《文藝伴侶》創刊於一九六六年，督印人是王綺薇，二十開呈四方形，似五十年代初期的《西點》但較大本，每期封面和封底都會刊載二十世紀中西畫家作品，藝術氣息濃厚。刊物以較廣義的「文藝」而非「文學」命名，相信是在介紹文學作品外，還想多推介一些藝術方面的內容，故自創刊號起每期即介紹一位本地畫家，另有一個以書紙印製的八頁「文藝畫頁」，先後刊出〈畢加索和他的情婦〉、〈文學作品的插圖〉、〈電影發生的歷史〉（上、下篇）等不同藝術範疇的報道。此外，刊物的藝術內容還有第二期的〈通俗歌曲欣賞〉、〈現代音樂起源、發展和流派〉等專文。

至於文學部分則跟其他同類刊物大同小異或容有過之，以創作為主，文學知識為副，每期固定的欄目有「小說」、「新詩」、「散文小品」、「作家印象」、「報告文學」、「雜感與短論」等。自第二期起，設有「描寫比賽」專欄，新詩、散文、小說不限，歡迎讀者投稿，讓文學愛好者可以一顯身手。

觀其創刊號，就有舒巷城、史得（高雄）、柳木下、路易士、司明、亦舒等作家助陣，而從第二期開始，更邀得名作家葉靈鳳主持「文藝信箱」，解答讀者有關文學藝術的問題。從第二期至第四期可見，葉靈鳳對讀者的來詢，如問到「文學的感染力」、「甚麼才算文學作品」、「關於名畫欣賞要留意的地方」等，他都深入淺出一一詳細道來，既能滿足讀者需要，我們也可以從中窺見作者的文藝觀。

跟一般文藝期刊一樣，《文藝伴侶》未能像其母體《伴侶》雜誌般出版到近二百期，在銷量及廣告不足下只能出版四期。筆者的四冊《文藝伴侶》本來是藏書家譚錦常先生的收藏，多年前從新亞書店購得，當時尚未認識譚先生，日後跟先生說起此刊物，他稱自己其實是捨不得出賣的，只是當年因遷居之故，趕着把書藏轉讓，匆忙中也來不及細看，最後給筆者有緣買到。我曾要送回給他，但譚先生表示書遇有緣人，叫我留下，也許我就是那個「有緣人」吧。

目錄

《文藝伴侶》封面

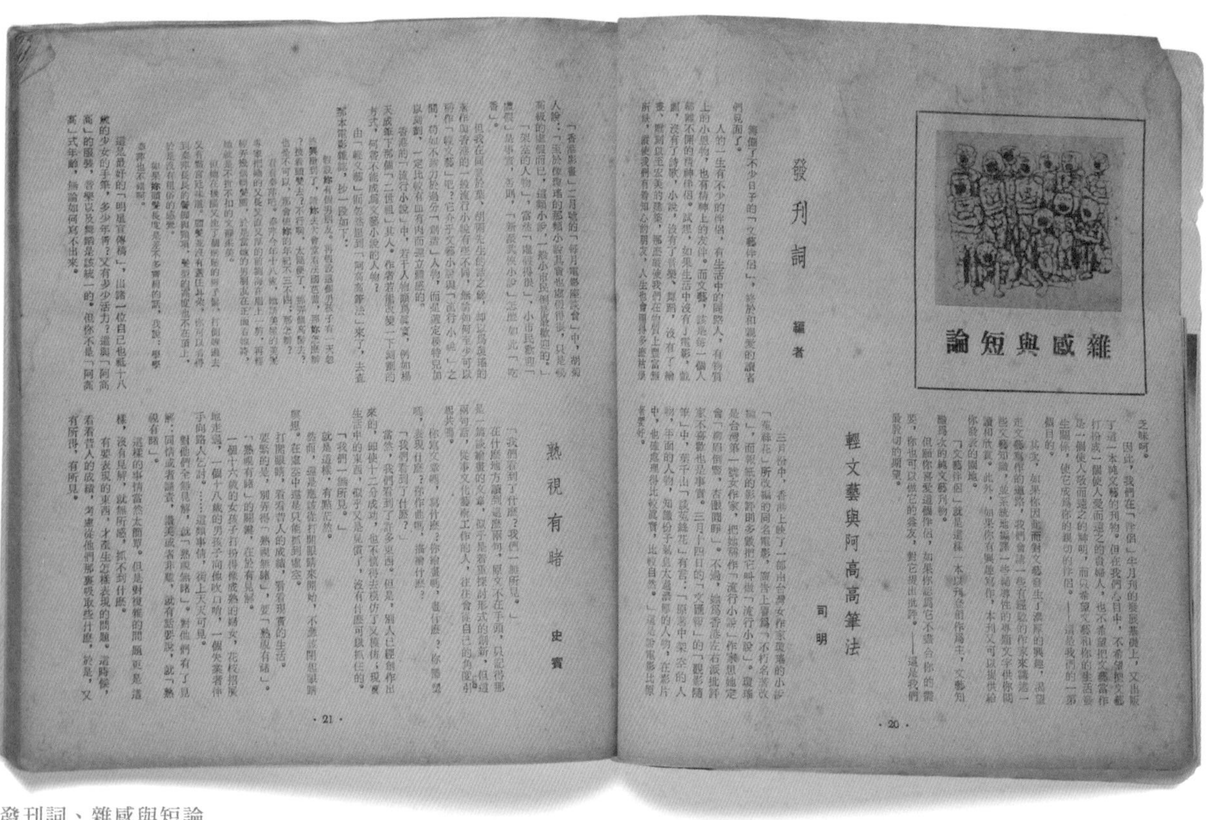

發刊詞

編者

雜感與短論

輕文藝與阿高高筆法

司明

熟視有睹

史賓

·21·

·20·

發刊詞、雜感與短論

第二、第三、第四期書影

《伴侶》第一百七十一期，封面人物是影星朱虹。

明報月刊

《明報月刊》是「明報」集團早期出版的定期刊物，創辦於一九六六年，比《明報周刊》還要早一年面世，至今已有五十二年的歷史，在第一期的發刊詞中，知道《明月》出版是應世界各地華裔學者的要求，他們「希望可以有一本獨立的、沒有任何政治背景的中文刊物，來發表大家的意見，交流朋友們的感想和看法」。至於選材內容，則以文化、思想、學術為主，但亦考慮到顧及一般讀者需要，故也刊登一些知識趣味性的文字。

展讀創刊號，內容分為「思想」、「學術」、「人物」、「遊記」、「傳記」幾方面，大致而言，書中刊載的都是分量相當重的文章，例如羅爾綱的〈考據在歷史研究中的地位和作用〉、邱長春〈歐洲大賢史華澤的生平〉；此外金庸在這一期有兩篇作品登載，一篇是他到日本參加國際新聞協會會議所寫的遊記〈旅遊寄簡——日本〉，另一篇是他與海外學人姜敬寬長期商討出版《明月》的書信往還，篇名〈橋和路〉，大抵象徵交流和溝通。

《明月》的形式內容續有變化，主要是參與的作者人數多了，而且都是相當有分量的學者專家，例如第二期就有著名翻譯學者楊絳的〈語文藝術是克服困難〉和金庸的〈讀史隨筆〉；第三期有張國燾的〈我的回憶〉、陳省身的〈學算四十年〉；第四期有余英時的〈涵養新知，商量舊學〉，以後續有左舜生、力匡、項莊、林以亮等作者助陣。由此可見，《明月》實可稱得上是當時海內外文化思想的重要交流平台。

《明報月刊》出版的「叢書」也值得在此一提，上文提過的張國燾的《我的回憶》、龔楚的《龔楚將軍回憶錄》、李璜的《學鈍室回憶錄》、丁望的《夜讀隨筆》，以及一系列關於文化大革命的資料彙編，都是質量很高的書籍，也是不少書迷搜求的對象。

筆者手上的《明月》創刊號是第四次版，可見這一期出版時相當暢銷，以一份文化學術刊物而言，實在是很好的成績。雖然說《明月》也有登載一些學術味沒有那麼重的文章，但「沒有那麼重」，一般人如我已感吃力，因此在我讀書的時代，《明周》實在只是知識份子所能望及的刊物，直到八十年代中英展開香港前途談判開始，月刊的內容明顯有較大變化，也由那時起，《明月》成為我捧讀的對象。近十多年發展變化更大，內容多元化，有高學術水平的專論，也有貼身的時事議題，還有輕鬆的小品隨筆，相對而言較早期「好看」得多。

《明報月刊》封面

發刊詞

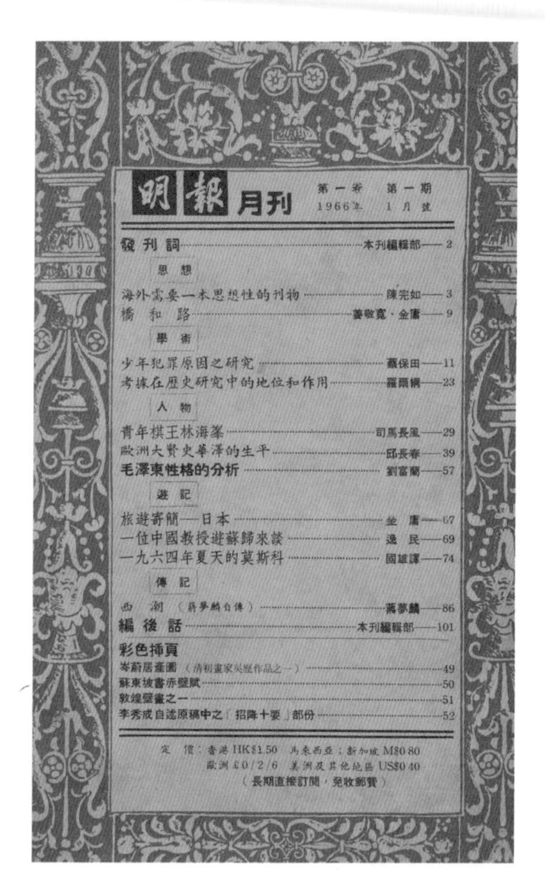

明報月刊　第一卷　第一期　1966年　1月號

定價：香港 HK$1.50　馬來西亞：新加坡 M$0.80
歐洲 £0/2/6　美洲及其他地區 US$0.40
（長期直接訂閱，免收郵費）

目錄

旅遊寄簡——日本

金庸

外交部長和報人

金庸訪日寄簡

編後話

此時此地要辦一本嚴正的大型綜合型雜誌確非易事，何況，我們所要求的還不止於嚴正。

「明報月刊」創刊號，乃是同人等經過四個月不算辛苦卻很艱難的努力的結果。同人等深自慶幸，這本籌劃經年的刊物終於問世了。然則，我們必須坦白承認，就目前的質素說，它距離我們所要求的水準還有一段不短的路程。

我們願意借這個機會向所有支持、贊助、同情和關注我們的朋友和讀者保證，今後，我們定將爲爭取達到我們的理想水平繼續努力，加倍的努力。

本刊同人深信，要達到我們的理想目標，絕不是少數人能辦得到的，更不是我們參與實際編輯工作的幾個人能辦得到的。我們以十二萬分的至誠歡迎並期望各方面人士的指教和批評。同人等確信，在海內外華人社羣中，特別是知識界中，與我們抱同感的大有人在。

「明報月刊」目前的內容和形式是「暫時的」。我們準備隨時改善，爲滿足讀者的需要而作一切必需的改善。我們準備在不違背本刊基本宗旨的大前提下，接受一切指教、批評和建議，並在我們力之所能及的範圍內作最大的改進。

從下一期起，「明報月刊」將逐步增添以下幾欄：

1. 文藝——各種形式的文學、藝術作品；
2. 書評；
3. 現代史料（一九一一年以後）；
4. 當代問題研究（一九四九年以後）；
5. 大陸及台灣近況的報導和分析。

Ming Pao Monthly
(Vol. 1 No. 1, January 1966)
2A, Leighton Road, 1st Floor,
Hong Kong.
Tel. 766936 (P. O. Box 14363)

明報月刊　第一卷　第一期　一九六六年一月號

出版者 發行者：香港明報有限公司
編輯：明報月刊編輯委員會
總代理：鄺拾記報局
海外地區總發行：胡敏生記
內文印刷者：誠泰印務公司
彩頁製印者：新昌印刷有限公司

編後話、版權資料

周恩來傳

許芥昱 著　張北生 譯

雪霽

董橋

別把門前的雪都掃掉
別把門前的雪都掃掉
你們知道，孩子們
公公庭茶的臘雪
也這樣白
也這樣冷
別把門前的雪都掃掉
別再催我說白雪公主
你們可不是白雪公主

你們是唐詩裏
走出來的中國人
可是你們還沒有回家
你們不知道，公公
那壺茶有多暖
別把門前的雪都掃掉
你們知道，孩子們
這裏也是千里
也是冰封
也是萬里
也是雪飄

可是你們是唐詩裏
走出來的中國人
像唐朝的雪
那樣白
那樣敏感
祇是你們還沒有回家
你們不知道，公公
那壺茶有多暖
別把門前的雪都掃掉
別把門前的雪都掃掉

第一百期載有董橋的新詩〈雪霽〉和許芥昱的〈周恩來傳〉

第一百期特大號書影

十周年紀念號書影

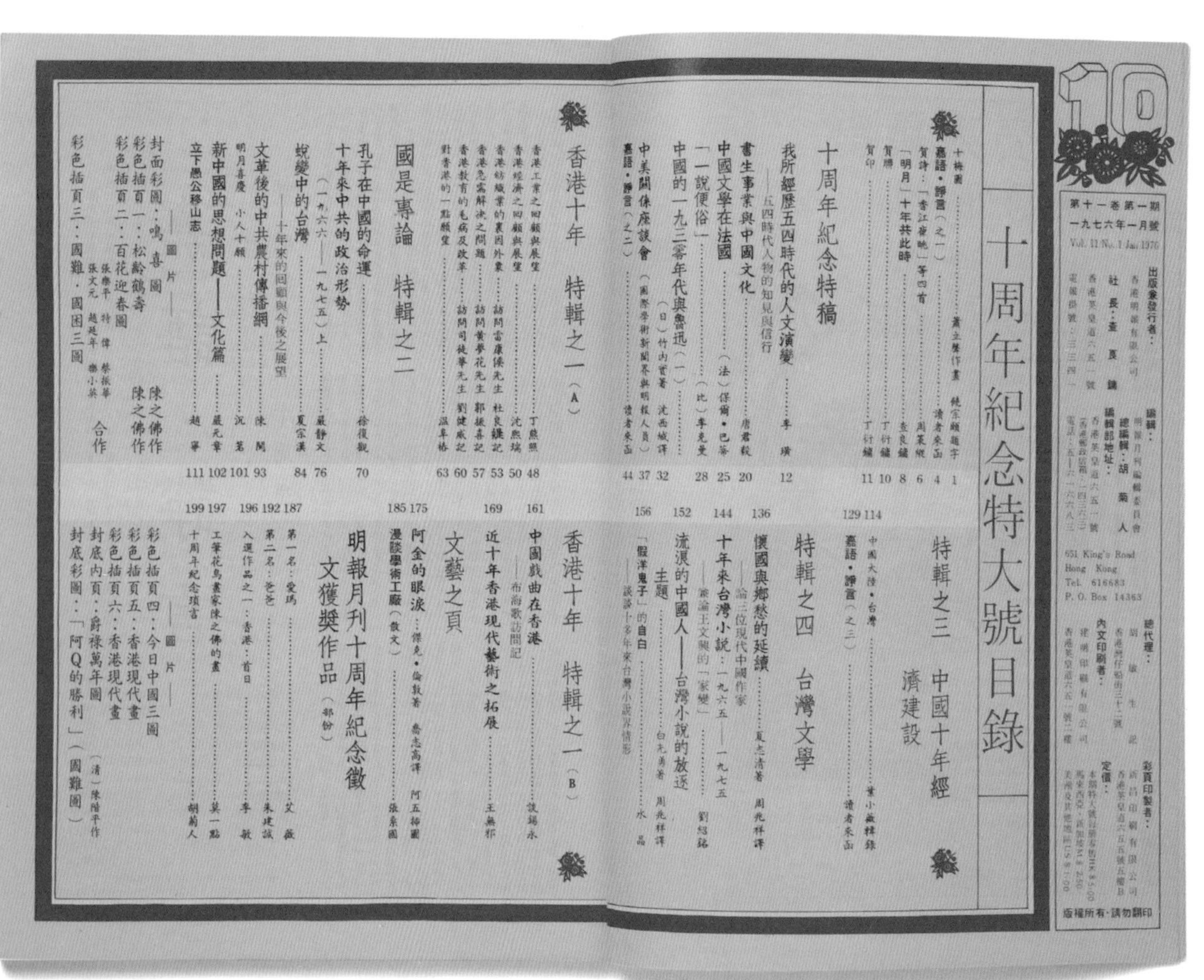

十周年紀念特大號目錄

第十一卷第一期 一九七六年一月號
Vol. 11 No. 1 Jan. 1976

出版兼發行者：香港明報有限公司
社長：查良鏞
編輯：明報月刊編輯委員會
總編輯：胡菊人
651 King's Road Hong Kong
Tel. 616683
P. O. Box 14363

十周年紀念號目錄，從中可見作者陣容鼎盛。

明 報 月刊 2

明 報 月刊 3

明
報
月
刊
4

明 報 月刊 5

明 報 月刊 6

明 報 月刊 7
寄萍老人老年作

明
報
月
刊
8

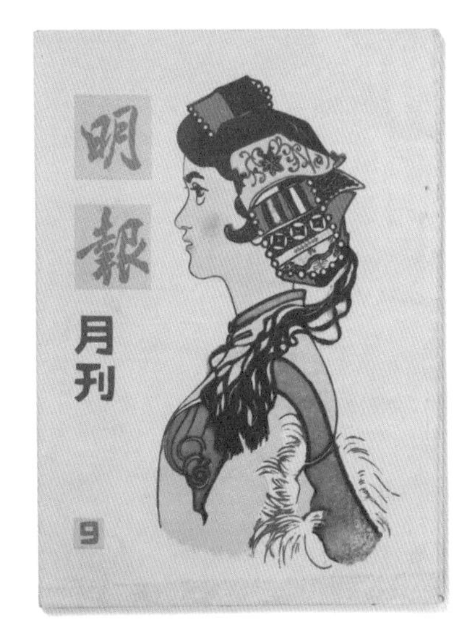
明
報
月
刊
9

明
報
月
刊
10

第二至第十期書影

萬人雜誌

一九六七年，國內文化大革命風暴波及香港，本港一些左派人士進行所謂的「反英抗暴」鬥爭，他們種種過激的行為引起不少市民的不滿，由當年五月起至同年年底，除左派報章外，各報幾乎每天都以大篇幅報道左派暴動示威的新聞。而《萬人雜誌》就是在這個背景下產生。

《萬人雜誌》創刊於一九六七年十一月一日，是一本十六開、三十二頁的周刊，出版人是萬人傑，他原名陳子雋，亦即著名言情小說作家俊人。他的小說風行東南亞數十年，與碧侶同為早期香港很受歡迎的小說家。

萬人傑在創刊號的〈我們的立場、態度〉中指出，出版《萬人雜誌》目的在為廣大的市民說話，提供一本適合各階層的政治性刊物給讀者。《萬人雜誌》立場鮮明，在理性反共和維護香港安定繁榮的原則下，所刊載的文章都不會流於謾罵和潑婦罵街。而從這一期的內容而觀，第一個欄目就是萬人傑在《星島晚報》的同名專欄「新聞以外」，題目是「港共反遞解企圖捲土重來」；此外一些連載作品，例如岳騫的〈紅朝外史〉、江湖客〈江青的醜史與艷聞〉、馬森亮和張戇萍的〈三十六計古今引例〉等，都是很受讀者歡迎的名篇，三者後期亦有出版單行本，銷路頗佳。

《萬人雜誌》由一九六七年起出版，大概至八十年代初結束，以周刊而言能出版十多年而不輟實在不易，她每期都由嚴以敬繪畫一幅政治漫畫作為封面，數百期下來如果把一幅幅封面漫畫結集成書，不啻是六七十年代香港以至國際政治舞台面貌的縮影。一九七五年萬人傑更曾出版過《萬人日報》，宗旨跟《萬人雜誌》並無二致，周刊集稿不易，日報經營更難，兩種刊物大抵也隨着八十年代國內政治局面緩和而停刊。

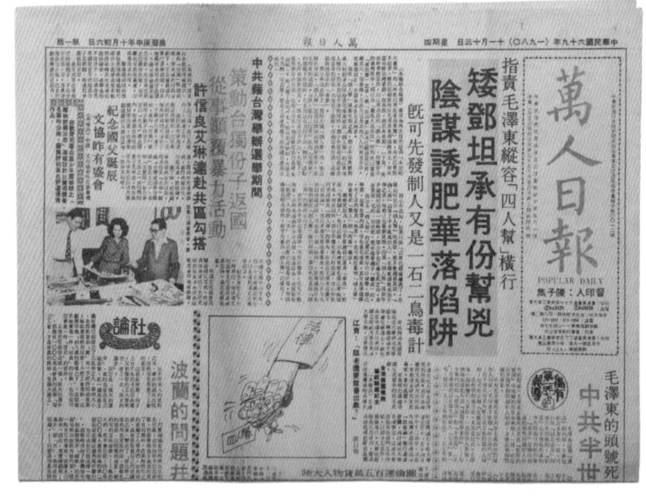
萬人日報
POPULAR DAILY
督印人：陳子雋
指責毛澤東縱容「四人幫」橫行
矮鄧坦承有份幫兇
陰謀誘肥華落陷阱
既可先發制人又是一石二鳥毒計
中共藉台灣華新選舉期間
策動台獨份子返國
從事顛覆暴力活動
許信良艾琳達赴共匪勾搭
紀念國父誕辰
文協昨有盛會
社論
波蘭的問題

《萬人日報》報影

萬人傑主編

萬人雜誌

創刊號 要目

城狐社鼠和它的「靠山」

（嚴以敬作）

《萬人雜誌》封面

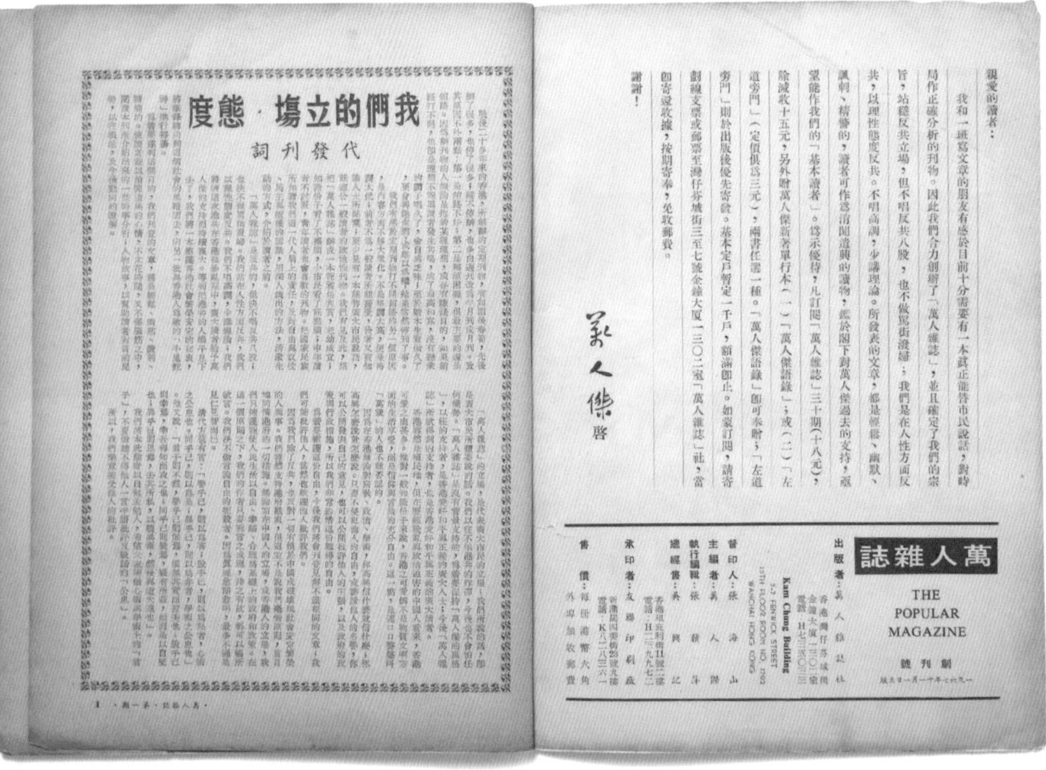

我們的立場・態度

代發刊詞

親愛的讀者：

我和一班寫文章的朋友有感於目前十分需要有一本真正能替市民說話，對時局作正確分析的刊物。因此我們合力創辦了「萬人雜誌」，並且確定了我們的宗旨，站穩反共立場，但不唱反共八股，也不做罵街潑婦；我們是在人性方面反共，以理性態度反共。不唱高調，少講理論。所發表的文章，都是輕鬆、幽默、諷刺、精警的，讀者可作為消閒遺興的讀物；鑑於閣下對萬人傑過去的支持，亟望能作我們的「基本讀者」。為示優待，凡訂閱「萬人雜誌」三十期（十八元），除減收十五元，另外贈萬人傑新著單行本（一）「萬人傑語錄」；或（二）「左道旁門」（定價俱為三元），兩書任選一種。「萬人傑語錄」即可奉贈；「左道旁門」則於出版後優先寄奉。基本定戶暫定一千戶，額滿即止。如蒙訂閱，請寄劃線支票或郵票至灣仔芬域街三至七號金鐘大廈一三〇二室「萬人雜誌」社，當即寄覆收據，按期寄奉，免收郵費。

謝謝！

萬人傑 啓

萬人雜誌

THE POPULAR MAGAZINE

創刊號

出版者：萬人雜誌社

Kam Chung Building
5-7 FENWICK STREET
13TH FLOOR ROOM NO. 1302
WANCHAI HONG KONG

督印人：張海山

主編者：萬人傑

承印者：友聯印刷廠

售價：每冊港幣六角
外埠加收郵費

版權資料、代發刊詞

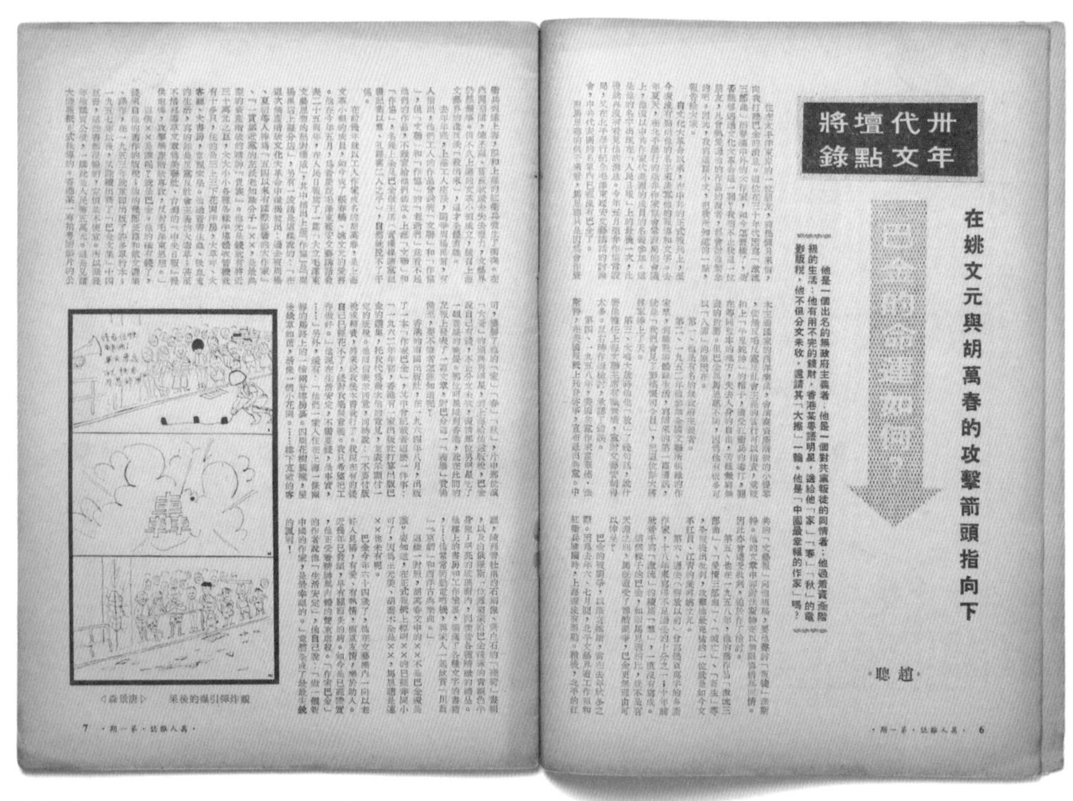

卅年代文壇點將錄

在姚文元與胡萬春的攻擊箭頭指向下

巴金的命運如何？

趙聰

趙聰的〈三十年代文壇點將錄〉連載

萬人傑即著名作家俊人，圖為他其中一本作品《末世奇遇》，華僑日報出版部，一九四九年。

第二期書影

嚴以敬的每幅封面圖畫都有鮮明意旨

純文學

《純文學》是六十年代台灣一本水平很高的文學雜誌，創辦人是著名作家林海音，她就是幾乎每個香港中學生都曾讀過的〈爸爸的花兒落了〉中的英子。但本文要介紹的是同名雜誌的香港版，負責人王敬羲，他是林海音的朋友，是他把《純文學》雜誌引入香港，令讀者能夠閱讀到更多優秀的作品。所謂「純文學」，看似是標榜自己這份雜誌非同俗類，編者在發刊詞中指明並非說別的雜誌不夠純，只不過想從名稱上別於其他文學雜誌而已。

王敬羲本身是一位作家，也是一名出版人，六十年代在尖沙咀創辦文藝書屋和正文出版社，出版過不少名作家的作品。他於一九六七年出版《純文學》香港版，創刊號除〈作品、作家、讀者、時代〉（發刊詞）相信是其本人撰寫外，其餘內容基本上與台灣版相同。在此想提出一點，就是本書版權頁的出版日期與目錄下面所寫的有異，前者是一九六七年四月一日，後者則為一九六六年四月，兩者相差一年，未知是否手民之誤。但一般我們都會接受前者，因為第二期出版日期為一九六七年五月一日。

回看這期的內容，作者大多是台灣作家或旅美學者，其中最有分量的是中國現代小說研究權威夏志清的一篇論文〈湯顯祖筆下的時間與人生〉，原作是英文，由陸勉餘女士中譯，而這篇文章後來也收入夏志清第一本中文結集《愛情‧社會‧小說》中，也是由林海音夫婦主持的純文學出版社出版。除夏志清外，另有兩位旅美女作家於梨華和吉錚的小說刊載，兩人筆下多寫海外留學生生活，刻畫深入細微，揭示一代人飄泊異地遇到的種種問題。於梨華今日仍活躍文壇，但吉錚卻是一位早逝的天才作家，死時才三十一歲。三人之外還有潘人木（潘佛彬）和邵僴的小說，兩人都是台灣本土的著名作家。當期還有余光中的新詩〈火浴〉和梁實秋的散文〈舊〉，都是大家熟知的出色作品。

《純文學》從第一期起，便有一個「近代中國作家與作品」的專輯，選刊五四時代以來的一些作家作品，並加點評；這期所選的是郁達夫的〈遲桂花〉，一篇清新動人的小說，並由張秀亞作評介。以後每期都選一個作家，例如朱湘、俞平伯、沈從文等。

《純文學》是一本很有分量的刊物，這裏不僅指其內容，更言其篇幅，大三十二開，厚二百四十二頁，足以印成一本書了。台灣的《純文學》出版至一九七一年因政治問題停辦，王敬羲努力繼續經營至七十年代後期。一九九八年他得藝展局資助捲土重來，復刊《純文學》，可惜時移世易，只出版了幾期便無以為繼，未能繼續在文學園地中發熱發亮。

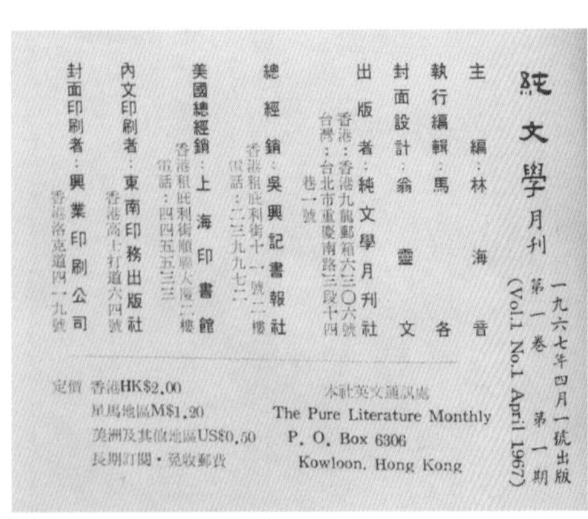
純文學月刊
一九六七年四月一號出版
第一卷 第一期
(Vol.1 No.1 April 1967)
主編：林海音
執行編輯：馬各
封面設計：翁靈文
出版者：純文學月刊社
香港：香港九龍郵箱六三〇六號
台灣：台北市重慶南路三段十四巷一號
總經銷：吳興記書報社
香港租庇利街十一號二樓
電話：二三九九七二
美國總經銷：上海印書館
香港租庇利街順興大廈二樓
電話：四四五五三三
內文印刷者：東南印務出版社
香港高士打道六四號
封面印刷者：興業印刷公司
香港洛克道四一九號

本社英文通訊處
The Pure Literature Monthly
P. O. Box 6306
Kowloon, Hong Kong

定價 香港HK$2.00
星馬地區M$1.20
美洲及其他地區US$0.50
長期訂閱・免收郵費

版權資料

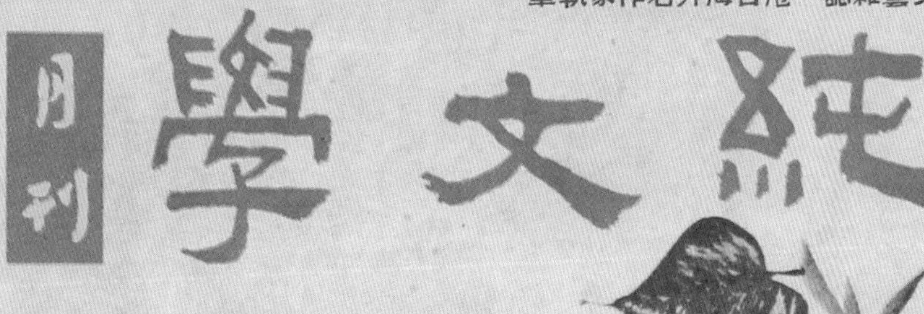
當代第一流文藝雜誌・港台海外名作家執筆
月刊
純文學

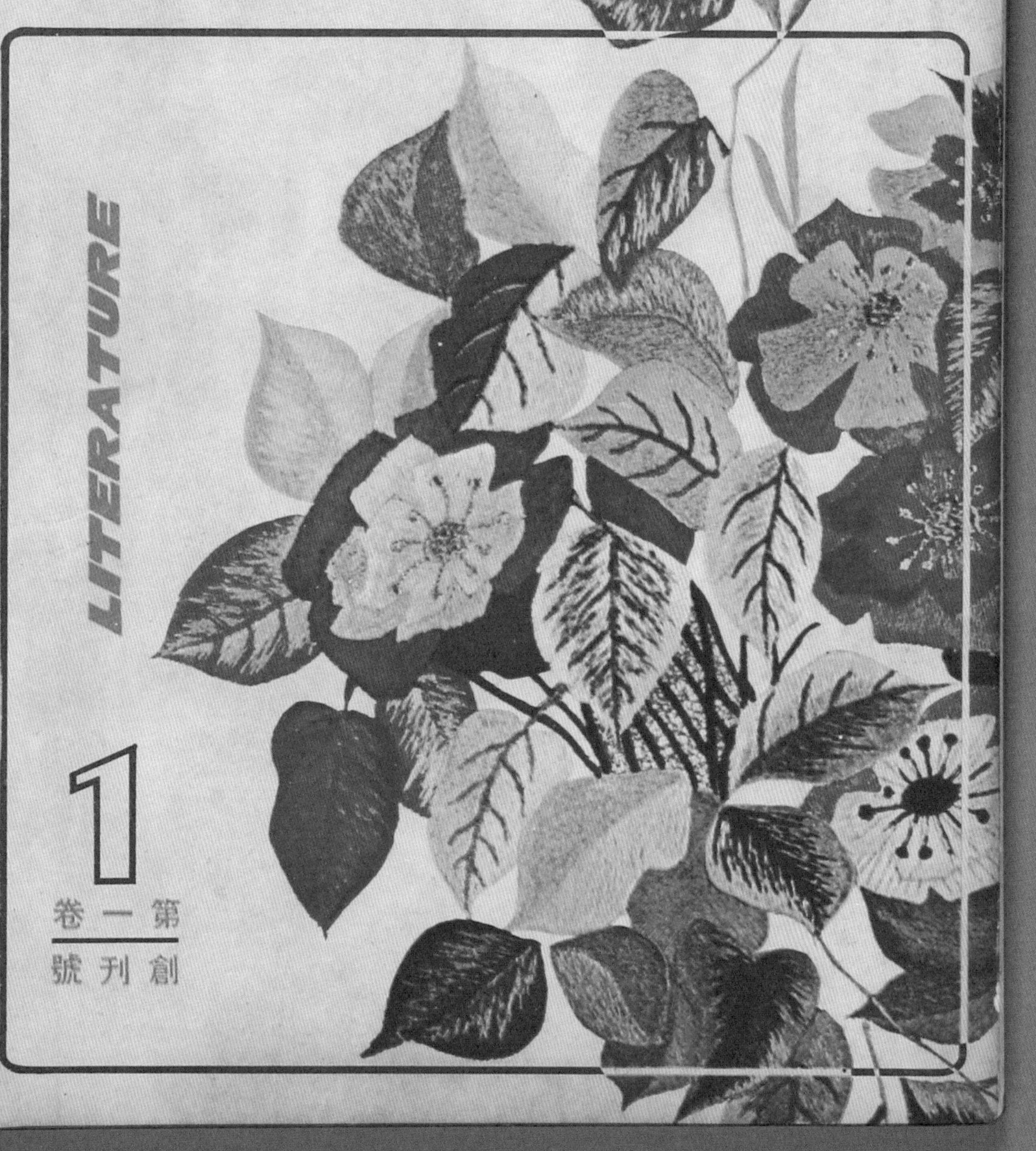
LITERATURE
1
第一卷
創刊號

《純文學》封面

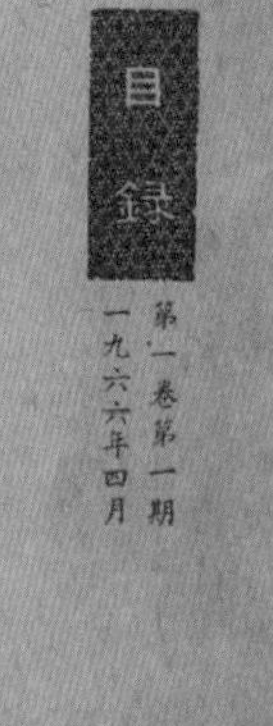

目錄

第一卷第一期
一九六六年四月

目錄

作品、作家、讀者、時代

文學不是米，沒有文學，大家仍舊能活。但是文學是菜裏的鹽，沒有鹽菜就沒有味了。單單有文學遺產還不夠，每個時代都要有它的文學。此外，我們既然活在現代的世界上，也需要知道目前世界文學是個什麼樣子。

文學是人類文化的精華，價值卻是看不見的。沒有文學，人就要患精神枯萎症，結果不是墮落，就是死氣沉沉，那壞影響卻可以感覺得到。

一本文學雜誌是滋生文學的田園；像一塊磁石，把當代作家吸在一起，原來有些作家如果沒有雜誌，就不寫稿的；像一間餐館，把滋養可口的食物供應無數愛好文學的讀者。所以無論什麼時代，都少不了文學雜誌。

今天香港出版業可稱蓬勃，但是我們不能不說，文學的花園還是荒蕪的：作家感到文藝氣氛不濃，灰心創作；讀者因爲讀不到優秀作品，廢然不去閱讀。雖然有不少的人努力，再出一本文學雜誌並不嫌多。因此我們創辦「純文學」。本刊取這個名字，不過是別於其他的文學雜誌，並不是說別的雜誌不夠純，或本刊更純。

「純文學」的內容有文藝理論、散文、小說、戲劇、詩歌、文壇消息、讀者呼聲等，創作與翻譯並重。這本雜誌是一批愛好文學的朋友的，也是大家的。因爲大家抱了不怕吃苦、不計較得失來辦的，所以

・I・

不受牟利的影響，取稿力求嚴格，能鼓勵優秀的作家執筆，把他們的好東西「擠」出來；編排務求美觀，印刷、紙張務求精良。總之，內容和形式都要上乘。

我們約了海內外的名作家經常爲本刊撰稿，歡迎我們不認識的作家投稿。希望他們看了本刊更喜歡替我們寫；因爲這樣，讀者就更喜歡本刊；作家因爲讀者喜歡看，就更用心寫。這樣互爲因果，循環不已，結果是可想而知的。

無數名作家、名作品、許多新文風，幾乎都和著名的文學雜誌或報紙的文學副刊有關係。舉例子來說，十九世紀英國如果沒有「倫敦雜誌」，也許就沒有德昆西的「癮君子自道」，沒有「癮君子自道」，德昆西的文名也沒有那麼早奠定。美國卅年代如果沒有「亡命者」這個文學團體，和他們創辦的「亡命者」這個刊物，今天美國的文風就絕不會這麼昌盛。五四以來大作家幾乎沒有一個不和一分著名的刊物如「語絲」、「新月」、「文學季刊」等有關。我們的作家大多已經成名，但我們希望他們因爲本刊，就寫出更多的傑作來，而新的作家受了本刊鼓勵，就努力創作。這樣，在灌溉新文學花園的工作方面，我們能負起歷史上偉大的任務。

・II・

發刊詞〈作品、作家、讀者、時代〉

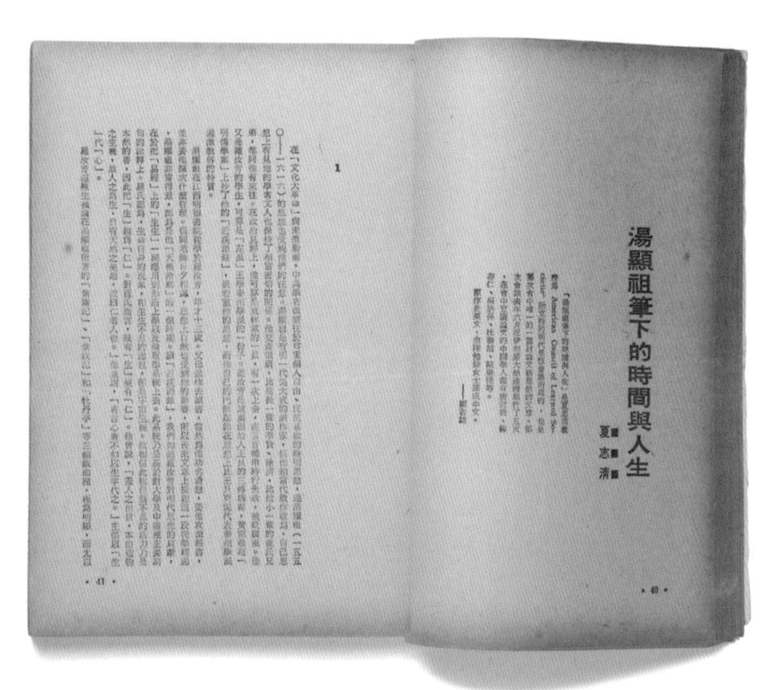

夏志清的〈湯顯祖筆下的時間與人生〉專文在第一期刊載

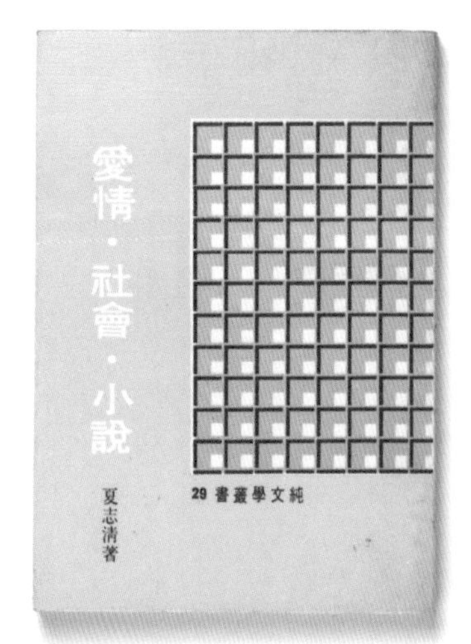

「湯顯祖」一文後收錄於夏志清第一本中文專書《愛情・社會・小說》，純文學出版社，一九七五年。

《純文學》復刊號，封面人物是錢鍾書和張愛玲。

王敬義的《偶感錄》，文藝書屋出版，一九七八年。

香港電視

香港有電視廣播要追溯至上世紀五十年代，當時「麗的呼聲」於一九五七年作有線首播，亦由其時出版《香港電視周刊》。一九六七年十一月，電視廣播有限公司正式成立，於同年十一月十九日作無線啟播，並在開台前四日出版了一本《香港電視》，作為報道該台資訊的官方刊物。

《香港電視》第一期是一本大三十二開、五十四頁的周刊，九十年代轉為大十六開，主編是當時「無綫」總經理貝諾，他是澳洲人，不諳中文，因此實際編務應落在兩位副編何源清和陳兆堂身上。這一期的內容主要向讀者介紹無綫電視開播情況，在一篇專訪貝諾的談話中，我們大概可知無綫電視如何為本港電視史揭開新一頁：當中包括作彩色播映和增加發射站的興建，令用戶接收訊號更為理想。早期無綫的電視節目多是外購，自己製作的不多，因此書內亦用了頗多篇幅介紹外國彩色電視片集，而從本港電影公司購得的粵、國、潮語長片也是當年所播節目的主要成分。為加強與觀眾的聯繫，《香港電視》一開始便設有一個「有彈有讚」的平台，讓讀者可以來信對電視節目提出意見。最後不可或缺的當然是電視節目表，可是她沒有分開「翡翠」、「明珠」和「麗的」三台的節目，而將之一併刊出，令人有點混淆不清之感。

嚴格而言，《香港電視》除了開度跟同類書刊有所不同，內容和編排跟當時的電視刊物相差不遠；客觀而言，這本刊物的價值主要在其歷史意義，當然後期的發展，內容和形式的變革創新，令她長期站穩於一眾電視刊物的領導地位，這都是資深讀者有目共睹的。

在筆者的收藏中，《香港電視》是一個較完整的項目。回想二十多年前，我從一些廣告中知悉有人出讓由第一期開始至二百期的《香港電視》，可算是機會難得，過去只能零星地散購的《香港電視》，現在竟然有一套早期較完整的待價而沽，於是就在不知價錢的情況下嘗試與賣者聯絡，對方是一個比當年的我還要年青的人，他開出一個相當「可觀」的價錢而且鐵價不二。由於此書難得，過去謹守審慎理財原則的我這一次也要狠下心腸「傾囊相授」。回家後花了幾個晚上細閱各期，每揭一頁，童年的生活影像就重新呈現眼前，那些令人至今難忘的劇集：《合家歡》、《青春火花》、《功夫》、《無敵鐵探長》，還有每天放映兩齣的「粵語長片」……真的很多很多，我們都是看電視成長的一代，還有甚麼比看電視這話題更觸動心靈呢？這是一種情意結，集體回憶，可以由此開始。

目錄

封面：本期封面爲披頭士，梁醒波，大賽車，班尼沙，及新聞報導。（下期則爲芭蕾舞女郎，敬請留意。）

香港電視

第一期
一九六七年
十一月十五日出版
出版者：電視企業有限公司
T. V. Enterprises LTD.
地址：香港中環太子行一七〇九室
編輯 貝諾
副編輯 何源清 陳兆堂
編輯部 地址：香港七姊妹道二〇〇號七樓
電話：七七九二九九
總代理：世界出版社
承印者：復興橡皮印刷公司
香港七姊妹道二〇〇一二〇二號東建工廠大廈七樓
逢星期三出版
定價每本二毫

目錄、版權資料

香港電視

Television

香港首家無線彩色電視開幕誌慶

第一期

一九六七年十一月十五日出版

二毫

精彩節目

實地播映澳門大賽車	GRAND PRIX LIVE FROM MACAU
喜劇之王梁醒波	THE KING OF COMEDY
班尼沙	BONANZA RETURNS
每日兩次播映最新新聞	INDEPENDENT NEWSTWICE DAILY
披頭士即將在無線電視出現	BEATLES WILL APPEAR ON HK-TVB

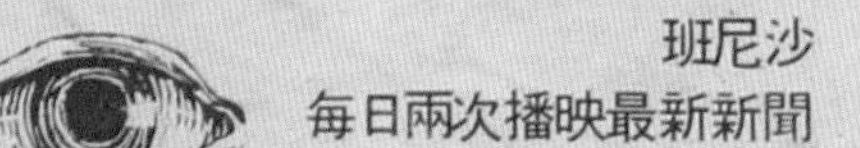

《香港電視》封面

第二期
香港電視
20¢

第三期
香港電視
20¢

第四期
香港電視
20¢

第五期
香港電視
20¢

6
香港電視
20¢

7
香港電視
20¢

8
香港電視
20¢

9
香港電視
20¢

10
香港電視

第二至第十期書影

《香港電視》第一百八十期，封面人物是《合家歡》片集主角朱仔、小寶和管家法蘭叔叔。

《香港電視》第三百六十三期，封面人物是藝員鄭少秋。

第二百一十期無綫四周年台慶紀念特輯

任劍輝和白雪仙雖非無綫藝員，《香港電視》亦需憑藉以廣宣傳，這期封面是電影《李后主》中任白造像。

《香港電視》一千期，封面人物是沈殿霞。

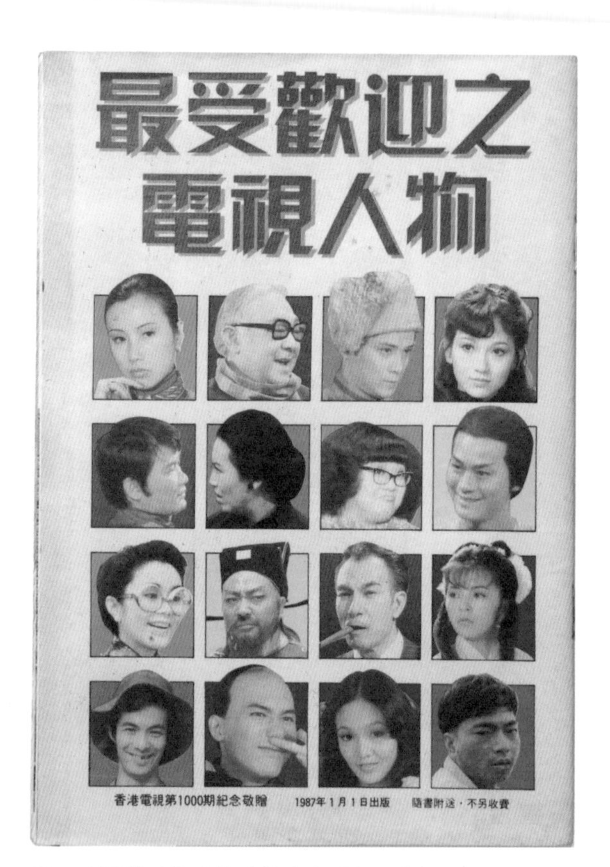

隨一千期附送的《最受歡迎之電視人物》

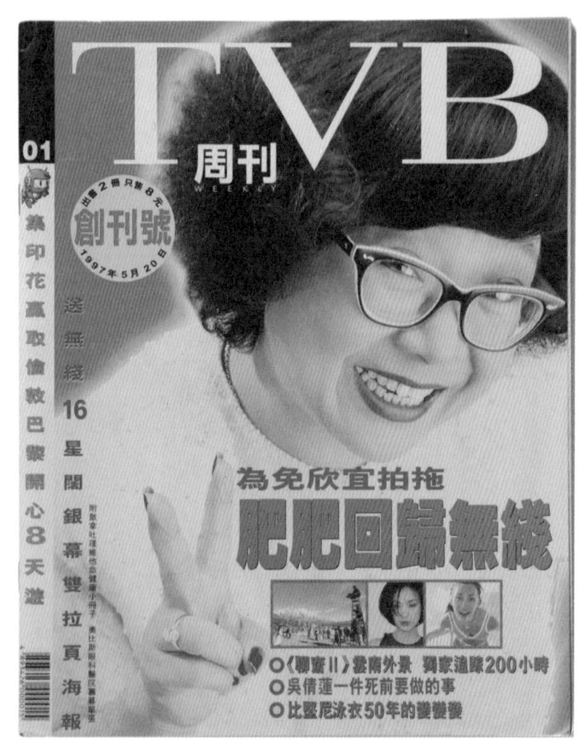

《TVB 周刊》創刊號，封面人物是「肥肥」沈殿霞。

《香港電視》最後一期，封面人物是影星李若彤。

香港電視停刊通知

親愛的讀者：

「香港電視」不經不覺陪伴大家度過了三十年，三十年來全賴讀者的愛戴和支持，一直沒有機會向大家説一聲多謝，想不到的是，機會來了，卻是要向大家説再見的這一天。

１５５６號是「香港電視」最後的一期，不想改變大家保持了三十年的這個閱讀習慣，很抱歉，這是一個迫不得已的商業決定。

從８９年底開始，香港這彈丸之地便不斷有報紙雜誌加入這只有６００萬人口的市場，就在這數年間，電視作為傳媒大哥大的地位卻不斷滑落，因此不斷有電視週刊停刊的情況出現。「香港電視」雖然能夠在一間大機構中生存，仍需很努力才能和其他週刊競爭。而種種艱辛，並不是非出版界人士所能理解，而我們幾經努力都逃離不了結束這個命運。

１９９７年，鄧小平去世，香港正式回歸中國後，我們亦因公司的經濟行政利益而作出停刊的決定，讓人力資源更有效地投資於公司其他雜誌以作發展。

我們不再出版，但現時仍有一定的訂閱人數，這方面我們作出的安排，是會盡快退回所剩的訂閱費用給訂戶，而廣告客戶將由營業部同事作個別商討。所有傳媒查詢，則請直接與電視企業出版部總經理聯絡。

離別依依，在此謹祝讀者及客戶們，身體健康，生活愉快。

香港電視編輯委員會

《香港電視》停刊通知

明報周刊

《明報周刊》是現時眾多綜合娛樂雜誌中歷史最悠久，也最具代表性的一份刊物，從一九六八年十一月創刊至今，見證了不少同類刊物的起跌浮沉，但她仍然屹立不倒，實在難得。

《明周》創刊時是一份八開、十六頁的綜合畫報，封面女郎是日本影星濱美枝。編者在發刊詞指出，出版《明周》這個念頭早於一九六五年前後已在醞釀，當時《明報》出版已趨穩定，可以進一步發展業務，便構思出版一本月刊和一本周刊，前者已於一九六六年順利誕生；至於後者，亦在過去出版的《東南亞周刊》和《明報星期畫刊》的基礎上進一步發展推出，成為一份資訊消閒並重的綜合雜誌。

雖說《明周》的出版籌備已久，但從創刊號一期內容而言，筆者覺得她仍在摸索探討的階段，她是否如一般人所想一開始便走影視娛樂路線？我們可從其內容驗證一下：這一期的封面主題有三，第一個是介紹一款能分別男女的科學小玩意「雌雄分辨器」；第二個是〈香港大財團的占士邦：商業情報部揭秘〉；第三個是酒吧女郎的每月收入探討，都是一些獵奇搜秘式的題材。社會時事方面報道了女議員質詢政府當時少女失蹤的問題；國際事務則介紹剛當選美國總統的尼克遜的私生活；中國版則登載了丁望的一篇談毛澤東子女的文章，還有當時中共政治運動的分析。此外就是一些生活趣談、方塊專欄和漫畫轉載，至於影視娛樂的報道，出奇地只佔很少篇幅，僅有一篇台灣影星上官靈鳳訪港的報道，這跟一般人——包括筆者在內——原先所想像的相距甚遠。

筆者不厭其詳地介紹這一期《明周》，是想指出她創刊之初可能尚未找到一個清晰定位，故從書中見到內容可謂包羅萬有，但同時也未能顯出她的獨特之處。這是每一份刊物初生時難免會出現的問題，而看《明周》後期的發展，重心漸漸走向影視方面，由於她的報道內容信實持平，頗得娛樂圈中人的信任，因此不時得到一些第一手內幕消息，難得是記者並不會對之刻意炒作，令她成為同類雜誌中的翹楚，奠定其穩固的領導地位。至於《明報周刊》的副刊陣容也很有分量，早期的沙翁（倪匡）、林燕妮、黃霑、農婦……小說則有亦舒，還有王司馬的「契爺與牛仔」漫畫等，不少人周日一家上茶樓，《明周》都是不可或缺的「副食品」！

明報周刊　第一期
定價港幣五角
出版兼發行者：
香港明報有限公司
香港英皇道六五一號
電報掛號：三三四一
編輯：
明報周刊編輯委員會
編輯部地址：
香港英皇道六五一號
（香港郵政信箱：一四三六三）
電話：六一六六八三
星馬總發行：
東亞文化事業有限公司
新加坡北京街三十六號
內文印刷者：
建明印刷有限公司
香港英皇道六五一號二樓
彩頁印製者：
新昌印刷有限公司
香港英皇道六五五號五樓B
封面：日本影星濱美枝小姐

版權資料

明報周刊 1
Ming Pao Weekly Vol.1 No.1 Nov.17,1968
651 King's Road, Hong Kong. Tel: 616683 P. O. Box 14363
第一卷 第一期 一九六八年十一月十七日出版
雄性小姐最大的敵人
雌雄分辨器面世
香港的占士邦活動
酒吧女郎月入幾何？

《明報周刊》封面

《明周》第一百四十期，封面人物是青春可人的影星薛家燕。

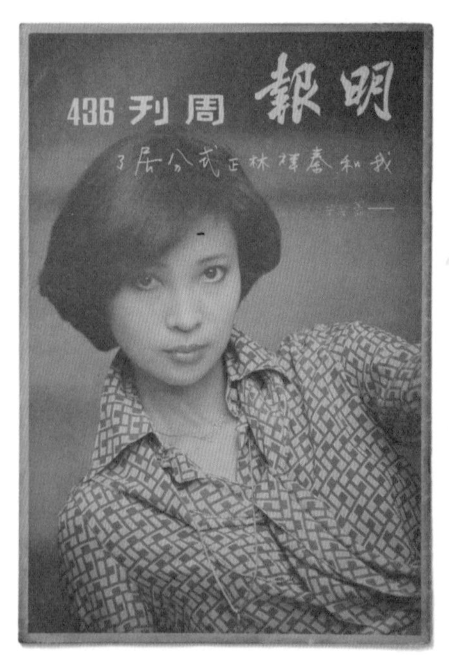

《明周》往往能夠掌握第一手消息，即如這一期訪問蕭芳芳與秦祥林分居真相。

發刊詞

在「明報」創辦五六年而有了相當基礎之後，我們就計劃出一本「明報月刊」、一本「明報周刊」。對報紙有興趣的人，除了想到中國報業史上那些輝煌的報紙之外，總不免也想到二次大戰前上海「申報」所附屬出版的「申報月刊」，戰前天津「大公報」所附屬出版的「國聞周報」。「申報月刊」與商務印書館所出版的「東方雜誌」，顯然是當時兩本最有份量、最為學術界所重視的刊物。「國聞周刊」則更偏重於新聞性，因為銷售的時間比報紙長了七倍，所以比之報紙流傳更廣，能夠及於當時中國多個僻遠的省份。當然，取法乎上未必就一定能得乎中，但想到一個光輝的榜樣，似乎總有一些軌迹可循。

「明報月刊」在一九六六年一月出版，三年來所得到的反應和批評頗令我們覺得安慰。銷數固然增加很多，在經濟上也已有了極大的改進。經過這三年的經營之後，我們可以確信，月刊是可以長期出版下去了，而且還大有發展的餘地。我們已具備適當的經濟條件和人力條件，開始出版這本已計劃了許多年的周刊。這計劃是在今年五月二十日「明報」九周年的社評中宣佈的，直到半年後的今日才有創刊號面世，主要是由於試版多次，形式和內容一次又一次的作了更改調動。所以如此鄭重將事，因為我們不斷提醒自己，「明報」和「明報月刊」的讀者們，會對周刊抱有相當的期望，我們不能辜負了這番期待。

但不管作了多麼周詳的準備功夫，最初的作品總是不成熟的。我們只是不願意循例的說：「籌辦匆促，粗疏之處請讀者鑒諒。」籌辦是一點也不匆促的。粗疏之處讀者們也不必原諒，而是請寫信告訴我們。我們的工作方式九年來始終是一貫的：不斷的改進和修正。我們確信，不論是處理國家大事，不論是經營任何大小事業，不論是研究學問或學習技能，不斷的修正總會勝過自以為是、死硬不改的作風。

發刊詞

《明周》一千期紀念號

今日香港

這是一本很「有趣」的雜誌。

一般刊物，我們從其名字大抵可知其性質內容，就算雖不中亦不遠，惟是《今日香港》，跟我所想的落差甚大！

這本《今日香港》創刊號，多年前和《東西風》、《香港評論》、《香港風》等雜誌一併從舊書店購得，買下時只略為翻揭一下，並未特別留意；可能出於另外幾本都是以社會時事或反映現實百態為重點，故先入為主地以為《今日香港》也屬同類刊物。最近無意中從書堆中撿出，翻閱下才知此書是一本以文學藝術為主的雜誌！

《今日香港》一九六八年創刊，十六開，每月一期。主編李撫虹，原名李耀民，是本港著名國畫家，同時也是報人和大專藝術系教授。編輯是一位藝術家，談文論藝自是當行，放諸書中內容自是同等趣味，我的疑問也便不攻自破。細看主編所撰的〈香港展望〉（代發刊詞），是期盼藉本書達到「思想合一」、「藝以概全」和「文化交流」，如此則可「和平踵至」，可見它是一本滿懷理想的刊物，然而觀其內容，你不難發現編者其實有點眼高手低。

《今日香港》第一期的內容佔大部分是文學藝術，其中又以書畫藝術佔多數，例如有李撫虹本人教畫蘭葉的概要，並有司徒奇的畫佐解；另有專文介紹名畫家林建同和吳孤鴻的畫作；還有一篇由許統正所寫的〈東方繪畫的我見〉。書畫以外，文學則着重新詩的評論介紹：「新雷詩壇」是五十年代由吳灞陵、林仁超、慕容羽軍、佘雪曼等人創立的新詩詩社，不知何解編者十多年後又舊事重提，本期輯錄了詩社吳灞陵和林仁超兩篇關於新詩的欣賞作法的舊作。至於其他藝術內容還有電影、攝影、音樂、舞蹈和古箏介紹。除此以外，本期的內容還有旅行家李君毅的〈香港山水〉、健康常識〈肝炎和肝硬化的問題〉、儒佛兩家思想的異同等。

從上可見，這本雜誌似乎想天南地北，共冶一爐，然而卻給人一種龐雜之感，既未能透現「今日香港」之意，更未能見到如何可踵步和平的方向。

如僅從創刊號而觀，編者似乎還在為刊物尋找定位和出路，她雖有一些時尚流行的「靈魂舞」、「迷你裙」的介紹，但更多的是上文提及的內容，這跟刊名「今日香港」有何相關？所傳達的訊息是較模糊的。

筆者見過的《今日香港》只有這期，未知有沒有繼續出版，但無論如何，這是我第一本「捉錯用神」的刊物。

同期的社會時事雜誌《香港評論》，督印人周慶鑽，一九七〇年出版。

《今日香港》封面

香港展望

無紅

我們從世界觀點來看香港地區，只不過是毫無輕重的一點。從世界人羣來看香港居民，只不過是非常散漫的一撮。從過去時間來看香港今日，也只不過是沉悶黃昏的一霎。把他和孟子所說的「天時、地利、人和」來較量，實在無一可取，無怪被斥有「文化沙漠」之稱。有何值得人們的重視？

然而我們從世界之另一角度來看香港，則香港固為世界之一環。從而香港與世界之微妙關係，遂亦已如牽一髮之足以動全身。此何以故？．無他！殆又由于萬國相處，諸[illegible]紛紜，政治思想，鴻溝已深。而縱橫捭闔，風譎雲幻，有以使之然也！于是在外交上，則鬥心鬥角，在軍事上，則互為牽制。以言安全，則勢同疊卵。以言危險，則又固若金湯。既不能使之成為[illegible]局，也不能使之[illegible]局。不生不死，啼笑皆非。滯足此時此地，面對此情此景，而首當其衝者，果何人乎？是亦中國人而已！

比來六十餘年，中國人之迫于內憂外患，備嘗火熱水深，[illegible]至兄弟妻子離散，老弱轉乎溝壑，壯者散而之四方，固不知其恒河沙數也。乃顛沛轉徙，棲遲[illegible]，動年累月，不知胡底。這些遭逢不幸極了！然而于痛定思痛之餘，猶及喘息「民主[illegible]」，呼吸乎「自由空氣」，知亦不幸中之幸也！然則我們怎可漠不關心地任他隨隨便便來度着沉悶的黃昏。

我們從現實的昭示，浮沉在這個畸形社會裏的人們，固不少日夜辛勞，胼手胝足來做兩餐的代價。而[illegible]飽食終日，無所用心的，也所在多有。綜合起來大抵可分做三種：一為得過且過，隨波逐流。一為只知自私，盡情享受。一為投機壟斷，趁火打劫。外此而求其以悲天憫人為懷，以巨川舟楫自任的，不敢說是沒有其人，然而抑已鳳毛麟角了。現實的局勢，既已如彼，人們的不生氣，又已如此。那麼瞻望前途，祇是茫茫一片。

我們惟此是懼，也惟此是[illegible]，于是不敢默息，也不敢[illegible]，只存本着一[illegible]愚誠，盡一點知無不言，言無不盡的責任來警惕大家而已！然而卒言無補，請鑒其實！

第一思想合一：舉世思想，縱橫議多端，然歸納起來，亦惟「唯物」與「唯心」而已。是二說也，已為水火之不相容，仍相持不下，則人類之禍殃，可以斷言。那麼不得不冀求集合東西古今之哲人偉論，把他折衷于「人性」之中，而使確切不磨之真理，更由敬天，尚仁，立誠，「中庸」，以臻乎「天人合一」，則和平將不旋踵。

第二：藝以[illegible]：舉世藝術之沒落，未有甚乎此時者也。彼西方有心人士，憬焉憂之，爰惟東方之是求。而孰知彼東方者，方且舍本逐末，棄家[illegible]而好野[illegible]，復與西方同出一轍。西方之士，遂亦索然而退矣。而抑知藝術者，所以「盡自然之妙，極人生之變」。其有裨人類，殆又為[illegible]先生所謂「[illegible]物宜，標顯實在，[illegible]之功，與天合德」者也。然則本刊之集合往哲時賢的見解，來發揮藝術的真詮，把先來「[illegible]真善之全」，以轉移人們的耳目觀感，由邇及遠，以普達于全人類。則邪道逐末流，委靡頹廢，暴戾恣睢的陷溺人心之惡習，自然一掃而空，而和平亦將不旋踵。

第三：文化交流：世界文化，雖森然萬象，參伍錯綜，實亦莫不折衷于東方與西方之兩大體系。近六十年代以來，支配世界之西方智慧，已漸縮小，東方智慧，且復茁長。而作為東方智慧泉源的中國，正待轉機之際，乃有狂妄之徒，任意摧毀，此不但中國和東方之損失，抑亦為世界之一重大浩劫。然而其思有以交流而合一之者，亦大有其人，可惜[illegible]者自[illegible]，賤者尚復[illegible]然，因而民族隔膜，歧視，猜忌，復仇，互攻之事，還是層出不窮，遂與此一理想，相距尚遠。苟有悟于此，于我國文化，則「返本開新」，于西方文化，則「會通超勝」，以臻乎莊子的「至大無外，至小無內，」那麼舉世的政治、經濟、宗教、教育、學術，與乎農工商業等等，自能有所咨融，則和平亦將不旋踵。

如此說來，我們不但為香港着想，不但為居留于香港的中國人着想，實在放之四海而皆準，俟乎人類而相[illegible]。然而同人熱心無窮，棉力有限，明知此時此地，發如此言，迂闊之譏，自所難免。而終于如梗在喉不得不吐者，是又夫良之所驅使也。明達之士有以進而教之。

三大巨著　不日出版

將于本年八月陸續出書

近代名家書畫集

[illegible]

現代名家書畫集

[illegible]

現代名家詩詞集

[illegible]

藝文編印社啓　香港活道十二號三樓　電話H六〇六三三九

社長　吳萬峯

主編　李無紅

出版　今日香港出版社　地址：香港灣仔活道十弍號弍樓　電話：H732029

承印　大同印務公司　地址：北角和富道九十六號　電話：H717544

總代售　同德書局　地址：九龍砵蘭街弍百六十九號　電話：K852751

出版日期　中華民國五十七年（一九六八）五月十五日

定價　每冊港幣壹元

定閱　全年十二期港幣十二元（郵費在內）外埠平寄另加郵費四元

版權資料、代發刊詞〈香港展望〉

同名刊物《今日香港》，但副題為「《星島日報》創刊三十五周年紀念」，裏面名副其實是展示當時香港社會各種面貌。

七十年代

大人
大華
南北極
掌故
東西風
足球世界
嘉禾電影
文林
廣角鏡

新體育
突破雜誌
大大月報
風雷月刊
中文學習
彩色華僑
益智
號外
清秀

名流
美術家
青年文學
武俠小說週刊
香港文學
電影雙周刊
突破少年

大人

一直以來都很想寫《大人》，只是手上沒有此書的創刊號實本，故未能動筆。其實這書不是沒有機會遇到，但多在拍賣會上須與人競拍，加上每次出現時不是一本，而是幾本以至十多廿本，更甚是全套推出拍賣，成交結果動輒上萬港元，故只能望書興嘆。年前終於得到朋友相贈一冊，雖然封面殘缺幾不能辨認，但幸好「第一期」三字仍清晰可見，總算是人有我有，可以放心去寫了。

《大人》創刊於一九七〇年五月，督印人王朝平，總編輯沈葦窗，後者是浙江人，大陸解放後來港，他本身也是一位文化人，與不少藝文界名士相知甚深。《大人》之得名，可從封面「論天下『大』事　談古今『人』物」兩句話得知。也由此可見刊物的內容是以包羅古今天下人事為主。

觀其創刊號作者，都是赫赫有名之士，既有名醫師陳存仁記國學大家章太炎的回憶文字，其後更有在雜誌內所連載的《銀元時代生活史》，此書可謂膾炙人口；其次朱子家（金雄白）記其上海時代所辦的《海報》，也屬難得的報壇掌故；另外掌故專家林熙（即高貞白，又名高伯雨，著有《聽雨樓隨筆》、《聽雨樓叢談》等書）所寫的〈袁崇煥督遼餞別圖〉，對畫的考訂也十分詳盡；此外還有曾克耑、朱省齋、齊如山、陳蝶衣等名家助陣，沈葦窗在本期也有著文〈回憶蓋叫天〉。從上列作者可見，真堪稱陣容鼎盛。

《大人》第一期四十八頁，但不久擴大篇幅至一百二十多頁，而且中間附有彩色插頁，多是名家國畫或書法，印製美觀，可惜就是太美觀了，筆者手上的《大人》不少中間插頁是遭人剪掉的，只能徒嘆奈何。

《大人》共出版四十二期，至一九七三年十月停刊，但相隔一月沈氏又出版性質內容跟《大人》同出一轍的《大成》，惟筆者所見第七期版權頁已沒有《大人》督印人王朝平，只由沈氏出任社長兼總編輯，未知另辦新刊是否與此有關。

筆者在學生時代已知道《大人》和《大成》雜誌，但當年尚少，只覺封面設計單調，又怎知原來每個封面上的都是大師的國畫傑作呢？倒是有些內容頗合喜好，一些人物軼事傳記如新馬師曾自傳、馬行空寫李小龍暴斃、清代四大奇案等，閒時取出重溫也是一大樂事。

最近台灣有人把整套《大人》共四十二期復刻推出，當年未曾遇上的朋友現在便有機會細加詳閱了。

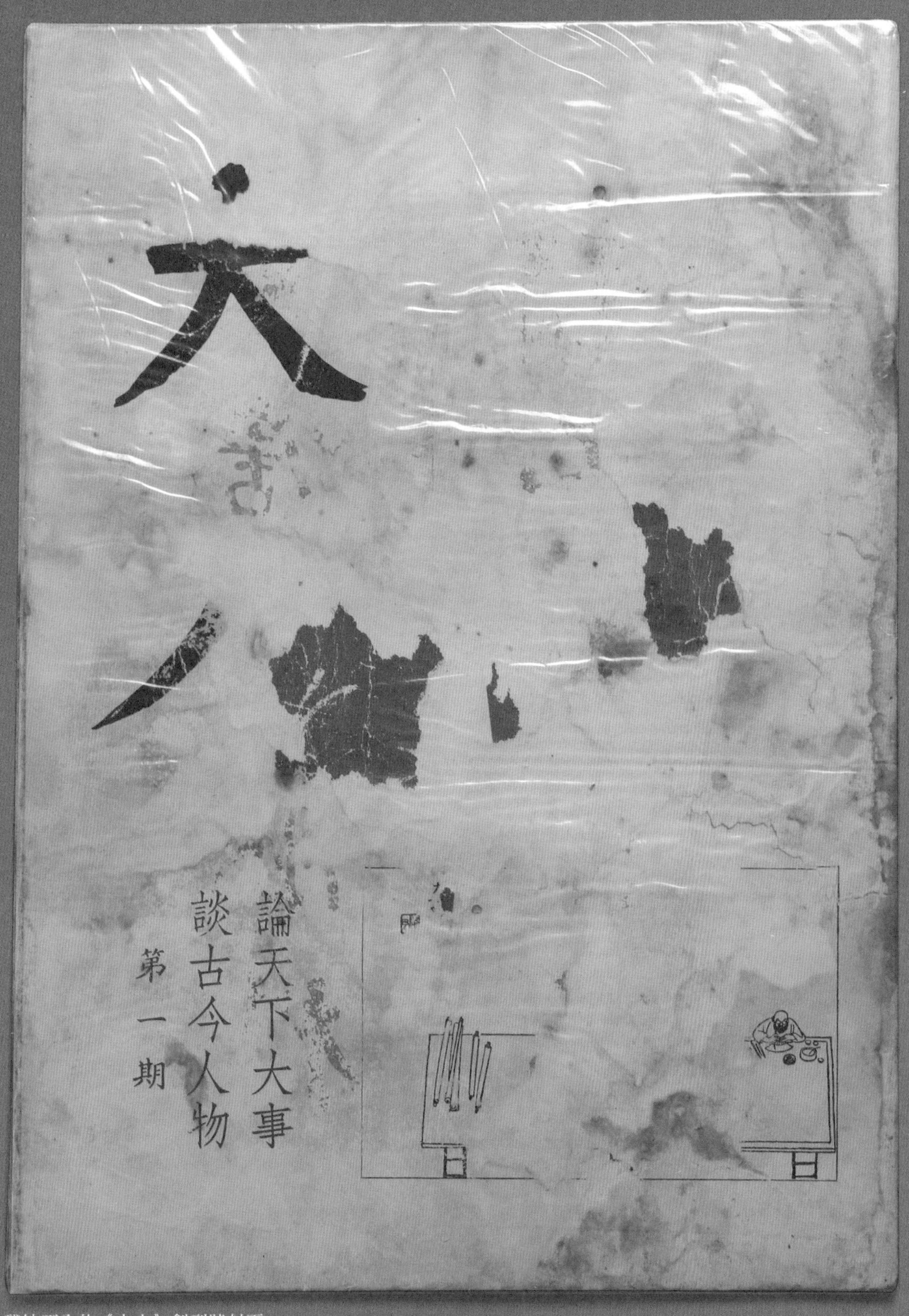

殘缺不全的《大人》創刊號封面

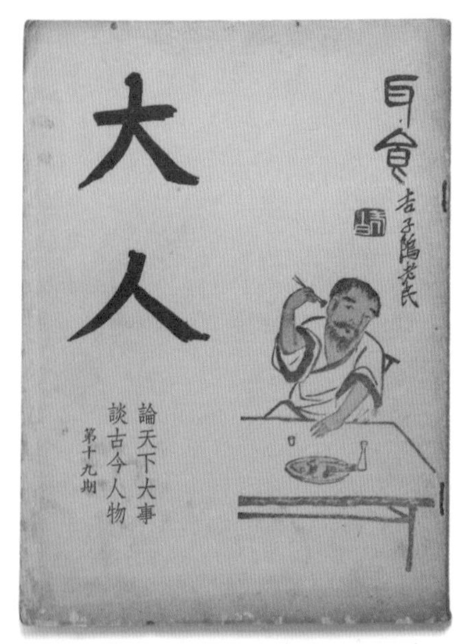

《大人》封面多登載名家畫作

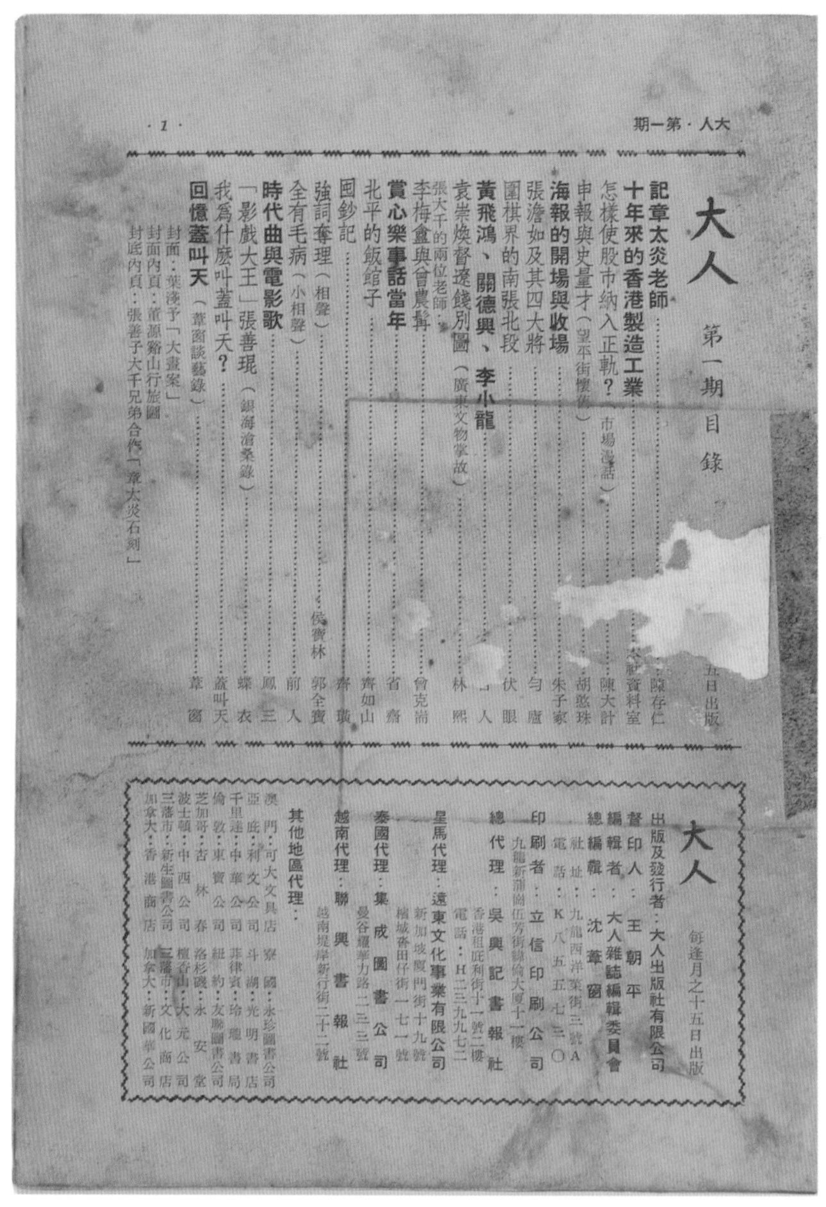

·1·　　大人·第一期

大人　第一期目錄　……五日出版

大人　每逢月之十五日出版
出版及發行者：大人出版社有限公司
督印人：王朝平
編輯者：大人雜誌編輯委員會
總編輯：沈葦窗
社址：九龍西洋菜街三號A
電話：K八五五七三〇
印刷者：立信印刷公司
九龍新蒲崗伍芳街錦倫大廈十一樓
總代理：吳興記書報社
香港租庇利街十一號二樓
電話：H二三九九七二
星馬代理：遠東文化事業有限公司
新加坡廈門街十九號
檳城番田仔街一七一號
泰國代理：集成圖書公司
曼谷耀華力路二三三號
越南代理：聯興書報社
越南堤岸新行街二十二號
其他地區代理：
澳門：可大文具店　寮國：永珍圖書公司
亞庇：利文公司　斗湖：光明書店
千里達：中華公司　菲律賓：玲瓏書局
倫敦：東寶公司　紐約：友聯圖書公司
芝加哥：杏林春　洛杉磯：永安堂
波士頓：中西公司　檀香山：大元公司
三藩市：新生圖書公司　三藩市：文化商店
加拿大：香港商店　加拿大：新國華公司

目錄、版權資料

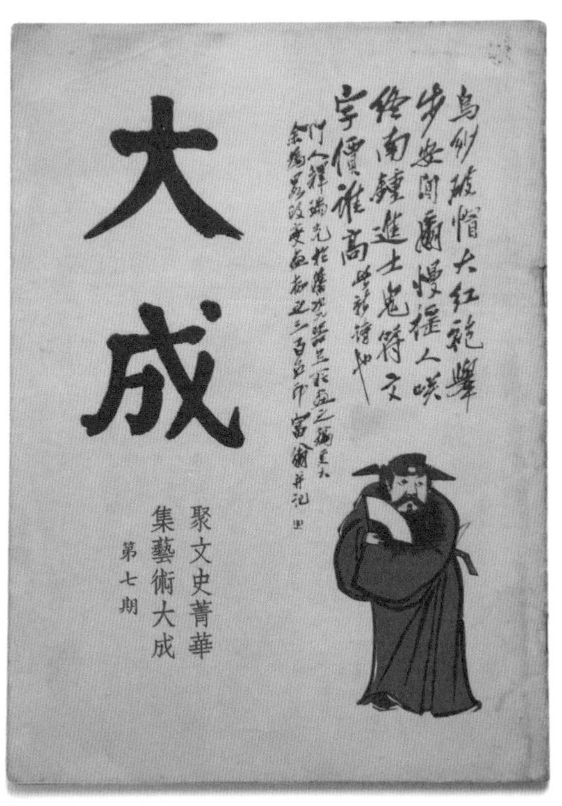

《大人》停刊後，沈葦窗改出版《大成》，內容編排跟《大人》相同。

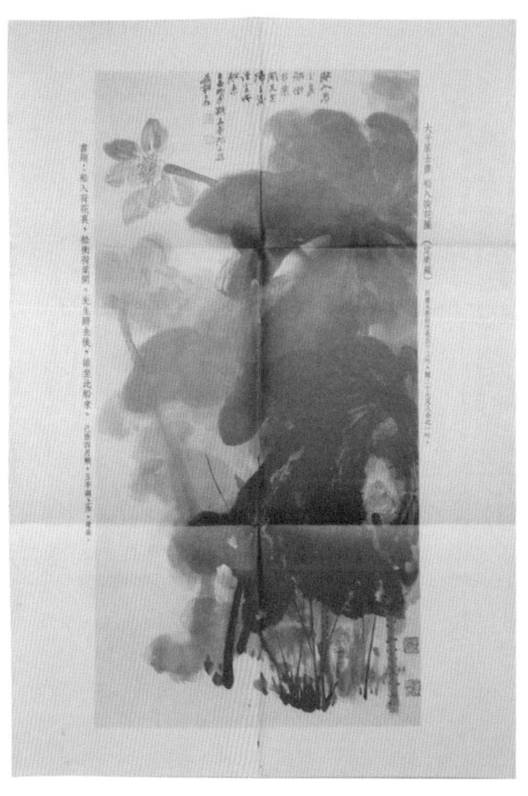

《大人》內頁多附有一些藝術畫作，圖為張大千的水墨畫。

大人 第十九期 ·106·

「銀元時代」生活史

——六十年來的物價追想——

陳存仁

大人 第十九期 ·107·

陳存仁的《「銀元時代」生活史》連載

大華

近年人心思舊，過去一些未獲多人問津的文史雜誌，現在都成為國內外讀書人搜求（購）的對象，例如上世紀七十年代出版的《大人》和《大成》，以往在一些舊書舊物店不過只當「下價貨」處理，而且每次出現都是一大堆，貨源不絕，現在卻是一書難求，如欲購買便要到舊書網上尋了。

登載文史掌故、人物傳記的書刊雜誌其實甚多，除上述提過的以外，更早的還有《春秋》、《觀察》，稍後的有《掌故》等，而在《大人》、《大成》長期供稿的作家高伯雨，一九六六年便曾自資出版文史雜誌《大華》一至四十二期，要比《大人》、《大成》還早。

高伯雨是一位掌故專家，出身世家，早年留學英國，但對中國文學、歷史、藝術造詣甚深，而他一生幾以寫作為志業，多年來寫下的文章幾可作斗量，但早年出版單行本的只有《聽雨樓隨筆》、《聽雨樓叢談》、《歐美文壇逸話》、《中國歷史文物趣談》等。自他身故後，其著作已難在書市買到，近年得到小思老師積極協助，復有出版社樂意將其作品出版全集《聽雨樓隨筆》十冊，大大裨益後學。

本文介紹的《大華》月刊，又非上述所指那一本，正確而言，這只是《大華》復刊號，一九七〇年七月出版，基本上你可以將其視作獨立一本來看，但她同時亦可作前一本《大華》的延續，這從目錄下所寫的「總四十三期」可知。

《大華》復刊號的作者多是名重一時的作家學者，這一期就有簡又文〈唐時嶺南荔貢考〉、李輝英〈文學革命第一個十年中的散文〉、徐復觀〈懷念黃季剛先生〉、秦仲龢〈英使謁見乾隆記實〉、林熙的〈春風廬聯話〉等。就這幾篇作品，便足見此刊物分量之重。

回看此刊的督印和主編，分別是高貞白和林熙，其實與作者秦仲龢是同一個人，高伯雨即高貞白，林熙和秦仲龢都是他的筆名。

林熙（高伯雨）的掌故結集《聽雨樓叢談》，南苑書屋，一九六四年。

復刊版前的《大華》半月刊第四期書影

復刊版第二期書影

大華

復刊號

第一卷第一期

《大華》復刊號封面

大華復刊的故事

林　熙

「大華」又重新和讀者見面了！在編者和愛護「大華」的讀者來講，這是一件值得高興的事。本刊和讀者睽隔了兩年四個月，當停刊之時（一九六八年三月）我在「大華」寫了一篇「大華停刊的故事」，文末說：「現在發展到這般田地，不得不和讀者暫時告別，萬一有機會復刊，我們就有機會見面了。」這些門面話，在一般刊物停刊時常作此自我安慰語，而復刊者百不什一。但當時的情勢，「大華」確有數月後重新出版的希望，因為一九六八年九十月間，有位K君就常常和我談到合作出版的問題。K君也是「大華」的讀者和投稿人，我們很談得來，而彼此的志趣好尚亦極相同。有一次他很誠懇地對我說，等他的工廠成立後，緊張的工作稍為鬆弛下來，我們就着手進行辦理「大華」復刊的事情。

我和K君既有合作之議，便着手清理一下大華出版社一些手續，到今年二月，一切都成熟了，便開始進行組織工作。就在這個時候，另有一位工業家Y君是K君的老友，K君對我說Y君是一位愛國愛友朋，樂于助人而又熱心于文化的人，也很願意和我們合作，辦一份好的刊物。經介紹後，我和Y君見面了，他談吐溫文爾雅，態度和藹可親，談話中知道他沒有什麼嗜好，只喜歡書畫，這就更難得了。

同我合作的那兩位工業家都是中年人，Y君的事業很龐大，早已有了基礎，K君的事業近年亦有成就，他是喜歡研究古代史的，而我則喜歡讀清史，探討明清掌故的寫稿匠，我們兩人在編輯部合作起來，不是兩雄相厄，而是相得益彰，我們一定會合作得很好，供給讀者要讀的文章的。

以上就是「大華」重新出版的故事，亦即是「大華」的歷史，編者是喜歡讀歷史的人，故不敢不以「大華」的歷史向讀者相告。讀者既了解「大華」的歷史，便知它是三個有熱血的書獃子以傻幹的精神和不計較虧損的勇氣來辦一個為文化服務的刊物。

怎樣叫傻幹呢？我是個寫稿匠，三十年來都靠稿費吃飯的，一天少出產二三千字，生活便受影响，但為了培養「大華」，我寫稿的時間減少三分之二了，此誠香港人所謂「攞苦嚟辛」，自作自受。

怎樣叫不計較虧本呢？我們的稿費暫定二十五元至三十元一千字（有人會問那些文章值廿五，那些值三十呢？我得說明一下，投來的稿件內容較好，稍具學術性的三十元。至于所約的寫稿朋友，靠稿費生活的三十元，玩票的廿五元。這個「定義」雖覺荒唐，但亦無再好的解釋，姑且如此這般一下），在香港也算獨標一格了。辦為文化服務的雜志注定要賠本的，在賠本中還以稍高的代價去買好的文章，當然賠得更可觀。但我們不計較，只要有好文章，同時對作者的精神上稍有補助，我們仍樂于這樣做。

林熙（高貞白）寫〈大華復刊的故事〉

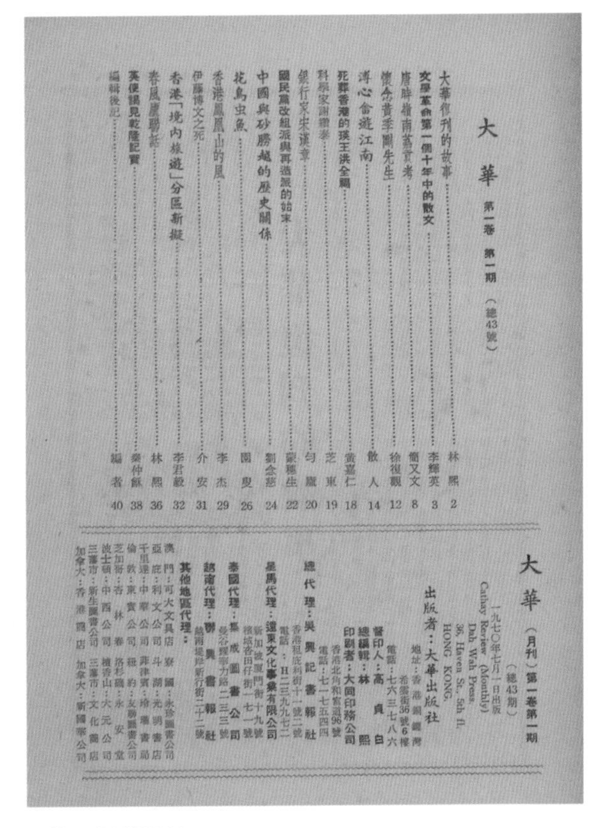

大華　第一卷　第一期（總43號）

大華（月刊）第一卷第一期
（總43期）
一九七〇年七月一日出版
Cathay Review (Monthly)
Dah Wah Press.
36, Haven St., 5th fl.
HONG KONG.
出版者：大華出版社
地址：香港銅鑼灣希慎街36號6樓
電話：七六三七八六
督印人：高貞白
總編輯：林熙
印刷者：大同印務公司
香港北角和富道96號
電話：七一七五四四
總代理：吳興記書報社
香港租庇利街十一號二樓
電話：H二三九九七二
星馬代理：遠東文化事業有限公司
新加坡廈門街十九號
檳城咨田仔街一七一號
泰國代理：集成圖書公司
曼谷耀華力路二三三號
越南代理：聯興書報社
越南堤岸新行街二十二號
其他地區代理：
澳門：可大文具店　美國：永珍圖書公司
亞庇：利文公司　斗湖：光明書店
千里達：中華公司　菲律賓：玲瓏書局
倫敦：東實公司　紐約：友聯圖書公司
芝加哥：杏林春　洛杉磯：永安堂
波士頓：中西公司　檀香山：大元公司
三藩市：新生圖書公司　三藩市：文化圖店
加拿大：香港圖店　加拿大：新國華公司

目錄、版權資料

編輯後記

△編者提起筆來寫這段文字，輕輕地呼了一口氣，忙了兩個多月的編務，算是功德圓滿，因爲復刊後第一期的全部稿件，已經三次校對了。和讀者濶別兩年多，今日在這一角中同讀者談談，覺得非常快樂，從前燒過「大華」的「野火」，也許想不到「大華」會「春風吹又生」的，這就不能不使編者更愉快了。

△這一期的文章，畧向讀者介紹一二。李輝英先生現在中文大學教新文學，他的「文學革命後第一個十年的散文」，是一篇評介那個時期的文學作品，那個時期是中國文壇棄舊迎新的轉捩點，十分重要，留心新文學運動的人，切不可忽畧。簡又文先生是專治太平天國史的學者，他把二十年前未寫成的「嶺南荔貢考」重新再寫過，補充了許多新材料，內容豐富，寫來深入淺出，喜歡吃荔支的人，不妨三讀。徐復觀先生是中文大學的客座敎授，在考試期中撥冗寫成「懷念黃季剛先生」一文，原來黃侃是他的老師。劉師培、黃侃這班學者，其治國學之成績，遠在胡適之上，但胡適之名，幾乎人人皆知，劉、黃則知者鮮矣，若言學問大業，則胡不足以望劉黃之項背也。淺夫聞此，或大笑之。徐先生此文，述本人求學經過及黃侃一些趣事，讀之可見一代國學大師的面貌。散人先生談溥心畬游江南，又是另一種寫法，喜談「舊王孫」者多一些談話材料。李杰先生的「鳳凰山的風」，李君毅先生的專欄「旅行篇」都是有關香港的文章，園叟先生的花鳥虫魚專欄，則爲調劑一下讀者的精神的作品。

編輯後記

南北極

《南北極》是上世紀七八十年代一本很著名的政經綜合雜誌，出版人王敬羲是著名作家兼翻譯家，他對推動文學不遺餘力，曾主編《純文學》（香港版），亦創辦文藝書屋，出版「文藝叢刊」。記憶所及，不少名家的早期作品，如劉紹銘的《曹禺論》和《與良心的對白》、司馬長風的《鄉愁集》、三蘇的《香港二十年目睹怪現狀》正續篇等都由文藝書屋出版。

《南北極》出版於一九七一年，正是世界波譎雲詭之際，為緊貼國際社會發展形勢，早期以周刊形式出版，每期均以「世界一周」和「中國一周」作為主打項目，兼及香港社會事態，第一期便以「揭開香港反貪污部的底牌」為專題，指出「反貪污部」受警方管轄的荒謬現象；往後幾期更以「今日的大學校長」這較少人接觸的話題為探討對象，引起當時社會人士頗大迴響。《南北極》的時事專論辦得相當出色，而且對事件緊貼追蹤，揭示社會問題獨到，表現不比時下的時事周刊遜色。此外，後期由王敬羲化名「齊以正」所寫的名人專訪，訪問不少社會上很有影響力的人士，而由這些訪問結集成的「香港傳奇或富豪列傳」系列，再版無數，可見極受讀者歡迎。

不過筆者更欣賞《南北極》的文化藝術專題，雜誌的特約作者陣容鼎盛，第一期便有司馬長風、戴天、劉紹銘、胡菊人的文章，稍後更有胡金銓和李歐梵的電影專論，因此可以吸納不同興趣的讀者群，是一本多元化的綜合雜誌。

《南北極》最早期以周刊出版，未足三個月便改為月刊，隨後二十多年再無改變。無可否認，月刊能更加深入分析社會問題，每期專題製作也更精彩，《南北極》在香港報刊史上有舉足輕重的地位。

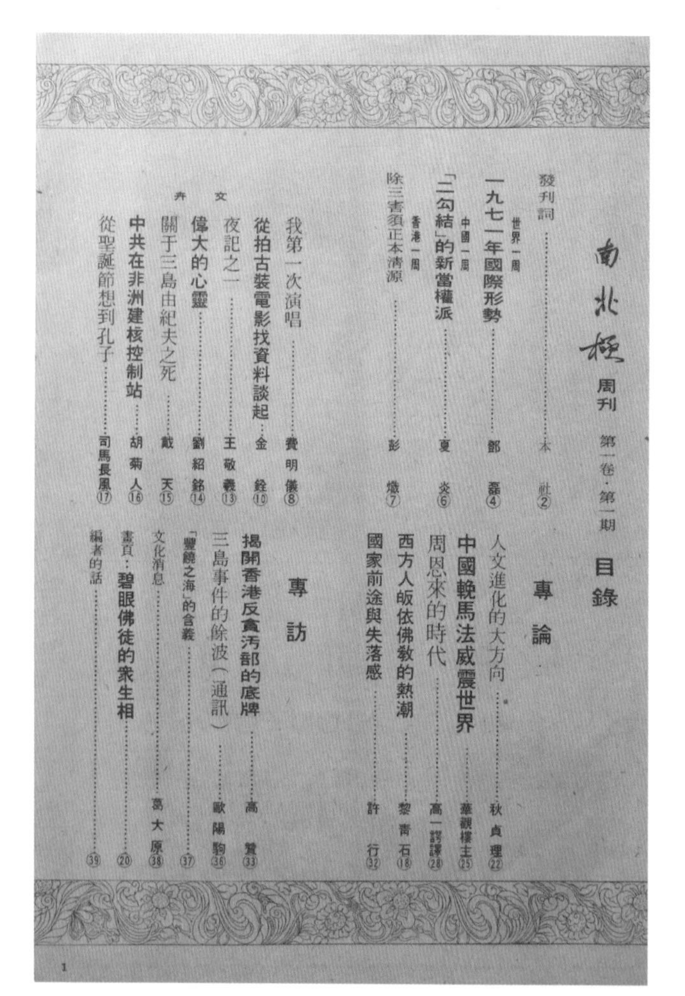
南北極 周刊 第一卷・第一期 目錄

發刊詞……本社②
世界一周 一九七一年國際形勢……鄧磊④
中國一周 「二勾結」的新當權派……夏炎⑥
香港一周 除三害須正本清源……彭燎⑦

文藝
我第一次演唱……費明儀⑧
從拍古裝電影找資料談起……金銓⑩
夜記之一……王敬羲⑬
偉大的心靈……劉紹銘⑭
關于三島由紀夫之死……戴天⑮
中共在非洲建核控制站……胡菊人⑯
從聖誕節想到孔子……司馬長風⑰

專論
人文進化的大方向……秋貞理㉒
中國輓馬法威震世界……華觀樓主㉕
周恩來的時代……高一誇譯㉘
西方人皈依佛教的熱潮……黎青石⑱
國家前途與失落感……許行㉜

專訪
揭開香港反貪污部的底牌……高贊㉝
三島事件的餘波（通訊）……歐陽駒㊱
「豐饒之海」的含義……㊲
文化消息……葛大原㊳
畫頁：碧眼佛徒的衆生相……⑳
編者的話……㊴

1

目錄

第一卷　第一期

《南北極》封面

發刊詞

目前這個世界所以這樣動亂不安，所以彼此作不能退讓的尖銳對立，都是因為人們各走極端。無論是左與右、是資本主義與共產主義、是國際主義與民族主義、是法西斯主義與進步主義、是少數民族與多數民族、是各種教派與各種信仰、是弱國與強國、窮人與富人、是資本家與工人、統治者與被統治者；其中的種種色色的鬥爭，都是因為各人、各國、各集團、各勢力，祇為本身的利益而不計他方的利益而引起的。現在世界各地，無論是政治之爭、經濟之爭、民族之爭、宗教之爭，都是因為：一方處於北極、另一方處於南極，彼此仇恨和敵視。

中國本來是最不走極端的民族，幾千年來我們就一直講兼容幷包、和而不同。這絕不是我們中國人的妥協性特別重，而是我們的祖先很早就發現走極端的害處，亦更不是我們中國就因這樣而落後和積弱，我們看盛唐歷史，國力強大，文物鼎盛，社會安定，人民富足；便是善於體認以及運用中國原來的寬厚博大的包容精神所致。那時候中國本土的信仰（儒教、道教）與異國傳入（佛教、景教）的宗教都能自由發展，國內國外的少數民族亦能彼此相安。在中國歷史上的唐朝不過是短短幾百年，但文化規制成就之大、奠基之深，至今不泯。

可是我們中國原來的包容精神，隨着時代的遞進而逐漸消失了。目前，我們環顧中國土地上，發現竟從最寬容的國家變成最極端的國家。中國大陸政權在文化、思想、政治各方面一直是走極端路線，文化大革命更是極端的極致。就台灣政權而言，亦不能對自由思想有所寬容。令我們更感悲痛的是，左右政權正彼此處於北極和南極的敵對地位，而把國家陷於分裂之中。

中國原有的包容與寬容的精神，雖在目前的兩個政權下消失，但是這種精神竟意外的在香港的中國人社會中出現。香港有非常駁雜的各色人種，但我們從無種族歧視；有來自中國東西南北各地的人，但我們從無地方主義；有各種各樣的信仰，但我們從無宗教紛爭；有千差萬別的政治思想，但我們並無嚴重的思想武鬥；有派系相異的各種民間組織，但我們亦沒有發生過危險的宗派團體的衝突。我們的社會貧富不均，工人與資本家有對立，但從來沒有發生過像英、美那樣的危害到整個經濟政治形勢的大罷工與大動亂。我們的社會固然有極左與極右兩勢力在尖銳敵對，因而出現過一九五六年的大暴動與一九六七年的大騷亂，但很快就轉危為安。所以轉危為安，主因幷不是香港政府的鎮暴有功，而是賴於普遍香港中國人有一種精神，一種不走極端、既不支持極左也不走向極右的精神，使兩極的勢力消化於無形。

因此，從深一層看，香港中國人這種精神，在包容寬厚之中實有積極的意義在。所謂不走極端、兼容幷包，其實涵寓了實際、理性、自由、進取的質素。走極端總是不顧現實、盲目衝動，在言論行動上出於情緒性的狂熱信仰而不是實事求是的理性觀念；對異己者總是要排斥、要鬥爭；不容許自由思想，因為這樣便常常會由進反退，自以為是進取，結果是退步；中共的三面紅旗運動便是最明顯的例子。

二十一年來，香港的經濟飛躍發展，政治局面得以安定，都是因為大多數市民能夠在大包容的精神之下，實事求是、據理重理、自由開放、協力進取而得來的。我們作為香港市民的一份子，深深體會到瀰漫在我們周圍的這種精神的可貴。我們大家彼此學習到每人心中都有了這些觀念、意識和態度，它們像紐帶一樣把我們連繫在一起。我們也從歷史的回顧中知道，這樣的精神本來就是我們中國文化的特質，也是興盛朝代的立國之本，現在又在我們中國人社會的香港中重現。

因此我們把這份一九七一年一月一日出版的新雜誌，命名為「南北極」，表示我們是不走極端的，是依照「實際、理性、自由、進取」的香港精神來立論和辦事的，也同時表示我們屬於香港，也屬於中國文化。

發刊詞

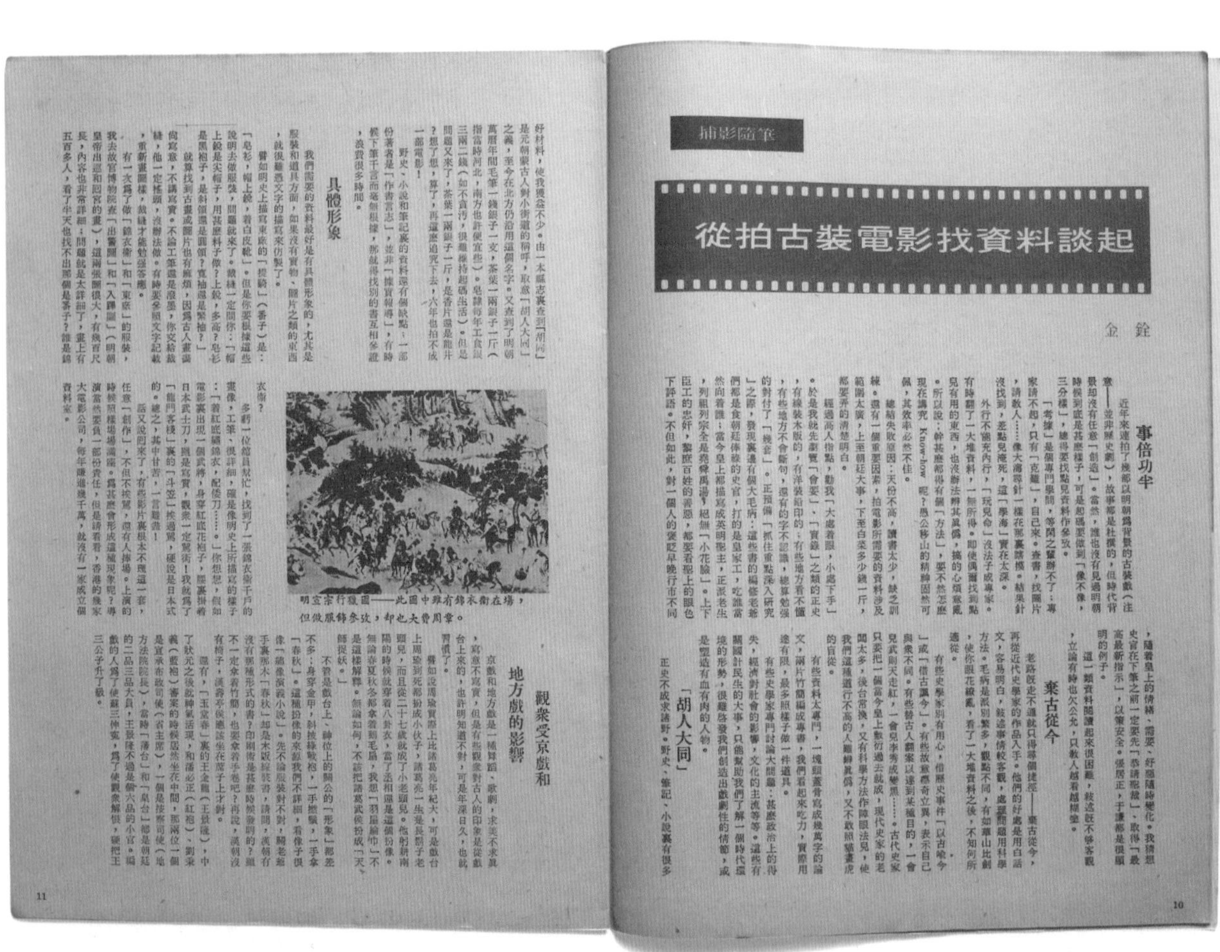

捕影隨筆

從拍古裝電影找資料談起

金銓

事倍功半

近年來連拍了幾部以明朝為背景的古裝戲（注意——並非歷史劇），故事都是杜撰的，但時代背景卻沒有任意「創造」。當然，誰也沒有見過明朝時候到底是甚麼樣子，可是起碼要做到「像不像，三分樣」，總得要找點兒資料作參攷。

「考據」是個專門學問，等閑之輩辦不了：專家請不起，只有「克難」，自己來。查書，找圖片，請教人……像大海撈針一樣在那裏瞎摸。結果針沒找到，差點兒淹死，這「學海」實在太深。

外行不能充內行，「玩兒命」沒法子成專家。有時翻了一大堆資料，一無所得。即使偶爾找到點兒有用的東西，也沒辦法辨其眞偽，搞的心煩意亂。所以說：幹甚麼都得有個「方法」，要不然怎麼現在講究 Know-how 呢？愚公移山的精神固然可佩，其效率必然不佳。

總結失敗原因：天份不高，讀書太少，缺乏訓練。還有一個重要因素，拍電影所需要的資料涉及範圍太廣，上至朝廷大事，下至白菜多少錢一斤，都要弄的清楚明白。

經過高人指點，勸我「大處着眼，小處下手」。於是我就先瀏覽「會要」、「實錄」之類的正史，有線裝木版的，有洋裝縮印的；有些地方看不懂，有些地方不會斷句，還有的字不認識，總算勉強的對付了「幾套」。正預備「抓住重點深入研究」之際，發現裏邊有個大毛病：這些書的編修老爺們都是食朝廷俸祿的史官，打的是皇家工，吃誰當然向着誰：當今皇上都描寫成英明聖主，正派老生，列祖列宗全是堯舜禹湯，絕無「小花臉」。上下臣工的忠奸，黎庶百姓的善惡，都要看聖上的眼色下評語。不但如此，對一個人的褒貶早晚行市不同，隨着皇上的情緒、需要、好惡隨時變化。我猜想史官在下筆之前一定要先「恭請聖裁」，取得「最高最新指示」，以策安全。張居正，于謙都是很顯明的例子。

這一類資料閱讀起來很困難，敍述既不夠客觀，立論有時也欠公允，只教人越看越糊塗。

棄古從今

老路既走不通就只得尋個捷徑——棄古從今，再從近代史學家的作品入手。他們的好處是用白話文，容易明白，敍述事情較客觀，處理問題用科學方法。毛病是派別繁多，觀點不同，有如華山比劍，使你眼花繚亂，看了一大堆資料之後，不知何所適從。

有些史學家別有用心，借歷史事件「以古喻今」或「借古諷今」。有些故意標奇立異，表示自己與衆不同。有些替古人翻案以達到某種目的，一會兒武則天走紅，一會兒李秀成變黑……。古代史家只要把一個當今皇上敷衍過去就成，現代史家的老闆太多，後台常換，又有科學方法作障眼法兒，使我們這種道行不高的人難辨眞偽，又不敢照貓畫虎的盲從。

有些資料太專門，一塊頭蓋骨寫成幾萬字的論文，兩片竹簡編成專書，我們看起來吃力，實際用途有限，最多照樣子做一件道具。

有些史學家專門討論大問題：甚麼政治上的得失，經濟對社會的影響，文化的主流等等。這些有關國計民生的大事，只能幫助我們了解一個時代環境的形勢，很難啓發我們創造出戲劇性的情節，或是塑造有血有肉的人物。

「胡人大同」

正史不敢求諸野。野史、筆記、小說裏有很多

10

好材料，使我獲益不少。由一本縣志裏查到「衚衕」是元朝蒙古人對小街道的稱呼，取意「胡人大同」之義，至今在北方仍沿用這個名字。又查到了明朝萬曆年間毛筆一錢銀子一支，茶葉一兩銀子一斤（指當時河北，南方也許便宜些）。皂隸每年工食銀三兩二錢（如不貪污，很難維持起碼生活）。但是問題又來了，茶葉一兩銀子一斤，是香片還是龍井？想了想，算了，再這麼追究下去，六年也拍不成一部電影！

野史、小說和筆記裏的資料還有個缺點：一部份著者是「作書言志」，並非「據實報導」，有時候下筆千言而毫無根據，那就得找別的書互相參證，浪費很多時間。

具體形象

我們需要的資料最好是有具體形象的，尤其是服裝和道具方面，如果沒有實物、圖片之類的東西，就很難憑文字的描寫來仿製了。

譬如明史上描寫東廠的「提騎」（番子）是：「皂衫，帽上銳，着白皮靴」。但是你要根據這些說明去做服裝，問題就來了。裁縫一定問你：「帽上銳是尖帽子，用甚麼料子做？上銳，多高？皂衫是黑袍子，是斜領還是圓領？寬袖還是緊袖？」

就算找到古畫或圖片也有麻煩，因為古人畫畫尚寫意，不講寫實。不論工筆還是潑墨，你交給裁縫，他一定搖頭，沒辦法做。有時要參照文字記載，重新畫圖樣，裁縫才能勉強答應。

有一次為了做「錦衣衞」和「東廠」的服裝，我去故宮博物院查「出警圖」和「入蹕圖」（明朝皇帝出巡和回宮的畫），這兩張圖很大，有幾百尺長，內容也非常詳細；問題就是太詳細了，畫上有五百多人，看了半天也找不出那個是番子？誰是錦衣衞？

多虧一位館員幫忙，找到了一張錦衣衞千戶的畫像，工筆，很詳細，確是像明史上所描寫的樣子：「着紅底繡錦衣，配倭刀……。」你想想，假如電影裏出現一個武將，身穿紅底花袍子，腰裏掛着日本武士刀，既是寫實，觀衆一定罵街！我就為了「龍門客棧」裏的「斗笠」挨過罵，硬說是日本式的。總之，其中甘苦，一言難盡！

話又說回來了，有些影片裏根本不理這一套，任意「創作」，不但不挨罵，還有人捧場。上演的時候照樣場場滿座。為甚麼會形成這種現象呢？導演當然要負一部份責任，但是請看看，香港的幾家大電影公司，每年賺進幾千萬，就沒有一家成立個資料室。

明宣宗行獵圖——此圖中雖有錦衣衞在場，但做服飾參攷，卻也大費周章。

觀衆受京戲和地方戲的影響

京戲和地方戲是一種舞蹈、歌劇，求美不求眞，寫意不寫實，但是有些觀衆對古人的印象是從戲台上來的，也許明知道不對，可是年深日久，也就習慣了。

譬如說周瑜實際上比諸葛亮年紀大，可是戲台上周瑜到死都扮成小伙子，諸葛亮一生趕長鬍子老頭兒，而且從二十七歲就成了小老頭兒。他躬耕南陽的時候就穿着八卦衣，當了丞相還是這個扮像。無論春夏秋冬都拿着鵝毛扇，我想「羽扇綸巾」不是這樣解釋。無論如何，不該把諸葛武侯扮成「天師捉妖」。」

不管是戲台上、神位上的關公的「形象」都差不多：身穿金甲，斜披綠戰袍，一手撚鬚，一手拿「春秋」。這種扮像的來源我們不詳細，看像子很像「繡像演義小說」。先不論服裝對不對，關老爺手裏那本「春秋」卻是木版線裝書，請問，漢朝有沒有那種形式的書？印刷術是甚麼時候發明的？顯不一定拿着竹簡，也要拿着手卷吧？再說，漢朝沒有椅子，漢壽亭侯應該坐在蓆子上才對。

還有，「玉堂春」裏的王金龍（王景隆），中了狀元之後就神氣活現，和潘必正（紅袍）、劉秉義（藍袍）審案的時候居然坐在中間，那兩位一個是宣承布政司使（省主席），一個是按察司使（地方法院院長），當時「藩台」和「臬台」都是朝廷的二品三品大員，王景隆不過是個六品的小官。編戲的人為了使蘇三伸冤，為了使觀衆解恨，硬把王三公子升了級。

11

邀得大導演胡金銓撰寫「捕影隨筆」

編者的話

人有個性、刊物也有個性。「南北極」個性的一面，是珍視富有個性和生活味的雜文，別開生面的把她們排在最前面。她有如舞台前面擺列的鮮花，讀者一翻開本刊，迎面就是撲鼻的花香。本期七篇雜文，不敢說篇篇珠玉，確各有風光。其中特別值得介紹的，是聲樂家費明儀女士的「我第一次演唱」；她的文字和她的歌聲一樣動人。

雜文後面是三篇新聞述評。近代人的生活太匆忙，很少人能夠從容的閱讀報紙上的新聞，更沒有時間去仔細思索；可是人們又不能不了解所生活的世界；因爲每一件事都與我們的生活和命運息息相關。這三篇新聞述評，勾玄勒要，將每周世界、中國、香港發生的大事作簡明的分析，幫助讀者了解這個大千世界。其中「中國一周」，包括台灣和大陸兩地區的事件，有時混合述評，有時分別評述，希讀者注意。

新聞述評後面是四篇「大塊文章」。不過讀者千萬不要被「大塊」嚇住。因爲所選登的文章，都是以活潑的興味來談論知識和思想，絕少板起面孔談大道理。在內容上，以談文化、社會、政治、生活、歷史、等文字爲主。每期刊載三篇到五篇。本期五篇的內容都是讀者迫切需要獲得解答的問題。其中華觀樓主的「中國挽馬法威震世界」，內容新奇，文字生動，切請讀者留意。

任何地方都一樣，居民所最關心的，還是切近生活的事情。在新聞學上有所謂「新、近、速、實」的話，「近」就是切近居民的生活利害，這樣的新聞，居民特別要詳細知道。爲此本刊每期有一篇專訪特稿。對於本港居民切感需要詳細了解，而無從了解的事件或問題，做詳實的深入的報導。

關於專訪，除了現實性較強的社會、政治問題，如本期所載「揭開反貪污部的底牌」這類報導之外，我們還計劃作經濟、教育、學術各方面的採訪報導。將企業家的經驗和知識、工人的生活和工作的情況，當前教育制度的利弊，現代學術的趨勢等等報導出來供讀者參攷。

在這裏要向讀者鄭重介紹的，是「每周影話」。提起影評讀者或立有倒胃口的感覺，因爲香港報刊上的影評，明星起居注之類的東西已經滿坑滿谷，如洪水泛濫。但是，這與本刊的影話則完全是兩碼事。執筆者都是對電影藝術深有研究的學人，從哲理、社會、藝術各角度對電影做深入淺出的評論，使讀者得見影評的眞面目。决自第二期開始刊載。特請讀者留意。

香港的天地這般狹小，可是熱愛生活的香港人，却酣酣在這小天地中，忙忙碌碌，樂之不疲；對香港以外的世界很少關心和了解。一般報刊也很少刊載海外通訊，即使刊載也都屬於政治經濟大事，對於各國的風土人情、人民生活、歷史文化則絕少報導。本刊特設「海外通訊」及「文化消息」兩個專欄，希望能給狹小、擁擠、忙碌的香港人，對着世界文化氣流、打開兩扇窗戶。

稿約

一、本刊各版都歡迎投稿。
二、來稿以六千字以下爲宜，特約稿不在此限。
三、本刊對來稿有權刪改，不願刪改者請註明。
四、來稿經刊載之後，每千字致酬港幣十五元。
五、除非附有貼好郵票的信封，來稿概不退還。
六、來稿請寄九龍郵箱六三〇六號。
七、來稿請註明「南北極」雜誌收。

南北極 周刊
第一卷 第一期
一九七一年一月一日出版
VOL. 1 No. 1 1st JAN. 1971
出版兼發行者：
龍門文化事業有限公司
編輯：
南北極編輯委員會
（九龍郵政信箱6306號）
總代理：
吳興記書報社
（香港租庇利街十一號二樓）
Tel: H-450561 H-450766
印刷者：天虹印刷公司
九龍新蒲崗大有街二十六至二十八號
電話：K-210047, K-207082, K-236045

THE PERSPECTIVE
KOWLOON P. O. Box 6306
定價：香港HK$ 0.80歐洲£ 0.20
馬來西亞・新加坡 M$0.50
美洲及其他地區 US$0.20

40

編者的話、版權資料

南北極
第一卷 第二期
台灣大閘蟹案的疑雲

第一卷第三期
南北極
香港經濟的危機

南北極
第一卷・第四期・一九七一年一月二十六日出版

南北極
第一卷 第五期
1971年2月5日出版

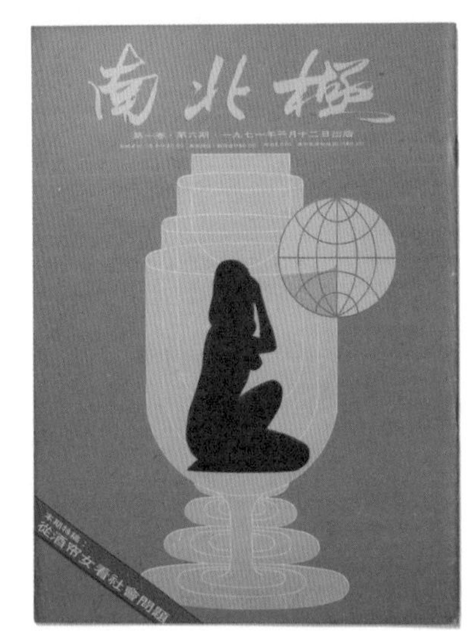
南北極
從酒帘女看社會問題

南北極
李卓敏是好校長嗎？

第一卷第八期
南北極
保衛釣魚臺！

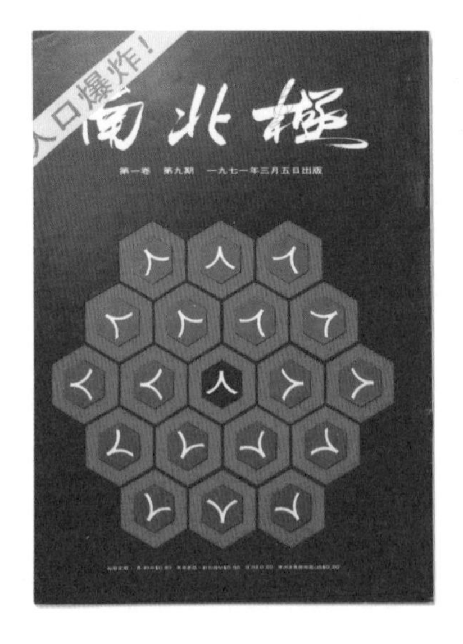
人口爆炸！
南北極
第一卷 第九期 一九七一年三月五日出版

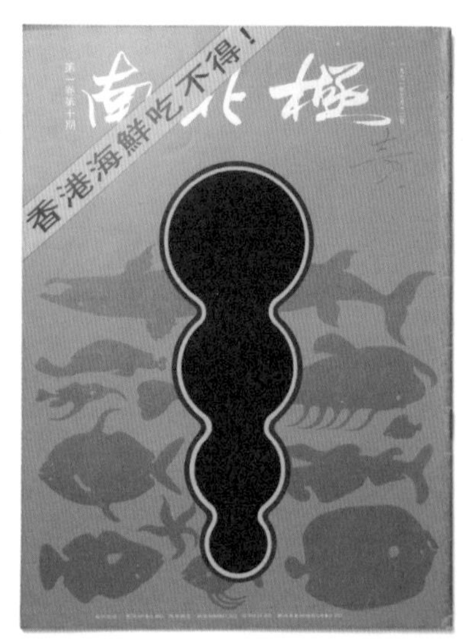
第一卷第十期
南北極
香港海鮮吃不得！

第二至第十期書影

第一百期書影，這期詳細報道佳視結束的前後因由。

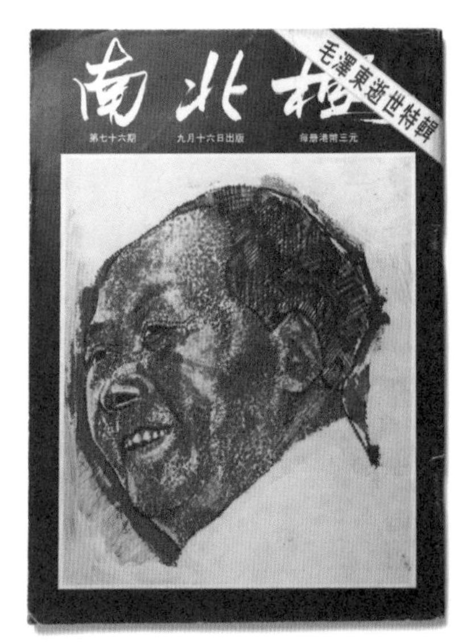

第七十六期刊「毛澤東逝世特輯」

在《南北極》連載的「富豪列傳」，結集成書頗為暢銷，圖為《香港億萬富豪列傳》，已印至第五版，文藝書屋，一九八〇年。

掌故

上世紀七十年代的雜誌不少與歷史掌故人物有關，除了近年受國內外熱烈追捧的《大人》、《大成》，不少同類雜誌都有一定的支持者，例如《春秋》、《萬象》、《掌故》等，相信老讀者猶有記憶。

在各本文史刊物中，《掌故》大概是內容較集中在中國現代史料記述的一本。這本雜誌創刊於一九七一年九月，十六開，厚一百零八頁。總編輯岳騫，原名何家驊，是一位擅寫歷史小說的作家，作品有《瘟君夢》、《紅朝外史》一、二集等，他亦以筆名「方劍雲」長期在《香港時報》撰寫時評專欄。

編者在發刊詞中指出，這是一份刊載中國現代史料的刊物，為求翔實，因此對各史料記述均是其是，非其非，以供學者日後修史之用。

本書創刊號出版正值「九一八事變」四十周年，故編者在本期製作特輯，內容包括歷史回顧、〈抗日民族英雄馬占山〉、〈苗可秀生平事略〉、〈九一八事變時日本內閣閣員名單〉、〈「九一八」時張學良在做甚麼〉、〈九一八事變關東軍司令官佈告〉等，對讀者了解當時政局形勢頗有幫助。本期另有幾篇民國人物掌故，例如〈韓復榘的一生〉、〈李大釗魂斷燕京〉、〈鄭繼成刺殺張宗昌〉、〈馮玉祥將軍傳〉等，每一篇都是可觀而有分量的文章。

《掌故》每到某些年月，便會因應需要推出專號，第四期出版時適遇香港淪陷三十周年，故製作了一個「香港淪陷專輯」，對香港所經歷的三年零八個月苦難日子作一回顧，讓同胞莫忘前事，檢視將來。

《掌故》跟其他文史雜誌一樣，現在要搜尋已頗困難。早年筆者曾在某專營售賣舊物的商場見到一至五十期的《掌故》，當時覺得價錢不合，回家考慮再三，最後還是決定要了，怎料返回一看已為人捷足先得，只能怪自己不夠果斷誤事。

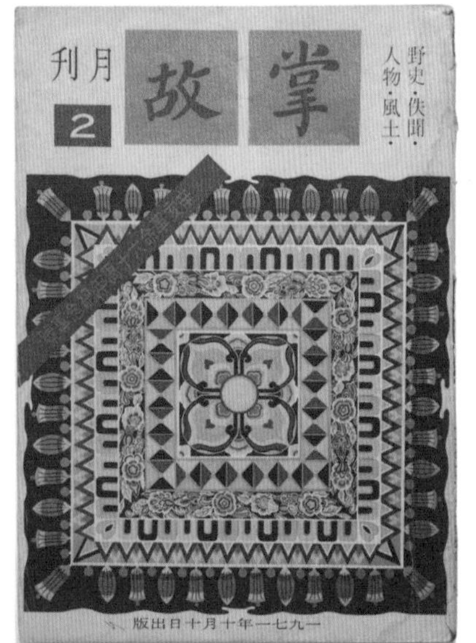

第二、第十三期書影

掌故

刊月 I

野史·佚聞·人物·風土·

版出日十月九年一七九一

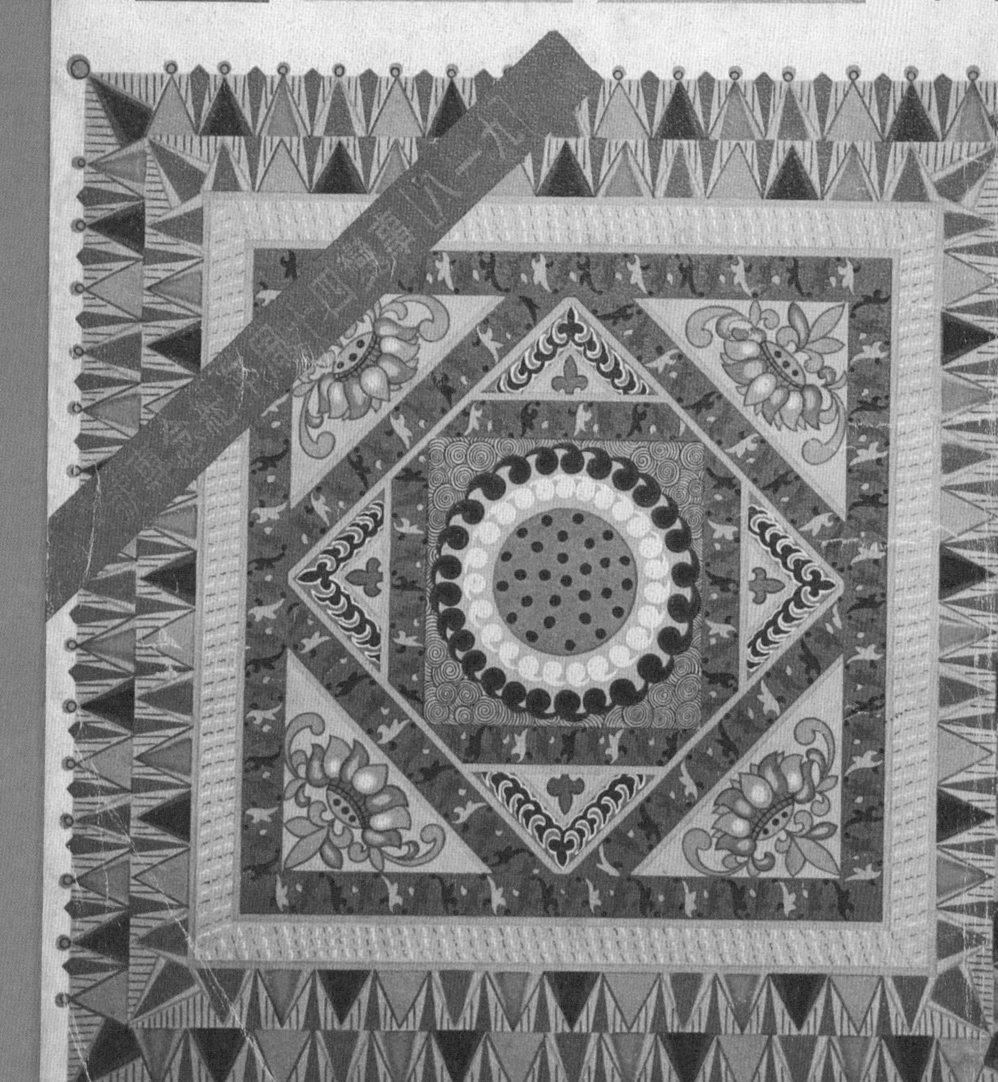

《掌故》封面

掌故月刊 第一期 目錄

每月逢十日出版

九一八專號

掌故

第一期
一九七一年九月十日出版
每冊定價港幣二元正
（外埠郵費另計）

出版兼發行者：掌故月刊社
地址：九龍亞皆老街六號B
電話：K八四四六七三

督印人：鄧少卿

總編輯：岳騫

印刷者：開發印刷所
吳松街六十號

總代理：吳興記書報社
香港租庇利街十一號二樓
電話：H四五〇五六一
H四五〇七六六

星馬代理：遠東文化事業有限公司
新加坡廈門街十九號
檳城沓田仔街一七二號

泰國代理：集成圖書公司
曼谷耀華力路二三三號

越南代理：聯興書報社
越南堤岸新行街二十二號

其他地區代理：
澳門：可大文具店
亞庇：利民公司
千里達：中華公司
菲律賓：華安書局
倫敦：東寶公司
芝加哥：杏林春
波士頓：中西公司
三藩市：新生圖書公司
三藩市：益智圖書公司
加拿大：香港商店
漢城：汎亞書籍公社
寮國：永珍圖書公司
斗湖：光明書店
菲律賓：玲瓏書局
紐約：友聯圖書公司
紐約：友方圖書公司
洛杉磯：永安堂
檀香山：大元公司
三藩市：文化商店
加拿大：新國華公司

目錄、版權資料

發刊詞

多年以來，同人們一直有個願望，希望在香港辦一種刊載中國現代史料的刊物。中華民國已成立了六十年，到今天連一部官方的正式史書都沒有，學校課程從無現代史一門。隨便找一個中學生，同他談談秦始皇、漢武帝，都能說的頭頭是道。可是，要問他徐世昌是個甚麼樣的人，馮國璋曾經作過甚麼事，相信連一位大學生也會茫然。

這種現象實在太不正常，研究歷史的目的是鑑古以知今，但秦漢去現在太遠，典章、制度、風俗、習慣皆與目前不同，我們對秦、漢、唐、宋歷史研究得再精湛，也與現代情況連不上。這不是說古史不必研究，只是說史學家應該注意現代史研究，以免脫節。

現代史研究自有其難處，容易引起意外麻煩，一也；史料難於搜集，二也。因此，大家也就捨難就易，將精力用之於古代史。

實則以今日環境而論，研究中國現代史最理想地區還是香港，寫作有絕對的自由，不受任何方面干預，而材料也可以到四面八方去搜集，不受時空的限制，如果不能在香港保留一些正確的現代中國史料，後來者要研究民國史就更難了。

在香港研究現代史，還有一個優越的條件。那就是自大陸變色後，逃難香港人士中，不乏昔日在軍政界居重要地位的人士，許多寫正的史實就是他們的親身經歷，而不曾爲任何報章雜誌刊載，若能將耆老們的口述或寫作的資料加以整理發表，他日可供修史者採擇，目前則可作爲研究現代史的第一手資料。

但歲月無情，經過漫長的二十多年時間，逃難海外的耆老，漸多故去，許多珍貴的史料，隨之長眠地下。若不早籌補救之策，再歷若干年時間，就想搜集也作不到了，因此，同人等既匆忙亦鄭重的創辦本刊，用意即在爲國家民族保存一些史料。

本刊並非專門的學術性刊物，仍以趣味爲主，但所搜集的史料則力求翔實，宋史之修成，大半得力於當時的個人筆記，三國志裴松之注，也多根據私人著述，本刊所希望的是能藉此稍盡棉力，以期有助於他年的修史者。

這當然是一件扛鼎的工作，其困難任何人都可以想到的，在香港辦刊物，主要問題在經費、印刷、發行。

而本刊還多了一個約稿的困難，因爲本刊發表的稿件，多是作者目睹耳聞的，範圍自然狹小，如何擴大稿源，是編者的一大難題，深望愛護本刊的人士盡量予以協助。

由於本刊主旨在於保存現代史料，因此決不欲牽涉個人恩怨，是者是之，非者非之，不捧不罵，極力求眞，當然不免會因此開罪一些人，但希望讀者能諒解我們並無惡意，只是說實話而已。

本刊是由少數志趣相同的朋友湊了一小筆錢來辦的一份不算太小的刊物，知道內情的朋友皆替我們擔心，認爲本刊無論在人力、財力，各方面條件都不夠堅强，但我們卻有決心辦下去，因爲我們堅決相信，一份確有內容的刊物，一定會有讀者，必然可以發揮其本身的使命。

當茲創刊之始，謹略述本刊旨趣，今後工作之推動，當隨時改進，希望各方面人士多賜教益，同人等以至誠接受。但願大家共同努力，使本刊能日漸壯大，則得益者就不限於本刊同人了。

[2]

九一八四十年

編者

九一八事件不但在中國是一件劃時代的大事，就在世界也影響深遠，非任何紀念日可比，如果沒有九一八事變，當不會發生意大利併吞阿比西尼亞事件，也許不致鼓勵希特勒侵略奧捷，則歐戰可能不會發生。至於中國更是創鉅痛深，假使不發生九一八事變，東北四省不失，自不會有淞滬抗戰，長城戰役及盧溝橋事變。四十年來，中國人死於砲火及暴政下的人數，最少也有一千萬人，追源禍始，實在是九一八爲厲之階。

所以生爲這一代的中國人，萬不可不知道九一八的經過，本刊所以選定九一八四十周年創刊，而且特出專號，也在喚醒國人，尤其年輕的一代，明瞭災禍之所自來。

不過，九一八事變的眞相，四十年來始終未有正確的報導，因爲中國人受到侵略，恨日本人刺骨，自然把責任全部推給日本。當然，日本人侵略中國，固屬罪無可逭，但是，由於所有史料均已陸續發表，我們痛定思痛，也覺得自身確要負很大的責任；當時不論南京中央政府與東北地方政府對九一八事變應付，皆走上了錯路，應當予以指出，還有一些積了幾十年的傳說，到今天證明恰恰相反。本文不敢說對九一八事變作一論定，但自信確是比較接近事實，茲分別敍述：

一、張作霖之死

張作霖於民國十七年六月四日，爲日本軍人河本大作炸死於皇姑屯，到現在已經四十三年，歷來不論報紙雜誌談論此事，皆認定張作霖因不肯接受日本條件，故被日本人設計炸死，所謂日本條件，又指爲阻止張作霖出關，要張作霖在北京繼續抵抗革命軍，日本當出兵協助。爲張作霖所拒，致被炸死。

就以後十年史實而論，日本人專在中國領土上製造分裂，滿洲國之後有蒙疆自治政府，有冀東防共政府，有胎死腹中的華北政府，則日本要張作霖在北京與南方國民政府對抗，繼續製造分裂，原非不可能之事。但事實上卻恰與傳說相反，日本人所提的條件，張作霖大部接受，張作霖被炸，也非日本政府之意。

民國十七年五月三日，日本在濟南製造慘案，阻止革命軍北伐，由於革命軍忍讓未起衝突，繞過濟南繼續北上，此時日本政府已知道北京張作霖政府難以存在，乃於五月十二日派滿洲鐵道株式會社（簡稱滿鐵）代表江藤手三等向張作霖政府逼簽五路協

[3]

左為該期專題「九一八四十年」，右為發刊詞。

東西風

一九七一年《南北極》創刊，翌年則有一本《東西風》出版，無論從名稱或內容來看，兩書都有一定的相似之處。

《東西風》出版於一九七二年十一月，封面由名家靳埭強設計，是一本十六開、七十八頁的綜合性雜誌，但內容較偏重於政治社會議題。編者在創刊詞中指出，長期以來西風壓倒東風，但二十世紀六十年代以降，隨着西方價值的逐漸衰微，東方文化價值漸為世人所重視，東西和合是一個必然趨勢，因此出版這份刊物，以增進讀者對東西社會文化的了解。

本書第一期內容頗為豐富，邀得不少名家執筆，僅是司馬長風便分別用了不同筆名發表三篇文章，計有曾雍也〈中國現代史話導言〉、嚴靜文〈毛周爭霸四十年〉和用回司馬長風名號的雜文〈日本與日本人〉。此外尚有徐訏、胡菊人、簡而清、金炳興、黃俊東的隨筆小品。值得一提的是當年初走紅電視圈的許冠傑，也曾在《東西風》留下一筆，以喜劇演員角度寫了一篇〈談幽默感〉，相信他的歌迷定有興趣一看。黃俊東是一位資深的書話家和收藏家，當年在報刊所寫的書話深受愛書人歡迎，他在這期書中寫了一篇〈巡閱使〉，調侃一些喜到書店打書釘的朋友，文中不乏帶點自嘲的幽默感。今天中港台掀起的一股書話熱潮，其實早在三四十年前黃俊東已先行帶動了。

這本雜誌既名為《東西風》，時事評論並不缺乏，無論大陸、台灣、世界、香港都有專題評論，這期香港方面就是評麥理浩總督的施政報告；台灣方面則對當時發生的「台日斷交」作出分析報道。

像《東西風》這類刊物在七十年代為數不少，可見在當時充斥着聲色犬馬的報刊世界裏，還有一些有心人勇於嘗試。出版事業是一條難走的路，我不知道這本雜誌維持了多久，但其誠意是應予肯定的。

東西風

第一期 目錄

本社	4	創刊詞
隨筆		
徐訏	6	詩人的道德責任與政治立場
陳虹	7	從中和節制之美談起
胡菊人	8	論小紅的出場
司馬長風	12	日本與日本人
黃俊東	68	巡閱使
許冠傑	11	談幽默感
特稿		
曾雍也	69	中國現代史話導言
蔣經國	52	中華民國斷腸記
葉錫恩	18	從教師、教士到議員之路——我為什麼競選市政局議員
嚴靜文	20	毛周爭霸四十年
桐島洋子	47	性海探奇錄（日本大宅文藝獎得獎作）
史劍非註評	74	毛澤東新傳（一）
淵雲	35	出版情況反映時代
簡而清	37	快活谷奇聞妙談（一）
金炳興	50	今年外國電映回顧
專訪通訊		
魯叔	24	二十世紀傳奇新聞 港台菲三幫人馬公海奪寶
李彬	26	鄉國紀行
鍾一士	59	日本商人力言大陸有妓女
歐陽家駒	42	走訪女性解放之鄉
時事評論		
明明	38	大陸：每過幾年就有一次鬥爭
何兆寧	36	台灣：日台斷交以後的台北
黃漢	62	世界：「歐洲人格」誕生的陣痛
燗煒	64	香港：評港督的施政報告
其他		
高贇	32	由賭博合法化談貪汚
松庵	66	飲酒篇
少雅	67	望天打卦集
資料室	40	彩色畫刊：北京市民近貌

封面設計 靳棣强

目錄

《東西風》封面

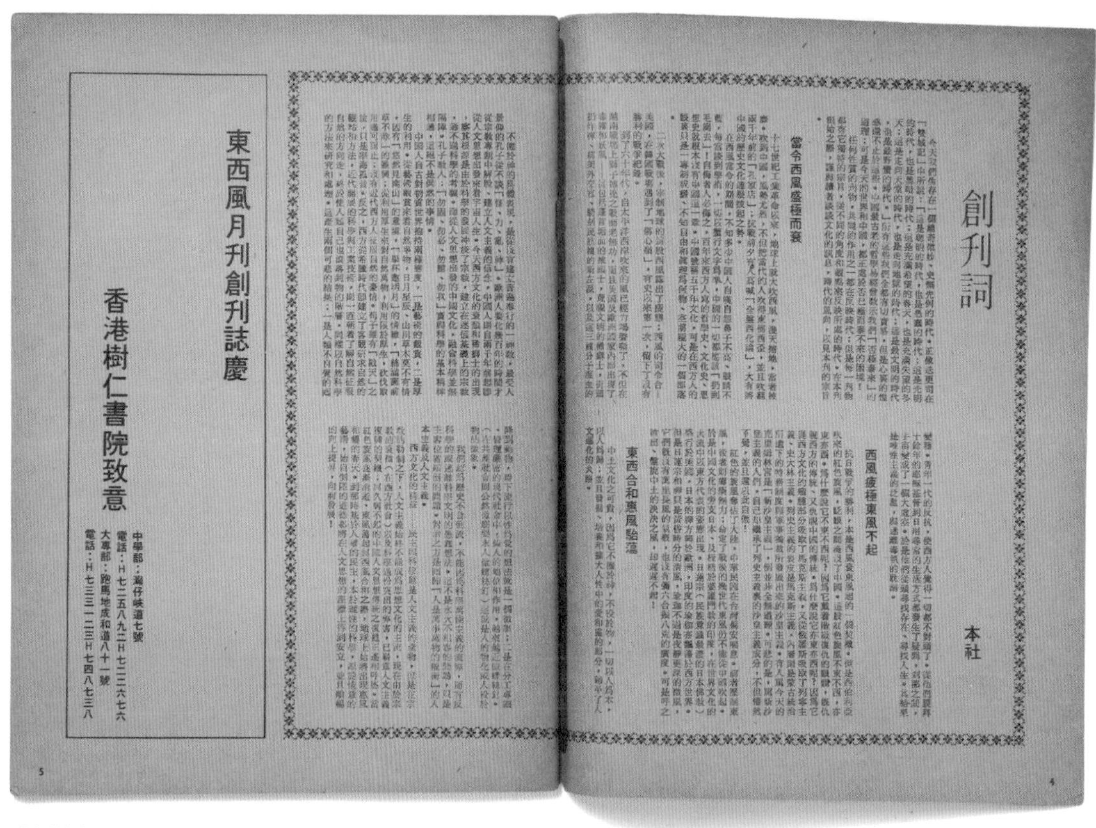

創刊詞

本社

當令西風盛極而衰

西風衰極東風不起

東西合和惠風駘蕩

東西風月刊創刊誌慶

香港樹仁書院致意

中學部：灣仔峽道七號
電話：H七二五八九二　H七二二六七六
大專部：跑馬地成和道八十一號
電話：H七三三一二三　H七四八七三八

創刊詞

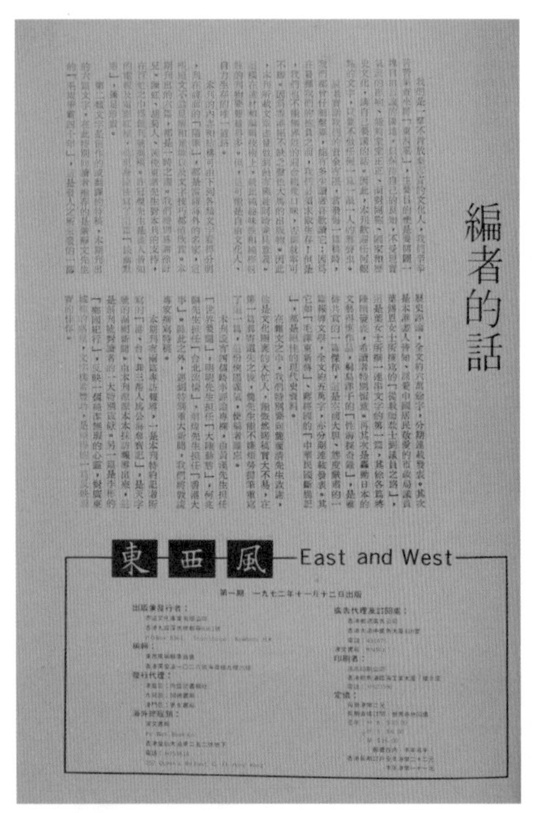

編者的話

東西風 East and West

隨筆

巡閱使

黃俊東

編者的話、版權資料

著名書話家黃俊東的〈巡閱使〉，語調諧趣，令人莞爾。

談幽默感

自從離開大學之門，足有一年未沾筆墨，原來文字就拙，久擱之後，就更生硬，無奈「東西風」的老編，催稿電話急如星火，惟有匆匆下筆，胡言亂語一番。

「幽默感」這是人人都知，人人都講的一個名詞，我們常說某人有幽默感，那個電視節目夠「幽默」，但如果解釋一下什麼叫「幽默感」，便發現實在不易講得清楚。如果你翻字典的話，會發覺每本字典有不同的解釋，因為「幽默感」是一個很抽象的概念，許多學者的說法也就見仁見智，我現在並不想妄自分析何謂「幽默感」，而是想試行研究一個人要具有什麼「條件」才能稱為有幽默感。許多人以為開玩笑，或動作詼諧的人便富有「幽默感」，其實，如果你認眞觀察這類人的處世態度及人生觀，可能發現他們毫無幽默感可言。一個有幽默感的人，最主要的是處世態度是否洒脫，對於人生的是非、榮辱、得失、是否看得透。

我深覺得作為一個「喜劇演員」（Comedian）首先本身要具有上述的條件。我曾經細心地觀察本港有些「喜劇藝人」。當他們在台上或銀幕上表演時，喜笑怒罵確是十分風趣，但是在私生活裏面却是滿腹牢騷、憤世疾俗，甚至流於胸襟狹窄。這類喜劇藝人可以說是缺乏起碼的幽默感。他們的表演只是笑在臉上惱在心裏的作做，演技與靈魂存在着可悲的分裂，因此他們的演技就缺乏深度。

要有幽默感，我們必須要能夠坦然承認及接受自己本身的愚昧。嘲笑他人的愚昧每個人都可以做得到，但是能夠「自嘲」者，才是眞有幽默感的人。讓我舉一個實例：我以前常到中環某茶樓午膳，那裏有一位「樂天派」的侍者，每次看見我便笑着說：「許先生，你的電視節目認眞夠幽默！尤其是那些諷刺小市民愚昧的趣劇眞痛快淋漓！」不幸有一次「雙星報喜」節目諷刺一些茶樓伙記的怠慢無禮，天啊！次日當我再到那茶樓時，那些「知音者」便冷冰冰地說：「我地伙記有對你唔住吖？唔駛咁整蠱嘅！」而整個下午他也拒絕為我冲茶。另外有一次我到銀行提欵，那羣小姐以半說笑的口吻說：「不要給他提欵，他上次在電視裏譏笑我們的工作態度和銀行的服務。」雖然她們似在說笑，但是她們心裏酸溜溜的感受却表露無遺。有一句西諺說：「你很容易看到他人眼邊的一粒污點，但很難感覺到自己滿面的污穢。」能感覺及承認自己的污穢，才能談得上有幽默感。

朋友，你有「幽默感」嗎？

・許冠傑・

11

名歌星許冠傑的作品〈談幽默感〉

足球世界

今天我們路經書報攤檔，觸目所見幾盡是一些娛樂八卦周刊，關於體育運動的刊物可謂鳳毛麟角，而報道本地足球的更是絕無僅有，但回憶上世紀七八十年代，當年本港足球運動盛行，隨之帶動了不少專門報道球壇動態的刊物出現，其中一本較長壽和受歡迎的是《足球世界》。

《足球世界》創刊於一九七二年，是一本十六開、三十四頁的足球雜誌，主編是著名體育記者黃幹。在《足球世界》創刊之前，本港已出版了不少同類刊物，資深球迷相信對《球國風雲》、《球迷俱樂部》、《香港足球》、《足球圈》等書刊記憶猶新，由此亦可見到當年本港足運的蓬勃熱鬧。

第一期《足球世界》的專論是「甲組聯賽誰是真命天子」，分析十四支球隊哪一隊奪標呼聲最高，球星專訪訪問消防後衛鄭潤如。這一期較多報道外國球星，包括捷克守門員域陀、英國狼隊前鋒杜根等。筆者自小追閱《足球世界》，對她幾個欄目印象特別深刻，例如「球國演義」，這個原於《體育生活》連載的專欄，一九七四年轉到《足球世界》續刊，作者「香島球叟」可算是中國足球歷史百曉生，對戰前戰後球壇大事如數家珍，幾可視作中華民國足球發展史話看待；「球國漫畫精選」輯錄西方足球漫畫，生動而有趣；「一役難忘話當年」介紹舊時著名的球賽；遊戲「指出不同的地方」要從兩幅圖中找出十個不同之處等，上述的內容不少長期刊載於書上，成為《足球世界》的基本組成部分。另外，那時由同人組織小球隊跟其他球隊切磋球藝是很普遍的現象，但由於通訊聯絡不易，《足球世界》便設下約賽平台，供各小球隊邀請對賽，間接促進小球運動的勃興。

《足球世界》出版長達十多年，見證了香港足運由盛轉衰的歷程，她後期亦頗多報道德國足球和英國足球，後者更早於七十年代初獨立出版。今日「英超」瘋魔萬千球迷，其實早於四十多年前已由《足球世界》帶動這個潮流了。

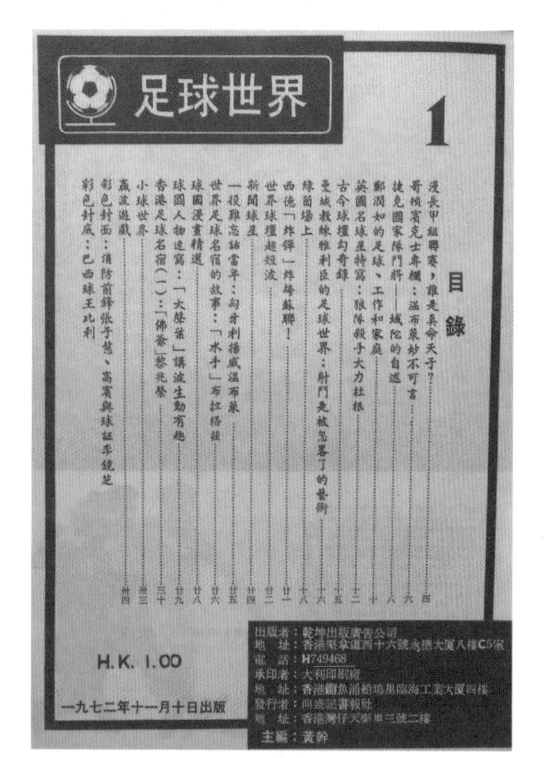

足球世界

1

目錄

漫長甲組聯賽，誰是真命天子？	四
哥頓賓克士專欄：溫布萊妙不可言	六
捷克國家隊門將——域陀的自述	八
鄭潤如的足球、工作和家庭	十
英國名球星特寫：狼隊殺手大力杜根	十二
古今球壇勾奇錄	十五
曼城教練雅利臣的足球世界：射門是被忽畧了的藝術	十六
綠茵場上	十八
西德「炸彈」炸垮蘇聯！	廿一
世界球壇超短波	廿二
新聞球星	廿四
一役難忘話當年：匈牙利揚威溫布萊	廿五
世界足球名宿的故事：「水手」布拉格拉	廿六
球國漫畫精選	廿八
球國人物速寫：「大陸孫」講波生動有趣	廿九
香港足球名宿(一)：「佛爺」黎兆榮	三十
小球世界	卅三
贏波遊戲	卅四
彩色封面：消防前鋒張子慧、高賓與球証李鏡芝	
彩色封底：巴西球王比利	

H.K. 1.00

一九七二年十一月十日出版

出版者：乾坤出版廣告公司
地　址：香港堅拿道西十六號永德大廈八樓C5室
電　話：H749468
承印者：大利印刷廠
地　址：香港鰂魚涌船塢里臨海工業大廈四樓
發行者：同盛記書報社
地　址：香港灣仔天樂里三號二樓
主編：黃幹

目錄、版權資料

《足球世界》封面

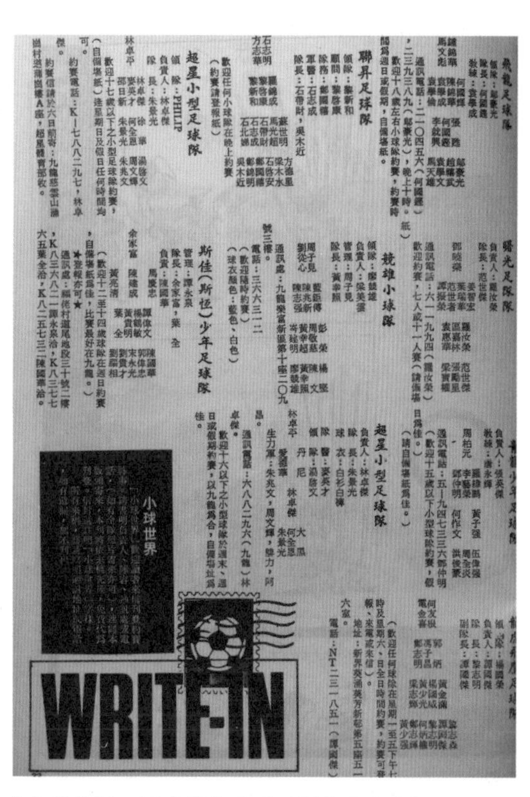

「小球世界」是專供各小型球隊約賽的地盤

取材外國雜誌的「球國漫畫精選」

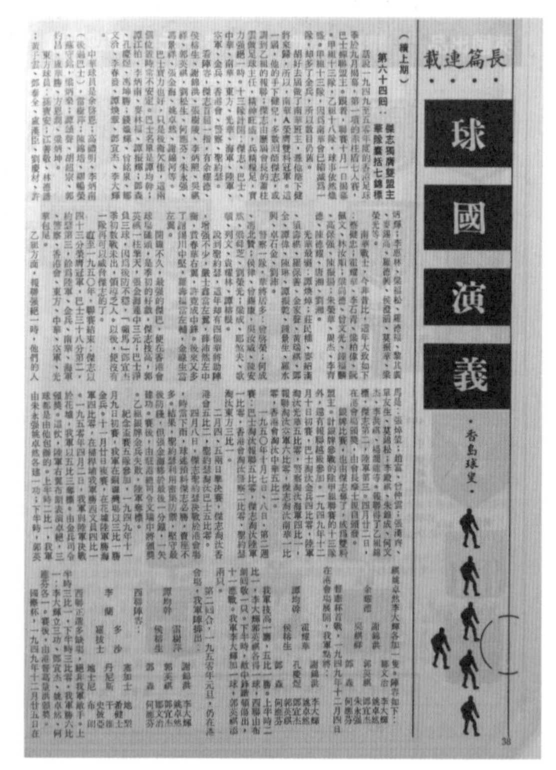

「球國演義」是筆者了解戰前香港足球歷史的主要來源

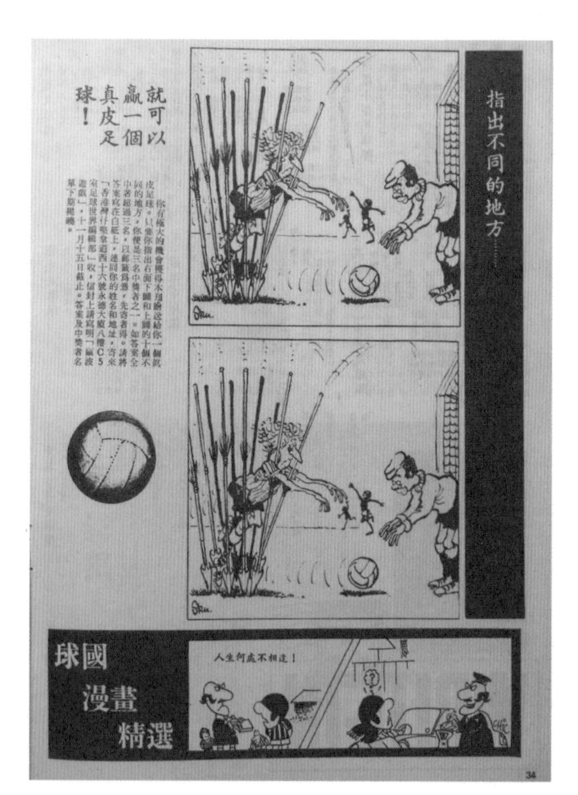

這是筆者兒時投寄最勤的有獎遊戲，目的是要得到一個真皮足球，可惜屢投不中。

第二十期書影，封面人物是著名球星胡國雄。

第一百一十期封面是一九八五年世界盃外圍賽「五・一九」役港隊功臣，中為教練郭家明，左右分別是為港隊建功的張志德和顧錦輝，下是港隊全體球員賽後合照。

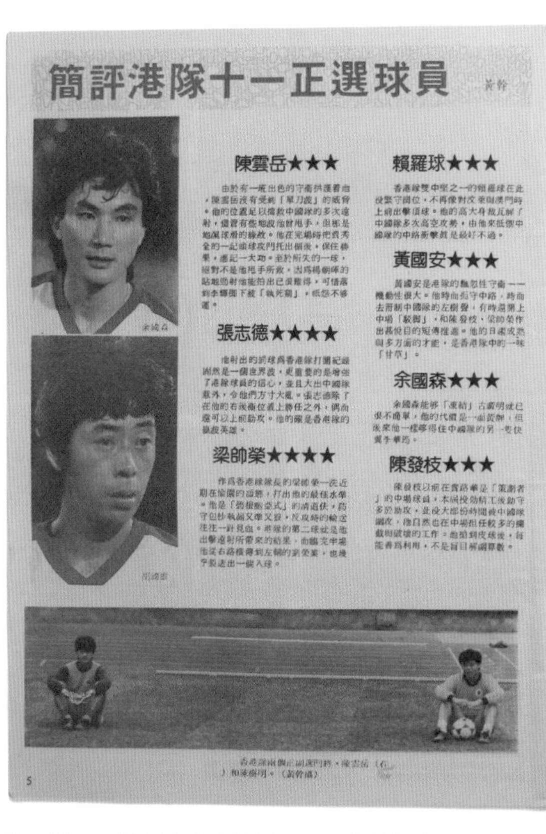

簡評港隊十一正選球員

黃幹

陳雲岳★★★

由於有一班出色的守衛拱護着他，陳雲岳沒有受到「單刀波」的威脅。他的位置足以擋救中國隊的多次遠射，儘管有些地波他曾甩手，但那是地滑球滑的緣故。他在完場時把賈秀全的一記頭球攻門托出個後，保住勝果，應記一大功。至於所失的一球，絕對不是他甩手所致，因為楊朝暉的貼地勁射他能拍出已很難得，可惜落到李輝腳下被「執死雞」，祇怨不夠運。

張志德★★★★

他射出的罰球爲香港隊打開紀錄雖然是一個世界波，更重要的是增強了港隊球員的信心，並且大出中國隊意外，令他們方寸大亂。張志德除了在他的右後衛位置上勝任之外，偶而還可以上前助攻。他的確是香港隊的贏波英雄。

梁帥榮★★★★

作爲香港隊隊長的梁帥榮一洗近期在愉園的頹態，打出他的最佳水準。他是「碧根鮑華式」的清道伕，防守包抄執漏又準又狠，反攻時的輸送往往一針見血。港隊的第二球就是他出擊遠射所帶來的結果，而臨完半場他從右路橫傳到左翼的劉榮業，也幾乎製造出一個入球。

賴羅球★★★

香港隊雙中堅之一的賴羅球在此役緊守崗位，不再像對汶萊與澳門時上前出擊頂球。他的高大身裁瓦解了中國隊多次高空攻勢，由他來抵禦中國隊的中路衝擊真是最好不過。

黃國安★★★

黃國安是港隊的飄忽性守衛——機動性很大。他時而扼守中路，時而去冊制中國隊的左翼發，有時還闖上中場「較腳」，和陳發枝、梁帥榮作出甚悅目的短傳推進。他的日漸成熟與多方面的才能，是香港隊中的一味「甘草」。

余國森★★★

余國森能夠「凍結」古廣明就已很不簡單，他的代價是一面黃牌，但後來他一樣箍得住中國隊的另一隻快翼李華筠。

陳發枝★★★

陳發枝以前在寶路華是「策劃者」的中場球員，本屆役勁精工後助守多於助攻，此役大部份時間被中國隊圍攻，他自然也在中場担任較多的攔截與破壞的工作。他搶到皮球後，每能善爲利用，不是盲目解圍草數。

賽前列陣的香港隊，左起梁帥榮、劉榮業、張志德、余國森、顧錦輝、黃國安、陳雲岳、胡國雄、陳發枝、尹志強、賴羅球。（黃幹攝）

顧錦輝★★★★

顧錦輝是中場的中堅，實際上是港隊的第一道防綫，單是他的頭頂腳踢已擋住了中國隊不少攻勢，何況他還夠機警地射入令香港隊致勝的第二球，建下奇功。

胡國雄★★★★

胡國雄重返港隊後所表現的責任心與落力爲隊友建立「好榜樣，也令港隊的進攻有了重心及節奏感。在處理罰球時由他來發號施令是最佳的選擇，他的經驗、技術與眼界使他洞悉了對方的漏洞並送出方向與力度恰到好處的第一腳，張志德就是接應他的妙到毫巔的後踭傳球而射入那個「世界波」罰球的。

劉榮業★★★

在亞洲四A組外圍賽以七球高踞射手首名的劉榮業，此役雖然受制於朱波，但倒過來說他也牽制了朱波，令這位好波的中國隊右後衛不敢放膽助攻。其實，香港隊兩個入球劉榮業都有間接的功勞，第一球是他躍高爭頂被推跌而「搏」回來的罰球；第二球是他截而控制梁帥榮踢入禁區內的地波，欲起腳而射之際被門而「甩」給顧錦輝射入的。

尹志強★★★

尹志強雖無入球，並且在完半場前曾近門失機，但有他在前面，中國隊的賈秀全、林樂豐與呂洪祥等守衛不無顧忌，因而不敢全面出擊。很多時，尹志強也墮到中場甚至門前搶救、解圍，有一定的作用。

第一百一十期內頁簡評港隊十一名球員的表現

嘉禾電影

曾經有一段時期，香港以至東南亞的電影業幾是「邵氏」和「電懋」兩大電影公司之爭，但隨着六十年代中陸運濤空難去世之後，國泰機構高層對電影事業興趣不大，電懋（後期更名國泰）再沒有銳意經營，故電影市場差不多為邵氏所壟斷，直至七十年代初嘉禾電影公司成立，局面才有所扭轉。

嘉禾電影公司由鄒文懷、何冠昌和梁楓三位邵氏舊人合組成立，初期經營頗為艱辛，雖有王羽、茅瑛等明星助陣，但與邵氏還有一段距離；直到邀得李小龍回港拍攝《唐山大兄》，票房大收二百多萬才扭轉局面，這部戲不但紅了李小龍，嘉禾公司也得以吐氣揚眉。而《嘉禾電影》畫報也在這時面世。

《嘉禾電影》創刊於一九七二年，是一本大十六開、厚八十二頁、印刷精美的雜誌，內有十二版彩頁，其中一張是李小龍的跨頁海報。第一期封面人物是武打影星王羽，名義上他仍是「嘉禾」的當家小生，但如細看雜誌內容，便可發現李小龍明顯有後來居上之勢。這一期用了四頁篇幅報道「李小龍是何方神聖」，把李小龍成為影壇巨星的經過娓娓道來，此外還有王羽、徐楓、苗可秀、許冠傑等影星的介紹。

早期的《嘉禾電影》現在市面上較罕見，真可謂一書難求，主要原因相信與李小龍有莫大關係，自從《唐山大兄》大收旺場之後，李小龍接二連三拍了《精武門》、《猛龍過江》、《龍爭虎鬥》等影片，《嘉禾電影》每期均有詳盡報道，對李小龍迷而言這些雜誌都是收藏珍品，自然難以在二手市場發現了。一九七三年七月李小龍逝世後，《嘉禾電影》仍不時以他作為話題，吸引讀者購買，接着數年的七月號，都以李小龍為封面，向一代武打巨星致敬。這做法直到一九七八年他逝世五周年為止，可見李小龍效應是何等凌厲。所謂「江山代有才人出」，不久成龍憑《蛇形刁手》和《醉拳》走紅影壇，他也繼李小龍之後成為《嘉禾電影》的主要報道對象。

GOLDEN MOVIE NEWS No. 1, Apr. 1972 Contents

嘉禾電影　四月號　目錄

目錄、版權資料

《嘉禾電影》封面

編輯室

四海一家

●「嘉禾電影」創刊號問世，這是我們第一次與讀者見面。

我不用那些庸俗的字眼兒向我們的讀者問候你好？我好。

但是我們既然相識了，我就希望我們越交越久，越知越深，用讀者的熱愛與鼓勵，來造成我們的進步與成功，有朝一日，果然「嘉禾電影」能夠站在出版刊物的最前線，變成最暢銷，最權威的電影雜誌時，那不是我們的功勞，那是讀者給我們的力量。

「嘉禾電影」，不是一份機關報，當然更不是一份宣傳品，它是一本趣味性，報導翔實的電影雜誌。報導所有的電影新聞和影人消息，不僅是香港或台灣出品的國語片，就是歐西片、日本片、韓國片，以及東南亞各國所拍攝的電影，祇要有報導價值，祇要是讀者喜歡知道的，我們都願意優先刊載。

我們的園地是公開的，因為我們的工作目標，是為讀者服務。

而且我們絕不主觀，願意接受讀者給我們的一切好的，寶貴的意見。

本期共有十六張彩色，除封面王羽外，插頁中的甄珍、苗可秀、許冠傑、湯蘭花、衣依、恬妮、張翼、茅瑛，這些頂兒尖兒的大明星的動人風姿，都是名攝影家鏡頭下的精心傑作。

至於文章，更是琳瑯滿目，美不勝收。

首先狄星先生寫的「國語片往那裏走？」就是一篇非常值得推薦的文章。這篇文章，不但寫出了今後國語片應走的路線，也分析出當前國語片所以失敗或成功的主因，對於製片家，是一個很好的提示。

武俠片風行一時，「電影圈裏最吃香的人物」是誰？是李小龍？是王羽？是上官靈鳳？是張清清？

他（她）們當然是觀衆的偶像，製片家爭取的大明星，但還有比他們更吃香的，卻是武術指導與龍虎武師。

武俠明星如王羽，連睡覺的時間都犧牲了，一年拍十六部片，造成最高拍片紀錄，在電影圈裏是破天荒的事。但武術指導和龍虎武師，卻是有片必拍。尤其是那些龍虎武師，由於武俠片拍得多，需要量大，祇要有幾度散手，便你爭我奪，三天五天，十天八日就拍完一部戲。

一年拍十多二十部戲，毫不出奇，自然而然變成了電影圈裏的吃香人物了。

魏艾齡小姐寫的「羅維的成功是靠運氣嗎？」老實說，天下沒有完全靠運氣的人，羅維能有今日，自有他的獨得秘訣，如今被魏艾齡小姐寫出來了，你也不妨偷師，如果真能因此而獲得成功，那麼飲水思源，還請別忘了羅大導的傳授，和魏小姐與我的公諸同好。

「替王羽算算賬」，算算他去年拍了多少部戲？算算他一天睡多少個鐘頭覺？算算他怎樣安排他工作起居時間？一個大明星的生活，竟然緊張到如此地步，想想，實在也是一件非常有趣的事。

「李小龍是何方神聖？」一部「唐山大兄」，拳打腳踢，打垮了多少部同期上演的巨片？踢倒了多少同期上演的大明星？相信讀者記憶猶新。如今「精武門」又上演了，又是這樣使觀衆如醉如痴地湧進戲院，究竟李小龍是何方神聖？本文有使讀者最滿意的解答。

「看苗可秀的新姿」，看她那清麗可喜的的面龐，看她那如雲似霧的秀髮，看她那清如泓水的雙眸，看她那如詩如畫的風緻，苗可秀的美，不是人性的美，而是屬於神韻的，她的美，使人感到舒服，聖潔，而卻不使人產生邪念。——這就是萬不得一的苗可秀的新姿。

至於「何莉莉婚前蜜月」，這是時代性的產品，像何莉莉這樣摩登的小姐，她有權提倡這些妙招，沒有人會對她表示抗議，或不同情她的。

「甄珍有個好媽媽」，是一篇非常寫實的文章，說老實話，電影女明星的媽媽，十個有九個都差不多，誰如果沒有這麼一個媽媽，誰就是投錯了娘胎，很難紅得起來，又不獨甄珍一個人為然了。

最後提到影星黃曼小姐為本刊寫的「我做了替聲」，這是揭穿電影圈的一大秘密。明星拍電影，原來做表情歸做表情，說對白歸說對白，為了怕那些不擅於說國語的演員，為了顧到對白而影響了他們的演技，於是戲拍好後，對白就請專人代說。

其實這種情形，不獨國語片如此，就是在日本，在歐洲，在好萊塢，那些聞名國際的大明星，有許多人，也是要靠幕後英雄的配音，來幫他們完成這項最後工作的。

西片部份「辛康納利復演占士邦」、「徐姿和她的男朋友」、「李馬榮和保羅紐曼演技競賽」，都是最新報導，極有一讀價值。

而小說「飢餓的女人」，寫的是電影圈裏的女明星，讀來當然更具親切感。

好了，本期文章，暫時就介紹到這裏為止，請讀者自己仔細欣賞吧。到是遊戲節目，我們很希望讀者能踴躍參加，與我們共同設計，用簡短的文字，告訴我們這遊戲怎樣進行，怎樣玩，一經採納，奉致薄酬。因為本刊園地公開，我們希望大家能夠熱熱鬧鬧的，共聚一堂，一塊兒來開懷。

另外我們還開闢了服務版，歡迎讀者徵友，索取你所喜歡的明星照片以及參加猜謎遊戲，辦法如何，在第82頁上，我們登載得很詳細。

四海一家，讓我們緊握着手。

編者

19

代發刊詞〈四海一家〉

欲知嘉禾內幕　請看：

創刊號　要目

- 羅維的成功是靠運氣嗎？
- 國語片向那裏走？
- 李小龍是何方神聖？
- 電影圈最吃香的人物
- 替王羽算算賬
- 看苗可秀的新姿
- 鐵拳歌手許冠傑
- 何莉莉婚前蜜月
- 甄珍有個好媽媽

李小龍彩色大頁一張
即已值回票價

《嘉禾電影》宣傳單張

一九七三年新年特大號，以武打巨星李小龍作封面人物。

《嘉禾電影》第三十期，封面人物是當年的「鬼馬雙星」許冠文和許冠傑昆仲。

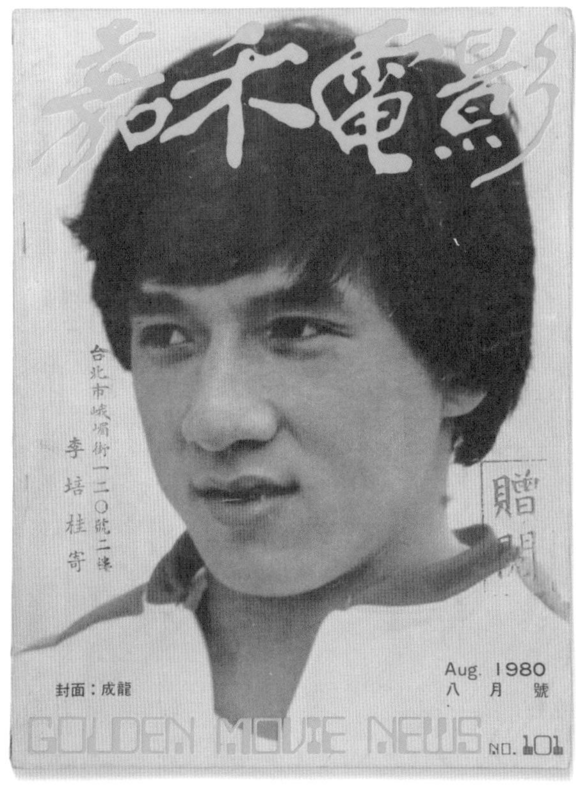

成龍是繼李小龍後另一位成為國際巨星的嘉禾演員

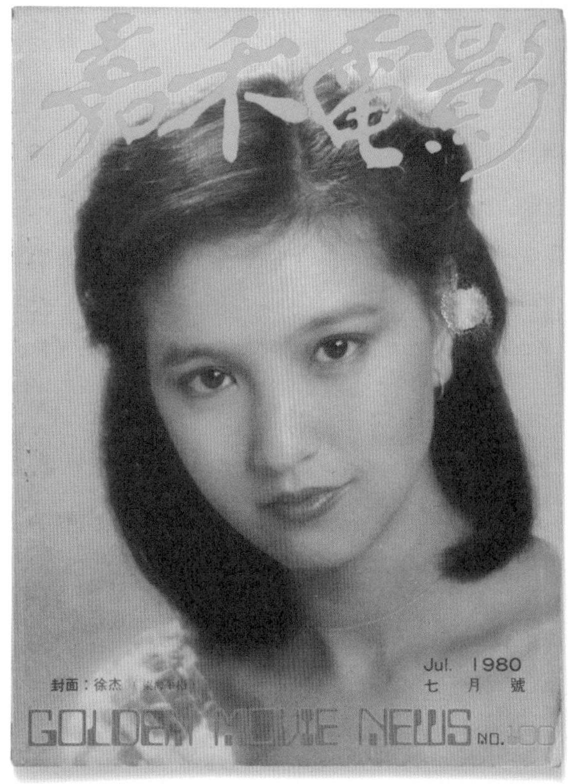

第一百期書影，封面人物是女星徐杰。

文林

「星島」是香港的老牌報業機構，一九三八年創辦至今已近八十年歷史，除了人所共知的「星島」報系，還有出版《星島周報》和《星島月刊》，以及隨報附送的《星島畫刊》和《娛樂一周》等，而在芸芸刊物中，《文林》可能是當時較為人忽略的一本。

《文林》月刊出版於一九七二年十二月，大十六開，共九十二頁，封面人物是著名水彩畫家曾景文。這本雜誌內頁設計簡樸大方，是一本文人色彩濃厚的綜合性刊物。總編輯林以亮，即著名紅學家宋淇，他既是著名作家，同時也是一位翻譯家，早年在電懋參與電影編劇製片工作，又曾在中文大學任職，擔任校長助理，兼任中大翻譯研究中心主任。至於執行編輯是當時有才女之譽的陸離，由這兩位文化人主導的《文林》月刊，雖然在創刊號中不曾見到發刊詞或編後語，但可想見這本月刊較側重文化藝術方面。這一期的作者有思果、喬志高（高克毅）、梁實秋、於梨華、馬蒙等，都是當時名滿海外的華人作家和學者。

記得當初撰寫本文之時，感謝小思老師轉寄一篇邁克所寫的專欄文章〈房素娃及其他〉，才知道這一期書中陸離一人化身三個角色，她以陸離身份在本期專輯「學無止境」中作訪錄工作，又化名「房素娃」和「方斯華」分別撰寫〈有字天書：聖經的故事〉和〈誰是奧運影片的最佳導演〉兩文。實在也得由邁克說破，「房素娃」和「方斯華」均是陸離仰慕的法國導演杜魯福名字的音譯，否則如何能拆解這個玄謎？

要指出一點，《文林》並非一本純文學刊物，雖然文人氣息濃厚，然而她的內容並不偏狹，就以林以亮為例，他在本期所寫的一篇〈美國的生死關頭——從兩本暢銷小說看美國汽車業的危機〉，從小說中取材，來揭示美國社會所潛伏的問題；又如思果的〈算盤與電算機〉，就是從較新的科技聯繫到傳統的運算工具上；加上前述陸離的兩篇文章，可見其取材多樣。

《文林》可算是「星島」報業出版的一枝奇葩，很多雜誌或因其時間或內容的局限，當時出版可能十分暢銷，但卻未必經得起歲月的考驗，《文林》近年受到注意，證明有質素的刊物始終不會絕跡人間。

文林 月刊

GROVE magazine

第一期・創刊號 1972年12月1日

封面說明

目錄

《文林》封面

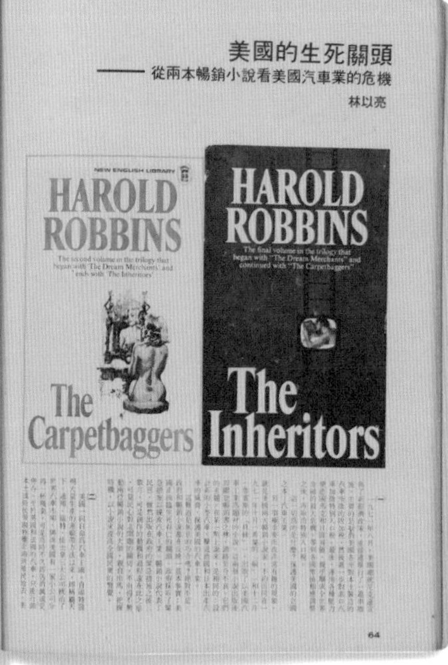

林以亮（宋淇）寫出美國汽車業的危機

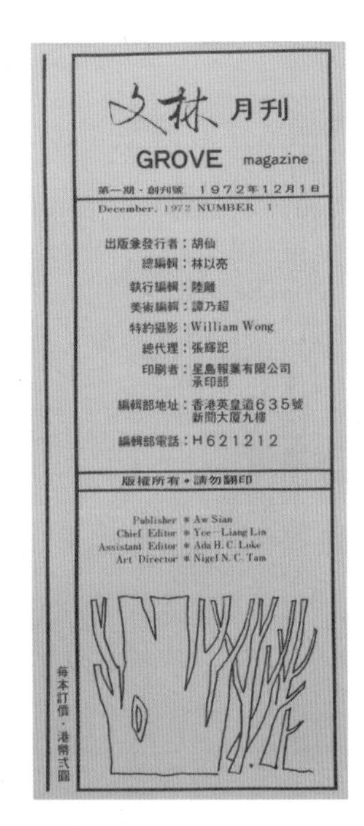

文林 月刊

GROVE magazine

第一期・創刊號　1972年12月1日

December, 1972 NUMBER 1

出版兼發行者：胡仙
總編輯：林以亮
執行編輯：陸離
美術編輯：譚乃超
特約攝影：William Wong
總代理：張輝記
印刷者：星島報業有限公司承印部
編輯部地址：香港英皇道635號新聞大廈九樓
編輯部電話：H621212

版權所有・請勿翻印

Publisher ＊ Aw Sian
Chief Editor ＊ Yee-Liang Lin
Assistant Editor ＊ Ada H. C. Loke
Art Director ＊ Nigel N. C. Tam

每本訂價・港幣弍圓

版權資料

這篇文章的作者「房素娃」原來是陸離的化名

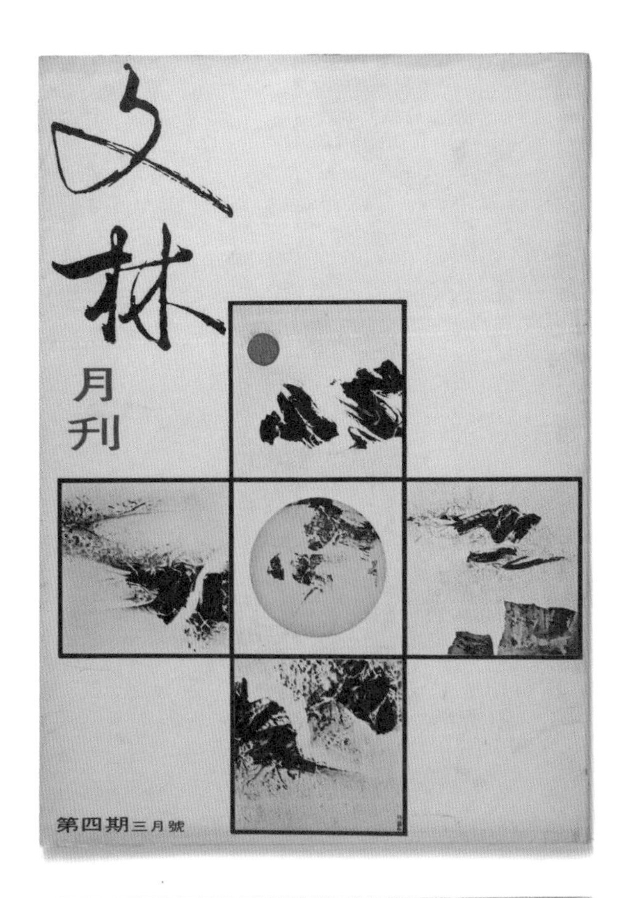

各期封面藝術氣息濃厚

廣角鏡

《廣角鏡》創辦者是著名出版人翟暖暉，創刊於一九七二年，當時也是國際舞台風起雲湧的時代，在此前後出版的《七十年代》或《南北極》都頗着眼於政治社會問題，而《廣角鏡》創刊初期，正如其名稱「廣角鏡」般，以期把天下新知一一收於眼底，並以「知識、趣味、勾奇」為讀者取景。

因是之故，《廣角鏡》創刊號內容頗為龐雜，既有國際航空事業、科學新知〈新的污染物質PCB〉等嶄新的報道，也有埃塞俄比亞和新幾內亞的民族介紹；文學有《紅樓夢》與「紅學」的研究，藝術有中國的彩陶，歷史部分則述袁世凱竊國秘聞和二次世界大戰史話。內容編排如何，即如第二期讀者來函所言「缺乏趣味性」、「欠缺重心文章」、「毫無文藝氣氛」、「無科學性雜誌特點」等，基本上一份刊物創辦之初，實在需要時間去探索方向，隨後幾期也逐步加以改進。

《廣角鏡》發展至七十年代中，着力報道評介中國政治，最記得一九七六年，中共三位領導人周恩來、朱德、毛澤東分別於一月、七月、九月去世，《廣角鏡》有一系列的報道和分析，當年筆者從中知之甚多。但最令人印象深刻的，則莫如每期刊載的「香港掌故」專欄，作者魯言——即人所共知的香港掌故專家魯金（原名梁濤）——撰寫的掌故趣聞精彩無比，筆者對香港歷史產生興趣實在多得魯言的啟迪。另外，月刊連載的〈國共人物風雲錄〉和關文清的〈荷里活尋夢錄〉都是相當受讀者歡迎的專欄，上述作品都由廣角鏡結集成單行本（〈荷里活尋夢錄〉出版時改名《中國銀壇外史》），當中以魯言為主要作者的《香港掌故》最為暢銷，共出版十三集，而且多次再版，至今已成為研究香港歷史掌故的主要參考書。

香港電影研究專家余慕雲先生第一本著作《香港電影掌故》就是由廣角鏡出版社出版，時為八十年代中，當時本土電影歷史研究尚在起步，此書出版無疑令不少讀者加深對香港電影歷史的認識。三十多年過去，《廣角鏡》月刊也許已鮮為人所提及，但她出版的書冊，直到今日仍是不少喜愛本地歷史文化的讀者的追捧對象。

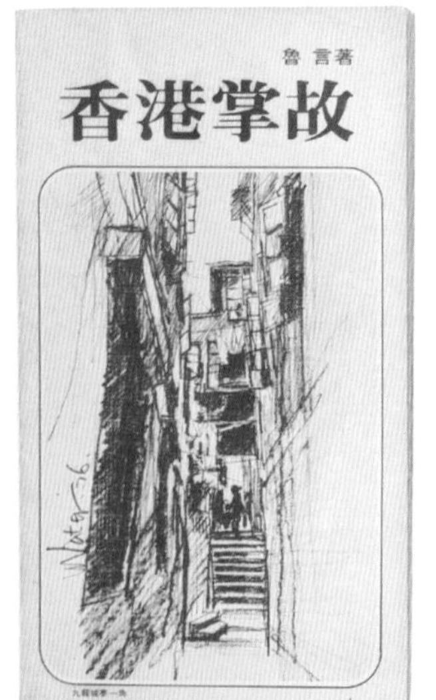

廣角鏡出版社早期出版的三本書，左為魯言《香港掌故》，中為郭桐《國共風雲名人錄》，右為余慕雲《香港電影掌故》。

廣角鏡

識味奇
知趣勾

月刊

WIDE ANGLE

創刊號 一九七二年十月十六日

《廣角鏡》封面

發刊辭

刊物而名「廣角鏡」，將有甚麼打算呢？

將要窮髮極指，把鴻文鉅製一一攝拍下來嗎？將要攬山匯川，讓新知屢見——盡收眼底嗎？將要洞冥搜異，並殊風方物於一室嗎？或者，將要如尸子說的那樣，據高丘以望星星，「見其始出也，又見其入」嗎？

所有這些猜索，雖然其中有些或我們所不敢妄求，卻正是我們所希望，或我們所不敢希望，卻又勢有所不得不然，因此想的都對。

我們將以「知識・趣味・勾奇」爲讀者取景：睨而視之，不避遠近；廣而拍之，不辭跋涉。知識不怕尖頂，趣味不麗於豔，勾奇不入於邪，這就是我們使用鏡頭的表尺。議論發爲鴻文，諷喻見諸雋語，敷陳設爲麗句，詠歎假以辭章，人材固不拘於一格，文體亦不滯於既然。

然而，鏡稱廣角，易陷物體於變形；視野空闊，易誤鬼火爲繁星；行若超脫，易着形骸於不經；孔老豈聖，固亦有道而難行；讀者諸君其亦有意惠以芳馨，律以正聲，予以共鳴，並爲大田而力耕乎！

目　次

廣角鏡月刊　創刊號　1972年10月16日
WIDE ANGLE

發刊辭、目錄

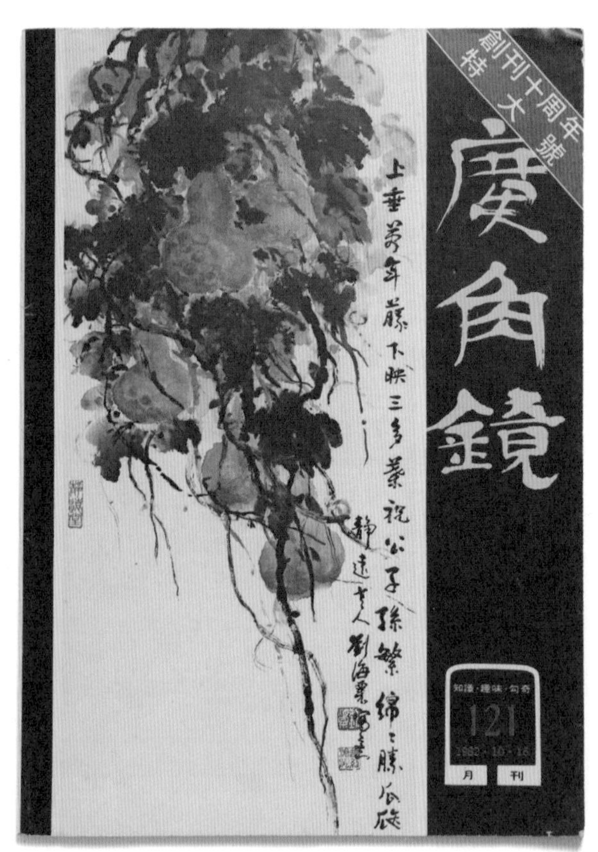

《廣角鏡》十周年紀念號書影

第四十期悼中國總理周恩來專號

魯言在《廣角鏡》的「香港掌故」專欄

「我們應該從社會的角度去研究歷史」
——專訪《香港掌故》的作者魯言

吳志森

記者生涯

請道友食鴉片煙搜集資料

要從社會的下層角度去研究

要不要找接班人

時事評論員吳志森在十周年紀念號中專訪魯言

新體育

六七十年代香港足運相當興旺，其時市面上出版不少以「足球」命名的雜誌，另有一些雖然號稱報道體壇動態，其實內裏還是以足球作主打項目，整本雜誌佔了百分之八十以上是球圈消息，其他體育活動不過聊備一格，就如《體育生活》、《體育世界》等。

《新體育》就是同類型刊物其中之一。

這本雜誌跟一般體育刊物分別不大，同樣是十六開，但卻比其他多印四頁彩頁，如加上封面和封底則共六頁之多，對當年體育雜誌而言，可謂成本不菲，當時除一些大型電影雜誌外，實鮮有如此肯落本的刊物。

《新體育》第一期封面人物是著名中鋒張子慧，他與兄長張子岱同是香港六七十年代球壇代表人物，一個司職中鋒，一個是中場指揮，他們也是第一批到外國參加職業足球比賽的香港球員。創刊號出版於一九七三年二月，是期專題報道葡萄牙勁旅賓菲加足球隊訪港賀歲，並轉載一篇該隊球星尤西比奧的專訪，讓球迷對這位在一九六六年世界盃中叱咤一時的球星增加認識。這一期還有一九七三年的球圈展望，以及分析如何遏止球場「茅風」熾烈的問題。全書唯一一篇非足球的體育報道是〈美國失落於西德慕尼黑奧運會〉，相信是轉載自外國雜誌，但卻以原文刊登，並未翻譯；其實這類雜誌的對象讀者幾乎全是華人，實不需要加上一篇英文報道。

《新體育》是一本同人刊物，基本班底由當年《新報》體育版記者組織而成，筆者自小熱愛足球運動，《新報》體育版是我每天必讀的精神食糧，每一位記者所用的筆名：「鋼炮」、「長虹」、「力航」我還一一記得清楚，因此展讀這本雜誌分外感到親切。

順筆一提，筆者自小喜愛足球刊物，本文提及的雜誌都是童年時代已加收藏，有趣的是，四十多年來所能見到最早期的竟只有《體育生活》，但也是六十年代尾的出版，而更早的則從未見過。其實五六十年代才是香港足球最興旺的年代，但何以不曾見過一書半刊存世？曾就此請教小思老師，她稱當時差不多每份報紙都有體育版，各場球賽以至球圈內外消息均有詳盡報道，因此沒有多少人在出版雜誌上動腦筋。信焉。

目　錄

賓菲加足球隊訪港賀歲……小丁 太陽神
黑豹訪問記……浮萍
香港足球冇得攪論……老幽
七三年球季展望……李夢麟
體育雜談……太陽神
流浪孖寶終於分散了……宋江
球論評論……雙子星
國際體壇……吸塵機
阻遏茅風從有責……力行
有圖為證……採訪部
甲組銀牌大勢……長虹
Prospect of Soccer For 1973……J. B.
The Great American Disaster……W.Y.K.
封底面內頁六版彩照……本報記者攝

每月一日出版　・新報體育版原班人馬落力編著・

目錄

《新體育》封面

創刊話

趙韞南

新體育是一本彩色體育益智表味雜誌，它是愛好體育運者之寵物。

新體育彩色綜合體育圖片精製文物，全書共四十四頁（連封面與封底），其中有六版精美彩色印刷，成本稍昂，但爲了適應環境，及向愛好體育運動之讀者作忠實之報導，故此在艱苦中仍然與讀者見面。

報導之內容以香港體壇動態爲主，也有世界各地體育活動報導，本期報導牛年訪港賀歲之葡國勁旅賓非加靈魂有「黑豹」之稱的尤西比奧最新消息。內容豐富，除由新報體育版原班人馬爲本刊執筆外，並禮聘現職之著名體育名記者特爲本刊寫稿，務求滿足讀者需求、同時，我們以報導體育消息爲前題，沒有任何背景支持，也是大家當家出版的一部盡善盡美之體育雜誌，希望讀者們給予支持與指導。以便不斷改進。

創刊話

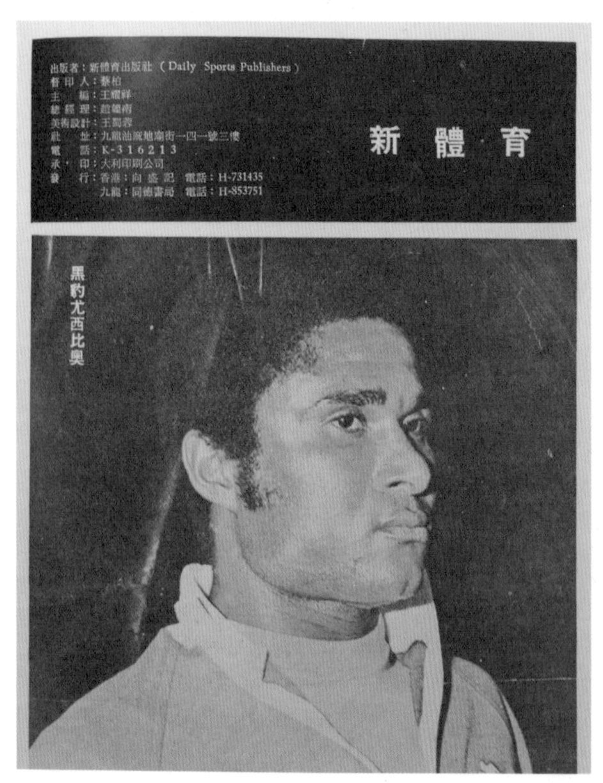
出版者：新體育出版社（Daily Sports Publishers）
督印人：蔡柏
主編：王耀祥
總經理：趙韞南
美術設計：王錫蓉
社址：九龍油蔴地廟街一四一號三樓
電話：K-316213
承印：大利印刷公司
發行：香港：向盛記 電話：H-731435
九龍：同德書局 電話：H-853751

版權頁，下為葡萄牙勁旅賓菲加主將，有「黑豹」之譽的尤西比奧。

這是筆者收藏的最早期足球刊物《體育生活》，一九六九年出版，封面人物是球星鄭潤如。讀者幸勿誤會這是創刊號，封面所示的「一」，指的是一九六九年一月號而已。

四本七十年代初出版的足球雜誌《球國風雲》、《香港體壇》、《香港足球》、《球迷俱樂部》。《球迷俱樂部》封面人物是年初在大馬去世的「亞洲足球鋼門」仇志強。

突破雜誌

一九七三年，一群有基督教信仰的大專畢業生，為了向青少年提供一本適合他們需要的讀物，以抗衡其時不良刊物當道的社會環境，《突破》就在翌年一月出版了。

這本大十六開、厚四十八頁的雜誌，創刊初期為雙月刊，到第十一期才改為月刊。第一期的封面是一破殼而出的小雞，象徵着希望和期盼。她明確地以十五至二十五歲的青少年為對象，每一期除有固定的欄目如「明心信箱」、「醫者心」、「他與她」、「鄉十情懷」外，還有每月專題，記憶所及就有「前途」、「愛苗」、「精神健康」、「罪與罰」等，每期都做得精細而深入，除在學理上作解釋外，還附以一些個案例子，讓年青人對自身處境有較真切的了解。而當中的「明心信箱」，相信不少中年讀者猶有記憶，大家可能不曾投寄片言隻字，但每一次閱讀「明心信箱」，主角雖然不是自己，但文中所述總像在討論自己的問題和困難般，那一刻產生的共鳴感，實在令人有一種知己同心的感覺。

「突破」其後的發展成就大家有目共睹，除了出版《突破少年》，還把雜誌部分專欄結集成書，成為「突破叢書」。例如《他與她》、《清歌十八拍》、《生之慾》等，不少著名作家如阿濃、胡燕青等都曾經是叢書的作者。「突破」又在電台廣播「突破時刻」，繼而成為一個輔導機構，九十年代在沙田興建突破青年村，凡此種種，可見她已「突破」出平面文字框框之外，成為本港一個重要的社會服務團體。

一九九九年八月，《突破》有感新興電子媒體和網絡通訊的盛行，以文字作為傳播媒介的《突破》雜誌也是時候結束其歷史使命。一本出版二十五年共二百九十八期的雜誌，在香港出版史上實屬少見，尤其是一本內容健康、啟發性靈的刊物。

突破 雜誌
Breakthrough magazine
第一卷第一期 一九七四年一月十五日
No. 1 January 1974

封面：孫淑興
美術：梁淑賢 許朝英 袁郎光 鄺釗豐
攝影：孫淑興 許國良 招鶴齡 王婉瑤 鄺佐良

發行人：蔡元雲
出版者：香港基督徒學生福音團契
突破雜誌出版委員會
總編輯：蘇恩佩
出版委員：[illegible]
印刷者：凸版印刷（香港）有限公司
出版部：九龍德成街2號B二樓 電話：K－693435
2B, Tak Shing St. 1st fl., Kowloon, Hong Kong
北美代理：[illegible]（Dr. K. C. Hung）
820, N. Austin, Oak Park, Ill., 60302, U. S. A.

每本訂價：港幣二元

目錄、版權資料

《突破》封面

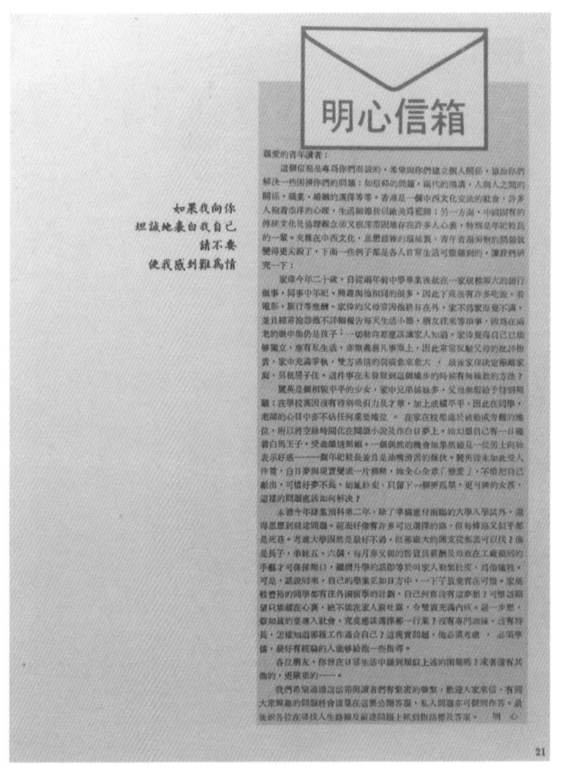

明心信箱

如果我向你
坦誠地表白我自己
請不要
使我感到難爲情

親愛的青年讀者：

21

盡解不少青少年心事的「明心信箱」

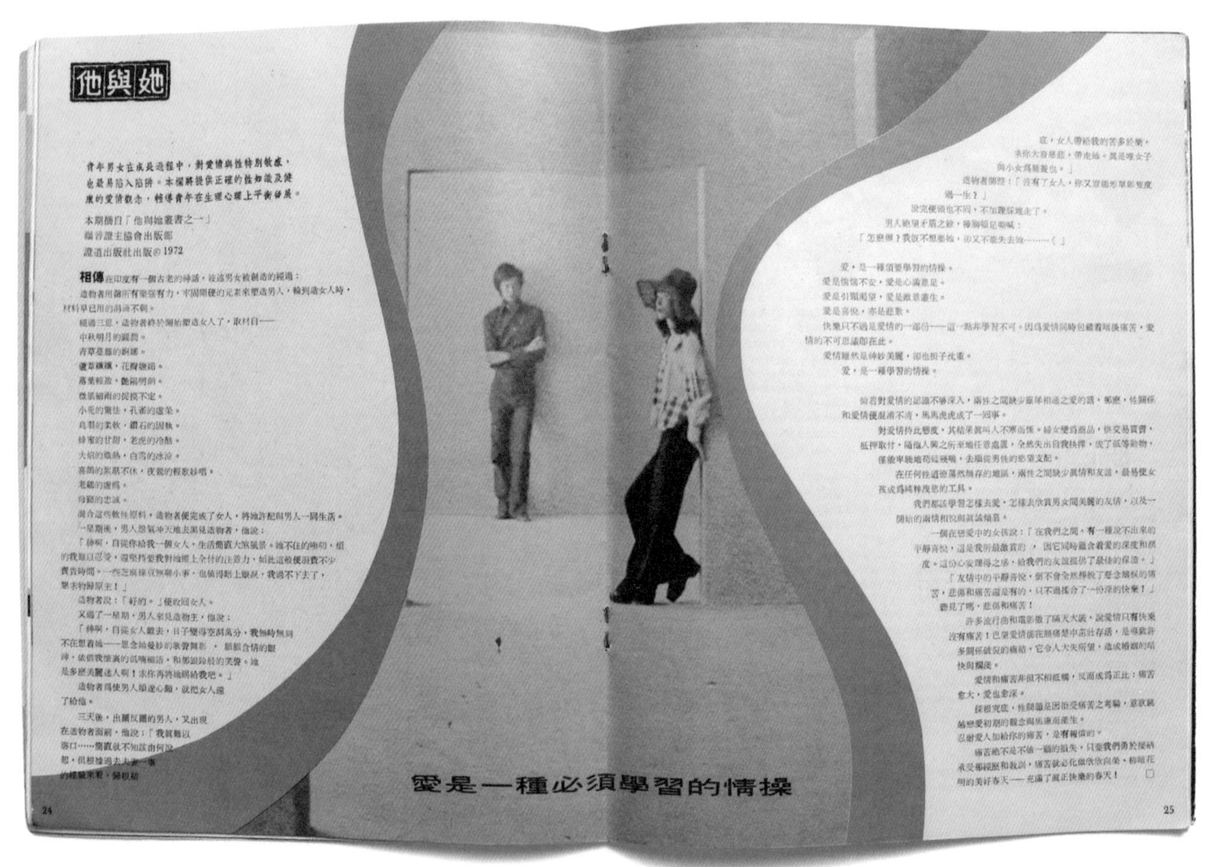

他與她

青年男女在成長過程中，對愛情與性特別敏感，也最易陷入陷阱。本欄將提供正確的性知識及健康的愛情觀念，輔導青年在生理心理上平衡發展。

本期摘自「他與她叢書之一」
福音證主協會出版部
證道出版社出版© 1972

愛是一種必須學習的情操

24　25

「他與她」也是另一個青年男女必讀的專欄，教他們如何正確去面對愛。

一九九九年八月出版休刊號

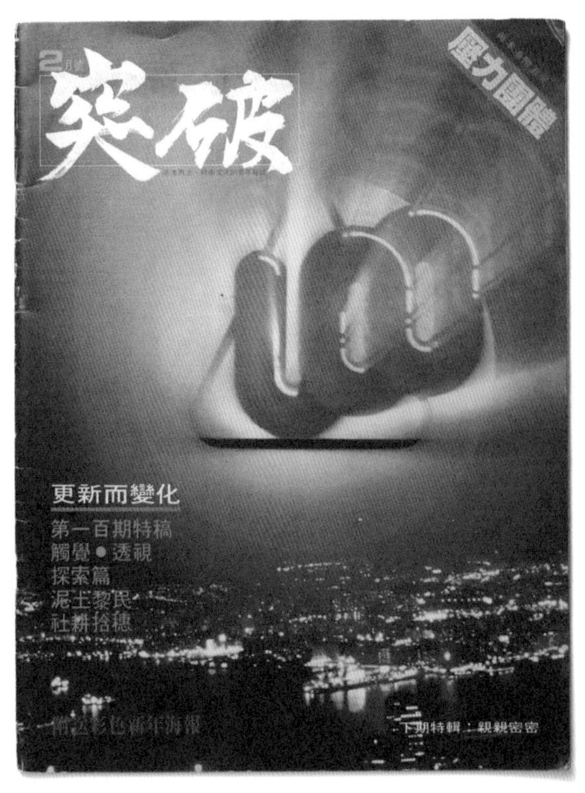

第一百期書影

「突破叢書」其中一種：《無冕皇帝》，鄭鏡明著，一九八五年。

《突破》第九十九期的主題是「連環圖」，其時社會對當時一般渲染暴力色情的連環圖大加批判，這一期對此有較深入的分析評論。

大大月報

大大公司相信是不少七八十年代香港人的集體回憶，每逢假日，不少家庭總愛一家大小到旺角彌敦道的大大百貨公司閒逛購物。今日大大公司早結業有年，舊址已成為太子地標聯合廣場，但當年她所辦的《大大月報》，卻留存人世，成為這間百貨公司的歷史見證。

《大大月報》創刊於一九七四年十一月，是一本大十六開、厚九十四頁的綜合性刊物。在發刊詞中，編者開宗明義指出本刊是一本「專談消費與消遣的雜誌」，因此你會見到內文不少是消費購物指南一類的文字，當然更多的是一些廣告宣傳版頁，這些當年你我或許不屑一顧的廣告，今天卻成為不少懷舊迷的珍寶，同時也客觀地展示一個時代的消費文化品味。

然而上述一切，並不能掩蓋這本雜誌的文字內容精彩處，以創刊號這一期為例，就有不少名人作家助陣，當中包括了水禾田的模特兒攝影、梁實秋的〈由廚房說到婦女解放〉，還有費明儀、黃思騁的專欄等。小說則有蓬草、綠騎士和江之南的作品。這一期的人物專訪是粵語片特約演員西瓜刨，過去的電影人物訪問總是跟紅頂白，但《大大》別出心裁，專訪易為人忽略的影壇小角色。此外尚有生活、藝術、旅遊、電影等不同欄目，正如大大公司一樣，貨色齊全。

《大大月報》以後各期均載有不同名家的文章，記得有一期就有張愛玲的〈姑姑語錄〉，也有胡蘭成談張愛玲，而夏志清也不時有專文登載，部分文章後來收進《雜窗集》中。未知是否發行量少，還是一般人沒有刻意收藏，現在要從舊書店找到一本《大大月報》並不容易，筆者手上零星幾本已是十多年前買下，至今再無入帳紀錄。

出版者・大大公司　社址・九龍彌敦道七六〇號　電話：三・三〇二三四六
督印人・王朝平　編輯者・大大月報編輯委員會
承印者・立信印刷公司　九龍新蒲崗五芳街廿三號緯綸工業大厦十一樓A B座
總代理・吳興記書報社　香港租庇利街十一號二樓　電話：五・四五〇五六一

版權資料

大大月報

Da Da Monthly

十一月號・第一期

- 食在北京
- 每月一名模
- 初夜權之研究
- 影壇瘀血—西瓜刨
- 現在是買樓的最佳時刻嗎？
- 給中年求職者的一些意見

每册港幣二元

《大大月報》封面

大大月報

Da Da Monthly

第一期·一九七四年十一月一日出版

November 1, 1974 No.1

一本專談消費與消遣的雜誌

封面題水

香港人天生與水有情
水多了嘻嘻笑，
水少了嗚嗚叫。

不見去年的股票市場？
個個爲了撲水忘形；
今年呢？又爲了缺水傷心！

紅色的高鄰，
識得爲水驕傲。
我們的水務局長，
也知用水嚇人。

水呀，水呀，
你不止是做女人的材料，
你眞是塑男人的寶物。

P.11

P.40

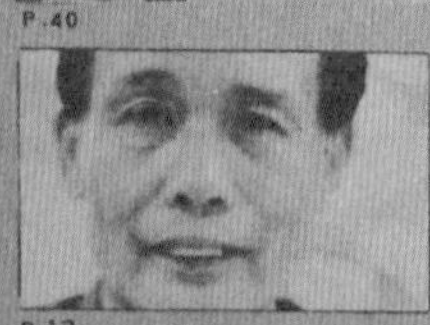

P.13

P.50

P.84

出版者·大大公司 社址·九龍彌敦道七六〇號 電話：三·三〇二三四六
督印人·王朝平 編輯者·大大月報編輯委員會
承印者·立信印刷公司 九龍新蒲崗五芳街廿三號緯綸工業大厦十一樓AB座
總代理·吳興記書報社 香港租庇利街十一號二樓 電話：五·四五〇五六一

目錄

《大大月報》是大大公司旗下的刊物，自然多登載相關宣傳廣告。

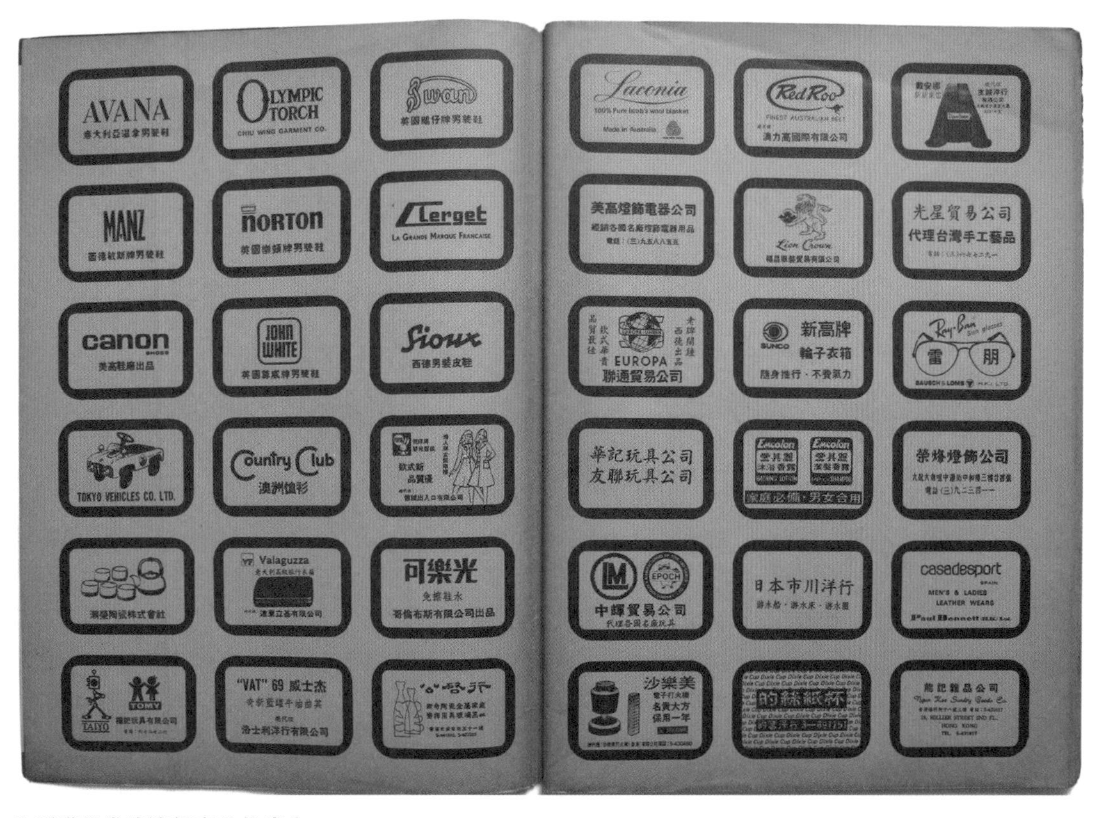

內頁滿是當時流行商品的廣告

發刊詞

●本社

我們說：這是一本專談消費與消遣的雜誌。

或者，我們應該說：我們希望辦一本專談消費與消遣的刊物。

事實則是：不論消費或者消遣，如要認眞加以研究，都是太大的一個題目，不是限定的時間和篇幅可以「談」出名堂來的。

自從通貨膨漲以來，在外國，消費的研究，早己是熱門題材。關於消費，簡括的說，人們的注意力集中在兩點上：（一）如何幫助消費者省錢；（二）要使消費者知道有沒有中了製造商的廣告騙術，是否物如其值。這方面的刊物也有多種，例如：消費者報告（Consumer's Report），金錢（Money）、和變遷的時代（Changing Times）等。最早站在消費者立場發言，指出大製造商出品的種種弊端，獲得廣大消費者擁戴的，大概要推美國的奈達（Ralph Nader）了。奈達出身律師，開始指責大機構製造商時，也會遭對頭團剿過、誣陷過、被指爲「別有用心」。現在他的勢力大的不得了。七月十五日的時代周刊選出來的美國領袖人物名單，赫然有他的大名。美國境內現有原子發電廠一〇九座，奈達一直擔心住在附近的居民有受到原子放射線的傷害的可能性，尤其擔心原子發電廠會遭暴徒刧持，後果不堪設想。報刊立刻又牽若綸音。有這樣一個人在，大機構和大製造商採用愚民政策時就要有幾分顧慮了。奈達能有今天的地位，也是經過多年的奮鬪和苦幹。

至於對消遣的研究，範圍就更大的驚人。所謂消遣，粗略的加以分類，大概包括口腹之慾，視覺、聽覺的滿足，以及如何利用閒暇。其中任何一種，都可以出版專門性的期刊。如果注意的對象是吃，那便有中外食經和食譜；如果對象是視覺享受，那便有各種美術刊物、電視和電影刊物；涉及聽覺的滿足的，則有專門介紹流行音樂、古典音樂和 Hi-Fi 的出版物。研究如何利用閒暇，這方面的出版物也五花八門，例如打獵、打高爾夫球、養魚養花，皆有專刊。

在這種客觀形勢下，我們的一番心意似乎有些不切實際了。儘管如此，現在呈現在各位面前的這本月刊，仍有它的可取處和迷人處。我們爲大家分析了世界經濟現況，在消費研究方面，也爲大家就實際問題提供了若干意見；在消遣研究方面，我們先選出讀者最感興趣的題材，再加以介紹。我們又選刊了一些小說、選譯了值得細讀的世界名著，並在「神遊故國」和「中國人在外國」兩欄中轉載了一些好文章，務使讀者在閱讀時獲得充份的享受。我們雖知道人生的消遣包括性事在內，但我們的社會風氣以及編輯部人力的限制，都令我們無法進行編製「尋芳指南」一類的資料，這方面的缺陷（如果是缺陷的話），似只有任其存在下去了。

閱畢本刊，讀者或者不會同意它是研究什麽的專門性刊物。但如果大家認爲它的內容還算充實，在消磨時間之外還能獲得精神和知識上的提高，那麽，編輯部的努力已得到了酬償。以後，我們將儘可能多刋可以稱得上是「研究」的文稿，但我們亦不會忽略趣味性和多面性；我們眞希望有一天，我們的刊物名符其實成了研究消費消遣的權威，而我們擁有的讀者也比現在更多，他們仍覺得這本月報內容生動有趣；這就達到創辦這本刊物的理想了。

發刊詞

第三、第五期書影

張愛玲記
——「今生今世」的一章
●胡蘭成

第三期刊載一篇胡蘭成寫張愛玲的專文

風雷月刊

這是一本「試刊號」。

雜誌有「創刊號」，也有「終刊號」，過去所見一般刊物如能出版終刊號，實在可稱光榮結束，例如《兒童樂園》、《九十年代》、《突破》等，都是事先公告天下，而非無聲無息地淡出出版界。那麼試刊號又是甚麼一回事呢？有些刊物，欲一試市場反應，希望從中對內容再加修改重整，正式面世時更能掌握讀者需要，這其實並不罕見，一九七〇年出版的《工人周報》便有此舉，而年前本地一份免費報紙亦有作此安排。

《風雷月刊》試刊號出版於一九七五年六月，十六開，厚四十頁，從內容可見這是一本實驗性質的雜誌，編者嘗試從幾個與社會政治有關的議題入手，希望能借刊物作為平台，與讀者共同探討。試刊號有一個「香港前途問題專輯」，主要是從反殖民地主義引發到回歸祖國的問題，加上當年值英女皇訪港，一種君臨天下的態勢，牽動起歌舞昇平的背後蓄發着社會上的各種不滿的氛圍，編者藉此同時綜合分析當時學界對英女皇訪港的不同反應。這期還有一篇〈一個中國托洛斯基主義者的回憶〉，追索香港托派的淵源發展，以及對社會的影響等。

除了這些「硬」題材，她亦有一些相對較「軟」的內容，其時電影學者吳昊便有在《風雷》上發表影評，今天是香港學專家的洪清田的新詩少作也可在此中尋，此外也有轉載西方的政治漫畫和生活隨想等。

總括而言，《風雷月刊》試刊號是一本頗有野心的刊物，我們看不到她正式出版創刊號時是怎個樣子，但編者敢於探求的精神，卻是值得欣賞的。

風雷試刊號

一九七五年六月十五日　每本售價港幣二元正

目　錄

風雷月刊 Fung Lui Monthly
九龍旺角通菜街一八七號崇英樓九樓
督印人：陳文輝　編輯：風雷月刊編輯委員會
廣告代理：美地雅廣告公司　電話：5—222748
承印：新暉印務公司　電話：5—275452
整而美印刷公司　5—277517　5—271497

目錄、版權資料

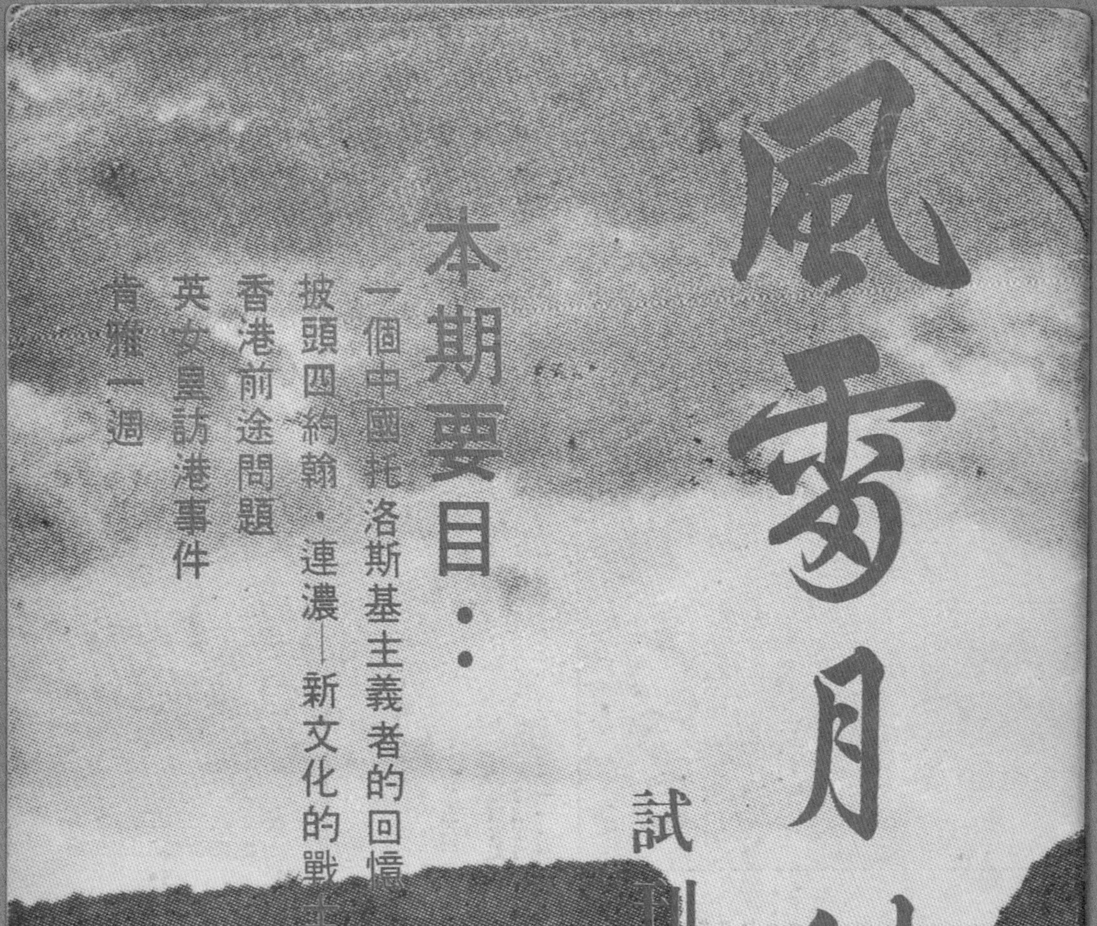

風雷月刊

試刊號

本期要目：

一個中國托洛斯基主義者的回憶

披頭四約翰．連濃——新文化的戰士

香港前途問題

英女皇訪港事件

肯雅一週

七五年六月十五日出版

每本 H.K.$2.00

《風雷月刊》封面

香港前途問題專輯

編者按：

由於通貨膨脹，社會風氣敗壞等問題日趨惡劣，香港的社會矛盾正迅速地表面化，尖銳化。「安定繁榮」的裝扮，已無法掩飾殖民地醜陋的本貌。「香港往何處去？」也就成爲了十分迫切的課題。

香港是中國神聖領土不可分割的一部份，這是不容置疑的事實。基於這一點，香港唯一的出路，便是重歸祖國的懷抱，與北方的大陸復合；而不能像一般的「殖民地」，實行獨立自治。中國代表在一九七二年的聯合國會議上，要求把香港從殖民地的名單內剔除，就正是從法理上申明這點。我們對此絕對支持。

當然，這並不等如說：殖民地主義已經不存在香港。我們不希望有人會以爲：由於中國從法理上否認香港是「殖民地」，因此香港在實質上也不是「殖民地」。持這種看法的人不是過份地天真，便是別有用心，企圖掩蔽事實，軟懈我們的鬥志。殖民地的政治、經濟和文化制度，不只沒有消失，反而大大地加强了。四百萬同胞所受的壓迫和剝削，亦日益加深。這個社會越來越變得醜惡不堪。反殖民主義、反資本主義的鬥爭就更顯得也不能停止。

不過，這種鬥爭究竟應以怎樣的方式來進行呢？它的目標和方向又應該是如何的呢？換言之，在香港未重歸中國之前的一段過渡時期內，我們應採用怎樣的鬥爭綱領？這是十分複雜的問題，牽涉到我們對中國社會主義和「革命外交路綫」的看法、對香港現存的殖民地和資本主義制度的分析，以及對社會上進步和反動力量的對比的衡量。更重要的是：我們怎樣去理解香港對中國的任務？就經濟、政治和文化各方面而言，香港現在對中國正起着些什麼作用呢？將來又會和應該起些什麼作用呢？不就這種種的疑問作深入徹底的剖析，則無法提出一個具體的香港問題的「過渡綱領」。[illegible]

[illegible] REVIEW [illegible] Hong Kong · The Last Colonial Stronghold [illegible] Hong Kong · A Case to Answer [illegible] Child Labour in Hong Kong [illegible]

— 2 —

《風雷》在當時已觸及香港的前途問題

編者的話

經過多個月來的籌備，「風雷」月刊試刊號終於和大家見面了。

「風雷」，是一羣青年合辦的綜合性刊物，我們希望通過編者、作者和讀者的共同努力，能夠創出一本有份量的新風格、新面貌的雜誌。

我們鼓吹以科學的精神，批判的態度，進步的立場探討和剖析世界、國家、社會的問題。我們以為，人生是一個整體，是政治的，也是經濟的、社會的、文化的……因此，「風雷」就是一個新的嘗試，試圖用整體的觀點，根由地（RADICALLY）剖視人生的各個層面，並希望從探索中找尋出新方向的啟示。

「風雷」更希望成爲一個進步的公開論壇。我們歡迎各種現代進步思潮，各種觀點，言之有物的文章。我們深信，只有通過羣體的協力，「風雷」才會辦得更好。

我們這一個社會，需要的正是一份既是你們的，也是我們的，一份社會大衆的刊物。

由於稿費不足和缺之經驗，我們這一期只是以試刊號的面貌出現。這是一個實驗，目的是拋磚引玉，希望讀者踴躍來信提意見、批評和指教，這樣，在下一期的創刊號工作中，就更能總結經驗，掌握方向，做得更合乎理想。

這一期，我們辦了一個香港問題專輯，選譯了一些具有代表性但鮮見的文章，希望能夠提供對香港問題的一個「另一角度」的看法。以後，我們會陸續刊登這個問題有關的文章，並歡迎讀者來稿共同討論。「一個中國托洛斯基主義者的回憶」，是頗有份量的歷史性文獻，對了解托洛斯基主義在中國的發展和香港托派的由來有一定幫助。英女皇訪港雖然已是明日黃花，但其對學界的影響卻不少。「學界對『英女皇訪港』的反應」一文有詳細，內幕的[illegible]。「活死人之夜」、「驅魔人及其他」是吳昊君的力作[illegible]

□ □ □

越南革命英雄胡志明主席在他死前留下的遺囑中，指示出他有兩個心願：一個是越南的統一和獨立；另一個是世界共產主義陣營的團結一致，意思是指中蘇共分歧的復合。前者是從民族主義立場出發的，南越最近的解放，已初步顯出胡志明主席第一個願望完成的曙光。至於第二個願望，即中蘇和解，是他站在國際共產主義立場出發的希望，能否完成，相信只能在兩種情形之下才能發生。第一，蘇聯已修，中國也變修。還有沒有可能呢？有。鄧小平副總理就在聯合國大會上指出中國有變成超級大國的可能，並指出假如是，與中國人民和全世界人民共同起來打倒她；當前國內的重大課題，是有關無產階級專政下的限制資產階級法權問題，對鞏固無產階級專政和社會主義在中國的發展是十分重要的，下一期，我們將會有專文討論，也殷切盼望讀者惠稿賜教，把這個問題弄通。第二，蘇聯由修變回社會主義。這有沒有可能呢？可能的話，又在什麼情形之下才可能呢？這一個問題也值得我們認真對待，下一期我們將會選譯一篇蘇聯左派異議份子撰寫的檢討蘇聯知識份子蘇辛尼津的文章，是正視蘇聯走修這個問題的第一步，以後，還會有更多文章深入討論蘇聯社會本質及其他方面的評價，請讀者留意，也歡迎大家來稿討論。

近日印支政局的變化——柬埔寨、南越的解放，都是令人欣喜的事。在這轉變期間中，我們可以看到北越及南越民族解放陣綫對中蘇援助都採取相等對待的立場，未來的越南，在國際共產主義陣營中肯定會扮演一個重要的角色，究竟越南怎樣看待中蘇分歧呢？我們希望能夠搜集一些資料，深入分析這個問題。當然，讀者們的幫助，也是十分需要的。

此外，最近上映並受人注意的影片「碧血黃花」中的主角組．希路（JOE HILL），是早期美國工黨的出色人物，我們將會有專文介紹這個具有無政府主義傾向的革命勞動羣衆英雄，還有其他許多各種各類的文章，也不一一累述，敬希讀者留意。

— 1 —

編者的話

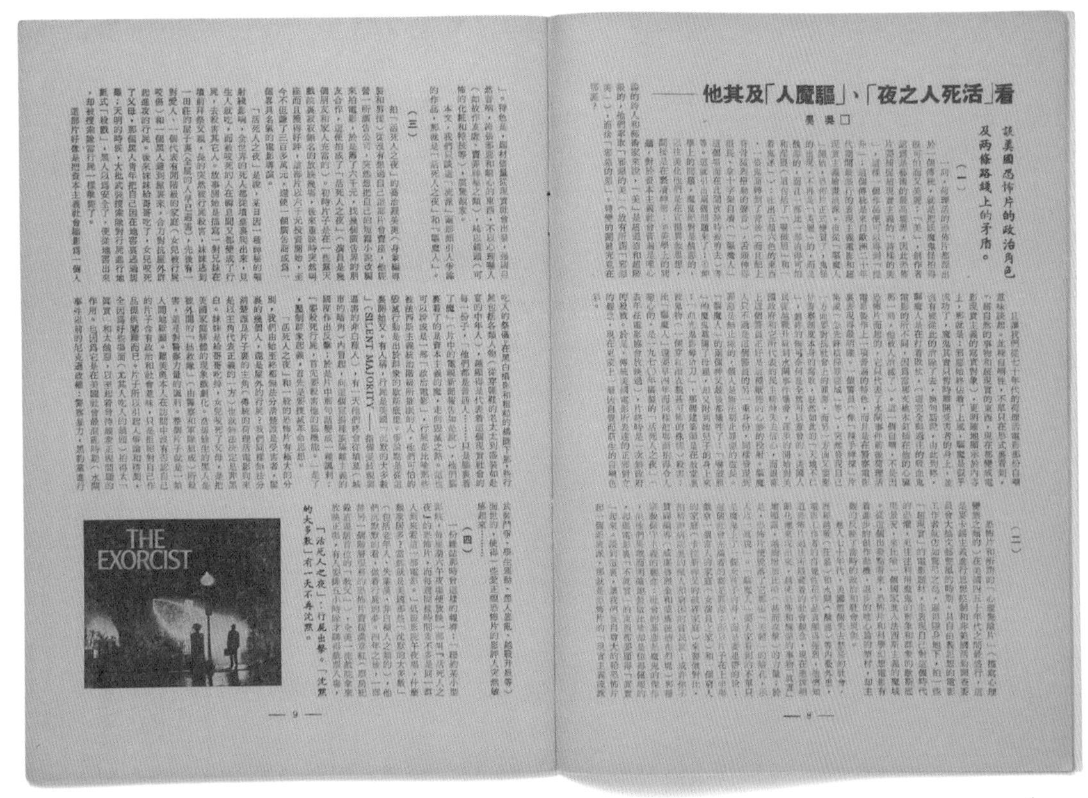
看「活死人之夜」、「驅魔人」及其他——

吳昊

談美國恐怖片的政治角色及兩條路線上的矛盾。

電影學者吳昊在書中撰寫影評

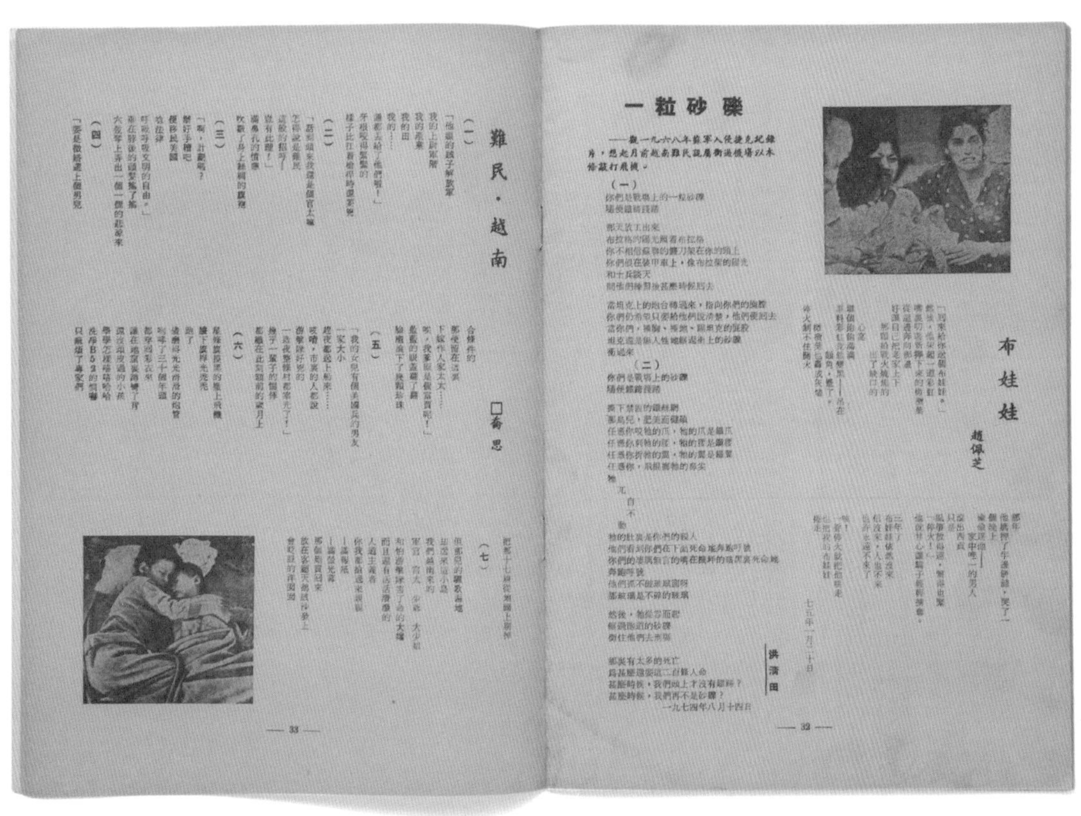
難民‧越南

□喬思

一粒砂礫

洪清田

一九七四年八月十四日

布娃娃

趙佩芝

〈一粒砂礫〉是香港學專家洪清田早期的新詩創作

中文學習

上世紀七十年代初，香港一批教育界和社運人士，對當時殖民地政府僅以英語作為法定官方語言大表反對，於是積極爭取中文應與英文同一看待，「中文運動」由是展開。其間不少宣傳刊物相繼出現，筆者印象最深的是《中鳴》月刊，是一份免費派到學校的刊物。

正視中文，為長期受到不公平對待的中文爭取合法地位，有些人會作街頭抗爭，也有些人從基礎做起，例如出版刊物，糾正時人一些使用中文上的錯誤，同時對學校語文教材加以評析討論，藉以提升香港人的中文水平。《中文學習》就是這樣的一本雜誌。

這本十六開、厚四十八頁的刊物，第一期於一九七五年九月出版，主編是黃甦，他以筆名「林艾」在報刊上發表不少評析中文的文章。他在本書宗旨裏指出「要促進國文教學以及補充青年學子自修國文的材料」，書中內容包括語文專論、詩詞選讀、寫作謬誤示例等。

本書在創刊號便載有一篇批評著名作家徐訏的成名作《鬼戀》的文章，指出小說在行文立意上都有不明確和模糊之處；又一一舉出當時出版的一本《求知》雜誌的發刊詞所犯的語文毛病，可見本書欲取先聲奪人的效果，以爭取讀者的注意。此外，這一期對政府新頒「中學中國語文科暫定課程綱要」作出簡析，讓讀者——尤其語文教育工作者——較能掌握當中要旨。以後幾期的《中文學習》都有評論一些機構包括大專學府的行文毛病，以期有關當局予以正視。

《中文學習》筆者所見只有四期，這類嚴肅刊物要在社會上立足並不容易，但一個社會就是需要有一種具備「雖千萬人吾往矣」精神的人，去發出一種聲音，雖然微弱。

第二、第三、第四期書影

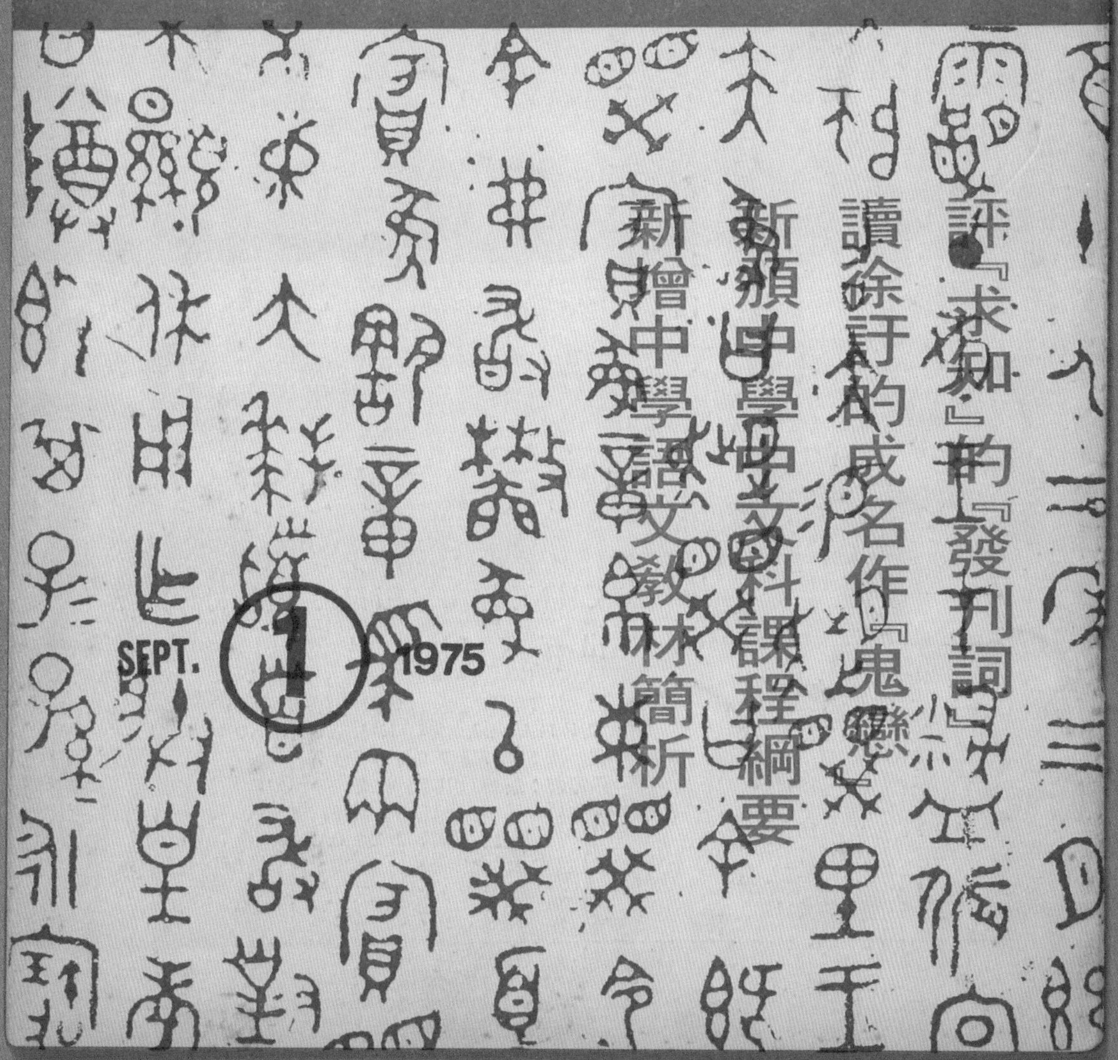
中文學習
CHINESE LEARNING
評『求知』的『發刊詞』
讀徐訏的成名作『鬼戀』
新頒中學中文科課程綱要
新增中學語文教材簡析
SEPT.
1
1975

《中文學習》封面

有一分熱，發一分光

——發刊詞

目錄：

中文學習

CHINESE LEARNING (Monthly)

黃魁主編

逢每月16日出版

·創刊號·

1975年9月16日出版

每本港幣二元

長期訂閱辦法詳見封底內頁

出版者：時代出版社

THE TIME PRESS

社址：香港灣仔堅拿道西15號18樓B-7

17/F FLAT B7, 15 CANAL RD. W. HONG KONG

電話：⑤752996

承印者：新雅印務有限公司

香港諾菲道301號

電話：⑤722100

總經銷：向盛記書報社

香港灣仔天樂里三號二樓

電話：⑤731435

目錄、版權資料、發刊詞

迷途者的怨訴

——讀徐訏的成名作「鬼戀」

林艾

主編黃魁化名林艾評徐訏的《鬼戀》

新语文 1

MODERN CHINESE LANGUAGE MAGAZINE

要　目

- 創刊的話
- 標準語的探討
- 廣東話最接近漢語古音
- 中國文字改革(1892–1969)的總結和展望
- 五四運動與新語文運動
- 語文拾趣
- 中文與英文的語法最相似
- 閒談中國文字

另一本關於語文教育的雜誌《新語文》，中華語文學會出版，一九七〇年。

彩色華僑

上世紀七十年代中後期，不少報章承接六十年代《南華》、《東南亞》、《天天》餘風，於周五六日附送增刊，僅記憶所及，就有《工商日報》的《風趣》、《星島日報》的《娛樂一周》、《文匯報》的《百花》和《新晚報》的《良夜》。《華僑日報》是香港著名老牌大報，大勢所趨，亦順應潮流出版《彩色華僑》附刊。

跟上述各報的附刊一樣，《彩色華僑》同是十六開，三十六頁。一九七六年出版，第一期沒有創刊詞或發刊詞等文字說明出版緣起和方針，細閱全書，如不是中間彩頁刊登了一些「創刊誌慶」的廣告，實不容易知道這是一本「創刊號」，筆者幸運地就撿了這個便宜，只花很低的價錢購得，回家整理時才發現是一本創刊號。

《彩色華僑》走的是大眾化消閒娛樂路線，除生活消費、時尚服飾和飲食外，也有一些娛樂新聞報道，不過此書較其他同類刊物較重視兒童專欄，第一期即載有劉惠瓊主編的「兒童週刊」。劉惠瓊是五六十年代《兒童報》的主編，對編寫兒童刊物有豐富經驗，亦很受小朋友歡迎。「兒童週刊」共有七頁，佔全書五分之一篇幅，當中有兒童小說、寓言故事、學生投稿、科學知識、交友欄和漫畫版，內容相當豐富。順道一提，登載於《彩色華僑》創刊號的「兒童週刊」並非第一期，而是一一三五期，估計她本來登載於《華僑日報》，因應《彩色華僑》的出版遂轉移陣地也未可料。

過去這些隨報附送的刊物，在摩羅街的地攤時有發現，而且是一大堆夾雜在舊報紙中，只要花不高的價錢便可買到，可是時移勢易，這類刊物現在每本有價，更遑論想在其中撿到創刊號了。

彩色華僑

Wah Kiu Yat Po
Colour Weekly

第1期

一九七六年十月三日
華僑日報副刊
隨報附送　不另收費

華僑日報總社地址：
香港荷李活道 106—116號
電話總機：H229081

廣告代理：兆邦廣告有限公司
電話：5-277918

目錄

目錄、版權資料

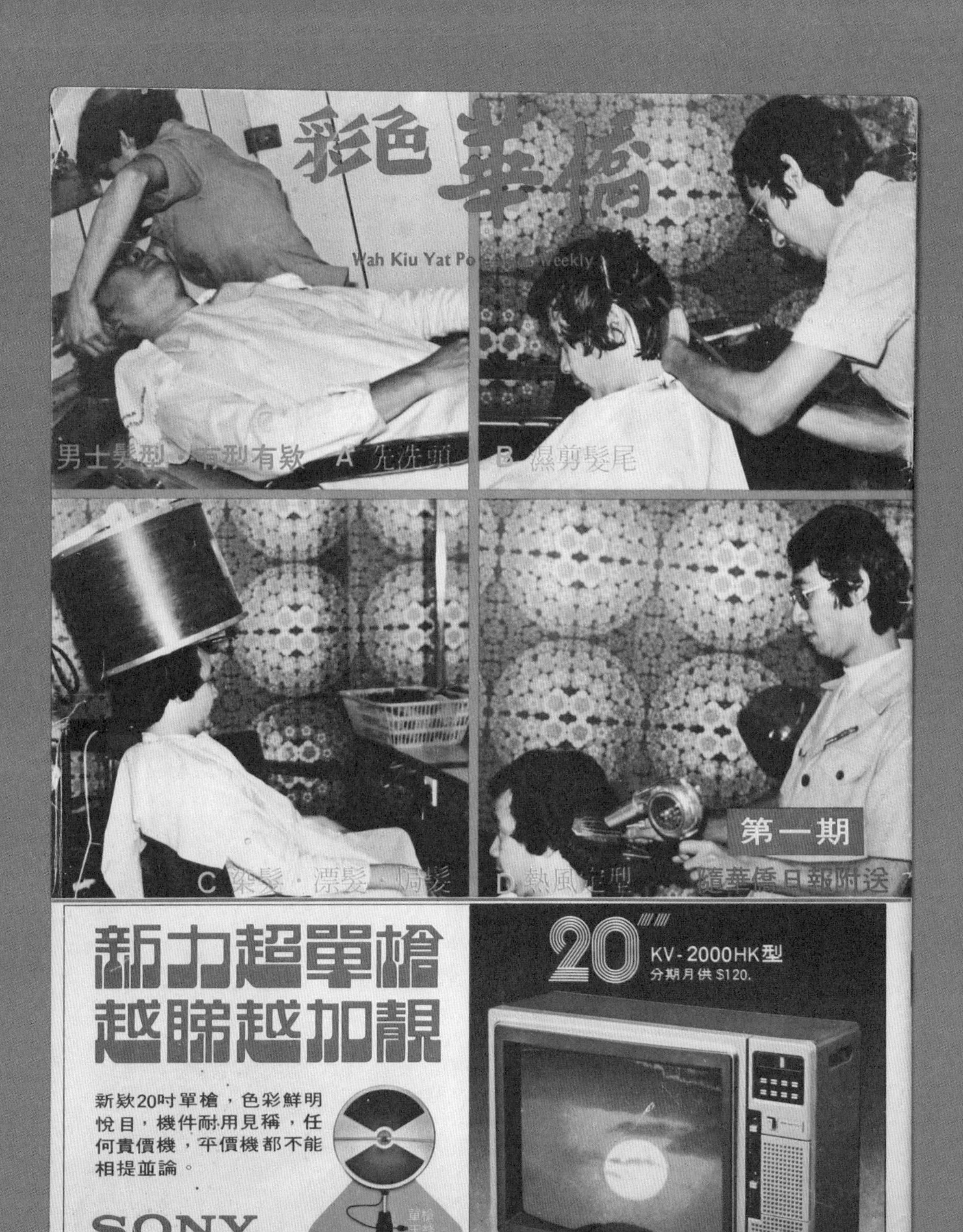
彩色華僑
A 先洗頭
B 濕剪髮尾
第一期
新力超單槍
越睇越加靚
20"
KV-2000HK型
分期月供 $120.
新欵20吋單槍，色彩鮮明悅目，機件耐用見稱，任何貴價機，平價機都不能相提並論。
SONY®
新力牌
總經銷：中原電器行有限公司
SONY

《彩色華僑》封面

兒童週刊

主編：劉惠瓊

第一三三九期

建設？破壞！

謝樹桃

「唉！」旺叔回來把手中的數百元啪的一聲放在枱上，口裏喃喃地說：「唉！眞不知怎樣過活，好好地又要建什麼地下鐵，眞不知害了幾多無辜的『升斗』市民！」廚房裏的旺嬸，聽見旺叔回來，走出來說：「甚麼事呀！阿明爸一回來就自言自語，好嚕囌啊！」旺叔歎歎氣一聲說：「你也知道我是在旺角彌敦道做售貨員的，最近政府爲了建地下鐵，把公司的四圍排着木板，你說啦，這怎會有生意做啊，老板都是靠零碎的收入維持舖租，這樣怎能請得起工人呢，所以我便給開除了，這幾百元！暫時不會有困難的…不要說啦，快煮飯吧，明仔就快回來了。」

× × ×

一碟油水十足的油菜，一碗味道鮮甜的粟米湯，使一家幾口吃得津津有味，但不時也傳出幾聲歎氣，終於一餐總算吃過，大家正在收拾碗碟時，「啪」的一聲，一封厚厚的信從門縫插進來，旺嬸看了一看說：「明仔，這封信是寫『雞腸』（英文）的，你看吧！」明仔接過來，看了一會，說：「爸！我們要搬屋了！」旺叔聽了，怔了一怔說：「什麼？搬屋？爲什麼要搬屋，這是我們自置的啊，怎會要搬呢？」明仔把信遞給旺叔說：「這是政府公函，它說我們這幢樓要起地下鐵，所以要拆，而且要在下月三十日以前搬出。」旺叔聽了，面也漲紅說：「又是地下鐵，它已經害得我沒有一份工作，還要搶去了我這層樓，你知道不知道我們是怎樣搬來這裏的，我們原本住在沙田，又是爲了什麼發展計劃，硬要我們搬，現在又爲了什麼建設，再要我們遷出，建設是爲人方便，但現使人一些也不便，還說什麼爲你而建設？」

× × ×

「豈有此理！二十元一呎，簡直強搶！」大廈的住客在茶樓開會討論時，大家都議論紛紛，間中也混了不少粗言，旺叔也列其中，在發表言論時，他昂然站在台上，說：「各位，我雖是個老粗，不曉得什麼城市計劃，但拿我們小市民來作犧牲品，我們是一定反抗的，二十元一呎，簡直是賤價，有些樓連津貼也沒有，這就是『爲你而建設』嗎！」旺叔短短幾句話，把大家心中的話都說出來，他們想：英國建地下車也要收購民舍，但他們處理得當，一點事也沒有，但香港可沒有這福利，這是爲什麼？我以爲答案最好留待政府來解答了。

× × ×

儘管他們反抗，甚至到港督府抗議，也是徒勞無功。旺叔這天回家，悶悶地坐下，說：「唉！搬就搬啦！官字兩個口！」旺叔一天的忙着找屋安身，限期也越來越近了，樓下再沒有歡笑聲，代替是嘰嘰的機聲。搬期終於到了，旺叔一家提起行李，慢慢的走出門口。一輛輛搬屋貨車開出了，而一輛輛滿載泥土的大貨車也隨之而至。「隆隆」之聲，不絕於耳，樓開始被拆卸了。他們的希望也隨着煙消雲散了，只好惆悵地從遠處觀看着，只見一排排的木板上，剛剛寫上：「地下鐵路，爲你建造。」這些字，還有什麼好說呢，還是帶着滿身的泥土離去吧！

× × ×

除了旺叔，還有不少小市民也有同樣的遭遇，而這種遭遇又怎知道那時會忽然降臨到我們的身上呢，這個責任該誰去負？這是一個永遠找不到答案的問題，建設？破壞？誰又能預料幾年之後，這裏不會出現一個宏偉的車站？但又有誰知道，這裏曾埋藏了多少人的血淚和悲痛呢。

有趣的兒歌（二）

養媳婦：「新打茶壺亮堂堂，新買小豬不吃糠，新娶媳婦不吃飯，眼淚汪汪想親娘。走一里，過一崗，望見哥哥嫂嫂插黃秧；哥哥洗手接妹子，嫂嫂洗手接姑娘。姑娘接到堂前裡，問聲姑爺有多少？三尺布，做夾襖，量來量去總嫌長。踏板上面加跳板，上床容易下床難；對面三手掌，不像妻兒倒像娘！」這首歌的描寫，確屬事實，在我國北方某些省份裡，有些鄉僻之區，每每有一個七八歲的男孩子，娶一個二十多歲的妻子，要妻子把他帶大了，然後才正式成親。筆者也曾親眼見過，一個七歲的男孩子，坐着轎去迎親時，爲了防他會從轎裡跌出來，所以用紅綢把他綁在轎裡。

採茶：「二月採茶茶發芽，大姊採多妹採少，姊妹雙雙去採茶，不論多少早還家。三月採茶是清明，娘在房中綉手巾；兩頭綉出茶花朵，中央綉出採茶人。四月採茶茶葉黃，三角田中使牛忙；使得牛來茶已老，採得茶來秧又黃。」這首歌描寫鄉村農忙情形，辭句清麗，意思和：「鄉村四月閒人少，纔了蠶桑又插田。」那兩句古詩一樣。

小唱：「山歌勿唱忘記多，官塍（大路）不走草生棵；快刀不磨生黃銹，朋友不叙兩頭疏。」這首歌的寓意是要我們不論做什麼事都要勤力的做，亦即是「拳不離手，曲不離口」的意思。

戒奢侈：「著衣看家當，吃飯看來方，種田錢，萬萬年，做工錢，後代延，經商錢，三十年；衙門錢，一蓬烟！」

學樣：「村中有個好媳嫂，滿村姑娘齊學好；村中出個攪家精，（一種不好的女人）弄得長村大巷不太平。」

這是說好人與壞人之別，做個好人，可以使許多人隨着他學好；如果做一個壞人，就會影響到一個地區的不安。

錢親：「女兒親，不是親；全副嫁妝只嫌輕。兒子親，不是親；討了老婆像閒人。女婿親，不是親；三句說話面燻燻。夫妻親，不是親；同床合被兩條心。兄弟親，不是親；同胞共乳不同心。鄉鄰親，不是親，一碗送來一碗清。只有銅錢銀子的的親，要來用它就動身。」這是慨歎人情紙薄，人與人之間有任何關係都是假，只有金錢最好。

算錯命：「姐在房中綉花枕，耳聽門外弦子聲；開開門來請先生，先生請到裏面坐，報個八字給你聽；拿起八字算一算，還有三年才動婚。姐兒一聽就生嗔，罵聲瞎子（盲公）滾出門。頭胎生過了，二胎要臨盆。」

這是一首諧歌，說一個烏龍盲公給一婦人算命竟錯算了。婦人已快生第二個孩子了，還以爲她是大姑娘呢，焉有不被驅逐出門之理。

出嫁女：「小大姐，帶紅花，坐轎子，哭媽媽。媽媽說：女兒不要哭，一到人家人家就享福；外鍋飯，裏鍋粥，中鍋又煮大肥肉，園裏菜，青綠綠，塘裡魚，肥白白，這種日子要知足。」

童年雜憶（一三〇）

．灌園．

後來彩虹仙子領着雲妮和彼得在

30

劉惠瓊主編的「兒童週刊」

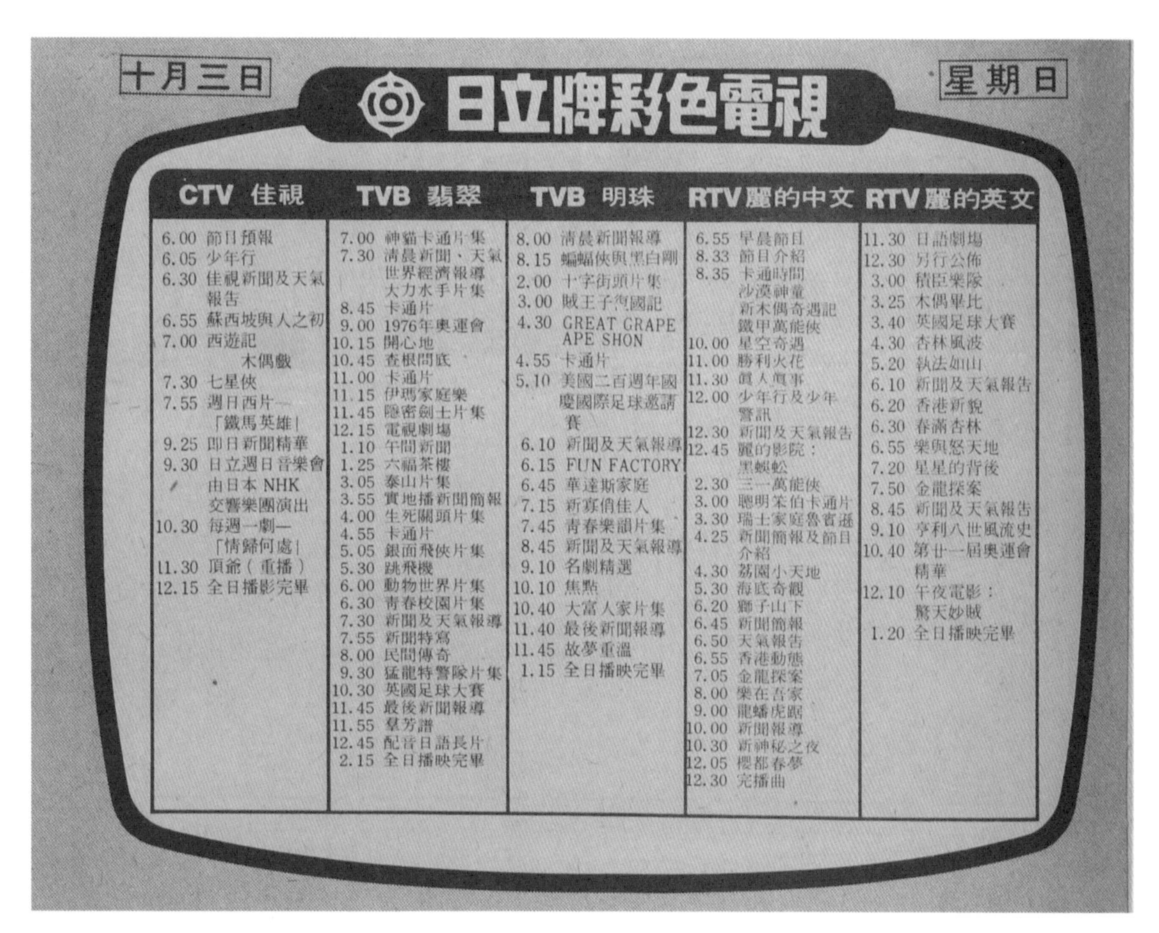

十月三日　　日立牌彩色電視　　星期日

CTV 佳視

6.00 節目預報
6.05 少年行
6.30 佳視新聞及天氣報告
6.55 蘇西坡與人之初
7.00 西遊記
　木偶戲
7.30 七星俠
7.55 週日西片—
　「鐵馬英雄」
9.25 即日新聞精華
9.30 日立週日音樂會
　由日本 NHK
　交響樂團演出
10.30 每週一劇—
　「情歸何處」
11.30 頂爺（重播）
12.15 全日播影完畢

TVB 翡翠

7.00 神貓卡通片集
7.30 清晨新聞、天氣
　世界經濟報導
　大力水手片集
8.45 卡通片
9.00 1976年奧運會
10.15 開心地
10.45 查根問底
11.00 卡通片
11.15 伊瑪家庭樂
11.45 隱密劍士片集
12.15 電視劇場
1.10 午間新聞
1.25 六福茶樓
3.05 泰山片集
3.55 實地播新聞簡報
4.00 生死關頭片集
4.55 卡通片
5.05 銀面飛俠片集
5.30 跳飛機
6.00 動物世界片集
6.30 青春校園片集
7.30 新聞及天氣報導
7.55 新聞特寫
8.00 民間傳奇
9.30 猛龍特警隊片集
10.30 英國足球大賽
11.45 最後新聞報導
11.55 羣芳譜
12.45 配音日語長片
2.15 全日播映完畢

TVB 明珠

8.00 清晨新聞報導
8.15 蝙蝠俠與黑白剛
2.00 十字街頭片集
3.00 賊王子沔國記
4.30 GREAT GRAPE APE SHON
4.55 卡通片
5.10 美國二百週年國慶國際足球邀請賽
6.10 新聞及天氣報導
6.15 FUN FACTORY
6.45 華達斯家庭
7.15 新寡俏佳人
7.45 青春樂韻片集
8.45 新聞及天氣報導
9.10 名劇精選
10.10 焦點
10.40 大富人家片集
11.40 最後新聞報導
11.45 故夢重溫
1.15 全日播映完畢

RTV 麗的中文

6.55 早晨節目
8.33 節目介紹
8.35 卡通時間
　沙漠神童
　新木偶奇遇記
　鐵甲萬能俠
10.00 星空奇遇
11.00 勝利火花
11.30 眞人眞事
12.00 少年行及少年警訊
12.30 新聞及天氣報告
12.45 麗的影院：
　黑蜈蚣
2.30 三一萬能俠
3.00 聰明笨伯卡通片
3.30 瑞士家庭魯賓遜
4.25 新聞簡報及節目介紹
4.30 荔園小天地
5.30 海底奇觀
6.20 獅子山下
6.45 新聞簡報
6.50 天氣報告
6.55 香港動態
7.05 金龍探案
8.00 樂在吾家
9.00 龍蟠虎踞
10.00 新聞報導
10.30 新神秘之夜
12.05 櫻都春夢
12.30 完播曲

RTV 麗的英文

11.30 日語劇場
12.30 另行公佈
3.00 積臣樂隊
3.25 木偶畢比
3.40 英國足球大賽
4.30 杏林風波
5.20 執法如山
6.10 新聞及天氣報告
6.20 香港新貌
6.30 春滿杏林
6.55 樂與怒天地
7.20 星星的背後
7.50 金龍探案
8.45 新聞及天氣報告
9.10 亨利八世風流史
10.40 第廿一屆奧運會精華
12.10 午夜電影：
　驚天妙賊
1.20 全日播映完畢

報章周刊必備的電視節目表

兩本《彩色華僑》書影

中華民國六十三年　公曆一九七四年　十二月十五日　星期日

華僑日報 星期特刊

華僑日報　星期特刊　甲寅年十一月初二日　第一張第一頁 (1)

交通安全示範表演

香港生活今昔觀

統計處調查所得，每月支出由四百元至三千元的家庭，約佔總數百分之八十。全港家庭中，有百分之五每月收入不足弍百元。亦有人估計月支三千元以上的家庭，約佔總數百分之五。今天生活易過，還是從前生活易過？由於社會環境複雜，各人經濟狀況不同，不易獲得一致結論。小市民有一點不能遺忘的印象：四十年前，床位租值僅兩元，每月伙食費僅三元。在今天，相差得太遠了。

・逸超・

失業工人處境如何

任食行衣負担吃力

地方建設比前進步

卅五年前營養餐單

低薪員工如何維持

交通安全運動

呼籲市民聚精會神

吞蛇蛋

每人每月伙食三元

未出版《彩色華僑》前，《華僑日報》每逢周日附送的《華僑日報星期特刊》。

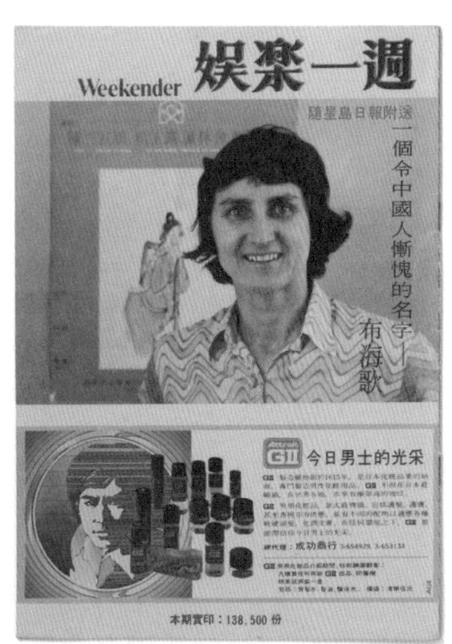

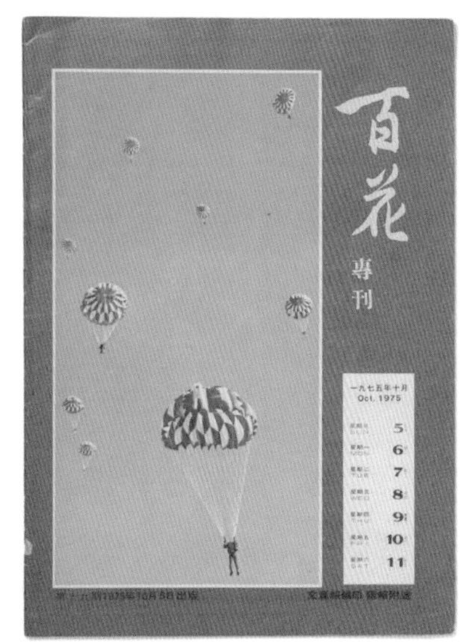

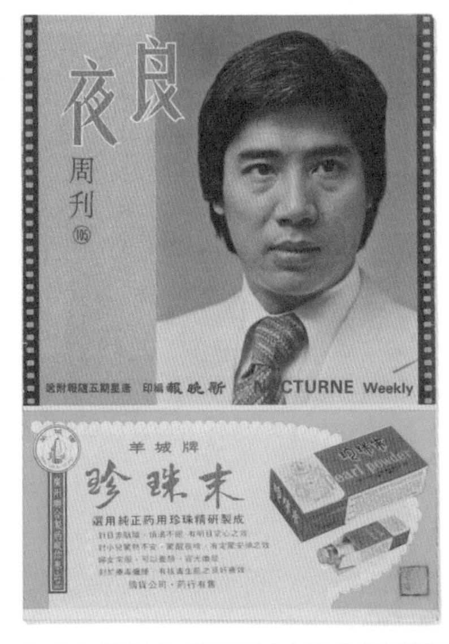

七十年代幾本不同報紙出版的星期贈刊

益智

筆者成長的七十年代，報刊雜誌可謂五花八門，令人目不暇給。那時候並沒有甚麼「通識教育」，但我們學科以外的知識卻不貧乏，這全得力於書報攤擺賣的各類型刊物，除了課本要讀之外，報紙、漫畫、足球雜誌、電視周刊、武俠小說都要看，總之凡是伸手可及的，都要看個明白方肯放下，而一些標榜知識性、教育性的刊物，更是堂而皇之、登堂入室，與課本平起平坐，不用像看漫畫般要東躲西藏，避免家長發現。

當時這類知識性刊物為數不少，較為人注意的有《求知》、《知識世界》、《科技世界》等，後者更是引領筆者走入奇異科學領域的導航者，「UFO」、「尼斯湖水怪」、「喜瑪拉雅山雪人」、「復活島巨人頭像」等新奇事物，大都從這些刊物中得知。

《益智》半月刊便是其中一個例子。這本雜誌創刊於一九七六年，十六開，四十八頁，出版人是文藝小說家羅小雅，執行編輯是蔡漢生，但其實這本雜誌的編輯還有另一位，就是著名書話家黃俊東，當年他在繁忙公務之餘仍接受羅小雅的邀請協助編務工作，令雜誌的內容更多元化。細看第一期目錄，天文地理、科學新知、掌故歷史、文學藝術以至生活趣味一一落齊，而且裏面也有不少名家助陣，例如有南宮搏的隨筆、沈西城的日本作家漫談、王司馬的漫畫、潘小磐的應用文寫作等，內容相當充實。

二〇一二年五月，經友人介紹下認識黃俊東，席間取出這本刊物，他頗詫異尚有人收藏此雜誌，並主動在書中題字。據黃先生憶及此書出版期數不多，也由於是義務性質，不久因本身工作繁忙，便再無參與編輯工作了。

連民安兄帶來這本舊刊物，見之如老友，不勝感念！黃俊東志 二〇一二．五．

「益智」創刊號目錄

益智 半月刊

內容好，知識新
增見聞，讀「益智」

益智：一份老少咸宜的讀物
益智：能令你增加新的知識
益智：能令你對世界新科學有新的認識

欲知最新事物
請讀「益智」

餽贈青年朋友
請訂「益智」

益智半月刊（創刊號）

·1·

目錄、版權資料。書話家黃俊東先生曾替《益智》編稿，多年後筆者承新亞書店蘇賡哲先生介紹得以認識，並請他在書內寫下片言留念。

《益智》封面

「伊豆之踊者」原作者 川端康成性格獨特

沈西城

「日本通」沈西城介紹日本名作家川端康成

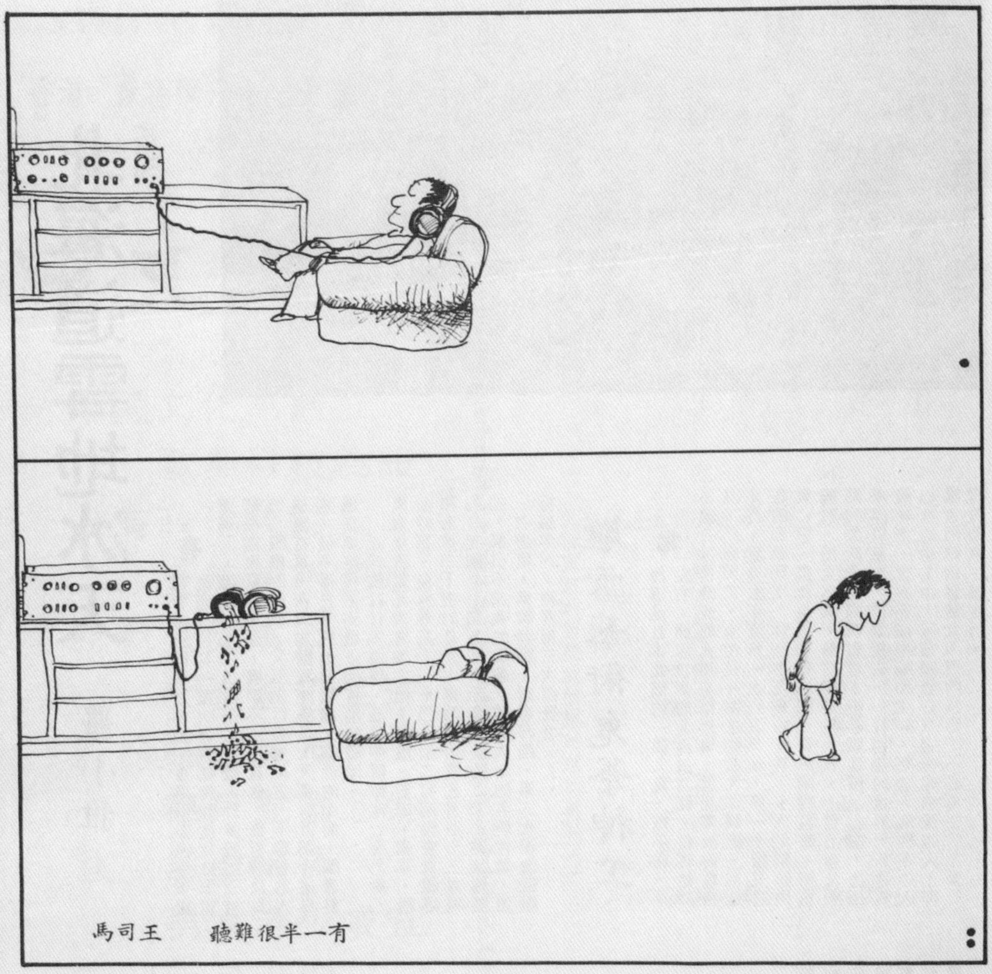

有一半很難聽　王司馬

歡迎賜稿

本刊園地公開，歡迎創作，翻譯，或學術研究心得的稿件，尤其是青年朋友的作品。稿例如下：

（一）除空中樓閣的幻想，發洩牢騷的呻吟，事無佐證的讕言，導人錯誤的理論之外，其他凡啓迪智慧，增廣見聞的稿件，均極歡迎。

（二）翻譯請附原文，儘可能附同圖片或插畫。

（三）請勿橫寫，非不得已字數勿超過三千。

（四）篇幅所限，編者有刪改權。

（五）稿末敍明眞實姓名，住址，電話以便聯絡。如需退稿請聲明。

（六）刊登後略具薄酬。

稿件請寄擲香港大坑道十五號六樓C座，「益智半月刊」。

王司馬漫畫

號外

《號外》在今天來看是一個潮流時尚、趕於時代尖端的品牌，四十年來影響了幾代文化人，尤其七十年代，一個社會風氣仍相對保守的氛圍，她的出現，實在對當時的文化氣候帶來了頗大的衝擊。

《號外》第一期出版於一九七六年，是一份八開的雙周報，出紙六張共二十四頁，出版人陳冠中是一位跨媒體的文化人，早期參與過不少電影製作。早期的《號外》，從其英文名稱「The Tabloid」（小報）大概可知其定位方向。這一期的頭條是「贊育醫院弄錯血型，產婦不治」，輸錯血事件放在今日，市民大概已聽得有點麻木，但在三十多年前卻是一件大事，不僅涉及人命，更會帶來政治上的嚴重問題；其次是以吸毒者角度講述服用「美沙酮的滋味如何」，對這種治療方法提出另一角度的考慮。有一點頗有趣的是，今日為民請命，專協助弱勢社群，但被視為「搞搞震」滋事份子的「社區組織協會」，原來早於《號外》創刊號便有專題介紹，從她的取材內容，可見她不從主流行列出發，由是造就了一本影響深遠的文化刊物。

《號外》的特色在第一期雖然未盡顯露，但其尖刻抵死的風格已從不同欄目透現出來，小至一些似假還真的分類廣告和取材獨特的漫畫創作，大至主打文章宣佩佩的〈女超人帶來的夢魘〉和利冼柳媚的〈打呵欠〉，可看出《號外》中人對社會人和事的不同看法。

其實筆者真正認識的《號外》，應是她由十六開擴大到超大八開本的時期。我第一次接觸《號外》是在中五會考之後，那時偶爾到家居附近的社區中心當義工，就在該處見到一大疊過期的《號外》，隨手取閱，剛好就是訪問尤敏那一期，過去我眼中只有粵語長片，國語片實在提不起興趣欣賞，故此在我的意識中從不曾有過國語片影星的概念，怎料一看這一期的尤敏封面，人就像着了魔一樣，主要是給她的美麗溫婉形象所吸引，其次是不明白何以一個個如岑健勳、陳冠中、鄧小宇的大男人，竟仍能保持着小影迷般的心態，傾慕一位息影多年的女演員，令我由那時開始，便去追尋尤敏以至其他五六十年代的國語片明星，究竟他們有何魅力。而現在舊居積存大半個紙箱的《國際電影》，當年都是因為要找尤敏、葉楓、葛蘭的資料而買的，當然自此以後也放不下《號外》了。

《號外》另一個影響我的地方，是她帶起了這個城市的懷舊感性，其中丘世文化作不同身份所寫的往日情懷系列，筆下種種的成長經歷片段，實在令每一個港產的哀樂中年久久不能釋懷，每次重溫，說真的，都有一種感動。八十年代後期博益出版社曾推出過「城市筆記」系列，把一些較受歡迎的專欄文章結集，例如丘世文的《在香港長大》和《周日床上》、陳冠中的《太陽膏的夢》、鄧小宇的《穿 Kenzo 的女人》等。但總不及初印在雜誌時看的原汁原味。

三十多年來，筆者一直在搜集各期以至不同開度的《號外》，至今報紙、十六開、超大八開等不同版樣基本已備，唯一稍覺遺憾的是那些超大八開本的《號外》，由於當年要精簡收藏，被迫把多本大型裝的《號外》棄掉，只剪下部分精彩內容。也不知何故，最後只留下成龍封面的一期。居住空間問題實在是我們收藏者的天敵！

贊育醫院弄錯血型；
產婦不治

第四頁

THE TABLOID

號外

第一期　定價一元　新聞與藝術　一九七六年九月三十日

女超人帶來的夢魘

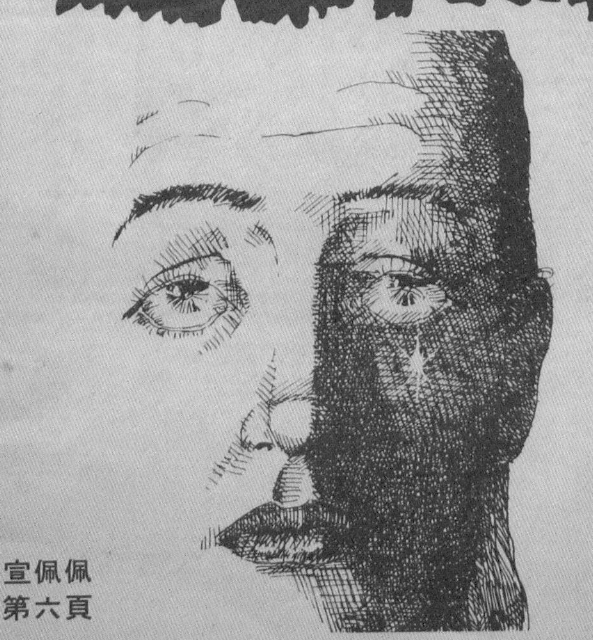

宣佩佩
第六頁

CARNEGIE
COURSES

簡理機應該開一課叫做如何應付推銷員

第十頁

美沙酮
滋味如何

馬仕佳　第八頁

社區組織協會
——
滋事份子？

石少川　十一頁

十年書璇
幾番新

橫頭磡　十二頁

《號外》封面

THE TABLOID 號外 50¢

第二期 一九七六年十一月十一日 新聞與藝術 五角

再見 teenage

PP&M

小欖精神病監獄眞相

一個精神病犯人的自述

×青年 第三頁

我不認識的人

陳韻文和她的 juke box

伍昭明 中間大頁

班佐時再教育

謝家雯 第四頁

廸士尼卡通的政治立場

沒有季節的小墟 藍石 第十四頁

黑澤明

唐老鴨報告書

THE TABLOID 號外 50¢

第三期 一九七六年十一月二十五日 新聞與藝術雙週刊 五角

RALPH NADER 與一個留學生之變

張志誠 第四頁

誰是大英雄

何伯勵 中間大頁 第十三頁

貝克特的眞面目

英國進步學者眼中的香港勞工

鄧小平翻案與復出的意義

B. J. 第十四頁

九龍城 又一村居民注意

和諧與不和諧

大圈之聲

「退休古惑仔」的自傳

張老源 第三頁

THE TABLOID 號外 第四期

第四期 一九七六年十二月九日 新聞與藝術雙週刊 五角

最新版潮流指南

明星演員臨記

七一年珍寶舫大火餘波未了

三十戶罹難者家屬的控訴

陳冠中 第三頁

偷渡金山

紐約客談

唐人街賭館與女人

白淚書生 第六頁

羅賓 中間大頁

柴敬意

張志風

郭子苗 第四頁

THE TABLOID 號外

第五期 五角 一九七六年聖誕

兒童不宜

聖誕特輯

伍昭明發吃癲

開始畫純情漫畫

中間大頁

營養食物入門

羅利凡

中間大頁

我不認識的人

西西老師

雲想衣裳花想容

利冼柳媚展新裝

中間大頁

初期以小報形式出版的《號外》

改為十六開的《號外》第六期

號外緊急通告（分類廣告）

讀者來信下期刊登

沒有選擇餘地

號外稿例

號外（新聞與藝術）

各大報攤有售

張志風

目錄

剃刀邊緣

照片會說謊嗎?

《號外》內容設計頗見新穎

轉為大八開的《號外》，三十多年前成龍這身衣着，放在今日仍未過時。

就是這一期尤敏的報道，令筆者從此成為《號外》的忠實讀者。

博益出版的「城市筆記」系列叢書

清秀

《清秀》是一本從電視劇走紅而衍生出來的女性刊物。

話說一九七七年無綫電視有一齣長篇劇集《家變》，汪明荃飾演的女主角洛琳是《清秀》雜誌的總編輯，當年這齣連續劇廣受觀眾歡迎，連帶本來是子虛烏有的《清秀》雜誌也給有心人作實體出版了。

《清秀》雜誌由著名作家蔣芸和出版人施養德創立，創刊於一九七七年十月，當時《家變》劇集還在播映中，她以大十六開月刊形式面世，第一期更邀得汪明荃這個「主編」拍攝封面並作專訪，也算是頗有噱頭，更增加了《清秀》活脫脫從電視熒幕走出來的「真實性」。這本雜誌雖然以「婦女」刊物定位，但明顯跟一般婦女雜誌的內容有頗大差別，一般婦女雜誌有的如家事常識、化妝要訣、家庭信箱、烹飪心得等欄目盡付闕如，反而着眼於一些兩性「男女攻防戰」一類的題材，例如「婦解」、「大女子何患無夫」、「男人最怕女人的六件事」等題材較為新穎的文字，頗有創新之意。此外，既是女性刊物，本期由專欄作家柴娃娃撰文訪問四位當時著名的女主編，可見現實社會中像「洛琳」般本事的女性並不乏人。

據報道當年雜誌一出版讀者反應十分熱烈，不旋踵便再版，同時加印「號外」，請來當時四大發行商——向盛記、世界出版社、吳興記和同德書報負責人推介這本雜誌，宣傳工夫可謂層出不窮。

《清秀》當年可算是開女性時尚雜誌的先河，她既不同以前的家庭婦女刊物，也有別於《姊妹》一類的書刊，而是走上時代女性的前端，奠下新時代女性雜誌的里程碑。

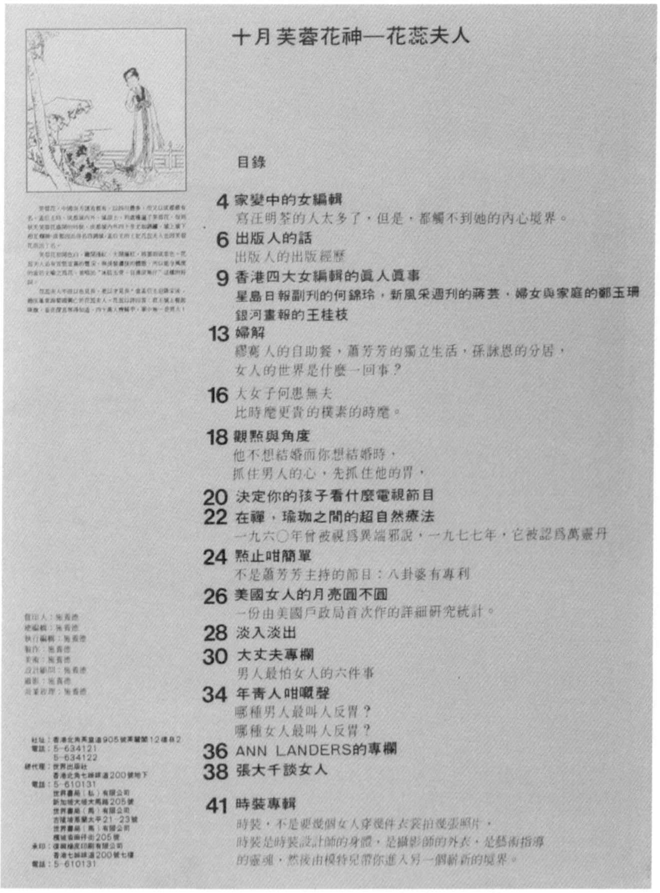

十月芙蓉花神—花蕊夫人

目錄

目錄、版權資料

清秀雜誌

第二次再版！增介香港四大發行人鐵証出版界奇蹟！

ELEGANCE

十月版

家變中的女編輯汪明荃專訪
香港四大女編輯的眞人眞事
大女子的自助餐
妳要結婚，他不結婚
美國女人的月亮圓不圓
哪種男人最叫人反胃？
哪種女人最叫人反胃？
婦解、婦解、婦解、婦解、婦解……
男人最怕女人的六件事
ANN LANDERS專欄
張大千談女人

HK$3.00

《清秀》封面

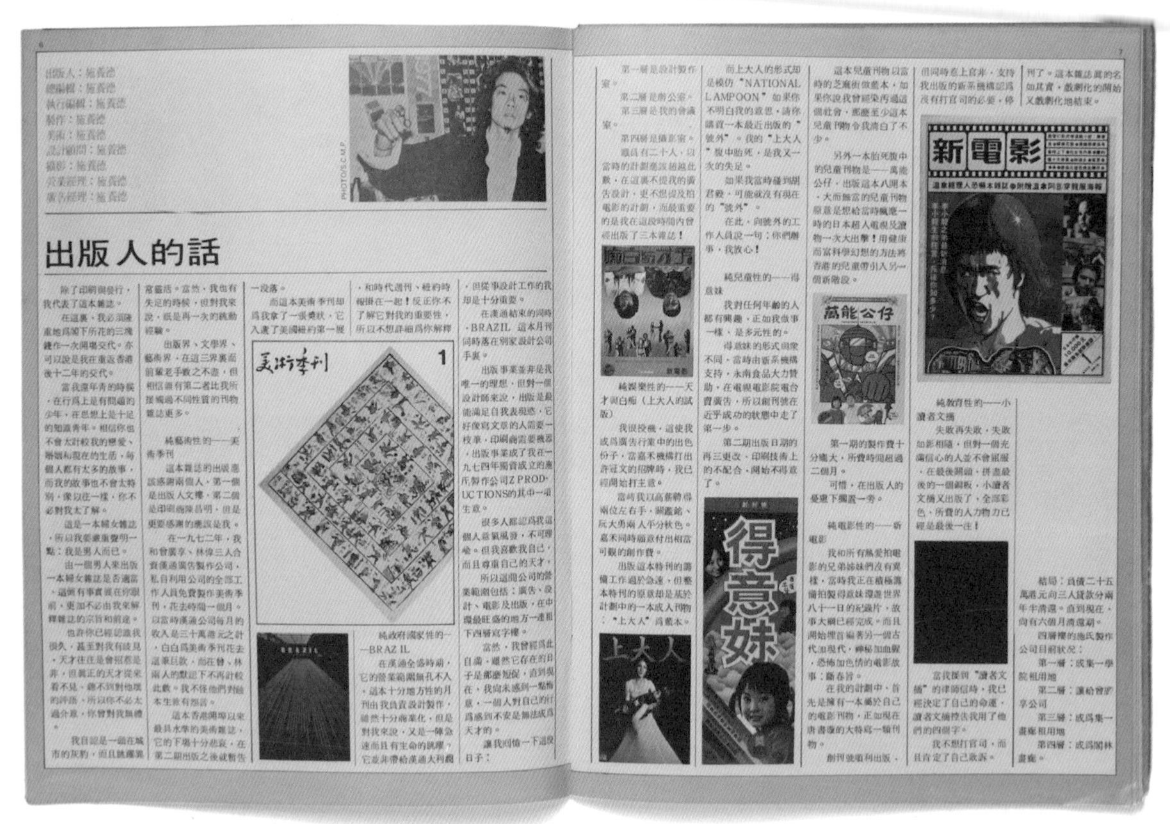

出版人：施養德
總編輯：施養德
執行編輯：施養德
製作：施養德
美術：施養德
設計顧問：施養德
攝影：施養德
營業經理：施養德
廣告經理：施養德

出版人的話

出版人的話，也是施養德的出版生涯的自述。

汪明荃專訪

人物專訪汪明荃，她在電視劇《家變》中飾演《清秀》總編輯洛琳。

清秀雜誌 壹 號外

辦一本暢銷的雜誌不是一件簡單的事情，
除了要一個有創造力、有眼光、有恒心毅力的編者能應付永不休止的挑戰外，
足夠的經濟條件外，還有兩個客觀的條件，
第一是發行，第二是廣告。

同德書報代理—鄭漢怡先生

清秀雜誌 壹 號外

世界出版社—郭顯明先生

清秀雜誌 壹 號外

辦雜誌的人把心血花在如何搞好一本雜誌上，替一本雜誌打開市場首關，
非要靠發行不可。一本雜誌的生與死，
發行者具有一言足以興邦，一言足以喪邦的力量。

向盛記書報代理-向盛清先生

清秀雜誌 壹 號外

發行者將一本本雜誌轉送到各書報攤，通過這一個媒介，
讀者可以買到自己所喜歡的書報雜誌，本港書報代理發行者，
大大小小有數十家，但是具有歷史資歷，深獲書報攤信任的發行代理，
則有四家，他們是具有二十八年發行經驗的老字號吳興記，
具有二十二年歷史的向盛記，具有十五年歷史的同德，
以及十四年歷史的世界出版社。

吳興記書報代理-吳中興先生

《清秀》第二次再版印製的「號外」，主要是請來當年四位主要發行商推介此刊。

名流

《名流》創刊於一九七八年，創辦人是著名報人宋郁文和湯仲光。宋郁文戰前已在國內擔任報刊要職，戰後來港長期為《成報》主筆，同時兼任多間大專院校新聞系教授，又在香港電台主持「咬文嚼字」節目，深受聽眾歡迎。其子宋韶光曾任浸會學院講師，亦在電視台主持語文趣談一類節目。至於湯仲光，他也是一位資深新聞工作者，以筆名「李家園」長期在《星島晚報》撰寫「香港雜談」專欄，其中有關香港報業的文章已輯成《香港報業雜談》一書問世，是為三聯書店「古今香港系列」叢書之一，同時也是筆者研習香港報業歷史的案頭書。

《名流》以月刊形式出版，專門介紹名人軼事趣聞，而所記載的又不限時人名士，也兼及不少早期香港知名人士，僅看創刊一期目錄，就見其包羅政界的有港督麥理浩、國民黨名將張學良；商界有船王包玉剛、金王胡漢輝；學術界有同為大學校長的黃勵文麗松昆仲；宗教、藝術界有佛教覺光法師和牡丹王張韶石等。此外尚有不少名人如邵逸夫、馮秉芬、鄧肇堅等介紹。

以上大抵都是香港人耳熟能詳的社會名人，既是行事人人皆知，故作者取材角度便有所側重，例如香港大老何東爵士，便以其所獲動銜為話題；包玉剛也曾要借錢理髮、黃勵文改名的由來等，都是一些較有趣的側寫，取向較為正面，相對於同期《南北極》月刊「香港富豪名人列傳」一類專題文章，後者多以揭秘或諷刺批判角度撰述，立意自有不同。

《名流》月刊是筆者早年認識香港時人名士的入門書，喜歡香港名人掌故大抵因此而起，輔以《華僑日報》出版《香港年鑑》中的名人生平傳略，令筆者所知更多。記得手上幾冊《名流》是七十年代尾於九龍書店購得，期數不多，每冊三角，比《足球世界》等雜誌貴了一角，店主當時曾說不要着眼那一毫子，看後就會知道她的好處。人事漸長，也明白店主那時候所言非虛。

編者的話

創刊之期，適逢雙十，這是辛亥武昌起義之紀念日，我們特別選錄了「國父的詩聯」一文，以爲紀念。國父研究的是醫學，實行的是革命，畢生精力盡萃於此，其文學作品的流傳，殊屬少見。這一篇雖非全豹，然多有未見於世的，因此益見其珍貴。

國父讀書時期、革命時期，在香港的時間頗長，而本雜誌的宗旨，以多刊香港名流爲主，國父既與香港有如此密切關係，今選錄其詩聯，更有深長意義。

本雜誌的出版，籌備時間雖頗長，集稿時間却匆促，幸賴各大作家鼎力支持，使內容充實，篇幅生光，固使我們銘感，更令我們鼓舞。希望今後更能多惠佳作，珠玉紛投，以求日新又新，永遠保持其爲趣味雋永之讀物，亦永遠保持其爲實益主義之讀物，使讀者諸君披閱有味，開卷有益。

我們雖已特約名家撰述，同時亦歡迎外稿，徵稿範圍，不分中外古今，凡名人軼事、趣聞、奇談、妙語，只要是道人所未道，言人所樂聞的，都所歡迎。尤其是有關香港的時人時事，謔而不虐，而非惡意誹謗的無不樂意採用。

來稿不拘文白，以易讀爲宜；不論短長，以輕鬆爲主。長篇者字數勿過五千，尤望附以圖片。一經採用，即致薄酬。

編者的話

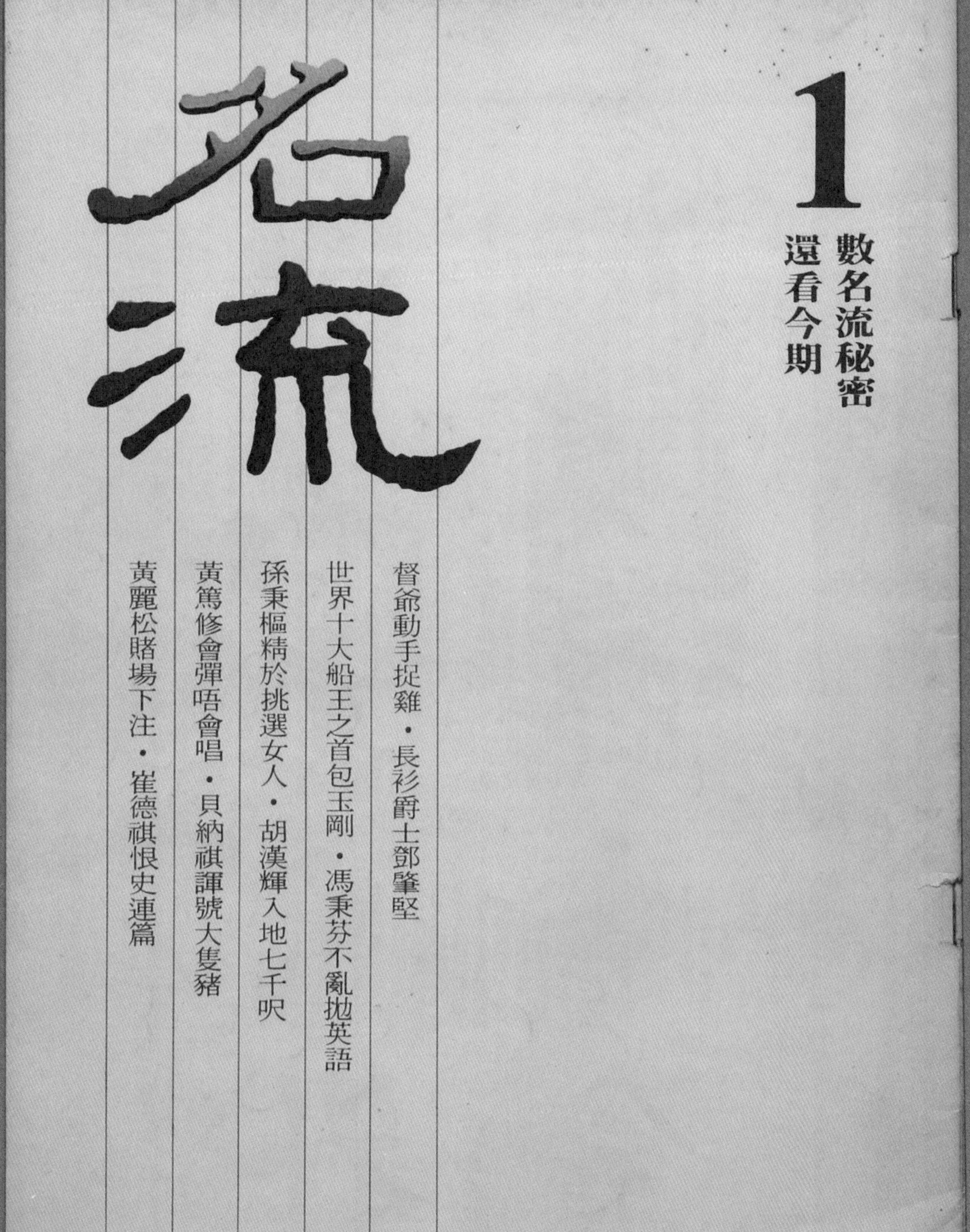

名流

1

數名流秘密
還看今期

督爺動手捉雞・長衫爵士鄧肇堅

世界十大船王之首包玉剛・馮秉芬不亂拋英語

孫秉樞精於挑選女人・胡漢輝入地七千呎

黃篤修會彈唔會唱・貝納祺諢號大隻豬

黃麗松賭場下注・崔德祺恨史連篇

《名流》封面

何東爵士的勳章

·馮炳基·

香港自開埠以來，直至目前爲止，華人榮獲英皇或英女皇頒封爵士銜的，一共有十五人，如照先後來說，何東爵士名列第三位，其次序是：

①何啟爵士　②韋寶珊爵士
③何東爵士　④周壽臣爵士
⑤羅旭龢爵士　⑥羅文錦爵士
⑦周埈年爵士　⑧周錫年爵士
⑨關祖堯爵士　⑩鄧肇堅爵士
⑪馮秉芬爵士　⑫簡悅強爵士
⑬邵逸夫爵士　⑭鍾士元爵士
⑮包玉剛爵士

何東爵士這個名字，老一輩的香港人，當然曉得，年幼一輩，相信也不會陌生。因爲何東爵士生前對香港的貢獻很多，他遺留下來的業績，隨處可見。例如：香港薄扶林道香港大學有一座何東宿舍，又有一座香港大學工學院何東機械實習廠，港島有一間何東女子職業學校，跑馬地東蓮覺苑是他伉儷所建的（何東夫人是張蓮覺居士），沙田也有一座何東樓。新界上水金錢村有一間何東學校（政府津貼小學）。何東爵士遺下的產業很多，遍港九及新界。本港著名傳播媒介工商日報是何東爵士創辦的，現由他的哲嗣何世禮將軍任董事長，何鴻毅先生（何東爵士之孫）主持社務。

何東爵士的後人，一門皆傑，既富且貴。何世禮將軍曾任國民政府派駐聯合國軍事代表團團長，本港名律師羅文錦爵士是何東爵士長女錦姿的夫婿，曾任醫務總監的楊國璋先生，是何東爵士第八女公子孝姿的丈夫。曾在教育司署担任高級教育官的何艾齡博士（名奇姿，現已退休），是何東爵士第五女公子，在香港教育文化圈裏顯赫一時，誰人不識君？鼎鼎大名的羅德承議員（立法局），正是何東爵士的外孫，羅文錦爵士的兒子。

何東爵士一生，勛業彪炳，馳譽中外，曾獲世界多個國家頒贈榮譽勳章或獎章，包括英國、中華民國、法國、葡萄牙、比利時、安南（即今之越南）等國。該等勳章，有一個時期（一九七一至一九七三年）陳列在中環士丹利街十至十二號四海大廈十四樓四海地產證券公司董事長何鴻章先生（何東爵士嫡孫，何世儉先生長公子）的辦公室內，供親友觀賞。星光熠熠，絢爛奪目。筆者幸獲機緣，曾詳細遊目，並筆錄註記，現據述如次，以供研究香港歷史人士參考。

雖然勳章和獎章本身的價值有限，但榮譽的代價是無限的，榮譽可以帶來財富和地位，這方面是無法估計的，是不能用金錢來衡量的。因此，不少熱中名利的香港人，千方百計，「寤寐求之」，無論在熱睡中或醒時都念念不忘地追求它。

本文下面所述之勳章十三具，紙限於當日在四海大廈何鴻章先生辦公室所陳列者，筆者有理由相信，可能有一部分勳章獎章，在另一處保存收藏著。據筆者所知，本文所述之何氏傳家之寶，現已運往國外珍藏，故無法影製圖片，以饗讀者。

（一）一九一四年（即民國三年）何東爵士曾獲中華民國袁世凱總統頒贈三等嘉禾勳章。
3rd Class Order of the Excellent Crop, granted by President Yuen Shik-Kai, 1914.

（二）一九一五年獲大不列顛（英國）頒封爵士榮銜。
Knight Bachelor Great Britain, 1915.

（三）一九二二年（即民國十一年）獲中華民國黎元洪總統頒贈一等大綬嘉禾勳章。
1st Class Order of the Excellent Crop with grand Sach given by President Li Yuan-Hung, 1922.

（四）一九三五年獲英皇佐治五世及瑪麗皇后二十五周年銀禧紀念獎章。
Silver Jubilee Medal of King George V & Queen Mary, 1935.

（五）一九三七年獲英皇佐治六世及伊利沙伯皇后加冕禮獎章。
Coronation Medal of King George VI & Queen Elizabeth, 1937.

（六）獲耶路撒冷聖約翰勳章。
Knight of Grace of St. John of Jerusalem

（七）一九二五年獲葡萄牙基督獎章。
Knight Commander of the Ancient

17

何東爵士及其勳章

關於「香港大老」何東的勳銜的文章

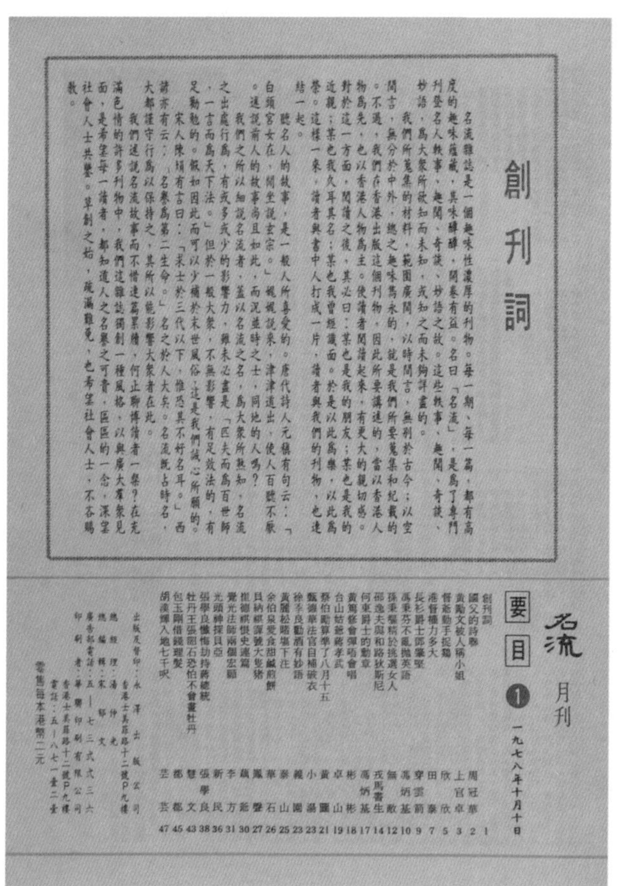

創刊詞

名流雜誌是一個趣味性濃厚的刊物。每一期、每一篇，都有高度的趣味蘊藏，其味醇醇，開卷有益。名曰「名流」，是爲了專門刊登名人軼事、趣聞、奇談、妙語之故。這些軼事、趣聞、奇談、妙語，爲大眾所欲知而未知，或知之而未夠詳盡的。

我們所蒐集的材料，範圍廣闊，以時間言，無別於古今；以空間言，無分於中外，總之趣味雋永的，就是我們所要蒐集和紀載的。不過，我們在香港出版這個刊物，因此所要講述的，當以香港人物爲先，也以香港人物爲主。使讀者閱讀起來，有更大的親切感。對於這一方面，閱讀之後，其必曰：某也是我的朋友；某也是我的近親；某也我久耳其名；某也我曾經識面。於是以此爲樂，以此爲榮。這樣一來，讀者與書中人打成一片，讀者與我們的刊物，也連結一起。

聽名人的故事，是一般人所喜愛的。唐代詩人元稹有句云：「白頭宮女在，閒坐說玄宗。」娓娓說來，津津道出，使人百聽不厭。述說前人的故事尚且如此，而況並時之士，同地的人嗎？

我們之所以細說名流者，蓋以名流之名，爲大眾所熟知，名流之出處行爲，有或多或少的影響力，雖未必盡是「匹夫而爲百世師，一言而爲天下法。」但於一般大眾，不無影響，有足效法的，有足勸勉的。假如因此而可以少補於末世風俗，這是我們誠心所願的。

宋人陳楨有言曰：「求士於三代以下，惟恐其不好名耳。」西諺亦有云：「名譽爲第二生命。」名之於人大矣。名流既占時名，大都謹守行爲以保持之，其所以能影響大眾者在此。

我們述說名流故事而不惜連篇累牘，何止聊博讀者一粲？在充滿色情的許多刊物中，我們這雜誌獨創一種風格，以與廣大羣眾見面，是希望每一讀者，都知道人之名譽之可貴，區區的一念，深望社會人士共鑒。草創之始，疏漏難免，也希望社會人士，不吝賜教。

名流 月刊

1

一九七八年十月十日

要目

出版及督印：永澤出版公司　香港士美菲路十二號P九樓
總經理：潘仲光
總編輯：宋郁文
廣告部電話：五—七三弍弍三六
印刷者：華聯印刷有限公司　香港士美菲路十二號P九樓　電話：五—八七一一壹二壹
零售每本港幣二元

創刊詞、目錄、版權資料

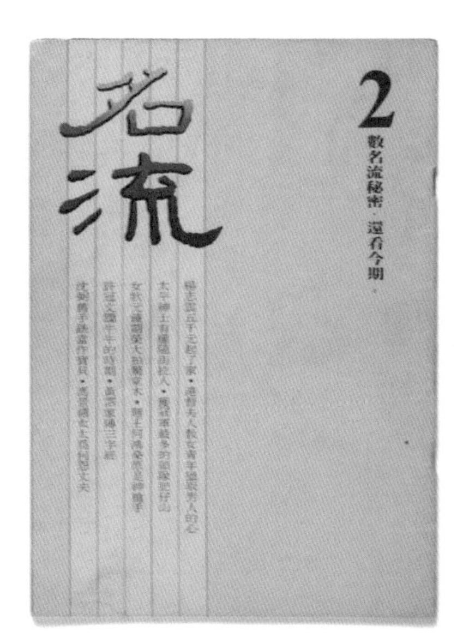

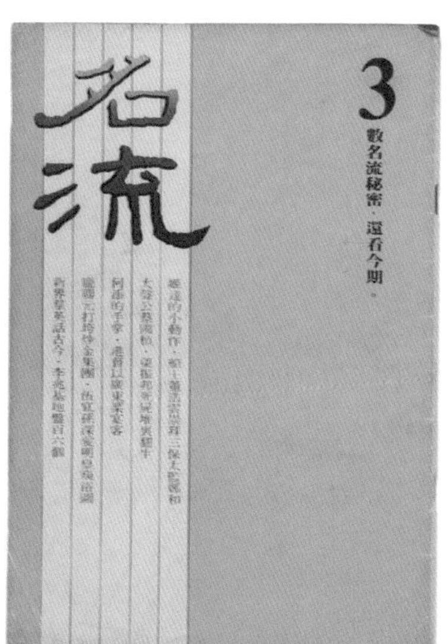

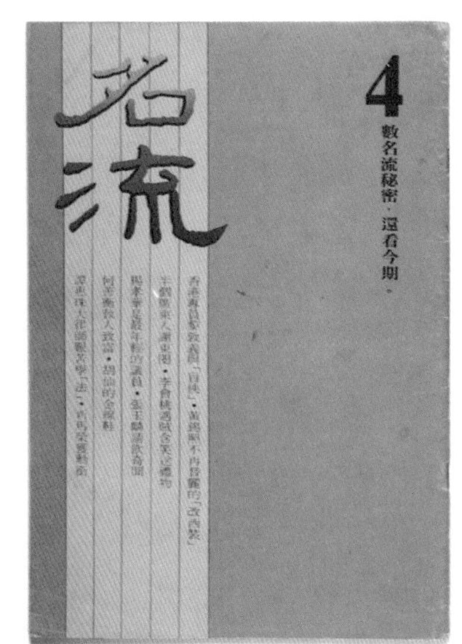

第二、第三、第四期書影

湯仲光以筆名「李家園」寫的《香港報業雜談》，三聯書店，一九八九年。

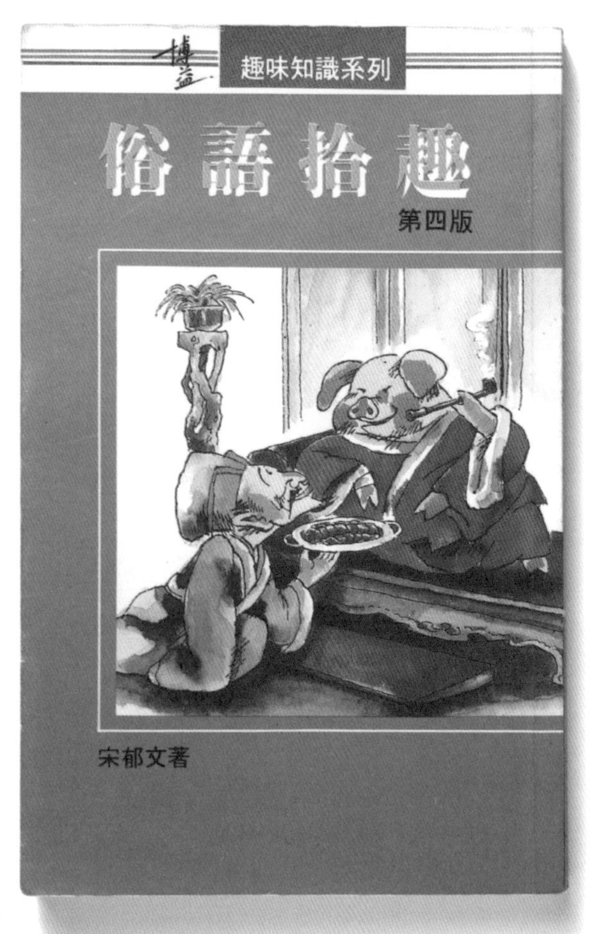

宋郁文的《俗語拾趣》，博益出版社，一九八八年。

美術家

在香港這個繁華都市從事美術工作是寂寞的，一般人如我輩要與美術扯上關係，很可能只在小學以至初中幾年的美術課上，以後就得靠個人的機緣際遇了。

這種小眾喜好，而難得有一本專門發表美術評介的刊物出版，可算是出版沙漠中的綠洲。《美術家》就是在如此的環境氛圍下面世。

《美術家》創刊於一九七八年，以大十六開、雙月刊形式出版，主編是著名美術評論家黃蒙田。第一期取林風眠名作《紫藤花下》作封面。編者在〈致讀者〉中指出本書是所有從事美術者的共同園地，也期望讀者可在此得到美術欣賞和創作上的知識。

本期內容多涉及繪畫藝術，例如「每期一人」便邀得司徒因（即著名漫畫家和國畫家鄭家鎮）和王季友（即名作家宋玉，也以筆名「酩酊兵丁」長期在報刊撰寫專欄）評水墨畫家呂壽琨；「中國畫談」則登載饒宗頤〈中國畫的筆法〉和佘雪曼的〈談畫梅花〉兩篇有分量的作品；「畫家傳記」由黃苗子寫八大山人傳。國畫以外，本期「由東方到西方」專欄，載有夏果介紹日本浮世繪的木刻板畫和梁蔭本追述西洋現代畫的源流。此外，彩色版也選登了秦松、呂壽琨、方召麐、畢加索等中西畫家名作。雜誌既名《美術家》，內容自不會以書畫為限，本期也介紹了宋代的彩塑和明清時期的竹刻藝術等。

創刊初期的《美術家》跟其他刊物一樣，在編排上難免有一些混亂，不過稍後作出整合後，規劃上便成一定制：大體上除作品選輯外，另分有「畫家與畫」、「美術論著」、「西洋美術」、「工藝美術」等，如此便予人整齊統一的感覺了。

《美術家》創刊號藏於家中已有二十年，當年僅由於這是「第一期」的關係才收下，筆者近年開始對中國書畫產生興趣，重拾此刊物細讀，感受自是不同。不少前輩都說過，趣味這回事很難言喻，不同的經歷便有相應的轉變，信焉。

美術家 雙月刊・創刊號

目錄：

彩色版	紫藤花下・水粉畫	林風眠	封1
	旅印油畫集・油畫五幅	劉抗	10
	秦松版畫選・版畫四幅	秦松	14
	唐開元八相圖像卷・全圖及局部		16
	方召麐近作集・中國畫七幅	方召麐	33
	現代西洋畫的源流・油畫三幅	畢加索等	36
	宋代彩塑藝術・彩塑八幅	梅子青攝	61
	花鳥畫選・中國畫二幅	俞致貞等	64
	[illegible]	呂壽琨	9
每期一人	我認識的呂壽琨	司徒因	2
	呂壽琨的畫	王季友	6
	附呂壽琨水墨畫六幅		
古典美術	唐開元八相圖像卷	李維洛	16
	附開元八相圖像卷局部及題跋		
	唐代奉先寺的「地神」	[illegible]	50
	宋代彩塑藝術	林文[illegible]	60
中國畫談	中國畫的筆法	選堂	20
	畫樣・小樣・粉筆	雪父	24
	談畫梅花	佘雪曼	25
畫家傳記	八大山人傳(一)	黃苗子	72
	附八大山人作品十一幅		
速寫・白描	[illegible]	選堂	22
	動的旋律	林檎	47
由東方到西方	日本浮世繪木刻版畫	夏果	28
	西洋現代繪畫的源流(一)	梁蔭本	37
	孤獨與空虛・真實與生命	[illegible]	40
小品	[illegible]——藝術的旅程之一	[illegible]	44
工藝美術	刻竹簡史	金西厓	56
	附明清刻竹作品四件		
	[illegible]	[illegible]	66
	[illegible]		

1

目錄

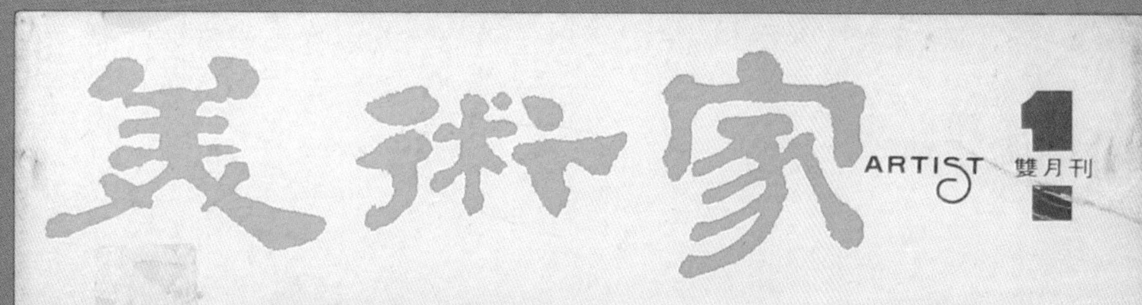

《美術家》封面

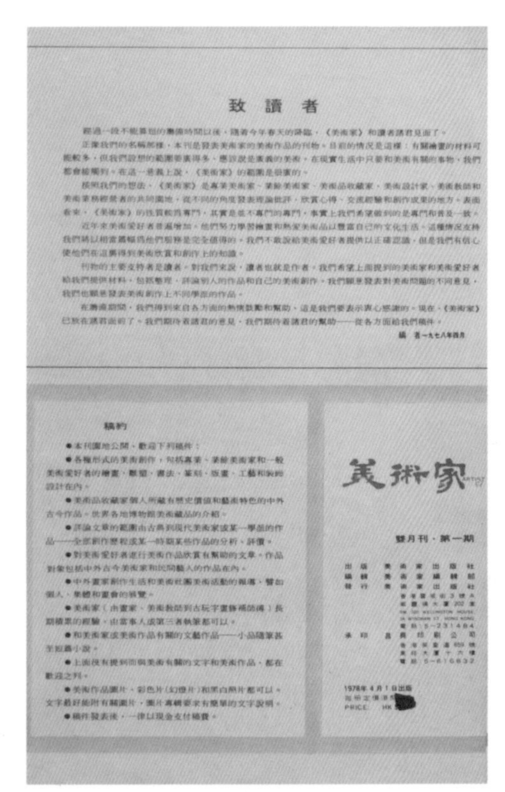

致讀者

經過一段不能算短的籌備時間以後，隨着今年春天的降臨，《美術家》和讀者諸君見面了。

正像我們的名稱那樣，本刊是發表美術家的美術作品的刊物。目前的情況是這樣：有關繪畫的材料可能較多，但我們設想的範圍要廣得多，應該說是廣義的美術。在現實生活中只要和美術有關的事物，我們都會接觸到。在這一意義上說，《美術家》的範圍是很廣的。

按照我們的想法，《美術家》是專業美術家、業餘美術家、美術品收藏家、美術設計家、美術教師和美術業務經營者的共同園地，從不同的角度發表理論批評、欣賞心得、交流經驗和創作成果的地方。表面看來，《美術家》的性質較爲專門，其實是並不專門的專門，事實上我們希望做到的是專門和普及一致。

近年來美術愛好者普遍增加。他們努力學習繪畫和熱愛美術品以豐富自己的文化生活。這種情況支持我們騰以相當篇幅爲他們服務是完全值得的。我們不敢說給美術愛好者提供以正確認識，但是我們有信心使他們在這裏得到美術欣賞和創作上的知識。

刊物的主要支持者是讀者。對我們來說，讀者也就是作者。我們希望上面提到的美術家和美術愛好者給我們提供材料，包括整理、評論別人的作品和自己的美術創作。我們願意發表對美術問題的不同意見，我們也願意發表美術創作上不同學派的作品。

在籌備期間，我們得到來自各方面的熱情鼓勵和幫助，這是我們要表示衷心感謝的。現在，《美術家》已放在諸君面前了。我們期待着諸君的意見，我們期待着諸君的幫助——從各方面給我們稿件。

編者一九七八年四月

稿約

● 本刊園地公開，歡迎下列稿件：

● 各種形式的美術創作，包括專業、業餘美術家和一般美術愛好者的繪畫、雕塑、書法、篆刻、版畫、工藝和裝飾設計在內。

● 美術品收藏家個人所藏有歷史價值和藝術特色的中外古今作品。世界各地博物館美術藏品的介紹。

● 評論文章的範圍由古典到現代美術家或某一學派的作品——全部創作歷程或某一時期某些作品的分析、評價。

● 對美術愛好者進行美術作品欣賞有幫助的文章。作品對象包括中外古今美術家和民間藝人的作品在內。

● 中外畫家創作生活和美術社團美術活動的報導，譬如個人、集體和畫會的展覽。

● 美術家（由畫家、美術教師到古玩字畫裝裱師傅）長期積累的經驗，由當事人或第三者執筆都可以。

● 和美術家或美術作品有關的文藝作品——小品隨筆甚至短篇小說。

● 上面沒有提到而與美術有關的文字和美術作品，都在歡迎之列。

● 美術作品圖片、彩色片（幻燈片）和黑白照片都可以。文字最好能附有關圖片，圖片需稿要求有簡單的文字說明。

● 稿件發表後，一律以現金支付稿費。

美術家 ARTIST

雙月刊・第一期

出版　美術家出版社
編輯　美術家編輯部
發行　美術家出版社
香港雲咸街3號A
威靈頓大廈202室
電話：5-231484
承印　[illegible]
電話：5-610632

1978年4月1日出版
海外定價港幣
PRICE HK

致讀者、版權資料、稿約

主編黃蒙田《文物欣賞隨筆》，大光出版社，一九七三年。

選堂（饒宗頤）撰〈中國畫的筆法〉

香港出版的美術雜誌並不多見，這是一九八〇年出版的《香港畫刊》。

第三十二期書影

青年文學

筆者對香港文學產生興趣，很大程度是因「青年文學獎」所致。

青年文學獎是七十年代初港大和中大學生會合辦的文學活動，多年來孕育了不少優秀作家，今日文名遠播的陳德錦、陶傑（曹捷）、王良和、鍾曉陽、鍾偉民等，都曾在青年文學獎中取得佳績。

青年文學獎不僅籌辦徵文比賽，更組織「青年文社」，讓文學愛好者得以交流互勉切磋；此外又出版《青年文學》，提供一個園地給文藝青年發表創作。

《青年文學》創刊於一九七八年，雖然在發刊詞中表明並非青年文學獎的「機關刊物」，但它無疑背負起一定的宣傳推廣任務，僅看第一期目錄，除了為提升大家創作報告文學的興趣的「報告文學」專輯和「詩」、「散文」、「小說」等一般不可或缺的項目外，更有青年文學獎活動消息和第五屆入選作品選，當然必不可少的是替第六屆青文獎作宣傳。由此可見，稱其為青文獎的官方刊物也不為過。

回說此期的作者，既有久享盛名的作家如余光中、蔡炎培、司馬長風和黃國彬，也有曹捷、陳德錦、唐大江、迅清等，都是當時嶄露頭角的後起之秀。

《青年文學》每期都有一個文學專輯，除上面提過的「報告文學」外，第二、三期分別製作了「散文」和「詩」小輯，三輯中筆者以為「散文」專輯做得較出色，當中除有余光中和思果的訪問外，也有小思的談散文種種，還有一篇探討陳之藩散文中的「寂寞」主題，分析也頗周到。

這本刊物可觀處尚有一項，就是書後的廣告，不少曾經在推動本地文學發展功不可沒的書店，也曾在此留下名字，例如著名的創作書社、南山書屋、一山書屋；也有較少人知道的中西書店、遠東圖書公司、集雅圖書、四達書室等，當然更少不了的是經營至今仍穩執二樓書店牛耳的田園書屋！

筆者手上只有此書頭三期，未知《青年文學》是否像其他文學刊物般經營困難，無以為繼而停刊？

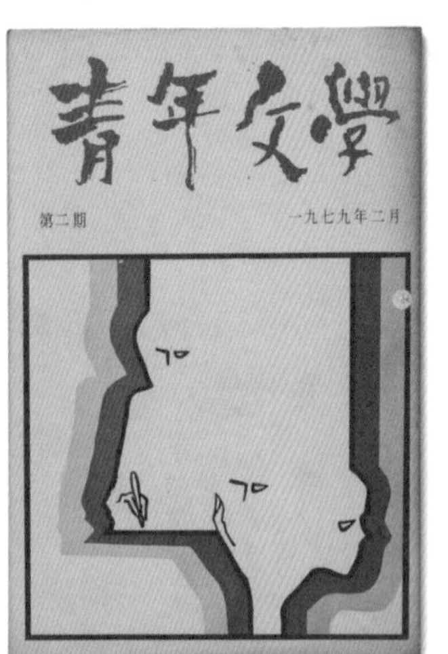

第二、第三期書影

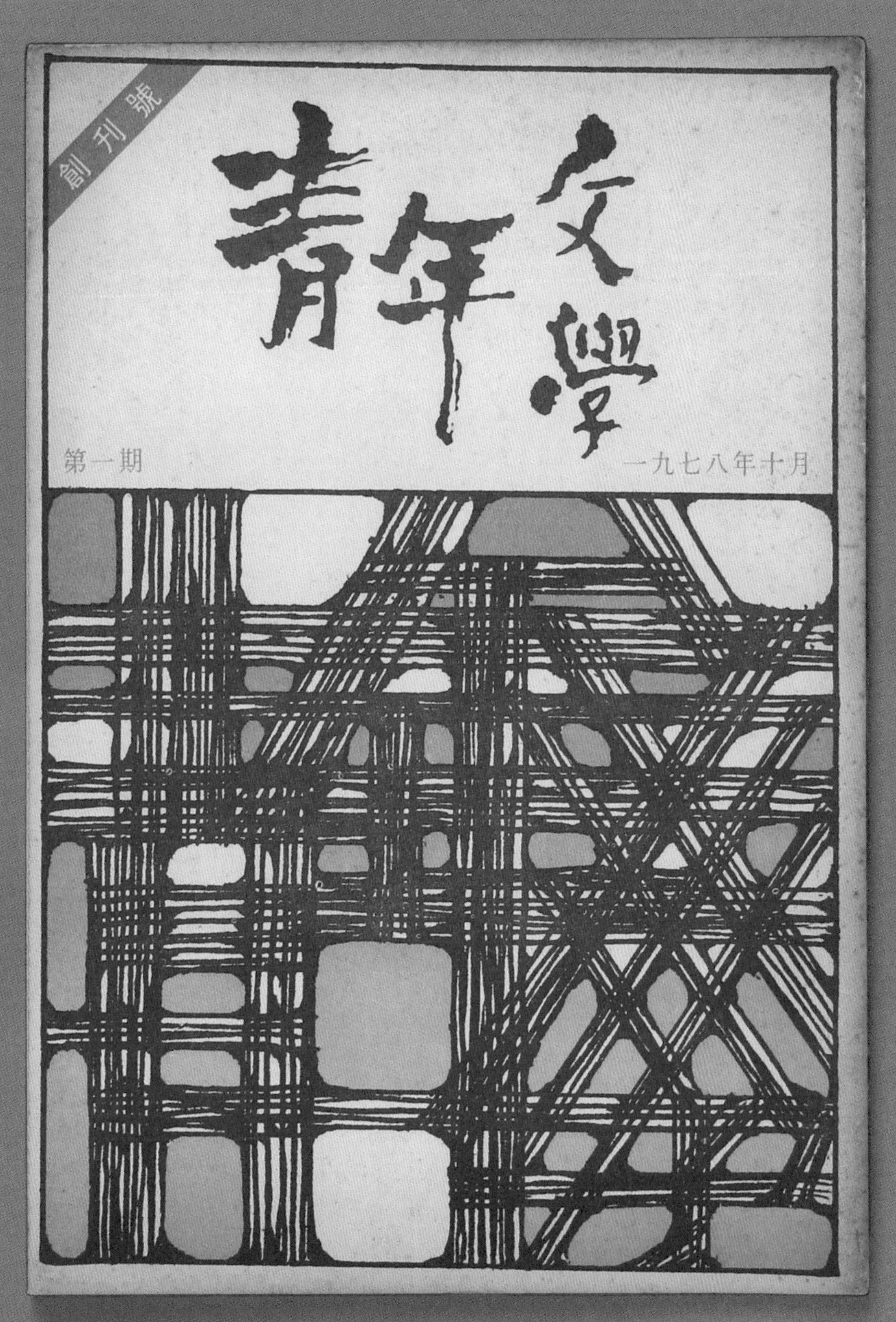

《青年文學》封面

青年文學 第一卷 第一期目錄

目錄

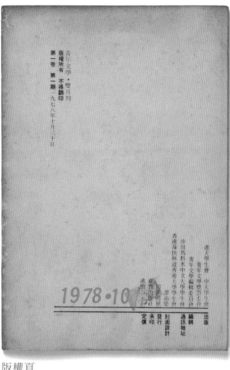

青年文學・雙月刊
版權所有 不得翻印
第一卷 第一期 一九七八年十月三十日

出版 港大學生會 中大學生會
青年文學獎評委會
編輯 青年文學編輯委員會
通訊地址 沙田馬料水中文大學學生會
香港薄扶林道香港大學學生會
封面設計 譚沛榮
發行 田園書屋
承印 [illegible]
定價 [illegible]

1978•10

版權頁

發刊詞

我們有一個宏願，要建築一座堅固的大橋，橋的這端是中華民族的文化傳統，橋的另一端通向人類終極的理想。我們辦文學獎，絕不是搞點綴「繁榮安定」的「文康活動」，我們要推展一種風氣，要掀起一個波瀾壯闊的運動。我們堅信文學能導人思索、發人深省，更能開拓人類的創造力，改變不合理的現實，建立理想的世界。

文學獎打開始就不是象牙塔內的玩意兒，它面對全港的青年，每屆的工作人員在籌辦徵文之外，都努力籌辦各種配合項目，希望把文學訊息帶到社會每一個角落。前驅者的努力爲我們開拓了一條寬闊的路，本屆青年文學獎爲了更深入的植根於社會、更具體地落實我們的路向，除了各種傳統項目外，我們創設了「青年文社」與《青年文學》。在「青年文社」裡，我們直接與來自各方的文藝愛好者相互交流勉勵、一同創作，「青年文社」尚屬初生，但已展露使人欣悦的生機，社友聚會頻仍、創作不懈，隊伍亦日益壯大，我們敢在此預言，「青年文社」將要捲起一個浪潮。

《青年文學》的創刊，可説是文學獎的里程碑。我們在考慮創設這雜誌之初，所有一切資源及經驗上的衡量都指出我們沒有充足的條件，但當我們看到佔據了報攤大部份面積的毒物、當我們看到弟妹的雙眼睜成螢光幕的方框、當我們聽到老師們慨歎缺乏適合學生讀物，我們的路便走定了，走定了的是漫長的負重的旅程，人力艱難，我們也聚集到二十多位志願編輯，我們仍有勁力拼他三數晚通宵；經驗不足，我們願意問、願意學，更願意接受批評；經濟方面，文學獎總可設法籌措及調配部份經費，算來，我們的條件比起很多孤寂的拓荒者優裕，生存機會也較高！這本雜誌我們不辦！誰辦！

我們要建一座長橋，但前面是滾滾漩渦，是排空濁浪，創辦青年文學，便是在狂潮中建立一座堅穩頑强的橋頭堡。面對這個社會，我們幾乎是手無寸鐵，一本小小的文學雜誌放在報攤上很快便會被淹沒，但我們願以生命的意志作爲它的基石，更有綿延不斷、前仆後繼的鬥士，因此，我們堅信，我們終會建成一座高拔、堅固的抗流前哨，更要在這裡展示新一代的成長。

我們的橋頭堡，是向香港社會濁流進擊的陣地、是舒展理想的廣原，不是自我保護的小圈子，亦不是文學獎的「機關刋物」，它是所有文藝愛好者的公開園地，内容方面，將以創作爲主，希望能多發表新人作品，至於更具體的編輯方針，現下仍在摸索，盼望得到各方面的意見，更歡迎任何人加入我們的工作行列。

我們不再徘徊嗟悼香港文化低落，我們甚至沒時間去細嘗《青年文學》初生的亢奮，因爲我們要把青春作薪柴燃點彩霞千萬。

發刊詞

創作書社

香港軒尼詩道359號二樓
電話：5·728963

特別介紹

高水準文學作品：

穆時英：南北極
何其芳：夜歌和白天的歌
蕭軍：綠葉底故事
陸蠡：竹刀
陸蠡：海星
蕭軍：八月的鄉村
端木蕻良：科爾沁旗草原
大地的海
憎恨
豐子愷：率眞集
蕭紅：呼蘭河傳
蕭紅：曠野的呼喊
李廣田：灌木集
李健吾：切夢刀
葉紫：葉紫創作集
馮至：山水
李金髮：爲幸福而歌
吳組緗：山洪
吳伯簫：羽書
戴望舒：望舒草
20人所選短篇佳作集

十年
文叢月刊（1—4）
作家月刊（1—8）

波文書局

地方闊大
出版供應
文史哲叢書
書種繁多
大中學參考書

世界著名的中文書店之一

新址：灣仔道234號地下
電話：5-753618

四達書室

書籍
文具
影印

香港仔渣打銀行大廈三樓
電：5-533450

100

·文学作品选读·
外国短篇小说
（共三册）

本書精選十八世紀末至二十世紀初的各國小說名著一百零三篇，作者包括有二十四個國家和地區的六十八位著名作家，篇篇精彩，各具藝術特色。對每位作家及所選作品均有簡要介紹。值得文藝愛好者精讀，可供文藝創作者借鑒。全書約一百三十萬字，一千六百餘頁。

精裝本（盒裝三冊）定價五十五元
平裝本（盒裝三冊）定價三十五元

三聯書店香港分店出版

推薦幾種文藝書刊

中國文學史大綱…………游國恩等主編　香港三聯　7.00
日本文學史……（日）西鄉信綱等著　香港三聯　12.00
中國小說史……北京大學中文系編著　人民文學　6.60

人民文學（全國性的文學月刊）……每期 3.60
世界文學（外國文學研究所主辦的雙月刊）…… 4.50
戰地增刊（人民日報的文藝增刊，雙月刊）…… 2.00
文藝報（全國文聯主辦的理論月刊）…… 1.50
文學評論（文學研究所主辦的雙月刊）…… 2.50
戲劇藝術（上海戲劇學院主辦的季刊）…… 3.00

歡迎長期訂閱　港九書店均有代訂

三聯書店香港分店發行

香港中環域多利皇后街九號 9 Queen Victoria Street, Hong Kong
門市部5-243610　批發部5-243443　郵購部5-249888

99

田園書屋

專營

港台各類文史哲書籍及雜誌

地址：九龍西洋菜街56號二樓
電話：3-858031

With the Compliments

of

中文打字服務社
藍馬柯式印務公司
香港銅鑼灣摩頓台灣景樓18樓A2
Tel：5-7903443
5-7903549

102

中西書店

香港銅鑼灣灣景樓廿號　5-798380
九龍官塘宜安街十九號　3-899763

PHOTO COPY @ 3¢ – 10¢

書本刊物………免費釘裝
講義………免費分類及釘裝
長期顧客………可以記賬

本店備有自動影書機、摺書機、分紙機及全部釘裝工具免費服務，專車送貨。

你想以廉價選購
你喜愛的書籍嗎

南山書屋

可滿足你的需求

台灣版：七折
香港版：七—八折
國內版：八折

地址：九龍洗衣街49號三樓
（麥花臣球場對面，投注站樓上）
電話：K853786
營業時間：上午十一時至下午七時
（假日照常）

書屋

101

書後的書店分類廣告，現在只剩下田園書屋還在經營。

鄭鏡明的新詩集《雁》，新穗出版社，一九八三年。筆者最喜歡書中的〈烏桕樹〉，構思立意頗為新穎。

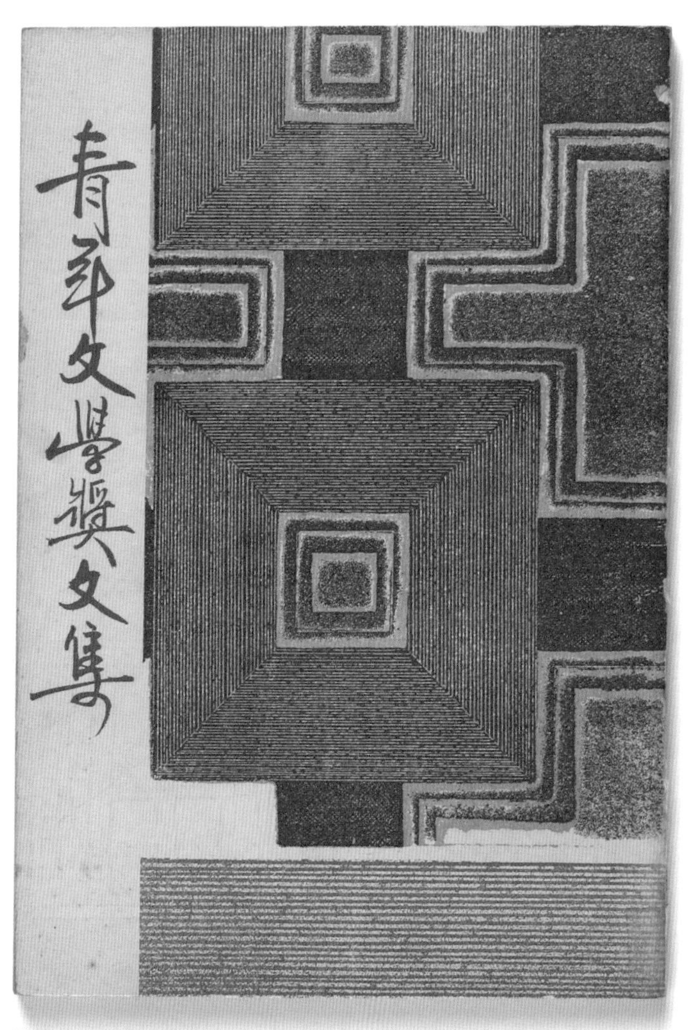

第二屆《青年文學獎文集》，第一屆未見有把獲獎作品結集成書。

武俠小說週刊

提起武俠小說，一般人自然會想到金庸、梁羽生、古龍等名家，這都是家喻戶曉的著名作家，昔日的武俠小說迷除閱讀他們的作品單行本外，更多是定期購買武俠小說雜誌追看。過去香港曾出版過不少這類刊物，例如《武俠與歷史》、《武俠春秋》、《武林》、《武俠世界》等，後者由一九五九年創刊至今仍出版不輟，是香港至今為止最長壽的武俠小說雜誌。

《武俠世界》過去深受讀者歡迎，也有一些雜誌參考其內容模式出版，《武俠小說週刊》已是較後期的刊物。她創刊於一九七八年，是一本十六開、厚近一百頁的雜誌，主編黃鷹，他本身是著名的武俠小說家，「大俠沈勝衣」系列曾改編成電視劇和廣播劇，《天蠶變》更是膾炙人口的電視武俠劇小說，當時瘋魔不少武俠小說迷；編輯顧問倪匡更是香港小說界的傳奇人物，兩人在第一期中就有不少作品刊載，前者有兩篇，分別是〈水晶人〉和〈無雙譜〉；後者所佔更多，分別為〈女黑俠木蘭花故事之魔鬼海域〉、〈衛斯理系列之藍血人〉、〈奇俠杜雷故事之銀色籌碼〉和改寫還珠樓主的《蜀山劍俠傳》長篇連載。倪匡改寫的《蜀山劍俠傳》後來有單行本出版，更名為《紫青雙劍錄》。還有一點要補充的是〈藍血人〉原載於六十年代《明報》副刊，後期「明窗」出版單行本，因此這裏所見是舊文重刊。由上述可見，僅他們兩人便擔起全書超過一半的篇幅，不過其他作者也很可觀，有古龍、白羽、馮嘉等，都是《武俠世界》的長期作者。

《武俠小說週刊》由著名畫家董培新負責封面設計和內頁插圖，他化名「盧令」為這本雜誌繪畫，令全書生色不少。董培新自六十年代起即為環球出版社和仙鶴港聯影業公司擔任美術設計，移民加拿大多年後，早前曾舉辦一個以金庸武俠小說人物為主題的畫展，可見出他的畫藝又臻另一高峰。

武俠 小說週刊

目 錄（創刊號）

七星龍王（最新著作● 全東南亞獨家刊登）
億萬富豪之死……古 龍 3
魔鬼海域（女黑俠木蘭花故事）
危險呼號 深海驚魂……魏 力 11
水晶人（驚魂六記之五）
螢火 斷魂槍……黃 鷹 19
藍帶五〇二（廿世紀豪俠龍約翰故事）……馮 嘉 29
忘情劍（緊張刺激武俠短篇）……凌 風 39
藍血人（科學幻想技擊小說）
奇異怪客 腦波殺人……衛斯理 45
邊城豪俠（四期完民初技擊小說）
鐵掌懲惡霸 仁心拯文君……白 羽 57
銀色籌碼（奇俠杜雷故事）
銷魂美女 必贏貼士……戴 力 65
無雙譜（沈勝衣傳奇故事）
萬里雲羅一雁飛……黃 鷹 75
天下第一奇書……倪 匡 86
蜀山劍俠傳（飛仙劍俠長篇連載）
金眼神鵰 俠女奇緣……倪 匡 87

1978年3月創刊　　每册港幣二元五角
◁逢星期四出版▷　　H.K.$2.50
版權所有　不得轉載

目錄

《武俠小說週刊》封面

武俠 Kung Fu Magazine 圖書雜誌出版社

CABLE ADD."CADERS" TEL: 5-447907 5-439828

編輯部●廣告部

OFFICE: RM "A" 8/FL., KIMLEY COMMERCIAL BUILDING 142-146, QUEEN'S ROAD CENTRAL, HONG KONG

香港中環皇后大道中142-146號金利商業大廈八樓A室

香港發行●向盛記書報社
香港灣仔巴路士街19號地下
19, BURROWS STREET, G/F., WANCHAI, HONG KONG.
TEL: 5-731435

九龍發行●同德書報社
九龍砵蘭街269樓地下
269, PORTLAND STREET, G/F., KOWLOON, HONG KONG.
TEL: 3-962751

星馬發行

（星加坡）世界書局	205, South Bridge Rd., Singapore.
（吉隆坡）世界書局	21-23, Jalan Taiping, Off Jalan Pahang, K. L., Malaysia.
（檳　城）世界書局	205, Carnarvon St., Penang, Malaysia.

北美洲總發行：
偉兆發展公司
BILLION DEVELOPMENT CO.
NORTH AMERICA SOLE AGENT
M. P. O. BOX 4604
VANCOUVER, B. C.
V6B 4A1 CANADA
TEL: (604) 685-7800

武俠小說週刊

督印人● 周庚寅
主　編● 黃　鷹
編輯顧問● 倪　匡
封面設計●
內文配圖● 盧　令

每册港幣二元五角
H.K.$2.50
1978年3月創刊
逢星期四出版
版權所有●翻印必究

承印●捷成印刷公司
香港北角麥連街12號地下
TEL: 5-785757 5-711119
PRINTED IN HONG KONG

讀者訂閱單

茲付上港幣支票/匯票 元正
定閱半年/一年（26期/52期）由第 期至第 期止。

訂閱者：—
姓名：
地址：

註：讀者訂閱請將支票連同此貼用掛號寄來。

◀長期定閱辦法▶

港九連郵：半年 港幣$ 60.00
一年 港幣$118.00
澳門連郵：半年 港幣$ 68.00
一年 港幣$134.00
外埠連郵：半年 港幣$ 85.00
一年 港幣$165.00
半年（26期） 一年（52期）

註：讀者訂閱，可直接交來現金或寫支票或滙票用掛號信寄來：—
武俠圖書雜誌出版社

版權頁

黃鷹「沈勝衣傳奇故事」之〈無雙譜〉

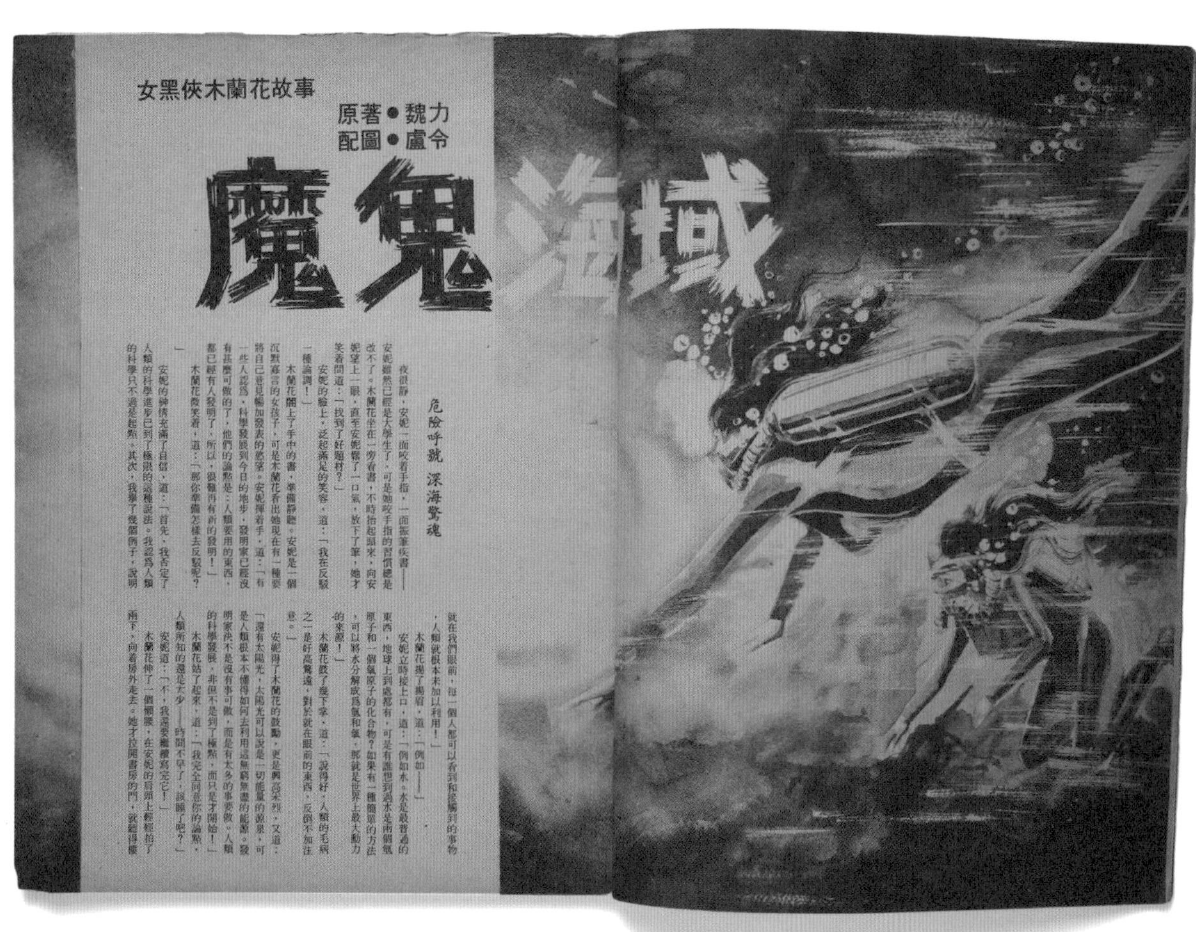

女黑俠木蘭花故事

原著●魏力
配圖●盧令

魔鬼海域

危險呼號 深海驚魂

夜很靜，安妮一面咬着手指，一面振筆疾書——

安妮雖然已經是大學生了，可是她咬手指的習慣總是改不了。木蘭花坐在一旁看書，不時抬起頭來，向安妮望上一眼，直至安妮舒了一口氣，放下了筆，她才笑着問道：「找到了好題材？」

安妮的臉上，泛起滿足的笑容，道：「我在反駁一種論調！」

木蘭花闔上了手中的書，準備靜聽。安妮是一個沉默寡言的女孩子，可是木蘭花看出她現在有一種要將自己意見暢加發表的慾望。安妮揮着手，道：「有一些人認爲，科學發展到今日的地步，發明家已經沒有甚麼可做的了，他們的論點是：人類要用的東西，都已經有人發明了，所以，很難再有新的發明！」

木蘭花微笑着，道：「那你準備怎樣去反駁呢？」

安妮的神情充滿了自信，道：「首先，我否定了人類的科學進步已到了極限的這種說法。我認爲人類的科學只不過是起點。其次，我舉了幾個例子，說明就在我們眼前，每一個人都可以看到和接觸到的事物，人類就根本未加以利用！」

木蘭花揚了揚眉，道：「例如——」

安妮立時接上口，道：「例如水。水是最普通的東西，地球上到處都有，可是有誰想到過水是兩個氫原子和一個氧原子的化合物？如果有一種簡單的方法，可以將水分解成爲氫和氧，那就是世界上最大動力的來源！」

木蘭花鼓了幾下掌，道：「說得好，人類的毛病之一是好高騖遠，對於就在眼前的東西，反倒不加注意。」

安妮得了木蘭花的鼓勵，更是興高采烈，又道：「還有太陽光，太陽光可以說是一切能量的源泉，可是人類根本不懂得如何去利用這無窮無盡的能源。發明家決不是沒有事可做，而是有太多的事要做。人類的科學發展，非但不是到了極點，而只是才開始！」

木蘭花站了起來，道：「我完全同意你的論點，人類所知的還是太少——時間不早了，該睡了吧？」

安妮道：「不，我還要繼續寫完它！」

木蘭花伸了一個懶腰，在安妮的肩頭上輕輕拍了兩下，向着房外走去。她才拉開書房的門，就聽得樓

魏力（倪匡）的「女黑俠木蘭花故事」，配上盧令（董培新）的插圖，可謂相得益彰。

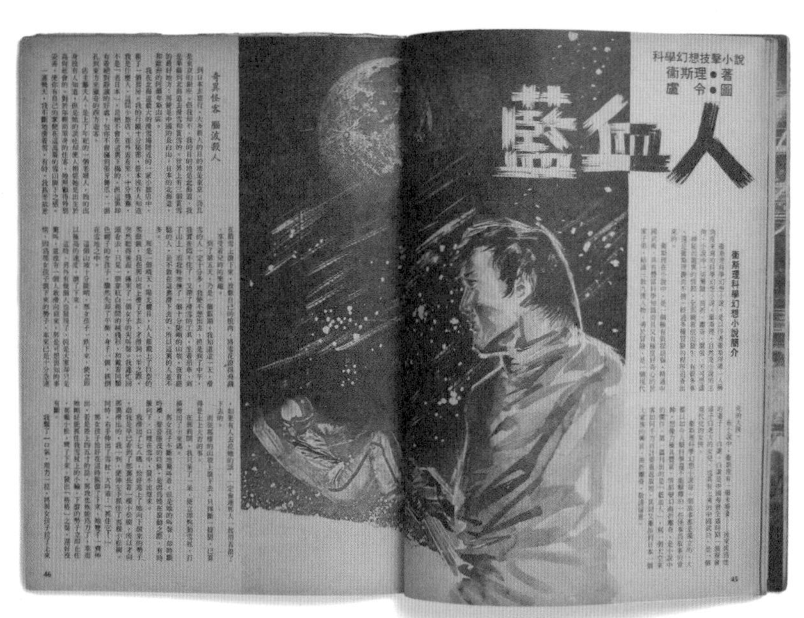

科學幻想技擊小說

衛斯理●著
盧令●圖

藍血人

衛斯理的〈藍血人〉，其實早年已於《明報》連載。

《藍血人》初版單行本，明窗出版社出版，一九七八年。

大抵喜愛香港文學的朋友都會知道本地有一本長壽文學雜誌《香港文學》，由文壇名宿劉以鬯主編，一九八五年創辦（請參閱本書第三百七十頁），而較之早六年也有一本同名刊物出版，即本文所要介紹的《香港文學》雙月刊，然而兩者開度不同，前者是十六開，後者則為大三十二開，創刊號封面湊巧正是劉以鬯的人像素描，該期除了製作了文壇前輩「劉以鬯專輯」，也有一個後起之秀「迅清小輯」，一長一少，互相輝映。這期作者還有蔡振興、陳德錦、陳錦昌等。據文友馬吉所述，蔡振興就是這本刊物的主持。

上述幾位年青作者都是早年青年文學獎得獎常客，早享文名。陳德錦不僅擅寫新詩，散文以至小說創作皆很出色，八十年代後期執教上庠，文學評論更顯功力。他也是《新穗詩刊》的創辦人，記得三十年前曾問他可否贈送一本《新穗詩刊》第一期給筆者，當時他不置可否，只問要來有何用處，我一時語塞，此事也就不了了之。三十年過去，連自己也不知道原來會用來編寫《創刊號》！筆者早年常把陳德錦和陳錦昌兩人誤認，原因除了姓名相似，也因二人皆屬詩、文、小說兼擅之故。陳錦昌後來以筆名「陳汗」轉往編寫電影劇本，近年更編而優則導，成為一名出色的電影人。至於小輯的主角迅清是眾多青年作者中較年青的一位，原名姚啟榮，是當時一顆很受矚目的文壇彗星。姚啟榮大學畢業後投身教育界，三十歲出頭便升任中學校長，成為教育界一時熱話，記得當時的《教師世界》月刊也有專文報道。

據馬吉所言《香港文學》只有四期，筆者手上也同樣只擁有這四冊，文學刊物從來只能是小眾喜好，相信是無以為繼，也難以維持而終。回說筆者的《香港文學》，本來是好好的四冊獨立單行本，但當年的我為整齊起見，竟愚不可及地自製「合訂本」，找來恤衫托底的紙皮作封面，然後用封箱膠紙緊貼四冊，再在書脊手寫「香港文學合訂本」，放在書櫃儼然一本精裝書冊，但卻忽略了所貼膠紙大大破壞了封面的完整。讀者可從書影見到筆者施工後的怪狀，第三期封面舒卷城有一半面貌被遮。惜哉！

目錄

香港文學

要目：
迅清小輯
劉以鬯專輯

創刊號

《香港文學》封面

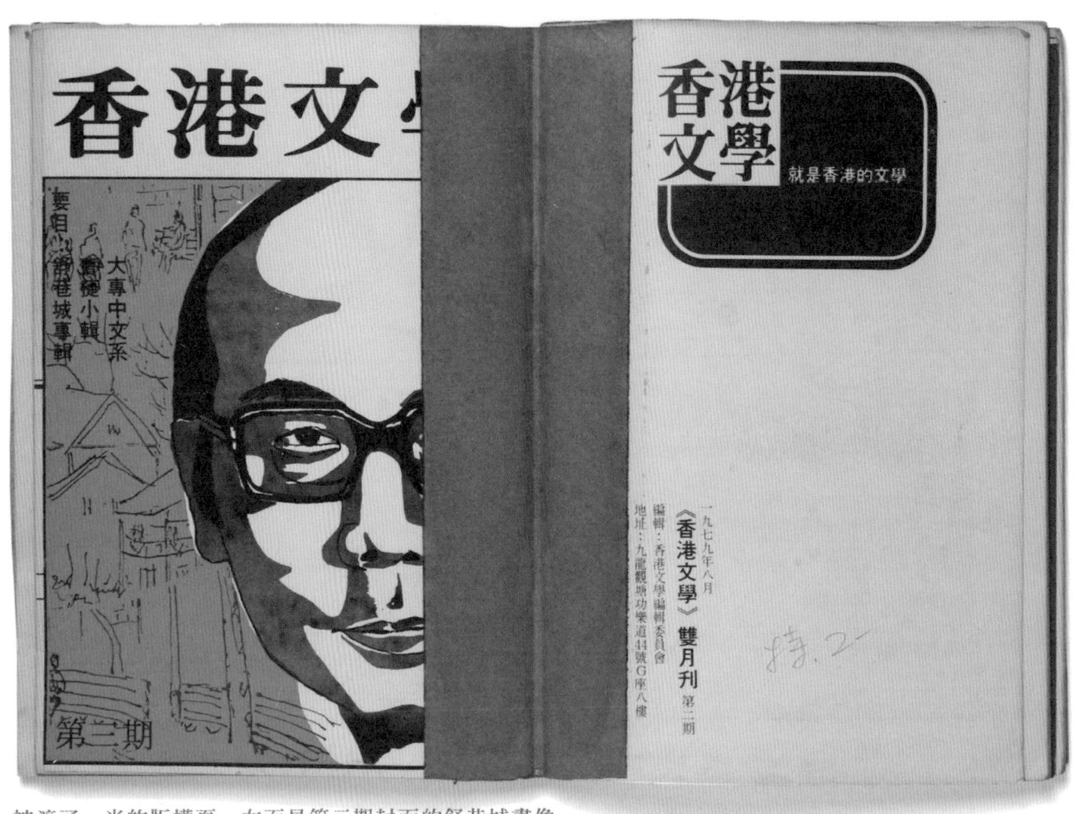

被遮了一半的版權頁，左面是第三期封面的舒巷城畫像。

第四期封面人物是司馬長風，同期有一個他的專輯。

陳德錦作品《書架傳奇》，新穗出版社，一九八三年。

創刊辭

「香港文學」可以有以下兩種解釋：一、香港位於中國南端，太平洋之濱，在這片土地出現的文學作品，稱爲「香港文學」，這些作品可以和「紐約文學」、「中國文學」、「台灣文學」……一樣或有異；二、香港是中國領土却由英人統治，居民多是華裔却甘入外藉，工商行業與聲色犬馬同樣繁榮，社會問題和娛樂享受同樣琳瑯，對中國，雖然憂戚相關，却又似隔岸觀火，對政治，雖可言無禁忌，却又無權干予；學術上，似乎百花齊放，又似沙漠荒原，文化上，似乎中西交流，結果又似非驢非馬……這樣一處地方，這樣地方的文學，必有異於「紐約文學」、「中國文學」、「台灣文學」……。

我們創辦的『香港文學』包括了以上兩種解釋，不過我們深信：「香港文學」雖是「中國文學」的一部份，但由於香港的特殊環境，自然出現特殊的題材，和現實內容，作家若在文學技巧加以發展，深挖這一代的心態和探索，無論在藝術上，或者在民族利益上，都會有更大的貢獻。這樣的文學作品，也是我們喜見樂聞的。

其實，香港已經出現過這樣的作品或者其他優秀的創作，而且近年更不斷湧現，只可惜或因風氣未盛，或因未受注視，故罕爲人知。最近一兩年來，多種文學刊物相繼創辦，多少已改變了這種情況，如今『香港文學』創刊，不過是在這股日漸壯大的洪潮中添一個小浪吧！

我們的編輯方針希望評介和創作並重，一方面提供創作園地，另方面盡量介紹成熟作家的成果和新進作家的努力，而這一切，如果沒有你的批評，參予和支持，是不會成功的！

創刊辭

電影雙周刊

本書前面介紹的電影雜誌甚多，但當中不少是宣傳性質的刊物，認真又嚴肅去評介電影產業的並不多，而《電影雙周刊》可算是一本為電影打拼的誠意之作。

《電影雙周刊》創辦於一九七九年，是一班對電影有深厚愛好的文化人合辦的同人雜誌，創刊號封面人物是當時已漸露潛質的鄭裕玲。總編輯是曾任演藝學院戲劇學院院長的影評人舒琪，執行編輯施求一，顧問方面有梁濃剛、周勇平、金炳興等，都是曾活躍在文藝圈的中堅份子。

如上所言，這本雜誌不同於一般的流行電影娛樂刊物，以第一期為例，我們未見到影星追蹤一類的娛樂八卦消息，也看不到那些影片捧場介紹，倒是發現不少深入探討的專題文章，例如〈鄭裕玲的第二個機會〉、〈梁普智的電影世界〉；電影知識方面，有舒琪寫的〈「國泰」戲院的夢與夜〉、田彥的〈怎樣製造懸疑氣氛〉等。另外，這一期的專欄項目特多，除了各影評人撰寫的影話，還有音樂介紹和教讀者如何拍攝超八米厘電影等。

《電影雙周刊》在沒有強大財政支持下慘淡經營，其間得到一批電影文化人的鼎力支持，才能在這個商業社會營辦下去。她在推動本港電影發展可謂不遺餘力，除介紹各種電影知識和類型片外，最大的貢獻可算是籌辦「香港電影金像獎」頒獎禮，這個年度電影頒獎禮舉辦至今已三十多屆，近年規模愈來愈盛大，成為每年影壇的矚目大事。

二〇〇七年，《雙周》終因經濟上難以維持而告停刊，共出版七百二十四期；她是當時市面上碩果僅存的一本電影雜誌，停刊時不少人都大感可惜。但可惜歸可惜，現實是踏入二千年起，香港電影業愈見萎縮，最低谷時一年產量以十位數計，相比五六十年代全盛期年產二三百部實不可同日而語。由於可資介紹報道的內容減少，《雙周》停刊勢難避免。文字版的《雙周》雖已不存，但不久即推出網上版，可是對於只愛閱讀紙上文字的讀者如我，卻難以順利「轉型」，與《雙周》的關係也由此告終。

編輯室報告

我在寫這編輯室報告的當兒，施求一（我們都喚他做胡子）正在旁邊催我發最後一批植字稿。陳栢生坐在我的對面，正在趕寫「雙周文娛活動指南」。旁邊的關栢煊正在幫忙最後校對。DAVID和BARBARA正在商量有關排版的設計。鄧志傑不停地在打電話。劉志華剛從植字房帶回一批稿。一切都是亂哄哄的。我看了看錶。時間是午夜十二時五分。

第一期就在這樣的情形下趕出來。我們名符其實是趕出來的，儘管早在差不多三個月前我們已經開始籌備工作。（羅）卡叔替我們寫的文章（見第2頁），指出了合作和組織的重要性。我們應該一早便吸取這個教訓。

但畢竟，畢竟第一期給趕出來了。我們實在有太多不滿意自己的地方。我們希望的，是讀者能夠給予我們一點耐性和容忍。我們不敢許諾一些什麼，但我可以告訴你，在我周圍的人，都在盡他們的努力。

關於第一期的內容，希望它本身已說明一切。「電影」最大的願望，是在團結與推廣香港的電影文化和氣候方面，盡一點點的力量。回顧這一期的內容，這方面似乎仍嫌做的不夠。比方說，原定的一個欄目，「製作報導」，是想每期都能比較詳細地報導一部本地製作的每一重要環節，如攝影、導演、編劇、配樂、剪接，以至片頭設計等，但這一期卻沒有做到。其次的，在趣味性方面，第一期也略嫌枯燥和單調一點。更多的意見，要留待讀者向我們提供了。

在結束這篇（其實也是趕出來）的報告之前，我們特別感謝下列各人，在籌備出版的過程中，給予我們不少實貴的建議和支持。他／她們是：

譚家明先生　張學森先生　唐書璇女士
葉潔馨女士　韋昭平先生　蔡繼光先生
劉天賜先生　蘇小泉小姐　王啓傳先生
陳樂儀先生　白雲鵬先生　劉玉芬小姐
林年同先生　王宏安先生　李耀瑩先生
李國松先生　鍾潔玲小姐　陳冠中先生

編輯室

編輯室報告

電影
七八年五十張大碟消費指南
鄭裕玲的第二個機會
三島由紀夫的假面告白
教你如何拍超八
全港影評人選十大電影
梁普智談梁普智
NO. 1
film biweekly
$2.50

《電影雙周刊》封面

FILM BIWEEKLY

一月十一日 第1期

總編輯： 舒琪
執行編輯：施求一
編輯： 陳栢生
陳廷清
劉志華
周振生

顧問：梁濃剛（電影、音樂）
周勇平（戲劇）
金炳興
劉健
發展：林旭華
美術：DAVID CHOW
BARBARA IP
廣告：鄧志傑
通訊員：（美洲）羅維明
（法國）黃國兆

出版者：
「電影」雙周刊出版社
地址：香港灣仔道97號四樓B座
電話： 5—739865
印刷：藍馬印刷公司
發行：利源書報社
每逢隔周四出版
每本定價：港幣二元五角
訂閱：全年廿六期港幣六十元
半年十三期港幣三十二元

封面人物： 鄭裕玲
封面顧問： 辜滄石
攝影： 盧玉瑩
填色： DAVID CHOW

本期內容：

專欄：

1

目錄、版權資料

第三十五期封面人物是電影《撞到正》的主角蕭芳芳和甘草演員劉克宣

二〇〇三年的《電影雙周刊》書影，封面人物是鄭伊健和趙薇。

第九十九期封面人物是電影《殺入愛情街》的主角鍾鎮濤和葉倩文

突破少年

《突破》雜誌一九七四年創刊後，為能照顧到較年青的一輩的需要，故於一九七九年出版《突破少年》，對象以初中學生為主。

《突破少年》基本上是大十六開本，但卻較同開度的書刊為窄，只有六吋，估計是不想與同為大十六開的《突破》混淆也未可料。全書六十四頁，在創刊號編者的話中，指出本書希望能滿足少年人各方面的需要，在學業、人際相處、品德陶鑄等都能兼及。再看第一期目錄，分有「活動」、「文藝」、「生活」、「趣味」、「知識」等欄目，內容頗見全面。

由於讀者的對象不同，她特別着重趣味性和時尚的活動興趣，例如當時流行的滑板玩意，介紹隱形墨水的原理和製作方法，當然也不乏一些漫畫和幽默小品。

不過本書最重要的還是不離「突破」的宗旨，如何體察少年心。少年人在成長階段中對自我形象特別敏感，本書邀請心理學家林孟平撰文，讓少年人明白如何正面去看自己和他人，林孟平筆觸親切誠懇，令讀者更易於接受；另外還有一篇小思與中學生談作文的文章，平易曉暢地指出寫作的種種要注意之處。

作為一本青少年雜誌，《突破少年》要在當時充斥着連環圖和良莠不齊的刊物的環境裏爭取讀者，實在不易。一九九九年《突破》休刊，結束長達四分一世紀與年青人在文字筆端上的溝通，《突破少年》當時雖仍然繼續出版，但最後也隨着網絡媒體的興起而結束。

編者的話

一九七九年一月一日是一個屬於少年人的大日子！

「突破少年」經過年來的策劃、籌備，以至邀稿、定稿、設計、付印，終於在今天跟少年讀者見面。而香港的少年刊物，亦展開了一個新紀元！

「突破少年」每月一號出版，內容分爲五大類：生活、趣味、知識、活動、文藝，並有幾個別具特色的專欄。每位讀者，無論少男少女，都有自己喜愛的文章！

□少年人在發育期間，對生理問題，有不少困惑。看過「亞文與亞敏」談青春痘的文章，你的煩惱自可消除。「晨星的話」的作者，林孟平博士對少年心理有深入的了解和研究，並能提出實際的建議，幫助讀者。

□升上中學後，你對中、英、數三科，可有學習上的困難？不用愁，「學業指南針」可幫助你解決。一面打好學習的基礎，一面享受到學習的樂趣。

□「剪刀、顏色、萬能膠」做的是花心思、考手藝，成爲你生活助手的萬用壁佈板。「善用閒暇」教你集郵，也要動運你的手腦。別忘記寄上突破少年讀者會的申請表格，跟大夥兒一起參加本刊舉辦的讀者活動！

□少年人的求知慾特別旺盛，本刊會儘量滿足讀者的需要的。「科學天地」本期向你揭露遺傳的奧秘，文字生動有趣，豐富你對生命的認識。新界打石塘的山羊「短耳」娓娓道來的自白，更是難得一閱。

□讀一則寓言，長一分智慧；看一個童話，添一分快樂。再唸一篇散文、兩篇小說，生活體驗就更豐富，想像力更富色彩，馳騁更遠又遠……特別向你推薦反映少年人生活的「鐵箱的秘密」和富時代色彩的童話「找到了！」

□香港這個競爭性的社會，最容易叫失敗的人氣餒。「趣畫趣話」、「貝殼集」和漫畫可以培養讀者樂天的性格，幽默的氣質，去面對壓力、挑戰和挫敗。

□「家庭之頁」是本刊的另一特色。每個家庭都有自己難唸的經，加上香港社會問題良多，家庭的問題亦日趨複雜。該頁旨在幫助家中各人力盡本份去建立和諧的家庭生活，學家都適合閱讀。「關心社會」本期寫弱能兒童，盼望讀者能對他們四周的人付出愛心和關懷。

□少年人都熱中於追求認識真善美。林麗娜的「給正在好奇年齡的你」，值得你細細品嚐和思想。

少年讀者，對本刊有什麼寶貴意見，請來信告訴我們，以期「突破少年」能辦得更切合你的需要。關心少年的人士也請不吝賜教，同爲香港的少年刊物努力。

編輯室

編者的話

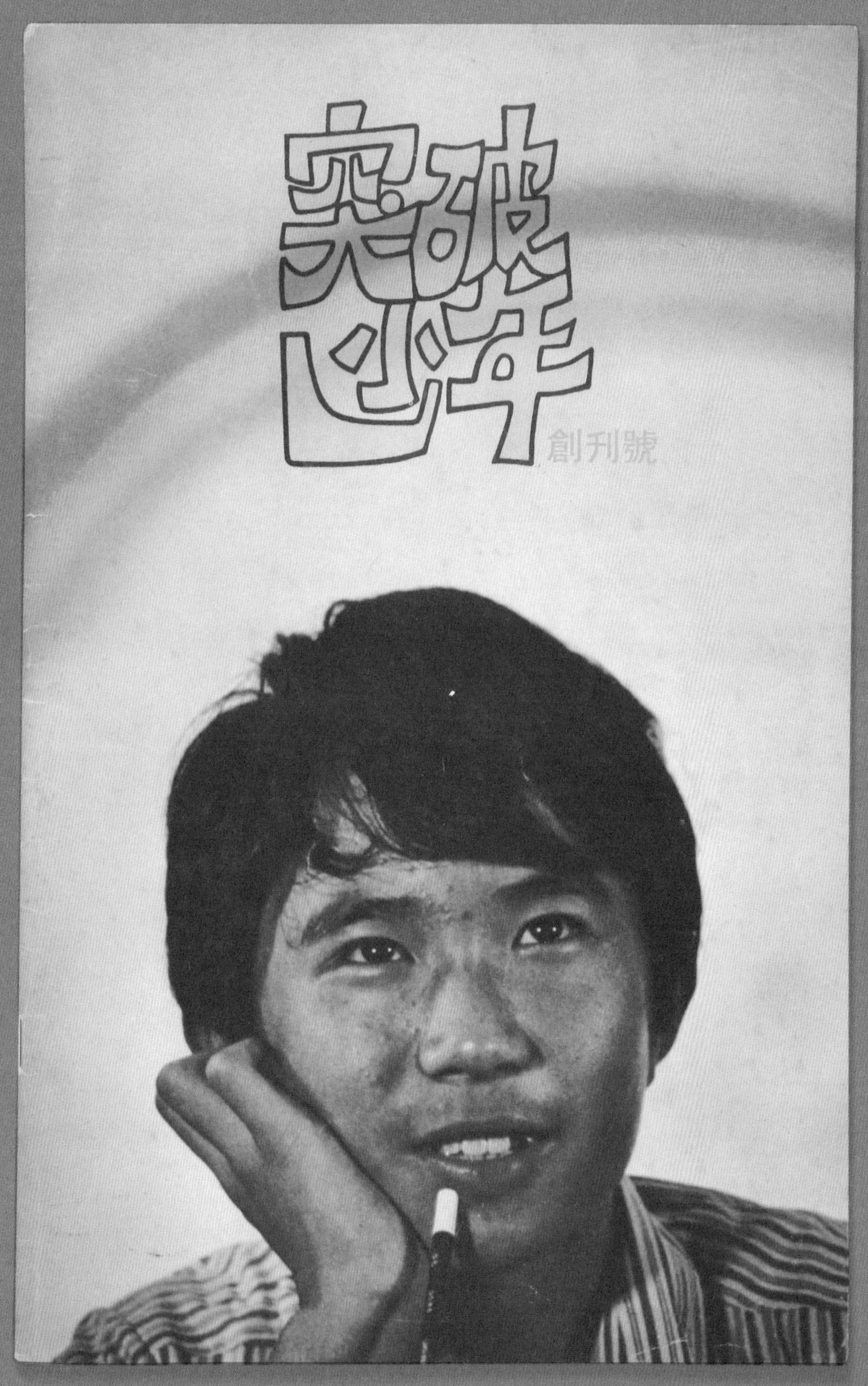

《突破少年》封面

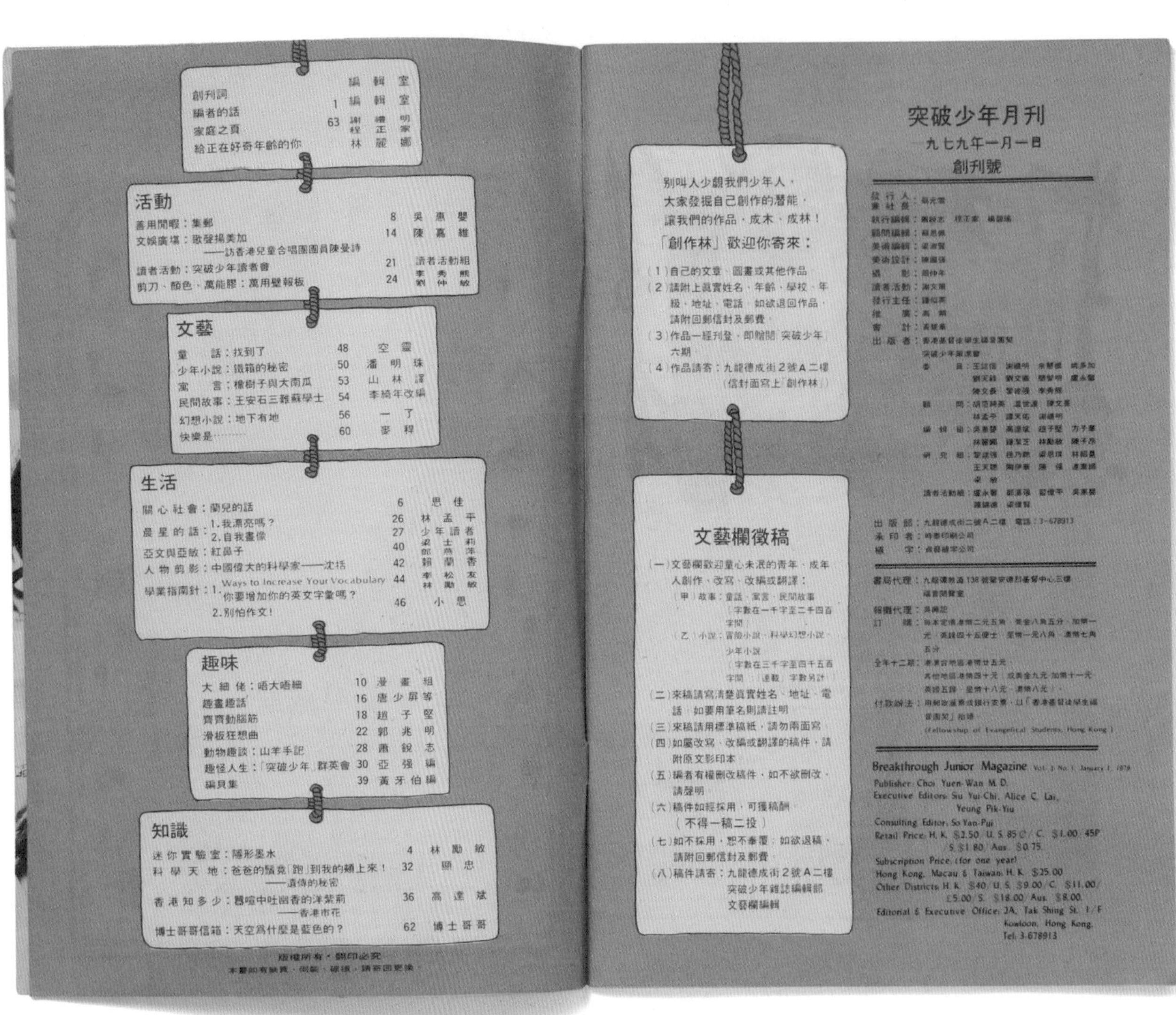

創刊詞　　編輯室
編者的話　1　編輯室
家庭之頁　63　謝禮明　程正家
給正在好奇年齡的你　林麗娜

活動

文藝

生活

趣味

知識

別叫人少覷我們少年人，
大家發掘自己創作的潛能，
讓我們的作品，成木，成林！

「創作林」歡迎你寄來：

（1）自己的文章、圖畫或其他作品
（2）請附上眞實姓名、年齡、學校、年級、地址、電話，如欲退回作品，請附回郵信封及郵費
（3）作品一經刊登，即贈閱「突破少年」六期
（4）作品請寄：九龍德成街2號A二樓（信封面寫上「創作林」）

文藝欄徵稿

（一）文藝欄歡迎童心未泯的青年、成年人創作、改寫、改編或翻譯：
（甲）故事：童話、寓言、民間故事（字數在一千字至二千四百字間）
（乙）小說：冒險小說、科學幻想小說、少年小說（字數在三千字至四千五百字間，「連載」字數另計）
（二）來稿請寫清楚眞實姓名、地址、電話，如要用筆名則請註明
（三）來稿請用標準稿紙，請勿兩面寫
（四）如屬改寫、改編或翻譯的稿件，請附原文影印本
（五）編者有權刪改稿件，如不欲刪改，請聲明
（六）稿件如經採用，可獲稿酬（不得一稿二投）
（七）如不採用，恕不奉覆；如欲退稿，請附回郵信封及郵費
（八）稿件請寄：九龍德成街2號A二樓 突破少年雜誌編輯部 文藝欄編輯

突破少年月刊

一九七九年一月一日
創刊號

出版部：九龍德成街二號A二樓　電話：3-678913

Breakthrough Junior Magazine Vol. 1 No. 1 January 1, 1979
Publisher: Choi Yuen-Wan M. D.
Executive Editors: Siu Yui-Chi, Alice C. Lai, Yeung Pik-Yiu
Consulting Editor: So Yan-Pui
Retail Price: H. K. $2.50/U. S. 85¢/C. $1.00/45P/S. $1.80/Aus. $0.75.
Subscription Price: (for one year)
Hong Kong, Macau & Taiwan: H. K. $25.00
Other Districts: H. K. $40/U. S. $9.00/C. $11.00/£5.00/S. $18.00/Aus. $8.00.
Editorial & Executive Office: 2A, Tak Shing St. 1/F Kowloon, Hong Kong. Tel: 3-678913

目錄、版權資料

小思給學生的絮語〈別怕「作文」！〉

小讀者群像

八十年代

中報月刊
素葉文學
K-100
百姓半月刊
香港文學
文化新潮
明報電視
次文化雙週刊

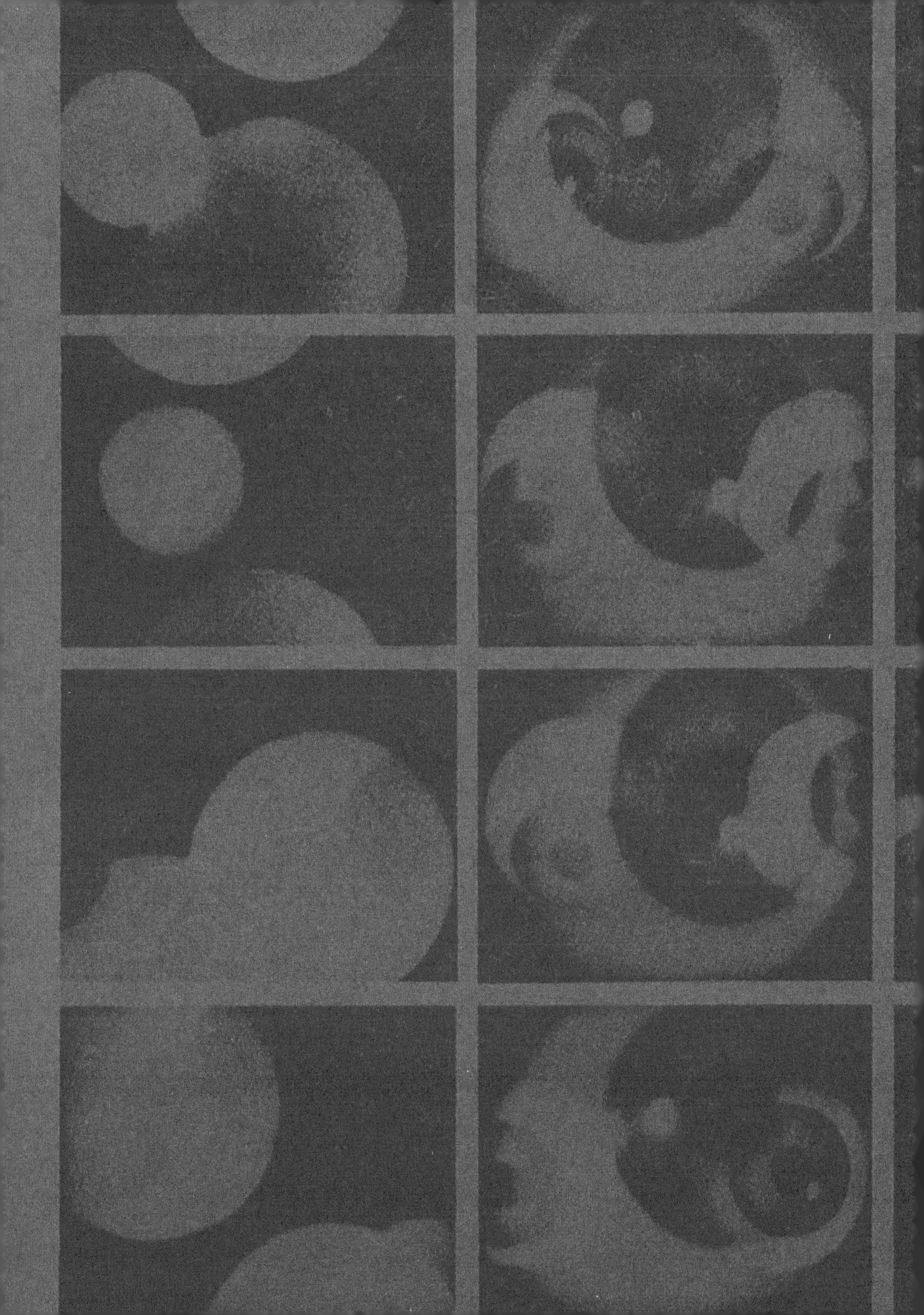

中報月刊

過去報紙出版月刊的例子不少，例如戰前上海的《申報月刊》，戰後香港的《星島月刊》、《明報月刊》、《信報月刊》等，她們全部都是先有報紙，後期才出版月刊，原因是希望從報紙取得一定的讀者口碑和支持，有一定基礎下才出版，但《中報月刊》卻比《中報》早一個月出版。

《中報月刊》創刊於一九八〇年一月，是一本着重學術文化的雜誌，十六開，全書一百二十頁，主編是身兼日報總編輯的胡菊人，他前在《明報月刊》任主編十多年才來投《中報》。這本刊物無論內容和設計上都與《明月》近似，第一期的特輯一個是「八十年代中國之路」，另一個是「香港文學的展顏」。後者有第一屆中文文學創作獎優秀作品選，並載「中文文學周」專題演講嘉賓余光中、白先勇、劉以鬯的講稿。這一期的內容正如編者所言，較偏重於文學，除上所述外，還有何福仁、黃維樑、陳若曦、鍾玲等作家的篇章，他們或寫新詩、或寫人物行狀、或寫小說，都是相當精彩的作品；此外，由第一期開始，便載有白崇禧口述的〈白崇禧將軍回憶錄〉。作為「中報」有限公司的先頭部隊，月刊自然要為報紙鳴金開路，這期轉載《南華早報》的一篇胡菊人專訪，細談《中報》的辦報方針和宗旨。

《中報月刊》印刷美觀典雅，第一期封面和彩色內頁是嶺南派國畫大師楊善深所畫的十二生肖圖，令月刊更添文人藝術氣質，配合月刊內容，可謂相得益彰。

筆者認識《中報》，說來也有一段小故事，一九七九年聖誕節假期前，教我班中文科的老師說要轉往將出版的《中報》任職。他是一位好老師，大家都不捨得，他說教我們不過只是四十多人受惠，但從事文化出版工作的影響力是無可估量的，並叫我們在出版當日記得買一份來看，結果《中報》就成為我第一份收藏的報紙創刊號。

一九八〇年二月十七日 星期三　中報　農曆庚申年一月十二日　第一版

中報

CENTRE DAILY NEWS

新聞／內容提要

全球獨家刊載·第一手重要資料·刊第6版

汪東興向鄧小平認罪書

李正天和他的女體畫

本報記者特赴廣州專稿 12版

香港邁進新時代（特刊·刊第14／15版）

○五中全會汪東興可能被撤職

●港穗客輪返港擱淺上有七百港客

○日共、日相齊向蘇聯抨擊

港大 中大 教授 檢討 港府 預算

《中報》創刊號，這是筆者第一份收藏的報紙創刊號。

創刊號
2.1980

中報

月刊

香港文學的展顏〈特輯〉八十年代中國之路

《中報月刊》封面

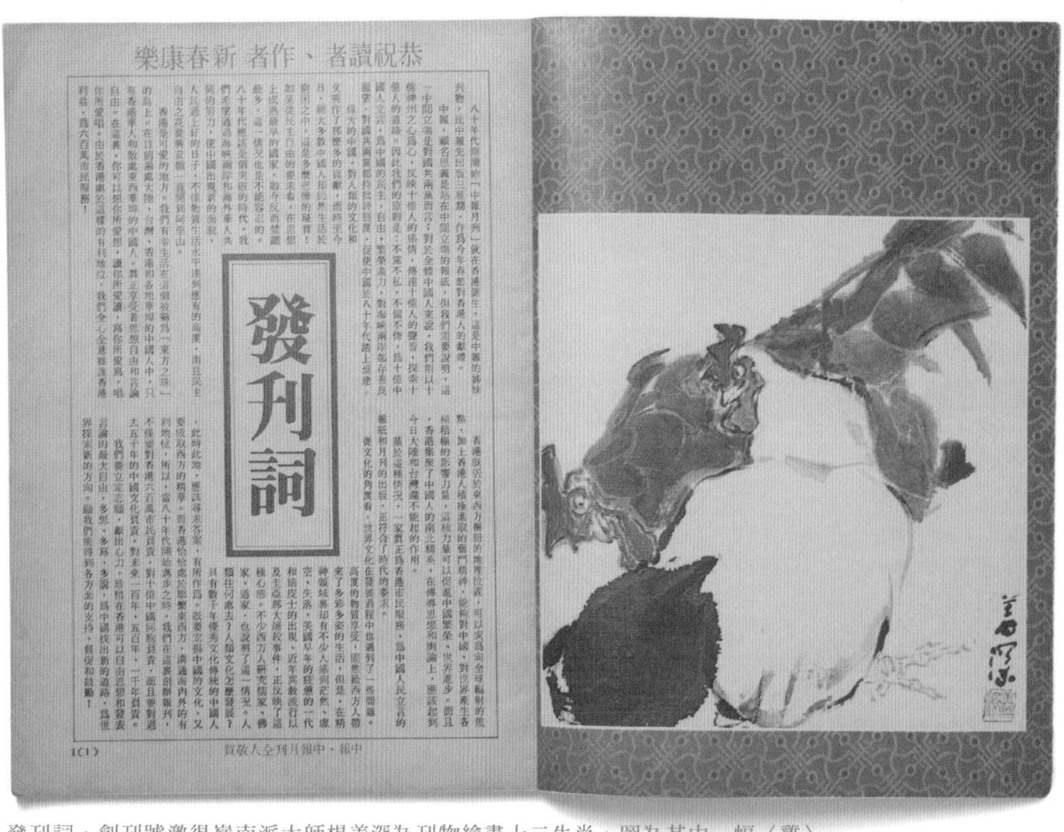
恭祝讀者、作者新春康樂

發刊詞

發刊詞。創刊號邀得嶺南派大師楊善深為刊物繪畫十二生肖，圖為其中一幅〈雞〉。

目錄

中報月刊 創刊號 2.1980

目錄

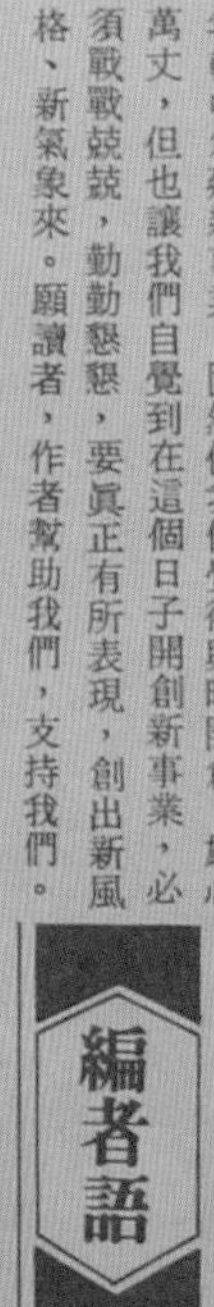

我們決定出版日報是在去年十一月底，由於報紙的籌備工作需要更周詳的計劃和更多的時間，便決定在二月一日先出版月刊。自十二月初開始積極進行日報籌備工作的同時，爲了月刊的面世，接洽印刷廠、找發行代理、組織稿件、策劃版面等等工作，也密鑼緊鼓的進行。自十二月初至今天，不及兩個月，「中報月刊」終於和大家見面了。

創辦伊始，手上沒有什麼稿件，短短一個月之間，要組數十萬字的稿子發排，自然非常吃力。編輯部同人紛紛打電話、寫信、馬不停蹄的出動，邀請香港和海外的作者支持和協助，爲我們寫稿，如果不是爲了珍貴的友情，爲了高尙的文化理想，是決計不會得到作者們在這麼短促的時間內慨然相助的。朋友們的信任和支持，朋友們的情誼和鼓勵，無論用什麼話都不能表盡我們無限的感激之情。

創刊號的內容，以文學爲重點，在過往編者的編輯經驗中，好的文學創作是最難求的，特別是小說；但自中文文學獎舉辦以來，湧現了不少新作家，使香港文學的面貌煥然一新。讀本期發表的文學獎評選紀錄，大家可以印證。中文文學獎小說組冠軍也在本期發表，余光中先生及胡菊人講新詩賞析及現代小說的探討是文學周的演講；此外名小說家陳若曦、鍾玲兩位女士，她們寄來新作，題材全與時代家國密切相關；訪問蕭乾、畢朔望兩先生談的也是文學與文化問題；黃維樑先生介紹一位大批評家的博識。文學的稿子似乎過多，不過文學乃不朽之盛事，本期以文學爲重點對一個新事業的創始實亦饒有意義。

徐復觀、薛天棟、廖光生、鄺芷人、姚立民、孫淮東諸位先生的大作，都收在「八十年代中國之路」特輯裏，他們語重心長，表現了對國家的關切和希望。何敬羣、王世昭、林蓮僊、蕭立聲諸先生寄來賀聯，非常感謝他們的鼓勵。南華早報的訪問稿特予譯出，亦示自勉與自勵。

白崇禧將軍有大功於家國，他的口述回憶錄成於十多年前，但一直不能公開發表，本刊能在創刊號開始連載，自感光榮之外，也覺得能將將軍大功表彰於天下而感欣慰。

感謝韋千里先生、楊善深先生有關「十二生肖」的文章與圖畫，刊出此十二生肖，祝願它爲讀者作者帶來幸福與快樂。

中報和中報月刊的宗旨，在發刊詞裏都講到了。這是一個新的新聞事業，新的文化理想，創立於八十年代的開頭，誕生於兩個新年之間，在新時代、新年輪中創建新事業，固然使我們覺得與時開創、雄心萬丈，但也讓我們自覺到在這個日子開創新事業，必須戰戰兢兢，動動懇懇，要眞正有所表現，創出新風格、新氣象來。願讀者，作者幫助我們，支持我們。

月刊

CHUNG PAO MONTHLY

No. 1（一九八〇年二月號）

Feb. 1980

督印：中報有限公司

董事長：傅朝樞

編輯：中報月刊編輯委員會

主編：胡菊人

執行編輯：吳　旷

美術編輯：錦　江

地址：香港灣仔高士打道一七一號
安邦大厦地下A、B座

CHUNG PAO MONTHLY
A, B, G/F, AUBIN HOUSE,
171-172, GLOUCESTER ROAD,
WANCHAI, HONG KONG.
TEL: 5-736382–4

電話：五一 五八〇二二一（六線）
五一七三六三八二

總代理：吳興記書報社
香港租庇利街十一號二樓
電話：五一四五〇五六一

內文及彩色印刷：
大華印刷有限公司
香港柴灣利衆街廿六號十樓
電話：五一五六〇二二一

全年訂閱費：港澳地區HK $41.00
海外地區US $11.00

每本定價：香港HK $3.00
星馬M$1.80
其他地區US　$0.8

編者語、版權資料

素葉文學

七、八十年代不少文學刊物多由三五文學愛好者合作出版，例如《詩風》、《新穗詩刊》、《大拇指》半月刊等，《素葉文學》也不例外。

《素葉文學》創刊於一九八〇年，是一份同人刊物，早期的參與者有西西、何福仁、李維陵、淮遠等。刊物大十六開，開度較同時期的文學期刊大一倍，第一期封面連封底共三十二頁，負責美術設計的是蔡浩泉。通觀全書設計簡約樸素，予人清新之感。未知是否為節省紙張之故，這期封面卻刊了蓬草的小說〈北飛的人〉首部分，而且所用字號甚大，這種設計在當時而言亦頗創新。

第一期的《素葉文學》內容大致可分為小說、新詩、散文、外國文學譯介四類，作者除上述幾位外，尚有辛其士、關夢南、康夫和新秀作家迅清、洪楚岳等。今日享譽文壇的名作家董橋，他早年的作品《在馬克思的鬍鬚叢中》(結集成素葉叢書時改名為《在馬克思的鬍鬚叢中和鬍鬚叢外》)之一——〈櫻桃樹和階級〉即在此發表，以後幾期陸續登載這系列的文章。

「素葉」既有雜誌問世，亦有叢書出版，對筆者而言，後者更是長期搜集的對象。早期不少作家叢書，無論是西西的《我城》、何福仁的《龍的訪問》、鍾玲玲的《我的燦爛》、古蒼梧的《銅蓮》、也斯的《剪紙》等，今天已成為不少書迷的珍藏。

《素葉文學》出版跨越時間頗長，由上世紀八十年代至二千年，在香港文學雜誌當中已屬長壽刊物，但由於是同人式運作，各人均有正職，難以全力投入編務工作，故出版不定時，而且各期相隔甚久，二十年共出版六十八期，二千年第六十八期「懷念蔡浩泉」專號後便不再見。

雖然如此，近年素葉改以「面書」形式與讀者隔空見面，以保持與讀者的聯繫，為此文學刊物延續其不滅光華。

素葉文學・素葉文學

目錄

1	蓬草	北飛的人
3	靈石	失去的飛碟
6	李維陵	飄
8	西西	碗
10	辛其氏	尋 Y
13	康夫	魏京生事件
	許卓俊	小灘上
14	俞風	寫給木棉樹／下次你回來
		貨倉／河堤
15	鄧阿藍	窗
16	淮遠	跳虱
	迅清	夜讀
	關夢南	九龍塘
17	古蒼梧	冬晨
	楚岳	登山／小女孩、鋼琴
18	何福仁	集會／3000年太空旅程
19	康夫	夜遊江門
21	阿果	維齊奧廣場
22	董橋	櫻桃樹和階級
		《在馬克思的鬍鬚叢中》之一
	艾利提斯小輯	
25	李悅南節譯	艾利提斯談他的詩
27	梁國頤譯	詩六首
30	黃維樑	松竹梅的化身
		——艾利提斯「瘋狂的石榴樹」譯註
31	亦舒	面對激流

1980・6

目錄

・素葉文學・素葉文學・素葉文學・ **1**

北飛的人

蓬草

她决定要去那一處遙遠的地方之後，心中充滿了歡喜。

這還是她一生中，第一次孤獨地，决然地檢拾了一袋小小的行李，離開她住的房子。她告訴每一個人：她要到北部的，某處美麗的地方，爲了聆聽那兒八月特殊的聲响，主要還是爲了那一個她從來未曾與之交談的人，她是如斯熱切地愛慕著。她决定跟隨他的足跡，看他如何把手一揚，便能使她的宇宙，迸發千萬光華，便能使她的雙目，有異乎尋常的明亮，而她的心，將滿溢熱情，她再次感到某種甜潤的温暖……。

她在收拾那一小袋單薄的物件時，竟和空洞的、寂寞的房子說話了。她告訴房子：她實在厭倦了留在這兒守候，才决定離開。「當然，」她急著保證，「四星期後，我便回來的。」隨著，她畧感抱歉地嘆了一口氣，「不是我願意把你丟下一段時間的，誰叫你不能替我把窗外的陽光，多多地引進來呢？」這些話語，雖然說得輕輕，但顯然有責怪的成份。房子蒼白了臉，自覺內疚萬分，便不敢回話了。本來，這是一座相當可

1

《素葉文學》封面

一九七〇出版的電影刊物《電影》，封面設計風格簡樸，原來同是蔡浩泉的設計。

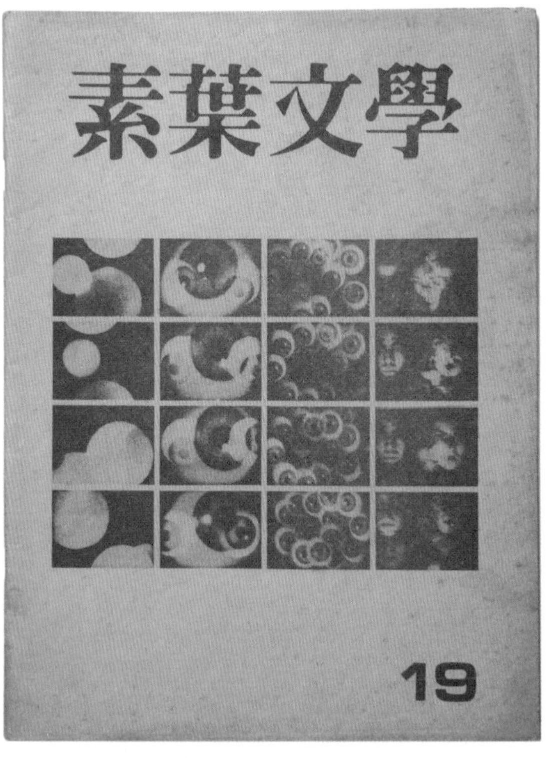

第十九期書影

櫻桃樹和階級

《在馬克思的鬍鬚叢中》之一　董橋

董橋的〈櫻桃樹和階級〉，此文後連同本系列文章結集成素葉叢書《在馬克思的鬍鬚叢中和鬍鬚叢外》。

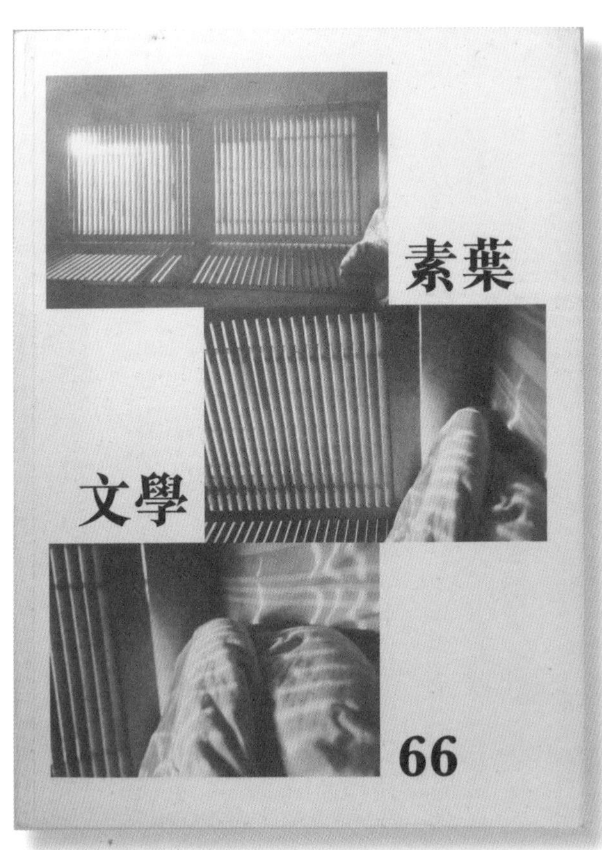

第六十六期書影

最後一期書影，該期為「懷念蔡浩泉」專號。

較《素葉文學》要早出版的素葉叢書。
何福仁《龍的訪問》，一九七九年。

西西《我城》，一九七九年。

古蒼梧《銅蓮》，一九八〇年。

K-100

無綫電視的官方刊物中，自以《香港電視》最為讀者熟悉，另一本八十年代出版的《K-100》畫報，也是不少電視迷珍愛的書刊之一。

「K-100」本來是無綫電視的郵政信箱號碼，一般觀眾欲索取入場券或有查詢均按此投遞，七十年代後期更成為無綫一個報道台前幕後花絮的電視節目名稱，其後當電視台構思出版另一本刊物時，亦借用它作為新刊物的名字。

《K-100》創刊於一九八一年六月一日，大十六開，約五十頁，是香港第一本全彩色印刷的電視刊物，第一期封面人物是無綫當家花旦趙雅芝。初期主要介紹無綫電視劇集和藝員動態，不久《中外》畫報編輯廖妙薇接任主編一職後，銳意革新，除繼續報道劇集製作和藝員專訪外，更着意加入不同內容元素，如藝人時裝、珠寶首飾、美容化妝、旅遊、家庭食譜等多元化內容，可算是後來時尚女性生活雜誌的先驅，這亦拉闊了讀者閱讀層面。及後無綫電視出版 *COSMOPOLITAN*（《大都會》）的概念亦是由此產生。

《K-100》畫報共出版四十二期，至一九八四年休刊，據最後一期編者語所言，這是由於配合《香港電視》邁向全彩色出版，為免資源重疊所作的決定，由是結束她近四年的光榮使命。《K-100》出版這幾年，同時也是熒幕藝員偶像化的鼎盛時代，不少當紅藝人，例如羅文、劉德華、梁朝偉、黃日華，以及早逝的「俏黃蓉」翁美玲、「哥哥」張國榮和「百變」的梅艷芳等，都曾是畫報的重點專訪對象。記得《K-100》最後一期的封面人物是歌星藝員張國榮，他憑歌曲〈風繼續吹〉和〈Monica〉成為樂壇新寵，當時正待開拍在無綫的第一部古裝武俠劇集《武林世家》，時光飛逝，三十四年匆匆而過，張國榮也離世十多年了。

八十年代無綫以《K-100》畫報形式出版過不少電視劇宣傳刊物，例如至今仍為觀眾津津樂道的《射鵰英雄傳》、《神鵰俠侶》、《天龍八部》等金庸小說改編劇集，以及《女黑俠木蘭花》和《楊門女將》，印刷精美，演員介紹詳盡，是不少視迷的珍藏對象。

近年有不少中青一代積極搜尋《K-100》，有些是因為想追蹤偶像的微時演藝面貌，有些則是追念那盛年逝去的歌星藝員，就如我們懷念更早的六七十代的光影歲月一樣。

K-100 編輯室

出版者：香港電視有限公司
©TV Week Ltd 1981
編輯部：銅鑼灣希慎道1號3樓電話：H-770396
廣告部：銅鑼灣希慎道1號3樓電話：H-762105
承印者：百樂門印刷公司英皇道499號十九樓

1981年6月1日出版 ● 每本定價港幣五元

版權資料

K-100 畫報

創刊號

*無線電視四線進軍

*張天愛、羅文闖開新領域。

*十五美女獻上幻彩雲裳。

*中間大頁：姚煒眼波夠銷魂。

*汪明荃、黃淑儀、鄭裕玲、趙雅芝展出夏日新裝。

*李司棋、動凡心。

*黃日華、苗僑偉、陳秀[illegible]活躍「青春世界」！

*全部彩色精印・最新型電視畫報

HK$5.00

《K-100》封面

●姚煒眼波夠銷魂！

當她悄悄的看着您時，
那種媚態，足以令人神
魂顛倒。請閱第26、27
中間大頁。

**●黃日華、苗僑偉、陳秀珠
活躍"青春世界"！**

第28至31頁。

●李司棋・動凡心・

李司棋美麗又多情・古
典戲裝刋第36、37頁。

●翡翠台四線發展！

＊新戲介紹

●活躍・歡樂！

●精彩專欄

尔 生活添姿采

K-100目錄

《K-100》第一期目錄，無綫當家花旦一覽無遺。

第二期書影，封面人物是當時的熒幕最佳拍檔周潤發和鄭裕玲。

第三期封面是鄭少秋打網球的英姿

第四十三期（即最後一期）書影，封面人物是張國榮，圖為他在無綫第一次演出武俠劇的古裝扮相。

快樂地 向你SAY GOODBYE!

各位讀者：

很多謝大家給我們的支持，這是「K-100畫報」以這種形式出版的最後一次，由一月開始，我們的精粹內容，將逐步轉移在本公司的主力刊物「香港電視」中刊出，每星期與大家見面一次，彼此的連繫將更爲密切。

以往香港電視並非全彩色印刷，所以我們有需要一本彩色繽紛的畫報來報導及介紹藝員生活及電視台的新動態。去年十一月「香港電視」改爲全彩色印刷後，基本上亦朝向同一路線發展，年來「K-100畫報」所負的任務，已可由「香港電視」承擔，再無「雙線並行」的必要，因此決定將二者合而爲一，讀者以一本雜誌的消費，得到雙重的享受。對讀者來說，這是一個喜訊。

在這裡，我們還要宣布第二個喜訊。

如果您是一位著重潮流，追求新知識的現代女性，那麼，我們就更榮幸地介紹本公司特別爲您這一類新女性而設的月刊── Cosmopolitan（大都會），這本雜誌根據美國原版的編輯精神，再由本公司同人精心翻譯、採訪、拍攝、編輯而製作的中文版本，將一種世界性的簇新女性觀推介到本港，邀請您加入「大都會」女性的行列。

好了，「K-100畫報」在此暫別，我們在「香港電視」再見罷！

K-100編輯部

百姓半月刊

一九八〇年代初，香港前途問題正式受到各方面人士的關注，而大陸開放改革正穩步展開，一本立足香港，以香港人為本位，並展望中國的《百姓半月刊》由是誕生。

這本雜誌大十六開，厚六十六頁，社長是資深記者陸鏗，主編是名報人胡菊人，兩位之前已在一九八〇年創刊的《中報》合作，不久又攜手合辦這本刊物。創刊號出版於一九八一年六月，正值港人對香港九七後的前途茫無所知的時候，這一期就以此作專題特輯，刊載了〈一九九七的挑戰〉、〈一九九七你能走得了嗎？〉和〈分合之間：中港關係的前景〉三篇專論，上述三篇文章，都是站在港人立場去分析問題。

《百姓》雖然是一本以政論為主、兼及社會事態的刊物，但她同時着重從「生活」中出發。所謂生活，當然離不開衣食住行，也是民生的一切需要，這有物質的，也有精神上的需要，因此在雜誌中我們儘可見到一些嚴肅的經世鴻文，也有短小精悍的文章。這期有幾篇特稿由名家執筆，一篇是劉紹銘的〈因甲蟲花紋引起的聯想——談大陸行〉，另一篇是白先勇的〈從文學發展比較海峽兩岸的異同〉，都是擲地有聲的佳作；文學方面有鍾玲的短篇小說、胡菊人和黃維樑的詩歌欣賞等作品。此外還有黎傑影評和莊申藝術探賞等精彩欄目，內容十分豐富。

《百姓半月刊》經營了十多年，中間曾改以周刊出版，直到一九九四年新四十四期因經濟虧蝕嚴重宣告休刊。

無庸置疑，《百姓》是一份質素很高的刊物，八十年代中英就香港前途會談期間，她所作的專論分析見解透徹，對其他的中港社會問題，也都能緊貼追蹤報道；而一些沒有時間性的專欄內容亦很可觀，無論是電影評論或藝術探賞，都能開拓讀者見識。筆者曾保存過近六十期的《百姓》，可惜後來因搬遷關係忍痛轉送友人，只保留頭幾期以作紀念。

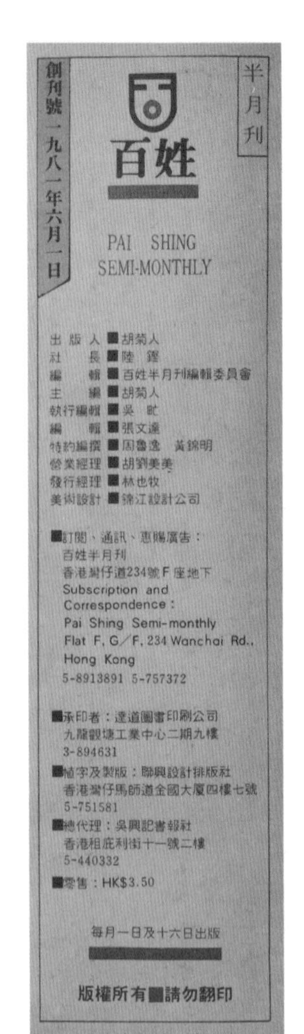

半月刊
百姓
創刊號一九八一年六月一日
PAI SHING
SEMI-MONTHLY

出版人■胡菊人
社長■陸鏗
編輯■百姓半月刊編輯委員會
主編■胡菊人
執行編輯■吳甿
編輯■張文達
特約編撰■周魯逸　黃錦明
營業經理■胡劉美美
發行經理■林也牧
美術設計■錦江設計公司

■訂閱、通訊、惠賜廣告：
百姓半月刊
香港灣仔道234號F座地下
Subscription and Correspondence:
Pai Shing Semi-monthly
Flat F, G/F, 234 Wanchai Rd.,
Hong Kong
5-8913891 5-757372

■承印者：達道圖書印刷公司
九龍觀塘工業中心二期九樓
3-894631
■植字及製版：聯興設計排版社
香港灣仔馬師道金國大廈四樓七號
5-751581
■總代理：吳興記書報社
香港羅庇利街十一號二樓
5-440332
■零售：HK$3.50

每月一日及十六日出版

版權所有■請勿翻印

版權資料

百姓
半月刊
胡菊人主編
■香港人移民外國的可能性
■深圳特區與香港前途
■劉紹銘談「大陸行」
■白先勇比較海峽兩岸文學
創刊號
1.6.1981
1997
香港

《百姓半月刊》封面

百姓
半月刊
胡菊人主編
第二期
16.4.1981
鄧小平的困境與出路
白先勇論「新加坡模式」
國共海峽奪寶記　南中國海走私風雲

百姓
半月刊
胡菊人主編
中港關係與香港前途　麗的電視人事糾紛
華資在香港的活動　白銀大王爲何失敗
第三期
1.7.1981

百姓
半月刊
胡菊人主編
〈七十年代〉、〈爭鳴〉受壓制的內幕
香港的記者生涯和眞假新聞　英國街頭騷動實錄
第六期
16.8.1981

早期的《百姓》書影

創刊詞

香港的雜誌已經太多，爲什麼我們還要出一份新雜誌呢？誰都知道出版雜誌是艱苦的事業，爲什麼我們還要闖這個難關呢？

因爲我們有一個共仝的想法，我們覺得香港的雜誌雖然充斥市面，但是論到綜合性雜誌，從百姓的立場出發，與百姓的生活有密切關係的，似乎仍然沒有。而一般「綜合性」雜誌，因爲種種原因，往往限於兩三個層面的綜合，不是從「生活」出發的多層面的綜合。因此，我們便想到要從這個空隙中，走出一條新路來。

「生活」的多層面的「綜合」，編輯方針便不得不有多方面的考慮。不光是談論政治，也要討論經濟，不光是評文說藝，也要照顧到社會實況。不僅重視中國和國際的局勢，更應關心本地的民生政情……

現代人生活太忽忙了，沒有時間讀長篇大論的文章，因此我們除了極有份量的兩三篇長文外，所刊文稿，務以短小精悍爲原則。現代人生活與工作都太緊張疲累了，因此我們的編輯方針，務要做到輕鬆與嚴肅並重，活潑與充實相彰。使你一卷在手不必正襟危坐，如見嚴師，而是可以品茗閑談、風趣可親的摯友。

現代生活錯綜複雜，世界各地所發生的事情，無盡的訊息通過種種媒介四方八面傳來，常令人茫然不知所向或知其然而不知其所以然。《百姓》半月刊希望把這些訊息爲讀者作及時的深入報導、分析和評論，使讀者對事件有個可靠的看法，獲知其眞因，讓知識不斷更新、不斷現代化、年輕化。我們生活在其中的現代社會，需要許許多多的新知識，來保護我們自己。例如我們辛勤所得的勞動成果，在通貨膨脹肆虐中，如何做到損失最小，得益最大？又如我們必須了解若干與生活有密切關係的法律知識，以保衛自己不致受騙上當、不致行差踏錯。各種各類的生活上的知識，我們將盡量爲讀者提供。

要而言之，我們要努力做到報導性、知識性、評論性、趣味性、生活性，五性並重。總出發點是爲讀者的需要而服務，而非爲我們自己的興趣來辦這份雜誌。此外我們還抱一個願望，在這個日趨功利寡情的社會中，希望藉着這份雜誌，使我們的社會朝向善良，美好的方向發展。使人心朝着愛與美的方向發展。

我們的願望，希望也是讀者的願望和作者們的願望，請時時督促我們、鼓勵我們、支持我們，一起爲達成這個願望而努力！

創刊詞

一九九七的挑戰

——從鄧小平的「保証」談起

■魯凡之

目下港人仍流行「你情我願，無嘢唔掂」論來看待一九九七問題，其實極可能是香港居民的「自我掩眼法」，像本期的封面畫，事情如不解決，實質上，終是「你情我願，終歸唔掂」的局面。中共屢屢聲稱「放心」「放心」，究其實是心中早有安排的。我們如何對待？本文立足點，就是試圖以一個香港普通百姓的角度，對我們自己生活其中的香港前途，作一探究。

「放心」與「不放心」

第一期的「一九九七」專題報道

一九九七你能走得了嗎？

——香港人移民外國前景分析

■特約記者 黃錦明

怕也沒用

往英國的可能性

九七移民問題在八十年代初已成為熱話

百姓 半月刊

Pai Shing Semi-Monthly

新44

HK$15

1994年6月1日

ISSN：1022-6435

鄧小平傳話：

你們最近是不是左了一些？

新第四十四期休刊號

《百姓》出版有限公司啟事

百姓出版有限公司鑒於近年在出版周刊和半月刊經濟虧蝕過大，且短期內無法改變虧蝕狀態，經董事會決議，《百姓》半月刊在九四年六月一日第44期出版後即行暫時停刊，所有訂戶將獲安排退款。

對於讀者十三年來對《百姓》之支持，謹表謝忱。

百姓出版有限公司謹啟

一九九四年五月廿七日

休刊啟事

香港文學

過去以「香港文學」為名的文學雜誌為數不少，可是多只出版幾期便無以為繼，不過凡事總有例外，就如名小說家劉以鬯主編的《香港文學》，就能夠長期維持，雖然後期編務有人事變動，但雜誌至今仍出版不輟。

這本一九八五年創刊的《香港文學》，封面和封底以彩色過膠印刷，設計醒目。封面裏是「香港文學活動掠影」，主要刊登一些文學活動和外地學者作家訪港的交流消息，以廣資訊流通。過去一般的文學刊物對投稿作者少有介紹，很多讀者可能需要從其他途徑去了解認識，但《香港文學》就在內頁登載該期作者介紹，這種做法在在顯示出編輯對作者的重視，同時亦有利讀者了解作者的背景。

《香港文學》顧名思義以登載本地作家作品為主，但主編的眼光放得更遠，凡是華文地區的出色文學作品都兼收並蓄，並不劃地為牢、自我局限，當時雖招來一些人士的質疑，但事實證明，此舉不但能收互相切磋之效，更能讓讀者增廣見識，可以欣賞到不同地區的優秀文學作品。創刊號該期便有兩個專題特輯，一個是「談香港文學」，另一個是「馬來西亞華文作品特輯」。

除此之外，創刊號還登載不少有分量的詩文小說和評論，其中較為人注意的是連載平可的〈誤闖文壇述憶〉，他是香港最早期的新文學作家，作品有《錦繡年華》、《山長水遠》等長篇小說，在「述憶」的連載中，我們可較清楚了解早期香港文藝界的發展、作家的生活面貌，實在是一篇很有價值的回想錄。

一九八六年一月為慶祝該刊成立一周年，特別出版「香港文學的過去與現在」專號，邀請文壇前輩撰文，憶述在香港文學這園地努力經營的歷程，讓讀者更清楚了解香港文學過去曾走過的路，特別是楊國雄撰寫的戰前香港文學期刊的介紹，令年青一代對香港文學的發展源流有更深入的了解，實在是一個很出色的歷史回顧專題。

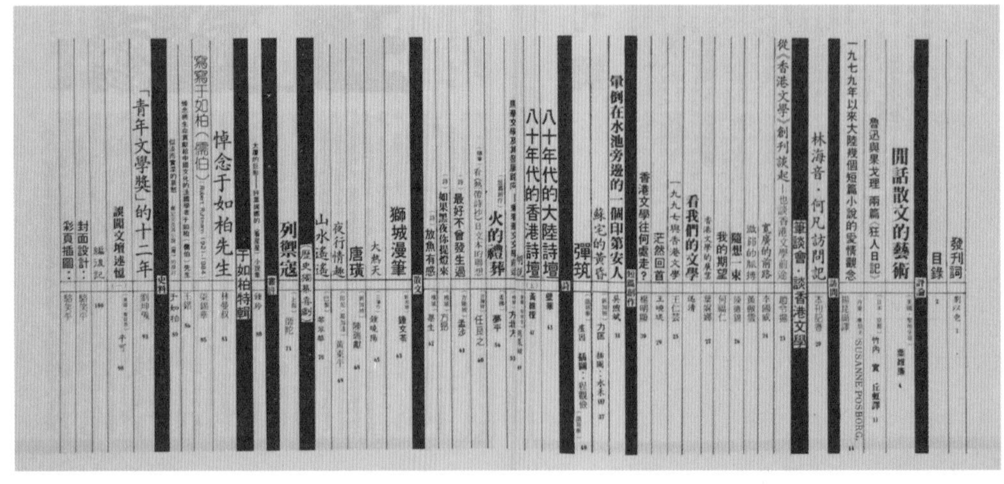

目錄

《香港文學》封面

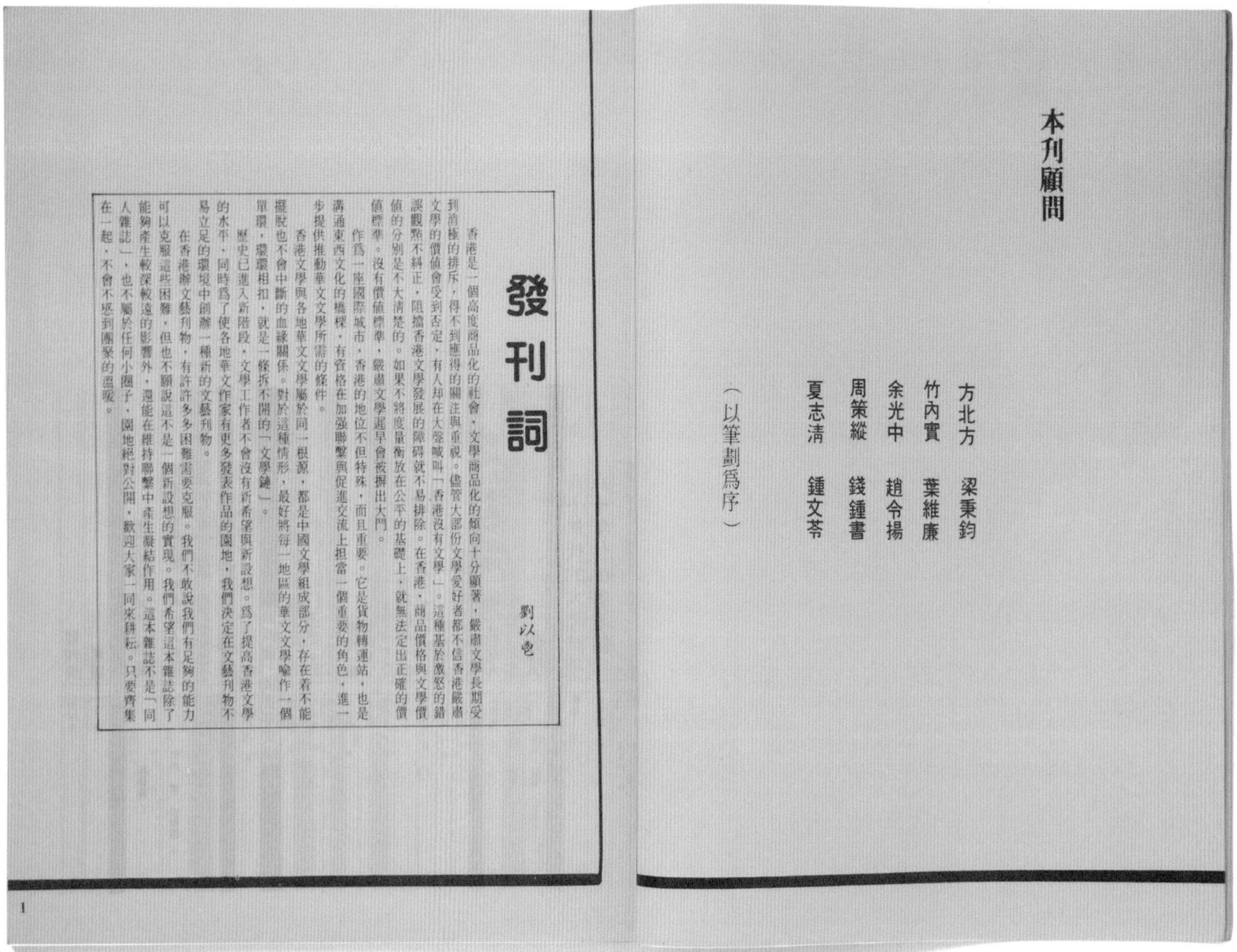

本刊顧問

方北方　梁秉鈞
竹內實　葉維廉
余光中　趙令揚
周策縱　錢鍾書
夏志清　鍾文苓

（以筆劃為序）

發刊詞

劉以鬯

香港是一個高度商品化的社會，文學商品化的傾向十分顯著，嚴肅文學長期受到消極的排斥，得不到應得的關注與重視。儘管大部份文學愛好者都不信香港嚴肅文學的價值會受到否定，有人却在大聲喊叫「香港沒有文學」。這種基於激怒的錯誤觀點不糾正，阻擋香港文學發展的障碍就不易排除。在香港，商品價格與文學價值的分別是不大清楚的。如果不將度量衡放在公平的基礎上，就無法定出正確的價值標準。沒有價值標準，嚴肅文學遲早會被摒出大門。

作為一座國際城市，香港的地位不但特殊，而且重要。它是貨物轉運站，也是溝通東西文化的橋樑，有資格在加强聯繫與促進交流上担當一個重要的角色，進一步提供推動華文文學所需的條件。

香港文學與各地華文文學屬於同一根源，都是中國文學組成部分，存在着不能擺脫也不會中斷的血緣關係。對於這種情形，最好將每一地區的華文文學喻作一個單環，環環相扣，就是一條拆不開的「文學鏈」。

歷史已進入新階段，文學工作者不會沒有新希望與新設想。為了提高香港文學的水平，同時為了使各地華文作家有更多發表作品的園地，我們決定在文藝刊物不易立足的環境中創辦一種新的文藝刊物。

在香港辦文藝刊物，有許許多多困難需要克服。我們不敢說我們有足夠的能力可以克服這些困難，但也不願說這不是一個新設想的實現。我們希望這本雜誌除了能夠產生較深較遠的影響外，還能在維持聯繫中產生凝結作用。這本雜誌不是「同人雜誌」，也不屬於任何小圈子，園地絕對公開，歡迎大家一同來耕耘。只要齊集在一起，不會不感到團聚的溫暖。

1

顧問名單、發刊詞

一周年紀念特大號

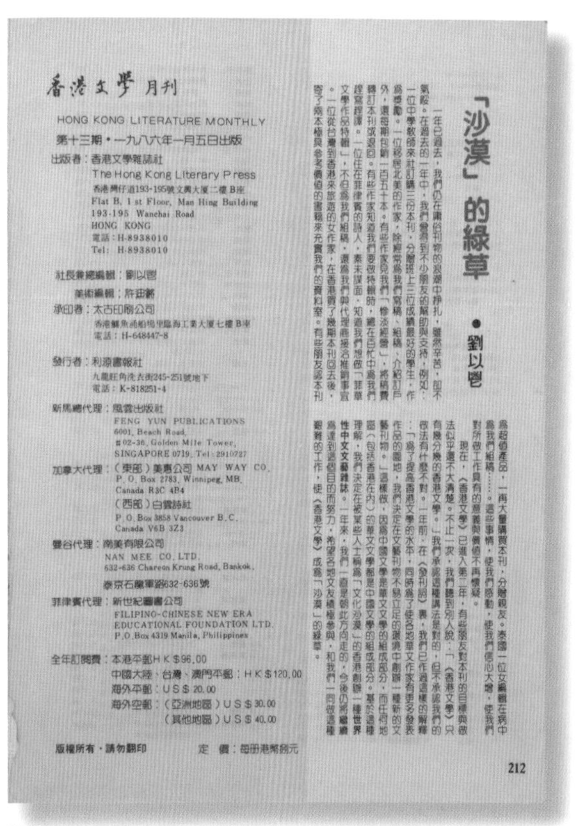

「沙漠」的綠草

● 劉以鬯

一年已過去，我們仍在庸俗刊物的浪潮中掙扎，雖然辛苦，卻不氣餒。在過去的一年中，我們曾得到不少朋友的幫助與支持，例如：一位中學教師來社訂購三份本刊，分贈班上三位成績最好的學生，作爲獎勵。一位移居北美的作家，除經常爲我們寫稿、組稿、介紹訂戶外，還每期包銷一百五十本。有些作家見我們「慘淡經營」，將稿費轉訂本刊或退回。有些作家知道我們要做特輯時，總在百忙中爲我們趕寫趕譯。一位住在菲律賓的詩人，素未謀面，知道我們想做「菲華文學作品特輯」，不但爲我們組稿，還爲我們與代理商接洽推銷事宜。一位從台灣到香港來旅遊的女作家，在香港買了幾期本刊回去後，寄了兩本極具參考價值的書籍來充實我們的資料室。有些朋友認本刊爲超値產品，一再大量購買本刊，分贈親友。泰國一位女編輯在病中爲我們組稿……。這些事情，使我們感動，使我們信心大增，使我們對所做工作具有的意義與價值不再懷疑。

現在，《香港文學》已進入第二年，有些朋友對本刊的目標與做法似乎還不大清楚。不止一次，我們聽到別人說：「《香港文學》只有幾分幾的香港文學。」我們承認這種講法是對的，但不承認我們的做法有什麼不對。一年前，在《發刊詞》裏，我們已作過這樣的解釋：「爲了提高香港文學的水平，同時爲了使各地華文作家有更多發表作品的園地，我們決定在文藝刊物不易立足的環境中創辦一種新的文藝刊物。」這樣做，因爲中國文學是華文文學的組成部分，而任何地區（包括香港在內）的華文文學都是中國文學的組成部分。基於這種理解，我們決定在被某些人士稱爲「文化沙漠」的香港創辦一種世界性中文文藝雜誌。一年來，我們一直是朝此方向走的，今後仍將繼續爲達到這個目的而努力，希望各地文友積極參與，和我們一同做這種艱難的工作，使《香港文學》成爲「沙漠」的綠草。

香港文學 月刊
HONG KONG LITERATURE MONTHLY
第十三期・一九八六年一月五日出版

出版者：香港文學雜誌社
The Hong Kong Literary Press
香港灣仔道193-195號文興大廈二樓B座
Flat B, 1 st Floor, Man Hing Building
193-195 Wanchai Road
HONG KONG
電話：H-8938010
Tel: H-8938010

社長兼總編輯：劉以鬯
美術編輯：許鈺鏘
承印者：太古印刷公司
香港鰂魚涌船塢里臨海工業大廈七樓B座
電話：H-648447-8

發行者：利源書報社
九龍旺角洗衣街245-251號地下
電話：K-818251-4

新馬總代理：風雲出版社
FENG YUN PUBLICATIONS
6001, Beach Road,
#02-36, Golden Mile Tower,
SINGAPORE 0719, Tel: 2910727

加拿大代理：（東部）美惠公司 MAY WAY CO.
P. O. Box 2783, Winnipeg, MB.
Canada R3C 4B4
（西部）白雲詩社
P. O. Box 3858 Vancouver B. C.
Canada V6B 3Z3

曼谷代理：南美有限公司
NAN MEE CO. LTD.
632-636 Chareon Krung Road, Bankok,
泰京石龍軍路632-636號

菲律賓代理：新世紀圖書公司
FILIPINO-CHINESE NEW ERA
EDUCATIONAL FOUNDATION LTD.
P. O. Box 4319 Manila, Philippines

全年訂閱費：本港平郵HK$96.00
中國大陸、台灣、澳門平郵：HK$120.00
海外平郵：US$20.00
海外空郵：（亞洲地區）US$30.00
（其他地區）US$40.00

版權所有・請勿翻印　　定價：每冊港幣捌元

212

代編後記〈「沙漠」的綠草〉、版權資料

初期書影

文化新潮

這裏介紹的《文化新潮》既可以稱為復刊號，但同樣可視作創刊號。有此一說，是因為她早於一九七八年出版，但只維持一年便休刊；七年之後捲土重來，現在所見，新的《文化新潮》無論開度或內容都與舊刊有很大分別，因此如以新刊物觀之，也無不可。

新的《文化新潮》出版於一九八五年，是一本比八開還要多長兩吋的超大型刊物，主編是曾活躍於文化界的黎則奮，他以「方卡謬」、「李阿飛」、「馮仁釗」等筆名撰寫社會政經評論。編者在「編輯室」中指出，要在這個重商重利的社會作文化追求是困難的，因此《文化新潮》將以「商業主義的包裝，讓新銳思潮重新活躍於文化界上」。

話雖如此，如細看這一期的內容，其實商業味並不濃，文化人始終有一份堅持和執着，骨子裏有着對社會的道德責任，所謂包裝只不過是一些飲食消閒和通俗小品而已，基本上無損大局。至於她的文化意緒可見諸電影音樂的評介方面，這一期的攝影部分，取材是開放改革後中國的新一代孩子，這點可謂與這一期的主題遙相呼應。因為仔細觀之，本期大概可以「香港九七」和「中國新貌」來涵蓋整體內容，例如陳康〈香港左中右天下三分：從聯合聲明談香港的政治趨勢〉、吳南山〈政治化的香港社會〉、方卡謬〈意識形態向中國挑戰：民主治港．批共繼續〉、善農〈廣州風情畫：中國的復活〉等；再看電影音樂篇，其實還是中國情味濃厚，好像邱禮濤〈電影詩人費穆〉、李耳〈復活的中國音樂感〉都是充滿中國情懷的作品。

當年筆者購買《文化新潮》，主要是被她的「號外」型態包裝所「誤導」，以為她會跟《號外》一般尖刻有趣，初時實有點兒失望，但隨着年日增長，對這些文化評論漸漸懂得。書是要累積的，人的見識亦然。

第一代的《文化新潮》，出版於一九七八年，大十六開。

THE WRITERS' MAGAZINE 1985 APR HK$10.00
文化新潮
CONTRADICTION
IN
CULTURES
CULTURES
IN
CONTRADICTION

《文化新潮》封面

編輯室

當仁不讓

李阿飛

八十年代是一個實利主義當道、人際溝通閉塞的年代。人人斤斤計較，孳孳爲利、各自爲政、互不相干，政治如是、經濟如是、社會如是、文化如是，生活亦莫不如是。割離(ALIENATION)已經取得全面勝利，人文(HUMANITY)節節敗退，由社會層面退縮至個人範疇，於是繼續自戀，了無生趣，只有資本這個幽靈在冷笑，笑人何其軟弱，理想永遠敵不過現實，在資本面前，人人俯首稱臣。

有良知的知識人，都會自慚形穢，爲自己的存在感到羞恥，因爲這些年來，在他們的字典中，翻來覆去，都只有兩個字，就是「妥協」、「妥協」、永遠的「妥協」。對於理想，他們羞於啟齒；對於道德，他們態度犬儒；對於生命，他們不敢肯定。面對如此難堪局面，文化氣壓尤其低沉，簡直是一池死水，接近垂死的邊緣。

巴爾札克說得好：「社會就像競技場中的羅馬青年，絕不憐惜戰敗的鬥士(Society, like the human youth at circus, never shows mercy to the fallen gladiator.)因此我們決不言敗、永不休戰、誓不妥協；我們不能坐視人文的沉淪、文化的沒落、生命的頹廢，我們要抖擻精神，重新出發。

於是，「文化新潮」要復活。復活是死後的新生、是失敗的告別、是道德的重建、是理想的再拾、是意義的追尋、是人生的熱愛、是生命的肯定、是人文主義再出發……

「文化新潮」休刊過，休刊於一九七九年十二月。

今天，「文化新潮」重新上路，就是吸取了歷史的教訓。經驗的累積，使我們變得精練、刁鑽，更懂以子之矛，攻子之盾，以布爾喬亞的姿態，用商業主義的包裝，讓新銳思潮重新活躍於文化界上。

矛盾就是現實。如果政治上也有「一國兩制」的大胆構想，文化上就應該可以來個「一刋兩式」的嘗試。我們不怕身陷虎穴，因爲不入虎穴，焉得虎子？而出於汚泥可以不染，只要我們能夠自覺地與魔鬼握手，最後笑的人，未必一定就是魔鬼。

政治要民主，文化要復活，是當前不可抗拒的潮流，就讓「文化新潮」的復活，爲處於歷史契機的香港，打開嶄新的文化局面！

目錄

文化新潮新一期1985.4.9

文化新潮(香港出版) HK$10.00　地址：香港謝斐道215號仁英大厦二樓E座 5-750731

22/4/1985

社長：唐耀祺　特約編輯：EMILY CHEUNG　美術：林世平
總編輯：黎則奮　助編：區紹熙　製版：李勝祈
執行主編：張韋傑　製作：何冠東　本期封面：原意設計及攝影：呂立德
廣告：OLIVER WAN 5-591919
印刷：LAMMAR OFFSET PRINTING CO. 5-639810
發行：向盛記書報社

編輯室、目錄、版權資料

電影

電影詩人：費穆

「所謂『人世』，是一種麻痺的恐怖，是不知、不覺，無益和無用的生存。」

邱禮濤

創刊號登有導演邱禮濤寫詩人導演費穆

明報電視

明報集團旗下出版的刊物很多，五十多年來先後出版過《明報》、《東南亞周刊》、《明報月刊》、《明報周刊》和《明報晚報》，八十年代更進軍電視媒介，出版《明報電視》，成為香港第一間出版電視刊物的報業機構。

《明報電視》創刊於一九八六年十月，跟當時大部分電視刊物同是三十二開，以全彩色印刷，封面人物是當年拍完《英雄本色》紅透影圈的周潤發。八十年代電視台之間的競爭較今天激烈，雖然強弱分明，但亞視仍偶有佳作，可與無綫拉成較接近局面。當時兩間電視台各有其官方刊物，無綫有《香港電視》，亞視則有《亞洲電視》，至於獨立於電視台之外的有《金電視》、《玉郎電視》等，《明視》有着報紙後台背景，自然期望可以大有發展。

如細看第一期的《明視》，你會發現報道歌星藝員的消息並不多，分別只有呂方、杜德偉、譚詠麟、周潤發、黎燕珊、周海媚六位，其他篇幅除給了各電視刊物必備的影視節目表和劇情介紹外，主要是登載各式專欄，《明視》邀得的專欄作者陣容頗盛，包括方太（方任利莎）、李志超、哈公、簡而清、黃霑等，他們都是當時深受讀者歡迎的作家。至於短篇小說方面，更請得當時得令的倪匡和林燕妮助陣，如此聲勢可謂一時無兩。

《明視》編輯能組成這個強勁班底，本來對刊物而言是大有裨益的，可是《明視》本身是一本電視刊物，重點應放在報道電視節目和藝員動態，如此一般喜愛娛樂「八卦」的讀者，自然會有所取捨了。

《明報電視》可算是明報集團一個試驗性的項目，其實她的不足之處除以上所言外，明報本身還有一本很受歡迎的《明報周刊》，走的路線一定程度上與《明視》相近，這也許進一步說明《明報電視》未能長期維持下去的原因。

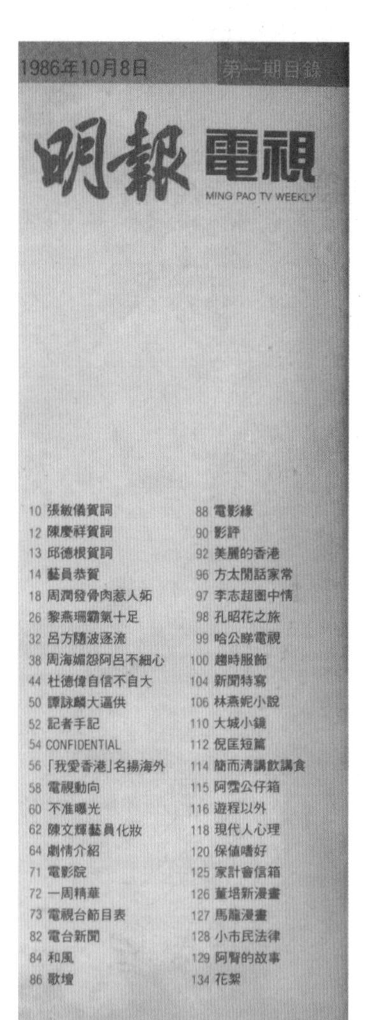

1986年10月8日 第一期目錄

明報電視
MING PAO TV WEEKLY

目錄

1986年10月8日 逢星期三出版 $3.00

創刊號

明報電視

MING PAO TV WEEKLY

發仔骨肉惹人姤

呂方、周海媚、黎燕珊、杜德偉彩頁

林燕妮、倪匡小說

《明報電視》封面

大眾傳播事業一直都以相輔相承的步伐發展，電子傳播媒介與報章雜誌皆需要互相配合，關係可謂非常密切。

雖然近期有娛樂雜誌接近飽和的說法，相信亦難盡數報導娛樂圈中多姿多采的新消息，高水準的文字及圖片更屬少見。

明報出版「明報電視」，以該機構的雄厚實力及辦報經驗，相信定能爲電視報導提高質素，更添新意。

廣播處長
（張敏儀）

張敏儀

10

廣播處長張敏儀的賀詞

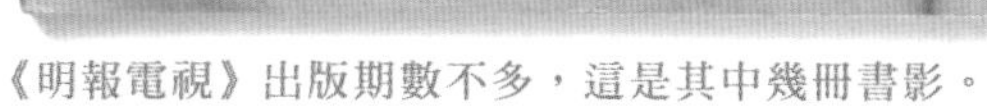

《明報電視》出版期數不多，這是其中幾冊書影。

次文化雙週刊

《次文化雙週刊》是八十年代一本風格較特別的雜誌，她採取非主流觀點去看社會人情世態，從另類角度出發，以期推陳出新。

這本刊物創刊於一九八八年十二月，大十六開，厚六十八頁，出版人彭志銘是一位電影從業員，與行內人士稔熟，故請來不少娛樂圈中人客串撰稿，這一期便有梁家輝、陳翹英、羅君左、胡大為、陳小寶等助陣。

創刊號的封面人物是資深電視特約藝員余慕蓮，一個長期被人刻意醜化、矮化了的小人物角色，書中由她本人現身說法，訴說演藝生涯的種種遭遇，以及因熒幕上的潑婦形象令異性卻步而生的無奈，令人想到台上台下角色混淆，原來既可以是喜劇的橋段，更可以是現實人生的悲歌。

細心的讀者可能會發現，《次文化》的內容風格有點像改版前的《號外》，無論取材、表現手法都頗類似，除了封面人物故事，第一期的特稿還有〈香港十大議員的學歷／職業／國籍〉、〈亦舒戀愛史〉、〈睇粵語殘片看人生哲理〉、〈廣告現象〉等文章，都充滿《號外》餘韻。

筆者當年購閱《次文化》，除了有一點「號外」情結，更主要是她每期都有盧子英撰寫的「懷舊收藏」專欄，第一期介紹的是「童玩公仔紙」，以後各期有介紹其他懷舊玩具、舊書刊、蝙蝠俠卡等，當中最喜歡的是介紹舊電影雜誌那一期，當時筆者開始搜集舊電影畫報，很多資料未曾掌握，僅從該期登載的圖片再按圖索驥，才知道除了《南國》、《銀河》、《娛樂》以外，原來還有《長城》、《中聯》、《幸福》、《銀城》等電影刊物，真是眼界大開，由此間接令我更投入這影響我半生的「偉大」事業中。

Sub Culture Magazine,
a heirloom,
should be treated like the
Dead Sea Scrolls

PUBLISHER/CHIEF EDITOR: JIMMY M. PANG 彭志銘
EDITORIAL CONSULTANT: NO BODY
EDITORIAL DIRECTORS: LAURIE LAU 劉[illegible]
ELTON LOO [illegible]
EXCUTIVE EDITOR: JESSE CHAN [illegible]
EDITORIAL CO-ORDINATOR: ROGER WONG [illegible]
CONTRIBUTING EDITORS: TONY LEUNG 梁家輝 · DAVID WU 胡大為 · RAYMOND TO [illegible] · DUKE. DELI SIU [illegible] · TUNIS CHAU [illegible] · WONG CHI WAH [illegible] · 陳小寶 · 陳翹英 · [illegible]
DESIGNS CONSULTANT: SUSANNA SZE [illegible]
ARTIST: BLONDIE CHAN [illegible] · KELVIN CHAN [illegible]
PHOTOGRAPHERS: DANNY M. YU [illegible] · GARY CHANG
PRODUCTION DIRECTOR: TERENCE WONG [illegible]
FINANCIAL CONTROLLER: KENNETH SIU [illegible]
ADMINISTRATION MANAGER: KENNETH SIU [illegible]
ADMINISTRATION ASSISTANT: KENNIS LEUNG [illegible]
MARKETING MANAGER: JERENY WONG [illegible]
ADVERTISING MANAGER: ALLEN CHENG
ADVERTISING DEPARTMENT: Rm. 508, WITTY COMM. BLDG., 1A-1L TUNG CHOI ST., MONGKOK, KOWLOON, H.K.
TEL: K-7805615, K-7805625
FAX: 3-859357
SUB-CULTURE MAGAZING IS A BI-WEEKLY MAGAZINE PUBLISHED BY SUB-CULTURE LIMITED Rm. 508, WITTY COMM. BLDG., 1A-1L TUNG CHOI ST., MONGKOK, KOWLOON, H.K. TEL K-7505615, K-7805625

SUB-CULTURE MAGAZINE IS DISTRIBUTED BY TUNG TAK NEWSPAPER AND MAGAZINE AGENCY 193, G/F, SAI YEUNG CHOI STREET NORTH, KOWLOON.
SUB-CULTURE MAGAZINE IS PRINTED BY TAI KOO PRINTING COMPANY FLAT 8, 7/F, WATT'S INDUSTRIAL BUILDING, 14-16, SHIPYARD LANE, QUARRY BAY, H.K. COLOUR SEPARATION BY PIQUET GRAPHIC & PRINTS CO., LTD. 3/F, SHIU FUNG COMM. BLDG., 51-53 JOHNSTON RD., WANCHAI, H.K.

CONTENTS DEC 1988

74470 72697 09

目錄、版權資料

DECEMBER1988 SUB-CULTURE MAGAZINE 創刊號 HK$10

次文化

雙週刊

香港十大議員的學歷/職業/國籍

亦舒戀愛史

《次文化雙週刊》封面

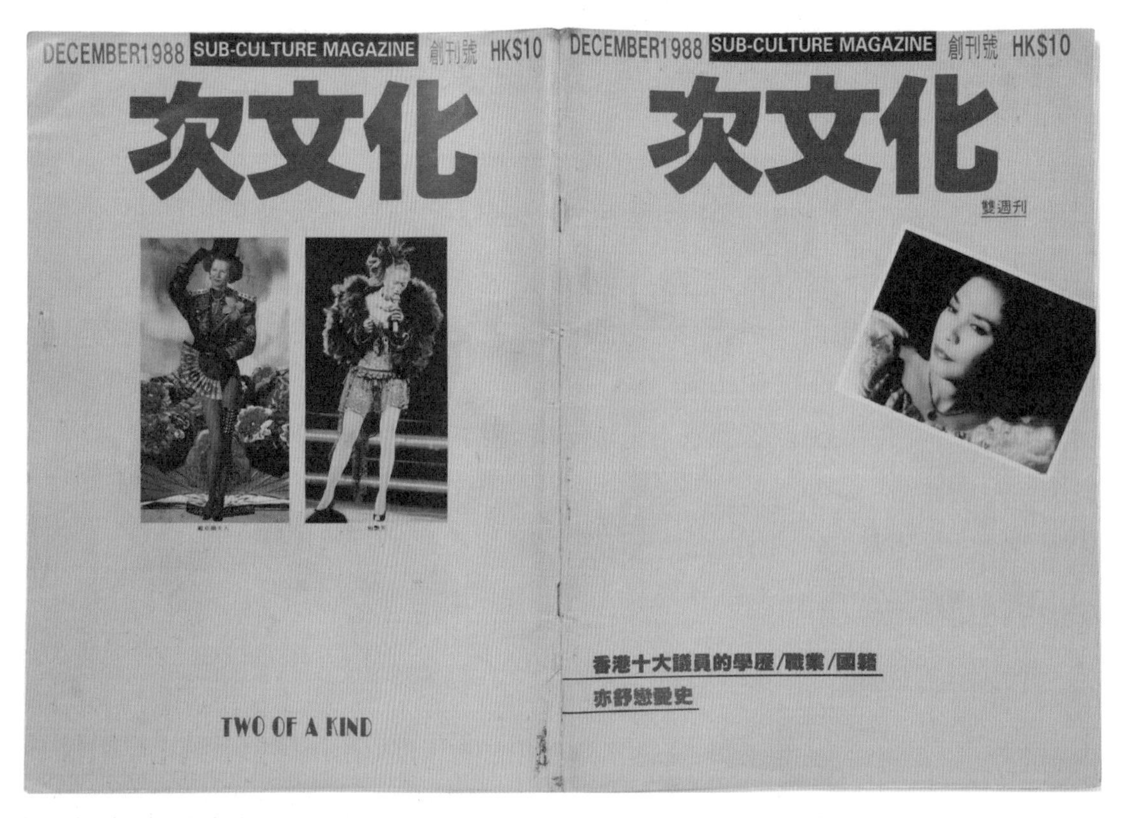

創刊號以雙封面形式展示

內頁還有另一個封面

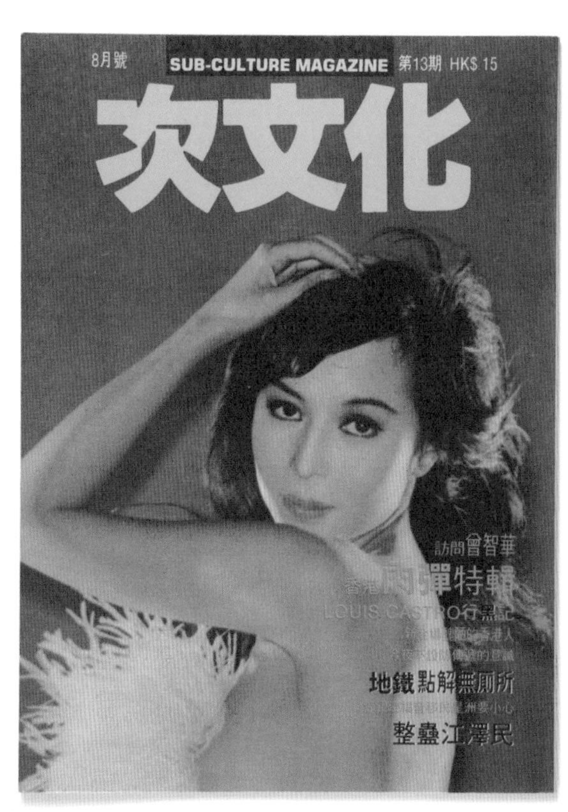

《次文化》一期兩封面，既有時尚潮流打扮的賈思樂，也有六七十年代的艷星狄娜。

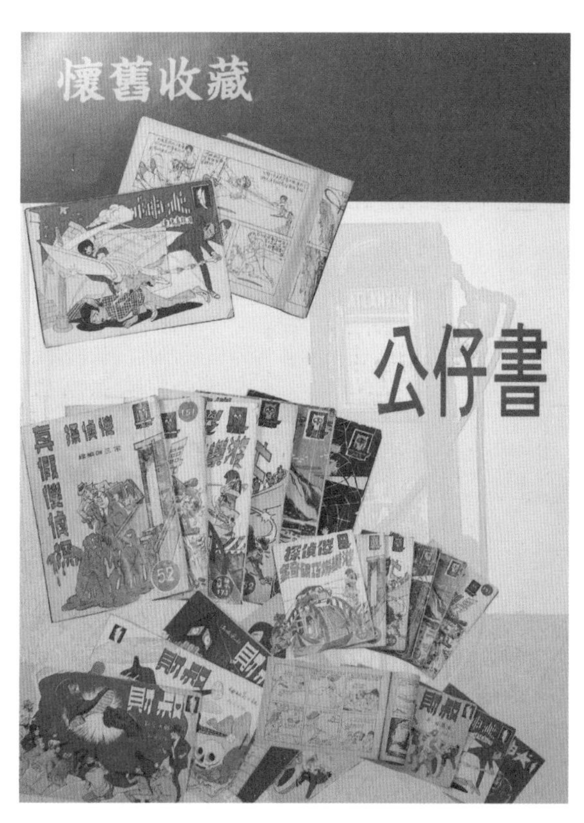

「懷舊收藏」是筆者最喜歡看的欄目，這一期介紹的是漫畫連環圖。

第十七期書影，封面人物是亞洲小姐利智。

後記

拙作《創刊號（1940's-1980's）》自二〇一二年出版至今已有六年，由於市面不見已久，曾有讀者朋友來詢何處可以買到，我也無從回答。直到中華書局黎耀強先生問我有沒有興趣再版，難得有人願意，我實在樂見其成。不過如果只是舊書重印，那便失卻一個修補闕漏的機會，故此便興起把全書再行編訂的念頭。

其實六年來，我的「創刊號」蒐集並未止息，那些一時難遇的書刊，這幾年間我竟陸續有所收獲，例如《武俠世界》、《新中華》、《大人》、《文藝伴侶》等都讓我遇到，也許真如小思老師所言：「書遇有緣人」吧。另當年編寫此書時，有部分我在舊居遍尋不獲的雜誌，例如《純文學》、《名流》、《青年文學》、《香港文學》（一九七九年）等，因着舊居裝修關係，得以重見天日，現在本書所增的篇章，既有「新知」，也有「舊雨」，如果可以把這些書刊創刊號介紹給讀者，相信也不無意義。

六年前《創刊號》面世，一些前輩文友包括馬吉先生和黃俊東先生都提出過本書較側重影視消閒刊物，文藝類的雜誌稍感不足，當年竊意是想藉此展示五六七十年代大眾的生活品味和閱讀偏向，故在選取時未有刻意去取個平衡，現在所增各篇，大部分以文學藝術為主，相信可以平衡一下本書各類型書刊的比重吧。

現在呈現在讀者面前的《創刊號新編（1940's-1980's）》，除增寫近四分一篇章外，原來各篇大部分都有增補或改寫，至於書影圖片更是較原書以倍數計增，而且設計編排也與前不同，希望給舊有讀者帶來一點新鮮感。

本書得以付梓，筆者先要感謝小思老師百忙中（老師真的很忙，認識老師的朋友都知道她每天的日程排得滿滿，而且還有很多著述要寫）對本書新增各篇加以斧正，老師的批改可謂一絲不苟，大至一些理解上的偏差，小至一個標點的疏漏，一一都逃不過老師法眼；好友吳貴龍兄在忙於編寫李小龍的專書之餘，仍不忘關心拙作，本書的《中聯畫報》、《兒童樂園》、《電影雙周刊》、《漫畫世界》和《四海》都是他慷慨借出的；另外中華書局黎耀強兄、編輯張佩兒小姐、美術設計黃安琪小姐為本書付出的心力不比筆者少，實在令我由衷感激。

最後一提，家母去年秋不幸辭世，筆者悲慟不已，足有半年除上班和照顧老父外已無心他事，幸得中華書局諸君體諒包容，直至今年初才抖擻精神再行上路，現在書已刊成，總算完一責任，同時亦借本書，表達對母親的深切懷念。

連民安

二〇一八年六月二十八日

香港四十至八十年代雜誌期刊一覽

刊物名稱	出版日期	督印/主編	出版/發行	備註
大觀電影	一九四〇	趙樹燊/李楓、鄺修一	大觀聲片有限公司	
大眾周報	一九四三	大眾周報社	缺	日佔時期報刊
香島月報	一九四五	胡山/盧夢殊	香島日報社	日佔時期報刊
伶星	一九四六	張作康	伶星雜誌社	一九五四年停刊
風流	一九四六	缺	缺	三日刊
東風	一九四七	鄭郁郎	東風有限公司	
七彩	一九五〇	陸雁豪/關宇	七彩周報出版社	後改名彩虹
長城畫報	一九五〇	袁仰安	長城畫報社	一九六一年停刊
星島周報	一九五一	劉以鬯等	星島周報社	
小說世界	一九五一	丘香林	缺	
四海	一九五一	四海畫報編委會	四海圖書刊行社	
新中華畫報	一九五一	吳叔同	新中華畫報社	
電影圈	一九五二	周世勳	邵氏父子有限公司	香港版
祖國周刊	一九五三	陳惠明	祖國周刊社	
兒童樂園	一九五三	楊望江	兒童樂園社	一九九四年停刊
天下	一九五三	張有興/劉捷	盛華出版社	
亞洲	一九五三	張國興/蔡漢生	亞洲出版社	
今日世界	一九五三	缺	美國新聞處	後成立今日世界出版社
大觀畫報	一九五四	趙樹燊	大觀畫報社	

良友	一九五四	伍聯德	香港良友出版公司	香港版
文學世界	一九五四	黃炎（黃天石）	文學世界社	一九五六年復刊
中聯畫報	一九五五	吳楚帆/劉芳	中聯電影公司	一九六二年停刊
國際電影	一九五五	歐德爾/朱聖卉	國際電影畫報社	香港版
香檳	一九五五	聃父、鄧少卿	世界聯合出版社	
幸福	一九五五	林鏞	幸福畫報出版社	
新畫報	一九五六	新畫報編委會	缺	
中外畫報	一九五六	蘇錫文/梁風	中外畫報社	
漫畫世界	一九五六	鄭家鎮	香港圖書公司	
鄉土	一九五七	吳其敏/陸無涯	新地出版社	
南國電影	一九五七	邵維鎮	南國電影畫刊社	一九八四年停刊
銀河畫報	一九五八	常友石	銀河畫報社	
環球電影	一九五八	潘柳黛	環球出版社	
金鎖匙	一九五八	藍茵/殷正中	復泰行出版社	
武俠世界	一九五九	羅輯/蹄風	環球圖書雜誌出版社	
邵氏影友俱樂部	一九五九	缺	南國電影畫報社	南國電影副刊
婦女與家庭	一九六〇	關懷	婦女與家庭出版社	
小漫畫	一九六〇	李凌翰	香港圖書公司	漫畫世界副刊
娛樂畫報	一九六一	黃慶華	太平出版公司	
漫畫周刊	一九六一	李凌翰	缺	漫畫日報副刊
20 世紀	一九六一	何麗荔/江華	環球圖書雜誌出版社	
東南亞周刊	缺	沈寶新/金庸	世紀出版有限公司	明報與南洋商報合辦
南華晚報星期增刊	一九六四	缺	南華晚報	南華晚報副刊
觀察	一九六四	李吉如/于肇怡	觀察出版社	
少年報	一九六四	劉惠瓊	兒童報社有限公司	兒童報副刊
天天周刊	一九六四	天天日報有限公司	缺	天天日報星期日附刊
影劇	一九六五	黎覺奔	影劇出版社	

刊物名稱	出版日期	督印/主編	出版/發行	備註
當代文藝	一九六五	徐速	高原出版社	一九七八年停刊、一九八二年復刊、一九九九年新一期
婦女生活	一九六五	吳彪/袁芳	婦女生活出版社	
香港影畫	一九六六	朱旭華	香港電影出版社	一九八〇年停刊
文藝伴侶	一九六六	王綺薇	伴侶雜誌社	伴侶雜誌副刊
明報月刊	一九六六	明報月刊編委會	香港明報有限公司	
萬人雜誌	一九六七	張海山/萬人傑	萬人雜誌社	
純文學	一九六七	林海音	純文學月刊社	
香港電視	一九六七	貝諾/陳兆堂/何源清	電視企業有限公司	一九九七年停刊
環球電影	一九六八	董培新、林冰	環球出版社	仙鶴港聯刊物
明報周刊	一九六八	明報周刊編委會	香港明報有限公司	
今日香港	一九六八	李撫虹	今日香港出版社	
香港評論	一九七〇	周慶鑽	香港評論出版社	
新語文	一九七〇	缺	中華語文學會	
大人	一九七〇	王朝平/沈葦窗	大人出版社有限公司	
大華	一九七〇	高貞白/林熙	大華出版社	復刊號
南北極	一九七一	王敬義	龍門文化事業有限公司	
掌故	一九七一	岳騫	掌故月刊社	
東西風	一九七二	東西風編委會	赤道文化事業有限公司	
足球世界	一九七二	黃幹	乾坤出版社	
嘉禾電影	一九七二	梁道堅	四海出版有限公司	
文林	一九七二	林以亮/陸離	胡仙	
廣角鏡	一九七二	翟暖暉	廣角鏡出版社	
新體育	一九七三	蔡柏/王耀祥	新體育出版社	

香港足球	約一九七三	湯子銘	香港足球半月刊出版社	
香港體壇	約一九七三	梅錦雄	香港體壇出版社	
突破	一九七四	蘇恩佩	香港基督徒學生福音團契	一九九九年休刊
大大月報	一九七四	王朝平	大大公司	
風雷	一九七五	陳文輝	缺	試刊號
中文學習	一九七五	黃甦	時代出版社	
彩色華僑	一九七六	缺	華僑日報編印	華僑日報副刊
益智	一九七六	羅小雅	湘濤出版社	
號外	一九七六	陳冠中	號外合作社	
清秀	一九七七	蔣芸/施養德	缺	
名流	一九七八	湯仲光/宋郁文	永澤出版有限公司	
美術家	一九七八	美術家出版部	美術家出版社	雙月刊
青年文學	一九七八	青年文學編委會	港大學生會、中大學生會	雙月刊
武俠小說周刊	一九七八	周庚寅/黃鷹	武俠圖書雜誌出版社	
香港文學	一九七九	香港文學編委會	缺	雙月刊
電影雙周刊	一九七九	舒琪	電影雙周刊出版社	二〇〇七年停刊
突破少年	一九七九	蕭銳志等	香港基督徒學生福音團契	二〇〇〇年休刊
中報月刊	一九八〇	胡菊人	中報有限公司	
素葉文學	一九八〇	素葉文學編委會	素葉出版社	不定期刊
K-100	一九八一	廖妙薇	香港電視有限公司	
香港畫刊	一九八一	李德嘉/陸廷棟	東怡社	
百姓半月刊	一九八一	胡菊人	百姓半月刊出版社	一九九四年休刊
香港文學	一九八五	劉以鬯	香港文學雜誌社	
文化新潮	一九八五	黎則奮	文化新潮出版社	復刊號
明報電視	一九八六	明報電視編委會	明視出版社	
次文化雙週刊	一九八八	彭志銘	次文化出版社	

創刊號新編（1940's-1980's）

連民安 編著

責任編輯・張佩兒
裝幀設計・黃安琪
排版・黃安琪、時潔
協力・陳先英
印務・劉漢舉

出版
中華書局（香港）有限公司
香港北角英皇道四九九號北角工業大廈一樓B
電話：（852）2137 2338　傳真：（852）2713 8202
電子郵件：info@chunghwabook.com.hk
網址：http://www.chunghwabook.com.hk

發行
香港聯合書刊物流有限公司
香港新界大埔汀麗路三十六號中華商務印刷大廈三字樓
電話：（852）2150 2100　傳真：（852）2407 3062
電子郵件：info@suplogistics.com.hk

印刷
中華商務彩色印刷有限公司
香港新界大埔汀麗路三十六號中華商務印刷大廈十四字樓

版次
二〇一八年七月初版

規格
大十六開（280 mm×210 mm）

ISBN
978-988-8513-62-8